Helen Marvill-Steiner
In Transit

Der Verlag dankt Helen Marvill-Steiner und ihrem Sohn René Marks für die Übertragung der deutschsprachigen Lizenz zur Veröffentlichung dieses Buches, Ilse Platzmann für die Übersetzung aus dem amerikanischen Englisch, der Gedenkstätte Sandhofen und dem Stadtarchiv Mannheim – Institut für Stadtgeschichte für ihre vielfältige Unterstützung sowie dem Großkraftwerk Mannheim für seinen finanziellen Beitrag.

Wellhöfer Verlag
Ulrich Wellhöfer
Weinbergstraße 26
68259 Mannheim
Tel. 0621/7188167
www.wellhoefer-verlag.de

Titelgestaltung: Uwe Schnieders, Fa. Pixelhall, Mühlhausen
Satz: Creative Design, Lukas Fieber, Mannheim

Das Titelbild und die Bilder am Ende des Buches wurden von Helen Marvill-Steiner zur Verfügung gestellt. Die Bilder „Blick auf die Hebelstraße" und „Blick auf A2, 5…" stammen aus dem Stadtarchiv Mannheim – Institut für Stadtgeschichte.

Ergänzende Informationen und ein ausführliches Personenverzeichnis befinden sich unter www.wellhoefer-verlag.de

Das vorliegende Buch einschließlich aller seiner Teile ist urheberrechtlich geschützt. Jede Verwertung ist ohne schriftliche Zustimmung des Verlages unzulässig.

Originalausgabe: In Transit
© 1995 Helen Marvill, West Barnstable, Massachusetts
Aus dem amerikanischen Englisch übertragen von Ilse Platzmann, Mannheim

© 2012 Wellhöfer Verlag, Mannheim

ISBN 978-3-95428-111-4

Helen Marvill-Steiner

In Transit

Für meine Enkelin Emilie

Mein Dank geht an meine Familie und Freunde
für ihre nicht nachlassende Ermutigung
und ganz besonders an meinen Sohn René Marks
für seine technische Beratung.

Helen Marvill

AUSGANGSPUNKT MANNHEIM

1. Kapitel

Ich wurde am 1. November 1921 in Mannheim geboren, der Stadt, wo der romantische Neckar in den majestätischen Rhein mündet. Mannheim war auch der Geburtsort meiner Mutter Emma und meines Vaters Kurt. Die Vorfahren der Eltern waren Mitte des 19. Jahrhunderts aus umliegenden Dörfern nach Mannheim gezogen. Mein Vater stammte aus einer jüdischen Familie von Freidenkern. Aus Dankbarkeit für den Code Napoléon, der den westeuropäischen Juden 1804 Bürgerrechte gewährt hatte, war man profranzösisch eingestellt. Meine Mutter kam aus einer evangelisch-lutherischen Familie.

Ein solch ungleicher Hintergrund versprach nichts Gutes. Meine Urgroßmutter mütterlicherseits Rosina, die zu denen gehörte, die mich bei meiner Ankunft begrüßten, soll mir ein Leben voller Sorgen und Mühe vorausgesagt haben. Sie starb kurz darauf und musste das Eintreffen ihrer Vorhersage nicht mehr erleben.

Urgroßvater Friedrich erlebte noch meine Taufe durch einen evangelischen Pastor. Ich erhielt den damals beliebten Namen Hannelore, aber für die Familie und Freunde aus der Kindheit war ich immer „Hannel" oder „Hannele", gesprochen in dem besonderen Mannheimer Tonfall.

Als meine Eltern 1920, zwei Jahre nach Ende des 1. Weltkrieges, heirateten, fanden sie keine Wohnung nach ihrem Geschmack. So beschloss mein Vater, ein der Familie gehörendes Haus „in den Quadraten" aufzustocken. Mannheims Innenstadt war im frühen 17. Jahrhundert als Festungsstadt in quadratischen Blöcken geplant worden. Die Häuserzeilen in den schnurgeraden Straßen wurden später mit den Buchstaben des Alphabetes bezeichnet und die Häuserblöcke durchnummeriert. Mit den dazugehörigen Hausnummern hören sich die Adressen wie Stellungen auf dem Schachbrett an. Unsere Adresse war A 2, 5. Das Eckhaus aus hellem Sandstein stand schräg gegenüber vom berühmten Nationaltheater, einem massiven Barockbau. Hier war 1782 das revolutionäre Schauspiel „Die Räuber" von Friedrich von Schiller uraufgeführt worden. Genau gegenüber befand sich *Der Goldene Stern*, eine alte Schänke, wo berühmte und weniger berühmte Schauspieler und Opernsänger oft bis in die frühen Morgenstunden tranken, sangen und gelegentlich auch krakeelten.

Neben dem schweren Eichenportal unseres Hauses war eine Bronzeplatte angebracht. Sie erinnerte an einen politischen Mord, der hier zu Beginn des 19. Jahrhunderts begangen worden war und als historisch bedeutsam galt[1]. Die große Wohnung im ersten Stock, wo das Ereignis stattgefunden hatte, war an eine ausländische Gesandtschaft vermietet. Der Rokokoschmuck der Räume war in seiner ganzen Pracht erhalten. Es gab Parkettfußböden mit Intarsien, kunstvoll geschnitzte Wandpaneele und riesige Kristallleuchter. An den hohen Decken tollten sparsam bekleidete pausbäckige Putten fröhlich zwischen Blumengebinden aus Stuck und gemalten Wolken herum. Im Stockwerk darüber war eine weniger glanzvolle Wohnung, das Heim und Atelier eines Porträtmalers, und darüber befand sich ein weitläufiger, zugiger Dachboden.

Die Höhe aller Häuser in diesem Bereich war durch eine städtische Verordnung streng vorgeschrieben. Meine Eltern wünschten sich eine moderne Wohnung. Sie wollten das Mansardendach entfernen lassen und durch ein modernes

---

[1] Auch heute noch informiert eine Platte am Haus A 2, 5: „An dieser Stelle stand das Haus, in dem der Schriftsteller und russische Staatsrat August von Kotzebue am 23. März 1819 von dem Studenten Ludwig Sand ermordet wurde." Ludwig Sand wurde am 20.5.1820 hingerichtet. Seine Tat gab den Anlass zu stärkerer Überwachung der Universitäten und zur Vorzensur von Presseerzeugnissen (Karlsbader Beschlüsse vom August 1819, aufgehoben 1848)

Penthaus mit Dachgarten ersetzen. Diese Idee entsetzte die Stadtväter und die benachbarten Hauseigentümer. Die Baupläne mussten mehrfach geändert werden, bis meine Eltern den Dachboden in eine helle, moderne Wohnung umwandeln konnten, die in krassem Gegensatz zu dem abgenutzten, dunklen Treppenhaus stand, durch das man hinaufstieg. Die Barockfassade des Hauses blieb unverändert bis auf einen langen Balkon, der um die ganze Hausecke herumlief. Irgendwie hatten meine Eltern es geschafft, diese nicht zum Stil passende Ergänzung hinzuzufügen. Dort zog meine Mutter üppig blühende Petunien und Geranien, und ich sauste mit meinem Holzroller von einem Ende zum andern, hoch über den alten Straßen.

Es war die Zeit der galoppierenden Inflation. „Sie druckten unentwegt Geld", erzählte mir meine Mutter später. „Die Arbeiter erhielten am Ende ihrer Schicht Packen voll Geld und am nächsten Morgen, wenn ihre Frauen einkaufen wollten, mussten sie feststellen, dass die Banknoten kaum noch etwas wert waren. Es war fürchterlich. Meine Mutter, deine Großmutter Käthe, rastete eines Tages aus, als man auf dem Markt von ihr für ein Bund Radieschen eine Million Mark verlangte. Sie öffnete ihren Geldbeutel, drehte ihn um und ließ das ganze Geld herausfallen. Sie schwor damals auf dem Platz, nicht mehr einkaufen zu gehen, bis sich ‚die Dinge wieder normalisiert hätten'. Schließlich normalisierten sich die Dinge wieder. Neues Geld wurde ausgegeben und die Leute benutzten nun das völlig wertlose Inflationsgeld zum Tapezieren ihrer Toiletten."

Mein Vater war damals Angestellter in der Investmentabteilung einer Bank. Beim Essen drehten sich die Gespräche häufig um fremde Währungen. Ich sehe noch unsere kleine Familie an dem runden Esstisch sitzen. Das Licht, das durch Fenster und Balkontüren hereinströmte, wurde von dem weißen Tischtuch zurückgeworfen. Silber und Kristall glänzten. Die Mittagssuppe war eben aus der dampfenden Terrine in die Teller ausgeschöpft worden und ihr kräftiges Aroma mischte sich mit dem zarten Duft der frischen Blumen in der Vase. Ich war erst kürzlich von meinem Kindersitz auf einen normalen Stuhl „befördert" worden und musste kerzengerade sitzen, um meinen Löffel ordentlich zu halten und meine Suppe ohne ungebührliche Geräusche zu essen. Das war keine Kleinigkeit, da ich gleichzeitig die ständig wiederkehrenden Äußerungen meines Vaters zu verstehen suchte. Er sprach über etwas, das er „den Dollar" nannte, und das anscheinend willkürlich und zerstörerisch hin und her schwang, so ähnlich wie die große Abrissbirne, die ich in den Industrieanlagen am Rhein gesehen hatte.

Die Bank, in der Vater arbeitete, befand sich in Mannheims Schwesterstadt Ludwigshafen auf der anderen Rheinseite. In den ersten zehn Jahren nach dem 1. Weltkrieg war Ludwigshafen von den Franzosen besetzt. Damals stand ein blau-weiß-rot gestreiftes Wachhäuschen quer auf der Brücke. Wenn man von der einen Stadt in die andere wollte, musste man auf der Brücke den Pass vorzeigen und den verdrießlichen jungen Wachposten einen Besuchsgrund nennen. Als Antwort brummelten sie etwas, riefen Obszönitäten oder fuchtelten drohend mit dem Gewehrkolben herum. Dieses Verhalten brachte die Bürger besonders deshalb auf, weil die Wachposten dunkelhäutige Nordafrikaner waren. Hätten die Franzosen Soldaten aus Frankreich geschickt, so hätten die besiegten Deutschen es als weniger demütigend empfunden. Vater amüsierte sich über diese Ansicht. „Wenn hier jemand von den Franzosen gedemütigt wird", pflegte er zu sagen, „dann sind es diese armen schwarzen Burschen, die da Tag und Nacht in feindlicher Umgebung stehen und obendrein unsere langen dunklen Winter aushalten müssen." Da er die Brücke täglich überqueren musste und ein passables Französisch sprach, kannte Vater einige der Männer. Einmal nahm er mich sogar mit und stellte mich ihnen vor.

So sehr ich als kleines Mädchen meinen Vater liebte, war ich doch immer ein bisschen auf der Hut vor seinen manchmal verwirrenden Späßen. Solange ich noch nicht in die Schule ging, lag ich frühmorgens gerne wach. Die Türen zu meinem Zimmer standen weit offen. So konnte ich Teile des benachbarten Elternschlafzimmers und des Ankleideraumes sowie die Tür zum Badezimmer sehen. Spähte ich durch die Schnörkel am Fußende meines viktorianischen Bettes, eines Familienerbstückes, so konnte ich meinen Vater beobachten, wie er zwischen den Räumen hin- und herging und sich beim Anziehen lebhaft mit meiner Mutter unterhielt, die noch tief in Kissen und Steppdecken vergraben lag. Er bewegte sich rasch hin und her, sein blütenweißes Hemd noch offen und ohne Kragen. Er tat sich Kölnischwasser aufs Gesicht und klopfte es sich geräuschvoll in die Wangen. Mit einer Bürste in jeder Hand bearbeitete er energisch sein dichtes schwarzes Haar. Dann nahm er einen runden, steif gestärkten Kragen heraus und befestigte ihn mit einem kleinen Knopf an seinem Hemd. Ging ihm dies nicht schnell genug, warf er den Kragen mit einem saftigen Fluch auf den Boden und nahm einen anderen aus der obersten Schublade seiner Kommode.

Wie ich diese Morgenrituale liebte! Die Nacht war immer voll schrecklicher Schatten und unerklärlicher Geräusche, aber nun war es wieder Tag. Die Lebhaftigkeit meines Vaters, sein gutes Aussehen und sein frischer Duft gaben mir Klarheit und Sicherheit. Eines Morgens trat Vater aus dem Badezimmer, das tropfnasse Haar in der Mitte gescheitelt und über den Ohren angeklatscht. Er kam zu mir herüber, fletschte die Zähne und schielte. Er sah sich gar nicht mehr ähnlich. Entsetzt schrie ich auf. Vater hatte mich zum Lachen bringen wollen. Er war tief enttäuscht.

Nach der Inflation gehörte meinem Vater eine Zeit lang eine Fabrik für Gurkenkonserven am Stadtrand. Es machte ihm Freude, in seinem Unternehmen etwas herzustellen, was die Leute brauchen und verbrauchen konnten, statt nur mit Geldgeschäften zu tun zu haben. Aber die Sache ging schief. Meine Erinnerung an diese Zeit beschränkt sich auf einen grünen Frosch, den Vater auf der Wiese neben der Fabrik gefunden hatte. Dies kleine Geschöpf mit seinem großen hässlichen Maul und den Knopfaugen lebte eine Zeit lang bei uns in einem großen runden Glasterrarium mit einem spitzen Dach aus Lochblech und einer kleinen Klappe. Auf dem Boden waren feuchtes Moos und Gras, in die sich der Frosch an regnerischen Tagen verkroch. Wenn die Sonne schien, saß er auf einer kleinen Holzleiter und wartete auf die Fliegen, die Vater auf dem Sims vor meinem Fenster mit raschen, geschickten Bewegungen für ihn einfing.

Nach dem Misserfolg mit den Essiggurken ließ sich mein Vater als Immobilienmakler nieder. Er hatte ein kleines Büro im Geschäftsviertel der Stadt und beschäftigte eine Schreibkraft. Aber er verbrachte viel Zeit zu Hause, wo er von einem riesigen Schreibtisch im Wohnzimmer aus telefonierte. Dieses helle Eckzimmer, wo wir auch unsere Mahlzeiten einnahmen, war ausschließlich mit Möbeln ausgestattet, die nach Vaters Angaben im damals beliebten Bauhaus-Stil angefertigt worden waren. Ein großes Bücherregal mit Glasschiebetüren und Hunderten von Büchern nahm die eine Wand bis zur Decke ein. Unter dem Fenster auf der anderen Seite standen um ein Rauchtischchen eine niedrige eckige Couch und passende, mit rostfarbenem Samt gepolsterte Stühle. Die Platte des Tischchens bestand aus einem runden Tablett aus gehämmertem Messing. Darauf standen eine Schachtel Streichhölzer mit farbigen Köpfen, ein Aschenbecher aus Glas, eine Duftkerze und allerlei Nippes. Mein liebstes Stück war eine schwarz lackierte Dose, mit Silber eingelegt, und obendrauf saß stolz ein Silberkranich. Drückte man auf einen Knopf, so sprang der Deckel auf, der Kranich beugte sich vor und nahm mit dem Schnabel eine flache türkische Zigarette mit Goldmundstück heraus.

In einer anderen Ecke des Raumes, nahe dem väterlichen Schreibtisch, stand ein großer Ohrensessel. Der Bezug war aus schwerem, grobem Leinen und zeigte tiefrote Mohnblumen auf dunkelgrünem Grund. Dort machte ich es mir an

Winternachmittagen gerne gemütlich, las und teilte das Licht der Schreibtischlampe mit meinem Vater, der bei der Arbeit saß und immer neue Seiten mit endlosen Zahlenreihen füllte.

Als ich einmal eine besonders traurige romantische Geschichte gelesen hatte, sagte ich zu Vater, ich hoffte, dass niemals so ein Schuft daherkäme, der mich nur meines Geldes wegen heiraten wolle. Vater blickte auf, sah mich mit einem schiefen Lächeln an und sagte: „Hannel, da brauchst du dir keine Sorgen zu machen. Ich hab' dafür gesorgt, dass dies nie geschehen wird."

Meine Mutter, die an der Mannheimer Hochschule für Musik Gesang und Klavier studiert hatte, verbrachte täglich viele Stunden hinter geschlossenen Türen in unserem Musikzimmer. Hier war sie von Biedermeiermöbeln aus dem 19. Jahrhundert umgeben, die mein Vater auf einer Auktion für sie gekauft hatte. Die anmutig gedrechselten Stücke waren aus poliertem Kirschbaumholz, das sich warm anfühlte. Sofa und Polsterstühle waren mit bestickter Seide bezogen. Lange Seidenschals rahmten die Spitzenvorhänge an den Fenstern ein. Die Brücke auf dem Boden war ebenfalls aus Seide. Silbervögel paradierten auf ihrem Rand, die Schwänze merkwürdig ineinander verschlungen.

Mutter saß am Konzertflügel, ihrem geliebten Blüthner, und erzeugte mit ihren kräftigen, gepflegten Händen magische Töne. Ich stand an ihrer Seite, völlig hingerissen. Als ich fünf oder sechs Jahre alt wurde, genügte mir das Zuhören nicht mehr, und ich lag Mutter in den Ohren, mir doch das Klavierspielen beizubringen. Es hatte sich schon herausgestellt, dass ich keinen Ton halten und nicht mal die einfachsten Kinderliedchen singen konnte. Durch das Klavierspiel hoffte ich, die Stimme des majestätischen Instrumentes zu der meinen machen zu können. Mutter hielt das für unmöglich, hatte ich doch das unmusikalische Gehör der väterlichen Familie geerbt. Da sei nichts zu machen.

Doch schließlich gab sie ihren Widerstand auf und stürzte sich mit grimmiger Entschlossenheit in das Vorhaben. Sie legte einen dicken Wälzer auf den Klavierhocker, setzte mich obendrauf und nahm neben mir Platz, ein Turm unerschütterlicher Stärke. Ihr kühler blauer Blick ruhte auf meinen Händen. Wenn meine Handgelenke von der vorgeschriebenen Haltung abwichen, erschien eine tiefe Falte zwischen ihren Augenbrauen. Ein Ellbogen landete in meiner Seite, wenn einer meiner Finger auf die falsche Taste rutschte.

Diese Sitzungen endeten nach nur wenigen Wochen in gegenseitigem Einvernehmen. Mutter fühlte sich bestätigt. Hatte sie doch von Anfang an gewusst, dass bei all ihren Bemühungen nichts herauskommen würde. Ich ärgerte mich, zugeben zu müssen, dass sie recht gehabt hatte. Ich hatte mich auf ein Gebiet vorgewagt, wo ich nicht hingehörte, und mein Scheitern war verdient. Aber in die Rippen gestoßen zu werden, passte nicht in das Bild, das ich mir von meiner Mutter gemacht hatte. Auch schmerzte es mich maßlos, dass ich meine kindliche Illusion aufgeben musste.

Sooft mich die Realitäten des Lebens traurig machten, zog ich mich in den hinteren Teil der Wohnung zurück, in die Küche, um mit Anna zu reden, die freigiebig süße Rosinen verteilte und sie reichlich mit gesundem Menschenverstand würzte. Anna war erst kürzlich zu uns gekommen, als letzte einer ganzen Reihe von Dienstmädchen, die kurze Zeit durch unser Heim trampelten, bevor sie wieder verschwanden, unbesungen und unbeweint.

Ich sah Anna zum ersten Mal an einem sonnigen Frühlingsmorgen des Jahres 1926. Sie nahm die Bestände an Küchengeräten auf, den Gasherd, den Kohlebackofen und all die Utensilien und Vorräte, die die Wandschränke füllten. „Du musst Hannel sein, das kleine Mädchen, von dem sie mir erzählt haben", sagte sie, als sie endlich zu mir herübersah. „Komm mal her und lass dich anschauen." Ich knickste und drückte fest ihre Hand, wie Vater es mich gelehrt hatte. „Eine wirkliche Dame lässt die Hand nicht lasch herunterhängen wie einen toten Fisch", hatte er gesagt. Anna lächelte anerkennend. „Weißt du, als ich hörte, dass ein Kind im

Haus ist, wollte ich erst nicht kommen. Ich mag keine Kinder. Meine Mutter hat das Haus voll davon und die Kleinen haben immerzu Laufnasen und Stinkehosen. Aber ich seh' schon, du bist anders. Ich denke, mit dir kann ich schon klarkommen. Was meinst du?" Ich war vier Jahre alt und so hatte bisher niemand mit mir gesprochen. Ich war verblüfft. Aber als ich in die hellen, blaugrauen Augen in Annas breitem, rosigen Gesicht sah, war ich beruhigt. Ich war auch von den vielen Haarnadeln beeindruckt, mit denen sie ihre widerspenstigen roten Zöpfe zu einem Knoten bändigte. Sie verrieten Willensstärke und Zielstrebigkeit. Mein erster Eindruck von unserem neuen Mädchen bestätigte sich rasch. Binnen kurzem übernahm Anna die Verantwortung für unseren Haushalt und machte mich zu ihrem ganz persönlichen Schützling.

Als eine ihrer ersten Handlungen befreite mich Anna von der Tyrannei der kleinen Geschöpfe, die ich mir in dem roten Lackschränkchen auf der Diele eingeschlossen vorstellte. Als ich sie mir ausdachte, waren es harmlose kleine Dinger gewesen, bewegliche Zinnsoldaten, die mir immer fröhlich zuriefen, wenn ich an dem Schränkchen vorbeiging, das sie friedlich bewohnten. Aber mit der Zeit wurden es immer mehr, und sie wurden zu einer kampfeslustigen Horde unbeholfener Krieger, die geräuschvoll verlangten, freigelassen zu werden. Ich rechnete fest damit, dass die rebellischen Geschöpfe schließlich freikommen, massenweise ausschwärmen und mir weh tun würden, und ich kriegte richtig Angst vor ihnen. Als Anna den Grund für meine Angst erfuhr, schüttelte sie zunächst ungläubig den Kopf. Dann aber stellte sie mich vor das Schränkchen, hielt mich fest an der Hand und öffnete die Tür. „Schau her", sagte sie, „ganz leer. Niemand da!" Sie lachte schallend.

Noch lauter lachte sie, als ich ihr vom Osterhasen erzählte, den ich am frühen Ostermorgen von meinem Fenster aus gesehen hatte. Ohne Korb und offensichtlich erschreckt war er über die spitzen Schieferdächer gerannt. „Ein Hase auf den Dächern?" Anna musste sich den Bauch halten, weil er ihr weh tat vor Lachen. „Wer hat denn so was schon gehört? Was du gesehen hast, Kind, war eine Katze, – ein stromernder alter Kater!"

2. Kapitel

„Die Schule wird gut für dich sein", sagte meine Mutter. Doch ich glaubte ihr nicht. Ich hatte in der Familie noch nie etwas Gutes über die Schule gehört. Von den Lehrern hieß es nur, sie machten reichlich von Stock und Rute Gebrauch. Doch als ich nun sechs Jahre alt geworden war, merkte ich, dass ich der Schule nicht würde entrinnen können.

Mutter hatte wochenlang an einem Schulkleid für mich gearbeitet. Sie hatte es mit großem Stolz aus hübschem blauen Stoff genäht und Oberteil und Saum mit bunten Blumen bestickt. Erst dann erfuhr sie, dass die Mädchen der ersten Klasse in der Schule Röckchen aus schwarzem Serge tragen mussten. „Nun ja, vielleicht ist das wirklich am besten", seufzte sie. Doch unbeirrt blieb sie dabei, die Schule werde gut für mich sein.

Die Schule, bei der man mich angemeldet hatte, lag im Quadrat L 1 gegenüber vom Schloss, ganz nahe bei unserer Wohnung. Das 200 Jahre alte Gebäude war früher ein Kloster gewesen. Seine alten Mauern strömten noch den Geruch lang vergangener Einschüchterungen und Ängste aus.

An meinem ersten Schultag stand ich still neben Anna, hielt ihre raue rote Hand fest und wartete darauf, dass mich das Läuten der Glocke in dem kleinen Turm hineinrief. Scharen größerer Mädchen, die schon seit Jahren die öffentliche Schule besuchten, rannten im Schulhof durcheinander, sie schrien und lachten. Wir Neuen waren leicht zu erkennen, nicht nur an unserem braven Verhalten, sondern auch an den Läppchen und Schwämmchen, die an unseren

Schulranzen baumelten, die wir auf dem Rücken trugen. Sie waren an den kleinen Schiefertafeln befestigt, die nur die Erstklässler benutzen mussten, was auf dem Schulweg oft zu Sticheleien und zu Verlegenheit führte. An diesem allerersten Schultag hielten manche der kleinen Mädchen ihre mit Schokolade, Bonbons und kleinen Aufmerksamkeiten gefüllte Schultüte fest im Arm. Ich würde meine Tüte zu Hause bekommen, wenn der erste Tag in der Schule erfolgreich überstanden war, hatte man mir gesagt.

Fräulein Durer, die in den ersten vier Jahren unsere Lehrerin sein würde, begrüßte ihre Schar an der Tür des Klassenzimmers. „Ach ja", sagte sie und zeigte ihre großen, gelben Zähne, als ich ihr die Hand gab, „du bist das Mädchen mit dem Roller auf dem Balkon." Sie wies mir einen Platz hinten im Raum an. Dort sollte ich täglich viele Stunden auf einer Holzbank verbringen, eingequetscht zwischen Mitschülerinnen. Unsere Hände mussten wir vor uns aufs Pult legen, die Finger oben, die Daumen unten. Und ja kein Gezappel!

Jede Seite in unserer Fibel war einem einzigen Buchstaben des Alphabets gewidmet mit Bildern, die den Laut des Buchstabens zeigten. Beim F zum Beispiel kniete ein Junge im Gras und blies auf eine Pusteblume, „f, f, f" kam dabei aus seinem Mund. Alle Buchstaben in der Fibel waren in deutscher Schrift, in der altmodischen, schrägen, eckigen Version. Wir übten sie auf unseren Schiefertafeln. Mit verkrampfter Hand hielten wir den Schiefergriffel und füllten Zeile um Zeile mit gleichmäßigen Kratzern, die Spinnenbeinen ähnelten. Fräulein Durer, ein Haselstöckchen biegend, ging zwischen unseren Pulten die Gänge auf und ab. Ein schaler Geruch kam aus ihren Kleidern. Sie blieb häufig stehen, um uns über die Schulter zu sehen. Entdeckte sie einen Buchstaben auf Abwegen oder sah sie eine Hand zögern, so schlug sie entweder das Pult oder die Knöchel der Schreiberin mit einem lauten Schnappen ihrer Rute.

Während der vierjährigen Grundschule mussten wir von den schrägen Haarstrichen der alten deutschen Schrift zu einer geraderen, runderen deutschen Handschrift wechseln, die gerade von einem Herrn Sütterlin entwickelt worden war. Nachdem wir diese Schreib- und Druckschrift beherrschten, lernten wir lateinische Buchstaben. Das alles verbesserte meine Handschrift nicht gerade. Sie blieb trotz Fräulein Durers Bemühungen jämmerlich unbefriedigend. Mutter schickte mich zu privaten Gymnastik- und Ballettstunden in der irrigen Hoffnung auf Verbesserung meiner Koordination und Haltung.

Auf anderen Gebieten machte ich jedoch Fortschritte. Ich machte mich mit den Grundlagen des Rechnens bekannt, indem ich Fräulein Durer beobachtete, wie sie farbige Kugeln auf einem riesigen Abakus hin- und herschob. Ich lernte Heimatkunde, indem ich Fräulein Durer beobachtete, wie sie vor der Klasse auf und ab ging und mit ihrer Haselrute auf die große Landkarte schlug und Namen und Fakten ausspuckte. Ich lernte, dass, wenn man erst auf ein farbiges Stück Papier starrt und anschließend an die weiße Decke sieht, wie durch Zauberei ein Fleck in der entgegengesetzten Farbe erscheint. All dies neu erworbene Wissen ließ meine Mutter wiederholt feststellen, Fräulein Durer sei eine gute Lehrerin. Altmodisch? Ja, schon. Ein bisschen zu streng? Vielleicht. Aber doch eine gute Lehrerin!

Eines Tages musste ich mich zusammen mit Mitschülerinnen, die wie ich in einem Diktat Fehler gemacht hatten, vor die Klasse stellen. Wir mussten unsere Hände ausstrecken und es gab schmerzhafte Schläge mit der Haselrute, einen Schlag für jedes falsch geschriebene Wort. „Jetzt ist sie zu weit gegangen, die alte Hexe", schrie meine Mutter, als sie davon hörte, und machte sich auf den Weg zur Schule. Sie sagte Fräulein Durer ihre Meinung. Bei dieser Gelegenheit fand sie heraus, dass Fräulein Durer wegen ihrer Stellung zwar keine Geldgeschenke annehmen durfte, Obstkörbe und Schokolade an Weihnachten und bei anderen Gelegenheiten ihr aber durchaus willkommen waren und dass solche Geschenke sie deutlich milder stimmten.

Seitdem bestand meine Bestrafung aus tadelnden Blicken statt schmerzhaften Schlägen.

Als sich die Lage in der Schule für mich entspannte, gewann ich auch zu Hause mehr Freiheit. Ich wurde nicht mehr ermahnt, sofort nach der Schule nach Hause zu kommen, die Klingel am Straßeneingang zu läuten und dann ohne zu trödeln die Treppe hochzukommen, während Anna vom oberen Treppenabsatz aus meinen Aufstieg überwachte. Gelegentlich durfte ich sogar die wenigen Blocks von der Schule in L 1 nach N 3 gehen, wo meine Großeltern mütterlicherseits lebten – Hauptsache, ich rief zu Hause an, sobald ich dort ankam.

Anders als das Telefon auf dem Schreibtisch meines Vaters, das vor Kurzem in ein modernes Gerät mit Selbstwahl getauscht worden war, hatte das der Großeltern noch einen Griff wie eine Kaffeemühle. Der war nötig, um das Amt anzurufen. Das Telefon hing an der Wand im Flur, war alt und aus der Mode wie fast alles in der mit dunklen, schweren Möbeln und veralteten Erbstücken angefüllten großelterlichen Wohnung. Den Sofas, Stühlen, Federkissen und Steppdecken haftete ein Geruch an, der mir alles heruntergekommen erscheinen ließ und mich zu kindischem Naserümpfen veranlasste. Über die meisten Sachen der Großeltern machte ich mich heimlich lustig, besonders über die mit Schnitzereien überladene Wanduhr. Der Kuckuck darin spielte alle Viertelstunde total verrückt.

Ich fühlte mich unwohl wegen der großen Farbdrucke an den Wänden im Schlafzimmer. Sie stellten weichliche Christus- und Apostelfiguren dar, die im leeren Raum herumspazierten oder leblos dasaßen. Sie waren ebenso ungemütlich anzusehen wie die expressionistischen Bilder in Vaters Sammlung, die zu Hause die Wände schmückten und die die meisten Besucher abscheulich fanden. „Das sind Beispiele für die Kunst der Zukunft", erklärte Vater. „Hannel versteht und schätzt sie. Nicht wahr, Hannel?" Er sah mich dabei mit beträchtlichem Stolz an. Alle Erwachsenen um mich herum waren so. Sie erwarteten, dass ich mit ihnen voll und ganz übereinstimmte. Mein Vater erwartete von mir, für Menschen und Dinge offen zu sein, aber vor allem erwartete er, dass ich seinen Geschmack und seine Abneigung teile.

Die Mutter meiner Mutter, Großmutter Käthe, wünschte, dass ich ihre christlichen Ideale teile. „Dein Vater ist Jude", erinnerte sie mich, sobald sie mich für alt genug hielt, das zu verstehen. „Der Herr Jesus war auch Jude. Dann wurde er getauft, so wie du. Du bist Christin, eine Nachfolgerin unseres Herrn Jesus Christus. Vergiss das nie!"

Der Religionsunterricht fand in der Schule statt. Unsere kleine Gruppe protestantischer Mädchen wurde von einem älteren Mädchen über den Hof in den Jungenflügel des Gebäudes geführt. Dort wurden wir zusammen mit den Jungen unserer Klassenstufe von einem Mann mit grimmigem Schnurrbart in die Grundlagen des Neuen Testamentes und des Katechismus von Martin Luther eingewiesen. Die meisten meiner Mitschülerinnen waren katholisch und blieben bei Fräulein Durer, die sie in diesem Glauben unterrichtete. Die beiden jüdischen Mädchen mussten hinten im Zimmer sitzen und Hausaufgaben machen.

Großmutter Käthe war nicht zufrieden mit der lässigen Art meines Religionslehrers, der uns Mädchen seine Gänseherde nannte. Sie bestand darauf, mich in den Kindergottesdienst der evangelisch-lutherischen Kirche mitzunehmen. Früh am Sonntagmorgen holte sie mich ab. Sie nahm mich fest an der Hand und führte mich mit energischen Schritten durch die menschenleeren Straßen. Dann saß ich in einer kleinen Gruppe braver Kinder vorne in der weiten, kalten Kirche und hörte einer blassen jungen Frau zu, die uns traurige Geschichten von armen Kindern erzählte. Die Frau hatte eine leise Stimme und warme klebrige Hände. Obwohl sie immer freundlich zu mir war und mir hübsche Reliefbildchen und Lesezeichen gab, erwiderte ich ihre Freundlichkeit nicht. Sie war der erste Mensch mit Mundgeruch, dem ich begegnete, und ich hasste es, in ihrer Nähe zu sein. Mein Vater schmunzelte, als ich es ihm erzählte. Er sagte, Mundgeruch sei unter heiligen Leuten nichts Ungewöhnliches, das solle uns aber nicht gegen sie einnehmen.

Als ich ihm kurz darauf jedoch begeistert erzählte, ich hätte begonnen, Silberfolie von Schokolade und Zigaretten für die Missionare in Afrika zu sammeln, die arme schwarze Heiden retteten, brachte das meinen Vater auf. Ich hörte, wie er hinter verschlossenen Türen ärgerlich mit Großmutter redete und ihr sagte, was er von Missionaren und ihrer Haltung zu Eingeborenen hielt. Als Großmutter den Raum verließ, blitzte Wut in ihren klaren blauen Augen und sie seufzte ohne Worte. Sie nahm mich nicht wieder in die Kirche mit. Doch trotz der gelegentlich fast übermächtigen Hindernisse ließ sie nicht in ihren Versuchen nach, mich zu einer guten Christin zu machen.

Mein Großvater war damals Direktor einer Rhein-Schifffahrtsgesellschaft. Daher tauchten an Großmutters Tür gelegentlich Männer auf, die ihr Delikatessen vom großen Fluss und seiner Umgebung brachten. „Mit den besten Empfehlungen für die Frau Direktor", sagten sie, drehten ihre Fischermützen in den wetterharten Händen und wippten auf den Absätzen, während Großmutter ihre Waren begutachtete. Das mochten duftende Kakaopäckchen aus Holland sein, würziger Käse aus der Schweiz oder silbrig glänzender Fisch mit aufgerissenen roten Kiemen, frisch aus dem Wasser. Eines Morgens war es ein rot-weiß-gestreiftes Bündel, das sich wand, als Großmutter es dem Hausmädchen übergab. „Ein wunderschöner Aal, gnädige Frau", sagte der Bote. Ein langes, glänzendes, schwarzes Ding plumpste auf den Boden und wand und klopfte sich seinen Weg den langen Flur hinunter. Ich schrie und sprang auf und nieder. Auch das Mädchen stieß einen gellenden Schrei aus und bekreuzigte sich. Großmutter starrte uns beide an. Sie entließ den unglücklich dreinschauenden Mann, schickte mich ins Wohnzimmer, befahl dem Mädchen, Wasser aufzusetzen und sah dann nach dem Aal. Ein paar Stunden später erschien er auf dem Mittagstisch in einer weißen Kapernsoße. „Das ist was zum Essen", sagte Großmutter streng, als sie mich zögerlich auf meinem Teller herumstochern sah. „Was zum Essen, sonst nichts. Du isst es am besten." Das freundliche Blinzeln in Großvater Christians Augen brachte mich schließlich dazu, das zu probieren, was ich noch als lebendiges Wesen vor mir sah, das noch vor Kurzem versucht hatte, sich zu retten. Die Fadheit des Gerichtes bot einen enttäuschenden Gegensatz.

Noch ein anderes Mal verging mir der Appetit, weil ich den lebend ins Haus gelieferten Tieren ins Auge gesehen hatte, bevor sie in Nahrungsmittel verwandelt worden waren. In einer Kiste auf unserem Küchentisch hatte mir Anna drei dicht beieinander hockende Tauben gezeigt, die die weichen, runden Köpfchen hierhin und dorthin drehten und ängstlich gurrten. Ich war unfähig zu essen, was anschließend als delikates Mahl gerühmt wurde, obwohl Mutter das Fleisch auf meinem Teller in kleine Stücke schnitt, um alle Ähnlichkeit mit seinem früheren Aussehen zu verwischen. Noch wochenlang blickten mir aus meinem Teller Täubchen entgegen.

Ein wahres Drama ereignete sich während der Ferien. Wieder einmal war ich bei meinen Großeltern, als ein Korb angeliefert wurde. Diesmal enthielt er ein lebhaftes, braunes Hähnchen, das ruckartig das Köpfchen nach rechts und links drehte und mit aufgeweckten Blicken um sich sah. Seine scharfen Augen schienen immer wieder zu mir zurückzukehren. In schrecklicher Vorahnung stand ich wie angewurzelt da. Bemüht, das Hähnchen rasch in den Topf zu bekommen, vergaß Großmutter, mich aus der Küche zu schicken. Sie befahl dem Mädchen, das Hähnchen auf den abgenutzten, gut geschrubbten Holztisch zu legen und seinen zappelnden fedrigen Körper mit den Händen festzuhalten. Dann packte Großmutter selbst den Kopf des Vogels und durchtrennte rasch den Hals mit einem langen, scharfen Messer. Es folgte ein wildes Durcheinander. Das Hausmädchen sprang zurück. Das kopflose Hähnchen flatterte mit den Flügeln, hob ab, stieß an die Decke, schlug gegen eine Wand und fiel auf den Boden, während Blut nach allen Seiten spritzte. Das abgetrennte Köpfchen des Vogels lag leblos auf dem Tisch. Ich schrie hysterisch, rannte aus der Küche, den Flur entlang und flüchtete mich ins Badezimmer. Ich schlug die Tür hinter mir zu. Mein Herz pochte bis zum Hals. Überall sah ich Blutflecke: auf den hellblauen Wänden, auf dem kleinen Spiegel und auf den dicken, weißen Handtüchern. Meine Knie begannen nachzugeben.

Da öffnete sich die Tür und Großmutter stand vor mir. Sie hatte ihre bespritzte Schürze abgenommen. Ihr graues Kleid mit dem écru-farbenen Spitzenkragen war fleckenlos, ebenso ihre schönen weißen Hände. Kein Haar war am falschen Platz und ihre Wangen waren blass. Mit klaren, blauen Augen sah sie auf mich herunter. „Hör sofort auf, Hannel", befahl sie und nahm mich fest am Arm. Sie zog mich zum Waschbecken, wusch mir Gesicht und Hals mit kaltem Wasser und trocknete mich mit einem der flauschigen weißen Handtücher ab, die nach Waschseife rochen. Es war kein Blut daran und auch nirgends sonst.

„Das arme Hähnchen, das arme Hähnchen", schluchzte ich laut, nicht willens, das aufregende Gefühl einer Tragödie so ohne weiteres aufzugeben. „Ist es jetzt tot?" „Natürlich ist es tot." Großmutter schnaufte verächtlich. „Das Hähnchen war schon tot, noch bevor es ohne Kopf herumzuflattern begann. Es hat gar nichts gespürt, glaub mir. Und überhaupt, es war bloß ein Tier. Du solltest es besser wissen und dich wegen einem Tier nicht so anstellen." Großmutter überließ das Weitere dem Mädchen und brachte mich schweigend schnell nach Hause. Wie ich so ihre behandschuhte Hand hielt, erinnerte ich mich, dass mir Mutter erzählt hatte, als Kind sei es für sie immer schwierig gewesen, mit ihrer Mutter Schritt zu halten. Einmal habe eine Frau sie auf der Straße angehalten und mit Großmutter geschimpft, weil sie mit ihrem kleinen Mädchen so schnell lief.

Großmutter kam nicht mit hinauf, sondern kehrte um, sobald wir Anna von oben rufen hörten. Das bot mir die Gelegenheit, die Nachricht von meinem schrecklichen Erlebnis hervorzusprudeln. Wie ich es schon halb erwartet hatte, erwies mir Anna jedoch wenig Mitgefühl. „Das tun Hähnchen immer", sagte sie. „Die fliegen immer noch rum, nachdem ihr Kopf schon ab ist. Das ist kein Grund, sich wieder derart aufzuführen. Weißt du denn nicht, dass Tiere keine Seele haben?" Mein Vater, den ich später nach seiner Meinung fragte, bekundete totale Unwissenheit in Seelenangelegenheiten. Dann wunderte er sich laut darüber, wie eine so hübsche Frau wie Großmutter nur so hart sein könne. „Sie war nicht immer so", antwortete Mutter.

Auf dem Klavier im Wohnzimmer der Großeltern stand eine silbern gerahmte Fotografie. Sie zeigte meine Mutter als lockiges, schmollendes Krabbelkind in einem gestärkten, weißen Kleidchen zwischen ihren älteren Geschwistern. Auf der einen Seite saß meine Tante Rosel, ein ernstes, hübsches Mädchen mit weichem schulterlangen Haar in einem weißen Spitzenkleid. Neben ihr standen zwei nüchtern gekleidete Jungen: mein Onkel Willi, breitschultrig, mit dunklen Haaren und Augen, ein warmes Lächeln auf seinem runden Gesicht, und mein Onkel Ernst, blond, adrett und kühl.

Auf einem Tischchen mit Spitzendecke standen in breiten schwarzen Lederrahmen zwei weitere Fotografien, die Jahre später aufgenommen worden waren. Die eine zeigte Onkel Ernst in der vollen Montur einer schlagenden Verbindung; auf der anderen trug er die Uniform eines Offiziers der kaiserlichen Infanterie. In der Ecke des Rahmens steckte die kleine vergilbte Aufnahme eines Grabsteins mit russischer Inschrift. Die hohe Vitrine in der Ecke enthielt Florett, Säbel und Helm, Studentenmützen und eine Mandoline, an der eine Menge bunter Bänder herabhingen. Wenn Großmutter mich beim Ansehen dieser Dinge überraschte, trat sie hinter mich und legte ihre Hand leicht auf meine Schulter. „Dein Onkel Ernst war ein Held. Er wurde im Krieg von den Russen gefangen genommen, und obwohl er Offizier war und an einen besseren Ort hätte gehen können, ging er mit seinen Männern in ein schreckliches Lager. Und dort ist er gestorben", erzählte sie mir. „Er war ein guter Mensch und jetzt ist er beim lieben Gott im Himmel."

„Sie sind im Himmel", sagte sie auch, wenn wir an der kleinen umzäunten Familiengrabstätte auf dem Friedhof standen, wo ihre Eltern begraben lagen. Dorthin nahm sie mich in jedem Frühjahr mit. Während sie auf dem Boden kniete und mit einem Metalllöffel kleine Löcher für die Maßliebchen grub, die wir bei einem Mann an der Endhaltestelle der Straßenbahn gekauft hatten, holte ich Wasser in einer alten Milchkanne, die Großmutter hinter einem Busch versteckt hielt. Sie arbeitete rasch und ruhig. Wenn sie fertig war, stand sie mit einem Seufzer auf, schüttelte den Schmutz von ihrem langen schwarzen Mantel, nahm mich bei der Hand und sprach ein kurzes Gebet. Auf unserem Weg zurück durch den Friedhof ging sie gewöhnlich zu einem efeubewachsenen Baumstumpf und schnitt mit ihrer Heckenschere einige Ranken ab, die sie zu Hause um das Bild von Onkel Ernst drapierte.

Großmutter Käthe beschäftigte sich immer mit irgendetwas. Wenn sie nicht gerade kochte oder backte und dabei ein Auge auf das Mädchen hielt, dann stickte oder nähte sie. Ich stand gerne dabei und beobachtete sie. Ich mochte es, wenn sie große Stücke Tuch auf dem Tisch ausbreitete und mit raschen Bewegungen ihrer großen, klickenden Schere ein Muster herausschnitt. Ich liebte die Schnelligkeit, mit der sie mit der einen Hand den Stoff unter der Nadel ihrer Nähmaschine führte, während die andere Hand das Rad drehte und ihre Füße kräftig das Pedal traten. Die Ergebnisse dieses schönen Verfahrens waren fast immer enttäuschend. Gewöhnlich hielt ich die Kleider, die Großmutter für mich machte, für zu lang und unförmig. Wir stritten über jeden Zentimeter, wenn ich zum Maßnehmen auf dem Tisch stand.

Als ich größer wurde, gab es noch mehr Kämpfe. Ich verstand gut, dass Großmutter wollte, dass ich aussah wie Mutter und Tante Rosel. Auch ich wäre gerne so hübsch gewesen wie sie. Aber ich mochte die Methoden meiner Großmutter nicht und sagte ihr das oft genug. Sie behandelte mein blasses Gesicht mit Zitronensaft, was mich nervös machte, und im Winter, wenn meine Hände rot und rau waren, musste ich sie in Glycerin tauchen, und sie bestand darauf, dass ich auch im Haus Handschuhe trug, die sich klebrig anfühlten. Das Schlimmste war, dass Großmutter, wenn ich über Nacht bei ihr blieb, meine Haare mit Bier oder Ei wusch und sie dann über Schnipseln von Zeitungspapier in Hunderten von kleinen Strähnen aufrollte. Sie versicherte mir, diese Behandlungen würden meinem Haar die nötige Fülle geben und ihm Glanz verleihen. Als mich mein Großvater das erste Mal mit meinen *papillotes* sah, schüttelte er ungläubig den Kopf und drückte Mitgefühl mit den Frauen im Allgemeinen und mit mir im Besonderen aus, weil sie für die Schönheit so leiden müssen. Dann hustete er, um ein Lachen zu verbergen.

Großvater selbst war nicht gänzlich frei von Eitelkeit. Er war ein gut aussehender Mann und war stolz auf seinen gepflegten weißen Bart und Schnauzer, von dem er behauptete, er verdecke seinen weichen Mund. Er bevorzugte dunkle Kleidung und breitrandige Hüte, trug eine schwere goldene Uhrkette, und ein Goldknopf zierte seinen Spazierstock. Großvater hatte einen Doppelgänger, einen Herrn, der in der Stadt umherging und ihm so ähnlich sah, dass meine Mutter als kleines Mädchen einmal beinahe den falschen „Vater" geküsst hätte. Ich fand nie heraus, wer dieser Mann war, obwohl ich ihn einmal, als ich noch klein war, gesehen habe. Er ging mit zwei schwarzen Pudeln spazieren, während Großvater gewöhnlich von Imo begleitet wurde, einem kleinen Spitz, Abkömmling einer langen Reihe von Spitzen, die der Familie im Laufe der Jahre gehört hatten. Alle hießen Imo nach einem obskuren Kaiser des Altertums.

3. Kapitel

An Großvater Christian erinnere ich mich als einen milden und ruhigen Mann, dessen hellgraue Augen hinter goldgefassten Brillengläsern freundlich blitzten. Ich fühlte mich in seiner Gegenwart ausgesprochen wohl und schätzte seinen freundlichen Humor. Aber Mutter bestand darauf, Großvater sei in Wirklichkeit ein „Straßenengel und ein Hausteufel". Damit meinte sie, dass er zu den Leuten gehöre, die sich in der Öffentlichkeit von ihrer besten Seite zeigen, sich zu Hause aber schlecht benehmen.

Jahre später vertraute sie mir an, wie Großvater stundenlang getobt habe, als er erfuhr, dass Vater um Mutters Hand anhalten wollte. „Er stampfte den Flur auf und ab, Imo ihm immer auf den Fersen, paffte seine abscheuliche Zigarre und schwor, den unverschämten jungen Juden die Treppe hinunterzuwerfen, wenn er es wagen sollte, hier aufzutauchen. Als Vater dann aber in der Tür erschien, bat ihn Großvater lammfromm ins Wohnzimmer, und alles wurde friedlich geregelt."

Solange ich klein war, wurde nie ein Wort darüber verloren, aber selbst für ein Kind war der Graben zwischen meinen Eltern und anderen Familienmitgliedern nicht zu übersehen. Besonders auffallend war die Missbilligung meines Großvaters über den etwas bohèmehaften Lebensstil meiner Eltern.

Großvater kam selten zu Besuch. Aber in einem Jahr kam er in der Adventszeit fast jeden Abend vorbei. Ganz wie immer hatte am Nachmittag des ersten Advent die Weihnachtszeit begonnen, mit ersten Weihnachtsplätzchen und dem Anzünden der ersten Kerze auf dem an roten Satinbändern über dem Tisch hängenden, duftenden Adventskranz.

Am 6. Dezember war Nikolaustag. Mutter nahm mich mit zu einem großen Kinderfest im Hause ihrer besten Freundin Erna, deren drei Jungen etwas jünger waren als ich. Dort saßen alle Gäste, Mütter und Kinder, in einem großen Kreis auf dem Boden und sangen Weihnachtslieder, während wir auf die Ankunft von Sankt Nikolaus warteten. Nach einiger Unruhe im Flur öffnete „der Nikolaus" die Tür und trat in unsere Mitte. Er war eine Ehrfurcht gebietende Gestalt, wie ein Bischof ganz in Weiß und Gold gekleidet, mit lang herabwallendem Bart und Hirtenstab. Er hielt ein großes Buch in den Händen. Darin waren, wie ich wusste, die Namen aller Kinder mit Anmerkungen über ihr Betragen aufgeschrieben. Der heilige Mann wurde von seinem Diener, dem Knecht Ruprecht, begleitet, einem rauen, in Sackleinen gekleideten Burschen, der einen mit Obst, Nüssen und kleinen Geschenken gefüllten Sack schleppte. Er fuchtelte mit einem Rutenbündel herum, mit dem er die Jungen, die sich im Laufe des Jahres schlecht benommen hatten, züchtigen wollte. Glücklicherweise kam es nie dazu. Wenn Sankt Nikolaus unsere Namen aufrief, hatte er für alle nur freundliches Lob. Nachdem jedes Kind ein kleines Gedicht aufgesagt oder ein Lied gesungen hatte, verteilte der Nikolaus seine kleinen Gaben.

Bis zum Heiligabend fand ich nun jeden Morgen eine kleine Überraschung in meinen Schuhen: eine vergoldete Nuss, eine Rauschgoldkette, ein Stück Marzipan. Hinter den verschlossenen Türen des Musikzimmers werkelte Vater und schuf wunderbare Spielsachen. Er wäre statt Kaufmann lieber Handwerker geworden. Hier hatte er Gelegenheit, seinen Schaffensdrang auszuleben. Einmal baute er ein Miniaturschwimmbad, komplett mit einem wassergefüllten Becken, Umkleideraum und einer winzigen, funktionierenden Dusche. Ein andermal baute er den alten Krämerladen, den er als Kind besessen hatte, zu einem Kurzwarenladen um. Wir konnten darin hinter der Theke stehen, von kleinen Ballen Meterware abmessen und eine klingelnde Registrierkasse bedienen. In einem anderen Jahr elektrifizierte er die altmodische Puppenküche, die meiner Mutter gehört hatte, sodass ich Würstchen heiß machen und winzige Pfannkuchen auf meinem Puppenherd backen konnte. Diese wunderbaren, heiß geliebten Spielsachen verschafften mir und meinen Spielkameradinnen in den Weihnachtsferien unzählige frohe Stunden. Auf geheimnisvolle Weise verschwanden sie danach wieder und blieben bis zum nächsten Weihnachtsfest verborgen; ich wusste nicht, wo.

Jene besondere Adventszeit des Jahres 1928, während der uns mein Großvater so überraschend häufig besuchte, schien sich anfangs von früheren nicht weiter zu unterscheiden. Ich wanderte wie immer durchs Haus, spähte in Ecken und schnupperte in glücklicher Erwartung die Weihnachtsdüfte. Meine Neugier stieg jedoch himmelhoch, als Großvater mehrere Abende hintereinander die Treppe heraufkam. Er warf Anna Hut, Mantel und Spazierstock zu, tätschelte mir geistesabwesend den Kopf und verschwand in die oberen Regionen der Wohnung. Wenn er wieder auftauchte, schüttelte er enttäuscht den Kopf und murmelte „noch nicht, noch nicht". Aber eines Abends strahlte Großvater bei seiner Rückkehr vor Freude. „Er wird es wohl schneiden müssen", sagte er zu Anna, als sie ihm in den Mantel half. Beide sahen mich verschwörerisch an und lächelten vielsagend, während ich vor Neugier fast platzte.

Endlich kam der Heilige Abend. Unter dem glänzenden Baum, neben einem Berg hübsch verpackter Geschenke sah ich etwas glitzern wie die Schatzhöhle aus „1001 Nacht". Ich lief hin und nahm die unerwartete Schönheit und den Geruch von einem Stück jungen Rasen in einem Miniatur-Zimmergarten in mich auf. Schon lange hatte ich mir einen Garten für mein Puppenhaus gewünscht. Im größten Spielwarengeschäft der Stadt hatte ich einen aus bunt angemaltem Pappmaschee gesehen. Ich fand, das sah sehr echt aus.

Aber als ich ihn Vater gegenüber erwähnte, tat er den kleinen Garten als unecht ab. Heimlich beschloss er jedoch, für mich einen richtigen Rasen zu machen. Er hatte ein Tablett aus Zink anfertigen lassen, das auf meine Kommode passte, und es mit Steinchen und Muttererde gefüllt. Er legte winzige Kieswege an, die zu einem runden Fischglas in der Mitte und zu einer winzigen Schaukel in der Ecke führten, und er säte jede Menge Grassamen aus. Die Samen sprießen zu sehen, war der Grund für Großvaters häufige Besuche gewesen. „Ich kann es immer noch nicht glauben. Wie konnte das Gras nur unter so ungünstigen Bedingungen wachsen?" Großvater schüttelte den Kopf. Seine Bedenken waren wohlbegründet. Das Gras starb nach wenigen Wochen ab. Ende Januar 1929 war der ganze Garten aus Mangel an Sonnenlicht mit Flechten überzogen.

Wir hatten in jenem Jahr einen ungewöhnlich kalten Winter. Sogar der Rhein war fest zugefroren. Wir waren daran gewöhnt, den Neckar überfroren zu sehen, aber niemals den Rhein. Das war das letzte Mal geschehen, als meine Großeltern noch Kinder waren. Damals hatte man auf dem Eis einen Jahrmarkt veranstaltet mit einem Karussell, mit Waffel- und Maronenverkäufern. Unter Umgehung der Brücke fuhren damals die Leute in Pferdeschlitten von einer Rheinseite auf die andere. Es soll zahlreiche Unfälle gegeben haben, da Leute, die sich zu weit stromabwärts gewagt hatten, von der Dunkelheit überrascht wurden, die Orientierung verloren und erfroren. In diesem Jahr gab es keine Festlichkeiten. Doch schließlich kamen die Eisbrecher. Bei Nebel und Schneetreiben brachen sie sich schwerfällig Bahn und befreiten mit Getöse und Geklirr den großen Fluss von seinen eisigen Fesseln. Die Möwen flogen wieder fort, kamen aber von da an jeden Winter, kreisten lärmend über dem Fluss und brachten uns eine Ahnung von fremden Ländern und vom offenen Meer.

Im Frühjahr und Sommer waren es die Frachtkähne, die uns mit fernen Küsten verbanden. Diese langsamen Schiffe transportierten schwere Ladungen von Rohstoffen und Fertiggütern den Rhein hinauf und hinunter und dienten gleichzeitig als Heim für die Schiffer und ihre Familien. Die Wohnbereiche an Bord wirkten auf mich sehr behaglich. Weiße Gardinen bauschten sich an kleinen Fenstern, die hinter Blumenkästen mit roten Geranien glänzten. Kinder meines Alters sprangen offenbar ohne besondere Vorsicht übers Deck, Hunde bellten, Hühner gackerten um ihre Füße und über ihren Köpfen wehte die Wäsche. Das schien mir eine schöne, selbstgenügsame und doch abwechslungsreiche Welt. Mit einem gewissen Neid sah ich hinüber, wenn ich an der Hand eines Erwachsenen die Rheinpromenade entlangging.

Meine eigenen Erfahrungen mit der Schifffahrt beschränkten sich darauf, an dunstigen Sommermorgen an Bord eines überfüllten kleinen Motorbootes zu gehen, das Mutter und mich rheinaufwärts zum beliebten Strandbad brachte, wo wir unter Hunderten anderer Badelustiger unsere Decke auf dem Kies ausbreiteten. Wir legten die leichten Sommerkleider ab, die wir über der Badekleidung trugen, setzten Badekappen auf, zogen Sandalen an und machten uns vorsichtig auf den Weg über die Steine in den rasch fließenden Strom. Ich liebte es, den wirbelnden Fluss an meinem Körper zu fühlen und mich von der Strömung treiben zu lassen. Ich war begeistert, wenn in gebührender Entfernung ein Dampfer vorüberfuhr und der Strömung noch wild schaukelnde Wellen zufügte. An einer bestimmten Stelle kam ich aus dem Wasser und lief am Strand entlang zu unserer Decke zurück, um von dort aus das Ganze von vorn zu beginnen. Davon konnte ich nie genug bekommen.

Schließlich durfte ich meine freien Nachmittage ohne Aufsicht im Herweck verbringen, einem Schwimmbad in der Nähe unseres Hauses. Das Herweck war die größte von mehreren floßähnlichen Badeanlagen, die am Rhein verankert lagen, aber nur hier durften Frauen und Männer gemeinsam baden. Die Anlage hatte ein Becken mit einem abgeschrägten Holzboden, wo Kinder und Nichtschwimmer sich amüsieren konnten. Außerdem gab es ein Becken mit olympischen Maßen, dessen Boden der Flussgrund bildete und das mit Sprungbrettern und Wasserrutsche ausgestattet war. Junge waghalsige Männer, die weibliche Badegäste beeindrucken wollten, konnten unter der Holzkonstruktion durchtauchen und außerhalb des Beckens im offenen Wasser wieder auftauchen. Manchmal schwammen sie zu einem vorbeifahrenden Dampfer und kletterten an Bord, nur um etwas weiter stromaufwärts wieder hineinzuspringen und sich von der Strömung zurücktragen zu lassen. Die damit verbundene Gefahr wurde mir von meinem Vater schon früh eindringlich geschildert. Ich fragte mich, ob er das als Junge jemals getan hatte, wagte aber nicht, ihn danach zu fragen.

Mein Vater fuhr sehr gerne Rad, und manchen Sonntagnachmittag nahm er mich mit. Anfangs, als ich noch klein war, saß ich in einem Korbsitz an seiner Lenkstange, später auf einem Sattel hinter ihm. Er radelte aus der staubigen Stadt hinaus in den Waldpark, den Stadtwald, wo ein angenehmer Wind durch die Bäume strich und wo wir stundenlang auf leicht knirschenden, sandigen Wegen rollten. Oft kamen wir nach zahlreichen Umwegen schließlich am Haus seiner Mutter an, wo wir hocherfreut begrüßt wurden. Großmutter Emilie hatte immer Erfrischungen für uns bereit und war voller Fragen, wo wir gewesen waren und was wir gemacht hatten. Ich erinnere mich jedoch an ein Mal, als ihr Empfang – zumindest was meinen Vater betraf – alles andere als herzlich war.

Mein Vater besaß nie ein eigenes Auto, aber gelegentlich mietete er einen Wagen, um mit einem Kunden zur Besichtigung eines Grundstückes zu fahren. Als ihm der Chauffeur erzählte, er sei auch Flieger, da wollte Vater gerne einmal mitfliegen. „Was könnte schöner sein als durch die Luft zu kreuzen, hoch über unserer alten Stadt?", hatte Vater gefragt, als er Mutter und mich drängte, ihn bei dem Abenteuer zu begleiten. „Nein danke, Kurt", war Mutters rasche Antwort. „Wenn du wie ein Narr durch die Luft fliegen willst, wirst du es allein tun müssen." Aber ich war Feuer und Flamme und wollte unbedingt mitfliegen.

Das war im Juni 1929, als Flugzeuge noch selten waren. Wenn sie den Motor eines Flugzeuges hörten, blieben die Leute nach wie vor stehen und sahen hoch. Vater und ich waren also sehr aufgeregt, als wir uns an einem sonnigen Sonntagnachmittag auf den Weg zum Flugplatz machten. Die Maschine, mit der wir fliegen sollten, sah aus wie der übergroße Seitenwagen eines Motorrades mit Flügeln und Propeller. Mein Herz klopfte, als ich dicht hinter meinem Vater hineinkletterte. Der Pilot gurtete uns beide auf dem Vordersitz zusammen und gab jedem eine Schutzbrille und eine Kappe mit Ohrenklappen, die wir voller Stolz über den Kopf zogen. Dann kletterte er selbst hinter uns ins Cockpit. Ein anderer Mann drehte den Propeller und startete damit den Motor.

Der betäubende Lärm und der stürmische Wind vor meinem Gesicht waren fast zu viel, aber jeder Gedanke an Unbequemlichkeit verschwand in dem Augenblick, als wir flogen. Ich sah auf die Stadt mit all den vertrauten Straßen und Gebäuden, die wie ein Spielzeugdorf unter uns lag. Unser Haus war unglaublich klein, mein geliebter Balkon kaum zu erkennen. Eine winzige gelbe Straßenbahn fuhr die Breite Straße entlang. Leute in Sonntagskleidung kamen unter den Bäumen im Schlossgarten hervor. Sie sahen aus wie buntes Konfetti. Wir flogen den majestätischen Rhein entlang zum Neckar, der wie ein blaues Satinband in der späten Nachmittagssonne glänzte. Wir flogen scharfe Kurven und mehrere Schlaufen, und dann entdeckte ich Großmutter Emilies Haus. Ich war sicher, sie saß auf ihrem Balkon, unserem Blick nur durch die Blätter der Glyzinie entzogen. Ich hob Vaters Ohrenklappe an und schrie ihm über den Motorenlärm zu, er solle winken. Und wir winkten beide wie verrückt und lächelten glücklich. Dann blickte ich mich nach dem Piloten um. Auch er lächelte. Er teilte unsere Begeisterung.

Sobald wir wieder sicheren Boden unter den Füßen hatten, beschlossen wir, zuerst zu Großmutter zu fahren und ihr unser großartiges Abenteuer zu berichten. Wie immer begrüßte sie uns mit großer Herzlichkeit und zeigte sich entzückt, als ich ihr meinen kleinen Veilchenstrauß übergab. Bei jedem Besuch brachte Vater ihr Veilchen mit, die er auf dem Weg von der Straßenbahnhaltestelle bei einer Frau an der Straßenecke kaufte, und Großmutter nahm sie mit immer gleicher Überraschung und Freude entgegen. Dieses Mal jedoch kam es anders. Als ich aufgeregt herausplapperte, dass wir vor Kurzem über ihr Haus geflogen seien, wurde Großmutter kreidebleich. Sie sah Vater ungläubig an. Als er lächelnd nickte, stieß Großmutter einen durchdringenden Schrei aus und schleuderte die Veilchen voller Zorn quer durch das Zimmer. „Du Esel", schrie sie Vater an. „Wenn du dein Leben mit solchem Blödsinn aufs Spiel setzt und in der Luft herumfliegst, dann ist das deine Sache. Aber du hast kein Recht, dieses arme, unschuldige Kind in Gefahr zu bringen! Wenn meiner Hannel etwas passiert wäre, ich hätte dir das nie verziehen, nie – niemals!" Großmutter schluchzte. Sie zog mich an sich und bedeckte meinen Kopf mit feuchten Küssen. „Komm! Komm schon, Mutter." Vater schüttelte den Kopf. „Es war alles völlig sicher und wir hatten so viel Spaß!" Dann bückte er sich, hob die Veilchen auf und gab sie dem Mädchen, das unbemerkt hereingekommen war, um zu fragen, ob Erfrischungen gewünscht wurden, und nun ängstlich an der Tür stand. „Bitte stellen Sie die armen, kleinen Dinger ins Wasser", sagte Vater und lächelte sie ermutigend an, „und bringen Sie meiner Mutter und mir einen Cognac." „Und Himbeersaft für das Kind", fügte Großmutter hinzu. Sie klang wieder ganz ruhig und gab dem Mädchen einen Schlüssel.

Großmutter hielt alle Vorräte hinter Schloss und Riegel. Sie verwahrte die Schlüssel in einem Korb auf ihrem Schreibtisch. Ganz früher soll sie sogar den Schlüsselkorb selbst noch im Schreibtisch eingeschlossen haben. „Nicht, dass ich eine misstrauische Person wäre", erklärte Großmutter gern „aber ich bin ordentlich, und ich möchte jederzeit wissen, wo alles ist. Das ist der einzige Weg, um Besitz zusammenzuhalten." Jahre später erinnerte ich mich mit großer Traurigkeit an diese Aussage, als ich sah, wie Großmutter darum kämpfte, ihre Würde zu bewahren, nachdem man sie aller weltlichen Güter beraubt hatte. Aber als Kind wunderte ich mich über die Beharrlichkeit, mit der sie auf jeden Pfennig achtete. Jeden Morgen saß sie an ihrem Schreibtisch, einige kleine blau gebundene Notizbücher vor sich, und überprüfte die einzelnen Posten des vergangenen Tages. Sie trug Einnahmen und Ausgaben sorgfältig ein. Wenn die Zahlen nicht aufgingen, prüfte sie jede Spalte wieder und wieder, murmelte dabei Zahlen vor sich hin, bis endlich auch der kleinste Fehler korrigiert war. Dann schloss sie die Bücher mit einem vernehmlichen Seufzer der Erleichterung und warf sie zurück in die Schublade. „Jeder einzelne Pfennig abgerechnet", verkündete sie glücklich und drehte den Schlüssel um.

Mein Großvater Moritz, einer der Partner im Bedarfsgüterhandel seiner Familie, starb 1911 auf dem Heimweg von der Börse an einem Herzinfarkt und hinterließ Großmutter als junge, wohlhabende Witwe mit zwei kleinen Söhnen. Großmutters Bruder Julius, der damals in London lebte, kehrte nach Mannheim zurück, um die Geschäfte seiner Schwester zu leiten. „Zu missleiten", pflegte Großmutter zu sagen, wenn sie mit Onkel Julius über Geld in Streit geriet, was häufig geschah. Jetzt teilten sie sich den ersten Stock eines Patrizierhauses in der Hebelstraße, das meiner Großmutter gehörte.

Sobald man mich für groß genug hielt, allein die Straßenbahn zu benutzen, fuhr ich samstagnachmittags immer vom Schloss über den Ring und stieg an der Ecke von Großmutters Straße aus. Von dort konnte ich schon sehen, wie sie am Erkerfenster ihres Wohnzimmers stand und nach mir

Ausschau hielt. Sie trug ihre modische, horngefasste Brille, nicht den hausbackenen Kneifer, den sie bei geringeren Anlässen benutzte. Noch bevor ich das Haus erreichte, drückte sie den Türöffner, voller Ungeduld, mich zu umarmen und zu küssen.

Onkel Julius war bei seiner Freundin Martha, deren Name nur geflüstert wurde und die ich nie zu Gesicht bekommen habe. Das Mädchen hatte einen freien Tag, sodass Großmutter und mir ein vergnügtes Wochenende zu zweit bevorstand. Bei warmem Wetter saßen wir auf dem vorderen Balkon. Die blau-weiß gestreifte Markise schützte uns vor der Sonne und die üppige Glyzinie, deren knorrige Zweige an der Fassade des Gebäudes hochkletterten, verbarg uns vor den Blicken der Vorübergehenden. Im Frühsommer erfüllten die traubenähnlichen Blüten die Luft mit ihrem betörenden Duft. Später im Jahr hatten die staubigen grünen Blätter einen angenehm scharfen Geruch, wenn man sie zwischen den Fingern zerrieb.

Wir aßen früh zu Abend. Es gab Schwarzbrot mit Aufschnitt oder Quark. Zur Feier des Tages gab es eine Flasche kühles Bier für Großmutter und Himbeer- oder Erdbeersaft für mich. Wir sahen den Spielern auf den Tennisplätzen an der anderen Straßenseite zu und Großmutter erzählte von den Tagen, als mein Vater, sein Bruder Paul und ihre Freunde dort spielten und dann auf den Balkon heraufkamen, um sich Erfrischungen zu holen. Vater war ein guter Spieler gewesen und hatte während seiner Studentenzeit mehrere Preise gewonnen. Später am Abend spielten wir Karten. Unser Lieblingsspiel war die Zankpatience, die so heißt, weil die strengen Regeln des Spiels häufig zu Streit führen. Obwohl jeder von uns unbedingt gewinnen wollte, zankten wir doch nie. Über ein solches Verhalten fühlten wir uns erhaben.

Großmutters Leidenschaft für Kreuzworträtsel teilte ich zwar nicht, aber von bestimmten Radioprogrammen waren wir beide gleich begeistert. Wollten wir eine Sendung gemeinsam hören, so kuschelten wir uns auf der Chaiselongue aneinander und teilten uns ein Kopfhörer-Set. Das frühe Radio war ein unschöner Apparat voller Kabel, angeschlossen an zwei schwere Säurebatterien, die oft nachgefüllt werden mussten. Sie wurden regelmäßig von einem kleinen, unscheinbaren Mann ausgewechselt, der sich immer wieder für sein Eindringen entschuldigte.

Großmutter und ich teilten uns das große Schlafzimmer, in dem eine Hälfte des großen Doppelbetts immer für mich hergerichtet war. Ihr Gesicht freundlich erhellt von der Nachttischlampe, ein Buch vor sich auf der Brust, las Großmutter halbe Nächte hindurch. Ich dagegen schlief unter einer großen Daunensteppdecke rasch und friedlich ein, eingelullt vom leisen Rauschen der großen Bäume vor dem offenen Fenster. (Zwischen den alten Bäumen stand eine junge Rosskastanie. Bei der Geburt meines Vaters hatte Großvater Moritz sie im Garten des Hauses gepflanzt, in dem die Familie damals wohnte. Großmutter hatte sie umpflanzen lassen, als sie nach Moritz' Tod in die neue Wohnung zog.) Wenn ich sonntags aufwachte, war das Bett meiner Großmutter schon leer. Aus dem Zimmer nebenan, wo sie mit Onkel Julius frühstückte, hörte ich das leise Klappern von Geschirr und Besteck.

Die Wohnung hatte keine Zentralheizung, aber in den vorderen Räumen verbreiteten große Kachelöfen wohlige Wärme. Die Räume von Onkel Julius am hinteren Ende der Wohnung wurden von blauen und weißen Flammen beheizt, die in einem kleinen Gasheizer tanzten, den er aus England mitgebracht hatte. Auch sein voluminöser Leder-Schaukelstuhl und der große Messingaschenbecher mit Holzsockel stammten aus England. Großmutters zugiges, gefliestes Badezimmer wurde selbst an den kältesten Morgen durch eine elektrische Heizsonne erträglich warm.

Sobald ich am Frühstückstisch erschien, wies Onkel Julius darauf hin, dass er bereits seinen täglichen Spaziergang zum Bahnhof hinter sich habe, um die London Times zu holen, „die einzige Zeitung, die zu lesen lohnt, und ein zwingender Grund für dich, in den Englischstunden aufzupassen", wie er sagte. Er war auch schon in seiner Lieblingsbäckerei gewesen und hatte deren besonderen, federleichten Apfelstrudel sowie Quarkteilchen gekauft, die ich sehr liebte. Außerdem hatte er in dem italienischen Obstladen Grapefruits und Blutorangen besorgt, die ich ebenfalls sehr gerne aß. Es mache ihm Freude, sagte er, und seine Stimme zitterte dabei, das einzige Enkelkind seiner einzigen Schwester zu verwöhnen, und dies besonders deshalb, weil er in einem schrecklich sparsamen Haushalt aufgewachsen sei. Großmutter kicherte und erinnerte Onkel Julius daran, dass sie im selben Haus aufgewachsen sei und es gar nicht schrecklich gefunden habe. Aber Onkel Julius ließ sich nicht davon abbringen und erzählte, wie mein Urgroßvater, ein wohlhabender Arzt, nach dem Mittagessen eine einzige Apfelsine mit seinem perlmuttbesetzten Taschenmesser sorgfältig schälte und Stück für Stück rund um den Tisch verteilte. „Apfelsinen waren damals eine Rarität", erklärte Großmutter. „Es gab keinen italienischen Obstladen in der Stadt wie heute. Das kam erst nach dem Krieg." Großmutter fand es oft nötig, Onkel Julius' Behauptungen über die Vergangenheit zu erläutern, besonders wenn sie die Zeit betrafen, als Vater und sein Bruder aufwuchsen.

Aus Achtung vor Großvater Moritz' letztem Wunsch, keiner seiner Söhne möge je in ein Internat geschickt werden, aber überzeugt, dass Großmutter nicht in der Lage sei, zwei Buben allein großzuziehen, beschloss Onkel Julius, die Erziehung seiner Neffen selbst in die Hand zu nehmen. Das war keine einfache Aufgabe für den Junggesellen aus London. „Immer war irgendein Unfug im Gange. Dein Onkel Paul war der Anstifter und dein Vater folgte ihm. Deine arme Großmutter hatte ihre Söhne überhaupt nicht unter Kontrolle." Onkel Julius runzelte missbilligend die Stirn.

Ich wurde nie müde, Onkel Julius' Geschichten anzuhören. Eine meiner liebsten betraf einen Nachttopf. „Einen leeren", wie Großmutter unweigerlich einwarf. Die Jungen hatten ihn an ein Seil gebunden und vom zweiten Treppenabsatz des alten Hauses so heruntergelassen, dass er den Leuten vor dem Gesicht baumelte. Interessenten, die das zum Verkauf stehende Gebäude besichtigen wollten, zogen entrüstet wieder ab.

Diese Geschichte brachte Großmutter unweigerlich zum Kichern, worauf Onkel Julius beleidigt schien. Er erinnerte an den Tag, als ein sehr respektabler Witwer zum Tee gekommen war und dann von dem jungen Paul erzählt bekam, Großmutter sei in ihrer Jugend im Zirkus aufgetreten. „Er sagte zu dem Herrn, dies sei ein wohl gehütetes Familiengeheimnis", entrüstete sich Onkel Julius. „Der Mann glaubte das tatsächlich und kam natürlich nie wieder. Wer weiß, wie viele mögliche Freier die arme Frau wegen der wilden Geschichten dieses Jungen verloren hat." An diesem Punkt versicherte mir Großmutter regelmäßig, dass sie sich nie für die Freier interessiert habe und schon gar nicht für einen, der keinen Sinn für Humor hatte. „Unter einem Dach mit deinem Onkel Paul hätte der arme Mann keinesfalls überlebt", seufzte sie.

4. Kapitel

Von Onkel Paul hatte man erwartet, er werde in Urgroßvaters Fußstapfen treten und Arzt werden. 1914, bei Ausbruch des 1. Weltkrieges, wurde er von der Universität weg eingezogen. Wegen seiner Schulterprobleme setzte man ihn die nächsten vier Jahre im Feldpostdienst hinter der Front ein. Als er wieder heimkam, ließ er die Medizin sausen und engagierte sich bei einer Gruppe junger Künstler und Schriftsteller, die von der schwachen Weimarer Republik genauso desillusioniert waren wie von dem militaristischen Kaiserreich davor. Sie nannten sich selbst „Grüner Schrey" und trafen sich regelmäßig zum Gedankenaustausch in Großmutter Emilies Haus, wo sie großzügige Gastfreundschaft genossen. Großmutter unterstützte sie gerne, wie sie sagte. Sie habe einige wirkliche Talente in der Gruppe erkannt, missbilligte aber entschieden ihre politischen Ansichten, von manchen fühlte sie sich sogar peinlich berührt.

Mein Vater, der in das Geschäft der Familie eintreten sollte, war 1916 nach dem Abitur an die Westfront geschickt worden, lag als Schütze erster Klasse der kaiserlichen Infanterie zwei Jahre lang im Schützengraben, kam vom Typhus ausgezehrt nach Hause und wurde mit dem Eisernen Kreuz ausgezeichnet. Auch er war voller revolutionärer Ideen und sozialistischer Grundsätze, die mit seinem Herkommen aus der oberen Mittelklasse und mit der vorbestimmten kaufmännischen Laufbahn absolut nicht zusammenpassen wollten. Auch er nahm an den Treffen des „Grünen Schrey" teil und steuerte gelegentlich ein Gedicht oder einen Essay bei.

Onkel Paul schrieb ein satirisches Stück „Der Sieger", das im historischen Nationaltheater aufgeführt und als zu radikal verrissen wurde. Seine folgenden Schriften, in denen er sich über die Bourgeoisie mokierte, erregten allgemein böses Blut und beleidigten viele von Großmutters Freunden und Verwandten, die sich durch einige ziemlich deutliche Episoden persönlich getroffen fühlten. Pauls Weg zum Ruhm begann 1925 mit seinem Engagement als Conférencier im berühmten „Kabarett der Komiker" auf dem Kurfürstendamm in Berlin, der Stadt, die damals das Zentrum von Kunst und Kultur war.

„Kein Wunder, dass dein Onkel gerne auf der Bühne und vor Publikum auftritt. Er hat sich schon immer gerne vor anderen produziert", sagte Großmutter, wenn sie etwas über ihn in der Zeitung las. In seinen Jugendjahren hatte sie ihn einmal erwischt, wie er auf dem Fenstersims auf- und abspazierend seinen Stock in der Luft herumwirbelte und den Hut vor zwei jungen Mädchen zog, die vom Gehweg zu ihm heraufstarrten.

Als Conférencier sagte mein Onkel in seinem ganz eigenen Stil Unterhalter von Weltklasse an. Er gab sehr persönliche, satirische Kommentare zu den Tagesereignissen und den Sitten der Zeit. „Die Leute kommen von weit her ins Kabarett, nur um zu hören, was Paul zu den Geschehnissen auf der Welt zu sagen hat. Manchmal erwähnt er bloß einen Namen, und schon lachen alle in Erwartung eines guten Witzes", erzählte Großmutter und schüttelte verwundert den Kopf. Jedes Jahr während der Theatersaison fuhr sie nach Berlin und genoss die Glitzerwelt von Bühne und Film. Als Ehrengast besuchte sie Kabarettvorstellungen und plauderte mit Größen wie Peter Lorre, Berthold Brecht, Kurt Weill und George Grosz, der eines der frühen, aggressiven Bücher meines Onkels illustriert hatte.

In Berlin wohnte Großmutter bei ihrer verwitweten Kusine Ida. Deren einziger Sohn Norbert hatte als Junge die Kümmernisse von Onkel Julius noch vergrößert. Jetzt war er ein flotter Junggeselle, Alleinvertreter der Kosmetikfirma Coty für Deutschland und somit vermutlich verantwortlich für den großzügigen Verbrauch von Gesichtspuder und Parfüm meiner Großmutter.

Während der Sommerpause des Kabaretts kam Onkel Paul gewöhnlich auf seinem Weg zum Ferienziel oder zu einem Gastengagement durch Mannheim. Seine Besuche waren kurz, stellten aber Großmutters geruhsamen Haushalt immer völlig auf den Kopf. Das Mädchen rannte hin und her, ebenso die früheren Dienstboten, die für diese Gelegenheit angeheuert worden waren. Die sonst blassen Wangen des Mädchens waren hochrot und ihre Lippen zitterten beim geringsten Anlass. Großmutter, nicht weniger aufgeregt, gab ihrem Schlüsselkorb Arbeit. Sie schloss Schränke und Abstellräume auf und zu, holte ihr bestes Leinen, Silber und Kristall heraus und ermahnte jeden, ganz besonders vorsichtig mit allem zu sein.

Onkel Julius schwang seine eigenen Schlüssel und fuchtelte ständig mit seiner Zigarre herum, während er die Weine sichtete, den Schnaps probierte und Flaschen und Karaffen auf die Anrichte im Speisezimmer stellte. „Seine Hoheit schläft noch", sagte er anklagend, wenn ich mit meinen Eltern zum festlichen Mittagsmahl zu Ehren von Onkel Paul eintraf. „Er lebt noch in Berliner Zeit", sagte Großmutter beschwichtigend. Aber dann fand sie doch, ihr Sohn habe nun lange genug geschlafen. Ich solle am besten hineingehen und ihn wecken. Sie führte mich in das dunkle Zimmer, zog energisch die schweren Seidenvorhänge zurück und ließ das Tageslicht hereinfluten. Das Gesicht meines Onkels auf dem verknautschten Kissen erschreckte mich immer. Seine Augen waren noch geschlossen und sein glattes, hellbraunes Haar mit dem sorgfältig gepflegten Silberstreifen hing ihm locker in die Stirn. Dieser Mann, sonst so gepflegt, geschniegelt und gebügelt, immer auf dem Quivive, sah nun zerzaust und entspannt aus. Scheu küsste ich ihn auf seine gerade Nase. Er knurrte leise und bewegte sich. „Nur noch fünf Minuten", murmelte er, ohne die Augen zu öffnen.

„Paul, das sagst du schon seit einer halben Stunde", sagte Großmutter streng. „Nun bittet dich das Kind aufzustehen. Jetzt hör' wenigstens auf sie. Die Gäste werden jeden Moment eintreffen. – Da, es klingelt schon", rief sie und rannte eilig aus dem Zimmer. Onkel Paul setzte sich auf, küsste mich und sprang aus dem Bett.

Als Erster kam immer Onkel Julian, einer der vielen Vettern meiner Großmutter. Er war Junggeselle, ein Vertreter, der in Damenunterwäsche reiste. Er war nicht sonderlich attraktiv, lispelte etwas und diente häufig als Zielscheibe familiärer Scherze. Seine Mittel waren bescheiden. Für jeden zweiten Donnerstag hatte er eine Dauereinladung bei Großmutter zum Abendessen. Das Menü bestand immer aus reichlich Kartoffelsalat, koscherer Knackwurst und einer Flasche Bier. Danach ein Cognac und eine von Onkel Julius' Zigarren. Onkel Julian konnte auch immer auf eine Einladung zu besonderen Festen meiner Großmutter zählen. Er revanchierte sich mit allerlei kurzweiligem Klatsch und jeder Menge Schmeicheleien. Wenn Onkel Paul im Hause war, begann Onkel Julian zu kichern und zu lachen, sobald er seiner ansichtig wurde, in glücklicher Erwartung all der klugen Sachen, die er zu hören bekommen würde.

Als Nächste kamen Tante Rosalie und ihre Tochter Anni. Sie waren weit weniger enthusiastisch, was den Ehrengast betraf, kamen aber, wie bei allen Einladungen meiner Großmutter, um ihren Respekt für ihre liebe Emilie zu zeigen. Tante Rosalie, die jüngste Schwester meines Urgroßvaters, war eine kleine Frau. Wenn sie auf einem Polsterstuhl saß, erreichten ihre Füße kaum den Boden. Hartnäckig lehnte sie den Fußschemel ab, den ihr immer jemand anbot. Sie saß sehr gerade und sah sich beim Sprechen mit großer Würde im Raum um. Wie Großmutter würzte sie ihre Rede mit französischen und lateinischen Ausdrücken. In einem perlenbesetzten Beutel hatte sie eine kleine Schachtel mit lila Pastillen dabei, von denen sie sich ab und zu eine mit blassen Spinnenfingern in den Mund steckte. Wenn ich gerade in der Nähe stand, bot sie mir gelegentlich eine der winzigen wohlriechenden Pastillen an.

Ihre Tochter Anni, seit Kurzem verwitwet, lebte bei ihr und arbeitete im Mannheimer Gesundheitsamt. Sie trug elegante, schwarze Tuchkostüme und Seidenblusen, um den Hals immer eine Perlenkette und in jedem Ohr eine einzelne Perle. Sie küsste mich liebevoll und nannte mich wegen meiner vielen Erkältungen ihre *Schlemielde* (weiblich für *Schlemiel*, was einen Unglücksraben bezeichnet, der sich in einem *Schlamassel* befindet). Gleichzeitig versicherte sie mir, dass ich eines Tages keine rote Nase mehr haben und sehr schön sein würde.

Hatten sich alle zum Essen gesetzt, war ich wie immer das einzige Kind unter lauter lebhaft erzählenden Erwachsenen. Tante Anni zwinkerte mir ermutigend von der anderen Tischseite zu. Ich saß neben Großmutter, die mit geröteten Wangen und glänzenden Augen dem Ganzen präsidierte. Sie trug ein neues Kleid aus schwerem schwarzen Seidenrips. Statt des täglichen Satinbands schmückte ein glitzerndes Perlenband ihren Hals. Am anderen Tischende saß Onkel Julius. Er war ungewöhnlich jovial und schenkte vom Teewagen Wein und Sekt ein. Großmutters Mädchen sah in ihrem strengen Servierkleid und mit weißen Handschuhen fremd aus. Mit großem Ernst reichte sie die vielen für dieses mehrgängige Essen benötigten Schüsseln und Platten an. Mein Vater, mein Onkel und die anderen jungen Männer beherrschten die Unterhaltung bei Tisch, wobei sie sich gegenseitig an Witz zu übertreffen suchten. Am Ende jedoch ließen sie immer großzügig Onkel Paul den Vorrang. Meine Mutter und die anderen Frauen beteiligten sich nur gelegentlich an dem Schlagabtausch, meistenteils hörten sie zu und sonnten sich in der schmeichelhaften Aufmerksamkeit meines Onkels.

Nach meiner Erinnerung kam Onkel Paul nur ein einziges Mal in weiblicher Begleitung. Ihre Ankunft wurde von Großmutter vorher lang und breit besprochen. Sie ordnete an, dass für den nicht geladenen Gast im nahen Parkhotel ein Zimmer reserviert wurde. Dem Mädchen befahl sie, für „dieses Weib" eine alte Serviette herauszusuchen, da sie hinterher sowieso von ihrem Lippenstift ruiniert sein würde. Später wurde erwähnt, die Frau habe die Mahlzeiten bei meiner Großmutter nicht nach ihrem Geschmack gefunden, und in diesem Zusammenhang hörte ich zum ersten Mal aus dem Mund meiner Großmutter das Wort *Schickse*, den nicht eben schmeichelhaften Ausdruck für eine nichtjüdische Frau. Jahre später, als sich Onkel Julius' Martha als Verräterin entpuppte, nannte sie auch diese eine *Schickse*.

Mahlzeiten waren für Großmutter eine Sache des Stolzes. Sie liebte ihr Essen einfach und wohlschmeckend und sie plante die Speisenfolge mit großer Sorgfalt, besonders wenn Onkel Paul da war. Dann gab es seine Lieblingsspeisen. Er bat gewöhnlich um Grünkernsuppe mit Leberknödeln, süßsauren Karpfen, einen prähistorisch aussehenden Fisch, der in einer braunen Soße mit Rosinen, Nelken und Zitronenscheiben schwamm, und Großmutters Spezialität: gefülltes Kalbsherz mit Morcheln und Gemüse in weißer Soße. Als Nachspeise gab es Kastanienpüree mit Schlagsahne oder, wenn Esskastanien nicht zu haben waren, eine große, bunte Eisbombe und Waffeln. Vor all dieser schweren Kost gab es als Vorspeise Krabben, geräucherten Lachs oder Kaviar mit Schwarzbrot und Butter. Manchmal gab es rohe Austern, die der Mann, der sie anlieferte, in der Küche aufgebrochen hatte. Sie wurden von dem unbehaglich dreinschauenden Mädchen zu Tisch gebracht.

Als mir mein Onkel zum ersten Mal eines der rauen Schalentiere gab und meinte, ich solle versuchen, es zu schlürfen, hörte alle Unterhaltung am Tisch auf. Ich nahm wahr, dass alle Augen in Erwartung eines amüsanten Zwischenfalles auf mir ruhten – aber für mich war es gar nicht amüsant. Wie man mir gesagt hatte, streute ich gelassen etwas Salz auf die glänzende Masse. Doch dann glaubte ich, etwas sich bewegen zu sehen, und zögerte. „Schau nicht hin, schluck's runter", kam der weise Rat meiner Mutter. Das tat ich denn, sehr zur Enttäuschung meiner Zuschauer.

Ein andermal jedoch wurde ich meiner Rolle als einziger Nichte des großen Komikers gerecht. Onkel Paul hatte die Gesellschaft mit amüsanten Geschichten über das Berliner Café „Society" unterhalten. „Nichts ist zu absurd, so lange es nur neu ist", stellte er mit seiner dramatischsten Stimme fest und vergewisserte sich, dass alle zuhörten. Dann lehnte er sich in seinem Stuhl zurück und zog aus seiner Westentasche ein kleines goldenes Gerät heraus. „Hier, seht euch zum Beispiel diesen Sektquirl an. Wie kann man nur ohne ihn auskommen?" Er öffnete das elegante kleine Ding mit einem Klick und ließ es rühren. Dann schaute er herausfordernd meine Großmutter an, die allen Protz hasste, tauchte es in sein Sektglas und ließ es wild quirlen. „Es hält die Bläschen lebendig", verkündete er. Während alle ihn noch beobachteten, nahm ich nonchalant mein silbernes Messerbänkchen auf und drehte es in meinem Glas Selterswasser.

Mein Onkel sah überrascht auf, lächelte und klatschte laut in die Hände. „Bravo", rief er, „bravissimo", und alle applaudierten, sodass ich plötzlich im Zentrum der Aufmerksamkeit stand.

5. Kapitel

„Unsere Ferien sind da!", verkündete Großmutter Emilie fröhlich, wenn Onkel Paul wieder abgereist war und meine sechswöchigen Sommerferien begannen. Mehrere Jahre hintereinander fuhren Großmutter und ich Anfang August zusammen in den Schwarzwald. Wir wohnten in dem einfachen Landgasthof *Zuflucht*. Wir freuten uns immer schon im Voraus mächtig darauf.

Vater brachte uns zum Bahnhof, einem großen, aufregenden Gebäude, das vom Geräusch der eiligen Schritte, dem Singsang der marktschreierischen Verkäufer und dem Zischen und Fauchen der großen Dampflokomotiven widerhallte. Vater sorgte dafür, dass wir uns in dem 2. Klasse Abteil bequem einrichteten. Dort war es nicht so voll wie in der 3. Klasse und es gab weichere Sitze. Zu Lebzeiten meines Großvaters soll die Familie 1. Klasse gereist sein. Aber für sich empfand Großmutter dies als übertrieben. „Außerdem", erklärte sie „war dein Großvater auf Reisen daran interessiert, Geschäftskontakte zu knüpfen, was ich Gott sei Dank nicht brauche." Wenn sich der Zug langsam in Bewegung setzte, lehnten Großmutter und ich uns aus dem offenen Fenster, atmeten den rußigen, dunstigen Geruch, der neue Abenteuer verhieß, und winkten Vater mit unseren Taschentüchern zu. Er stand auf dem Bahnsteig und lachte fröhlich. „Viel Spaß, ihr zwei, und bringt mir eine Nase voll Tannenduft mit", rief er herüber. Eine Nase voll Tannenduft war ein wichtiges Feriensouvenir, denn die Mannheimer Luft war oft verpestet, wenn der Westwind faulige Gerüche aus der chemischen Fabrik von IG Farben über den Rhein zu uns herübertrug.

Tuckerte der Zug dann gleichmäßig durch das offene Land, so lehnten wir uns beide zurück, klappten die Tischplatte unter dem Fenster hoch und spielten unser Lieblingsspiel, die Zankpatience. Ihre Patiencekarten begleiteten Großmutter überall hin. Wenn Großmutter später an ihr Kreuzworträtsel ging, kritzelte ich in mein Notizbuch, das ich etwas angeberisch immer mitnahm, seit ich die Bibi-Bücher las. Die Kinderserie erzählte in einer Kombination von Skizzen- und Tagebuch die Abenteuer eines kleinen Mädchens aus Skandinavien. Was die intelligente Schreiberin über fremde Länder, Menschen und Gebräuche erzählte, machte auf mich großen Eindruck, und ich versuchte, der Heldin des Buches so gut ich konnte nachzueifern.

Wenn der Zugkellner in seiner weißen Jacke kam, seine Glocke schwang und die Gäste zum nächsten Mittagessen in den Speisesaal bat, ging ich hinter Großmutter durch die engen, schaukelnden Gänge. Obwohl ich immer wieder aufgefordert wurde, doch bitte auf den Weg zu achten, konnte ich es nicht lassen, in die Abteile zu sehen. Wo, so fragte ich mich, fuhren nur diese Leute alle hin? Und wie mochte ihr Leben aussehen, wenn sie nicht unterwegs waren? Ich liebte den Speisewagen. Es war zauberhaft, an dem zugewiesenen Tisch zu sitzen, während am Fenster draußen Bäume und Felder, Kühe und Menschen vorbeizogen. Beim Nachtisch, meistens Pudding mit Himbeersoße, trödelte ich immer so lange wie möglich.

Am frühen Abend erreichten wir den kleinen Bergbahnhof, wo ein alter Mann mit einer offenen Pferdekutsche uns erwartete. Wir stiegen ein und fuhren auf langsam ansteigendem Wege durch den dunklen, wohlriechenden Wald. Der Weg knirschte unter unseren Rädern. Die Luft wurde dünner, und Großmutter und ich teilten uns mit, dass die Ohren zugingen. Darüber mussten wir lächeln, denn es bedeutete, dass wir unser Ziel fast erreicht hatten. Richtig, nach der nächsten

Kurve kam der Gasthof in Sicht, ein weitläufiges Fachwerkgebäude mit großer Veranda. Warmes, freundliches Licht strahlte aus den vielen Fenstern in die dunkle Nacht. Der Kutscher knallte mit der Peitsche und das alte Pferd fiel in einen gemächlichen Trab. Der Mann lachte vor sich hin. „Ich weiß, dass sie im Schlaf nach Hause findet", sagte er „aber es ist sicherer, sie ab und zu aufzuwecken."

In der dunkel getäfelten Diele des Gasthauses hingen Elch- und Bärenköpfe und nachgedunkelte Jagdgemälde. Hier wurden wir herzlich begrüßt. Die Frau des Wirtes machte einen großen Wirbel um uns, und Ulrike, die jüngste Wirtstochter, fiel mir stürmisch um den Hals und küsste mich. Sie war so alt und etwa so groß wie ich und war sehr hübsch. Sie hatte eine Pagenfrisur, hellbraune Haare, kornblumenblaue Augen und trug winzige Vergissmeinnicht-Ohrringe. Ich mochte und bewunderte sie sehr und freute mich immer, sie wiederzusehen, aber ich war ein wenig verlegen, wenn sie so heftig ihre Zuneigung zeigte. Die meisten Kinder, die ich kannte, waren zurückhaltender. Das einzige andere Mädchen, das mich unentwegt umarmte und küsste, war Ute, eine Nichte von Baron von Richthofen, dem berühmten Jagdflieger des 1. Weltkrieges. Wir waren unter dem verbissenen Fräulein Durer einige Jahre Klassenkameradinnen und fanden in unserer Freundschaft großen Trost. Doch dann zog Ute in eine andere Stadt. Umarmungen und Küsse kamen seither nur noch von erwachsenen Familienmitgliedern, Eltern, Großeltern, Onkeln und Tanten – alles Leute, die mich liebten. Dass auch Ulrike mich lieben sollte, überraschte mich jedes Mal und machte mich etwas verlegen. Aber nach wenigen Minuten rannten wir Hand in Hand die Treppe hinauf zu dem Zimmer, das Großmutter und ich für die nächsten kurzen Wochen bewohnen würden. Ulrike und ich sprangen auf eines der großen Federbetten. Aneinandergekuschelt plauderten wir über die Schule, Freunde und alles, was wir erlebt hatten, seit wir uns das letzte Mal gesehen hatten.

Auf demselben Stock wohnten noch andere Kinder, die Jahr für Jahr mit ihren Eltern wiederkamen. Nachts versammelten wir uns alle im Flur, bis jemand von den Großen, die unten Bridge spielten, heraufkam und uns in unsere Betten scheuchte. Morgens fanden wir unsere Schuhe frisch geputzt vor der Tür, daneben Krüge mit heißem und kaltem Wasser für unsere Morgentoilette. (Wenn man ein Wannenbad in einem der zugigen Badezimmer am Ende der Flure nehmen wollte, musste man dies vorbestellen. Es gab mehrere Klosetts mit Wasserspülung im Haus und zwei weitere draußen.)

Das Mittagessen und das etwas einfachere Abendessen wurden im Speisezimmer serviert, aber das Frühstück nahmen wir auf der Veranda ein. In Anbetracht der Ferien erlaubten Großmutter und ich uns, beim Frühstück zu „manschen". Das bedeutete, dass wir – etwas befangen zwar – die Butter, die in hübschen Löckchen auf den Tisch kam, zerdrückten und sie auf unseren Tellern mit Honig vermanschten. Diese wunderbar klebrige Mischung wurde dann aufs Brötchen geschmiert und mit großem Entzücken verspeist. Eine weitere kulinarische Köstlichkeit, die wir uns während der Ferien gestatteten, war das große Stück Zwetschgenkuchen mit doppelter Portion Schlagsahne, das zur Kaffeezeit unter dem Blätterdach einer Weinlaube serviert wurde.

Großmutter und ich waren begeisterte Wanderer. Jeden Morgen schnürten wir nach dem zeitigen Frühstück unsere Wanderschuhe und griffen nach unseren Wanderstöcken. Damit fühlten wir uns als echte Bergsteiger und nicht wie gewöhnliche Städter auf einem Ausflug. Wir waren sehr stolz auf unsere Wanderstöcke, die wir mit zahlreichen Stocknägeln verziert hatten. Das sind kleine Metallplättchen mit Namen und Bild der Orte, zu denen wir gewandert waren. Gegenüber anderen Gästen im Haus konnten wir das Prahlen mit den zurückgelegten Kilometern und den erreichten Höhen nicht ganz lassen. Zwei gepresste Alpenveilchen, die wir oben auf einem Berg gepflückt hatten, gehörten zu den oft vorgezeigten Souvenirs.

Eigentlich jedoch wanderten wir aus reiner Freude, meist ohne ein besonderes Ziel. Wir konnten stundenlang durch den kühlen, stillen Wald unter den hohen, geraden Tannenbäumen dahinwandern. Die dicke Schicht von Nadeln auf dem Boden dämpfte unsere Schritte. Wir sprachen leise miteinander und ermahnten uns immer wieder, die gute Luft auch ja tief einzuatmen. Ab und zu kamen wir an einen Hochsitz. Während sich Großmutter auf ihren Stock gestützt ausruhte, stieg ich die hölzernen Sprossen zu dem teils im Baum versteckten Jägersitz hinauf und sah mich in der grünen, stillen Welt um. Halb erwartete ich, eine der Märchengestalten der Brüder Grimm zu sehen. Lugte nicht ein bärtiger Zwerg, eine leuchtend weiße Fee oder ein Reh mit goldenem Halsband hinter einem Baumstumpf hervor? Aber nichts rührte sich. Nur gelegentlich huschte ein Eichhörnchen aufgeregt von Zweig zu Zweig oder eine Krähe schlug mit den Flügeln.

Wenn wir eine Lichtung erreichten, zogen wir unsere Anoraks aus und rasteten auf runden, von der Sonne gewärmten Felsblöcken, die auf dem würzigen Berggras lagen. Aromatische, wilde Erdbeeren schimmerten wie verstreute Rubine zu unseren Füßen, und Myriaden glitzernder Insekten tanzten in der goldenen Sommerluft und sahen aus wie von der Hand einer Fee ausgestreute winzige Diamanten. Wenn wir eine Berghütte entdeckten, ein roh zusammengefügtes Blockhaus, spähten wir gewöhnlich hinein. Asche im offenen Herd, einige wenige verbeulte Blechutensilien und in der Ecke eine Strohmatratze deuteten auf einen geheimnisvollen, verschwundenen Bewohner.

Wenn es im Schwarzwald regnete, dann regnete es heftig, und es regnete den ganzen Tag. Die Erwachsenen spielten auf der Veranda dann Bridge. Wir Kinder spielten in der großen alten Scheune, wo Schlitten und Kutschen untergestellt waren. Wir wurden zu Adligen, zu fahrenden Rittern und Ritterfräulein in Not. Wir erlebten wilde, ausgedachte Abenteuer, tobten durch Heu und Stroh, hinauf auf den

Heuboden und in staubige Ecken. Wenn uns die Glocke aus der Gasthausküche zum Essen rief, rannten wir schnell über die regendurchweichte Wiese und erschienen erhitzt und zerzaust im Speisezimmer. Prompt wurden wir jedes Mal zum Waschen an die Pumpe im Schuppen hinter der Küche geschickt. Wenn der Regen aufgehört hatte, spazierten die Gäste gewöhnlich zu einem Aussichtspunkt auf einem nahen Felsen. Wir betrachteten das weite Panorama der welligen Hügel, Wälder und Berge vor uns. Nach einem Gewitter war die Luft besonders klar und durchsichtig. Der Blick ging dann bis ins Rheintal hinüber, wo der große Fluss in der Ferne wie ein fein gesponnener Silberfaden schimmerte.

Einmal fanden wir zu unserer Überraschung die Bank schon von mehreren jungen Männern besetzt. Sie wandten ihre blassen Gesichter entzückt der Aussicht zu, hielten aber die Augen geschlossen. Höflich machten sie uns Platz und stellten sich als Schüler der nahen Blindenschule vor. Sie sagten, sie kämen oft zu diesem Platz, weil ihnen das Gefühl des weiten Horizontes eine besondere Freude bereite.

Wenn es Zeit wurde, den Schwarzwald in Richtung Heimat zu verlassen, stand die alte Kutsche wieder bereit, um uns zum Bahnhof zurückzubringen. Großmutter und ich winkten mit ziemlich feuchten Taschentüchern. Wir blickten mit tränenden Augen zu Ulrike und ihrer Mutter zurück, die unter der Gasthaustür standen und ebenfalls winkten. „Auf Wiedersehen im nächsten Sommer", rief ich endlich, ohne zu ahnen, dass die kleinen Veränderungen, die ich in letzter Zeit um mich herum wahrzunehmen begann, irgendeinen Einfluss auf mein wohlgeordnetes Leben haben könnten.

6. Kapitel

Mehr als ein Jahrzehnt war vergangen, seit Deutschland den Krieg verloren hatte und gezwungen worden war, sich den

Bedingungen des verhängnisvollen Versailler Vertrages zu unterwerfen. Der einst säbelrasselnde Kaiser hackte noch immer Holz im holländischen Exil, aber die französischen Wachen auf der Rheinbrücke waren verschwunden. Täglich wuchs die Zahl der entlassenen Arbeiter, die nichts Besseres zu tun hatten, als selbst gebaute Drachen auf den Uferwiesen am Neckar steigen zu lassen. Auch nahmen Geschichten zu über widerliche Männer, die an Straßenecken und Parkbänken herumlungerten und sich kleinen Kindern zur Schau stellten.

Ich war ermahnt worden, nicht die Unterführung im Schlossgarten zu benutzen, nicht einmal wenn ich wie gewöhnlich durchrannte, weil es dort immer nach Urin stank. Immer wieder wurde mir eingeschärft, ja an der Haustür zu läuten und die Treppen erst hinaufzugehen, wenn Anna von oben gerufen hatte. Wenn eine besonders grausige Geschichte die Runde unter den Bediensteten gemacht hatte, reichte es Anna oft nicht, oben auf mich zu warten. Sie kam zur Haustür hinunter, nahm mich fest an die Hand und sah beim Hinaufgehen argwöhnisch in jede Nische.

Die Vordertür unseres Hauses musste wegen der Büros in den unteren Etagen tagsüber unverschlossen bleiben. Die Hintertür wurde für Lieferanten, Dienstpersonal und Müllleute offen gelassen. Selten sahen wir jemanden anscheinend grundlos herumstehen, aber fast täglich entdeckte ich irgendwelche neuen Schmierereien. Als ich Anna nach diesen geheimnisvollen Kreidezeichen an unserer Hauswand fragte, schnaufte sie verächtlich: „Das sind verschlüsselte Nachrichten von Bettlern, die einander mitteilen, wo es was zu holen gibt. Du darfst sicher sein, sie zeigen alle geradewegs auf unsere Wohnung. Kaum dass ich das Geschmier abwische, ist es schon wieder da. Deshalb kommen so viele Schnorrer." Anna meinte die Leute in schlecht sitzenden, abgetragenen Kleidern, die zu uns hochkamen und schweigend vor unserer Wohnungstür warteten. Als schwarze Schatten waren sie durch die Gardine zu sehen. Vater hatte angeordnet, dass jeder, der bei uns um Essen bat, hereingelassen wurde. Zu ihrem großen Kummer musste Anna diese Streuner, wie sie sie nannte, auf unserem hübschen, sauberen Sofa in der Diele sitzen lassen und ihnen Suppe oder Kaffee und Brot mit Butter und Marmelade geben. Manchmal stand ich in der offenen Tür meines Zimmers und beobachtete diese alt aussehenden Männer und Frauen, die auf unserem bunten Chintz-Sofa wie zerzauste Krähen auf einem Blumenfeld aussahen. Gierig verschlangen sie ihr Essen, wischten den Mund mit der Rückseite ihrer Wollhandschuhe oder an ihrem verschossenen Ärmel ab und gaben dann ihre Meinung zu *Hamargedon*, Kommunismus und den Juden kund. Anna schüttelte den Kopf zu mir herüber und schloss meine Tür.

„Bleib in deinem Zimmer", sagte sie streng. „Ich hab dir doch gesagt, du sollst nicht rauskommen, wenn Fremde da sind. Es könnte gefährlich werden. Weißt du noch, wie damals der junge Ganove, der das Fahrrad gestohlen hatte, raufkam und auf die Klingel drückte? Als ich die Tür öffnete, um zu schauen, was los war, versuchte er mich wegzuschieben, um sich hier drin zu verstecken." Ich erinnerte mich gut daran: Der blasse, zitternde Junge, der dicke Polizist, der hinter ihm heraufkeuchte, und Anna, die standhielt, jedermann den Eintritt verwehrte und so das Drama zum rechten Schluss brachte. Das Fahrrad wurde gefunden, dem Dieb wurden Handschellen angelegt und er wurde abgeführt. Anna war zufrieden. Doch dann sagte Vater, der zufällig zu Hause war, er werde zur Polizeistation im Schloss gehen und sehen, ob er etwas für den Jungen tun könne. Anna zeigte sich unzufrieden über die mangelnde Einsicht meines Vaters in unser Justizsystem und zog sich türknallend in die Küche zurück.

Zwar hatte Anna wenig Sympathie für die vom Glück Verlassenen, aber sie hatte doch dafür gesorgt, dass ihr Bruder Helmut und ihre Schwester Berta in unserem Haushalt ihren festen Platz erhielten. Helmut hatte kurz nach dem

Krieg seine Arbeit als Maschinist verloren und konnte keine Arbeit mehr finden. So kam er täglich zu uns, trug Kohlen aus dem Keller zu dem weißen Emailleherd in der Küche und zu dem großen schwarzen Heizkessel, der hinten im Flur dampfte und schnaufte und den heißen Dampf für eine warme Wohnung lieferte. Helmut half auch meiner Mutter bei ihren Geranien und diskutierte mit meinem Vater über den Sozialismus.

Berta war mit einem seit Kurzem arbeitslosen Eisenbahner verheiratet. Sie kam zwei Mal die Woche zu uns, um ihrer Schwester bei der schweren Arbeit zu helfen. Sie schleppte die schweren Perserteppiche einen nach dem anderen in den Hof, hängte sie über die Teppichstange und klopfte sie mit dem aus Weiden geflochtenen Teppichklopfer aus. Sie schrubbte die Parkettfußböden mit Stahlwolle und spülte mit Wasser nach. Das Wasser war rosa verfärbt von darin eingeweichten speziellen Holzschnitzen. Berta wurde immer von einem kleinen, dicken Mädchen begleitet. Es hatte immer eine Laufnase und oft tropfte es aus dem Unterhöschen, worauf Anna herzlos meinte: „Siehst du, das passiert, wenn unsereins heiratet. Der Mann verliert seine Arbeit, fängt womöglich an zu trinken oder sich herumzutreiben, und die Frau ist an das Kind gefesselt, sogar bei der Arbeit. Deshalb werde ich nie heiraten." „Nicht einmal Karl?", hänselte ich. „Nein, nicht einmal Karl", antwortete Anna ärgerlich. Ich war sprachlos. Wie konnte es angehen, dass sie Karl nicht heiraten wollte? Natürlich erst, wenn ich erwachsen war und das Haus verlassen hatte!

Karl war ein großer, gut aussehender Mann. Über einer hohen, glatten Stirn trug er eine Mähne silberblonden Haares. Seine Augen unter den dicken, blonden Brauen waren blitzblau. Laut Anna war das Beste an ihm, dass er als Zimmermann gute Arbeit im Nationaltheater hatte und dass er nicht trank. Er war ganz und gar vertrauenswürdig, „mindestens derzeit", fügte sie vorsichtshalber an.

Karl war mir vor einigen Jahren zum ersten Mal aufgefallen, als ich Anna zu den üblichen Einkäufen in die Stadt begleitete. Er stand an der Hintertür des Theaters, lüftete seinen breitkrempigen Hut und schlug die Hacken zusammen, um uns beiden seine Hochachtung zu erweisen. Anna errötete jedes Mal und behauptete, keine Ahnung zu haben, wer das sei. Als er uns zum ersten Mal eine Fahrt auf seinem tollen Motorrad anbot, war ich dazu bereit, doch Anna geriet außer sich, obwohl wir inzwischen wussten, wie er hieß und wo er arbeitete. Aber schließlich stieg sie doch hinter Karl auf. Während der Fahrt die Breite Straße hinunter, über die Neckarbrücke und den Fluss entlang hielt sie sich krampfhaft an ihm fest. Ich räkelte mich in dem blitzblanken Beiwagen, – eine schnelle und höchst geheime Spritztour war das! Niemand durfte wissen, dass Anna und ich uns in Motorradbräute verwandelt hatten. Schon gar nicht durfte ich meinen Eltern erzählen, dass in mancher Sommernacht, wenn sie ausgegangen waren, Anna und ich zum Friedrichspark hinüberliefen und den Freilichtaufführungen zusahen, bei denen Karl unter den Stars mitwirkte, mal als ein Speer tragendes Chormitglied, mal als Kulissenschieber.

Karl liebte seine Arbeit im Theater. Gerne ließ er Anna und mich an seiner Begeisterung teilhaben. Er lud uns vor Premieren hinter die Kulissen ein und zeigte uns, wie die Mechanik funktionierte. So lernte ich das Innenleben von Lohengrins Drachen, Siegfrieds Schwan und vielen anderen modernen Geräten kennen. Aber noch so viel rohes Holz, grob bemalte Leinwand, hängende Seile, Flaschenzüge oder Drehscheiben konnten mir nicht den Zauber der Aufführung rauben.

Jedes Jahr zu Weihnachten nahmen mich meine Eltern zu der Sonderaufführung für Kinder mit. Ich saß auf einem weichen, roten Samtsitz dicht vor der Bühne. Mein Herz klopfte, wenn die Lichter ausgingen und der Vorhang sich hob. Immer war ich von Ehrfurcht ergriffen, wenn nach und nach die in geheimnisvolles Licht getauchte Bühne erschien und sich die unerwarteten, wunderbaren Geschehnisse langsam entwickelten.

Mit der Zeit erlaubten meine Eltern Karl, an seinen freien Abenden zu uns in die Wohnung zu kommen, wenn Anna meinetwegen dableiben musste. Dann verwandelten wir drei das Wohnzimmer in eine Bühne und führten ausgedachte Stücke auf. Manchmal verkleideten wir uns sogar mit alten Faschingskostümen meiner Eltern. Karl kannte praktisch jede Tenorrolle jeder am Theater gespielten Oper. Oft sang und gestikulierte er dramatisch. Ich sprang dabei einfach herum, wie ich es für sehr theatermäßig hielt. Anna agierte lieber als Zuschauerin, aber im Laufe des Abends gelang es manchmal, sie zu einem Walzer oder Tango mit Karl zu überreden. Dazu kurbelte ich die Victrola an. Wenn meine Eltern heimkehrten, war alles wieder wie immer. Anna und Karl saßen sich sittsam am Küchentisch gegenüber, und ich lag schlafend im Bett.

Eines Nachts kam Franz, einer der Rechtsanwälte, die ihr Büro im Erdgeschoss hatten, unerwartet zu Besuch. Er hatte lange gearbeitet und als er auf die Straße trat, alle Fenster unserer Wohnung erleuchtet gesehen. So kam er hoch, um einen Schlummertrunk mit meinen Eltern zu nehmen. Unvermutet fand er mich nicht im Bett, wo ich zu dieser Stunde hätte sein sollen, sondern sah mich in einem merkwürdigen Aufzug mit Karl herumhüpfen. Was taten wir denn da? Hatten meine Eltern eine Ahnung, was in ihrem Hause vorging, während sie fort waren? Franz schrie uns voller Empörung an und verschwand wieder im Treppenhaus.

Karl verließ uns ziemlich ernüchtert, und Anna schäumte. Welches Recht hatte dieser Rechtsverdreher, spät abends hier aufzukreuzen und Ärger zu machen? Er sollte lieber zu seiner Frau nach Hause gehen, wo er hingehörte. Reichte es nicht, wenn er zu jeder Tageszeit hier hereinschneite und mit meiner Mutter herumsaß, während Vater geschäftlich in der Stadt zu tun hatte?

Franz war mit meinem Vater ins Gymnasium gegangen. Er und seine Frau gehörten zum engeren Freundeskreis meiner Eltern. Gelegentlich musste ich mit ihren Kindern spielen. Sie hatten viele Kinder, denn Franz hielt große Familien für die Pflicht aller deutschen Intellektuellen, weil das Land sonst von den weniger wünschenswerten, aber fruchtbareren niedrigeren Klassen überschwemmt werden würde. Ich persönlich hielt die Kinder von Franz für nicht wünschenswert. Besonders ihren ältesten Sohn Klaus, der in meinem Alter war, mochte ich nicht leiden. Wenn es ihm daheim zu laut wurde, kam er ungebeten zu uns, saß stundenlang in meinem Zimmer und las meine Bücher.

Franz war erklärter Antisemit schon bevor das in Mode kam, aber er nahm meinen Vater mit Familie gnädig von seinen Beschimpfungen aus. Dagegen bedauerte er häufig sein eigenes Aussehen, die kurze Statur, das dunkle, lockige Haar und die vorspringende Nase. All das erinnere an die starken Gene der Römer, die unseren Teil der Welt vor vielen Generationen beherrscht hätten.

Einmal hörte ich ein Gespräch darüber mit, dass Franz in ein Duell mit einem Mitglied seiner Burschenschaft verwickelt sei. Die beiden kannten sich nicht persönlich. Der Mann hatte Franz in einem Restaurant mit meiner Mutter tanzen sehen. Vom Alkohol animiert verlangte er von ihm, seine jüdischen Hände von deutschen Frauen zu lassen. Franz forderte den jungen Narren wütend zum Duell. Welche Rolle mein Vater bei der Geschichte spielte, habe ich nicht erfahren. Auf dem Gesicht von Franz konnte ich allerdings unter den alten Schmissen keine neuen Narben entdecken. Er betrachtete seine Schmisse als stolze Zeichen seines Mutes in Studententagen.

Was auch immer Franz meinen Eltern über seinen nächtlichen Überraschungsbesuch erzählt hatte, es hatte durchschlagende Wirkung. Mutter hatte ein langes Gespräch mit Anna hinter verschlossenen Türen. Es wurde laut, und beide kamen erhitzt und wütend heraus. Dann wurde ich zu meinen Eltern zitiert. Sie sprachen mit mir, stellten viele unverständliche Fragen und tadelten mich schließlich, weil ich Geheimnisse vor meiner lieben Mutter hatte.

Anna war wütend auf mich, bis ich sie überzeugte, dass ich meinen Eltern nichts von unseren anderen kleinen Eskapaden erzählt hatte und dass nur Franz dies alles aufgewühlt hatte. Ihn hatten wir schon lange auf unserer Liste. Wir verachteten ihn ohnehin, denn wir hatten beobachtet, wie er um meine Mutter herumscharwenzelte, ihr die Hand küsste, aus ihrem Glas trank und sie heimlich am Knie berührte. Jetzt hassten wir ihn aus tiefstem Herzen.

Als Karl seine abendlichen Besuche wieder aufnahm, blieb er mit Anna in der Küche. Es gab keine Aufführungen mehr und keine Kostümierungen, kein Singen und Tanzen. Als ich Karl danach fragte, erklärte er mir, meine Eltern hätten ihm gesagt, ich sei nun zu groß für solche Albernheiten. Und da hätten sie völlig recht, meinte er und sah mich dabei streng an.

7. Kapitel

Ich wuchs heran. Nach vier Jahren Volksschule trat ich nach den Osterferien 1932 in eine private Mädchenoberrealschule ein. Ich trug nicht mehr den kindlichen Schulranzen, der immer gegen meinen Rücken schlug, sondern schleppte eine Schultasche unter dem Arm. Stolz trug ich eine Schülermütze in den Farben meiner Klasse.

Wie sich herausstellte, war meine Klassenlehrerin eine Schwester des berüchtigten Fräulein Durer. Trotzdem verliefen die Tage an meiner neuen Schule ganz erfreulich. Eine Menge ältlicher, unverheirateter Frauen führten mich in viele neue, interessante Fächer ein. Mein Lieblingsfach war Botanik. Es verband meine Vorliebe für Pflanzen und Blumen mit meiner Liebe fürs Schreiben und Malen. Begeistert füllte ich meine Notizbücher mit schematischen Zeichnungen von Apfel- und Tulpenblüten, ihren Staubgefäßen und Stempeln.

Außerdem hatten wir Kunstunterricht. In der Volksschule hatten wir Handarbeit und Zeichnen mit Fräulein Durer in unserem eigenen Klassenzimmer gehabt. In der neuen Schule hatten wir im obersten Stockwerk einen richtigen Zeichensaal mit großen Fenstern. In Glasvitrinen lagen Arme, Füße, Hände und Torsos aus Gips. Unsere Kunstlehrerin war eine beeindruckende jüngere Frau in einem weiten grauen Kittel. Sie trug ihr glänzend schwarzes Haar in einem großen Nackenknoten. Als wir das erste Mal Wasserfarben benutzen durften, schalt sie mich schlampig. So würde ich es in ihrer Klasse nie zu etwas bringen. Ich war gekränkt. Ich fand, meine Mutter war schuld daran. Aus irgendeinem unbekannten Grund hatte sie mich nicht den gewünschten Malkasten kaufen lassen, sondern darauf bestanden, dass ich meine Farben und Pinsel lose in die neue Schultasche legte. Folglich musste ich meine ganzen Sachen auf den Tisch kippen, bevor ich mit dem Malen beginnen konnte.

Als ich Großmutter Emilie davon erzählte, schüttelte sie verständnislos den Kopf. Sie wolle eigentlich nichts gegen den Willen meiner Mutter tun, aber sie könne keinen Sinn in der ganzen Geschichte sehen. Die Sorge meiner Mutter, ich könnte verzogen werden, hielt sie für töricht. Kinder müsse man verwöhnen, solange sie klein seien, sagte sie, denn niemand werde sie verwöhnen, wenn sie erst erwachsen seien. Dann ging Großmutter mit mir in die Stadt zum Schreibwarengeschäft und kaufte mir einen schönen Holzkasten mit Messinggriff und vielen Fächern, wo alles seinen festen Platz fand. Meine Mutter schmollte, und es dauerte eine Weile, bis die Lehrerin den Wechsel bemerkte, aber schließlich akzeptierte sie mich. Sie hängte sogar eins meiner Bilder, einen purpurfarbenen Drachen, in der Kunstausstellung der Schule auf. Damals beschloss ich, Künstlerin zu werden. Meine Eltern hielten das zwar für keine gute Berufswahl, trösteten sich aber mit dem Gedanken, dass ich noch ein Kind sei und noch viel Zeit habe, meine Meinung zu ändern.

Großvater Christian nahm mich ernster. Er schien Malerei als Beruf sogar gut zu finden. Sicher war er froh, dass ich frühere Pläne aufgegeben hatte, nach Berlin zu gehen und mit Hilfe von Onkel Pauls Beziehungen in Filmen mitzuwirken. Schauspielerei war keine Beschäftigung, die mein Großvater seiner Aufmerksamkeit wert fand. Er hatte meiner Mutter das Musikstudium erst erlaubt, als sie schwor, nie zur Bühne zu gehen. Malen, Zeichnen und besonders Schreiben waren etwas ganz anderes. Mein Großvater und ich sprachen oft darüber. Er sagte, wie sehr er jeden bewundere, der mit einem Pinsel- oder Federstrich oder durch das Schreiben einfacher Sätze das Leben abbilden könne. „Es mag ja leicht aussehen", sagte er „aber du musst hart arbeiten, wenn du gut sein willst. Natürlich muss man immer hart arbeiten, wenn man erfolgreich sein will. Arbeite hart und behalte deinen Sinn für Humor."

In Sachen Humor zitierte Großvater gerne Wilhelm Busch, dessen heitere Verse und Federzeichnungen in fast jedem deutschen Heim zu finden waren. Oder er las mir aus Ludwig Thomas „Lausbubengeschichten" vor. In ernsterer Stimmung redeten wir über die Romantiker Mörike, Storm und vor allem über Eichendorffs „Aus dem Leben eines Taugenichts". Die Wanderungen des zum Maler gewordenen Schriftstellers standen unseren Herzen besonders nahe.

Während Großvater und ich am Nachmittag philosophierten, lief Großmutter Käthe geschäftig hin und her. Sie steckte nur gelegentlich den Kopf zur Türe herein und sagte, sie sei noch mit diesem oder jenem beschäftigt, aber Kaffee und Kuchen würden gleich kommen. Und so war es dann auch.

Als Großvater in Rente ging, entließen die Großeltern ihr Mädchen, um Geld zu sparen. Sie behielten nur die Frau, die einmal in der Woche zum Reinemachen kam. Marie schrubbte die Fußböden und putzte die Fenster, aber noch öfter wischte sie die Hände an ihrer Schürze ab, ging hinter Großmutter her und erzählte von den vielen merkwürdigen Sachen, die die Leute heutzutage taten. Die Welt verändere sich, sagte Marie. Die Haushalte, in denen sie schon so viele Jahre arbeite, seien nicht mehr solch sichere Orte wie früher. Kinder hätten vor ihren Eltern keinen Respekt mehr und wendeten sich gegen alles, was man ihnen beigebracht hatte. Unsere eigene Stadt sei auf dem besten Wege, sich in Sodom und Gomorrha zu verwandeln. Es vergehe kaum ein Tag ohne erschreckende Zusammenstöße zwischen demonstrierenden arbeitslosen Männern und Schlagstöcke schwingenden Polizisten. „Glauben Sie mir", schloss Marie, „bald passiert was ganz Schlimmes. Der liebe Gott verliert bestimmt bald die Geduld." Marie rollte die Augen himmelwärts. Großmutter tätschelte beruhigend ihren Arm und schob sie zurück zu der unfertigen Arbeit. Dann wandte sie sich mir zu. „Du, Kind, brauchst nicht untätig hier herumzustehen und dir diese Dummheiten anzuhören. Du kriegst nur Flausen in den Kopf." Sie hatte Recht. Mehr und mehr fühlte ich mich verunsichert. Was war nur von all dem Gerede über drohendes Unheil zu halten, das jede Unterhaltung der Erwachsenen durchzog?

Bei meiner Großmutter Emilie, wo philosophische Gespräche schon oft zu lautstarkem, aber gutmütigem Schlagabtausch geführt hatten, endeten Unterhaltungen jetzt oft in erhitztem Streit. Alle hatten genug von der ungeordneten Lage im Land, aber es gab bittere Meinungsverschiedenheiten darüber, wie die Lage zu ändern sei. Die immer ziemlich linken Ansichten meines Vaters waren in diesem Kreis wohlsituierter Verwandter und Freunde besonders unbeliebt. Sie nannten ihn einen Idealisten, der den Kopf in den Wolken habe. Im April 1932 unterstützten sie die Wahl Paul von Hindenburgs zum deutschen Reichspräsidenten. Er war von Adel, Militarist, und er flößte dem Bürgertum Vertrauen ein. Im Januar 1933 ernannte er den Führer der Nationalsozialistischen Partei, Adolf Hitler, zu seinem Kanzler.

Ein paar Wochen später, an einem unwirtlichen Winterabend Ende Februar oder Anfang März, standen meine Eltern, Anna und ich warm in Wintermänteln verpackt auf unserem Balkon. Wir beobachteten die typischen Aktivitäten vor einem Premierenabend am Theater. Damen in langen Pelzen mit Seidenschals um den Kopf, Herren in dunklen Mänteln und Filzhüten und Studenten mit bunten Mützen bewegten sich zwischen hupenden Taxis und drängten zu den weit offenen Portalen, aus denen goldenes Licht aufs Pflaster fiel.

Die Litfaßsäulen auf meinem Schulweg hatten mich informiert, dass ein weltberühmter Schauspieler aus Polen angekommen war. Er war der Star in dem klassischen Drama „Nathan der Weise" von Lessing. „Das wird Ärger geben, ihr werdet sehen", hatte Vater vorhergesagt. Tatsächlich sahen wir schon bald einige Männer in braunen Hemden und mit Hakenkreuz-Armbinden. Sie schwenkten ihre Fahne, als sie im Stechschritt aus dem Schatten am Ende des Häuserblocks traten. Anfangs sangen sie, dann verlangten sie im Sprechchor, den dreckigen Juden dorthin zurückzuschicken, wo er herkomme. Auf deutschen Bühnen sei er nicht mehr erwünscht. Sie drängten vorwärts auf die gut gekleidete Menge zu und versuchten, den Eingang zum Theater zu blockieren. Es entstand ein Handgemenge, es wurden Püffe ausgetauscht, einige Frauen stolperten und fielen hin. Plötzlich, aus dem Nichts, tauchten drei Polizisten auf, bliesen ihre Pfeifen und schwangen die Schlagstöcke. Die Braunhemden verschwanden.

Am nächsten Tag erklärte die Zeitung, die Polizei habe überreagiert, als sie eine spontane und friedliche Kundgebung überschwänglicher junger Leute unterbrochen habe, die lediglich ihre Opposition gegenüber fremden Elementen am deutschen Theater ausdrücken wollten. „So ein Quatsch", sagte Anna, als sie mir den Artikel gab. Darin hieß es weiter, die örtliche Polizei brauche Schulung. Der polnische Jude habe den Wink jedoch verstanden und habe die Stadt noch mitten in der Nacht verlassen. Ich fragte sie, ob wohl eines Tages auch Onkel Paul von der Bühne gejagt würde, weil er Jude war. Sie spottete: „Da brauchst du dir keine Sorgen zu machen. Deine Familie ist deutsch und das schon lange. Diese Rüpel werden keinen von euch belästigen."

Das klang beruhigend, aber so ganz konnte ich ihr nicht glauben. Ich hatte Vaters blasses Gesicht gesehen, als er aus dem Büro nach Hause kam und rief, dass die Idioten im Reichstag Hitler volle diktatorische Macht gegeben hätten. Nun könne man nichts mehr machen, um zu verhindern, dass dieser Verbrecher Deutschland in Krieg und Verderben führe. Ich hatte gehört, wie Großmutters Stimme zitterte, als sie meinen Eltern Onkel Pauls Anruf schilderte. Er hatte berichtet, dass Goebbels und Göring im Kabarett gewesen seien. „Sie saßen in der ersten Reihe", erzählte sie, „und lachten zu allen seinen Späßen über die Regierung. Später kamen sie hinter die Bühne und sagten zu Paul, sie würden mit Streicher zusammen wiederkommen. Den würde Pauls Darbietung sicher ebenso amüsieren wie sie." Streicher war, wie ich wusste, ein bösartiger Antisemit. Er veröffentlichte ein scheußliches, kleines Hetzblatt voll von widerlichen Geschichten und hässlichen Karikaturen zu angeblichen jüdischen Schandtaten. Diese Zeitung klebte an den Mauern der ganzen Stadt und konnte auch vom unaufmerksamsten Fußgänger nicht übersehen werden.

Als Nächstes informierte uns Großmutter, dass Onkel Paul zu einer Gastvorstellung in die Schweiz unterwegs sei. „Aber er geht nicht nach Berlin zurück", vertraute sie uns an. „Er geht nach Paris zu dem Schauspieler Adolphe Menjou. Er hat Paul eingeladen, bei ihm zu bleiben so lange er will oder bis dieser Hitler-Wahnsinn vorbei ist." Onkel Paul war gefeuert worden. Ich rannte zu Anna, um ihr diese neueste Veränderung zu berichten. Ich erwartete eine ihrer langatmigen Begründungen, die sie immer parat hatte, wenn die Dinge sich nicht so entwickelten, wie sie vorhergesagt hatte.

Aber zu meiner Verblüffung schüttelte sie nur den Kopf und blickte in die Ferne.

Meine Eltern und ich verbrachten die Osterferien 1933 wie schon mehrfach zuvor in Herrenalb in den Ausläufern des Schwarzwaldes. Wir wohnten in demselben bescheidenen Gasthaus am Rande des kleinen Urlaubsortes und bewohnten dieselben benachbarten Zimmer wie in den vergangenen Jahren, ein kleines nur mit Bett und Waschtisch für mich und ein großes für meine Eltern. Das Zimmer der Eltern hatte zwei große Federbetten, einen Holzofen und daneben einen Korb, der immer mit Holzscheiten gut bestückt war. Am Fenster standen ein Tisch und Stühle. Von dort blickte man auf einen dicht bewaldeten Berg. Von diesem Berg hörten wir jeden Morgen bei Sonnenaufgang geheimnisvolle Trompetenklänge.

Am Ostermorgen fand ich im Zimmer immer mehrere kleine Osterkörbchen. Eines war regelmäßig in der Lampe über dem Tisch versteckt. Später, auf unserem Weg den Berg hinauf, ging Vater gewöhnlich voraus und ließ kleine in Silberpapier eingewickelte Schokoladeneier für mich auf den Weg fallen. Auf dem Gipfel ließen wir uns auf einer Bank nieder und Vater las uns den Osterspaziergang aus Goethes Faust vor.

Oberflächlich betrachtet waren diese Ferien wie alle früheren, und doch war etwas anders. Vater, der morgens gewöhnlich als erster aufstand, erklärte, er wolle lang ausschlafen. So frühstückten Mutter und ich ohne ihn im Speiseraum des Gasthofs. Für unsere Hauptmahlzeiten mittags gingen wir jeden Tag in ein anderes Restaurant. Abends aßen wir Brot und Wurst in unserem Zimmer. Erst nach Einbruch der Dunkelheit gingen meine Eltern gemeinsam auf lange Spaziergänge. Ich war elf Jahre alt und nie vorher alleine zu Hause geblieben. Ich fühlte mich erwachsen, wenn ich mit einem Buch ganz allein neben dem Holzofen saß, in dem das Feuer knackte und dröhnte. Ich war stolz, erwachsen zu sein, aber auch ein bisschen traurig.

8. Kapitel

Das neue Schuljahr nach den Osterferien 1933 brachte viele neue Verwicklungen. Algebra zum Beispiel stellte mich vor verwirrende Fragen. Auch die einst einfache Geometrie wandte sich geheimen Regionen zu und brachte mir Misserfolge und Enttäuschungen. Englisch stand nun als zweite Fremdsprache auf dem Lehrplan. Ein Jahr zuvor hatten wir mit Französisch angefangen. Von frühester Kindheit an war ich gewöhnt Französisch zu hören, denn in meiner Familie liebte man es, bei jeder Gelegenheit Französisch zu parlieren. Ich hatte sogar einmal einer französischen Spielgruppe angehört. Ich liebte den Klang dieser Sprache. So bereitete es mir keine Mühe, es lesen und schreiben zu lernen. Englisch jedoch war eine völlig andere Sache. Da wurde so viel gelispelt und gezischt, und die Schreibung war ganz und gar unlogisch.

Dann gab es da noch diese neue Schulkameradin. Sie war von einem Gymnasium zu uns gekommen. Wahrscheinlich war sie dort im Lehrstoff nicht so recht mitgekommen. Nun beanspruchte sie eine Art Führungsrolle auf dem Schulhof. Sie brachte in unsere friedliche Schwesternschaft scharf abgefasste Berichte von ihrem Vater. Wie sie uns mitteilte, war er Lehrer an einer bekannten Jungenschule und stolzes Mitglied der Nationalsozialistischen Partei. Mit lauter Stimme trug sie ihre immer gleichen Botschaften vor. Es ging darum, wie die Juden Deutschland ruinierten. Man müsse sie hinauswerfen, damit endlich alles wieder besser würde. Die beiden einzigen jüdischen Mädchen in unserer Klasse drängten sich in der Pause aneinander. Jedes Mal, wenn ich zu ihnen hinübersah, versuchten sie, so weit wie möglich von der neuen lautstarken Klassenkameradin wegzubleiben. Ich schämte mich, dass jemand aus unserer Mitte ihre Gefühle derart verletzte.

Diese und andere Gedanken gingen mir durch den Kopf, während ich in meiner Schulbank Fräulein Durer beim Auf-

und Abgehen zusah und ihren Ausführungen über die unheiligen Wanderungen der deutschen Stämme im ersten Jahrtausend unserer Geschichte zuhörte. Die Luft im Raum war drückend. Der schwere Duft des Flieders kam wie Melasse durch die offenen Fenster und mischte sich mit dem Wachsgeruch des Fußbodens. Eine dicke Fliege summte und schwirrte in unregelmäßigen Kreisen um mich herum. Ein unerwartetes Klopfen an der Tür versprach Abwechslung, aber zu meinem Schrecken kam meine Mutter herein und sprach mit Fräulein Durer. Von mir nahm sie keine Notiz. Fräulein Durer wies mich kurz an, meine Sachen zu packen und mit meiner Mutter zu gehen. Ich sei wegen eines Notfalles zu Hause entschuldigt, fügte sie an.

„Mit Onkel Paul ist etwas passiert. Wir müssen zu Großmutter Emilie", teilte mir Mutter draußen auf der Straße mit. Ihre Stimme klang merkwürdig förmlich, und sie antwortete nicht auf meine ängstlichen Fragen. Sie lief eilig weiter. Mein Herz klopfte. Ich hatte Seitenstechen. Ich wusste nicht, was ich davon halten sollte. Als bei meiner Großmutter der Türöffner summte und die Tür aufging, gab Mutter mir einen kleinen Schubs. „Geh rein", drängte sie. „Ich muss nach Hause und mich um Vater kümmern. Er muss schleunigst in die Schweiz fahren."

Es überraschte mich, Großmutter am helllichten Tag noch im Bett vorzufinden. Sie hatte eines ihrer langärmeligen, weißen Baumwollnachthemden an, das vorne in schmale Falten gelegt und mit zahlreichen winzigen Perlmuttknöpfen besetzt war. Das Bettzeug war verknautscht und verdreht, weil sie sich wand und wie in großem Schmerz stöhnte. Ich war verwirrt. Hatte ich das vielleicht falsch verstanden? War mit Großmutter etwas passiert und nicht mit Onkel Paul? Ich sah mich nach einer Antwort um.

Die kleine Tante Rosalie saß auf dem großen Polsterstuhl, der eigentlich ein nie benutzter Nachtstuhl war. Sie drückte die Fußspitzen auf den Fußboden und ein Taschentuch an die Nase. Sie versuchte mich anzulächeln, brach aber stattdessen in Schluchzen aus. Tante Anni stand am offenen Fenster mit dem Rücken zum Zimmer. Daran, wie ihre Schultern zitterten, erkannte ich, dass sie weinte. Draußen segelten die winzigen Blüten des Kastanienbaumes durch die Luft und ließen sich wie rosa Schnee auf dem Boden nieder. Tante Auguste kam geschäftig aus dem Badezimmer nebenan. Sie trug eine Waschschüssel, einen Waschlappen und ein Handtuch. Bisher hatte ich Tante Auguste immer nur gesehen, wenn sie eilig mit Mohn gesprenkeltes Kartoffelbrot oder andere Köstlichkeiten aus ihrer koscheren Küche ablieferte. Jetzt setzte sie sich auf das Bett und legte meiner Großmutter kalte Kompressen auf die fiebrige Stirn. „Wie konnte Paul nur so etwas Schreckliches tun?", jammerte sie. „Ich habe nicht damit gerechnet, noch einmal so eine Tragödie zu erleben. Noch dazu in derselben Familie!" Großmutter weinte laut auf, was mein Blut gerinnen ließ.

„Auguste, ist der Schlamassel nicht schon groß genug? Musst du den alten auch noch aufrühren?", rief Tante Anni. Sie kam vom Fenster herüber, legte einen Arm um meine Schultern und führte mich dicht ans Bett. „Sieh mal Emilie, sieh nur. Das Kind ist da. Sie ist zu dir gekommen." Aber Großmutter hielt ihre Augen geschlossen und stöhnte weiter. Schließlich kam ein Doktor. Großmutter erhielt einige Tropfen Bromid auf einem Zuckerwürfel, und ich wurde völlig verstört aus dem Zimmer geschickt.

Onkel Julius klärte mich schließlich auf. Ich fand ihn in seinem englischen Schaukelstuhl, eine Zigarre in der einen Hand, ein Glas Branntwein in der anderen. Er schaukelte heftig und erzählte mir schließlich, Onkel Paul habe Selbstmord begangen. „Als er heute Morgen in seinem Hotel in Luzern nicht zum Frühstück herunterkam, gingen seine Freunde, die bei seiner Geburtstagsparty eingeladen waren, hinauf in seine Suite. Sie fanden deinen Onkel in der Badewanne, mit aufgeschnittenen Pulsadern, eine leere Flasche Champagner und eine leere Schachtel Schlaftabletten auf dem Boden. Er hat überhaupt nicht bedacht, dass er nicht nur sich selbst, sondern auch seine Mutter tötet, so sicher, als ob er ihre Pulsadern auch durchschnitten hätte. Genau wie unser kleiner Bruder Carl unsere Mutter tötete, als er sich im Rhein ertränkte. Und wofür? – Carl, weil er sein Schlussexamen nicht geschafft hatte, und Paul, weil er seine Arbeit verloren hat. Sind das ausreichende Gründe?" Onkel Julius erwartete natürlich keine Antwort von mir. Er stampfte mit einem lauten Schluchzen aus dem Zimmer, und sein leerer Stuhl schaukelte alleine weiter. Ich stand wie betäubt und voller Angst in einer zerbrechenden Welt.

Ein paar Tage später standen Mutter und ich miteinander auf dem Bahnsteig und sahen Vater aus dem Schweizer Zug steigen. Er ging durch die Menge der anderen Reisenden. Hinter ihm kam ein Gepäckträger mit einem Handwagen voller Koffer und einer Truhe, die ich als Onkel Paul gehörig erkannte. „Wo ist der Sarg?", flüsterte ich meiner Mutter zu. „Es gibt keinen. Onkel Paul hat seinen Leichnam einem Schweizer medizinischen Institut vermacht." Bevor ich Zeit hatte, diese makabre Neuigkeit zu verdauen, hatte mein Vater mich in die Arme genommen und küsste mein Gesicht ab. Er sah blass und aufgedunsen aus und schien ohne Tränen zu weinen. Ich ging durch die Sperre voran. Als ich mich umdrehte, um mich zu vergewissern, dass meine Eltern mir folgten, sah ich zwei große Männer in schlotternden Trenchcoats vor meinen Vater treten und ihn beiseite ziehen. Sie sagten etwas und verschwanden. „Was wollten die?", fragte Mutter, als wir im Taxi auf dem Weg nach Hause saßen. „Sie sagten: ‚Wenn du das nächste Mal außer Landes bist, Judenbengel, dann zum Teufel bleib' draußen. Deinesgleichen ist hier nicht mehr erwünscht'", antwortete Vater knapp und sah geradeaus.

Eine Zeit lang sprachen Familie und Freunde nur von Onkel Paul, und wie er einfach unfähig gewesen sei, fern von seinem geliebten Berlin zu leben. Als mein Vater das Thema anschnitt, dass auch er Deutschland verlassen müsse, regten sich alle auf, besonders Großmutter.

Doch dann erinnerte sie sich an entfernte Verwandte in Chicago, mit denen die Familie Geschäftsbeziehungen gehabt hatte und die sie vor nicht allzu langer Zeit besucht hatten. Sie schlug meinem Vater vor, mit ihnen wegen Visa Kontakt aufzunehmen. Ich erinnerte mich an das ältere Ehepaar in bunter, auffälliger Kleidung. Sie sprachen laut und schnell und aßen Käsebrot mit den Fingern. Am besten erinnerte ich mich an ihre wilden Geschichten über die Prohibition und wie die Passagiere auf dem Schiff die Bar stürmten, sobald das Schiff internationale Gewässer erreicht hatte. Ich war ganz aufgeregt bei dem Gedanken, dass wir womöglich in das fremde Amerika umziehen könnten.

Mein Vater mochte diese Idee aber gar nicht. Seine Gedanken richteten sich auf Spanien, wo Großmutter ebenfalls Verwandte hatte. Zwei Söhne eines ihrer vielen Vettern lebten mit ihren spanischen Familien in Madrid. Nach einem freundlichen Briefwechsel sprachen sie eine herzliche Einladung aus, die mein Vater mit großer Freude beantwortete.

„Die Pyrenäen sind die natürliche Grenze zwischen Europa und Afrika", erklärte er frei nach seinem Lieblingsdichter Heinrich Heine. „Dorthin werden die Nazis uns nicht nachkommen." Ein Lehrer der Berlitz-Schule wurde engagiert. Er kam mehrmals die Woche abends zu uns nach Hause, und Vater stürzte sich in die neue Sprache wie eine Ente ins Wasser. Mutter war weniger begeistert, und ich blockierte völlig. Vaters Warnung, Spanisch würde bald das einzige Verständigungsmittel für mich sein, änderte meine Haltung in keiner Weise. Ich hatte keine Lust nach Spanien zu gehen. Aber was konnte ich tun?

Es kam mir vor, als lebte ich in einem Albtraum. Nichts ergab irgendeinen Sinn, und alles war bedrohlich. Schreckliche Geschichten machten die Runde. Mein Vater erzählte von Freunden und Kollegen, die man zur Polizeiwache bestellt, über imaginäre Verbrechen befragt hatte und die aus dem Fenster in den Tod gesprungen waren. Andere, die die Verhöre überlebt hatten, erschossen sich hinterher zu Hause. Mitglieder des Boxclubs, dem mein Vater angehörte, waren mit schussbereitem Gewehr im Rücken in einen Park geführt worden, wo man sie zwang, auf das Gras zu urinieren und es anschließend zu essen.

Wenn über solche Dinge gesprochen wurde, glaubte man mich außer Hörweite. Aber ich hörte es doch und fühlte mich elend. Ich wusste nicht, wie ich die üblen Bilder loswerden sollte, von denen mein Kopf überquoll. Es gab niemanden, mit dem ich sprechen konnte. Mit Großmutter ging es nicht. Sie weinte viel und gab sich die Schuld an dem ganzen Ärger, weil sie jüdisch sei. Meine Eltern waren mit dem Umzug beschäftigt. Sie waren immer in Eile und stritten häufig hinter verschlossenen Türen.

Anna deutete an, die Streitereien hätten mit Franz zu tun, der inzwischen geschieden war. „Er möchte, dass deine Mutter sich auch scheiden lässt. Dann kann sie hierbleiben und ihn heiraten. Und du könntest bei ihnen bleiben und dein jüdischer Vater bräuchte niemanden mehr zu kümmern." Ich hielt das für abscheulich und fühlte mich tief beleidigt. „Ich würde meinen Vater nie verlassen. Ich liebe ihn, das weißt du doch", rief ich empört. Aber tief innen fragte ich mich, wie es wohl um Mutter stand. „Sie benimmt sich immer so merkwürdig, wenn Franz in der Nähe ist", dachte ich. „Was, wenn sie wirklich mit ihm hier bleiben will? Was würde dann mit mir geschehen?" Es war unmöglich zu sagen, wozu Menschen in diesen Tagen fähig waren.

Herr Burger, der kahlköpfige Butter-und-Eier-Mann, kam seit Jahren gerne und dienstfertig die Treppen zu uns herauf. Er hatte meiner Mutter immer die Hand geküsst, sich vor meinem Vater verbeugt, sich bei ihm angebiedert und mit Anna geflirtet. Einmal hatte er sogar für seine kleine Tochter eine Einladung zu einem meiner Geburtstagsfeste herausgeschlagen, obwohl ich lautstark protestiert hatte, sie sei viel zu klein. Er hatte sie bei diesem Anlass persönlich gebracht und von dieser wunderbaren, unvergesslichen Gelegenheit geschwärmt. Nun erschien er an der Tür, ohne

Korb, aber in voller Nazimontur und verkündete, dass er nicht länger Geschäfte mit einem jüdischen Haushaltungsvorstand tätigen könne.

Als Nächstes verließen uns unsere Wäscherinnen, zwei kräftige Schwestern in wogenden Baumwollröcken, die in einem Dorf am Neckar wohnten. Dort wuschen, bleichten und trockneten sie das Bett- und Tischzeug vieler Mannheimer sogenannter besserer Familien. Jeden Monat schoben sie ihren hölzernen Handkarren beladen mit schweren Wäschebündeln vom Dorf in die Stadt. Dann blieb die eine Schwester beim Wagen, während die andere auf ihrem Kopf das Bündel ins Haus der Kunden brachte und die saubere gegen schmutzige Wäsche austauschte. Wir waren die letzte Station des Tages, und sie kamen immer beide in unsere Wohnung hinauf, denn – so sagten sie – unseres sei das einzige Haus auf ihrem Weg, wo sie die Toilette benutzen dürften. Als sie Anna erzählten, sie könnten nicht länger die schmutzige Wäsche eines Juden waschen, antwortete Anna, sie hoffe, sie würden dann demnächst in die Hosen pissen. Solche Reden hatte ich von Anna vorher noch nie gehört. Ich wollte von ihr wissen, was sie zu Herrn Burger zum Abschied gesagt habe. Aber das erzählte sie mir nicht.

Auch Annas Schwester ließ uns wissen, dass sie nicht mehr kommen könne, weil ihr Mann der Partei beigetreten sei. Da sei es nicht in Ordnung, wenn seine Frau für einen Juden arbeite.

Als Nächster erschien Bruder Helmut. Er roch nach Kümmel und Bier. Er stolzierte in seinem neuen braunen Hemd und der Hakenkreuzbinde am Arm durch den Korridor, rief nach meinem Vater, er solle herauskommen und „sich der Musik stellen". „Sie werden Ihre Kohleeimer von jetzt ab selbst herauftragen müssen, mein Herr. Ich hab nämlich Besseres zu tun", tönte er. Mein Vater war zu dem Zeitpunkt nicht zu Hause. Es war meine Mutter, die aus dem Wohnzimmer stürmte. Sie nannte Helmut einen elenden Rüpel und schob ihn aus der Wohnungstür. Dann wandte sie sich an Anna, die daneben stand und hilflos ihre Schürze drehte. Mutter nannte sie und ihre ganze Familie undankbar und eine Bande von Feiglingen.

Später am Tag fand ich Anna in der Küche. Sie sah untätig aus dem Fenster auf die Tauben, die um die Kirchtürme kreisten. Sie sagte mir, sie werde auch gehen und Karl heiraten. „Ich weiß", sagte sie verlegen „ich hab' dir oft gesagt, ich würde nie heiraten. Aber was soll ich sonst machen, wenn ihr weggeht? Und Karl kann sowieso nicht mehr hier heraufkommen. Wenn es am Theater rauskäme, würde er seine Arbeit verlieren. Ich gehe also ein paar Wochen nach Hause und mache alles für die Hochzeit fertig. Aber eins sag' ich dir", Anna nahm fest meine Hand, „ich werde nie ein Kind haben." Sie sah mich ernst an, und ich versuchte, höflich zu lächeln. So ähnlich hatte ich gelächelt, als wir beide an derselben Stelle uns vor mehr als sechs Jahren zum ersten Mal die Hand gegeben hatten. „Auf Wiedersehen", sagten wir beide gleichzeitig. Dann drehten wir uns um und gingen auseinander.

Mein Herz war voller Bitterkeit. Nicht nur mein Leben daheim brach auseinander, überall lief es schlecht für mich. Meine Freundinnen schlossen sich eine nach der anderen den Nazi-Organisationen an und erschienen in der Klasse in ihren braunen Uniformkleidern. Das ließ mich ihre Gesellschaft ebenso schnell meiden, wie sie mich wegen meiner Familie mieden.

Jedermann schien von Onkel Pauls Tod gehört zu haben. Obwohl in den vielen Zeitungsartikeln sein Bühnenname Paul Nikolaus genannt wurde, erwähnten sie doch seinen familiären Hintergrund. So enthüllten sie meine Verbindung zu der ganzen schäbigen Geschichte. Die Lehrer rümpften die Nase vor Verachtung. Die Mitschülerinnen starrten mich mit kalter Neugier an.

Ich hatte auf ein gewisses Maß an Sympathie von Inge gerechnet, einer der jüdischen Mitschülerinnen, der ich in letzter Zeit näher gekommen war. Ich hatte sie mehrmals zu

Hause besucht und war beeindruckt von der Wärme ihres Heims und dem offensichtlich engen Zusammenhalt ihrer Familie. Alle, auch das Hausmädchen, lernten gemeinsam modernes Hebräisch, weil sie sich auf die Auswanderung nach Palästina vorbereiteten. „Dort werden wir unter unseren eigenen Leuten sein und müssen vor nichts mehr Angst haben", hatte Inge erstaunlich selbstsicher zu mir gesagt. Als sie vom Suizid meines Onkels hörte, kam sie voller Neugier zu mir und fragte, wie er es getan habe, hatte er etwa Rattengift geschluckt? Ich war tief verletzt durch diese Gefühllosigkeit und wollte nicht länger Inges Freundin sein. Sie mied mich auch, als sie merkte, dass ich auf dem besten Wege war, zum Paria der Klasse zu werden.

Man hatte etwas Neues eingeführt. Jeden Morgen versammelten sich Schüler und Lehrerschaft in der Aula. Da standen sie mit ausgestrecktem rechten Arm vor der Hakenkreuzfahne und sangen die kürzlich wieder ausgegrabene deutsche Vorkriegshymne. Dann folgte die lebhafte Wiedergabe des Horst-Wessel-Liedes, welches das Andenken an einen gefallenen Naziheldenehrte und dabei forderte, „dass das Judenblut vom Messer spritzt ..." Als ich zum ersten Mal von dieser Versammlung hörte, nahm ich naiverweise an, niemand würde von mir erwarten, an einer solchen antisemitischen Zeremonie teilzunehmen. Schließlich war ich die Tochter eines jüdischen Vaters. Ich schwänzte die Versammlungen und ging direkt in mein Klassenzimmer, bis Fräulein Durer klarstellte, dass alle teilzunehmen hätten. Nicht ohne Sympathie hörte sie sich meine Einwände an, empfahl mir aber, wenigstens äußerlich anwesend zu sein. „Wir müssen uns alle diesen neuen Regeln unterwerfen", sagte sie, „ob wir wollen oder nicht."

Von da an ging ich zu den Versammlungen. Ich stand neben meinen Klassenkameradinnen, hielt meine Lippen fest zusammengepresst und ließ die Arme herunterhängen. Mehrere Autoritätspersonen der Schule, darunter der Rektor, sprachen mehrmals mit mir. Sie sagten, ich schaffe Unruhe und man könne das nicht dulden. Aber ich blieb stur, obwohl man mich auch zu Hause dringend bat, keinen unnötigen Ärger zu machen. Meine Eltern sagten, sie hätten genug eigene Probleme. Ich konnte selbst sehen, dass meine Mutter alle Hände voll zu tun hatte. Seit Annas Weggang versuchte sie verbissen, sich mit dem Kochen und anderen Gebieten des Haushaltes vertraut zu machen. Sie beklagte sich ständig über die Undankbaren, die sie zum denkbar schlechtesten Zeitpunkt im Stich gelassen hätten.

Mein Vater hatte seine Koffer gepackt, im wörtlichen und im übertragenen Sinne. Er sollte alleine vorausfahren und in Madrid eine Bleibe für uns suchen. Dann wollte er uns – Großmutter, Mutter und mich – bitten, ihm in die Emigration zu folgen. Da Vater nicht wollte, dass wir ihn zum Bahnhof begleiteten, standen Mutter und ich auf dem Balkon, sahen ihn aus dem Haus gehen und ins wartende Taxi steigen. Er sah niedergeschlagen und müde aus. Einen kurzen Augenblick sah ich noch sein blasses, trauriges Gesicht im Rückfenster des Wagens zu uns hinschauen. Dann war er fort.

Was in der Schule wie eine ausweglose Sackgasse erschienen war – die Lehrer wollten mir „Vernunft beibringen", ich dagegen machte nicht mit – fand schließlich durch den Besuch eines höheren Beamten ein Ende. Es hieß, er habe meine sofortige Demission verlangt. So wurde ich zwei oder drei Wochen vor den langen Sommerferien der Schule verwiesen. Ich war tief beschämt, bereute aber nichts. Ich weinte bei meiner Großmutter Käthe und stampfte eigensinnig mit dem Fuß auf, wenn sie mir zum x-ten Male sagte, es sei nicht recht, mich in diesen „jüdischen Kram" einzumischen. Ich schaffe nur eine Menge unnötigen Ärger für mich selbst, wenn ich mich in Dinge einmischte, die mich nichts angingen. „Du bist nicht jüdisch, Hannel. Halt dich da raus", wiederholte sie immer wieder. Mein Großvater, den ich hilfesuchend ansah, schüttelte nur verständnislos den Kopf.

Meine Mutter verstand mich besser. Sie machte mir keine Vorwürfe, dass ich an dem Nazi-Programm nicht teilgenommen hatte. Aber sie war aufgebracht. „Was soll ich nur die ganze Zeit mit dir machen?", jammerte sie. Zu Großmutter Emilie konnte ich nicht gehen. Dort hätte ich mir die Zeit auf ihrem schattigen Balkon vertreiben können. Doch sie war zu einem letzten Besuch nach Berlin gefahren, um von ihren vielen Freunden Abschied zu nehmen, die schon bald in alle Winde verstreut sein würden.

Obwohl ich sie vermisste, wäre ich ohnehin augenblicklich nur ungern zu ihr hingegangen. Ich hatte von meinem letzten Besuch noch einen schalen Geschmack im Mund. Meine Mutter fand damals, ich solle nicht mehr mit der Straßenbahn hinfahren. Ein Spaziergang würde mir gut tun, meinte sie, wo ich doch jetzt so viel Zeit hätte. So hatte ich mich ziemlich früh am Morgen auf den Weg gemacht. Es war schon recht heiß und schwül. Ich trödelte durch die Parkanlage um den berühmten Wasserturm, den 1889 ein junger Architekt zum Ruhm der damaligen technischen Fortschritte sehr repräsentativ erbaut hatte. Der Wasserturm war zum stolzen Symbol unserer schönen Stadt geworden. Er ist vollkommen rund und mit seinem spitzen, verzierten Dach erinnert er an einen riesigen Maßkrug. Ich sah zufällig an ihm hoch und bemerkte, dass man ein Banner rundherum geschlungen hatte. In großen roten Buchstaben schrie es von dort „Juda verrecke" in den flimmernden Sommerdunst. Ich fühlte mich, als hätte ich einen Stoß in die Magengrube erhalten, der mir den Atem nahm. Ich stolperte weiter und erwähnte gegen niemanden, was ich gesehen hatte. Doch nie wieder wollte ich dahin zurück.

Ich ging auch nicht mehr schwimmen, seit ich in der Zeitung gelesen hatte, dass deutsche Jugendliche sich darüber entrüstet hatten, dass das Herweck, mein Lieblingsschwimmbad am Rhein, ein wahres „Judenaquarium" geworden sei. Später wurde das Bad sogar überfallen und von allem „Unerwünschten" befreit.

9. Kapitel

Während meine Mutter beschäftigt war, in unserer leer klingenden Wohnung Gegenstände von hier nach da zu räumen, saß ich ganz allein zusammengekauert in meinem stillen Zimmer und las, oder ich räkelte mich in meinem Badeanzug auf dem Balkon und ließ mich von der Sonne an der Westseite des Hauses braten. In normalen Zeiten hätte ich meine Kusine Almut angerufen und sie gebeten zu kommen. Ihre fünfstellige Telefonnummer 52218 war unauslöschlich in mein Gedächtnis eingegraben, noch bevor ich lesen konnte und noch bevor wir Selbstwähltelefon hatten.

Almut war das einzige Kind von Tante Rosel und Onkel Gerhard. Sie war anderthalb Jahre jünger als ich. Sie war so blond wie ich dunkel. Mein Vater nannte sie liebevoll seinen kleinen Schornsteinfeger. Ich sah auf ihre blonde, blauäugige Schönheit mit dem Besitzerstolz einer älteren Schwester. Almut konnte mit Leichtigkeit eine Melodie halten und in den Klavierstunden machte sie gute Fortschritte. Sie glänzte in den Gymnastik- und Ballettstunden, die wir gemeinsam besuchten. Als Ausgleich zu ihren offensichtlichen Vorzügen verfasste ich kleine Gedichte oder trug klassische Balladen vor, die wir beide kannten, und tat dies – wie ich glaubte – mit großer dramatischer Begabung. Manchmal erzählte ich auch lange Geschichten.

Die meiste Zeit spielten wir verwickelte ausgedachte Geschichten mit zahlreichen imaginären Personen. Das ging oft über lange Zeit. Es gelang keiner einzigen unserer realen Spielkameradinnen, in diese unsere eigene Welt einzudringen. Unsere Eltern wussten, wir waren wohl erzogen und vertrauten darauf, dass wir uns benehmen konnten. Sie griffen nur ein, wenn unsere Albernheiten sie nervten. Das geschah immer am Esstisch, wenn Almut und ich uns in unserer Geheimsprache unterhielten. Diese bestand aus gewissen Schlüsselwörtern und ausgeklügelten Handzeichen und dann folgte endloses Gekicher. Über solch irrationales Verhalten schüttelte meine Tante den Kopf, rollte mit den Augen und legte den Finger an die Lippen. Bei diesem kaum wahrnehmbaren Tadel wollte ich am liebsten unter den Tisch kriechen.

Ich empfand tiefe Liebe für meine Tante und fühlte mich ihr sehr nahe. Ich liebte ihre oft wiederholte Geschichte, wie meine Mutter nach meiner Geburt mehrere Wochen erholungsbedürftig war und wie sie, Rosel, sich damals um mich gekümmert hatte und mich in der Stadt in einem eleganten Korbkinderwagen spazieren fuhr.

„Du warst ein hübsches Baby", erzählte sie immer. „Jeder bewunderte deine großen dunklen Augen und dein dichtes schwarzes Haar. Alle gratulierten mir zu meinem hübschen Baby. Ich hab' das nie richtiggestellt. Ich war viel zu stolz, für deine Mutter gehalten zu werden." Und noch immer sei sie stolz auf mich, sagte sie, auf mich und auf ihr eigenes kleines Mädchen, Almut. Auch Onkel Gerhard mochte mich und ich ihn, aber er erfüllte mich mit Ehrfurcht. Er war Hausarzt mit einer großen Praxis. Seine Patienten waren hauptsächlich in der Arbeiterkrankenkasse. Oft klagte er über die Kasse und den damit verbundenen Papierkram.

Er schien immer in Eile zu sein. Wenn er Almut abends nach dem letzten Hausbesuch bei uns abholte, drückte er ungeduldig auf die Klingel am Straßeneingang, kam im Sturmschritt die Treppen hoch und rief „Fertigmachen! Fertigmachen!" Er erwartete, dass Almut schon mit Hut und Mantel in der Diele stand.

Genauso stürmte er morgens um zehn aus seinem Büro ins Speisezimmer, wo Roggenbrot mit Thüringer Salami und ein Glas Milch auf dem Tisch für ihn bereitstanden. Onkel Gerhards Praxis war am Ende der großen Wohnung im ersten Stock eines neuen Häuserblocks auf der anderen Neckarseite. Dort wohnten auch die meisten seiner Patienten. Im Wohnbereich war es überall sauber und aufgeräumt. Alles sah frisch gescheuert und poliert aus. Der Äthergeruch aus der Praxis wurde für mich gleichbedeutend mit äußerster Sauberkeit und Ordnung.

Es schien mir immer, dass ich mehr Zeit bei Almut als sie bei uns verbrachte. Das mag daran gelegen haben, dass ich viel früher als sie lernte, alleine mit der Straßenbahn zu fahren. Vielleicht dachten Tante und Onkel auch, ihr Heim biete uns Kindern eine geeignetere Atmosphäre als unseres. Sie beanstandeten immer unsere nahe Verbindung zum dekadenten Berlin, die verrückte Kunstsammlung meines Vaters und die häufigen unangemeldeten Besuche von Franz bei meiner Mutter. Geschichten hierüber waren anscheinend von verschiedenen Haushaltshilfen über den Neckar getragen worden.

Einmal hörte meine Tante mich ein Lied aus der Dreigroschenoper rezitieren. Ich hatte mir die Verse beim Anhören der Platte auf unserer Victrola gemerkt, ohne dass sie für mich viel Sinn ergaben. Nun erzählte ich Almut stolz, dass ein guter Freund von Onkel Paul das Stück geschrieben habe. Tante Rosel rief mich in ihr Schlafzimmer und sagte, die Dreigroschenoper sei für kleine Mädchen völlig ungeeignet. Sie wünsche nie wieder irgendetwas daraus zu hören. Nicht lange danach wurde über einen kürzlichen Kunstkauf meines Vaters gesprochen. Onkel Gerhard stand vor einem freundlichen Ölgemälde mit einem bergumkränzten See, das über dem Klavier im Wohnzimmer hing, und hielt mir einen kleinen Vortrag über echte deutsche Kunst.

Als ich so faul auf meinem Handtuch auf dem Balkonboden lag und mich in der heißen Sonne briet, dachte ich an diese und andere Vorfälle. Offensichtlich mochten Tante und Onkel schon vor dem Hitler-Durcheinander eine Menge Dinge an mir nicht leiden. Nachdem ich nun aus der Schule geworfen worden war, wollten sie mich bestimmt nicht mehr um sich haben. Was wäre ich auch für ein Umgang für ihr wertvolles kleines Mädchen? Ich begann, eine gewisse Befriedigung in meinem Schicksal als Ausgestoßene zu finden und schwelgte in Bitterkeit. Als Mutter mir sagte, Tante

Rosel habe angerufen und gefragt, ob ich mit ihnen in die Ferien fahren wolle, schüttelte ich entschlossen den Kopf. Nein, ich wollte nicht mit. Es ergab sich ein langer Streit, aus dem ich als enttäuschte Siegerin hervorging.

Im Jahr zuvor war ich mit Kusine Almut und ihren Eltern in die Ferien gefahren. Meine Mutter hatte aus unbekanntem Grund beschlossen, Großmutter und ich bräuchten einen Wechsel von der „Zuflucht" und von einander. Auch damals hatte ich erst abgeblockt, wie immer, wenn eine mir liebe Gewohnheit gestört wurde.

Wir waren in Bad Sooden[2] gewesen, einem lieblichen kleinen Erholungsort in Nordhessen, in den Ausläufern des Thüringer Waldes, der Heimat von Onkel Gerhards Vater, einem pensionierten Korvettenkapitän der früheren deutschen Marine. Es wurden ganz wunderbare Ferien, und ich hatte mich darauf gefreut, wieder eingeladen zu werden. Aber in nur einem Jahr war so viel geschehen, – alles war jetzt anders. Es erschien mir richtig, zu Hause zu bleiben, während meine Kusine und ihre Eltern ohne mich fortfuhren. Doch dann kam Onkel Gerhard ganz unerwartet nach Mannheim zurück und bestand darauf, dass ich ihn nach Bad Sooden begleite. Dieses Mal akzeptiere er ein „Nein" als Antwort nicht, rief er durchs Telefon. Er würde morgen früh zeitig vorbeikommen und mich abholen.

Bisher hatte Anna jahrelang darüber gewacht, dass ich jeden Morgen ordentlich angezogen war und wenigstens etwas von meinem heißen Kakao und dem Brötchen geschluckt hatte, bevor ich das Haus verließ. Nun war sie fort und Mutter war vor Tagesanbruch aufgestanden. Mit verschlafenen Augen beklagte sie sich bitter über die preußischen Gewohnheiten meines Onkels, zu solch nachtschlafender Zeit auf Reisen zu gehen. Kaum dass ich das ungeduldige Klingeln, das Markenzeichen meines Onkels, hörte, rannte ich die Treppen hinunter. Er stand neben seinem Wagen, begrüßte mich und

---

2 heute: Bad Sooden-Allendorf, Heilbad im Werra-Meißner-Kreis, Regierungsbezirk Kassel

sagte mir, wie froh er sei, dass ich meinen Dickkopf überwunden habe und nun doch mitkommen wolle. Er verstaute meinen Koffer und ließ mich vorne auf dem Beifahrersitz Platz nehmen. Dann quetschte er sich hinter das Steuerrad und startete mit lautem Dröhnen den Motor. Wir fuhren schweigend durch dunkle, leere Straßen. Als wir das offene Land erreichten und der Himmel langsam heller zu werden begann, hielt Onkel Gerhard neben der Straße an und wir stiegen aus. Auf einer großen Wiese, die noch in sanftes Dunkel getaucht war, standen wir Seite an Seite und beobachteten, wie die Sonne feuerrot langsam über den Horizont heraufstieg und die ganze Welt mit flüssigem Gold überflutete zum tönenden Jubel des erwachenden, neuen Tages.

„Na, freust du dich jetzt, dass du mitgekommen bist?", fragte Onkel Gerhard und sah mächtig zufrieden mit sich selbst aus. „Schon", nickte ich. Ich hatte noch nie einen Sonnenaufgang gesehen, und ich fühlte mich von diesem großartigen Schauspiel ganz erhoben, aber ich guckte so mürrisch ich nur konnte. Ich war immer noch böse auf meinen Onkel, weil er meine ursprüngliche Weigerung, nach Bad Sooden zu kommen für nichts als kindischen Eigensinn hielt, er hatte es Dickköpfigkeit genannt. Merkte er denn nicht, dass ich nicht verbockt war, sondern nur in Selbstverteidigung auf eine Welt reagierte, die mich und meine Familie schlecht behandelte, eine Welt, die mein Leben vollkommen durcheinandergebracht und mich ins Herz getroffen hatte? Ich sah auf das lächelnde Gesicht meines Onkels, seinen schimmernden blonden Schnurrbart, den glänzenden Schmiss, die blitzenden blauen Augen hinter der goldgeränderten Brille. Ich wusste, wie sehr er wünschte, mich lächeln zu sehen. Ich sollte ihm sagen, dass ich glücklich sei, aber ich wollte ihn am liebsten anbellen und ihm sagen, wie sehr es mich verletzte, dass niemand außer der Familie von Vaters Seite von den Vorgängen Notiz zu nehmen schien. Doch wenn ich ihm erzählte, wie ich mich wirklich fühlte, so würde er meine Schmerzen nur als übertrieben abtun.

„Kinder haben kein Kopfweh", hatte er einmal festgestellt, als ich erwähnte, dass mein Kopf schmerzte. Als ich ihm ein anderes Mal bei einer Autofahrt bei geschlossenen Fenstern sagte, dass ich mich schwindelig fühlte, tat er es mit „nichts als Einbildung" ab. Er blieb dabei, auch als ich ihm sagte, mein Vater habe als Junge unter Reisekrankheit gelitten und bei Reisen mit seinen Eltern immer einen alten Hut mitgenommen, in den er spucken konnte. Meine Tante öffnete dann wenigstens ein Fenster, aber mein Onkel schüttelte nur missbilligend den Kopf.

Als wir beim Kapitän ankamen, schob sich Onkel Gerhard an der Haushälterin vorbei, die uns begrüßte, eilte in die Diele und rief fröhlich: „Schaut, Leute, schaut mal, wer mitgekommen ist." Nachdem ich nun da war, wusste ich selbst nicht mehr, warum ich mich so angestellt hatte. Es war wunderbar, wieder in dem weitläufigen, vollgestopften alten Haus zu sein, eingesponnen von dem muffigen Geruch von Pfeifentabak und verstaubten Erinnerungsstücken. Alles spiegelte das lange Seefahrerleben seines Besitzers wider. Zwischen riesigen Ölgemälden von sturmgepeitschten Meeren und verblassenden Kupferstichen lang vergessener Seeschlachten hingen Speere, Schilde und Masken exotischer Krieger. Große Bücher und Landkarten lagen herum. An den Wänden standen Glasvitrinen voller merkwürdig geformter Mineralien, Muscheln und schillernder Schmetterlinge.

„Es ist wie ein Museum", hatte ich Almut zugeflüstert, als sie mich beim vorigen Besuch herumführte. „Ich hab' das Beste für den Schluss aufgehoben", antwortete sie und nahm mich mit in die Diele im dritten Stock. Sie sah mich mit ihren großen blauen Augen erwartungsvoll an und zeigte an die Decke, wo Schwalben ihr Nest gebaut hatten. Drei kleine Vögelchen sperrten ihre großen Schnäbel auf – immerzu hungrig, während die Mutter durch das offene Fenster ein- und ausflog und so rasch wie möglich Nahrung herbeischaffte. Almut und ich saßen auf den Stufen und beobachteten, wie die Vögelchen gierig die fragwürdigen Leckerbissen verschlangen, sich dann umdrehten, ihren kleinen Hintern über den Nestrand streckten und kleine Kleckse auf die Zeitung fallen ließen, die genau für diesen Zweck auf dem Fußboden ausgebreitet war. Wie glücklich war ich, das schwache aber ständige Piepsen einer neuen Generation von Nesthockern zu hören, jetzt, wo auch ich wieder hier war!

Meine Tante und meine Kusine begrüßten mich herzlich, ebenso die Haushälterin, die geschäftig aus der Küche gelaufen kam. Dann ging ich meinem Gastgeber Guten Tag sagen, der mich in seinem Arbeitszimmer erwartete. Er stand aufrecht und schmuck neben seinem vollen Schreibtisch, sah mich mit seinen eisblauen Augen scharf an und wir wechselten einen festen Händedruck. Er lächelte, als ich scheu knickste.

Am nächsten Morgen schlenderte ich mit meiner Kusine im Schlepptau begeistert über die schnurgeraden engen Pfade in dem großen gepflegten Garten des Kapitäns. Ich bewunderte die große Vielfalt der Gartenpflanzen. Die vielen Farben und Formen nahmen mir den Atem. Ich meinte, platzen zu müssen aus Liebe zu den plumpen, runden Kohlköpfen, den filigranen Blättern der Möhren, den sich an langen Stangen elegant hinaufwindenden Bohnen. Die Stangen waren oben mit Bindfaden zusammengebunden. Sie erinnerten an Reihen von Indianerzelten, die ich in den alten Abenteuerbüchern meines Vaters gesehen hatte. Doch nichts begeisterte mich mehr als die zahllosen Blumen, die neben dem praktischen Gemüse wohlriechend in extravaganter Üppigkeit wuchsen. Da gab es Löwenmäulchen und Nelken, Rittersporn und Fingerhut, Vergissmeinnicht, Anemonen und Kapuzinerkresse. Mein unbestrittener Favorit war *nigella damnascena*, die Jungfer im Grün, eine kleine himmelblaue Schönheit in einer Wolke filigraner grüner Spitze. Ich hatte diese Blume meinem Vater im Jahr zuvor beschrieben. Er hatte daraufhin vorgeschlagen, sie im kommenden

Frühjahr auf unserem Balkon zu ziehen, aber mit allem, was danach geschah, hatten wir nicht mehr daran gedacht.

Vom Haus des Kapitäns auf der Höhe war es nur ein kurzer Spaziergang in die im Tal gelegene Stadt. Wir gingen diesen Weg fast jeden Morgen. Almut und ich sprangen und rannten die ruhige, baumgesäumte Straße hinunter. Tante und Onkel folgten gemesseneren Schrittes. Am Milchhäuschen am Parkeingang machten wir immer Halt. Wir genehmigten uns große Gläser Buttermilch und dicke Scheiben Schwarzbrot. Dann gingen wir weiter, an gepflegten Blumenrabatten entlang zum Gradierwerk. Das bestand aus großen, aus Reisigbündeln aufgebauten Gerüsten, über die ständig Wasser aus den natrium- und jodreichen Quellen geleitet wurde, die die Stadt bekannt gemacht hatten. Das angeblich gesunde Geriesel hinterließ auf dem Reisig weißliche Ablagerungen und erfüllte die Luft mit kräftigender Frische.

Ältere, gebrechlich aussehende Gäste aus den umliegenden Sanatorien saßen auf den Bänken an dem um das Gradierwerk laufenden Weg. Sie atmeten tief ein in der Hoffnung, ihre verlorene Kraft zurückzugewinnen. Energischere Leute, so wie wir, trotteten lärmend die Wege entlang. Im Rhythmus unserer Schritte atmeten wir tief ein und aus. Dabei drehten wir das Gesicht den tropfenden Wänden zu, um größtmöglichen Nutzen davon zu haben.

Um Almut und mich mit einigen historischen Stätten der Gegend bekannt zu machen, wurden mehrere Tagesausflüge geplant. Einer davon brachte uns in die mittelalterliche Stadt Eisenach. Dort ritten wir mit anderen Touristen auf Eseln den steilen Bergpfad zur Wartburg hinauf. In dieser Burg hatte Martin Luther nach seinem Bruch mit der katholischen Kirche Zuflucht gefunden. In dem kleinen zellenartigen Arbeitszimmer hoch oben im Aussichtsturm der Burg erklärte uns der Führer, dass hier der Reformator die Bibel ins Deutsche übersetzt habe, um den Text auch Laien zugänglich zu machen. Hier war Satan persönlich dem großen Mann erschienen, um ihn vom rechten Pfad wegzulocken. Der Führer zeigte auf einen dunklen Fleck an der weiß gekalkten Wand. Dorthin hatte Luther sein Tintenfass gegen den Versucher geschleudert. Almut und ich rollten mit den Augen und kicherten. Wir wussten wohl, wie wichtig es war, auf dem rechten Weg zu bleiben, das hatte Großmutter Käthe uns oft genug erzählt. Wir waren andererseits ganz sicher, dass es so etwas wie den Teufel nicht gab.

Oben auf dem kahlen, windigen Brocken, der höchsten Erhebung des Harzes, war es schon ein bisschen schwieriger, die Existenz des Bösen zu leugnen. Hier war die Stätte der Walpurgisnacht, wo sich jedes Jahr die Hexen der Welt mit ihrem Meister, dem Satan, zu wilden Ausschweifungen trafen. Ihm hatten sie in einem unaufmerksamen Augenblick als Gegenleistung für die Erfüllung eines flüchtigen, aber übergroßen Wunsches ihre Seelen verkauft. Die Vorstellung, durch Unbedachtheit unwiderrufliche Verdammnis auf mich zu ziehen, ließ mich schaudern. Doch Tante Rosel tat das Ganze als bloße Folklore ab und riet mir, mir deswegen keine Gedanken zu machen.

Das Mittagessen wurde bei diesen Ausflügen immer im Freien eingenommen. Auf dem Markt eines Dorfes hielten wir an, um Tantes ohnehin schon übervollen Picknick-Korb zu ergänzen. Dann ließen wir uns an einem murmelnden Bach nieder oder unter einem schattigen Baum. Gelegentlich stießen wir auf einem Felsen auf die Ruinen einer Raubritterburg und breiteten unser Mahl hoch über den smaragdgrünen Hügeln in der einstmals herrschaftlichen Halle aus oder in den Mauerresten eines Turmes. Almut und ich, jeder romantischen Sage zugetan, vergaßen alle historisch überlieferten Gemetzel und all das Blutvergießen, verwandelten uns in liebliche mittelalterliche Burgfräulein und warteten auf zwei tolle Ritter, die die gewundene Straße heraufgaloppieren und uns mitnehmen würden in ein gesegnetes Zauberland.

Wir glaubten, die galoppierenden Hufe tatsächlich zu hören, als wir die Höhlen unter dem Kyffhäuser besuchten, wo der Geist des rotbärtigen Kaisers Barbarossa Hof hält und seit tausend Jahren auf die Rückkehr seiner Krieger wartet. Ein riesiger Felsenthron stand hinter einem gigantischen Steintisch. Der Tisch war mit Zetteln und Visitenkarten bedeckt, die Besucher bei ihrem Gang durch die Geisterwohnung zurückgelassen hatten. Auch meine Kusine und ich wollten unsere Namen und Adressen dalassen. Daher riss ich eine Seite aus meinem Skizzenbuch heraus. Doch dann zögerte ich: Welche Adresse sollte ich angeben?

„Schreib einfach ‚Madrid, Spanien'", schlug meine Tante vor. „Ich wette, deine Adresse ist dann die einzige von so weit weg." Dies war das erste Mal, dass jemand meinen Umzug ins Ausland in positiver Weise erwähnte. Es hörte sich an, als könnte ich stolz darauf sein. Es machte mir das Herz warm und leicht. Bisher hatte ich mich immer ein wenig geschämt, ausgerechnet nach Spanien zu ziehen. Niemand außer meinem Vater schien viel davon zu halten. Meine Heldin Bibi stellte in einem ihrer Reiseberichte kategorisch fest, Spanien wolle sie wegen der Stierkämpfe und der dortigen allgemeinen Grausamkeit gegen Tiere niemals besuchen. Der Kapitän, der in allen Mittelmeerländern gereist war und Fotos von allen besuchten Orten sammelte, hatte nur wenige Bilder von Spanien. Er zeigte sie Almut und mir ohne Kommentar. Auch die Postkarten meines Vaters erwähnte niemand.

Wenn wir von unseren Ausflügen zurückkehrten, wartete auf dem Dielentisch fast immer Post auf mich. Einmal war eine Postkarte aus Berlin von meiner Großmutter Emilie da und ein Päckchen von ihr für Almut und mich. Es enthielt Rosinen in Schokolade, Marzipankartoffeln und kandierte Zitronen- und Orangenschalen, die wir beide liebten. Täglich kam eine Postkarte aus Madrid mit Bildern von Damen in bestickter Mantilla und mit großen Kämmen und Blumen im Haar; oder von Stierkämpfern in roten Satinhosen und mit lustigen Hüten. Die Karten trugen aufmunternde Botschaften und kurze spanische Sätze in Vaters typischer eckiger Schrift. Sie sollten mich dazu bringen, mich auf meine Abfahrt nach Spanien zu freuen. Ich fand sie aufdringlich und verwirrend. Immerhin hoffte ich, sie würden von den Leuten um mich herum bemerkt. Sie könnten mir sagen, ich hätte unrecht, die Karten seien doch sehr hübsch. Der einzige Hinweis auf meine Post kam von Tante Rosel. Sie fragte mich, ob ich etwas von Mutter gehört hatte. Hatte ich nicht.

Nach einigen Regentagen nahmen uns Tante und Onkel mit zum Pilzesuchen. Anders als der nadelbedeckte Boden im Schwarzwald bestand der Boden unter den Laubbäumen im Thüringer Wald Schicht um Schicht aus vielerlei Blättern und es gab zahlreiche Pilze. Da war der tödliche Fliegenpilz, der in einem Kinderlied als „Männlein mit dem roten Käppelein" besungen wird. Wir umgingen ihn respektvoll. Aber ausgelassen sprangen wir auf die bauchigen „Hexenpfeifen", um sie „rauchen" zu lassen. Wir schrien vor Freude, wenn wir eine kleine, dunkle Marone entdeckten. Unsere Hauptsuche galt den schlanken goldgelben Pfifferlingen, die wie durch Zauberei zu unseren Füßen auftauchten. Zweifellos waren sie durch Tante Rosels französisches Kinderlied über *les petits champignons*[3] herbeigezaubert worden. „Das bringt sie immer raus", war meine Tante überzeugt.

Sie erzählte uns von der Zeit, die sie als junges Mädchen in Frankreich verbracht hatte, um ihr Französisch und ihre Umgangsformen zu vervollkommnen. Sie war auch nach England geschickt worden, aber dieser Aufenthalt musste beim Ausbruch des 1. Weltkrieges abgebrochen werden. Britische Suffragetten sorgten zu Beginn der Feindseligkeiten für ihre sichere Überfahrt nach Hause.

„So lange ich lebe, werde ich nie diese wunderbar starken, tapferen Frauen vergessen", sagte Tante Rosel. Sie wandte sich mit einem Seufzer an mich: „Du gehst nun auch ins Ausland. Zu Beginn wird es sehr schwer für dich sein, weil alle eine fremde Sprache sprechen. Aber du wirst schon bald aufholen und dann freust du dich an den neuen Bil-

---

[3] die kleinen Pilze

dern, Tönen und Menschen. Du wirst bestimmt Spaß haben, wart's nur ab." Sie kniff mich zur Ermutigung in den Arm. Onkel Gerhard sagte etwas von „bleiben, wo man hingehört". Almut sah ängstlich zu mir herüber. Als unsere Körbe gefüllt waren, kehrten wir zum Kapitänshaus zurück. Die Haushälterin briet unsere Ernte in Butter und streute frisch gepflückte Petersilie aus dem Garten darüber.

Das Abendessen war eine der wenigen Gelegenheiten, wo wir alle um den großen Tisch im Speisezimmer versammelt waren. Tagsüber kümmerte sich jeder um seine eigenen Angelegenheiten, und der Kapitän durfte nicht gestört werden. Morgens war er erst in seinem Garten beschäftigt, dann rumorte er in seinem Arbeitszimmer, wenn er nicht in seiner Werkstatt im Keller hämmerte, sägte, klebte und malte. Er baute dort knifflige Relieflandkarten für Schulen und Museen. Eines Morgens jedoch tauchte er unerwartet aus seiner Abgeschiedenheit auf. Er trug einen riesigen Papierdrachen mit einem beeindruckend langen Schwanz. Er hatte ihn nach wissenschaftlichen Daten gebaut, wie er Almut und mir genau beschrieb, damit wir Mädchen lernten, wie kompliziert es ist, einen Drachen so zu bauen, dass er abhebt und dann in der Luft bleibt. Wir marschierten zu dritt den Abhang hinunter. Vorneweg der Kapitän mit dem großen Drachen, auf den er den preußischen Adler gemalt hatte, jede Feder ein Kunstwerk. Almut folgte, den Schwanz in die Höhe haltend, dahinter kam ich mit der dicken Bindfadenrolle. Auf einer weiten, offenen Wiese beobachteten wir ehrfürchtig schweigend, wie der stolze Kapitän mehr und mehr Schnur nachließ und der Drachen, anscheinend frei und ungebunden, höher und immer höher stieg.

Das nächste Mal verließen wir das Haus in Gesellschaft des Kapitäns am Abend des jährlichen Sommerfestes, zu dem jeder, der in der Gemeinde etwas galt, bei den Festlichkeiten im Stadtgarten erwartet wurde. Während meines ganzen Aufenthaltes in Bad Sooden hatte ich kein einziges Wort über politische Veranstaltungen gehört. Hitler und seine Gefolgsleute wurden nicht einmal erwähnt. Dass ich Halbjüdin war, schien völlig belanglos und verblasste in meinem Bewusstsein, bis die Gespräche über die bevorstehenden Festlichkeiten mein Gedächtnis auffrischten. Natürlich würden Hakenkreuz-Fahnen da sein. Alle würden das Horst-Wessel-Lied singen. Man würde den Arm zum Nazigruß heben. Wieder einmal müsste ich die Teilnahme verweigern. Wieder einmal wäre ich die Außenseiterin.

„Ich geh' nicht hin", sagte ich zu meiner Tante, als sie in unser Schlafzimmer kam. Sie wollte sich vergewissern, dass Almut und ich für die festliche Gelegenheit ordentlich angezogen waren. „Kommt nicht in Frage", antwortete sie. „Wir gehen alle hin. Und noch besser: Wir werden alle unseren Spaß haben." An diesem Abend waren alle fein angezogen. Almut und ich trugen fast gleiche lose Kleider aus weißem Voile mit aufgestickten Blumen am Saum. Tante Rosel trug eine sandfarbene Kreation aus Seiden-Chiffon, die den amberfarbenen Glanz ihres weichen braunen Haares betonte. Almuts Großvater sah sehr imponierend aus in seinem kurzen weißen Umhang und dem großen kreideweißen Tropenhelm. Ein schicker Säbel rasselte diskret an seiner Seite, als er forsch vor uns den Abhang hinunterschritt. Hinter uns kamen die Haushälterin und mehrere Frauen in bauschigen geblümten Kleidern.

In der Menge am Parkeingang trafen wir mehrere konservativ gekleidete, ältere Ehepaare. Sie kamen auf unsere kleine Gruppe zu und begrüßten uns mit einer gewissen Ehrerbietung. Sie tauschten Freundlichkeiten mit den Erwachsenen aus und lächelten uns Kinder gütig an. Die Haushälterin und ihre Freundinnen eilten voraus. Wir anderen folgten und gerieten in die Menschenmenge um den Musikpavillon. Unter der überwiegend weißen und pastellfarbenen Sommerkleidung bemerkte ich ein paar düstere braune Hemden. Ich war dankbar, den Kapitän über das braune Pack murren zu hören, das die gewohnte Eleganz des schönen Sommerfestes verderbe. Als die Musikgruppe das Konzert mit dem erwarteten Horst-Wessel-Lied eröffnete, Hunderte von Armen hochflogen und der anschwellende Chor nach „jüdischem Blut" verlangte, nahm Tante Rosel schnell Almuts und meine Hand. „Ihr braucht da nicht mitzumachen", flüsterte sie, „ihr seid noch Kinder." Der Kapitän und mein Onkel griffen im traditionellen militärischen Gruß nur kurz an die Stirn.

Die Kapelle spielte die Ouvertüre zur Oper „Der Freischütz", später folgten Auszüge aus dem „Drei-Mädel-Haus". Während wir sitzend zuhörten, erzählte Tante Rosel Almut und mir, wie sie und meine Mutter als Mädchen bei solchen Konzerten vordere Sitze ergatterten und an Zitronenscheiben lutschten, damit sich die Lippen der Trompeter zusammenziehen sollten. Onkel Gerhard runzelte die Stirn. Die Kapelle spielte nun Tanzmusik. Die Leute gingen wieder herum und die Kinder tanzten. Es wurde Eiscreme in Waffeln verkauft. Da dies eine besondere Gelegenheit war, wurde Almut und mir eine Portion bewilligt. Tante Rosel probierte bei beiden. Wir überließen die Luftballons den kleinen Kindern. Wenn wir aber einen hoch über die Bäume entfliegen sahen, taten uns die unbedachten Kinder leid, die es versäumt hatten, den Faden am Handgelenk festzubinden. Nach Eintritt der Dunkelheit gab es ein Feuerwerk, das den dunklen Samthimmel erleuchtete. Die Illumination des Springbrunnens vor der Kurhalle ließ das spritzende Wasser wie wirbelnde Zuckerwatte aussehen.

Zwei Tage danach waren unsere Ferien zu Ende. Es war Zeit, nach Mannheim zurückzufahren. Kaum saß ich im Wagen, traf mich wie ein Schlag die Erkenntnis, dass ich wohl nie wieder nach Bad Sooden zurückkommen würde, und das machte mich auf der ganzen Fahrt unglücklich. Almut und ihre Eltern schienen meine düstere Stimmung zu teilen. Es wurde kaum ein Wort gesprochen. Wir starrten jeder aus unserem jeweiligen Fenster und gingen mit uns selbst zu Rate. Als wir die Stadt erreichten, merkte ich, dass Onkel Gerhard in die Wohngebiete der Oststadt abbog statt direkt zu unserer Wohnung in der Stadtmitte zu fahren. „Wohin fahren wir?", fragte ich. „Wir bringen dich zu deiner Großmutter Emilie", sagte Onkel Gerhard in den Rückspiegel. „Warum?", wollte ich wissen. Meine Tante öffnete die Trennscheibe und ich hoffte, sie würde es mir erklären. Doch sie sah meinen Onkel an. Er erklärte mir, Mutter habe ihn gebeten, mich nicht in unsere Wohnung, sondern zu meiner Großmutter zu bringen. Dort solle ich bis zur Abfahrt nach Spanien bleiben.

„Warum?", fragte ich wieder. Als niemand antworte, rollte ich mit den Augen und sah Almut an, wie immer, wenn die Erwachsenen sich merkwürdig verhielten. Ich erwartete, Almut werde in gleicher Weise antworten, aber sie sah weg. „Demnach ist sie mit im Komplott", dachte ich. Ihre Eltern hatten ihr etwas erzählt und sie gebeten, es mir nicht weiterzusagen. „Hannel macht dann nur Theater", hatten sie wahrscheinlich gesagt. Und Almut hielt den Mund. Ich lehnte mich in meinem Sitz zurück, kreuzte die Arme über der Brust und sah geradeaus. Am Haus meiner Großmutter stieg Onkel Gerhard aus dem Wagen und brachte meinen Koffer an die Tür. Er drückte auf die Klingel und wartete, bis das Mädchen das Gepäck holen kam. Dann gab er mir feierlich die Hand. „Pass auf dich auf, Hannel. Mach's gut." Er machte schneidig auf dem Absatz kehrt und ging weg. Er sprang in den Wagen und startete. Tante Rosel war noch kurz zu sehen, wie sie über Onkel Gerhards Schulter spähte. Almut konnte ich nicht sehen. Ich folgte dem Auto mit den Augen, bis es in Richtung Neckarbrücke entschwand. Dann ging ich ins Haus, die Treppe zu Großmutters Wohnung hinauf.

10. Kapitel

Großmutter Emilie kam mir in der Diele entgegen. Sie nahm mich leidenschaftlich in die Arme und drückte mich fest an sich. Ich schaute über ihre Schulter und bemerkte, dass dort, wo früher Bilder gehangen hatten, die Wände nun wie Patchwork aussahen. Durch die offene Tür sah ich, dass auch das Speisezimmer mancher Schätze beraubt war. Aber der große Eichenesstisch war noch da. Noch lag auch die Decke darauf, die Großmutter als junges Mädchen in Okkispitze gearbeitet hatte. Auf einem Silbertablett standen zwei Kristallkelche, gefüllt mit dunkelrotem Malaga, Großmutters Lieblingswein. Offensichtlich hatte sie erwartet, Onkel Gerhard würde mit heraufkommen. Er pflegte früher Großmutter gelegentlich zu besuchen, wenn er in der Nachbarschaft zu tun hatte. Er ließ auch nie ihren Geburtstag aus. Dann kam er langsam die wenigen Stufen herauf, schritt an den anderen Gratulanten vorbei und überreichte ihr langstielige rote Rosen. Er sagte wohl auch einen oder zwei Sätze auf Lateinisch dazu, die Großmutter auf Latein beantwortete, wobei sie vor Stolz rot wurde. Als Gegenleistung für Onkel Gerhards kleine Anekdoten aus seiner Allgemeinpraxis erfreute Großmutter ihn mit Erinnerungen an ihre Kindheit in der Familie eines Hausarztes im 19. Jahrhundert. Großmutter liebte diese Begegnungen mit dem netten jungen Doktor, wie sie ihn nannte. Jetzt war sie enttäuscht, dass ich allein kam. „Hannel", seufzte sie, „ich zähle nicht mehr. Ich bin *une quantité négligeable*." Sie entließ mich aus ihrer Umarmung und ich folgte ihr ins Wohnzimmer. Dort legte sie sich auf die Chaiselongue und schob sich ein Kissen unter den einen Arm. Ich setzte mich neben sie. Schlückchenweise trank sie ihren Wein. Lange blieben wir so sitzen. Sie berichtete mir mit vielen Einzelheiten, was sie während meiner fünfwöchigen Abwesenheit alles erlebt hatte. Ich sah ihr weiches, faltiges Gesicht vor Erregung rot werden und die tief liegenden Augen sich verdunkeln. Ihre Reise nach Berlin sei ein Fehler gewesen, sagte sie. Verwandte, die sie sonst gastfreundlich bewirtet hatten, waren diesmal ausgesprochen kühl gewesen. Onkel Pauls Freunde, die wenigen, die die Stadt noch nicht verlassen hatten, hatten sie wie eine Fremde behandelt.

Inzwischen hatte es sich in Mannheim herumgesprochen, dass sie dabei war, ihren Haushalt aufzulösen, um nach Spanien zu gehen. Seit ihrer Rückkehr aus Berlin stolperte sie praktisch dauernd über Händler, die von irgendwoher auftauchten und um ihre Besitztümer feilschten. „Sieh nur", rief sie und zeigte auf die leere Kredenz. „Die Meißner Figurengruppe mit den Musikern und die anderen, über die sich dein Vater und Onkel immer lustig gemacht haben und die sie als Zielscheiben benutzen wollten, alles fort. Und weißt du was? Zwei Händler haben darum gestritten." Zum Glück hatte eine ihrer früheren Köchinnen noch Manieren, fuhr sie fort. Die Köchin und ihr Mann hatten das Haus und viele Möbel gekauft. Sie hatten vereinbart, bis zu unserer Abfahrt alles so zu lassen, wie es war.

Eine völlige Überraschung war Herr Gessler gewesen, der regelmäßig kam, um im Frühjahr die Markisen und im Herbst die Doppelfenster anzubringen. Er wurde danach im Wohnzimmer immer mit Kaffee und Kuchen bewirtet. Dies geschah auch zu Ehren seines lieben verstorbenen Vaters, der schon im Haushalt meiner Urgroßeltern ausgeholfen hatte. Herr Gessler war vor ein paar Tagen völlig unerwartet gekommen, in einem guten blauen Anzug, und hatte meiner Großmutter einen Heiratsantrag gemacht. „Ich dachte, er habe getrunken oder so was, aber er war völlig nüchtern und wirklich ganz rührend", sagte Großmutter. Sie schüttelte ungläubig den Kopf. „Er erklärte, wenn ich ihn, einen allgemein geachteten Handwerker und Mitglied der katholischen Kirche, heiratete, dann hätte ich nichts zu befürchten. Er würde sich um mich kümmern und schon dafür sorgen, dass diese Nazi-Mistkerle mir kein Haar krümmten." Ihre Augen wurden feucht. Sie nahm eines der neumodischen Papiertaschentücher, die sie in Berlin gekauft hatte, und putzte sich die Nase. Dann drückte sie meine Hand und schniefte.

„Dein Onkel Julius hat mich angelogen", sagte sie. „Er hatte mir gesagt, er werde nach London zurückgehen, wenn ich auf dem haarsträubenden Ausflug nach Spanien bestünde. In Wirklichkeit will er bei Martha einziehen. Er sagt, es sei nur vorübergehend, weil wir bald alle wieder da sein würden. Aber ich weiß, wenn diese Frau ihn erst mal in ihren Klauen hat, dann lässt sie ihn nicht mehr los." Großmutters Kinn zitterte.

Solange ich denken konnte, wusste ich von der Existenz der berüchtigten Martha, einer unsichtbaren Frau, mit der Onkel Julius viel Zeit verbrachte und, wie es hieß, eine Menge von Großmutters Geld ausgab. Man erzählte, er fahre mit ihr in modische Luftkurorte, die Juden nicht sonderlich willkommen hießen. Sie fuhren als Ehepaar und benutzten dabei Marthas Familiennamen. Als das meiner Großmutter zu Ohren kam, war sie außer sich.

„Du solltest dich was schämen, dein jüdisches Erbe zu verleugnen", schrie sie. „Was glaubst du wohl, wie sich unsere Eltern fühlen würden, wenn sie das wüssten?" Der Ausbruch hatte mich überrascht, denn ich wusste, dass Großmutter selbst seit Großvaters frühem Tod keinen Fuß mehr in eine Synagoge gesetzt hatte. Genau genommen hatte sie die jüdische Gemeinde verlassen, um die Kirchensteuer zu umgehen, die die deutsche Regierung von ihren Bürgern erhob, um die religiösen Einrichtungen des Landes zu unterstützen. „Ich gehe nicht hin, also habe ich auch nichts zu bezahlen" war Großmutters Begründung für den ungewöhnlichen Schritt.

Sie lag auf der Couch, tupfte ihre Augen und wiederholte die Anschuldigung, ihr Bruder wolle kein Jude sein. Er habe sich schon immer zu Nichtjuden, *goyim* nannte sie sie in ihrem Schmerz, hingezogen gefühlt. „Dein Onkel Julius ist ein Narr", weinte sie. „Er hat Martha alles erzählt. Sie und ihre Familie kennen sich in unseren Geschäften aus, und das werden sie noch ausnutzen. Wart's nur ab."

Dann wechselte sie abrupt das Thema und erzählte, Anna habe sie besucht. „Anna?" Ich setzte mich überrascht auf. Ich hatte zusammengekauert gehockt. Teilnahmslos hatte ich

Großmutters Worte um mich herumfliegen lassen wie Konfetti beim Faschingsumzug, farbig bunt, aber unwesentlich. Jetzt war mein Interesse erwacht. „Ich dachte, sie sei gekommen, um auf Wiedersehen zu sagen. Doch dann erzählte sie von deiner Mutter – deiner Mutter und Franz. Das mochte ich nicht und so bat ich sie zu gehen." Großmutter drückte meine Hand. Im Zimmer war es dunkel geworden. Das Mädchen war zwischendurch auf Zehenspitzen hereingekommen und hatte ein Tablett mit belegten Brötchen und zwei Teegläsern auf dem Tisch abgestellt. Sie hatte das Licht andrehen wollen, aber Großmutter hatte abgewinkt. „Anna hat dir erzählt, dass sie glaubt, Mutti will hier bleiben und Franz heiraten, nicht wahr?", fragte ich. Ich hatte recht, doch fühlte ich mich schuldig. Es war nicht nur Verrat an Anna, wenn ich zugab, von ihren Beschuldigungen zu wissen, sondern ich bestätigte die Indiskretionen meiner Mutter. Damit verletzte ich die Gefühle meiner Großmutter. Ich spähte in die Dunkelheit, um ihr Gesicht zu sehen. Ich machte mir Sorgen, denn sie war ganz still geworden. „Alles, was ich weiß, ist, dass deine Mutter mit der Haushaltsauflösung und dem Versand der Sachen sehr beschäftigt ist. Deshalb habe ich sie seit der Abreise deines Vaters nicht gesehen. Doch wenn sie ihre Meinung wegen der Emigration geändert hat, wer könnte sie tadeln? Sie ist Christin, ihre Familie und ihre Freunde sind Christen. Für sie ist es bestimmt sehr schwer fortzuziehen in ein fernes, fremdes Land. Ich würde auch dich nicht tadeln, wenn du nicht hier bei mir bleiben willst, wenn du lieber beim anderen Zweig deiner Familie wohnen möchtest." „Wie kannst du nur so was sagen", rief ich ärgerlich. „Ich gehöre zu keiner anderen Seite. Ich gehöre hierher, zu dir und Vati." Auf diesen Ausbruch hin erhob sich Großmutter und stand von der Couch auf. „Recht hast du", sagte sie. „Ich bin eine närrische alte Frau. Jetzt lass uns rübergehen und zu Abend essen." Dann drehte sie das Licht über dem Tisch an.

In den nächsten paar Tagen trampelten kräftige Männer durchs Haus. Sie schleppten schwere Kisten und überzählige Möbelstücke weg. Onkel Julius stand dauernd im Weg und lamentierte über das allgemeine Umziehen. In der vorderen Diele stand eine Holztruhe, vom Alter dunkel. Sie war mit Schnitzereien reich verziert und innen mit alten Bildern und hebräischen Buchstaben ausgeschlagen. Unsere Vorfahren hatten sie vor mehr als 200 Jahren aus Russland mitgebracht. Onkel Julius klagte bitterlich, als Großmutter sie bei einer Verwandten gegen eine grüne Bank eintauschte, die in jüngerer Vergangenheit vor dem Heim von Vorfahren in Deutschland gestanden hatte. Mein Vater wollte die Bank gerne nach Madrid mitnehmen. Die Truhe wollte ein Vetter in einen Kibbuz nach Palästina mitnehmen. Onkel Julius hatte all seinen Besitz, „vorläufig" wie er ständig betonte, in seine neue Wohnung gebracht. Etwas sarkastisch drückte er seinen Dank aus, dass seine liebe Schwester ihm ein anderes Familienerbstück überlassen habe. Dabei handelte es sich um einen Safe, der seinem Vater gehört hatte. Dank der verschwenderischen jüngeren Generation und ihres kostspieligen Lebensstils enthalte er nun nichts weiter als Erinnerungen. „Ja, auch dein Vater verplempert das Familienvermögen", sagte er streng zu mir und erzählte, wie sparsam meine Vorfahren gelebt hätten. „Wenn dein Urgroßvater seine übliche Zigarrenmarke über hatte, dann wechselte er für eine Weile auf eine billigere Sorte. Danach wusste er dann seine alte Marke wieder zu schätzen. Die Generation deines Vaters würde auf eine teurere Marke umstellen und nie zur ursprünglichen zurückkehren."

Als das Durcheinander im Haus am größten war, kam Tante Auguste mit ihrem Kartoffelbrot. Sie sah, was vorging, schob die Laibe meiner Großmutter zu, die zur Begrüßung an die Tür gegangen war, und lief weinend die Treppe wieder hinunter. Niemand hatte daran gedacht, ihr zu erzählen, dass wir tatsächlich weggingen.

Tante Rosalie und Tante Anni kamen jeden Abend. Sie brachten Kuchen und Kekse, aber auch Neuigkeiten von Freunden und Verwandten, die entweder das Land bereits verlassen hatten oder im Begriff waren, es zu tun. Es war ein milder Herbst. Noch lange nach Sonnenuntergang blieb die Luft warm. Unsere kleine Gruppe saß um den kleinen runden Tisch in dunkler Nacht auf dem Balkon. Es gab viel Seufzen und Händehalten. Ab und zu drückte Tante Anni einen feuchten Kuss auf meinen Kopf und nannte mich ihre kleine *Schlemielde*. Als sie mich außer Hörweite glaubte, fragte sie nach Mutter, ob Großmutter von ihr gehört habe. Dann antwortete Großmutter wie schon viele Male vorher: Ja, Mutter habe kürzlich angerufen und mit mir gesprochen und habe auch meine Kleider geschickt. „Aber warum ist sie nicht hier bei ihrem Kind, wo sie hingehört?" Tante Anni hob die Stimme und Tante Rosalie machte: „Pschschscht." Großmutters Antwort konnte ich nicht mehr verstehen.

Als unsere Koffer schließlich gepackt waren, hatte ich mich damit abgefunden, dass meine Mutter mich verlassen hatte. Dann, am Morgen unserer Abfahrt, stand sie in der Tür. Ich fühlte, wie meine Knie nachgaben und mir schwindelig wurde. „So ist es, wenn man vor Überraschung ohnmächtig wird", dachte ich. Aber ich fiel nicht hin. Meine Mutter fing mich in ihren Armen auf und küsste mich. „Ihr habt keine Ahnung, wie viel Arbeit ich hatte", sagte sie. Jedes Mal, wenn ich mich umdrehte, hatte dein Vater schon wieder eine Liste mit Anweisungen geschickt. Es gab dauernd Änderungen, was ich packen, was verkaufen und was wem geben sollte." Ich sah sie an. Sie trug ein nagelneues, flaschengrünes gestricktes Reise-Ensemble mit Hornknöpfen. Mit ihrem grünen Hütchen und der Feder daran erinnerte sie mich an einen der Förster, denen Vater und ich auf unseren Wochenendspritztouren in den Wäldern hinter Heidelberg gelegentlich begegnet waren. Einmal saß einer im Gasthof bei uns am Tisch. Er aß pürierte Erbsensuppe und aus Versehen rülpste er uns ins Gesicht. Von da an hieß rülpsen bei uns „ein Försterchen machen".

„Du siehst so anders aus", sagte ich und überlegte, wie sie wohl zu den spanischen Señoritas mit ihren bunten Mantillas und großen Kämmen passen würde. Großmutter kam aus dem Schlafzimmer und umarmte meine Mutter. „Ich freue mich, dass du da bist, Emma", sagte sie. „Das Kind hat dich vermisst." Ich war erleichtert, dass wenigstens Großmutter unverändert aussah, wie immer in Schwarz gekleidet, ein schwarzes Satinband um den Hals und einen anheimelnden schwarzen Strohhut auf dem Kopf. Mich selbst fand ich sehr flott in meinem schicken beigen Kleid und Mantel, einen flatternden rot-weißen Seidenschal um den Hals. Onkel Paul hatte mir all dies bei seinem letzten Besuch noch gekauft. Mutter war mit der recht auffälligen Ausstattung nicht einverstanden gewesen. Doch nun, nach Onkel Pauls Tod, machte sie keine Einwände mehr, wenn ich Kleid und Mantel trug. Ich hatte vor, beide so oft wie möglich vor den spanischen Vettern und Kusinen auszuführen, für die Vater in seinen Briefen gar so viel Zuneigung äußerte.

Ich saß zwischen Mutti und Großmutter auf dem Rücksitz des Taxis, das uns zum Bahnhof brachte. Onkel Julius saß auf dem Beifahrersitz, schwatzte beständig und putzte sich geräuschvoll die Nase. „Julius, bitte etwas weniger laut", ermahnte ihn Großmutter.

Vor dem Bahnhof ging Großvater Christian auf und ab und schlug mit seinem Spazierstock auf das Pflaster. Er schüttelte Mutter und Großmutter die Hand, wandte sich aber von Onkel Julius ab, dessen Lebensstil ihm widerstrebte. Er übergab mir ein Knäuel Seidenpapier mit einem winzigen hellrosa Korallenhäschen darin. „Für dein Armband, zur Erinnerung an deine Kindheit und wo du herkommst, ganz egal, wo das Schicksal dich noch hinführen mag." Erschrocken sah ich Großvaters Bart zittern, als ob er gleich weinen würde. Doch dann blinzelte er, lächelte und nahm meine Hand. „Denk' dran, was ich dir beigebracht habe. Es ist schon in Ordnung mit vollem Mund zu reden, solang du das Essen schön in der Backentasche hast, dass man's nicht sieht. Du kannst auch deinen Kuchen in den Kaffee tunken, solang du dabei das Tischtuch nicht verkleckerst. Sei immer eine Dame!" Er umarmte mich so fest, dass es weh tat. Als ich erstaunt aufsah, liefen ihm wirklich Tränen über die blassen, faltigen Wangen herunter. Er winkte meiner Mutter kurz zu, drehte sich um und ging. Großmutter Käthe war nicht gekommen. Ich wusste, sie war auf Mutter böse, weil sie mich mitnahm nach Spanien, statt mich in ein lutherisches Internat in der Schweiz zu schicken. Sie kannte dort eine Lehrerin, die mich eingeladen hatte.

Onkel Julius hatte darauf bestanden, dass wir jetzt, wo wir die Zivilisation hinter uns ließen, erster Klasse reisten. Er stieg als erster in den Zug, um sich zu vergewissern, dass Großmutter und Mutti bequem untergebracht waren und alles hatten, was sie brauchten. Er gab mir den Auftrag, dafür zu sorgen, dass sie eine gute Reise hätten. Er sprach auch mit dem Schaffner und bat ihn, nach uns zu sehen. Dann gab er Großmutter noch eine letzte Chance, „diese wilde Gänsejagd zu vergessen" und daheimzubleiben, wo sie hingehöre. „Dieser ganze Hitler-Quatsch, wie lange kann das denn noch dauern? Die Leute werden zwangsläufig binnen kurzem Bescheid wissen. Ich sage euch, Anfang nächsten Jahres, so bis Mitte 1934, ist die Blase geplatzt und Hitler packt seine Koffer. Dann wollt ihr sowieso alle wieder heimkommen. Ihr habt dann nur eine Menge Geld verschwendet und einen Haufen Ärger verursacht." Onkel Julius sah den Gang im Zug entlang und suchte Zustimmung bei den anderen Fahrgästen. Doch glücklicherweise achtete niemand auf ihn. „Julius, du fällst auf", sagte Großmutter liebevoll. „Warum gehst du nicht einfach heim und ruhst dich aus?" Onkel Julius wollte nichts davon hören. Er umarmte uns alle noch einmal, weinte laut und stand dann auf dem Bahnsteig unter unserem Fenster und hielt sich ein Taschentuch vors Gesicht.

Als der Schaffner seine Pfeife blies und der Zug zu fauchen, zu stampfen und zu zittern begann, sah ich Onkel Gerhard den Bahnsteig entlangrennen. Er sah zu Großmutter, Mutter und mir hinauf, die wir dicht beieinander am offenen Fenster standen, und übergab mir ein flaches Päckchen. „Das ist für dich, Hannel." Er trottete noch neben dem sich langsam in Bewegung setzenden Zug her. Er sagte, dies sei eins seiner Lieblingsbücher. „Es heißt *Das Haus in der Sonne* und ist geschrieben und illustriert von einem Maler, wie du einer werden möchtest. Er heißt Carl Larsson. Ich hoffe, es gefällt dir." Dann drückte er Großmutters Hand. „Meine liebe gnädige Frau" war alles, was er herausbrachte. Dann winkte er meiner Mutter zu, rief: „Viel Glück!", drehte sich um und ging an dem noch immer weinenden Onkel Julius vorbei aus dem Bahnhof.

Da entdeckte ich Anna. Sie stand etwas abseits an einer Litfaßsäule und drückte einen Blumenstrauß an sich. Ich war sicher, der war für mich gedacht, und winkte wie toll. „Anna, Anna", schrie ich, aber sie konnte mich nicht hören. Der Zug hatte Fahrt aufgenommen. Er machte einen Mordslärm, als er forsch aus dem Bahnhof tuckerte und sich mehr und mehr von Mannheim entfernte.

ZWISCHENSTATION SPANIEN

11. Kapitel

„Madrid, Madrid", rief ein Schaffner. Dabei sprach er das „d" am Schluss wie englisches „th" aus. „Madrith, Madrith" rufend kam er durch den schaukelnden Gang, öffnete Abteiltüren und schloss sie wieder. Die zweitägige Fahrt von Mannheim hierher war mir endlos erschienen. Das mag zum Teil an der Übernachtung in Paris gelegen haben. Dort hatten Großmutter, Mutter und ich uns ein überladenes Hotelzimmer und ein übervolles Bad geteilt. Zum ersten Mal sah ich ein Bidet. Meine liebe Mutter erzählte mir, das sei zum Füßewaschen.

Nachdem wir uns an diesem merkwürdigen Ort einquartiert hatten, nahmen wir drei uns ein Taxi zu einem lauten, überfüllten Restaurant, wo wir Onkel Norbert trafen. Für ihn als den Vertreter von Coty, der französischen Kosmetikfirma, für Deutschland war die Übersiedlung von Berlin nach Paris einfach gewesen. Doch schien er nicht mehr der bezaubernde, ein wenig ungestüme Charmeur zu sein, den ich bei Großmutter fast ebenso bewundert hatte wie Onkel Paul. In dem verrauchten, schwach beleuchteten Pariser Restaurant begrüßte er uns fahrig und schien sich nicht recht wohl zu fühlen in seiner Haut. Er führte uns zu einem abseits stehenden Tisch und bestellte etwas zu essen, ohne auch nur Großmutter nach ihren Wünschen gefragt zu haben. Er bat uns inständig, leise zu sprechen und nicht die Aufmerksamkeit auf uns zu lenken. „Pariser mögen keine Fremden", flüsterte er auf Deutsch „und ganz besonders unbeliebt ist diese neue Welle deutsch-jüdischer Einwanderer. Sie nennen sie die *chez nous* wegen ihrer unleidlichen Angewohnheit, alles Französische unvorteilhaft mit dem zu vergleichen, was sie hinter sich gelassen haben." Mutter zog schweigend die Augenbrauen hoch und zündete sich eine Zigarette an. Großmutter wiegte bestürzt den Kopf. „Frankreich war doch immer ein Zufluchtsort für Emigranten. Aber natürlich muss man das Gastland respektieren und nicht kritisieren." Onkel Norbert tätschelte begütigend ihren Arm. Er sagte, die Welt sei nie so wohlgeordnet gewesen, wie seine Tante Emilie glaubte, aber es überrasche ihn, dass sie es immer noch nicht gelernt habe.

In Madrid ruckte der Zug und schaukelte, als er in den Bahnhof einfuhr. Ich entdeckte meinen Vater am Ende des langen Bahnsteigs. Er blickte prüfend in die langsam vorbeifahrenden Waggons. Als unsere Blicke sich trafen, hellte das breite Lächeln, das ich so gut kannte, sein Gesicht auf. Aber ich erschrak, wie fremd er mit der großen schwarzen Baskenmütze aussah. Auch der merkwürdige Geruch seiner

Kleidung stieß mich ab. Enttäuscht entzog ich mich seiner Umarmung.

Eine kleine Gruppe lächelnder, schwatzender Leute umringte uns. Das waren unsere spanischen Verwandten: Tante Amalie, eine entfernte Kusine von Großmutter, sah in ihrem abgetragenen schwarzen Mantel und formlosen Hut ganz vertraut aus. Ihr Sohn Roberto war groß und barhäuptig. Er überragte seine kleine, vollbusige Frau Juanita, die eine große Nase und hervortretende dunkle Augen hatte. Ihren schwarzen Schal hatte sie unter dem Kinn verknotet. Hinter ihr stand eine schattenhafte Figur in schwarzem Umhang, eine Haube mit Spitzenkrause auf dem Kopf. Sie wurde als die *ama* der Familie vorgestellt, eine Kinderfrau, die aus der Zuckerplantage von Juanitas Eltern in Kuba stammte. Die vier Kinder, von denen mein Vater so warm erzählt hatte, drängten eifrig nach vorn. „Du wirst sie mögen", hatte er mir versichert. „Maria, die älteste, ist elf Jahre genau wie du. Juanito ist nur ein Jahr jünger. Dann sind da noch die beiden Kleinen. Alle freuen sich mächtig auf dein Kommen." Ich war neugierig auf sie gewesen, und auch ein bisschen eifersüchtig. Jetzt war ich enttäuscht, wie klein sie waren und wie kindisch. Ich reagierte unbeholfen auf ihre Freundlichkeit. Dabei bemühten sie sich sogar, mit mir deutsch zu sprechen, damit ich mich zu Hause fühlen sollte. Als sich der Bahnsteig langsam leerte, wurde ausgemacht, dass wir fürs Erste getrennte Wege gehen und uns am folgenden Abend zum Essen treffen sollten.

Ein Taxi wurde herbeigewinkt. Großmutter, Mutter und ich quetschten uns auf die Rückbank und hielten unser Handgepäck an uns gepresst. Unsere großen Reisekoffer blieben auf dem Gehweg stehen. Sie sollten am Morgen in unsere Wohnung gebracht werden. Vater saß vorne und unterhielt sich lebhaft mit dem Fahrer. Immer wieder drehte er sich zu uns um und lächelte uns zu. Unser Taxi holperte vorwärts, vorbei an zweirädrigen Eselskarren und schwankenden Doppeldeckerbussen. Das Taxi bremste häufig quietschend, weil wild gestikulierende junge Männer in Gruppen beieinanderstanden. „Madrid ist bis spät in die Nacht hinein wach", stellte Vater stolz fest, als wir uns über so viel Aktivität wunderten. Unser Ziel war ein einfaches vierstöckiges Mietshaus in einer recht ruhigen Straße mit lauter gleich aussehenden Gebäuden. Wir stiegen ein dunkles Treppenhaus hoch und wurden oben von drei vollbusigen Frauen mit Freudenrufen begrüßt. Sie umarmten und küssten uns reihum, Großmutter, Mutter und mich, und begannen wieder und wieder von vorn. Vater stellte uns die Frauen als seine „drei Engel" vor: Mutter Angela und ihre beiden Töchter Angelita und Angelina. Ihnen gehörte die Pension und sie hatten sich sehr nett um ihn gekümmert. Der Geruch, den ich an meinem Vater wahrgenommen hatte, stammte von ihnen. Er erfüllte das ganze Haus. Ich merkte bald, dass alles nach der spanischen Küche roch, nach einer Mischung von Olivenöl und Knoblauch. Der Geruch klebt aufreizend zäh an allem und jedem.

An einem langen, nur teilweise abgeräumten Tisch aßen wir kalte, schwarz gewordene Lammkoteletts und nach Essig schmeckenden Salat. Ein Gast saß noch bei Obst und Wein. Immer wieder schauten andere junge Männer – laut Vater alles Hausgäste oder Bewohner des nahen Krankenhauses – auf einen Sprung herein und baten, den Señoras und der Señorita vorgestellt zu werden. Ich war völlig überwältigt von all dem unverständlichen Gerede. Froh, mich zurückziehen zu dürfen, ging ich schließlich in das Zimmer, das Großmutter und ich uns teilen sollten. Eine kleine Nachttischlampe mit rosa Schirm warf unheimliches Licht auf mein Bett, das sich fremd und klamm anfühlte. Trotzdem sank ich sofort in tiefen Schlaf.

Als ich die Augen wieder öffnete, war das Zimmer von grellem Tageslicht erfüllt. Der laute, näselnde Singsang zahlloser Straßenverkäufer drang durch das offene Fenster herein. Großmutter saß schon völlig angezogen am Tisch und legte eine Patience. Dabei wendete sie die Karten noch energischer als sonst. „Siehst du das?", fragte sie, sowie sie merkte, dass ich wach war, und zeigte grimmig auf die Wand hinter ihrem Bett. Ich sah viele kleine, runde, rötlichbraune Flecke zwischen den gedruckten Rosengirlanden auf der Tapete. „Ist das Blut?", fragte ich. War hier womöglich ein heimtückisches Verbrechen begangen worden? Wir befanden uns immerhin in Spanien, dem Land der Stierkämpfer und der Leidenschaft erregenden Carmen. Obwohl ich die Bizet-Oper noch nicht selbst gesehen hatte, kannte ich Musik und Text dank Karls dramatischer Neuinszenierungen.

„Blut ist schon richtig. Blut von Wanzen, die jemand an der Wand zerdrückt hat. Eine Wanze klebt da noch. Aber sie ist tot, ich hab's überprüft." Großmutter schüttelte ungläubig den Kopf. „Ich dachte, Wanzen gehörten der Vergangenheit an. Ich habe jahrelang nicht an Wanzen gedacht. Dein Urgroßvater hat mal erwähnt, dass er bei Hausbesuchen in den ärmeren Vierteln welche gesehen hat. Ich hätte es nicht für möglich gehalten, dass du und ich jemals ein Zimmer mit den lausigen kleinen Biestern würden teilen müssen. Aber das ist noch nicht alles. Warte, bis du das Bad bei Tage siehst!"

Aufgeregt rannte ich über die Diele ins Badezimmer. Anfangs bemerkte ich nur das kleine, vorhanglose Fenster hoch oben in der Wand, das ein Viereck von unglaublich intensivem Kobaltblau umrahmte – den wolkenlosen Himmel über Madrid. Doch dann sah ich das Waschbecken auf gedrehten Metallbeinen, die als behelfsmäßige Pfosten für eine Drahtumzäunung dienten. Ein Hühnchen gackerte und scharrte darin und eine Taube stolzierte gurrend zwischen mit Wasser und Körnern gefüllten Untertassen umher. Ihre Federn und Kleckse waren auf der Toilette, auf dem Rand der Badewanne und überall auf dem Fußboden verstreut. Mit großer Vorsicht benutzte ich Waschbecken und Toilette, sehr darauf bedacht, Handtuch und Waschlappen ja nicht fallen zu lassen.

Nachdem Großmutter und ich uns gegenseitig ausgiebig unseren Abscheu bekundet hatten, verließen wir das Zimmer, um meine Eltern zu suchen und mit ihnen und den anderen Pensionsgästen zu frühstücken. Die Mahlzeit bestand aus sehr dicker, sehr dunkler und leicht bitterer heißer Schokolade und *churros*, dünnen Schlaufen aus Hefeteig, die von einem der vielen morgendlichen Straßenverkäufer in schwimmendem Olivenöl gebacken worden waren. Mit der Zeit mochte ich dieses fremde Gebäck sehr gern, aber an diesem ersten Morgen in Madrid stieß mich alles Fremde noch ab.

Als Mutter und ich schweigend unsere heiße Schokolade tranken, machte Großmutter meinem Vater erregte Vorhaltungen. Sie wollte wissen, warum er uns an solch einen primitiven Ort gebracht hatte. Warum konnten wir nicht in einem annehmbaren Hotel bleiben, solange wir nach einer geeigneten Wohnung suchten? Sie wisse ja, sagte sie mit stockender Stimme, dass Robertos Bruder Max meinen Vater nur als *mitzvah*, als gute Tat, angestellt habe und dass er ihm nicht viel bezahle. Sie wisse auch, dass wir mit unserem Geld sparsam umgehen müssten, da wir auf einmal immer nur wenig aus Deutschland herausbekamen, aber ganz mittellos seien wir noch nicht. Folglich sei es auch nicht nötig so zu leben, als wären wir es. Mutter und ich nickten zu ihrer Unterstützung. Aber Vater sah ärgerlich von einer zur anderen und sagte mit erhobener Stimme: „Soviel ich weiß, fange ich gerade bei Null an, und ich habe keine Ahnung, wie lange es dauern wird, bis ich wieder auf eigenen Füßen stehe. Meine Damen werden daher Geduld mit mir haben müssen und sich klarmachen, dass wir nicht mehr in Mannheim sind und dass alles, woran ihr gewohnt seid, hier nicht zählt. Ihr müsst eure Erwartungen herunterschrauben – zumindest im Augenblick", fügte er etwas versöhnlicher hinzu.

Großmutter war rot geworden und wollte etwas sagen, was sie zweifellos später bedauert hätte. Doch vor dem Speisezimmer entstand Unruhe, was für Ablenkung sorgte.

Unser Gepäck, das die Nacht über auf dèm Gehweg vor dem Bahnhof gestanden hatte, war heil und vollzählig angeliefert worden, genau, wie Vater es versprochen hatte. Die Ankunft der vielen Reisekoffer verursachte laute Rufe, Knallen von Türen und Stoßen gegen Wände. Dazwischen war das aufgeregte Kreischen der drei Engel zu hören.

Später am Morgen nahm uns Vater mit in sein Büro in der Eisenwarenhandlung. Er stellte uns unserem Verwandten Max vor und einigen anderen Männern. Alle begrüßten uns herzlich. Max umarmte meine Großmutter und meinte, sie habe sich nicht verändert, seit er sie vor vielen Jahren, noch vor dem Krieg, zuletzt gesehen habe. „Damals waren wir noch jung und naiv. Wir glaubten, Europa sei auf dem Weg zu kultureller und geistiger Aufklärung, nicht zur Barbarei."

Als ich Großmutter das erste Mal über Vetter Max sprechen hörte, erzählte sie, er habe im Gegensatz zu seinem Bruder, der als bewusster Kriegsdienstverweigerer bei Beginn des 1. Weltkrieges ins neutrale Spanien geflohen war, in der deutschen Armee gedient und sei an der russischen Front gefangen genommen worden. „Als Max heimkam, war er halb verhungert und krank. Er glich einem Wilden und war zornig auf die ganze Welt. Niemand kam an ihn heran. So waren wir alle froh, als Roberto ihn bat, nach Madrid überzusiedeln." Nun hatte er die gute Tat weitergereicht. Er hatte meinen Vater eingeladen, nach Spanien zu kommen, und hatte ihm Arbeit gegeben. Großmutter hielt das für recht lobenswert, fürchtete aber, Max könne noch immer voller fanatischer Ideen stecken und einen schlechten Einfluss auf Vater ausüben. Sie lächelte ihn kühl an und sah sich misstrauisch im Büro um. Sie hielt sich abseits der lebhaften, freundlichen Unterhaltung im Raum, obwohl einer der Angestellten sogar versuchte, französisch mit ihr zu reden. Ich ging zum Fenster hinüber und sah auf den geschäftigen Platz unter mir. Das laute Durcheinander, der Wirrwarr von Menschen und Fahrzeugen erstaunte mich. Ein Straßenbahnwagen nach dem anderen schepperte rasselnd um die

Ecke. An den Haltegriffen und auf den Trittbrettern der Wagen hingen die Menschen in Trauben herunter. Nur knapp entgingen sie häufig den entgegenkommenden quietschenden Taxis und Doppeldeckerbussen. Die Busse schwankten daher, ohne Rücksicht auf die zahllosen Menschen, die eilig über die Straßen liefen. Überall boten Straßenverkäufer auf kleinen Tischen mechanisches Spielzeug aller Art feil, oder sie drängten den Vorübergehenden ihre Sachen auf, Schals, Krawatten, Hüte und Gürtel, ebenso Messer und Geldbörsen. In den Bratereien wedelten Männer mit Palmblättern über die Holzkohlenglut. Am Grill wurden Reihen winziger Vögel samt Kopf und Füßen auf Spieße gesteckt und von Hand so lange gedreht, bis sie knusprig waren.

Am anderen Ende des Platzes bemerkte ich eine Handvoll Leute, die gerade aus der Kirche kamen. Sie gingen in feierlicher Prozession um den Platz herum. Vorne marschierte ein kleiner Priester in langem schwarzen Rock, der ihm um die Beine schlabberte. Vorsichtig trug er eine Monstranz auf einem hohen Sockel vor sich her. Ihm folgten zwei Ministranten. Einer schwenkte das Weihrauchfass, während der Kleinere sich unter die Fußgänger mischte und um Almosen bat. Als die Gruppe so nahe kam, dass man die Litanei des Priesters hörte, sprang Max ans offene Fenster, stieß mich beiseite, lehnte sich hinaus und schrie: *„Cucarachas, cucarachas!"*, und anderes, was ich nicht verstand. „Blutsauger", erklärte er auf Deutsch und knallte das Fenster zu. Die Männer an ihren Schreibtischen schienen peinlich berührt. Mutter und Großmutter zogen die Augenbrauen hoch, aber Vater lachte laut heraus. „Das kommt hier oft vor", sagte er. „Täglich führt irgendein Kirchenmann eine Prozession an zu Ehren des einen oder anderen Heiligen und zieht einfachen Leuten das Geld aus der Tasche. Unweigerlich bellt Max seine Beleidigungen aus dem Fenster. Das gehört zu seinen Eigenheiten." Als wir draußen waren, mahnte uns Vater, am Abend bei Roberto den Vorfall nicht zu erwähnen. „Seine Frau Juanita ist eine fromme Katholikin und regt sich schon auf, wenn sie nur den Namen Max hört. Sie hält ihn für einen gefährlichen Anarchisten."

Roberto wohnte am Rande der Stadt, nahe der Universität. Vater schlug vor, mit der U-Bahn zu fahren. Er dachte, das würde für mich neu und aufregend sein. Es gefiel mir allerdings nicht besonders, unter der Erde in einem praktisch luftleeren Wagen und unter lauter ungehobelten, schlecht riechenden Leuten hin- und hergeschleudert zu werden. Besonders beleidigten mich die vielen Kleinkinder mit nacktem Hintern, die durch den Gang watschelten. Ich war schockiert, als ich sah, wie einer der Kleinen zu einer stillenden Mutter ging, den Säugling von ihrer Brust wegschubste, und sich selbst etwas zu trinken ergatterte. Eine Balgerei kleiner Hände folgte und beide Babys begannen zu plärren. Die anderen Fahrgäste beobachteten schmunzelnd die Szene. Mutter neben mir runzelte die Stirn, sagte aber nichts. So merkten Vater und Großmutter, die uns gegenüber saßen, nichts von dem kleinen Drama, das sich hinter ihrem Rücken abspielte.

Bei Roberto wartete die Familie schon in der hell erleuchteten Diele der geräumigen Wohnung auf uns. Wie am Tag zuvor wurden wir nacheinander mit begeisterten Küssen auf beide Wangen verwöhnt. Dann nahmen die Kinder meinen Arm und zogen mich über den Flur in ihr Spielzimmer. Sie drückten mich auf ein weißes Stühlchen neben einem weißen Tischchen und quetschten sich auf eine niedrige weiße Bank. Sie saßen da wie Schwalben auf der Telefonleitung. Alle sahen mich mit glänzenden dunklen Augen an und sprachen ihr merkwürdig klingendes, etwas gestelztes Deutsch. Wenn sie aus Versehen in Schnellfeuer-Spanisch rutschten, fingen sie sich schnell wieder ein, stießen sich gegenseitig in die Rippen und kicherten ohne Ende. Was sie doch noch für Babys sind, dachte ich. Es ärgerte mich auch, dass Maria es für ausgemacht zu halten schien, dass ich ihre Klassenkameradin werden würde an einer Schule, wo nur Nonnen unterrichteten.

„Du hast Glück, dass du kein Junge bist", sagte Juanito wichtig. „Die Padres sind viel strenger als die Nonnen. Unsere sind besonders streng, sogar strenger als Don Manolo." Don Manolo, der Priester der Gemeinde, werde zum Abendessen kommen, erzählten sie. Er war eingeladen worden, um unsere erste gemeinsame Mahlzeit hier im Hause zu segnen. Normalerweise kam Don Manolo nur einmal im Monat, zusammen mit der Heiligen Familie. „Der Heiligen Familie?", fragte ich verwundert. „Ja", riefen die Kinder im Chor. „Das sind schöne Statuen aus der Kirche von Don Manolo. Er bringt sie jeden Monat her und stellt sie im Salon auf." „Dann müssen wir unsere besten Kleider anziehen und uns ganz gut benehmen", fügte Juanito hinzu, „sonst müssen wir Buße tun." „Klingt ja schrecklich", sagte ich. Doch Carmen versicherte, es sei eine große Ehre, die Heilige Familie im Haus zu haben.

Nach einer Weile wurden wir ins Speisezimmer gerufen. Dort war ein langer Tisch mit glänzendem Porzellan, Kristall und Silber reich gedeckt. Das scheue Mädchen im strengen Servierkleid ging schweigend umher und servierte aus vielerlei Schüsseln wohlriechende Speisen in vielen Farben. Juanita reichte selbst eine Platte mit aufgehäuftem, dampfendem Reis herum. Wie in Juanitas Elternhaus auf Kuba begleite Reis jede ihrer Mahlzeiten, erklärte Roberto. In dem Moment huschte leise eine kleine schattenhafte Gestalt in schwarzer Soutane in den Raum und setzte sich neben die Ama ans Ende des Tisches. „Don Manolo", wisperte Juanito. Alle beugten den Kopf, als der kleine Priester fast unhörbar ein lateinisches Gebet sprach. Die Kinder, ihre Eltern und die Ama bekreuzigten sich. Tante Amalie errötete und drückte Großmutters Hand. Juanita runzelte kurz die Stirn zu ihrer Schwiegermutter hin, sagte dann fröhlich: „Buen apetito", und wir fingen an zu essen. Die Unterhaltung begann mit einem lebhaften Austausch von Freundlichkeiten über die regionale Küche, Bräuche, Musik und Bücher. Roberto und mein Vater übersetzten gewissenhaft jede Äußerung vom Spanischen ins Deutsche und umgekehrt. Juanita warf ab und zu einen französischen Ausdruck ein und nickte zur Betonung mit dem Kopf. Ich fühlte mich unbeschwert und glücklich, besonders als ich sah, dass als Nachtisch *Crème brulée*, eine meiner Lieblingsspeisen, serviert wurde.

Auf einmal veränderte sich die Stimmung ringsum. Juanita hatte sich vorgebeugt und sprach schnell und erregt mit immer lauter werdender Stimme. Ihr Wortschwall schien an Vater gerichtet. Sein Gesichtsausdruck verriet zuerst Überraschung, dann Verwirrung und schließlich Ärger. Roberto ging zu Juanita hinüber und versuchte, sie zu beruhigen, aber sie ließ sich nicht aufhalten. Sie klopfte mit ihren juwelenbesetzten Händen auf die Tischplatte und fuhr mit lauter Stimme in ihrer flammenden Rede fort. Alle saßen in betäubtem Schweigen, bis schließlich der Priester sich entschuldigte, aufstand und den Raum verließ. Die Ama sammelte daraufhin die Kinder ein und führte sie hinaus.

Schließlich wandte sich Roberto an meine Mutter und lächelte entschuldigend. „Emma", sagte er, „wir sind alle ein bisschen besorgt wegen eurer derzeitigen Bleibe. Die Pension war schon recht, solange Kurt alleine hier war, denke ich. Wir hofften allerdings, er würde sich in einer besseren Pension in einem besseren Viertel einmieten, sobald ihr hier seid. Aber er bestand darauf, ihr solltet euch in Madrid an ein Leben unter bescheidenen Verhältnissen gewöhnen, zumindest im Moment. Juanita meint, dass mein Bruder Max schuld ist, dass er Kurt schlecht berät." Robertos Lächeln galt nun meinem Vater, aber es wurde nicht erwidert. Ich war froh, als sich Juanita endlich beruhigte und aufstand. Sie bat uns zum Kaffee in den Nebenraum. Sie hakte sich bei Mutter ein, zeigte auf das Klavier, machte spielende Fingerbewegungen und bat: „Mozart, Mozart, *por favor*." Nach anfänglicher bescheidener Abwehr fand Mutter geeignete Noten auf der Klavierbank, setzte sich entschlossen zurecht und bot uns die klare, präzise Schönheit einer ihrer geliebten Mozart-Sonaten.

Auf dem Heimweg saß ich in der U-Bahn auf einem Ecksitz, weg von den vollen Gängen. Über dem Getöse ringsum hörte ich Vaters Stimme. „Juanita und Roberto haben eine etwas naiv verwirrte Vorstellung, warum wir in dieser Pension bleiben", sagte er etwas bitter. „Sie meint, das habe mit einem von Max und seinen Anarchistenfreunden ausgeheckten teuflischen Plan zu tun. Und Roberto glaubt, ich hätte den Ort gewählt, um dich, liebe Mutter, dazu zu bringen, aus dem Vermögen, das du mit Onkel Julius verwaltest, mehr Geld locker zu machen." „Nun ja, Kurt", sagte Großmutter zögernd. „Von teuflischen Plänen weiß ich nichts, aber es wäre nicht das erste Mal, dass ich von meinen Lieben dazu gedrängt werde, etwas Unbedachtes zu tun." Sie zog ihren Mantel enger um sich, lehnte sich zurück und blickte geradeaus. Dann langte sie nach meiner Hand und hielt sie fest, während wir den Rest des Weges schweigend zurücklegten.

Als ich am nächsten Morgen aufwachte, wunderte ich mich zuerst, wo ich eigentlich war. Dann wurde mir schmerzhaft bewusst, dass ich mich in einem stinkenden Zimmerchen in einem fremden Land befand. Durch das offene Fenster sah ich den leuchtend blauen Himmel und hörte den Chor der Kirchenglocken, die Heldentenöre der großen Kathedralen und die klingelnden Tremolos der kleinen Pfarrkirchen in der Nachbarschaft. Es war Sonntag und Vater hatte versprochen, mir die Stadt zu zeigen. Mutter und Großmutter wollten währenddessen in der Pension ausruhen.

„Wie hab' ich mich auf diesen Tag gefreut", begrüßte mich Vater mit strahlendem Lächeln. „Ich weiß einfach, dass du diese Stadt genauso lieben wirst wie ich." Ich hatte mir vorgenommen, mich nicht von Vaters Freude an seiner neuen Heimat anstecken zu lassen, aber alle dunklen Gedanken waren zerstoben, kaum dass wir den schwerfälligen Doppeldeckerbus bestiegen hatten. Wir kletterten aufs Oberdeck hinauf und setzten uns ganz vorne hin. Von meinem Hochsitz blickte ich hinunter auf die fremde Stadt. Als wir sie langsam vom einen zum anderen Ende durchfuhren, wandelte sich meine Abwehr erst in Erstaunen, dann in Begeisterung. Noch nie zuvor hatte ich so prächtige Boulevards, so großartige Gebäude, so kunstvoll gearbeitete Statuen und Brunnen gesehen, so viele elegante Pferdekutschen, ohne dass eine Parade stattfand, und Palmen vor dem Konservatorium. „Das ist Madrid!", sagte Vater mit einem Lächeln, das besagte: „Hab' ich dir's nicht gesagt?" Ich lächelte zurück und nickte: „Ja, du hast recht."

Schließlich mussten wir wieder auf die Erde hinuntersteigen. Wir hielten an einem Straßencafé, wo ich mir ein Glas kühle Mandelmilch schmecken ließ, die Vater für mich bestellt hatte. Als ich die grünen Oliven sah, die mit seinem Wermut serviert wurden, rümpfte ich die Nase. „Du wirst schon noch lernen, ihren Geschmack zu mögen", erklärte er zuversichtlich.

Dann sah ich die Buben in ihren zerrissenen Hemden und Hosen. Diese kleinen Schnorrer machten sich an die Tische heran, baten um Almosen und beobachteten jede Bewegung des Wirts. Sobald jemand eine Zigarettenkippe aufs Pflaster warf, rannten sie hin, hoben sie auf und zogen gierig daran. Vater plauderte freundschaftlich mit ihnen. Er fand, sie seien drollige, schlaue Bürschchen, aber mich machten sie unsicher und traurig. Ich war froh, als wir aufstanden und gingen.

Noch weniger war ich auf das Folgende vorbereitet. Auf unserem Fußweg zum Prado, dem Kunstmuseum, kamen wir an einer großen Kirche vorbei. Auf den breiten Treppen hockten einige malerisch zerlumpte, zum Skelett abgemagerte Männer, die schreckliche Missbildungen und eiternde Wunden zur Schau stellten. Sie schwatzten, riefen und griffen mit knochigen Fingern nach den Röcken der schwarz verschleierten Frauen, die vorsichtig auf eifrig klickenden Absätzen an ihnen vorbeieilten. „Helle und dunkle Farben fließen ruhig Seite an Seite. Neben dem hellsten Licht ist immer der tiefste Schatten", deklamierte Vater Verse frei nach Mörike. Er nahm mich fester an die Hand und wir schritten rasch weiter.

Im Prado standen wir lange vor Goyas monumentalem Gemälde von Karl IV. und seiner Familie. Ich starrte es völlig überwältigt an und wagte nicht, meine Augen von diesen mächtigen Gestalten abzuwenden. „Hier gibt es viele großartige Gemälde. Nach und nach wirst du alle sehen. Aber heute möchte ich dir nur noch eines zeigen." Vater führte mich zu einem anderen Goya Gemälde. Es heißt *Colossus*. Es zeigt einen dunklen, rätselhaften Riesen, der sich bedrohlich aus dem verborgenen Horizont erhebt. „Niemand scheint so recht die Bedeutung dieses Bildes zu kennen. Ich neige der Auffassung zu, dass es sich um eine Illustration des Gedichtes *La Profesia de las Pyreneas* von Bautista Arraza handelt, das vom Aufstand der Spanier gegen Napoleon erzählt."

Als Vater seinerzeit begonnen hatte, über die Auswanderung nach Spanien nachzudenken, hatte er von den Pyrenäen gesprochen und dabei Heine zitiert. Offensichtlich hatte dieses Gebirge schon immer in der Geschichte große Bedeutung gehabt. Ich konnte mich nicht einmal erinnern, die Berge gesehen zu haben, als wir sie im Zug überquerten. Entweder hatte ich geschlafen oder ich war zu tief in Selbstmitleid versunken gewesen. Dieser wichtige Abschnitt fehlte mir völlig. Jetzt schämte ich mich deswegen.

Auf dem Rückweg zur Pension kauften wir eine Melone. Da es Herbst war, fand man diese dunkelgrünen Früchte mit der rauen Schale jetzt überall in der Stadt an den Straßen zu hohen Haufen aufgeschichtet. Die Melonen wurden von den Erzeugern auf schwer beladenen Eseln und auf Schubkarren hereingebracht. Gelegentlich brachten die Leute gleich noch Feldbett, Klappstühle und den *brazero*, einen Holzkohleofen, mit und bauten ihren Haushalt am Bordstein auf. Ein kleiner Baldachin oder ein altes Laken auf einer Wäscheleine bot Schutz vor der kalten Brise, die unweigerlich um Mitternacht aus den Bergen der Sierra hereinwehte.

In den kommenden Wochen gingen meine Eltern auf die Suche nach einer geeigneten Tätigkeit für Vater und nach einer für uns alle passenden Wohnung. Sie verbrachten den größten Teil des Tages mit Erledigungen in der Stadt, bei Besprechungen in verschiedenen Ämtern, bei Maklern und Arbeitsvermittlern. Großmutter und ich blieben uns selbst überlassen. Wir spielten Karten, schrieben Briefe in unserem Zimmer oder erkundeten die große Stadt. Wir bewunderten die eleganten Straßen, die Statuen und Brunnen. Wir starrten die großen Clubgebäude an, wo ältliche Herren in gepolsterten Armstühlen an riesigen Fenstern saßen und auf die Passanten auf der Straße herabsahen. Ich kicherte über die vielen jungen Stutzer, die an belebten Ecken beisammenstanden und sich nach jeder Frau den Hals verrenkten. Sie pfiffen und flüsterten Liebesworte trotz der grimmigen Blicke der immer gegenwärtigen Anstandsfrau. Großmutter nannte das ein schockierendes Schauspiel. Auch vom Prado war sie nicht angetan. Dorthin zog ich sie immer wieder. Sie kam nicht über die vielen gemarterten Heiligen und andere blutrünstige Gemälde hinweg, die sich in manchen Sälen bedrohlich breitmachten. „Im wirklichen Leben gibt es genug Düsteres", meinte sie. „Um es mir anzusehen, muss ich nicht ins Museum gehen."

Die Kirchen und Kathedralen mit ihren wahrhaft großartigen Innenräumen erfüllten mich mit Ehrfurcht, aber Großmutter wurde nur an vergangene Grausamkeiten und Blutvergießen erinnert. „Ich muss immer an all die Verbrechen denken, die im Namen dieser Religion im Laufe der Jahrhunderte begangen wurden", sagte sie. Es überraschte mich, wie verärgert sie dabei aussah.

12. Kapitel

Im Januar 1934, als die Bevölkerung noch mit den Festlichkeiten der Zwölf Nächte beschäftigt war, war es meinen Eltern gelungen, am Stadtrand in einer mit amerikanischem Geld finanzierten Mustersiedlung ein geeignetes Heim für uns zu finden. Man konnte die Einfamilienhäuser mit Kaufoption mieten. „Wartet nur, bis ihr das seht", rief Vater strahlend. „Ihr werdet begeistert sein."

Er hatte recht. Ich war sofort angetan von der ruhigen Vorortsiedlung mit den sich sanft windenden sandigen Straßen, den Häusern im Stil von Schweizer Chalets, den sie umgebenden immergrünen Sträuchern und Bäumen. Besonders beeindruckten mich die schmiedeeisernen Stäbe vor unseren Fenstern, die farbigen Terrazzo-Fußböden und Bogendurchgänge, die dem Erdgeschoss romantische Eleganz verliehen. Schlafräume und Bäder waren oben. Durch einen unerwartet günstigen Zufall wurde mir das einzige Zimmer mit Balkon zugesprochen. Er war winzig, aus Holz, und man sah hinunter auf die kleine Terrasse vor dem Haus, wo die grüne Bank der Ahnen ihren Platz gefunden hatte. „Da steht sie", sagte Vater, „ganz genauso, wie sie vor dem Gasthaus in Massenbachhausen gestanden hat und später vor dem Haus meiner Großeltern am Ring in Mannheim. Sie saßen auf dieser Bank und beobachteten ihre Enkelkinder. Eines Tages werde ich hier mit deiner Mutter sitzen und wir werden unsere Enkel beobachten. Ich zähle auf dich!" Er lachte herzlich.

Immer wenn Vater und Großmutter über vergangene und künftige Generationen sprachen, entspann sich ein gutmütiger Streit. Er glaubte, unsere Vorfahren müssten aus Spanien gekommen sein. „Was glaubst du, warum ich mich hier so wohl fühle", pflegte Vater zu sagen, „und warum ich alles Spanische so liebe? Weil es mir im Blut liegt. Von hier sind wir gekommen und hier gehören wir hin." „Du bist albern, Kurt", gab Großmutter kopfschüttelnd zurück. „Du weißt genauso gut wie ich, dass wir alle *Aschkenasim* sind, keine *Sephardim*." Zum Beweis führte sie Familienbräuche, Speisen und Sprachbesonderheiten an. „Unsere Vorfahren kamen aus Russland. Das weißt du." Aber Vater schüttelte den Kopf. Er dachte anders darüber, sein Bauch sagte ihm das.

In meinem früheren Zimmer hatte ich Möbel gehabt, die noch aus Vaters Jungenzimmer stammten. Mutter hatte sie in Mannheim zurückgelassen. Ich erhielt nun eine recht elegante Liege, die zum Schlafzimmer der Eltern gehört hatte, sowie einige Regalbretter für Bücher und einen Polsterstuhl. Sogar Mutters schönen Biedermeier-Sekretär durfte ich übernehmen, weil sonst nirgendwo Platz für ihn war. Er hatte tiefe Schubladen und viele Geheimfächer, in die ich all meine Schätze verstauen konnte. Ich saß oft stundenlang daran, schrieb lange Einträge in mein Tagebuch und Briefe an Großmutter Käthe, die mich getreulich mit Moralpredigten und gepressten Blumen versorgte. Vater brachte mir eine Staffelei für mein Zeichenbrett und einen Stapel gelbbraunes und graues Papier für Kohlezeichnungen. Ich fühlte mich im siebten Himmel, noch bevor ich den kleinen Garten am Haus entdeckt hatte, der so zeitig im Jahr schon blühte und mein Zimmer mit betäubenden Düften von Jasmin, Heliotrop und Zitronenverbena erfüllte.

Leider musste ich in die Schule gehen, aber wenigstens würde es eine deutsche sein. Die Entscheidung für diese Einrichtung, die in erster Linie Kinder ausländischer Geschäftsleute und Diplomaten aufnahm, geschah auf Empfehlung von Paulus, einem weiteren Bruder von Roberto und Max. Paulus war als Mathematikprofessor von der Universität Freiburg gefeuert worden, weil er Jude war. Er verbrachte seine Zeit bei Verwandten seiner arischen Frau und wartete auf seine Auswanderungspapiere für Neuseeland. Als sein 14-jähriger Sohn Lothar aus der Schule geworfen wurde, brachte Paulus ihn nach Weihnachten nach Madrid und meldete ihn im deutschen Realgymnasium an. Er schlug meinen Eltern vor, mit mir dasselbe zu tun. Lothar wohnte bei Roberto. Er war ein großer Junge in Lodenjacke, Kniebundhosen und Schuhen mit dicker Sohle. Auf alles Spanische sah er herab, und wie ich verachtete er die Kinder des Hauses als unwissende Babys. Er hatte Heimweh und verbrachte viel Zeit mit mir. Ich konnte aber nie so recht herausfinden, ob er mich eigentlich mochte. Zwar machte er mich zu seiner Vertrauten und teilte mir seine innersten Gedanken über seine

Verwandten und ihre Lebensweise mit, irgendwie schien er mich aber doch geringer als sich selbst einzustufen. Ich freute mich, als er mir anbot, mir bei den Hausaufgaben zu helfen. Nachdem ich so lange nicht in der Schule gewesen war, würde es schwer für mich werden. Als er jedoch mit seinem „akademischen Können" angab und sagte, wie er sich freue, „mir in der Stunde der Not beizustehen", fühlte ich mich beleidigt. Dann erklärte er großspurig, in der Pause sollten wir so tun, als ob wir uns nicht kennen. „Wenn es bekannt wird, dass wir verwandt sind, dann gibt es Gejohle ohne Ende. Jungen können sehr grausam sein. Sie haben einen garstigen Sinn für Humor, mit dem du natürlich nicht vertraut bist, weil du nur ein Einzelkind bist." Sobald er herausfand, dass seine männlichen Klassenkameraden mich wohlwollend betrachteten, verlor er trotz dieser feinen Rede keine Zeit, enthüllte unsere Verwandtschaft und steckte seinen Claim ab. Bei Jungen weiß man doch nie, woran man ist, dachte ich.

Als ich zum allerersten Mal mein Klassenzimmer in Madrid betrat, starrten mich sechzehn Jungen an. „Nur zwei Mädchen sind in meiner Klasse", beklagte ich mich bei Mutter, „und die sind fest befreundet. Sie reden nur miteinander und nur Spanisch." „Gut", sagte Mutter und es klang ungewöhnlich hart. „Dann wirst du nicht abgelenkt. Du hast wenig Zeit, dich mit den anderen zu treffen, wenn du aufholen willst." Sie hatte natürlich recht. Die meiste Zeit war ich ziemlich verloren. In Algebra und Geometrie war es hoffnungslos. In Französisch und Englisch konnte ich mich so eben halten. Aber es war ohnehin egal. Von uns Mädchen schien niemand irgendetwas zu erwarten. Meine Mitschülerinnen steckten immerzu die Köpfe zusammen und meldeten sich nie. Wenn ich mich in Geografie, Geschichte oder Deutsch meldete, sah sich der Lehrer mit einem spöttischen Lächeln langsam im Raum um, bevor er entschied, mich oder doch einen der Jungen aufzurufen. Rief er mich auf und meine Antwort musste als richtig akzeptiert werden, so wirkte er überrascht, ja schockiert.

Alle Hauptfächer wurden in Deutsch von recht jungen, gesund aussehenden Männern in Tweedjacken und Knickerbockerhosen unterrichtet. „Lauter ehemalige Pfadfinder", behauptete Lothar. Spanisch unterrichtete natürlich ein Spanier. Er war klein und wohlbeleibt und hatte glänzend schwarzes Haar. Er bewegte sich im Zimmer wie ein Zwerggockel. Es wurde erzählt, er trage ein Frauenkorsett, um den Bauch einzuhalten. Er hatte mich einmal aufgerufen und zufrieden zur Kenntnis genommen, dass ich keine Ahnung hatte. Seitdem nahm er keine Notiz mehr von mir. Auch von dem spanischen Kunstlehrer, einem kleinen Mann mit Gockelgehabe, wurde mir keinerlei Beachtung zuteil. Nicht anders war es bei der kleinen dicken Señora, die uns Mädchen Nähen beibrachte, wenn die Jungen turnten.

Musik unterrichtete ein ältlicher, grauhaariger, grau gekleideter deutscher Herr, der mich mit der Ankündigung begrüßte, er müsse meine Stimme prüfen, um mich in den Schulchor einfügen zu können. „Ich kann nicht singen", sagte ich und der Schweiß brach mir aus. Die erniedrigenden Musikprüfungen in der Grundschule hatte ich noch gut in Erinnerung. Vor jedem Zeugnis, das in meinem Fall nie etwas anderes als mangelhaft in Musik aufwies, stellte mich Fräulein Durer neben sich. Sie spielte auf dem Harmonium die Tonleiter und forderte mich immer wieder auf zu singen, laut: do, re, mi, fa, so, la ..., bis ich es schließlich in meinem pathetischen Monoton tat. Die ganze Klasse, selbst meine allerbesten Freundinnen, konnten sich des Kicherns nicht enthalten. „Ich kann nicht singen", wiederholte ich. „Kann-nicht gibt es nicht, und bestimmt nicht beim Singen. Du musst vom Zwerchfell her atmen", kam die Antwort. Der Mann war eigensinnig, aber rücksichtsvoll. Er entließ die Klasse, bevor er sich mein Singen anhörte. Dann sagte er: „Mach's so gut du kannst." Ich wurde dem Alt zugewiesen. Vergnügt tat ich, was ich schon seit Jahren tat: Ich bewegte synchron mit den anderen Lippen und Kopf. Meine Mitschüler sangen fröhlich die beliebten deutschen Lieder:

„Wer hat dich du schöner Wald", „Sah ein Knab' ein Röslein stehn", „Ein Jäger aus Kurpfalz" und wie sie alle heißen.

Vom Horst-Wessel-Lied und anderen Naziliedern hatte in Madrid anscheinend noch nie jemand etwas gehört. Niemand sagte „Heil Hitler", es gab auch keine Hakenkreuzfahnen, keine braunen Hemden und keine braunen Kleider. Trotzdem fühlte ich mich an dieser Schule nie ganz wohl, nicht einmal, nachdem sich mein Status ganz wesentlich verbessert hatte.

Während der langen Sommerferien 1934 lernte ich irgendwie Spanisch. Ganz plötzlich setzte mein Gehirn die Schnellfeuer-Unterhaltungen um, die überall auf mich einprasselten. Ich musste die Sätze nicht mehr mühsam im Kopf Wort für Wort übersetzen. Das Spanische kam ganz von allein aus meinem Mund. Ich fühlte mich wie neugeboren. Glücklich half ich nun Mutter und Großmutter bei jeder Gelegenheit als Dolmetscherin aus. Außerdem schloss ich eine Art Freundschaft mit zwei Schwestern in unserer Straße, die etwa mein Alter hatten. Gemeinsam mit ihrer Mutter machten sie mich mit ihrer umfangreichen Sammlung von Fan-Magazinen und Autogrammkarten spanischer und amerikanischer Filmstars bekannt. Sie zeigten mir, wie Lippenstift aufgetragen wird und wie man die Augenwimpern biegt. Sie drängten, ich solle meine Mutter bitten, mich einen Büstenhalter tragen zu lassen. Dies wies Mutter allerdings als zu früh zurück.

Als im Herbst die Schule wieder begann, erinnerte sich keiner der Schüler, dass ich vorher taubstumm gewesen war. Außerhalb des Unterrichts bezogen sie mich ganz selbstverständlich in ihre Unterhaltungen ein. Obwohl die spanischen Lehrer auch weiterhin keine Notiz von mir nahmen, änderte sich mit der Ankunft zweier neuer Mädchen aus Deutschland die Haltung der anderen Lehrer zum Besseren.

Als Erste kam Margot. Sie war Jüdin und war vom Gymnasium ihrer Heimatstadt hinausgeworfen worden. Ihre Familie wollte nach Südamerika auswandern, aber ihre Papiere waren verloren gegangen. Nun verbrachten sie ihre Tage in möblierten Zimmern in Madrid und warteten darauf, was zuerst eintreffen würde: entweder ihre Visa oder die Nachricht, dass Hitler eins auf den Deckel bekommen habe. Margot wollte Rechtsanwältin werden und plante, wieder auf eine „richtige" Schule zu gehen, eine, wo man Griechisch und Latein lehrte. Inzwischen wollte sie keinesfalls irgendwelchen Unsinn von unseren unwissenden Lehrern annehmen.

Erin kam ein paar Wochen später. Ihr jüdischer Vater, Arzt, und ihre arische Mutter, Krankenschwester, betrieben in der Botschaftsstraße eine Pension im kontinentalen Stil. Erin war das Lernen gleichgültig. Sie machte mit großem Vergnügen unseren Lehrern das Leben schwer, besonders den spanischen. Hauptsächlich Erins abwegiges Benehmen veranlasste vermutlich die alte Handarbeitslehrerin, in Pension zu gehen. Eindeutig war Erin die Hauptursache für das häufige Fehlen unseres korsettierten Señor Pollo „wegen schlechter Nerven". Wenn der kleine Mann an Erins Pult vorbeisegelte, die Augen auf die Jungen geheftet und in ihre Richtung Fragen abfeuerte, lehnte sie sich in seinen Weg und wedelte wild mit der Hand zum Zeichen, dass sie aufgerufen werden wollte. Gab er ihrer Bitte nach, wurde sofort klar, dass sie ihn wieder einmal zum Narren gehalten hatte. Erin stand da, spielte gelangweilt mit ihren langen, blonden Zöpfen und sah sich mit blassen, schläfrigen Augen im Raum um. Offensichtlich wusste sie nicht nur keine Antwort, sondern hatte nicht einmal auf die Frage geachtet. Die Klasse grölte anerkennend.

Das Schicksal hatte uns drei per Zufall zusammengewürfelt. Obwohl wir eigentlich wenig gemeinsam hatten, fühlten wir uns wegen unserer ähnlichen Vergangenheit zueinander hingezogen. Unsere Kameradschaft gab uns Trost. Am liebsten trafen wir uns bei mir zu Hause. Anfangs versuchten wir es mit einigen „so tun als ob"-Spielen, die wir alle mit früheren Freundinnen gespielt hatten. Doch wir entdeckten rasch, dass Herz und Kopf solch kindlichem Zeitvertreib entwachsen waren. Lieber saßen wir einfach zusammen, erzählten und philosophierten, oder wir spielten ein abgewandeltes Squash auf dem kleinen Hof hinter unserer Küche.

Vater nannte uns „die drei Grazien". Mutter war nicht so wohlwollend gesonnen. Sie mochte Margot nicht und misstraute Erin. Ihrer Meinung nach benutzten sie mich nur als Handlanger. Doch ich war glücklich, Gesellschaft zu haben. Ich bewunderte beide Mädchen, denn ich dachte, beide kämen mit den Alltagsereignissen besser zurecht als ich selbst. Besonders beeindruckte mich, wie Erin bei einem dramatischen Ereignis in meinem Leben reagierte. Als ich eines Nachmittags stundenlang allein im Prado herumgewandert war, fühlte ich plötzlich einen scharfen, schrecklichen Schmerz im Unterleib. Ich schleppte mich vom Museum zur nächsten Bushaltestelle. Der kalte Schweiß brach mir aus, während ich dort voller Sorge wartete. Meine Unterwäsche wurde nass und klebrig. Als ich endlich nach Hause und ins Badezimmer kam, fand ich meine Kleidung in Blut getränkt. Ich wurde fast ohnmächtig vor Schreck und rief nach Mutter. Sie kam an die Tür und erkannte die Situation mit einem Blick. „Oh, nein", rief sie „leg dich besser hin." Da war ich sicher, dass ich sterben musste. Bei meinen verschiedenen Leiden war Mutter sonst nicht so mitfühlend. Jetzt saß sie an meinem Bett, hielt meine Hand und sprach mit gepresster Stimme. Als ich schließlich aus ihren Worten etwas Sinn entnehmen konnte, wünschte ich zu sterben, am besten möglichst schnell. Ich hatte nicht die Absicht, jeden Monat mit so einem blutigen Schlamassel fertig werden zu müssen.

Als ich Erin das nächste Mal sah, war ich blass und noch wackelig auf den Beinen. Ich beschrieb ihr die Schrecken, die ich durchgemacht hatte. „Wow", rief sie bewundernd. „Jetzt bist du erwachsen. Ich wette, du bist glücklich. Ich kann's nicht abwarten, bis es mir auch passiert. Ich hab's so über, ein Kind zu sein!" Ich wusste nicht, was ich sagen sollte.

Erin starrte mich mit ihren blassen Augen an. Dann sagte sie nochmals „wow", diesmal leiser. „Du hast nichts davon gewusst, ja? Das muss ein ordentlicher Schreck gewesen sein. Meine Mutter hat mir das schon lange erzählt", sagte sie stolz. „Sie will, dass ich Bescheid weiß." Erin hielt mir einen Vortrag über die Tatsachen des Lebens, und ich hörte aufmerksam zu. Ich ärgerte mich nicht einmal darüber, wie sie wichtigtuerisch ihre Zöpfe herumwarf. Ich war froh, dass die vielen anscheinend geheimnisvollen und absurden Dinge endlich um vieles klarer und sogar akzeptabel wurden. Ich entdeckte, dass es keine Strafe der Natur war, weiblich zu sein. Im Gegenteil, eine Frau und eines Tages Mutter zu werden, gab mir einen ganz besonderen Status.

„Warum erzählst du mir nie was?", fragte ich Mutter. Mein aggressiver Ton ließ ihre Augenbrauen hochgehen und sie sah mich mit diesem sonderbaren Blick an, der mich immer veranlasste, in meinem Gewissen nach irgendeiner lange vergessenen Missetat zu suchen, die womöglich unerwartet ans Licht gekommen war. Aber alles, was sie sagte, war: „Du erfährst genug, glaub's mir."

Anfang 1935 kam ein schwarz geränderter Brief aus Mannheim an und teilte uns mit, dass Großvater gestorben war. Obwohl mir immer bewusst gewesen war, dass seine Gesundheit nicht die beste war, war es ein fürchterlicher Schock. Zu denken, dass ich ihn nie wiedersehen würde, das war für mich wie ein Faustschlag von eiskalter Hand. Mutter weinte. Sie hätte bei ihrem Vater sein sollen, als er starb. Sie hätte seine Vergebung erhalten wollen für vergangenes Unrecht, sagte sie. Nun wolle sie nach Mannheim fahren, um mit ihrer Mutter Frieden zu schließen, bevor es zu spät sei.

Mit derselben Post war eine Ansichtskarte mit dem Foto eines abgestürzten Flugzeugs angekommen. Ein gebrochener Propeller, Flügel, Räder und etwas, das aussah wie Pilotenkappe und -schutzbrille lagen auf einem Haufen auf der Wiese. Mutter nahm mir die Karte aus der Hand, als ich sie in der Diele betrachtete. Als später Großmutter und ich wie jeden Tag Zankpatience im Wohnzimmer spielten, hörten wir die Eltern in ihrem Schlafzimmer oben laut reden. Es kam heraus, dass es sich um das Flugzeug von Franz handelte und dass er absichtlich gegen den Berg geflogen war. „Er versuchte sich selbst umzubringen", rief Mutter erregt. „Er hat aber doch überlebt, nicht wahr?", kam Vaters mokante Stimme. „Nur knapp. Hier, sieh selbst. Die Krankenschwester schreibt, Franz liegt in einem Ganzkörperverband, von Kopf bis Fuß in Gips!" Hörte ich Vater lachen? Bei dieser traurigen Nachricht? Ich sah Großmutter fragend an. Aber sie hielt ihre Augen abgewandt. Sie konzentrierte sich offensichtlich auf unser Kartenspiel.

Während Mutter in Deutschland war, machte Großmutter es sich zur Aufgabe, sich um Vaters und mein Wohlergehen zu kümmern. „Hausarbeit kann ich nicht", kündigte sie an. „Aber ich kann planen und Anweisungen geben." Als Vater dazu lächelte, betonte sie, dass ihr Haushalt immer wie ein Uhrwerk gelaufen sei. Das war nicht zu bestreiten, doch Vater meinte, das sei mehr das Verdienst ihrer Mädchen als das von Großmutter selbst gewesen. Auch unser kleiner spanischer Haushalt lief wie ein Uhrwerk. Die Hauptmahlzeit des Tages war ein spätes Abendessen, das unser Mädchen Pilar zubereitete. Wir hatten Pilar noch in der Pension kennengelernt. Sie arbeitete nebenan als Hausmädchen. Angelina erzählte uns, Pilar suche nach einer neuen Stellung. Sie habe Angst vor ihrem Arbeitgeber, der oft mit ihr schimpfe. Pilar war für eine spanische Frau ungewöhnlich ungepflegt. Sie trug Filzpantoffeln an den bloßen Füßen. Ihr Gesicht war mürrisch und teilnahmslos. Mutter warf einen Blick auf sie und entschied, dass sie ein so unansehnliches Mädchen nicht einstellen wolle. Als wir aber dann mit dem Taxi in unserem neuen Haus ankamen, stand Pilar vor unserem Gartentor – genau vor den Möbelpackern, ihren Pappkoffer fest in der Hand. Vater bestand darauf, dass sie in das Zimmerchen hinter der Küche einziehen durfte.

Tagsüber trottete Pilar durchs Haus und schob den Elektrolux lustlos um Möbelbeine herum und wischte mit dem Staubtuch mal hier, mal da über die Möbel. Bei Sonnenuntergang aber verwandelte sie sich in einen entschlossenen Dämon, der in unserer Küche wild mit Töpfen und Pfannen schepperte. Als sie zum ersten Mal die ihr nicht vertrauten modernen Geräte sah, den Gasherd, den elektrischen Kühlschrank, zitterte sie buchstäblich. Aber sie gewöhnte sich rasch daran. Pilar vermied zwar Fleisch, von gelegentlichen Hähnchen abgesehen, die sie geschlachtet erstand, aber sie zauberte die schmackhaftesten Mahlzeiten aus Eiern, Fisch, exotischen Meeresfrüchten, Tomaten, Paprika und Auberginen. Und immer gab es zum Abschluss einen farblosen, milden Käse zu wunderbar aromatischen Früchten: Trauben, Melonen, Orangen und Feigen.

All dies in vielen Farben leuchtende Obst und Gemüse wurde täglich frisch in von Mauseln gezogenen Karren oder in von Eselsrücken herunterhängenden Körben an unserer Vordertür angeliefert und ausgewählt. Unser Trinkwasser kam in großen *botijos*, unglasierten Tonkrügen, die ein muskulöser, braungebrannter Mann auf den Schultern trug. Die Mineralwasserflaschen brachte ein Motorfahrzeug. Pilar verhandelte geschickt mit den Händlern, die ihr ernstes Wesen meist einschüchterte. Allerdings war eine rothaarige, untersetzte Frau darunter, die lachte und laut scherzte, egal wie finster Pilar blickte. Mit ihrem großen Strohhut ging sie neben dem Esel her und pries ihre zuckersüßen Wassermelonen an: „*Azucar! Azucar*!" Trotz ihres lärmenden Benehmens konnte auch sie Pilar nie übervorteilen.

Als Mutter nach einigen Wochen zurückkam, erzählte sie, die Deutschen seien noch hinterhältiger und gehässiger geworden. „Franz ist ein Arschloch", erklärte sie mit Nachdruck. Ich war verblüfft. Einen solchen Ausdruck hatte ich noch nie von ihr gehört.

Noch verblüffter war ich, als Großmutter sagte, sie wolle zu einem kurzen Besuch nach Deutschland fahren. Man hatte das Gesetz, das jegliche Beziehung zwischen Juden und Nicht-Juden verbot, noch verschärft. Onkel Julius war von seiner Freundin Martha mitgeteilt worden, er müsse aus ihrer Wohnung ausziehen. „Der arme Mann weiß nicht, wohin. Ich muss ihm helfen, einen Ort zu finden, wo er bleiben kann. Außerdem muss ich unser Geld nachprüfen", erklärte sie. Es machte mich traurig, meine liebe Großmutter in ihrem Zimmer auf und ab gehen zu sehen und jedes Mal seufzen zu hören, wenn sie wieder ein Stück in ihren Koffer legte. „Musst du wirklich fahren?", fragte ich. „Wer sonst könnte nach dem Rechten sehen?", war ihre Antwort.

Während Großmutters Abwesenheit übernachteten Erin und Margot an Wochenenden oft in ihrem Zimmer. Wir hingen in unserem Haus und Hof herum, spielten Ball oder Karten, sprachen endlos über Jungen oder – manchmal – sogar über Männer. Lothar kam häufig zum Nachmittagstee, wobei er sich immer entschuldigte, „unseren charmanten Kreis" zu stören. Unsere Unterhaltung wurde meist sehr heftig, wenn er da war. Nichts machte er lieber, als uns über die Rolle der Frau in der Gesellschaft zu belehren und das Fehlen echter Leistungen von Frauen darzulegen. Das habe die Geschichte bewiesen. „Nennt mir doch wirklich große Frauen", forderte er uns heraus. Dann tat er jede Kandidatin als Ausnahme zur Regel ab. „Frauen bringen's halt nicht, nicht mal in der Kunst", pflegte er zu sagen. „Es gibt keine großen Malerinnen." Er sah finster zu mir herüber. Aber das sei sowieso egal, fuhr er fort, denn die Fotografie werde schon bald die konventionelle grafische Kunst ersetzen und sie völlig obsolet machen. „Maler und so werden dann nicht mehr gebraucht", tönte er. Ich erwiderte nur stur darauf, dass ich trotzdem Malerin würde, ob es ihm nun passe oder nicht.

Lothar war nicht der Einzige, der mir klarzumachen versuchte, dass meine Berufswahl ein Fehler sei. Freunde meiner Eltern fanden es manchmal amüsant, mich nach meinen Zukunftsplänen zu fragen. Erzählte ich dann, ich hoffe bald auf eine Kunstakademie gehen zu können und Malerin zu werden, so brummten sie etwas von „brotloser Kunst". Auf meine Erwiderung, Geld sei doch nicht das Wichtigste im Leben, lächelten sie nachsichtig.

Als Vater und ich Großmutter Emilie vom Bahnhof abholten, war ich bestürzt, wie alt sie aussah. Als sie Vater weinend umarmte, musste ich auch weinen, warf meine Arme um alle beide und drückte sie ganz fest. „Ich wusste bisher nicht, wie bösartig Menschen sein können", waren Großmutters erste Worte. Das wiederholte sie im Taxi auf dem Weg nach Hause noch mehrmals. Später im Wohnzimmer sagte sie, es gebe auch noch ein paar anständige Leute, Frau Müller zum Beispiel. Frau Müller war Haushälterin bei einer jüdischen Familie gewesen. Als die Familie Deutschland verließ, gab man ihr Möbel und Geld, damit sie eine kleine Pension eröffnen konnte. „Frau Müller vergisst nicht, wer ihre Wohltäter waren. Um die ganzen neumodischen Gesetze kümmert sie sich überhaupt nicht. Sie ist eine gute, anständige Christin. Sie sagt, die einzige Autorität für sie sei Gott. Ohne zu zögern hat sie Julius und mir Räume vermietet. Ich weiß, ich kann mich auf sie verlassen. Sie wird sich um Julius kümmern und gut für ihn kochen. Nicht wie die Hure Martha, die ihn wie Dreck behandelt, seit er sie nicht mehr in Modeorte mitnehmen und mit Geschenken überhäufen kann."

„Mutter", unterbrach Vater sie. „Das hast du alles in deinen Briefen schon geschrieben. Ich wüsste gerne, was mit den Aktien ist. Wo sind sie jetzt?" „Oh, Kurt", rief Großmutter und suchte im Ärmel nach ihrem Taschentuch. „Ich weiß nicht, wie ich dir das erzählen soll. Es ist zu schrecklich. Du weißt, was Onkel Julius für ein Esel war bezüglich Martha und ihrer Familie. Er wollte nie wahrhaben, dass man ihnen nicht trauen kann, dass sie böse sind. Er hat nie auf mich gehört, wenn ich ihn zu warnen versuchte. Er hat der Frau alles erzählt!" „Mutter", sagte Vater in dem harten Ton, den er mir gegenüber anwandte, wenn er es nötig fand, mir zu sagen, ich solle mit dem Unsinn aufhören. „Mutter, was ist geschehen?"

Während Vater auf und ab ging, mit kurzen, schnellen Zügen eine Zigarette nach der anderen rauchte und Mutter mit großen Augen bewegungslos dabeisaß, erzählte Großmutter eine Schmugglerstory, die sie angestoßen hatte, aber am Ende nicht mehr steuern konnte. Es ging um einen Freund namens Fritz, der trotz großer persönlicher Gefahr bereit gewesen war, die ausländischen Aktien unserer Familie außer Landes zu bringen, bevor die deutsche Regierung sie konfiszieren konnte. Fritz, der schon früher von Deutschland in die Schweiz geflüchtet war, war heimlich zurückgekehrt, um die Papiere zu holen, die Onkel Julius ihm aushändigen sollte. Doch Marthas Neffe hatte davon erfahren und drohte, den Plan aufzudecken, wenn die Aktien nicht auf ihn überschrieben würden. „Ich hätte es für einen Bluff gehalten und hätte wegen des Kindes mein Glück versucht", weinte Großmutter und fasste nach meiner Hand. „Aber wie konnte ich das? Man vermutete Fritz nicht einmal in Deutschland, und Julius ist so hilflos. Die Gestapo hätte alle beide umgebracht, ganz bestimmt. Nun stolziert dieser verfluchte *Goi* herum mit dem, was von Rechts wegen uns gehört. Es ist so unfair!"

13. Kapitel

Das Jahr 1936 sah verheißungsvoll aus. Mein Vater war erfolgreich. Er hatte die Arbeit bei Max aufgegeben, als wir in den Vorort zogen, und hatte sein eigenes Import-Export-Geschäft aufgemacht. Mutter verschmerzte allmählich, dass sie ihren geliebten Flügel in Deutschland zurückgelassen hatte. Sie mietete ein Klavier und spielte wieder täglich. Großmutter war glücklich und zufrieden mit ihrer ausgedehnten Korrespondenz und den Zusammenkünften beim

Tee mit Tante Amalie und ihren Freundinnen. Ich träumte von einer rosigen Zukunft. Monatelang hatte ich meine Eltern bekniet, mich von dem deutschen Realgymnasium zu nehmen und mir zu erlauben, eine spanische Kunstschule zu besuchen. Ganz besonders hatte ich die Nationale Akademie der Schönen Künste im Auge, die seit Jahrhunderten die Alma Mater einiger der bekanntesten spanischen Maler war. Meine Eltern versprachen, einen Wechsel in Betracht zu ziehen, wenn ich tüchtig arbeitete und meine Noten ein Jahr lang auf akzeptablem Niveau hielt.

Im Mai gingen Vater und ich zu einem Vorgespräch unter dem imposanten Portal der Akademie hindurch. An Vaters Seite stieg ich die breiten Marmorstufen hinauf und sah voll Ehrfurcht die großen Hallen, die mich an ein Museum erinnerten. Ich beneidete die blassen Jungen und das einsame Mädchen, die schweigend umhergingen, als gehörten sie hierher. Ob ich wohl eines Tages auch Teil dieser geheiligten Umgebung sein würde?

Die beiden älteren Herren, die Vater und mich in den großen Konferenzraum führten, baten uns, am Ende des langen Tisches Platz zu nehmen. Sie setzten sich uns gegenüber an das andere Ende. In unheilvollem Schweigen sahen sie meine Zeugnisse durch und zeigten sich enttäuscht, weil ich nicht Latein gewählt hatte. Das sei hilfreicher als Französisch und Englisch, meinten sie. Auch in spanischer Geschichte und in Geometrie müsse ich noch besser werden. Meine schwachen Seiten seien nicht zu übersehen. Sie lächelten höflich. Das Eingangsexamen im Herbst könne ich immerhin versuchen. Wie wären wohl meine Aussichten?, wollte Vater wissen. „Oh, man kann immer Glück haben", antwortete einer der Männer mit dünnem Lächeln. Ich war niedergeschmettert.

Eine weitaus angenehmere Begegnung hatte ich einige Wochen später, Ende Juni 1936. Max, der im Vorstand eines kürzlich gegründeten Vereins für berufstätige Frauen war, hatte angeregt, ich solle mich dort um die Junior-Mitgliedschaft bewerben. Ich ging mit Mutter zur Anmeldung. Das Vereinsgebäude war klein und alt und lag hinter einem der vielen Clubs für Männer. Wir klingelten am schmiedeeisernen Tor, das sich geheimnisvoll öffnete. Wir stiegen eine Wendeltreppe hinauf, wo in großen, bunten Majolika-Gefäßen grüne Blattpflanzen wuchsen. An den Wänden hingen gerahmte Aquarelle, Illustrationen zu beliebten Kinderbüchern, Arbeiten eines Clubmitgliedes, wie wir später erfuhren.

Eine schlanke, elegante Frau führte Mutter und mich in eine gut bestückte Bibliothek und sang uns das Lob der Ziele und Absichten des Vereins. „Wie Sie zweifellos wissen, hat vor fünf Jahren das spanische Volk seinen König ins Exil geschickt. Inzwischen konnten wir einen intelligenten, aufgeklärten Präsidenten an die Spitze wählen, der uns ins zwanzigste Jahrhundert führen wird. Aber wir haben noch einen weiten Weg vor uns. Die allmächtige Kirche wird ihren Griff nicht so ohne weiteres lockern, schon gar nicht bei uns Frauen. Unsere Gesellschaft wird von Männern beherrscht und wir Frauen sollen nichts als Kindergebärerinnen sein. Einige von uns haben große Hindernisse überwunden und sind nun Lehrerinnen, Ärztinnen oder Künstlerinnen. Wir fanden es nötig, uns nach dem Muster ähnlicher Einrichtungen in anderen Ländern zu organisieren, um Ideen auszutauschen und unsere Karriere voranzubringen. Jetzt bauen wir eine Junior-Abteilung auf, und zwar nicht nur für die Töchter von Mitgliedern, sondern ganz allgemein für talentierte junge Frauen. Wir glauben, den Emanzipierungsprozess beschleunigen zu können, wenn wir junge Mädchen früh fördern. Die Dame wandte sich an Mutter und lächelte. „Wie ich höre, sind Sie auch Künstlerin, Musikerin", sagte sie. „Wir würden uns freuen, auch Ihren Mitgliedsantrag beraten zu dürfen. Unser Club trifft sich einmal im Monat. Wir trinken Tee, hören Vorträge und diskutieren lebhaft. Das würde Ihnen bestimmt gefallen. Den Sommer über treffen wir uns natürlich nicht, weil alle wegfahren. Auf alle Fälle werde ich Ihnen und Ihrer reizenden Tochter eine Einladung zu unserem ersten Treffen im Herbst schicken. Dann werden wir Sie allen unseren Mitgliedern vorstellen. Die werden Sie – da bin ich ganz sicher – mit offenen Armen aufnehmen."

„Das klingt wunderbar", schwärmte ich, als wir wieder draußen waren. „Von jetzt an werde ich jeden Tag zeichnen und malen und mich hinter die Bücher klemmen, um im Herbst fit zu sein." Endlich hatte ich ein Ziel.

Dann, eines Morgens Mitte Juli, frühstückten Großmutter, Mutter und ich draußen auf unserer kleinen Terrasse. Durch die offenen Fenster hörten wir Vater vom Obergeschoss herunterkommen und das Radio im Wohnzimmer andrehen. Er verfolgte das Tagesgeschehen immer sehr aufmerksam. „Man muss wissen, was in der Welt vorgeht. Zumindest muss man die Schlagzeilen der Zeitungen überfliegen", pflegte er zu sagen und klopfte dabei mit den Fingern auf eine der vielen Zeitschriften, die täglich per Post bei uns eintrafen. Er nahm gerne an allen möglichen Geschehnissen teil. Einmal blieb er die ganze Nacht über auf, um am Radio die Boxweltmeisterschaft zwischen Max Schmeling und Joe Louis in Amerika zu verfolgen. Eine der ersten Anschaffungen für unser neues Haus in Madrid war ein Emerson Kurzwellenradio, kein Blaupunkt wie früher. Wir kauften keine deutschen Produkte mehr.

Nun stellte er den Klang lauter, damit wir nicht die ersten Nachrichten des Tages verpassten. Vater hörte einen Bericht aus Spanisch-Marokko, wo in der Nacht eine Militärrevolte ausgebrochen war. Er fürchtete, der Aufruhr könne auf die Garnisonen im Mutterland übergreifen. „Wenn das passiert, gibt es Straßenkämpfe. Die spanische Bevölkerung hat für die Regierung von Präsident Azaña und die Volksfront gestimmt und das werden die Menschen nicht leichten Herzens aufgeben. Das Volk wird das Militär verprügeln und ihnen eine Lektion erteilen, die sie nicht so schnell vergessen werden", erklärte Vater mit Nachdruck. „Ich bin nicht so optimistisch, Kurt." Mutter schüttelte den Kopf. „Offensichtlich wird das Militär von der Kirche unterstützt. Die wird nicht dulden, dass ein linker Intellektueller an der Macht bleibt. Du weißt, dass sie die gerade erst verabschiedete Säkularisierung der allgemeinen Bildung nicht gut aufgenommen haben. Bildung führt zum Denken, und wenn die Leute erst mal anfangen, selbständig zu denken, kann man sie nicht länger an der Nase herumführen. Und man kann dann nicht mehr Geld aus den Armen herauspressen mit dem Versprechen, für ihre Gesundheit und ihr Glück zu beten. Die Kirche hat viel zu verlieren. Aber sie haben das Militär auf ihrer Seite."

Vater schüttelte den Kopf. „Ich denke, ich rufe Max mal an und höre, was er davon hält, und ob wir irgendwie helfen können." Er ging ins Haus zurück. Großmutter hatte während der Diskussion ruhig am Tisch gesessen. Jetzt sprang sie auf und lief ihm nach. „Kurt", hörte ich sie rufen, „Kurt, das geht dich nichts an. Halt dich da raus. Max zieht dich bloß wieder in die Politik. Wofür? Für Spanien, ein Land, wo man Spaß daran hat zuzusehen, wie Männer und Tiere einander aufspießen!" Vater lachte. „Mutter, du übertreibst mal wieder", hörte ich ihn sagen.

Ich wusste, wovon Großmutter sprach. Vor einem Jahr hatte Vater uns alle zu einem Stierkampf mitgenommen. Er war schon mehrmals mit Max und seinen Mitarbeitern dabei gewesen. Nun wollte er seinen Frauen dieses großartige, typisch spanische Schauspiel zeigen. Er brachte uns auf teuren Plätzen auf der schattigen Seite der Arena unter und wies voller Begeisterung auf die farbenfrohe Volksmenge, die Blumen und Fähnchen. Er erklärte uns die Regeln des prunkvollen Schauspiels. Der Bulle war dunkel und wild. Er erntete lauten Beifall von den Zuschauern, als er stampfend und schnaubend mit einem Satz aus seinem dunklen Verlies in den sonnenüberfluteten Ring sprang. Bei den Schikanen der *Picadores* zu Pferde und der *Puntilleros* auf Zehenspitzen heftete Mutter den Blick auf den leuchtend blauen Himmel.

Großmutter presste ihr Taschentuch vors Gesicht und drückte meine Hand. Ich konnte meine Augen nicht von dem Tier abwenden, wie es in äußerster Verwirrung dort unten stand und endlich ausgespielt hatte. Sein Rumpf zuckte, sein Kopf bewegte sich ruckweise und Blut tropfte aus den Nasenlöchern. Der stutzerhaft angezogene Torero schritt tänzelnd näher und zog seinen Degen. Er stieß die glänzende Klinge an der richtigen – mit einem fröhlich flatternden roten Bändchen markierten – Stelle in das Tier. Der Bulle fiel nach vorn in den Sand und die Menge tobte vor Begeisterung.

Die telefonische Unterhaltung mit Max war beruhigend verlaufen. Max hatte Kontakt mit Regierungsbeamten, die ihm gesagt hatten, man habe die Situation unter Kontrolle. Die Revolte sei keineswegs völlig überraschend gekommen. Man werde sie rasch niederschlagen. Es gebe ein paar vereinzelte Aufstände in Spanien selbst. Damit würden die loyalen Truppen fertig. Innerhalb von 48 Stunden werde die Ordnung wieder hergestellt sein. Am nächsten Tag verbreiteten die Zeitungen denselben Optimismus, aber die 48 Stunden dehnten sich zu Wochen, und die Aufstände breiteten sich weiter aus. Gerüchte nahmen überhand. Wir hörten, dass die viel gehasste Polizei, die *Guardia Civil*, Geheimaktionen, Entführungen und Vergewaltigungen durchführte, und dass auch das Landvolk plünderte, Brände legte und Brunnen vergiftete. Man konnte niemandem trauen.

Pilar, die bisher selten in Gegenwart meiner Eltern den Mund aufgemacht hatte, erging sich beim Servieren in langen, grausigen Geschichten. „Männer sind Tiere", sagte sie und ihre Augen fielen ihr vor Angst fast aus dem Kopf.

Eines Morgens erfuhren wir, dass Max und seine Mitarbeiter sich den Loyalisten angeschlossen hatten. Sie bekamen Uniformen und wurden an einen Ort außerhalb von Madrid geschickt, wo eine Verteidigungslinie gegen Francos Falangisten errichtet werden sollte. Der aufrührerische General Franco, der die Revolte in Marokko begonnen hatte, wurde immer stärker. Er müsse zurückgeschlagen werden, um das spanische Volk vor der Tyrannei des Faschismus zu bewahren, sagte Vater. Da ich wusste, dass Faschismus dasselbe bedeutete wie Nazismus, teilte ich Vaters Bewunderung für den Schritt von Max. Warum nur nannten Mutter und Großmutter ihn unverantwortlich?

Ein paar Tage später erschien Tante Amalie an unserem Gartentor. Sie trug keinen Hut. Haarbüschel standen rings um den Kopf ab. Tränen rannen ihre faltigen Wangen herab. „Ich kann bei Roberto nicht mehr wohnen", weinte sie laut. „Mein Sohn ist ein Verbrecher. Er beherbergt Faschisten. Während sein Bruder Max an der Front ist und sein Leben für die guten Spanier riskiert, bietet Roberto Francos Spionen Zuflucht. An einem solchen Verrat kann ich mich nicht beteiligen!" Sie fiel in einen Sessel und schluchzte. Tante Amalie tat mir leid. Erst hatte ihr Enkel Lothar mit seinen Eltern Madrid verlassen und war nach Neuseeland gefahren. Sie würde ihn wohl nie mehr wiedersehen. Dann war Max in den Krieg gezogen, und nun tat Roberto etwas, was für sie einem Verbrechen gleichkam. Mutti und Großmutter blieben in ihrer Nähe und versicherten ihr, sie könne bei uns bleiben, so lange sie wolle. Dann schickten sie mich mit dem Auftrag hinaus, Eistee zu machen, meine besondere Spezialität.

Am Abend kam Roberto, um Tante Amalie heimzuholen. Erst weigerte sie sich, sich von der Stelle zu rühren, aber schließlich gab sie nach. „Ich werde dich mit Juanita und den Kindern nach Kuba schicken", sagte Roberto, „mindestens für den Sommer. Wenn der Winter und kaltes Wetter kommt, werden die Kämpfer sicher wieder nach Hause gehen und sich um ihre *brazeros* scharen. Dann könnt ihr auch alle wieder heimkommen. In der Zwischenzeit, liebe Mutter, musst du mir erlauben, meinen Freunden so gut ich kann zu helfen, ganz gleichgültig, was ihre politischen Überzeugungen sind." Roberto wandte sich an Vater. „Kurt", sagte er, „ich weiß, dass du und Max wütend auf mich seid, aber ich muss nach meinem Gewissen leben. Ich glaube, dass wir alle Kinder eines Gottes sind und dass jedes Menschenleben gleich wertvoll ist. Ich habe nicht für den Kaiser getötet und ich werde mich auch hier am Töten nicht beteiligen. Mein Haus ist offen für alle, die eine sichere Zuflucht brauchen." Es gab rundum Umarmungen und Küsse. Tante Amalie hing eine ganze Weile am Hals meiner Großmutter und schluchzte. „Wir werden uns alle bald wiedersehen", tröstete Großmutter sie und machte sich los. „Hauptsache bleib gesund! Bleib gesund!" „Da gehen sie", seufzte Mutter, als wir sie beim Weggehen beobachteten und sahen, wie der große Roberto fürsorglich die Hand auf die Schulter seiner winzigen Mutter legte und sie die Straße hinunter zur Bushaltestelle führte.

„Ich glaube, du würdest auch besser eine Weile wegfahren", sagte Vater beim Abendessen zu Großmutter. „Man kann wirklich nicht sagen, was noch alles passieren wird. Je weniger Leute, um die ich mir Sorgen machen muss, desto besser." Großmutter wollte uns nicht verlassen. „Was können sie einer alten Frau denn schon tun?", fragte sie. Aber nach langen und intensiven Diskussionen mit Vater gab sie schließlich nach und machte sich reisefertig.

„Diesmal werde ich so viel Geld wie möglich für das Kind retten. Gott weiß, es ist wenig genug übrig", rief sie. „Und ich werde sicherstellen, dass der arme Julius sein Auskommen hat, solange er lebt. Dann komme ich wieder her und gehe nie wieder nach Deutschland zurück. Mein Platz ist bei Euch, Kinder."

14. Kapitel

Der Bürgerkrieg zog sich hin und hielt uns davon ab, in ein normales Leben zurückzukehren. Die Schulen blieben geschlossen, denn die Geistlichen und Nonnen hielten sich versteckt, und viele der Laien unter den Lehrern schlossen sich auf den Schlachtfeldern entweder den Loyalisten oder den Falangisten an. Die meisten Mütter blieben mit den Kindern in den Ferienwohnungen auf dem Land. Die Väter schränkten ihre Geschäfte in der Stadt so weit wie möglich ein. Unsere Nachbarschaft lag so gut wie verlassen, bis auf einige Dienstmädchen und Gärtner, die man zur Aufsicht zurückgelassen hatte.

Mein Vater hatte sich um das Haus zu kümmern, in dem sein Büro lag. Die regelmäßige Inspektion des aufgegebenen Werksgeländes sei in diesen Tagen seine wichtigste Aufgabe, erklärte er wehmütig. Das Import-Export-Geschäft war praktisch zum Erliegen gekommen, seit Frankreich und England sich dem amerikanischen Embargo für Spanien angeschlossen hatten. „Sie schneiden uns von unseren Lieferungen ab, vermutlich im Namen des Friedens, um die Waffenlieferungen an beide Seiten zu stoppen. In Wirklichkeit ist es ein Anschlag gegen das spanische Volk, weil es gewagt hat, eine sozialistische Regierung zu wählen. Die kapitalistischen Länder können ein freies Volk nicht dulden. Ihnen sind Diktaturen lieber, wie Mussolinis Italien und Hitler-Deutschland."

Inzwischen schrieben wir das Jahr 1937. An einem schönen Frühlingsmorgen saßen Mutter und ich draußen und tranken unsere zweite Tasse Kaffee. Plötzlich hörten wir ein entferntes Grummeln, ähnlich dem Donner, der an heißen Sommertagen durch den Schwarzwald rollte. Wir lauschten überrascht. Ein Flugzeug erschien aus dem Nichts, kreiste nachlässig am azurblauen Himmel über uns und entfernte sich zum Horizont. Pilar war beim ersten Ton des Propellers aus der Küche gelaufen und rief: „*Una cosa en el cielo.*"[4] Das tat sie immer, wenn ein Flugzeug über uns flog. Flugzeuge waren für Pilar ein Geheimnis. Als ich ihr erzählte, ich sei als kleines Mädchen schon mal in einem geflogen, sah sie mich erschrocken an und bekreuzigte sich. Dann winkte sie mich gutmütig weg und tat den Bericht als ein Märchen ab, um leichtgläubige Hörer zu erschrecken.

---

4 ein Ding am Himmel

Als Vater am Abend heimkam, bebte er vor Wut. Ein Flugzeug hatte einen nahen Weiler angegriffen. Es war ein deutsches Flugzeug gewesen. Es hatte mehrere Bauernhäuser zerstört und unschuldige Menschen getötet. „Ein deutscher Militärpilot bombardiert spanische Zivilisten!", rief Vater. Er erzählte uns, dass das Flugzeug dann auf einem Feld in der Nähe notgelandet sei. Der Pilot, in deutscher Uniform, sei von den Bauern weggeschleppt worden. „Gott helfe ihm", fügte er hinzu, aber es klang nicht, als ob er wirklich göttliche Unterstützung für den Gefangenen erbat.

Am nächsten Tag traf Vater auf den Ambulanzwagen des Roten Kreuzes, der um Blutspenden für Verwundete bat. Er spendete Blut und unterschrieb als regelmäßiger Spender.

„Nachdem wir nun sicher wissen, dass Hitlers Armee sich in diesen Kampf einmischt, können wir uns nicht länger zurücklehnen und den Spaniern beim Kämpfen zuschauen. Sie haben uns aufgenommen und uns ein Zuhause gegeben. Es ist Zeit, dass wir etwas zurückgeben." Meinte er damit, Mutter und ich sollten auch Blut spenden? Der Gedanke gefiel mir ganz und gar nicht und schien auch Mutter zu beunruhigen. „Kurt", bat sie dringend, „Kurt, wir sollten uns nicht hineinziehen lassen!" Vater antwortete nicht.

Als er in der Woche darauf vom Roten Kreuz zurückkam, trug Vater Uniform. In der Ausrüstung eines loyalistischen Soldaten stand er in unserer Einfahrt. Mutter rang nach Luft, drehte sich um und rannte die Treppe hoch. Wir hörten sie die Schlafzimmertür zuschlagen. Vater sah mich etwas unsicher an, wie mir schien. Bei der Blutbank hatte man ihm gesagt, dass man jemanden mit einem gewissen kaufmännischen Verständnis suche, jemanden, der mit Zahlen umgehen könne und dem sie vertrauen könnten. „Ich ging hin und bot ihnen freiwillig meine Dienste an. Auf der Stelle ernannten sie mich zum Quartiermeister und machten mich zum Sergeanten. Was ist denn falsch daran?" „Ich denke, es ist deine Aufmachung, die Uniform und das Pistolenhalfter", flüsterte ich in Ehrfurcht vor Vaters Erscheinung. „Du weißt, wie sie alles Militärische hasst." „Ja, ich weiß. Ich mag es auch nicht. Aber diesmal ist es anders. Dies ist ein Kampf um Menschenrechte, für Gerechtigkeit und Freiheit." Langsam stieg er die Stufen hoch.

Abends beim Essen sprachen meine Eltern nicht miteinander, auch nicht beim Frühstück am nächsten Morgen. Als Vater Mutter etwas fragte, schloss sie die Augen und kniff die Lippen zusammen.

Pilar bekreuzigte sich jedes Mal theatralisch, wenn sie Vater erblickte. Dieses spießbürgerliche Benehmen brachte mich in Wut. Ich stellte mich auf Vaters Seite. Ich beschloss, auch aus unserer bürgerlichen Existenz auszubrechen und mich dem „guten Kampf" anzuschließen. Ohnehin wurde mein Leben viel zu eintönig. Meine Freundin Margot war mit ihren Eltern nach Venezuela abgereist. Auch Erin hatte ich eine ganze Weile nicht gesehen. In letzter Zeit war das Zustandekommen von Telefonverbindungen ganz unvorhersehbar geworden. Dadurch wurde es schwierig, ein Treffen zu planen. Der öffentliche Nahverkehr war ein wahrer Albtraum und machte spontane Besuche praktisch unmöglich. Nachdem nun Vater seiner neuen Arbeit in einiger Entfernung von zu Hause nachging (ein hübscher junger Mann in Uniform holte ihn jeden Morgen in einem glänzenden schwarzen Wagen ab) und Mutter an ihrem Nähtisch schweigend schmollte, sehnte ich mich inständig nach einem offenen Gespräch mit Erin. Sie würde hoffentlich eine Idee haben, wie wir beide der Sache der Loyalisten einen wichtigen Dienst leisten konnten, etwas Aufregendes, das auch Spaß machen sollte.

Ich wartete nicht auf den Bus, der sowieso zu spät kommen und total überfüllt sein würde, mit Menschentrauben an allen Türen. Ich ging den einstündigen Weg zur U-Bahn-Station zu Fuß. Auf dem vollen Bahnsteig schlängelte ich mich nach vorne durch, so nah an die Gleise, wie ich es ohne hinunterzufallen wagen konnte, und so nah wie möglich der Stelle, wo sich vermutlich eine Wagentür öffnen würde. Einige Züge sausten ohne Halt durch. Die Leute hinter mir fluchten und schubsten. Schließlich hielt ein Zug, und vor mir öffnete sich die Tür. Ich warf mich gegen die Mauer aus Körpern, zwängte mich hinein und fuhr auf einem Fuße stehend. Ich versuchte unterwegs möglichst nicht zu atmen. Am Ziel ließ ich mich wieder hinauskatapultieren.

Die Stadt sah düster aus. Die meisten Läden waren geschlossen. Die Straßencafés standen leer. Das bunte Völkchen der Straßenverkäufer und Hausierer war verschwunden. Sie waren dunkel gekleideten, traurig dreinschauenden Männern und Frauen gewichen, die mit Bündeln und Kleinkindern beladen waren. Müde Kinder und ein paar Tiere trotteten hinterher. Es waren Bauernfamilien, die aus den umkämpften Landstrichen in die vorübergehende Sicherheit der Stadt flüchteten. Wenn die Flüchtlinge auf die jungen schmucken Rekruten stießen, die stolz ihre Fahnen und Gewehre schwangen, wandten sie entweder den Blick ab und murmelten Beleidigungen, oder sie grüßten die Soldaten herzlich mit erhobener Faust und einem freundlichen „*Salud*!" Das hing ganz davon ab, ob sie die loyalistischen Soldaten oder Francos Männer der Zerstörung von Heim und Herd beschuldigten.

Ich dachte an die beiden Mitschüler, die kürzlich zu uns nach Hause gekommen waren und uns ihre mit eigenem Geld gekauften steifen Uniformen vorgeführt hatten. Um in die Armee aufgenommen zu werden, hatten sie sich älter gemacht, erzählten sie. Sie konnten es kaum abwarten, an die Front geschickt zu werden und dem Feind gegenüberzustehen. Ob sie bereits in Kämpfe verwickelt waren? Wenn ja, wie fühlten sie sich dabei?

Die Tür zu der Wohnung, in der Erins Eltern ihre teure Pension führten, stand offen. Auch die Türen zu verschiedenen Gästezimmern waren offen. Die meisten Möbel und das Bettzeug waren wohl schon abtransportiert worden. Taschen und Kartons standen aufgestapelt in der großen Eingangsdiele. In der Ecke lümmelte meine Freundin Erin auf einem Haufen Bettzeug und rauchte eine Zigarette. Sie schien nicht überrascht mich zu sehen, sondern lächelte ihr gelangweiltes Lächeln und winkte mir zu. „Die Ratten haben das sinkende Schiff verlassen", sagte sie und deutete auf die leeren Zimmer. „Vater kann seinen Hausmantel an den Haken hängen und wieder sein Stethoskop umhängen." Sie sah mich durch Rauchschnörkel an. War es nicht lustig, fragte sie, dass ihr Vater, der in Deutschland schon viele Jahre als Arzt praktiziert hatte, im rückständigen Spanien ewig warten musste und nicht die Erlaubnis zu praktizieren erhielt, doch jetzt, wo sie Ärzte für ihren Krieg brauchten, gaben sie ihm gleich den Titel eines Stabsarztes? „Sie machten ihn zum Oberst und schicken ihn in ein Feldlazarett. Meine Mutter wird Oberschwester und ich werde ihre Lernschwester. Für mich gibt's keinen blöden Kleinmädchenkram mehr. Ich werde mit Situationen zu tun haben, wo es bei erwachsenen Männern um Leben und Tod geht. Ist das nicht großartig?" Sie sah mich spöttisch an. „Ja, großartig", sagte ich und versuchte zu lächeln. Als Freundin sollte ich mich über das Anheben ihrer Stellung freuen, aber ich fühlte Neid.

Als ich später am Abend mit meinen Eltern über Erins aufregende Zukunft sprach, erklärte Vater kategorisch, ein Feldlazarett sei kein Platz für eine Fünfzehnjährige. Er betonte, dass Tante Rosel immerhin Mitte zwanzig gewesen sei, als sie während des Krieges Krankenschwester wurde, auch dann war sie nicht an der Front, sondern zu Hause in Mannheim gewesen. Mutter sprach von einer Arbeit, die Herz und Rücken kaputt mache, und wie Rosel sich mit Influenza angesteckt, alle Haare verloren habe und fast daran gestorben sei. Wenn ich wirklich etwas Nützliches mit meiner Zeit anfangen wolle, etwas, das ich schaffen könne, dann solle ich als Freiwillige in dem neuen Tageszentrum für Kinder berufstätiger Mütter helfen.

Obwohl das nicht annähernd so romantisch war wie Verwundete zu pflegen, musste ich zugeben, dass es mir eher entsprach. Ich betrachtete mich als so etwas wie eine Expertin auf diesem Gebiet, dank einer freundlichen Frau in Mannheim, die in ihrer Wohnung in der Nähe von Großmutter Emilie einen privaten Kindergarten betrieben hatte. Als diese nette Frau erfuhr, dass ich aus der Schule geworfen worden war, lud sie mich ein, ihr zu helfen. So händigte ich stolz einige Wochen lang allmorgendlich Buntpapier, stumpfe Scheren, Kleber und Bleistifte in eifrige kleine Hände aus. Ich sorgte auch dafür, dass Kreisspiele und andere körperliche Tätigkeiten glatt liefen. Bei den täglichen Spaziergängen in den Park blickte ich wachsam auf die kleine Bande und trug das Netz mit den Sandspielsachen. Die warme, offene Atmosphäre des Kindergartens, wo man den Lehren Friedrich Froebels folgte, des aufgeklärten Erziehers aus dem 19. Jahrhundert, hatte mir damals eine sonnige Oase geboten in einer ansonsten dunklen, einstürzenden Welt.

Die spanische Vorschule war in einer großen Villa untergebracht, deren Eigentümer als Franco-Anhänger aus der Gegend geflüchtet waren. Eine große, hübsche Frau mit glattem, glänzend schwarzem Haar hieß mich willkommen und lobte mich, weil ich mich freiwillig an einem wichtigen Erziehungsprojekt beteiligen wollte, für das sie verantwortlich war.

„Wir wollen die Schande des Analphabetentums in unserem Lande ausrotten", verkündete sie würdevoll. „Wenn das gelingen soll, müssen wir in jungen Jahren mit dem Unterricht beginnen." Sie führte mich durch mehrere Räume, in denen Kinder in kleinen Gruppen geräuschvoll miteinander spielten, während erwachsene Frauen dabei standen und miteinander schwatzten. Es gab nur wenige Möbelstücke und keines hatte Kindergröße. Die Küche schien mir gut ausgestattet. Meine Führerin öffnete stolz die Tür eines riesigen Kühlschrankes und zeigte mir Tabletts voll perfekt geformter Eiswürfel. Dann kramte sie in einem Wandschrank und übergab mir einige Bilderbücher. „Du kannst mir bei meinen Fünfjährigen helfen", sagte sie. „Am besten fängst du mit Vorlesen an."

Von da an blieb ich tagelang mir selbst überlassen mit einer Gruppe dunkelhaariger Kinder, die mit großen Augen zu mir aufsahen. Ich bemühte mich tapfer, sie zu beschäftigen. Die Frau steckte ab und zu kurz den Kopf durch die Tür, nickte und lächelte. Ich hatte die ganze Sache bald über. Besonders aufgebracht war ich, als man mir die begehrte Armbinde verweigerte, die die anderen Freiwilligen mit großem Stolz trugen. Die Armbinden trugen ein großes rotes V und das Wappen der Stadt. Sie erlaubten der Trägerin freie Fahrt auf allen öffentlichen Verkehrsmitteln. Vor allem jedoch verliehen sie Status. Ich fragte mehrmals nach der Armbinde. Schließlich hieß es, ich sei zu jung, um öffentlich als Freiwillige anerkannt zu werden. Da reichte es mir!

„Ich geh' da weg", erklärte ich meinen Eltern. „Sie sind so unfair. Nicht nur, dass sie meine Arbeit nicht anerkennen, sie bringen den Kindern gar nichts bei. Es ist ein ausgemachter Schwindel. Ich hasse das Ganze, ich geh' da nicht mehr hin." Meine Eltern fanden, ich übertreibe, ich würde mal wieder „das Kind mit dem Bade ausschütten", wie Mutter gerne sagte. Sie empfahlen mir dringend, nochmals darüber nachzudenken. Doch ich hatte mich entschieden. Ohne auf die Proteste meiner Eltern zu achten, blieb ich am nächsten Tag zu Hause, und ebenso an den folgenden. Viele Vormittage verbrachte ich nun lesend im Bett, kostete meinen Triumph aus und fühlte mich einsam.

Ein paar Wochen später kam Vater am helllichten Tag nach Hause. Er sah ernst aus. Die Regierung war dabei, Madrid zu verlassen. Sein Posten wurde verlegt, und er hatte sich für die Abreise fertig zu machen. Wir sollten mitkommen. Dass im Tal des Ebro immer verbissener gekämpft wurde, hatte ich mitbekommen, auch dass Francos Truppen bald durchbrechen und uns möglicherweise vom Rest des Landes abschneiden würden. Ich hatte aber nie ernsthaft darüber nachgedacht. Doch warum sollten Mutter und ich mitkommen, wenn Vater verlegt wurde? Warum konnten wir nicht in unserem schmucken Häuschen bleiben und warten, bis der Krieg vorbei war und die Männer wieder nach Hause kamen? So war es doch anscheinend immer gewesen.

Vater sagte, hierzubleiben sei zu gefährlich für uns. Es würde zu Straßenkämpfen kommen. Soldaten würden in die Häuser eindringen und Zivilisten missbrauchen. Frauen seien dann besonders gefährdet. „Ich hab' keine Angst", prahlte ich. „Denk doch an letzten Sommer. Da kamen solche Kerle ins Haus und suchten geflohene Geistliche. Sie bemerkten Muttis kleine Porzellanmadonna auf dem Eckbrett am Treppenabsatz. Sie wollten hinaufrennen, aber Pilar hielt sie auf. Die Männer hatten Gewehre, aber Pilar starrte sie bloß an, bis sie aufgaben. Weißt du noch? Sie wird mit Eindringlingen schon fertig, egal ob Loyalisten oder Falangisten." Doch Vater gab nicht nach. Mutter und ich mussten mitkommen, mehr war dazu nicht zu sagen. Er hatte schon für vorläufige Unterbringung in Barcelona gesorgt. An unserem Haus würde das schwedische Konsulat ein Siegel anbringen, um Plünderungen zu verhindern. Das Familiensilber würde bei einem Geschäftsfreund eingelagert, der mit Franco sympathisierte und in der Nähe blieb. Ganz bestimmt würden wir in Kürze sicher und wohlbehalten wieder zurück sein. Franco sei bald besiegt, behauptete Vater. „Kurt, Kurt", wiederholte Mutter kopfschüttelnd immer wieder. Als wir Pilar erzählten, dass wir bald wegführen, blickte sie Vater feindselig an, ging in ihr Zimmer, packte ihren Koffer und verließ das Haus ohne ein weiteres Wort an einen von uns.

Die letzte Nacht in meinem geliebten Zimmer lag ich wach und las bis zur Morgendämmerung. Als das Tageslicht langsam durch das Fenster kroch, kamen alle meine lieben Sachen um mich herum in mein Blickfeld: der Sekretär, die Staffelei, Onkel Pauls silberner Kerzenhalter mit dem eingeätzten Monogramm (warum hatte ich Mutti nicht gebeten, ihn einzupacken?), die vielen winzigen Tierchen aus geblasenem Glas und andere Schätze. Ich glaubte, mein Herz müsse brechen von dem schrecklichen Schmerz, der mich gefangen hielt. Doch es brach nicht.

Ich stand auf, zog mich an, nahm den Koffer und meinen Farbkasten und verließ das Zimmer in der Gewissheit, meine Kindheitsschätze nie wiederzusehen. Ein Auto mit Fahrer wartete draußen, um uns zum Bahnhof zu bringen. Vater hielt die Autotür auf, während Mutter und ich auf den Rücksitz kletterten. Er selbst setzte sich vorne neben den Fahrer. Der Wagen fuhr los, und im Anfahren sah ich die grüne Bank unserer Vorfahren, die nun verlassen neben dem verlassenen Hause stand.

15. Kapitel

Im Bahnhof liefen Tausende Menschen herum. Sie plagten sich mit ihrem Gepäck und miteinander und boxten sich mit den Ellbogen ihren Weg in die Züge frei. Meine Eltern und ich wurden von der wogenden Menge in den Zug geschwemmt, kurz bevor die Tür hinter uns zugeschlagen wurde. Wir landeten in einem Abteil zusammen mit mehreren hübschen jungen Offizieren. Wie üblich musterten sie mich kurz abschätzend und dann folgte die Art Lächeln, die mich immer wütend machte und die ich mit einem – meiner Meinung nach passenden – finsteren Blick quittierte. Dann setzte ich mich neben Mutter. Vater ging in den Gang, um zu rauchen und mit dem Schaffner zu reden, der den auf dem Bahnsteig Zurückbleibenden versicherte, gleich werde noch ein Zug kommen.

Der Zug setzte sich in Bewegung. Ich lehnte mich in meinem Sitz zurück und schloss die Augen. Als wir Fahrt aufnahmen, verlor ich mich in dem faszinierenden Schaukeln und Klappern. Plötzlich stand ich auf dem Gehweg vor unserem Haus in Mannheim. Ich wunderte mich, warum die Tür am helllichten Tag verschlossen war. Ich hatte immer wieder auf die Klingel neben dem schweren Holzportal gedrückt, aber niemand kam, um mich einzulassen. Ich trat bis zur Kante des Bürgersteiges zurück, um zu unserer Wohnung hochzublicken. Da sah ich, dass auch die Fenster verschlossen waren. Hinten, am Ende des Balkons, als Silhouette gegen den fahlen Himmel, standen drei blasse junge Frauen, Seite an Seite ans Geländer gelehnt. Ihre langen Röcke bauschten sich von einer Brise. Ihr Blick ging in die Ferne. Sie unterhielten sich und lachten leise. Offensichtlich hatten sie die Klingel nicht gehört und mich nicht gesehen. Dann wurde mir klar, dass sie mich nicht ins Haus lassen würden, selbst wenn sie mich gehört oder gesehen hatten, weil ich nicht mehr dort wohnte. Ja, nicht nur das: Ich existierte nicht mehr. Diese Erkenntnis entfaltete sich in meinem Inneren wie eine Blüte, die sich öffnet und wie einen berauschenden Duft starre Traurigkeit verströmt. Ich kämpfte um Atem.

Die Stimme meines Vaters brachte mich in die Gegenwart zurück. Er rief mich und Mutter zu sich ans offene Fenster im Gang, um uns die Landschaft zu zeigen. Hinter den staubigen, gebeugten Kronen der knorrigen Olivenbäume und kleinen Palmen, an denen wir achtlos vorbeiratterten, erstreckte sich ein breiter Streifen tiefblauen Satins. „Das Mittelmeer", verkündete Vater mit einem Anflug der alten Begeisterung in seiner Stimme. Das Mittelmeer. Dank der Abenteuerromane aus dem 19. Jahrhundert, die ich so begierig gelesen hatte, beschwor dieser Name Träume voller Romantik und Abenteuer. Nun fand ich mich dem legendären Meer gegenüber und es war so schön, viel schöner, als ich es mir vorgestellt hatte. Der Anblick erfüllte mich mit unerwarteter Glückseligkeit und ließ vergangenes Elend verblassen. Mein Leben war, das fühlte ich, noch nicht ganz vorbei. Trotz allem lag eine Zukunft vor mir, und ich war bereit, sie anzunehmen.

„Du wirst Barcelona lieben", versicherte mir Vater. Er versicherte auch, das Haus, in dem er für uns gebucht habe, sei sehr hübsch, ganz und gar nicht wie die scheußliche Pension der drei Engel. „Es ist eine österreichische Pension. Wir werden es dort sehr gemütlich haben." Mutter blickte zweifelnd, aber ich war bereit, frühere Vorbehalte in den Wind zu schlagen und zu glauben, dass alles gut ausgehen werde. Ich genoss die überraschend sanfte, warme Herbstluft, die uns umgab, als wir aus dem Zug stiegen.

„Geh' und versuche, ein Taxi zu kriegen", sagte Vater, und ich stürzte mich ins Gewühl. Schließlich konnten wir uns dank Vaters Überzeugungskraft oder wegen seiner Uniform mit anderen Leuten in ein Auto quetschen. Wir fuhren einen breiten Boulevard entlang, den unser Fahrer *Las Ramblas* nannte. Dort spazierten viele Leute, andere saßen auf Metallstühlen, die wie zufällig herumstanden. Es gab Stände mit Erfrischungen und Zeitungskioske und massenhaft Tauben. An beiden Seiten der Straße waren große, elegante Apartmenthäuser. Eines fiel mir besonders auf. Es sah aus wie ein riesiger behauener Felsen. „Das ist ein Gaudí", sagte unser Fahrer. „Im ganzen Gebäude gibt es nicht einen rechten Winkel, nur Kurven und fließende Linien, genau wie in der großen Kathedrale da drüben, die er auch entworfen hat. Aber die ist noch nicht fertig. Die Leute kommen von überall her, um die Arbeit dieses Mannes zu bewundern. Sie nennen ihn ein Genie. Er hat unserer Stadt zweifellos seinen Stempel aufgedrückt, aber ich sage, er ist verrückt." Der Fahrer schnaubte und schnippte seine Zigarettenkippe durch das Fenster. Zwei kleine Jungen tauchten gleichzeitig danach und stießen fast mit den Köpfen zusammen.

Unser Ziel war ein enges, zweistöckiges Haus in einer ruhigen Straße am Fuß eines Berges, der unerwartet vor uns aufragte. In der behaglichen Diele begrüßte uns zuerst der berauschende Duft von Narzissen, die in einer Kristallvase vor einem goldgerahmten Spiegel standen. Dann begrüßte uns ein schmächtiger, grauhaariger Herr, der die Hacken zusammenschlug, sich verbeugte und sich gleichzeitig räusperte. Wie sich herausstellte, war er der Ehemann der Frau, die plötzlich einer Statue gleich hinter ihm stand. Sie schüttelte uns herzhaft die Hand und stellte sich als die Besitzerin des Etablissements vor. Ihr Haar hatte eine höchst faszinierende orangerote Farbe. Sie trug es in einem hohen Knoten, den sie liebevoll tätschelte. Sie sei Katholikin, ihr Ehemann nichtpraktizierender Jude, beide stammten sie aus Wien. Sie biete Wiener Küche an. Die Mahlzeiten würden an einem langen *table d'hôte* serviert, wo die Unterhaltung in Englisch stattfinde, da die meisten ihrer Pensionsgäste sich auf die Emigration nach Amerika vorbereiteten. „Und, oh, mein lieber Herr", sagte sie zu Vater, „bitte tragen Sie Ihre Uniform nicht im Speisezimmer. Es würde unsere Gäste verwirren und einschüchtern. Sie alle möchten in diesem tragischen Konflikt völlig neutral bleiben."

Vater zog Zivilkleidung an. Mutter und ich machten uns präsentabel. (Großmutter Emilies häufige Pakete hatten uns mit der neuesten deutschen Mode versorgt.) Und doch wurde unser Eintritt in den Speisesaal offensichtlich argwöhnisch beäugt. Die gegenseitigen Vorstellungen verliefen kühl, die Unterhaltungen blieben beschränkt. Im Gegensatz zu dem, was man uns gesagt hatte, war die Sprache bei Tisch überwiegend Deutsch mit einem gelegentlich befangen eingeworfenen englischen Ausdruck. Als die Gäste ihren Nachtisch löffelten, machte der Gastgeber die Runde, hüstelte, rieb sich die Hände und fragte, ob es allen geschmeckt habe. „Das macht er jeden Abend", flüsterte ein älterer Herr Mutter zu. „Wenn das Essen schmackhaft war, fragt er, ob es gut war. War es nur so lala, fragt er, ob jemand noch einen Nachschlag möchte. Er ist ein richtiger kleiner Diplomat, wirklich."

Am folgenden Tag erstattete Vater seiner Einheit Bericht und kam strahlend zurück. „Ihr werdet unser Glück kaum fassen", rief er. „Es gibt da eine Wohnung, nicht einmal zwei Blocks von hier. Sie gehört einer deutsch-jüdischen Familie, die nach Frankreich ausgereist ist. Sie gaben ihren Schlüssel meinem neuen Kommandeur und er gab ihn mir. Die Wohnung ist komplett möbliert! Wir sollen einziehen und auf die Sachen aufpassen, bis nach dem Krieg, wenn die Besitzer zurückkommen, genau wie wir dann in unser Haus in Madrid zurückgehen", ergänzte Vater und sah dabei erst Mutter, dann mich scharf an und schnitt damit jede zweifelnde Bemerkung oder Geste ab, bevor sie gemacht werden konnte.

Die fragliche Wohnung befand sich im 7. Stock eines eleganten Gebäudes mit Concierge, Aufzug und Hausmädchen. Vom Balkon, der die beiden vorderen Schlafzimmer verband, sah man auf den nahen Berg, dessen Spitze von einem hohen merkwürdigen Stahlgerüst, einer gigantischen Wippe, gekrönt wurde. Als Überbleibsel einer kürzlichen Weltausstellung war sie eine große Touristenattraktion und Anlass zu Lokalstolz.

Vom Wohnzimmer im hinteren Teil der Wohnung trat man auf eine Veranda hinaus, deren große Fenster einen überwältigenden Blick auf die Stadt boten, die sich sanft zum Mittelmeer hinunter dehnte. Der Ausblick erinnerte mich an eine Patchworkdecke, bestickt mit Türmchen und Terrassen, Dachgärten und blühendem Wein, eingefasst von einem Seidenband, das von geheimnisvollem Grau bis zu tiefstem Blau schillerte. Der größere Schlafraum protzte mit einem Ankleidezimmer, das andere Schlafzimmer führte in ein Arbeitszimmerchen. Das beschlagnahmte ich gleich für mich. Alles war gerammelt voll mit Möbeln und Sachen, darunter ein Klavier und Noten, ein Victrola-Grammophon mit Platten und jede Menge Bücher.

Die nächsten Vormittage stöberten Mutter und ich den ganzen Kram durch. Wir machten sauber und ordneten um, nahmen aber nur die notwendigsten Gegenstände in Gebrauch, wie Töpfe, Pfannen, etwas Geschirr, Besteck, Bettwäsche und Handtücher. Alles, was in den dunklen Tiefen der vielen Schränke ruhte, ließen wir unberührt. Mit Ausnahme der Bücher. Nach und nach las ich alle meine früheren Lieblingsbücher wieder: Hauff, Kleist, Keller und Dickens. Im Gegensatz zu unserer eigenen Bücherei enthielt diese hier kaum Schriftsteller des 20. Jahrhunderts. Die vorhandenen enthielten wenig, was mich hätte fesseln können.

Mutter freute sich, haufenweise klassische Noten vorzufinden. Obwohl sie die schlechte Qualität des Klaviers bedauerte, als sie das erste Mal die Finger über die Tasten gleiten ließ, spielte sie dann täglich, wie sie es immer getan hatte.

Wir beide erkundeten auch unsere Nachbarschaft und entdeckten kleine Geschäfte für den täglichen Bedarf, Reparaturwerkstätten und anderes in den einstöckigen Häusern mit Ziegeldächern, die sich zwischen die großen, modernen Gebäude duckten und die von üppigen, blühenden Gärten umgeben waren. Gleich um die Ecke war eine S-Bahn-Haltestelle, wo die aus der Stadt kommenden Züge aus dem Untergrund auftauchten und dann oberirdisch ins offene Land weiterfuhren. Die Züge auf dem Gleis gegenüber tauchten in die Erde ab und ratterten lärmend durch die Dunkelheit. Ich machte gerne die kurze Fahrt ins Stadtzentrum, wo die Straßen voll waren mit Männern in Uniform und Frauen mit vielerlei Kopfputz, von flotten militärischen Kappen und schlaffen Baskenmützen bis zu Halstüchern in den unterschiedlichen Farben der vielen politischen Gruppierungen. Diese gemischte, vibrierende Menge bestand hauptsächlich aus Freiwilligen, die aus aller Herren Länder gekommen waren, um die spanischen Loyalisten zu unterstützen. Ich beobachtete fasziniert das Kommen und Gehen. Immer wieder gab es gefühlvolle Szenen, wenn Menschen unerwartet in der Menge einen Freund ausmachten, nachdem sich beide vielleicht schon vor Monaten als verloren aufgegeben hatten, und das womöglich Tausende Kilometer entfernt. Immer gab es herzliche Umarmungen und freundschaftliches Schulterklopfen, Lachen und manchmal auch Tränen, und dann wurde in lautem Sprachmischmasch lebhaft von vergangenen Ereignissen erzählt.

„Die Innenstadt gleicht einem nicht enden wollenden Straßenfest", sagte ich eines Abends zu Vater. „Eher dem Turm zu Babel", meinte Mutter. „Kein Wunder, dass der Krieg einen schlechten Verlauf nimmt. Wie können die

Truppen sich verständigen, wenn jeder eine andere Sprache spricht?" Wir hatten gerade unser Abendessen am Bibliothekstisch im Wohnzimmer beendet. Unser üblicher Essplatz, die Veranda, musste nachts verschlossen werden, damit im Falle von feindlichen Fliegerangriffen kein Licht hinausschien. Vater blickte ernst und steigerte sich in einen Vortrag über die Internationale Brigade, über den Idealismus dieser Männer und Frauen und ihren Mut bei Beschuss. Er habe volles Vertrauen in ihre Kommandeure. Sie seien fronterfahren und kompetent. Mutter hob schweigend die Augenbrauen zum Zeichen, dass sie nicht überzeugt war.

„Wenn unsere Seite so großartig ist, warum können wir dann diesen blöden Krieg nicht gewinnen und endlich damit aufhören?", fragte ich. „Ich möchte in Madrid zur Kunstakademie und dort den Abschluss machen. Dann ziehe ich wieder nach Barcelona und nehme mir ein Studio hier in diesem Haus, wo ich auf der einen Seite den Berg und auf der anderen das Meer sehe." Unvermittelt musste ich weinen. Vater sah mich überrascht an. Dann tätschelte er meine Hand. „Ich freue mich, dass du die Schule erwähnst", sagte er. „Ich habe mich umgehört. In der Stadt gibt es eine Schule, die noch in Betrieb ist. Sie ist für Erwachsene, Berufstätige, die ihre beruflichen Möglichkeiten im Ausland verbessern wollen. Um aufgenommen zu werden, musst du einen Test bestehen, aber ich denke, das schaffst du schon. Ich möchte, dass du Französisch, Englisch, Schreibmaschine und Kurzschrift belegst, vielleicht auch etwas Buchhaltung." „Buchhaltung?", heulte ich. „Na gut, dann eben Zeichnen, wenn sie das haben." Es stellte sich heraus, dass es sich um Technisches Zeichnen handelte, was mir völlig fremd war. Beim Eingangsexamen jedoch sollte ich ein Fahrrad zeichnen und bestand.

An meinem sechzehnten Geburtstag fing ich in der Schule an. Allerheiligen war, wie alle religiösen Feiertage, bei Beginn des Bürgerkrieges vom Kalender gestrichen worden. Auch die Glocken läuteten nicht mehr zur Feier des Tages.

Der Unterricht war trocken und langweilig, ebenso wie meine Klassenkameraden. Ich war als einzige noch minderjährig und das einzige weibliche Wesen weit und breit. Man duldete mich nur ungern.

Eines Nachmittags nach der Schule kam ich auf meinen regelmäßigen Gängen durch die verschiedenen Stadtteile an einen Innenhof, wo mehrere junge Männer in schwarzen Kitteln und mit Baskenmützen an Staffeleien standen und malten. Auf der Messingplatte am Gebäude nebenan las ich *Academia del Arte*. Ohne zu zögern ging ich hinein und die wenigen ausgetretenen Stufen hinauf. Ich betrat eine ruhige, heiß ersehnte Welt, einen großen Raum voll mit Gemälden, Gipsabdrücken und beleuchteten Arrangements von Früchten und Kunstgegenständen. Dort saßen blasse junge Männer hinter großen Staffeleien. Sie führten mit gerunzelter Stirn ernsthaft und ganz konzentriert ihre Pinsel. Ein schlanker, grauhaariger Herr ging mit eleganten, gemessenen Schritten durch die Reihen. Er bemerkte mein Hereinkommen und gab mir ein Zeichen, ihm in den angrenzenden Raum zu folgen. Dort war sein Büro. Er war der *Maestro*.

Er kräuselte ironisch die Lippen, als ich davon sprach, Malunterricht nehmen zu wollen. Er fragte nach meiner bisherigen Ausbildung und händigte mir schließlich Block und Bleistift aus. Ich sollte den Stuhl in der Ecke aus drei verschiedenen Winkeln zeichnen. Er saß hinter seinem Pult und beobachtete, wie ich mit verkrampften Fingern arbeitete. Als ich endlich von meiner kläglich verschmutzten Handarbeit aufzusehen wagte, lächelte der *Maestro* huldvoll und sagte, ich könne probeweise seine Akademie besuchen. Er übergab mir einen diskret versiegelten Umschlag für meinen Vater und sagte, die monatlichen Gebühren müssten im Voraus bezahlt werden. Auf dem Heimweg ging ich auf Wolken. Am nächsten Tag begann ich ein neues Leben.

Vormittags ging ich nun in die Erwachsenen-Schule, wo ich in der Büro-Atmosphäre verbissen Schritt zu halten versuchte, um die erbosten Blicke meiner mürrischen Mitschüler zu vermeiden. Andere Zeichen von Erkennen erhielt ich von ihnen ohnehin nicht. Am Nachmittag spurtete ich zur Kunstakademie. Dort verbrachte ich Stunden allein in einem Hinterzimmer voll mit lebensgroßen Gipsabdrücken vertrauter klassischer Statuen. Sie umstanden mich in missbilligendem Schweigen, während ich ihre eleganten oder verrenkten Formen in Kohle aufs Papier zu bannen versuchte. Dabei dachte ich immer über die wirklichen Menschen hinter diesen Figuren nach, die für die großen alten Meister posiert hatten. Mein eigener *Maestro*, der mit Lob nicht freigebig war, gab mir schließlich eine Liste mit Farben, die ich kaufen sollte. Dann erlaubte er mir, zusammen mit den anderen Studenten die Gemälde an der Wand zu kopieren. Mein erstes Sujet war ein Bergdorf mit einem spiegelnden Teich und blühenden Bäumen, das in abgewandelt impressionistischem Stil ausgeführt war. Die ungleichmäßigen Pinselstriche waren schwer nachzuahmen, trotz gemurmelter Ratschläge meiner Kollegen.

Abends war ich oft für das Abendessen zuständig. Vater war in militärischen Geschäften häufig auswärts und Mutter musste lange arbeiten. Zu meiner größten Überraschung hatte sie eine Stelle als Hausmutter in einem Heim für neu angekommene weibliche Freiwillige angenommen. Sie hatte ein Büro mit Telefon und hatte die Verantwortung für eine wechselnde Schar von Frauen aus aller Welt. Wenn ich zwischen dem Unterricht kurz bei ihr vorbeikam und wir in einem der vielen kleinen Restaurants in der Nähe einen schnellen Imbiss einnahmen, war ich immer stolz auf ihre unvermuteten Fähigkeiten.

Das Frühjahr 1938 brachte die Schließung meiner beiden Schulen. Die Erwachsenen-Schule schloss ihre Tore für immer. Der Besitzer, ein Schweizer Staatsbürger, der in seinem friedlichen Heimatland lebte, besaß Schulen in ganz Europa. Er beschloss, seine spanischen Unternehmen zu liquidieren. Die Kunstakademie schloss für zeitige Sommerferien. Der Maestro plane, mit seiner Familie auf eine längere Reise zu gehen, sagte man uns. „Erwartet nur nicht, dass er vor Kriegsende zurückkommt", murrte einer der älteren Studenten mit einer gewissen Bitterkeit. Ich war niedergeschlagen. Gerade meinte ich, bei mir erste Fortschritte festzustellen. Ich war dabei, mein erstes wirkliches Stillleben zu malen, eine große Glasflasche und zwei Zwiebeln. Der Maestro blieb auch tatsächlich regelmäßig neben mir stehen und kommentierte den Fortgang meiner Arbeit.

Ich hatte mich auch gefühlsmäßig mit dem häuslichen Leben des Maestro beschäftigt; von weitem selbstverständlich, aber immerhin. Ich hatte entdeckt, dass er nur zwei Blocks von uns entfernt wohnte. Von meinem Balkon aus konnte ich beobachten, wie er in seinem Dachgarten umherging, Wäsche abnahm oder dem Baby die Flasche gab. Das Kind watschelte in einer Art riesigem Reifrock herum, einem Gehgerät aus Weide, und hatte einen korbähnlichen Helm auf dem Kopf. Der Maestro goss auch die Blumen und gelegentlich servierte er seiner Frau und Gästen das Essen an einem langen Steintisch. Einen spanischen Mann derart irdische Dinge tun zu sehen, berührte mich tief. Als die Schule schloss, lag der Dachgarten verlassen, und ich fühlte mich einsam.

„Meckere nicht so viel herum, weil keine Schule ist", sagte Vater. „Nimm dir die Bücher jetzt auf eigene Faust vor und zeichne. Lies und zeichne, lies und zeichne, und wenn der Krieg vorbei ist, kommst du wieder in den normalen Rhythmus. Du wirst dann nicht die einzige sein, die aufzuholen hat." Er war zum Wochenende heimgekommen. Wir beide hatten die U-Bahn zum Hafen genommen und einen Zug bestiegen, der an der sagenhaften *Costa Brava* entlangfuhr. Vorbei an hübschen maurischen Häuschen, halb versteckt hinter üppigen grünen Palmwedeln und purpurn blühendem Wein, kamen wir zu einer Reihe isolierter Fischerdörfer, einer Handvoll primitiver Hütten unter verkrüppelten Bäumen, die schimmernd weiße Strände säumten. Von der Höhe blickten imposante, von der Sonne versengte Klöster. Hinter dem Ganzen verschmolz die tiefblaue See mit dem silbrigen Himmel. Irgendwo unterwegs stiegen wir aus, schwammen gemeinsam und betrachteten in der Sonne liegend die ungeheure Schönheit, die uns umgab. Wir lächelten uns anerkennend zu, und Vater drückte meine Hand. Seit ich ein kleines Mädchen in Mannheim gewesen war, hatte ich mich in Gegenwart meines Vaters nie mehr so frei und unbeschwert gefühlt. Das schien mir der richtige Augenblick, um ihn in ein sehr wichtiges, persönliches Geheimnis einzuweihen. „Vati", sagte ich, „ich glaube nicht mehr an Gott."

Ein paar Tage vorher hatte ich am Fenster unserer Veranda gestanden, das sonnendurchflutete Panorama betrachtet und mich gefragt, ob ich je etwas so Schwieriges würde malen können. Da stieg plötzlich nach einem kurzen Grummeln eine dicke Rauchsäule aus den engen Straßen unten am Meer auf. Hoch oben im azurblauen Himmel vollführten drei kleine Flugzeuge ein anmutiges Ballett. Kleine Rauchwölkchen erschienen, gefolgt von zwei Gestalten, die an Fallschirmen hingen. Eins der Flugzeuge verwandelte sich in einen Feuerball. Die beiden anderen verschwanden aus dem Blickfeld. Über der Stadt breitete sich ein brauner Schleier aus. Im Radio verkündete eine aufgeregte Stimme, dass ein Luftangriff auf die Markthalle stattgefunden habe und dass es viele Opfer gebe. Ich war kurz vorher auf dem Markt gewesen, um bunte Gemüse für ein Stillleben zu kaufen, grünen Brokkoli, roten Pfeffer und gelbe Pflaumen. Der Platz war voller gelassener Bauersleute und ahnungsloser Käufer gewesen. Meinen Einkaufskorb sorglos schwenkend hatte ich den Markt wohlbehalten verlassen. Ich hätte getötet werden können, aber mich hatte es nicht getroffen. Andere wohl. In jener Nacht lag ich lange wach und überdachte meine Beziehung zu Gott. Ohne es mir besonders klar gemacht zu haben, hatte ich immer gebetet, immer vertraut. Trotz all der traurigen, ja schrecklichen Dinge, die geschahen, wusste ich, Gott würde alles richtig enden lassen, weil ER fair ist. Fair wem gegenüber, fragte ich mich jetzt. War es fair, mich aus dem Markt herausgehen zu lassen, andere aber zu töten? Es war grausam, sonst nichts, grausam, und mit einem grausamen Gott wollte ich nichts zu tun haben. Lieber wollte ich überhaupt keinen Gott. Ich würde auch ohne IHN zurechtkommen. Es war eine bedeutsame Entscheidung. Ich fühlte mich ganz leicht im Kopf, nachdem ich sie getroffen hatte. Seither war sie mir immer gegenwärtig gewesen. Ich musste jemandem davon erzählen.

„Wie bist du denn zu dieser Erleuchtung gekommen?", fragte Vater so nebenbei, wie Erwachsene eben mit Kindern sprechen. Was für mich ein ernsthaftes Bekenntnis war, bedeutete für meinen Vater offensichtlich nicht mehr, als wenn ich gerade herausgefunden hätte, dass ich nicht an den Nikolaus glaubte. Das ließ einen Klumpen in meinem Hals aufsteigen. Ich war peinlich berührt. Als er seine Frage wiederholte, antwortete ich patzig: „Weil es keinen Gott gibt, deshalb." Das Thema wurde zwischen uns nicht mehr erörtert. Wir gingen danach nicht wieder zusammen an den Strand. Vaters Einheit wurde in die Berge verlegt und wir sahen uns nur noch selten.

Ich verbrachte jedoch noch viele anscheinend endlose Sommertage in völliger Einsamkeit an der *Costa Brava*, schwamm in dem weichen, warmen Wasser oder faulenzte unter Pinien, deren Schatten wie Tintenkleckse auf dem heißen Sand lagen.

16. Kapitel

„Du verbringst viel zu viel Zeit allein an diesen einsamen Stränden", sagte Mutter eines Abends. „Morgen kommst du mit mir zur Arbeit. Ich habe eine besondere Aufgabe und brauche deine Hilfe." Statt mich am nächsten Morgen in ihr

Büro mitzunehmen, wie ich es erwartet hatte, bat mich Mutter, sie in ein elegantes Mietshaus nicht weit von *Las Ramblas* zu begleiten. Im ersten Stock wartete ein Mann auf uns. „So, Emma, das ist also deine Tochter", sagte er auf Deutsch und schüttelte grinsend meine Hand. Er heiße Heinz, sagte er mit leichter Verbeugung. Dabei beäugte er mich genau. Ich wunderte mich, wo Mutter ihn wohl kennengelernt haben mochte und warum sie ihn nie vorher erwähnt hatte. Vielleicht, weil er so hässlich ist, dachte ich boshaft. Er war knochig und fast durchscheinend dünn. Sein strähniges blondes Haar fiel über eine blasse Stirn. Er hatte wässrig blaue Augen, eine spitze Nase und fast keine Lippen. „Ich freue mich, dass ihr beide da seid", sagte er. „Es ist eine große Aufgabe, und ich habe sonst niemanden, dem ich sie anvertrauen kann." Er führte uns durch die große Wohnung, zeigte mit seinem kantigen Kinn auf die vielen schweren Möbelstücke, öffnete verschiedene Schränke und Schubladen, brummte, die ganze verdammte Wohnung sei mit vollkommen unnützem Kram vollgestopft. Reiche Juden hätten hier gewohnt, die seien erst aus Deutschland und nun aus Spanien geflohen. Die Wohnung war konfisziert worden und sollte zu einem Clubhaus für die Brigade werden, zu einem Treffpunkt für ausländische Freiwillige, wenn sie sich in der Stadt aufhielten.

„Aber zuerst möchte ich, dass das alles hier sorgfältig aufgelistet und in den Hinterzimmern sicher weggeschlossen wird", erklärte Heinz. „Ich möchte nicht, dass diese Kapitalisten eines Tages zurückkommen und behaupten, wir hätten sie ausgeraubt. Ich weiß, das bedeutet eine Menge Arbeit für Euch beide, aber wie ich schon sagte, habe ich sonst niemand, dem ich trauen kann."

Mit Notizpapier und Bleistiften ausgestattet machten Mutter und ich uns ans Werk, sortierten, zählten und katalogisierten Porzellan und Kristall, Tischtücher und Silber, Persönliches und Kunstgegenstände. Mit den vielen Büchern wollte man eine Leihbücherei starten. Mutter und ich sollten auch das organisieren. Die meiste Zeit des Tages war Heinz anderswo in der Wohnung beschäftigt, aber ab und zu sah er bei uns herein und schüttelte ungläubig den Kopf über die um uns herum aufgehäuften Sachen.

„Habt ihr schon jemals so viele Sachen in einer Wohnung gesehen? Es müssen mehrere Familien hier gewohnt haben, mindestens zwei", erklärte er. Mutter und ich sahen uns an. Ohne ein Wort zu sagen wussten wir, dass wir beide an unsere in Madrid zurückgelassenen Sachen dachten. Würde sie dort auch jemand durchwühlen und dabei dumme Bemerkungen machen oder war alles bereits geplündert? Mutter seufzte und ich schluckte heftig.

Nach wenigen Tagen war unsere Aufgabe beendet. Mit Hilfe von zwei starken jungen Männern war alles zur Zufriedenheit von Heinz neu geordnet. Er verkündete, Mutter könne zu ihrer regulären Arbeit zurückkehren, wo man sie arg vermisst habe. Er schüttelte dankbar ihre Hand. Dann ergriff er meine. „Und was wirst du jetzt machen, Hannel?", fragte er. „Ich werde malen", sagte ich, trat einen Schritt zurück und löste mich aus seinem Griff. „Ja, ich weiß, du malst und schwimmst." Er lachte trocken. „Aber das sind Beschäftigungen für die Freizeit. Du kannst mehr als das. Deine Mutter sagt, du sprichst Spanisch ebenso gut wie Deutsch, und Schreibmaschine schreiben kannst du auch. Ich brauche jemand wie dich hier in meinem neuen Büro. Ich hätte gern, dass du für mich arbeitest." Es war schmeichelhaft, dass ein erwachsener Mann mir Arbeit anbot. Fragend sah ich zu Mutter hinüber. Sie schien ebenfalls erfreut, und so beschloss ich, einen Versuch zu wagen.

Anfangs beobachtete Heinz jede meiner Bewegungen. Er blieb in der Nähe, wenn ich das Telefon beantwortete und mich mit der Schreibmaschine abmühte. Er lauschte, wenn ich mit den Soldaten sprach, die von der Straße hereinkamen, um die neuen Räume zu begutachten.

Wenn Heinz morgens nach oft schlaflosen Nächten aus seinem Zimmer auftauchte, sah er krank aus. Er brachte mir ein oder zwei Blätter liniertes Papier, vollgeschrieben in seiner kleinen Spinnenschrift. „Lies es ein paar Mal durch, bevor du es abtippst. Wenn du Rechtschreibfehler siehst, bessere sie aus. Du kannst auch die Sätze umstellen, wenn's nötig ist", sagte er ruhig, zog sich zurück und überließ mich der mühseligen Arbeit, seine geschraubten Grübeleien über den Kommunismus und dessen Wohltaten für die Menschheit umzuformulieren. Es gab nur wenige wiederkehrende Rechtschreibfehler. Diese ließen sich rasch korrigieren, aber wie ich den langweiligen Text beleben sollte, wusste ich nicht. Jedes Blatt klang genau wie das vorige. Doch Heinz schien immer ehrlich erfreut über jedes sauber abgetippte Blatt. Ich wurde nicht schlau aus ihm. Er trug nie eine Uniform wie all die anderen Männer, die in unser Zentrum kamen, sondern einen dunklen, abgetragenen Straßenanzug. Zum Ausgehen setzte er eine dieser Schiffermützen auf, die durch den später zu Tode gemarterten deutschen Kommunistenführer Thälmann bekannt geworden waren. Heinz war selbst in verschiedenen Gefängnissen und im Konzentrationslager Dachau eingesperrt gewesen und auch gefoltert worden. „Im Lager haben sie mich in den Bauch und in die Lungen getreten", erzählte er einmal. Das erklärte, warum er bei den Mahlzeiten kaum mehr als in warmer Milch eingeweichtes Brot aß und warum er viele Nächte am offenen Fenster saß und um Atem rang.

Bei diesem Hintergrund traute ich meinen Ohren nicht, als ich eine Diskussion zwischen ihm und anderen Männern mit anhörte. Es handelte sich um die Festnahme von einem Mann, den sie für einen Spion hielten. Der Verdächtige müsse misshandelt werden, damit er die Wahrheit erzähle, sagte Heinz. „Wie kannst du nur so was vorschlagen, nach allem, was du selbst durchgemacht hast? Siehst du nicht, dass du dich mit den Nazis gemein machst, die so grausam zu dir waren, wenn du jetzt grausam einem anderen gegenüber bist?", schrie ich aufgeregt. „He, Hannel, beruhige dich." Er hielt meinen Arm fest. „Du verstehst das alles falsch.

Wir sprachen über einen Spion. Das ist jemand, der Verbrechen gegen das Volk begeht, Verbrechen, die einige von uns verletzen oder töten werden, wenn wir es nicht rechtzeitig verhindern können. Wir verletzen einen, aber langfristig retten wir viele Leben." Das war verwirrend. Später fragte ich Mutter, wie sie darüber dachte. Sie nickte verständnisvoll. „Das ist typisch", sagte sie. „Männer sind immer so sicher, dass der Zweck die Mittel heiligt. Es ist sinnlos, mit ihnen darüber zu streiten. Bleib weg von ihnen." Bleib weg von Männern, das war die ständige Warnung meiner Mutter, seit ich die Arbeit bei Heinz angefangen hatte. Es sei ihr nicht klar gewesen, sagte sie, dass ich den ganzen Tag über mit Männern zu tun haben würde. Sie mache sich Sorgen.

Die Männer kamen und gingen den ganzen Tag. Viele waren auf Krankenurlaub in der Stadt. Oft fragten sie nach einem Kameraden oder Freund, den sie aus den Augen verloren hatten. Oder sie kamen einfach nur zum Sitzen, lasen eine ausländische Zeitung oder ein Buch. Andere kamen auf ihrem Weg zu einem neuen Schlachtfeld herein. Sie erwarteten Post von zu Hause, einen Brief, Geld oder sogar ein Paket, das an unsere Adresse geschickt worden war. Da ich als einzige hinter einem Schreibtisch saß und Informationen verteilte, fühlte ich mich recht wichtig. Ich sagte Mutter ziemlich hoheitsvoll, sie brauche sich keine Sorgen zu machen, ich sei an niemandem interessiert. Doch das war, bevor ich Stefan gesehen hatte.

Stefan kam eines Abends spät ins Büro. Er trug eine fesche Offiziersuniform, hatte große, graue Augen unter dunklen Brauen, dichtes, hellbraunes Haar und die Taschen voller Lucky Strike Zigaretten. Er fragte, ob ein Brief für ihn aus Paris da sei. Es war keiner da. Er ließ sich auf dem Sofa neben der Bücherwand nieder, lehnte sich elegant zurück und begann in österreichischem Deutsch zu plaudern, wobei er mich die ganze Zeit bewundernd anstarrte. Er sei aus Jugoslawien und über Frankreich hergekommen, um die gefürchteten Faschisten zu bekämpfen, seiner Mutter zu

Ehren, die Jüdin sei. Der Oberkommandierende, General Tito, sei ein Sadist, der bei Inspektionen die Soldaten in die Nase kneife. Stefan entschied, Krieg sei Mist. An der Front wurde er krank, und so schickte man ihn weg. Aber jetzt wusste er nicht recht, was er als Nächstes tun sollte. Stefan lachte. Dann sprang er vom Sofa auf und schlug die Hacken zusammen. „Zeit für den Bettenappell im Krankenhaus", verkündete er fröhlich und deutete auf seine auffällige Armbanduhr. „Wäre es wohl erlaubt, dass ich morgen wiederkomme und Sie zum Mittagessen ausführe?" Ich sagte ja. Während des Abendessens fühlte ich mich rot werden beim Gedanken an meine Eroberung. Mutter beobachtete mich misstrauisch.

Am nächsten Tag gingen Stefan und ich in ein kleines unterirdisches Restaurant an den Ramblas. Es war voller ausländischer Soldaten. Die meisten von ihnen schienen Stefan zu kennen und verlangten, seiner „hübschen, braungebrannten Begleitung" vorgestellt zu werden. Ich fühlte mich sehr geschmeichelt, besonders da Stefan die ganze Aufregung übersah und mich als guter Kavalier durch die Menge zu einem Tischchen in der Ecke führte. Wir aßen spanischen Gemüseeintopf mit Brot und tranken Rotwein. Nach dem Essen rauchten wir Lucky Strikes. Beim Hinausgehen gingen wir wieder an Stefans lauten Kumpels vorbei. Diesmal sagte er etwas in einer fremden Sprache zu ihnen, und sie lachten. „Worum ging's da?", fragte ich. „Du weißt wie Männer sind", tat er es achselzuckend ab. Ich wusste es nicht, bestand aber nicht darauf. Ich wollte nicht, dass er mich für ein Kind hielt. Er hatte erwähnt, er sei 20 Jahre alt. So nahm ich an, dass er an reife, anspruchsvolle Freundinnen gewöhnt sei. Ich war stolz, dass Stefans Besuche im Büro eine regelmäßige Einrichtung wurden. Es war nett, ihn herumgehen zu sehen. Er rauchte, unterhielt sich und wartete, bis es Zeit für uns war, zum Essen zu gehen.

Heinz jedoch schien Stefans Gegenwart nicht zu schätzen. Beide betrachteten sich gegenseitig mit Misstrauen. Als

Heinz zu einer seiner einwöchigen Inspektionsfahrten aufbrach, jubelte Stefan. „Komm, wir machen das Beste draus", schlug er vor. Wir verbrachten lange Nachmittage in dem kleinen Restaurant an den Ramblas, rauchten amerikanische Zigaretten und tranken spanischen Wein. Ich lauschte Stefans Erzählungen und versuchte, von ihm Jiddisch zu lernen. „Es ist die einzige lebende, wirklich weltweite Sprache, keine Kunstsprache wie Esperanto", sagte er. Seine Mutter hatte ihm früher in Jiddisch vorgesungen und mit ihm jiddisch gesprochen. Sein Vater brachte ihm Deutsch bei und nahm ihn sonntagnachmittags auf lange Spaziergänge in den Park mit. „Lass uns Sonntag einen Spaziergang machen", schlug Stefan beim Mittagessen am Samstag vor und griff über den Tisch nach meiner Hand.

Gerne hätte ich Stefan meine Lieblingsplätze am Strand entlang der Costa Brava gezeigt, aber der Zugverkehr war wegen Kohlenmangels eingestellt worden. Wir beschlossen, stattdessen auf den Berg zu steigen. Stefan sollte mich zu Hause abholen. Er und Mutter waren sich bisher nicht begegnet. Ich argwöhnte, dass sie sich nicht eben glänzend verstehen würden, und versuchte, Stefan davon abzubringen, in unsere Wohnung hinaufzukommen. Deshalb betonte ich, der Aufzug sei abgestellt, um Strom zu sparen. „Warum wartest du nicht unten? Ich komme runter", sagte ich. Doch er bestand darauf, er werde mich abholen kommen. Mutter hatte schon eine Zeitlang darauf gewartet, diesen „Wunderknaben" kennenzulernen. Sie ging zur Tür, um ihn zu begrüßen. An ihrem Ausdruck konnte ich erkennen, dass er ihr von Herzen missfiel und dass sie mir liebend gerne verboten hätte, mit ihm auszugehen. Aber sie sagte nichts.

Stefan und ich trotteten glücklich die Treppe hinunter und auf die sonnige Straße hinaus. Als wir das Ende der Pflasterstraße erreichten und den sanft ansteigenden Bergpfad hinaufgingen, hielten Stefan und ich uns an den Händen. Das verdorrte Gras unter unseren Füßen glitzerte wie altes Filigran. Der Himmel über uns war ein glänzend blaues Juwel. Die polierten Blätter der Lorbeerbüsche und die Oleanderbäume verbreiteten würzig-süßen Duft. Stefan legte seinen Arm um meine Taille und erzählte in süßen Tönen von seiner Familie in Belgrad. Er wurde immer melancholischer, strich mit einer Hand über meine Brust und zog mich an sich. Er küsste mich, wie mich noch nie jemand geküsst hatte. Es war wunderbar. Glücklich stand ich immer wieder still, um wieder geküsst zu werden. Als wir auf das warme Gras sanken, fühlte ich mich geborgen und glücklich. Dies musste die große, romantische Liebe sein, von der ich schon so viel gelesen hatte, dachte ich verträumt. Stefans grobes Ziehen an meiner Unterhose brachte mich schockartig in die Realität zurück, so schnell, als hätte mir jemand einen Eimer kaltes Wasser übergeschüttet. Was war los? Ich trat nach ihm und boxte mit den Ellbogen, um freizukommen, sprang auf und rannte den Weg zurück. Stefan schien erstaunt und verwirrt. Er saß wie betäubt auf dem Boden. Als ich begann, den Berg hinunterzurennen, rannte er mir nach. Er rief, alle Frauen seien Huren, ich sei da keine Ausnahme. Vor unserem Haus sahen wir uns einen Augenblick wütend an. Dann drehte ich mich um und ging hinein.

Mutter starrte mich an. „Was ist mit dir passiert? Du bist ganz rot. Wo ist dieser Junge?" „Gar nichts ist passiert. Und wo der Junge ist, weiß ich nicht", schrie ich und ging in mein Zimmer. „Gut", schnappte Mutter „lassen wir's dabei!"

Einige Tage erwartete ich halb und halb, Stefan werde ins Büro geschlendert kommen, werde mich überreden, mich neben ihn aufs Sofa zu setzen, und er werde mir erklären, was an jenem Nachmittag auf dem Berg geschehen war und warum er sich auf einmal in einen so beleidigenden Rohling verwandelt hatte. Doch er kam nicht zurück. Es blieb mir überlassen, darüber zu grübeln, was ich wohl getan hatte, dass er sich so abscheulich verhielt.

Heinz schien mich nach der Rückkehr von seiner Reise noch genauer als vorher zu beobachten. „Du bist jünger als jedes andere Mädchen, das je für mich gearbeitet hat", sagte er eines Tages „und die einzige mit einem bürgerlichen Hintergrund. Es spricht für dich, dass du so gut zurechtkommst. Du bist klug, aber es muss jemand auf dich aufpassen. Ich werde stolz sein, das zu übernehmen. Deine behütete Kindheit hat dich nicht auf das Leben vorbereitet, und deine Eltern sind keine Hilfe. Sie sind selbst verwöhnte Kinder." Er legte eine knochige Hand auf meinen Arm, womit er verhinderte, dass ich mich wegdrehte, wie ich es bei seiner Bemerkung über meine Eltern vorhatte. „Nicht alle auf unserer Seite sind so wie ich aus politischen Gründen hier oder weil sie naive Idealisten sind wie dein Vater. Manche kamen einfach, um von familiären Verpflichtungen wegzukommen oder um einer kriminellen Vergangenheit zu entfliehen. Sie könnten dir weh tun." „Oh, das weiß ich." Es sollte selbstbewusst klingen. Heinz blickte zweifelnd, aber er ließ meinen Arm los. Mit bemühter Gleichgültigkeit erzählte er dann, dass es eine Razzia im örtlichen Militärkrankenhaus gegeben habe. Man habe einen Drückeberger geschnappt und ihn an die Front geschickt, wo er hingehöre. Sprach er über Stefan?, fragte ich mich und fühlte, wie ich rot wurde.

Vater kam unerwartet nach Hause. Sein Posten wurde wieder verlegt. Die Truppen waren vorübergehend im Rückzug, aber man erwartete jeden Augenblick Verstärkung. „Niemand gibt schon auf", sagte er ernst. Dann erzählte er, er habe zufällig den Vater meiner Freundin Erin getroffen. Ihr Lazarett werde gerade evakuiert. Erin habe sich bei einem Autounfall am Kopf verletzt. „Der gute Doktor wünscht seine Tochter aus der Gefahrenzone, bis sie ganz gesund ist. Er möchte, dass sie eine Weile hier bei euch beiden bleibt." Vater sah Mutter fragend an, die laut seufzte und dann die Augenbrauen hob zur Erinnerung, dass sie Erin nie gemocht hatte. „Das wird lustig", sagte ich.

Am nächsten Abend schob Erins Vater, in voller Offiziersmontur, Erin praktisch in die Arme meiner Mutter. Er war sehr gealtert und sehr wackelig. Er murmelte etwas von ewiger Dankbarkeit, küsste Mutters Hand, schlug die Hacken zusammen und war schon wieder im Treppenhaus verschwunden.

Erin war ganz die Alte und nicht aus der Ruhe zu bringen. Sie saß in einem langen, formlosen Rock und Bluse auf meinem Bett, baumelte mit den Beinen und spielte mit ihren langen, weizenblonden Zöpfen. Sie lächelte gelangweilt. „Mir fehlt gar nichts", gab sie zu. „Unser Lkw hatte in der Mitte von Nirgendwo eine Panne. Wir mussten in einem Bauernhaus am Weg übernachten. Wir, das waren ein paar Ärzte, eine Krankenschwester und ich. Mein Vater kam vorbei, um nach mir zu sehen, und fand uns alle schlafend in einem Bett. Er ging an die Decke! Nun will er mich nach England schicken, aber ich gehe nicht. Einer der Ärzte – er heißt Rolf – und ich, wir lieben uns. Er ist ein wunderbarer Mann. Wir haben schon vorher gemeinsam geschlafen, aber nichts ist passiert. Er respektiert mich zu sehr. Er würde mich nicht anrühren." Erin gab mir einen ihrer verschleierten Blicke. „Du glaubst mir doch, oder?" Ich wusste nicht, was ich davon halten sollte. Offensichtlich waren Beziehungen zwischen Männern und Frauen sehr viel komplizierter als ich es mir je vorgestellt hatte. „Warte nur, bis du meinen Rolf triffst", prahlte Erin. „Dann siehst du, wie wunderbar er ist." Nach dieser Nacht sah ich nicht mehr viel von Erin. Irgendwie hatte sie Mutter überredet, einen Schlüssel unter die Matte zu legen. Das erlaubte ihr zu kommen und zu gehen, wie es ihr beliebte. Oft waren die verknautschte Couch und das Durcheinander im Badezimmer die einzigen Anzeichen, dass sie da gewesen war. „Genau wie ich erwartet hatte", sagte Mutter und schüttelte empört den Kopf.

Eines Tages sagte man mir bei der Arbeit, es finde eine Rallye zu Ehren der Internationalen Brigade statt, ich könne das Büro schließen und zu den Festlichkeiten in die Stadt gehen. Es gab eine große Parade. Jedes Bataillon zeigte seine Fahnen, sang die revolutionären Lieder des eigenen Landes und salutierte in der eigenen Sprache. Anschließend versammelten sich Marschierer und Zuschauer vor einem großen Hotel auf den Ramblas. Dort war eine Rednerplattform errichtet, komplett mit Rednerpult und Megafon. Ein kleiner, rundlicher Mann in Uniform, der sehr offiziell aussah, stieg als Erster aufs Podium. Er dankte den ausländischen Freiwilligen im Namen des spanischen Volkes und wünschte ihnen alles Gute. Ihm folgte *La Pasionaria*, die fabelhafte Rednerin, deren Stimme wie eine wohltönende Glocke über die Menge schwang. Auch sie drückte den tapferen internationalen Kämpfern, die ihrem Volk zu Hilfe gekommen waren, ihre Dankbarkeit aus. Sie versprach, auf ihren Reisen im Ausland, wo sie um die so sehr benötigte Verstärkung und Unterstützung bat, von ihnen zu erzählen. „Wenn irgendjemand Hilfe holen kann, dann sie", sagte ein grauhaariger Mann, der neben mir stand, mit Tränen in den Augen.

Als Nächstes kam der amerikanische Schriftsteller Ernest Hemingway. Er sagte erst einige gefühlvolle Worte in Spanisch, dann erging er sich weitschweifig in Englisch. Er erhielt starken Applaus vom amerikanischen Bataillon, das sich vorne versammelt hatte.

Als die Menschenmenge anfing auseinanderzugehen, und auch ich mich zu gehen anschickte, entdeckte ich Erin in einer Gruppe deutsch aussehender Offiziere. Sie saßen in einem Straßencafé gegenüber der Stelle, wo das Ganze stattgefunden hatte. Erin teilte sich den Stuhl mit einem schmächtigen Jungen, der dafür mit ihr seine Zigarette teilte. Zwei Kinder, umgeben von nachsichtigen Erwachsenen, dachte ich. Erin winkte grinsend, und ich ging hinüber, um sie zu begrüßen. Sie stellte mich nicht dem Jungen vor, sondern einem großen Mann, Rolf. Er hatte ein angenehmes, offenes Gesicht und schüttelte mir herzlich die Hand. Er bat den Jungen, einen leeren Stuhl und ein sauberes Glas zu suchen. Dann schenkte er mir aus einem der Henkelkrüge auf dem Tisch etwas Bier ein.

Von meinem Platz konnte ich die Reden hören, die durch das Megafon recht ungleichmäßig verstärkt wurden. Künstler, Schriftsteller und Musiker aus der ganzen Welt rühmten den Mut und die Tapferkeit des spanischen Volkes. Sie gelobten, das Licht der Menschenwürde und Freiheit in jeden Winkel der Erde zu tragen. „Jeder einzelne dieser Redner, gleichgültig, wie toll er es ausdrückt, sagt uns nur eines", sagte Rolf, „dass die Zeit für Spanien abläuft, dass der Schlussvorhang fällt."

„Ich muss heim", sagte ich und versuchte, das Gefühl drohenden Unheils abzuschütteln. „Kommst du mit, Erin?" „Nein." Sie schüttelte den Kopf. „Ich hab's dir noch nicht gesagt: Mutter ist hier im Hotel und packt. Sie und ich fahren nach England. Vielleicht sehen wir uns irgendwann wieder, in London oder Paris, wer weiß?" Diese Neuigkeit überraschte mich, aber noch mehr überraschte mich, dass Rolf aufstand und verkündete, er werde mich nach Hause begleiten. „Oh, ich weiß, wo du wohnst", sagte er fröhlich „mehr noch, ich wohne nicht weit von dir, nah genug, um dich von meinem Fenster aus auf deinem Balkon zu sehen." Rolf hatte sich in der österreichischen Pension eingemietet. Er müsse für einige Wochen an die Front zurück, sagte er. Bei seiner Rückkehr werde er mich besuchen.

„Wer war denn der gut aussehende Mann, der dich heimbrachte?", wollte Mutter wissen, die mich beobachtet hatte. „Das war Erins Freund Rolf", antwortete ich, was mir einen scharfen Blick von Mutter einbrachte. „Du bist doch wohl nicht dabei, dich auch in ihn zu verlieben?", fragte sie. Ich hatte keine Antwort, nur eine weitere Frage auf meiner ständig wachsenden Liste der Rätsel über menschliches Verhalten und menschliche Gefühle.

17. Kapitel

Im Herbst 1938 gingen Mutter und ich recht oft ins Kino. Es war leicht, das Kriegselend zu ignorieren, wenn man sich bequem in den Samtsesseln zurücklehnte und hingerissen die flackernde Leinwand betrachtete. Wenn Märchenfiguren vor uns ihr Fantasieleben spielten, konnten wir das Knurren unseres leeren Magens und die Erkenntnis unserer unsicheren Zukunft eine Zeitlang vergessen. Obwohl lebensnotwendige Dinge immer knapper wurden, gab es reichlich ausländische Filme. Außer den älteren klassischen russischen Filmen und den neueren, langweilig moralisierenden, die die Tugenden des sowjetischen Arbeiters priesen, gab es die wundervollen amerikanischen Importe. Mutter und ich kannten die sorgfältig ausgearbeiteten Revuen alle auswendig: die eleganten Tanzproduktionen mit Fred Astaire und Ginger Rogers, die extravagante Reichhaltigkeit der Joan Crawford und die prunkvollen Darbietungen der Jean Harlow. Wir lachten Tränen über die Possen der Marx Brothers.

Eines Abends Anfang Dezember lachten wir gerade über den Blödelfilm „Nacht in der Oper", als wir draußen Explosionen hörten. Der Film wurde angehalten. Jemand verkündete, dass ein überraschender Luftangriff stattfinde. Die Besucher sollten in die nahe U-Bahn-Station gehen, aber sie sollten ihre Eintrittskarten für später aufheben. Niemand verließ das Kino, und der Klamauk auf der Leinwand ging unter dem Beifall der Zuschauer weiter, die das Bombardement nicht zur Kenntnis nahmen, obwohl zeitweise die Mauern wackelten und die Einrichtung schepperte. Der Kurzfilm des Tages war „Drei kleine Schweinchen". Mutter und ich hatten noch nie einen farbigen Zeichentrickfilm gesehen. Wir waren hingerissen. Wir sahen uns das ganze Programm noch ein zweites Mal an, einschließlich der Wochenschau, die wie immer einen wahnsinnigen Adolf Hitler zeigte, der die deutschen Massen aufstachelte, nur um die drei kleinen Schweinchen in Spanisch singen zu hören und herumtanzen zu sehen, weil sie den großen bösen Wolf überlistet hatten.

Zu Hause wartete die Concierge auf uns. „Der Herr ist von der Front zurück", sagte sie und zeigte mit dem Daumen nach oben. „Er hat sein Bettzeug mitgebracht. Ich denke, das heißt, dass der Krieg vorbei ist und er nun hier bleibt. Es war ein Brief aus Deutschland für Sie da. Den hab' ich ihm gegeben."

Oben fanden wir Vater auf- und abgehend. Er zeigte auf einen geöffneten Brief auf dem Esstisch. Der Brief war von Großmutter Emilie. Anders als Großmutter Käthe, die Angst zu haben schien, mit uns im revolutionären Spanien Kontakt zu halten und von der wir nur bei besonderen Gelegenheiten hörten, unterhielt Großmutter Emilie eine lebhafte Korrespondenz mit uns, immer sorgsam darauf bedacht, nichts zu schreiben, was den deutschen Behörden missfallen könnte.

Diesmal erzählte sie, dass jüdische Kinder nur noch Sara beziehungsweise Israel genannt werden konnten, und dass alle jüdischen Erwachsenen den Namen Sara oder Israel als zweiten Vornamen führen mussten. Einige Zeilen waren vom Zensor geschwärzt. Sie behauptete, es gehe ihr finanziell gut, ohne Einzelheiten zu erwähnen. Obwohl niemand je Familiengeschäfte mit mir besprach, verstand ich langsam, dass ihr Kapital von der Nazi-Regierung konfisziert worden war, aber ein gewisser Prozentsatz der Zinsen ihr regelmäßig überwiesen wurde. Außerdem gab es eine Vereinbarung mit der katholischen Kirche, die das Haus meiner Eltern als Erweiterung für das danebenliegende Krankenhaus gepachtet hatte. Dieses Geld wurde privat verwaltet. Großmutter deutete an, dass diese Zuwendungen mehr als genug für sie und Onkel Julius seien. Sie könne anderen helfen und auch uns Lebensmittel- und Kleiderpakete schicken. „Man weiß nie, wie dies eines Tages gelegen kommen kann", schrieb sie.

In dem Brief auf dem Tisch war eine halbe Seite geschwärzt. Hätten wir nicht schon in einer örtlichen Zeitung gelesen, dass am 9. November Horden von Braunhemden durch die Straßen gestürmt waren und jüdische Wohnungen und Geschäftsräume verwüstet hatten, wir hätten nichts über die „Kristallnacht" erfahren. Wir hätten dann auch nicht Großmutters Hinweis auf Herrn Gessler verstanden, ihren früheren Helfer und ehemaligen Freier. „Dieser wunderbare Mann, ein wirklicher Christ", schrieb sie, „bot allen Unliebsamkeiten die Stirn. Er kam mitten in der Nacht, um Frau Müller und mir zu helfen, das Durcheinander aufzuräumen." Dann fügte sie hinzu, wie in allen ihren Briefen „Wie sehr ich wünschte, bei Euch sein zu können."

Vater wartete, bis Mutter und ich mit Lesen fertig waren. Dann rief er „Was denkt sie sich nur? Sie weiß, dass sie nicht nach Spanien kommen kann. Warum lässt sie also nicht die Verwandten in Chicago für sie und Julius bürgen, wie sie es angeboten haben? Warum geht sie nicht nach Amerika?" „Kurt, du weißt warum", sagte Mutter. „Ja, ja, ich weiß, ich bin an allem schuld", antwortete Vater barsch. „Ich bin als Roter gebrandmarkt und kriege kein Visum. In Amerika, dem Land der Freien, wollen sie mich nicht! Und Mutter will nicht ohne mich gehen. Schließlich bin ich der einzige Sohn, der ihr geblieben ist." Er ging auf die Veranda hinaus und stand mit dem Rücken zu Mutter und mir. „Seht euch diesen schönen Ort an und was man ihm antut", seufzte er. „Alles was ich wollte war, diesem schönen Land und seinen wundervollen Menschen zu helfen, mitzuhelfen, dass jeder hier eine Chance für ein angemessenes Leben bekommt. Ist das denn schlecht? Aber was habe ich nun erreicht? Ich habe alles durcheinandergebracht, für meine Lieben am allermeisten." Mein Vater verließ weinend das Zimmer.

„Vater hat ein Magengeschwür", sagte Mutter am nächsten Morgen. „Er muss eine Weile zu Hause bleiben. Er wird auf seinen Posten zurückgehen, wenn er sich besser fühlt – wenn es dann noch einen Posten gibt, auf den er zurück kann." Durch Heinz erhielten wir ein ärztliches Rezept, mit dem wir für Vater in einer kleinen Molkerei Frischmilch bekamen, die sonst vor allem stillenden Müttern vorbehalten war. Das führte zu sarkastischen Bemerkungen meines Vaters. Im Allgemeinen schien es jedoch, als hätte ihn sein

Sinn für Humor verlassen. Mutter und ich konnten ihm kaum etwas recht machen.

Es war unmöglich, die richtigen Lebensmittel zu beschaffen. Manchmal war es schwierig, überhaupt Lebensmittel zu finden, da weder Mutter noch ich Zugang zum blühenden Schwarzmarkt hatten. Die volkstümlichen kleinen Restaurants, wo wir sonst einfachen Kaninchenbraten, geschmorte Nieren oder saure Kutteln bekamen, hatten jetzt geschlossen. Unsere eigene Küche bot meist Auberginen, Paprika und Zwiebeln, die wir in Olivenöl brieten. Das Öl wurde immer wieder verwendet. Gelegentlich hatten wir auch einen welken Kopf Salat, aber nichts von alledem tat Vaters Magengeschwür in irgendeiner Weise gut. Er hatte ständig Schmerzen und war schlecht gelaunt.

Als ich einmal aus einem Nachbargarten etwas mit nach Hause brachte, fand ich daran zwei Schnecken, kleine gehörnte Tierchen, die würdevoll ihr Haus auf dem Rücken trugen. Sie erhielten in unserer Küche Asyl, zogen ruhig ihren Weg, lebten von Resten und ließen schmale silbrige Spuren hinter sich. Mutter und ich empfanden ihre unaufdringliche Gegenwart beruhigend. Vater war entsetzt.

Mutter und ich hörten gerne Radio, nicht nur Hörspiele und Opern, die gelegentlich gesendet wurden, sondern auch einfache Plaudereien, die Dichterstunde und ganz besonders die sentimentalen Lieder eines Tino Rossi. Vater waren nur die Nachrichten wichtig, die regelmäßig von beiden Seiten der Front und auch vom Ausland gesendet wurden. Er saß dann am Esstisch, seine goldene Uhr vor sich, um nur ja keinen der angekündigten Berichte über Hitlers neueste Niedertracht, die feigen Reaktionen der französischen und der englischen Regierung und über Francos unaufhaltsames Vordringen zu verpassen. Er markierte es mit rotem Stift auf einer großen Landkarte. Sie war am Bücherregal angeheftet, gleich neben unserem „Weihnachtsbaum", einem Eukalyptuszweig, der mit kleinen Kerzen und winzigen Wattebäuschen dekoriert war. Während der *Zwölf Nächte* zündete ich die Kerzen jeden Abend für ein Weilchen an, und Mutter spielte auf dem Klavier. Singen könne sie nicht dazu, sagte sie, weil alles einfach zu traurig sei. Einige Abende spielten wir drei zusammen Karten, aber selbst dabei sprang Vater mitten im Spiel auf, um das Radio zur Nachrichtenzeit anzudrehen. Danach war er niedergeschlagen.

Gelegentlich gesellten sich die Sorgensterns zu uns: Herta, Fred und ihr kleiner Peter. Sie wohnten in dem Heim, in dem Mutter arbeitete und wo sich Herta um die Haushaltung kümmerte. Hertas deutsch-jüdische Familie der oberen Mittelklasse hatte sie enterbt, als sie Fred, einen kommunistischen Arbeiter, heiratete. Die Sorgensterns waren wegen des Bürgerkrieges über Paris nach Barcelona gekommen. Sie hatten gehofft, sich hier ein neues Leben aufbauen zu können. Jetzt, wo der Krieg so gut wie verloren war, waren sie ständig in Panik und suchten Trost bei meinen Eltern.

Mein Vater war nicht besonders nett zu ihnen. Er mochte ihre schlechten Manieren nicht. Wir aßen nur wenige Male gemeinsam. Vater mahnte mich hinterher, niemals so nachlässig zu essen wie die beiden, „ganz gleich unter welchen Umständen". Mutter zeigte dagegen viel Nachsicht, besonders mit dem kleinen Peter, der wie ein Hündchen hinter ihr herlief.

Heinz kam Vater besuchen. Ihm lag daran, seine eigenen Erfahrungen weiterzugeben, wie man mit einem kranken Magen umgeht und die Schmerzen möglichst gering hält. Als Vater sich jedoch eine Zigarette anzündete und erklärte, dass er das Rauchen nicht aufgeben werde, regte sich Heinz mächtig auf und zog beleidigt ab. „Dein Vater hat keine Willensstärke", sagte er am nächsten Tag zu mir. „Er ist schwach und hat nicht das Zeug zu einem wahren Revolutionär. Ich wünschte, er wäre bei seinesgleichen geblieben. Da ginge es ihm viel besser und deiner Mutter auch. Deine Eltern sind nicht in ihrem Element. Sie gehören nicht dazu." Heinz seufzte. „Mit dir, liebe Hannel, ist es anders. Du bist stark und gesund. Du bist aus den Schranken der Bürgerlichkeit ausgebrochen. Du hast dich selbst befreit. Du bist eine von uns geworden." Er sah mich voller Stolz an. „Eine von uns?" Ich wunderte mich im Stillen, was er damit meinte, dass ich arisch sei oder Kommunistin? Ich wollte keines von beiden sein, und ich war erleichtert, als er sagte, der Club werde geschlossen. Ich könne bis auf Weiteres freinehmen. „Ich bleibe in Verbindung", versprach er und versuchte, den Arm um mich zu legen, aber ich trat schnell einen Schritt zurück. Ich hatte genug von Heinz und seinen Wertungen.

Als ich am nächsten Morgen aufstand und auf den Balkon heraustrat, um frische Luft zu schnappen, war die Welt bereits in goldenes Sonnenlicht getaucht. Ich sah Rolf mit nacktem Oberkörper am offenen Fenster stehen. Die Entfernung zwischen uns war zu groß, um sicher zu sein, aber ich spürte, dass er zu mir herübersah. Als ich ihn winken sah, begann mein Herz ohne besonderen Grund zu klopfen. Ich machte ihm Zeichen herüberzukommen und er winkte zustimmend.

Bei seiner Ankunft bat Mutter ihn, nach Vater zu sehen, der noch zu Bett lag und dem „es schlechter denn je ging", wie sie sagte. Rolf ging seine Arzttasche holen. Nach seiner Rückkehr untersuchte er Vater gründlich. Ich stand die ganze Zeit über in der Diele und folgte dem Kommen und Gehen mit den Augen. Rolf sah in Zivilkleidung ebenso gut aus wie in Uniform. Er war groß, seine Bewegungen waren locker und irgendwie beruhigend. Ich konnte ihn freundlich mit Vater reden hören, der ebenso freundlich antwortete. Mutter gurrte. Als er sich zum Gehen anschickte, fragte Rolf, ob ich Zeit für einen Spaziergang habe. Er habe schon immer mal auf den kleinen Berg hinter seiner Wohnung gehen wollen. Die Anlagen dort oben sollten sehr schön sein. Er werde mich in einer Stunde unten an der Ecke treffen, sagte er und sah um Erlaubnis bittend zu Mutter hinüber. Sie nickte gnädig.

Wir kamen gleichzeitig an der Ecke an und lächelten uns zu. Als wir Seite an Seite die Teerstraße hinaufgingen, die zu der riesigen Wippe hinaufführte, fragte ich Rolf, was wohl Erin davon halten würde, wenn sie uns zusammen sähe. „Erin?", fragte er überrascht. Dann lachte er. „Ach ja, Erin, das kleine Mädel mit der großen Fantasie. Ich wette, sie hat dir auch so ein paar tolle Geschichten erzählt wie ihren Eltern, die sie damit immer ganz verrückt gemacht hat." Rolf schüttelte den Kopf. Dann sprach er über meinen Vater. Er sagte, sein Zustand sei vor allem nervös bedingt, er schlittere an einer Depression entlang. Er habe ihn mit Medizin für die nächsten paar Wochen versorgt. „Es wird hart für euch alle werden", sagte er traurig.

Inzwischen hatten wir die große Stahlkonstruktion erreicht. Sie bewegte sich nicht. Wir gingen um sie herum. Rolf meinte, sie erinnere ihn an die Windmühlenflügel von Don Quixote und so kamen wir auf Cervantes und Garcia Lorca, auf Spanien und das spanische Volk zu sprechen, spazierten die vielen Steinstufen hinauf und hinunter, von einer wunderschön angelegten Terrasse zur anderen. Wir sprachen über die verschlungenen Strukturen, die Vasen und Balustraden. An einer schönen Stelle setzten wir uns, atmeten den Duft der Eukalyptus- und Zypressenbäume ein und nahmen das goldene Panorama in uns auf, das sich bis hinunter zum Mittelmeer vor uns ausbreitete. Noch viele Themen erörterten wir, zum Beispiel, was es hieß, in diesen unruhigen Zeiten Künstler zu sein und wie diese Zeiten Rolfs eigene Rolle als Arzt beeinflussten, oder wie viel schwerer es für eine Frau war, auf irgendeinem Gebiet Größe zu erreichen, weil die westliche Gesellschaft die Frau in vorbestimmten Rollen festhielt. Wir tauschten uns aus über die deutschen Malerinnen Käthe Kollwitz und Modersohn-Becker. Mit letzterer schien Rolf persönlich bekannt zu sein und ihr Heim in der Lüneburger Heide zu kennen. Er sagte, er wolle mich dorthin mitnehmen, wenn die Welt erst von der Hitler-Geißel frei sei. Wir erreichten eine Weinlaube mit einem großen Steintisch und Bänken und setzten uns einander gegenüber. Sonnenlicht fiel in goldenen Tropfen durch die zerknitterten Blätter des ruhenden Weinstocks, der sich über das ganze Gitter ausgebreitet hatte. Ein paar vertrocknete Beeren zeichneten sich dunkel gegen den hellen Himmel ab. Weiter unten, am Ende der Laube, fiel lavendelfarbene Clematis in Kaskaden an weißen Säulen herunter und glänzte in der Januarsonne. „Das ist wie der Garten Eden", sagte Rolf und lächelte mir zu, „und ebenso vergänglich." Ich nickte traurig. Es war mir klar, dass dies einer der zauberhaften Augenblicke war, die nicht von Dauer sein konnten.

Plötzlich erschien ein Mann unter der Tür eines Häuschens, das halb verdeckt hinter Buschwerk lag. Er trug ein Tablett mit Gläsern und Tellern, Fladenbrot, würziger Hartwurst und Ziegenkäse. Rotwein schimmerte in einer gläsernen *botijo*, der spanischen Weinflasche mit dem spitz zulaufenden, engen Hals. Er stellte alles auf dem Tisch vor uns ab und lächelte. Schwungvoll schüttelte er eine Serviette und legte sie behutsam auf meinen Schoß.

„Dies ist ein Tag für die Liebe", erklärte er pathetisch. Dann fragte er mich, ob ich aus der Weinflasche trinken könne. Ja, sagte ich, aber ich müsse dazu aufstehen, um ja keinen Rotwein auf mein Kleid zu kleckern. Der Mann schaute mir zu und lachte. Er blieb da und sah uns beim Essen und Trinken zu. Er wolle kein Geld, sagte er. Er wolle nur, dass wir diesen wunderschönen Tag in Katalonien in Erinnerung behielten. Dann räumte er das Geschirr ab und wies alle Versuche von Rolf ab, für das leckere Mahl zu bezahlen.

„Ich reise morgen ab", sagte Rolf plötzlich. Er lehnte sich über den Tisch und ergriff meine Hand. „Ich soll nach Paris kommen, wo eine neue Aufgabe auf mich wartet. Ich bin sicher, ihr werdet auch nicht mehr lange hier sein." Er sah mich ernst an. Dann fragte er mich, ob es jemanden gebe, durch den er Verbindung zu mir aufnehmen könne, wenn wir alle wieder sesshaft wären, wann immer das sein würde. „Meine Tante Rosel, die Schwester meiner Mutter", sagte ich. „Sie wird immer in Mannheim wohnen und sehr wahrscheinlich wird sie auch immer wissen, ob ich lebe oder tot bin." Ich gab ihm die Adresse, die er in ein Büchlein eintrug. „Hier drin habe ich alle lebenswichtigen Daten", sagte er. „Ich sollte sie lieber auch in meinem Gedächtnis speichern, so wie du die Adresse deiner Tante im Kopf hast." „Ich weiß sogar noch ihre Telefonnummer", und stolz rasselte ich die fünf Ziffern herunter. Dann erzählte ich ihm von meiner Kusine Almut und wie nahe wir uns als Kinder gestanden hatten. Rolf hörte aufmerksam zu und drückte meine Hand. „Ich werde das Haus sehr zeitig verlassen", sagte er leise. „Ich werde vom Fenster aus winken, gleichgültig ob du auf bist oder nicht." Am nächsten Morgen wachte ich sehr plötzlich auf und rannte gleich zum Balkon. Das Tageslicht begann gerade durch die Dämmerung zu brechen. Ich sah Rolf zum Fenster kommen. Wir winkten uns feierlich zu. Es fühlte sich an wie eine Liebkosung.

Nun wurde es sogar für mich offensichtlich, dass auch wir bald würden abreisen müssen. Mutter war es gelungen, einen schönen Tweedstoff mit verschiedenfarbigen Tupfen zu ergattern. Nun nähte sie daraus von Hand einen Wintermantel für mich. Er würde demnächst sehr praktisch sein, behauptete sie auf meine Klagen, er sei zu schwer. Sie verfertigte außerdem aus schwarzem Tuch und Pappe eine große Handtasche. Kunstvoll nähte sie mehrere Lagen und Geheimfächer ein, in die sie Stück für Stück ihren Schmuck verschwinden ließ. Drei Ringe behielt sie draußen: einen mit einem großen Diamanten und einem Saphir, einen mit einer Perle und Diamantsplittern außen herum und ihren goldenen Ehering. Diese Ringe hatte sie immer getragen, so lange ich denken konnte. Als sie sie jetzt betrachtete, schwor sie, sie nie abzulegen. In ihrer Tasche war für keines der weniger wertvollen Schmuckstücke Platz. So versteckte ich mein geliebtes Armband mit Anhängern und mein ovales Goldarmband in meinem eigenen Koffer unter meinen allerbesten Kleidern, den schönen grünen Schuhen und anderen Schätzen. Ich stopfte so viele Sachen wie möglich in meinen

Farbkasten und harrte unglücklich der Dinge, die da kommen würden.

Vater erholte sich so weit, dass er ausgehen und sich mit Freunden und Bekannten beraten konnte, die über die Lage besser Bescheid wussten. Sie bestätigten, dass der Feind praktisch vor der Tür stand. Man stelle Züge zusammen, um die Stadt zu evakuieren.

An unserem voraussichtlich letzten Abend in Barcelona standen meine Eltern und ich auf dem Balkon und sahen auf die unheimlich stille Straße hinunter. Die Concierge stand auf dem Gehweg und schüttelte traurig den Kopf. Sie hatte eben ihren Lieblingsmietern zum Abschied nachgewinkt, der Familie eines Colonels aus dem Penthaus über uns: Mutter, Großmutter, Ama, Baby und zwei hübsche, dunkeläugige Kleinkinder, die uns immer in Catalan begrüßten, wenn wir sie trafen. Sie hatten sich in eine Limousine mit Chauffeur gezwängt und waren mit Sack und Pack auf und davon.

Vom Balkon unter uns sah die geheimnisvolle deutsche Blondine zu uns herauf. Sie ließ ihre beiden kleinen Kinder oft stundenlang unbeaufsichtigt in der Sonne. Jetzt rief sie: „Ich bin sicher, ihr werdet euch jetzt klar über eure begangenen Sünden. Ihr und ich, wir sind nun als einzige im Haus übrig geblieben und müssen zusammenhalten, wo nun sogar die beiden Muttchen ausgezogen sind." Sie kicherte boshaft. Ihre Bemerkung bezog sich auf zwei etwas merkwürdig aussehende Frauen, die immer gleich gekleidet waren. Wenn sie von ihrer Wohnung im Erdgeschoss zur U-Bahn gingen, liefen sie steif nebeneinander her, ohne irgendjemanden anzusehen. Wenn sie auftauchten, tauschten die Leute vielsagende Blicke und grinsten sich an. Das erinnerte mich irgendwie an die beiden Mischlingskinder, die ich in Mannheim öfter gesehen hatte. Sie gingen auch Schulter an Schulter und hielten ihre Augen abgewandt. Passanten lächelten spöttisch und machten abschätzige Bemerkungen über sie. Einmal fragte ich Anna, was die Leute denn gegen die beiden hätten. Sie sagte, ihr Vater sei Marokkaner, einer von den Wachposten auf der Rheinbrücke. Ich wusste wohl, dass diese Männer allen verhasst waren, aber warum ihre Kinder? „Das verstehst du nicht", antwortete Anna. Ich hielt die beiden Frauen in Barcelona für Nonnen, die sich verstecken mussten und nicht wussten, wie sich Frauen kleiden. Doch Mutter sagte nein, sie seien ein Paar. Auf meine Frage, was sie damit meine, hieß es: „Das verstehst du nicht."

18. Kapitel

Wieder einmal waren wir bei Sonnenaufgang auf unserem Weg zum Bahnhof und schleppten unsere Koffer. Wir planten, so schnell wie möglich an die französische Grenze zu kommen. Noch war sie offen für politische Flüchtlinge aus Spanien.

Vater hatte vor einiger Zeit an Onkel Norbert in Paris geschrieben und um vorübergehendes Quartier gebeten. Er hatte zwar noch keine Antwort, war aber sicher, dass Norbert uns nicht hängen lassen würde. „Ich weiß, dass Norbert meine politische Einstellung nie gebilligt hat, aber wir sind zusammen aufgewachsen und standen uns sehr nahe. Unsere Mütter sind nicht nur Kusinen ersten Grades, sie lieben einander. Als junge Witwen gingen sie zusammen durch Dick und Dünn, wobei meine Mutter meistens die Rechnungen bezahlte. Es wäre undenkbar für Norbert, uns jetzt nicht zu helfen. Ich erinnerte mich noch gut, wie der einst bezaubernde Norbert als eingeschüchterter Emigrant uns in dem Pariser Restaurant bat, leise zu sprechen und niemand hören zu lassen, dass wir deutsch sprachen. Ich dachte über unsere Aussichten weit weniger optimistisch.

In der Stadt war kein Taxi aufzutreiben gewesen, keine Straßenbahn und kein Bus. Alles war zum Stillstand gekommen, nur die Leute nicht. Sie strömten in Massen zu dem letzten Zug aus der Stadt, dem letzten Zug zur Grenze. Es würde bald noch ein weiterer Zug kommen, rief ein Schaffner der Menge zu, aber niemand achtete auf ihn. Jeder stieß und schubste sich den Weg in die Wagen, bis wir dicht gepackt standen wie Sardinen in der Büchse. Endlich fuhr der Zug ab und tuckerte viele Stunden über Land. Immer, wenn er unterwegs die Fahrt verlangsamte, zwängten sich noch mehr Leute herein, und wir schimpften alle und kämpften um Atem.

In der Nacht hielt der Zug plötzlich an und wir wurden gebeten auszusteigen. Man sagte uns, der Zug habe keinen Treibstoff mehr. Doch als alle Passagiere im Dunkeln an den desolaten Gleise standen, machte der Zug einen Ruck rückwärts, beschleunigte und weg war er.

„Die Verräter, sie haben uns hier in der Wildnis abgeladen", schrie ein Mann. „Und jetzt verduften sie damit, um Francos Stiefel zu lecken." Alle schimpften und bewegten sich ziellos hin und her. Einige Leute verschwanden in die Büsche, „um das Gelände zu erkunden", aber in Wirklichkeit gingen sie, sich zu erleichtern. Man konnte sie in der Dunkelheit umhertappen hören. Wir versuchten mit den übrigen, die Gleise entlangzugehen. Es war eiskalt, und ich war dankbar für meinen schweren Mantel. Leider hatte ich vergessen, Handschuhe einzupacken. Meine Hände an den Griffen von Koffer und Farbkasten wurden taub und steif.

Bald erreichten wir einen kleinen Bahnhof. Die Vorderen drängten hinein. Es war drinnen ebenso kalt und dunkel wie draußen, abgesehen vom gelegentlichen Aufglühen einer Zigarette. Wer keinen Sitzplatz auf den beiden Bänken fand, kauerte sich auf den Fußboden oder stand einfach an die Wand gelehnt da. Meine Eltern und ich saßen in einer Ecke auf unseren Koffern. Lederbeutel mit Wein machten die Runde, ebenso Beutel mit Tabak und Zigarettenpapier. Säuglinge schrien und wurden beruhigt. Eine dunkle, männliche Gestalt kam mit festem Schritt herein, ein Bündel Holz auf dem Arm. Der Mann zündete den in der Mitte des Raumes stehenden Kanonenofen an. Das Feuer wurde unterhalten, man hörte die Säuglinge geräuschvoll saugen, und einer nach dem anderen schliefen die Leute ein, sogar die stehenden.

Die ganze Nacht hindurch wurde die Tür von Zeit zu Zeit aufgerissen und kalte Luft kam herein. Man hörte Schritte und Stimmen und die Tür wurde wieder zugeknallt. Als das Dunkel im Fenster sich in flanellgrau wandelte, standen wir mit unseren Genossen auf, streckten uns und gingen nach draußen. Wir fanden einen miesen kleinen Waschraum und standen Schlange, um hineinzukommen. Dann zog unser Trupp weiter.

Schon bald verloren wir die Eisenbahngleise aus den Augen und folgten einfach all den anderen Leuten, die sich zu Hunderten über raues, bergiges Gelände in die Pyrenäen kämpften, mit Frankreich als Ziel. Wir wurden von Bauern überholt, die mit Eselskarren unterwegs waren, und von wenigen Lastwagen, beladen mit Hausrat, kleineren Tieren und Männern in Uniform. Meine Eltern wurden von einem dieser Gefährte mitgenommen. Ich winkte ihnen zu. Ich wusste, wir würden uns unterwegs wieder treffen. Eine Zeit lang war ich rascher gelaufen als sie und hatte dabei ein Gespräch mit einem Teenager aus Österreich angeknüpft. Sein Vater war vor Kurzem bei einem Verhör der Gestapo an einem Herzinfarkt gestorben. Der Junge und seine Mutter, eine Krankenschwester, hatten daraufhin alles zurückgelassen und waren nach Spanien geflohen. „Gerade rechtzeitig, um hier auch schleunigst verschwinden zu müssen", sagte er. Er war ein gut aussehender, recht erwachsen wirkender Bursche, obwohl er Kniebundhosen trug. Großzügig gab er mir von seiner Schokolade und den Zigaretten ab. Seine Mutter ließ mich ihre Nivea-Creme auf Gesicht und Hände schmieren, damit die glühende spanische Sonne meine Haut nicht ruinierte, wie sie sagte.

Gegen Abend sahen wir eine Reihe kleiner, aus Feldsteinen gebauter Häuser mit Reetdächern. Davor, parallel zur ungepflasterten Straße, lief ein tiefer Graben, den man überqueren musste, um zu der hohen, steinernen Türschwelle zu gelangen. Alle Haustüren waren zersplittert, jedes Fenster zerbrochen. Drinnen waren Haufen von zerbrochenem Geschirr, zerrissenem Leinen und zerschlagenen Möbeln. Alles war verwüstet und schließlich aufgegeben worden. Ich fand meine Eltern in einem der Häuser. Zusammen mit anderen Ausländern saßen sie auf wackeligen Stühlen mitten in Trümmerhaufen. Auch alle anderen Häuser waren im Nu belegt. Mit meinen neuen Freunden ließ ich mich bei meinen Eltern nieder. Einige Männer in Uniform kamen vorbei, um zu sehen, ob wir es bequem hätten, sagten sie. Sie verteilten Kondensmilch und Pakete mit Schiffszwieback. Wein und Zigaretten machten wieder die Runde.

Als es dunkel wurde, begannen die Leute miteinander zu reden. Das beliebteste Thema war nicht – wie vielleicht zu erwarten wäre – unsere verzweifelte Lage, sondern das Essen, all die wunderbaren Dinge, die man zu dieser oder jener Zeit gegessen hatte. „Butter, ach ja, Butter", seufzte jemand, „und Schlagsahne." „Was würde ich nicht für ein Stück Käsekuchen oder für etwas Linzertorte geben", fiel eine andere Stimme ein. Ein anderer sehnte sich nach Kaffee, echtem Kaffee. „Wir haben immer jede Woche ein Pfund Kaffee gekauft, ein ganzes Pfund", prahlte eine Frau. Sogar an die bescheidene Bratwurst erinnerte man sich sehnsüchtig. Dann wurde einer nach dem anderen still, versuchte zu schlafen und wurde dabei immer wieder gestört, weil jemand aufstand und sich vorsichtig hinaustastete, um dem Ruf der Natur zu folgen.

Endlich erschien ein goldener Streifen in dem zerbrochenen Fenster, breitete sich erst am dunklen Horizont und dann langsam über den ganzen Himmel aus. Das ließ ihn erst zu Silber verblassen und dann in ein blasses, grünliches Blau hinüberspielen. Ich schüttelte mich wach, strich meinen Mantel glatt und ging hinaus. Es liefen bereits Leute durch die Straße, mit hochgezogenen Schultern, die Hände gegen die Kälte in den Taschen vergraben. Ein junger Mann saß auf der Türschwelle vor dem Haus, aus dem ich kam. Ich kannte ihn flüchtig aus Barcelona. Er war ein bayrischer Skilehrer und war nach Spanien gekommen, um gegen die Nazis zu kämpfen. Nach einigen Wochen an der Front befiel ihn Kampfmüdigkeit, wie er es nannte. Er erhielt eine Reihe der sehr gefürchteten Elektroschockbehandlungen. Ich hatte ihn in unterschiedlichen Erregungszuständen im Zentrum gesehen, wo er seine Ärzte des Sadismus beschuldigte und sie mit den Folterknechten der Gestapo verglich. Anfangs regte ich mich über ihn auf. Später versuchte ich, ihm aus dem Wege zu gehen. Jetzt tat ich so, als ob ich ihn nicht sähe, aber er hatte mich schon entdeckt und grinste. „Ah, die schöne Hannel", sagte er und zog mich neben sich auf den kalten Stein herunter. „Weißt du, ich hab' mich immer über dich gewundert, wenn ich dich im Büro sah. Du sahst so hübsch aus, gar nicht jüdisch, aber mit einem jüdischen Familiennamen. Es ergab für mich überhaupt keinen Sinn – bis gestern. Da traf ich deine Eltern. Dein Vater ist Jude, demnach bist du Halbjüdin." Der Skilehrer schüttelte den Kopf vor Verwunderung. „Die schöne Hannel ist Halbjüdin, das schlägt dem Fass den Boden aus!" „Ja, nicht wahr?", sagte ich sarkastisch und erhob mich.

Als immer mehr Leute auf der Straße herumliefen, brachte jemand die gute Nachricht, weiter oben gebe es einen verlassenen Obstgarten und eine Wasserpumpe. Die Karawane setzte sich wie von selbst langsam in Bewegung. Ich ging mit meinen Eltern und den österreichischen Freunden. Wir waren benommen und teilnahmslos vor Kälte und Hunger. Mein Kopf fühlte sich an, als hätte ich ein Stahlband rundherum, und meine Füße schlurften. Nach etwa einer Stunde gelangten wir zu einem großen eingezäunten Platz. Der Zaun war an mehreren Stellen niedergebrochen und wir gingen einfach drüber weg. Da standen knorrige, verwachsene Olivenbäume voller Früchte. Es schien mir unvorstellbar, Oliven roh vom Baum zu essen, und ich war enttäuscht.

Doch dann sah ich etwas weiter weg Orangenbäume und die ersehnte Wasserpumpe. An der Pumpe stand man an. Einer nach dem anderen pumpte, wusch Hände und Gesicht und füllte die Feldflasche. Als ich drankam, wusch ich mich, trank gierig und achtete darauf, meinen Mantel nicht zu nass zu machen. Dann hatten wir ein ausgiebiges Mahl.

Mutter hatte einige angeknackste Tassen gefunden, mein junger Freund und seine Mutter hatten Feldgeschirr. Es gab reichlich Brühwürfel, Nescafé und Kondensmilch für alle und jede Menge Orangen. Wir fühlten uns satt und zufrieden, als wir auf dem steinigen Boden lagerten und uns, dick mit Nivea-Creme eingeschmiert, im langsam wärmer werdenden Sonnenschein aalten. Dann gingen wir weiter, noch einen ganzen Tag.

In der Nacht kamen wir in ein richtiges Dorf mit lebendigen Einwohnern, die einen fast unverständlichen Dialekt sprachen. Sie verkauften uns Lebensmittel und boten uns ein Nachtquartier an. Meine Eltern konnten in einem Bett in einem möblierten Zimmer schlafen, während ich mich auf dem Fußboden zusammenrollte, warm verpackt in Decken und Kissen. Bevor wir uns jedoch für die Nacht hinlegten, ging eine Gruppe von uns zu einer Art Hauptquartier am Rande des Dorfes, um sich anzumelden. Man riet uns, unser Gepäck dort hinzubringen. Man werde es auf einen der Lastwagen aus dem Konvoi verladen, der uns am nächsten Morgen zur französischen Grenze begleiten werde. Als wir am nächsten Tag zur angegebenen Zeit hinkamen, war das Hauptquartier verschwunden und unser Gepäck ebenso. Viele Leute standen herum, erneut gestrandet. Dieses Mal hatten wir nur noch unsere Kleider auf dem Leib. Glücklicherweise hielt Mutter noch ihre schwarze Handtasche fest, und ich hatte noch meinen Farbkasten. Doch der Verlust all der anderen Sachen traf mich schwer: meine Armbänder, die schönen neuen Kleider, die passenden Schuhe und der Lippenstift, den Großmutter Emilie mir zum Geburtstag im November geschickt hatte – alles war weg!

Auch Vater schien mitgenommen. „Ich kann es nicht glauben", rief er. „Wisst ihr noch, wie wir bei eurer Ankunft in Madrid, vor etwas mehr als fünf Jahren, all euer Gepäck über Nacht sicher auf dem Gehweg stehen ließen? Was ist nur mit Spanien und seinen ehrlichen Leuten geschehen?" „Es ist der Krieg, Kurt. Der Krieg wirkt sich auf alles aus", sagte Mutter und Tränen stiegen ihr in die Augen.

Traurig sammelte sich unsere Gruppe wieder und begann den erneuten Aufstieg. Wir schlossen uns der langen, abgerissenen Prozession die Berge hinauf an. Der Boden wurde noch trügerischer. Steine rutschten unter unseren Füßen und ließen uns das Gleichgewicht verlieren. Die Sonne brannte gnadenlos auf uns herab. Die Leute begannen, die ihnen verbliebenen Sachen fallen zu lassen. Viele warfen sogar ihre Oberbekleidung ab.

„Um Gottes willen, werft nicht eure Mäntel weg! Ihr friert euch heute Nacht zu Tode!" Ein großer Mann in einer Schafslederjacke und festen Bergstiefeln rannte vor und zurück an den müden Kletterern entlang und ermahnte sie, vernünftig zu sein. Sein langes schwarzes Haar hing offen fast bis auf die Schultern herab und seine tiefliegenden dunklen Augen sprühten Feuer. „Der Geist der Pyrenäen", dachte ich ehrfürchtig und hielt meinen Mantel und den Farbkasten beim Weiterstapfen fester. Es ging immer höher hinauf, immer näher dem glühenden blauen Himmel entgegen.

Als ich mit meinen Eltern anhielt, um zu rasten und etwas von dem Proviant zu essen, den wir im Dorf bekommen hatten, sah ich mich nach meinen österreichischen Freunden um. Wir hatten sie in der Menge verloren. Stattdessen schloss sich uns ein schlanker, junger Mann an. Er trug einen eleganten blauen Anzug und einen breitrandigen Hut. Er behauptete, Tenor in Mailand zu sein. „*Belcanto*", erklärte er mit einer schwungvollen Bewegung seiner ausdrucksstarken Hände. „Ich bin Künstler, nicht Politiker, aber ich hasse dieses blutdürstige Schwein Mussolini mit solcher Leidenschaft, dass ich bis ans Ende der Welt gehen würde, um gegen ihn zu kämpfen. Als er sich den Deutschen bei ihrem Feldzug gegen das freie Spanien anschloss, musste ich einfach herkommen und dem spanischen Volk beistehen."

Als wir weiter kletterten, gingen der junge Sänger und ich voraus. Er hielt meine Hand und half mir über Steine und Felsen. Er trällerte dabei italienische Volkslieder und ein paar Takte aus Arien. Sein klarer, einfacher Gesang brachte ein Lächeln auch auf die grimmigsten Gesichter um uns herum. Wir stießen wieder auf Gleise und sahen vor uns eine Tunneleinfahrt. Durch den Tunnel zu laufen würde eine Abkürzung und weniger Kletterei bedeuten. Da ohnehin keine Züge fuhren, sahen wir keine Gefahr darin. Die müde Reihe der Wanderer wogte nach vorne in die kühle Schwärze hinein. Mein Gefährte legte seine Hände auf meine Schultern und führte mich durchs Dunkel. Wir waren schon fast am Ende, als der Raum um uns herum plötzlich von einem gewaltigen Donnern widerhallte. Ein Lichtblitz, ein Windzug und ohrenbetäubender Lärm, wie ein Albtraum. Mein Freund hatte mich an die raue, kalte Mauer gedrückt und deckte mich mit seinem schlanken Körper ab. Als alles vorbei war, küsste er mich leicht auf die Stirn. „Mörder, Saboteure", kreischte jemand hinter der Lokomotive her, die nun schon im Sonnenschein verschwunden war. Andere nahmen den Ruf auf und stolperten schreiend und schluchzend aus dem Tunnel. Was war mit meinen Eltern, fragte ich mich voller Angst. Endlich sah ich sie auf der gewundenen Passstraße herankommen. Sie waren gar nicht durch den Tunnel gegangen. Welche Erleichterung! Weder mein Gefährte noch ich erwähnten den schrecklichen Vorfall ihnen gegenüber, sondern wir trotteten schweigend an ihrer Seite weiter.

Als die Sonne hinter einer Reihe dunkler Zypressenbäume ihren langsamen Abstieg begann, sahen wir endlich die französische Grenze vor uns im Tal. Die Leute begannen darüber zu reden, was sie tun wollten, sobald sie in Frankreich wären. Einige wollten ein ausgedehntes, heißes Bad nehmen, andere sagten, sie könnten schon den ersten Zug kaltes Bier schmecken. Viele erwarteten, ihre Geliebte in die Arme schließen zu können, die sie zurückgelassen hatten.

Alles schien möglich, bis wir die Gendarmen mit ihren Gewehren bemerkten, die den Flüchtlingsmassen, die wie die Lemminge aus den Hügeln kamen, Befehle entgegen bellten. Die Männer wurden auf einen Weg geschickt, Frauen und Kinder auf einen anderen. Als wir die Kontrollstelle erreichten, wurde mein Vater von Mutter und mir getrennt. Er lächelte uns ermutigend zu, bevor er unter den vielen Männern verschwand, die schnell außer Sicht getrieben wurden.

Mutter und ich wurden zu einer Reihe kleiner Busse geschoben, wo Frauen und Kinder in großer Verwirrung durcheinanderwuselten. Gendarmen stießen ihre Gewehrkolben ungeduldig auf den Boden und schrien „Allez, allez!" Sie ließen die Leute erst in die Busse klettern und dann mussten sie wieder aussteigen. Ohne ersichtlichen Grund wurde jeder mehrmals hin und her dirigiert. Als die beladenen Fahrzeuge endlich losfahren durften, war es dunkel geworden. Mutter und ich hatten uns während der ganzen undurchsichtigen Prozedur eng beisammen gehalten. So saßen wir jetzt nebeneinander und hielten unsere letzten Besitztümer auf dem Schoß fest. Wir fröstelten in der Kälte und starrten mit leerem Blick in die schwarze Nacht hinaus.

„Wo bringen uns diese *ladrones*[5] jetzt hin?", zerschnitt plötzlich eine krächzende Stimme das benommene Schweigen. Niemand antwortete, und dieselbe Stimme begann, in schnellem Französisch eine Tirade auf den Fahrer loszulassen. Einige Kinder begannen zu weinen und Frauen schalteten sich ein. „Weiter so! Alle!", rief die Krächzstimme auf Spanisch. „Heult und schreit einfach. Vielleicht nimmt der Schwachkopf dann Notiz von uns und hält an, damit meine Kinder scheißen können." Ich spürte, wie Mutter zusammenzuckte. Nach einigem Spektakel hielt der Bus tatsäch-

---
5 Diebe

lich. Kindern und ihren Müttern wurde erlaubt auszusteigen.

„Sonst niemand", schrie der Fahrer und machte uns anderen eindeutige Zeichen. Durch das schmutzige Fenster sah ich im Licht der Scheinwerfer die Kinder auf einem schneebedeckten Stoppelfeld hocken. Ihre Mütter nutzten die Gelegenheit auch gleich, gaben sich aber gegenseitig Deckung, denn der Fahrer lehnte am Bus und sah zu.

„Da ist Herta Sorgenstern mit Peterle." Ich zeigte auf die beiden, die sich von den anderen etwas abgesetzt hatten und jetzt ins Licht traten. „Lass' uns jetzt noch nicht mit ihnen reden", seufzte Mutter, und wir verkrochen uns in unsere Sitze.

Nachdem die Kinder ihre Aufregung über den Schnee überwunden hatten – sie hatten noch nie welchen gesehen – nahmen alle wieder Platz, und es war ganz ruhig, als der Bus weiter durch die Nacht rumpelte.

ENTGLEIST

19. Kapitel

Es klang wie aufgeregt tschilpende Spatzen. Ich öffnete die Augen und sah im dämmrigen Morgenlicht Herta Sorgenstern, die zwei Reihen vor uns auf der anderen Seite des Ganges saß. Erfreut sah sie zu meiner Mutter hinüber. „Gott sei Dank, Emma", rief sie. „Ihr seid auch hier! Lass nicht zu, dass sie uns trennen!"

Wir fuhren nicht mehr. Das Gezwitscher kam von draußen, wo neben dem Bus ein Grüppchen Leute, fest in dunkle Mäntel gehüllt, miteinander schwatzte. Sie blickten alle auf eine stämmige Frau, die entschlossen auf unseren Bus zumarschierte. Die Frau hatte einen grünen Wollschal um ihr glänzend rotes Gesicht gewickelt und die Hände hinter den Latz ihrer Schürze gesteckt. Sie überschüttete unseren Fahrer mit einem lauten Wortschwall, wobei sie den Atem in Wölkchen ausstieß. Der Mann saß teilnahmslos hinter seinem Steuer, zuckte kurz mit der Schulter, drehte sich um und rief uns zu auszusteigen. Die Frau nahm sein *„Allez! Allez!"* begeistert auf. Zunächst richtete sie ihre Aufforderung an die sich nur zögernd zerstreuenden Zuschauer, dann an unsere traurige kleine Schar. Sie wies uns den Weg über vereiste, glatte Steine. Frierend und verwirrt wie wir waren stolperten wir ein paar Stufen hinauf, gingen durch eine wie wild bimmelnde Türe und befanden uns unvermittelt in einem Märchenland: einem Dorfladen voll mit Friedenswaren. Da gab es in buntem Überfluss alles, was das Herz begehrte: Zigaretten, Schokolade, Streichhölzer, Säcke mit Kartoffeln, mit Bohnen, Zucker und Mehl, Pakete mit Seifenpulver und Reinigungsmitteln, Zahnpasta, Zahnbürsten, Schürzen, Stiefel und Besen.

Wir Erwachsenen standen nur da, überwältigt von dem Anblick und den Gerüchen lange vergessener Schätze und von der einlullenden Wärme, die ein glühender Kohleofen verbreitete. Die Kinder aber gebärdeten sich wie närrisch. Sie schrien und sprangen herum und wären auf die Theke geklettert, wo große Gläser mit Bonbons lockten, wäre unsere Führerin nicht eingeschritten. Sie schnappte sich die zwei wildesten, einen Jungen und ein Mädchen, packte sie am Kragen und war drauf und dran sie zu schlagen. Da stürzte von hinten eine kleine Frau in einem kurzen, engen, feuerroten Mantel vor, entriss der viel größeren Frau die Kinder und ließ ein regelrechtes Schnellfeuer französischer Wörter auf die selbst ernannte Zuchtmeisterin los, die erblasste. Die kleine Frau drückte die Kinder an sich, blickte sich zornig um und rief auf Spanisch: „Das sind meine Kinder, mein Louis und meine Yvette, und niemand rührt sie an außer mir! Niemand! Niemals! Verstanden?"

Unsere Gruppe marschierte wie betäubt aus dem Laden, durch einen dunklen, engen Vorraum und eine deprimierend düstere Küche, immer unter den wachsamen Augen unserer Führerin. Die Frau hatte sich von dem verbalen Angriff einigermaßen erholt und murmelte nun etwas unfreundlich Klingendes vor sich hin. Daraufhin blickte meine Mutter sie streng an und sagte: „C'est le ton qui fait la musique."[6] Die Frau erschrak – ich ebenso.

Wir wurden in einen Esssaal geführt, wo Tische fürs Frühstück gedeckt waren. Die Frau prüfte unsere Gruppe kurz und wies uns dann unsere Plätze an. Mutter und mir wurde der Tisch zugewiesen, an dem bereits die Frau im roten Mantel mit ihren beiden Kindern saß. Es stellte sich heraus, dass sie wie ihre Tochter Yvette hieß. Sie war in Marseille geboren und mit einem Spanier verheiratet. Sie war es auch, die schon im Bus das Wort ergriffen hatte. „Sie und ich sind die Einzigen, die dem alten Drachen ihre Meinung gesagt haben", meinte sie. „Deshalb hat sie uns zusammengesetzt." Mutter schien erstaunt über diese Sicht der Dinge, sagte aber nichts. Sie lächelte Yvette und ihre Kinder an und winkte Herta zu, die mit Peter an einen kleinen Tisch am anderen Ende des Raumes gesetzt worden war.

An den großen runden Tisch in der Mitte hatte unsere Führerin Mütter mit kleineren Kindern platziert. Sie schien ihre Autorität über uns zu genießen. Nun stellte sie sich an die Wand und klatschte um Ruhe bittend in die Hände. Alle schauten zu ihr hin. Sie war eine imposante Erscheinung, groß, kräftig, mit aschblondem Haar, das sie straff aus ihrem runden Gesicht zurückgekämmt und oben auf dem Kopf in einen Knoten geschlungen hatte. Sie ließ ihre kleinen, eisblauen Augen kühl über die vor ihr Versammelten schweifen. Sie sagte, sie sei Mademoiselle Boulanger, die Eigentümerin des Ladens, des Postamts und des öffentlichen Speisesaales hier im Dorf Davignac im Département Corrèze. „Dans la belle France", fügte sie stolz hinzu.

---

6 Der Ton macht die Musik

Eine kleinere, ältere Frau hatte sich neben sie gestellt und wurde als „Madame", ihre verwitwete Schwester und Köchin des Hauses vorgestellt. Der Vater der beiden Frauen wurde *grand-père* genannt. Er war ein schmuddeliger, kleiner Mann und trug einen braunen, speckigen Hut auf dem Kopf. Seine tief liegenden, winzigen blauen Äuglein glitzerten vergnügt unter buschigen, grauen Brauen. Sein zottiger Schnurrbart zitterte, als er mit den Lippen schmatzte und in breitem Dialekt etwas rief. Seine Töchter lachten pflichtschuldigst, doch Yvette war verärgert. „Das alte Schwein", knurrte sie.

Madame brachte einen großen Topf herein und machte sich daran, eine dampfende bräunliche Flüssigkeit in die dicken weißen Becher auf den Tischen zu schöpfen. Von allen Seiten wurde sie mit Fragen nach der Toilette bestürmt. Zwischen Schlucken süßen dünnen Milchkaffees und großen Bissen Butterbrot setzte ein wahrer Ansturm auf den einfachen Abort ein, in dem ein rohes Brett mit einem Loch in der Mitte als Toilettensitz diente. Der Weg dahin führte durch eine Seitentür über einen schmutzigen, mit Stroh bestreuten Hof. Auf dem Rückweg ging ich durch die Küche, wo ich schnell an der Wasserpumpe den Schwengel betätigte und mir die Hände abspülte, was mir einen bösen Blick von Mademoiselle eintrug.

Nach dem Frühstück kommandierte Madame uns wieder nach draußen – durch den Laden, wo sich einige Dorfbewohner versammelt hatten und uns anstarrten – und führte uns nebenan in ein kaltes, leeres Gebäude mit einem langen Flur, an dem mehrere leere Räume lagen. Die Türen standen weit offen, wodurch wir uns noch elender fühlten. Wir wurden angewiesen, uns in kleine Gruppen aufzuteilen und uns ein Zimmer auszusuchen. Frauen und Kinder liefen durch den Flur und versuchten, das beste zu ergattern. Mutter, ich und Herta, mit Peter fest an der Hand, stolperten blindlings in den Raum gegenüber vom Eingang. Zu unserer Verblüffung fanden wir dort eine Frau auf einem Koffer sitzen, einen Rucksack auf dem Schoß. Sie war eine üppige Blondine mit dichten Locken und starrte uns misstrauisch an. „Wollen Sie hier einziehen?", fragte sie uns in breitem Dialekt, und als wir zustimmend nickten, seufzte sie hörbar. „Na, das hat mir grade noch gefehlt, aber egal. Ich bleib nicht so lange hier, um mir wegen euch Kopfschmerzen zu machen." Sie ließ uns wissen, dass sie im selben Bus wie wir gekommen sei, es aber nicht der Mühe wert gefunden habe, uns in den Laden zu folgen. Sie habe genügend Vorräte in ihrem Rucksack, auf Almosen sei sie nicht angewiesen. Ein Bauer habe ihr dieses alte, baufällige Haus gezeigt. Da könne sie sich ausruhen und mehr wolle sie im Moment nicht.

„Ich war mit einem Oberst unterwegs nach Paris, aber ich darf seinen Namen nicht nennen", erklärte sie großspurig. „An der Grenze wurden wir versehentlich getrennt. Ich weiß, dass er sofort nach mir schicken wird. Wenn ich jedoch über Nacht hier bleiben muss, dann hoffe ich, dass man uns ein paar Decken und Stroh bringt. Wir würden uns ja sonst zu Tode frieren." „Stroh?", fragte ich entsetzt. „Soll das heißen, wir bekommen keine Betten?" Die Blondine tippte sich mit dem Finger an die Stirn, zum Zeichen, dass sie mich für verrückt hielt. Dann schloss sie die Augen und lehnte sich an die Wand.

Ein paar stämmige Männer brachten tatsächlich Stroh, zwei Ballen für jeden Erwachsenen und einen für jedes Kind. Sie knipsten den Draht durch, der das Stroh zusammen hielt, und gingen wieder. Säcke, um das Stroh hinein zu stopfen, würden noch geliefert, meinte Mademoiselle, als sie nach uns sehen kam. Wir seien früher angekommen als erwartet, aber sie habe reichlich Militärdecken für alle.

Sie brachte uns auch Kleider, die sie in einem Haufen in der Mitte des Zimmers ablegte. Sie verkündete, die seien am selben Tag von den Frauen der Kirchengemeinde gesammelt worden. Abgesehen von zwei dünnen Kinderpullis handelte es sich nur um leichte, ärmellose Sommerkleider und Schürzen, außerdem ein paar zerrissene Strümpfe und

Unterhemden, ein Badeanzug und ein Paar hochhackige Sandalen, alles unglaublich schmutzig. Frauen und Kinder kamen in unser Zimmer. Wir durchsuchten das Zeug und legten einiges davon zur späteren Verwendung zur Seite. Yvette machte als Einzige nicht mit. Sie stampfte in ihren Pumps herum, rauchte eine Zigarette und fluchte laut auf Französisch und Spanisch.

Als ich am nächsten Morgen wach wurde, war ich noch vollständig angezogen. In meinem dicken Wollmantel und mit heruntergetretenen Schuhen hatte ich mich in das streng riechende Stroh eingewühlt. Meine Nase brannte und durch meinen Atem hatte sich an der Decke, die ich bis zum Gesicht hochgezogen hatte, ein Eisrand gebildet. Meine Mutter lag noch in tiefem Schlaf. Sie atmete laut und feucht in mein linkes Ohr. Peterle lag friedlich zusammengerollt mitten im Zimmer in einem Schlafsack, den seine Mutter fürsorglich mitgenommen hatte. Herta lag auf der Seite. Sie war in einen dünnen Trenchcoat gewickelt und trug einen blauen Seidenschal um den Kopf. Sie starrte mich aus traurigen, hellen Augen an. Die Blondine, die uns am Abend vor dem Einschlafen noch anvertraut hatte, dass sie Irmgard heiße, saß auf ihrem Strohhaufen und prüfte ihr Gesicht eingehend im Spiegel ihrer Puderdose.

Das Fenster war festgefroren, die Scheiben üppig mit Eisblumen bedeckt und undurchsichtig. Fröstelnd ging ich in den Flur, um mich etwas umzusehen. Die Haustür stand offen. In der Nacht hatte es geschneit und die Welt war ganz in Weiß gehüllt. Links von unserem Gebäude, nur durch eine verfallene Steinmauer getrennt, lag ein alter Friedhof. Gegenüber stand neben der Dorfkirche ein verwahrlostes *château*[7] an einer schmalen abschüssigen Gasse, die kurz dahinter vollständig zwischen schneebedeckten Büschen verschwand. Zwischen den beiden Gebäuden und unserem lag der Dorfplatz. Ein schneller, kleiner Bach, gesäumt von einer eisbedeckten Einfassung, lief murmelnd mitten hin-

---
7 Schloss, Herrenhaus

durch und verschwand unter der Straße, die den Platz zum offenen Land hin abgrenzte.

„Na, wie fühlt man sich so, von einer Lawine überrollt, ohne Bernhardiner und ohne Cognacflasche?", rief mich eine unserer Frauen auf Deutsch an. Sie kam durch den Schnee auf mich zu, in der Hand die Kohlenschaufel, mit der sie einen Weg vom Haus zum Laden frei geschippt hatte. „Ich heiße Gretel", stellte sie sich vor. „Ich bin aus Barcelona, wo mein Mann und ich seit dem Weltkrieg einen Gemüsestand hatten. Es ging uns bestens, bis mein Mann sich entschloss, mit einem unserer Nachbarn loszuziehen und gegen die Faschisten zu kämpfen. Nun sieh dir an, wohin mich das gebracht hat." Mit ihrem weiten Wollmantel, Wollmütze, Schal und Handschuhen und ihren schweren Bergstiefeln erschien sie mir sehr beneidenswert, wie ich so in dünnen, verschlissenen Schuhen, ohne Kopfbedeckung und Handschuhe im Schnee stand. Hinter ihr stand ein kleiner Junge, ebenfalls ohne Mütze, in dünner Jacke und kurzen Hosen. Von der Kälte hatte er feuerrote Ohren und Wangen. Er zitterte vor Kälte.

„Das ist Roberto", sagte Gretel. „Er gehört nicht mir, Gott sei Dank. Ich habe keine Kinder. Er, sein jüngerer Bruder Angelo und ihre Mutter Linda sind mit mir im Zimmer. Zu ihnen gehört noch eine Frau, Filipa. Also die ist sonderbar! Sie behauptet, Lindas Schwester zu sein. Na ja, eine Schwester könnte Linda schon gut brauchen. Sie selbst hat kein Hirn! Sie ist in hochhackigen Schuhen über die Pyrenäen gelaufen. Kein Wunder, dass sie nicht daran gedacht hat, warme Sachen für die Kinder mitzunehmen." „Vielleicht wurden ihre Sachen ja auch gestohlen, so wie unsere", wandte ich ein. „Na ja, vielleicht", sagte Gretel und stapfte zum Laden, wo sie nicht nur die Schaufel, sondern auch Besen, Scheuerlappen und Eimer erhalten hatte. Mit Yvettes Hilfe wolle sie noch andere wichtige Dinge für uns auftreiben. Sie wollten auch dafür sorgen, dass die Reste der Hauptmahlzeiten als Abendimbiss für die Kinder ins Haus mitgenommen wurden.

Nach ein paar Tagen erfuhren wir, dass die Männer in Gurs interniert worden waren, einem großen früheren Militärlager in Südfrankreich. Wir erhielten kostenlos einige Briefmarken, ebenso die Männer, damit wir miteinander korrespondieren konnten. Wer noch Peseten hatte, erhielt von Mademoiselle Francs dafür. Damit kauften Mutter und ich uns Zigaretten, Schokolade, Schreibpapier, Seife, Zahnpasta und Unterwäsche.

Unser Leben fing an, entsetzlich normal zu werden. Morgens beim Aufwachen schien es nicht mehr so furchtbar ungewöhnlich, mit Mantel und Schuhen im Stroh auf dem Boden zu liegen, beißenden Staub in der Nase. Ich rechnete auch schon damit, Herta wie einen Fötus zusammengerollt mit weit aufgerissenen Augen mich anstarren zu sehen, und daneben Irmgard, die im Sitzen ihre diversen Körperteile im Spiegel ihrer Puderdose betrachtete. Doch ich war empört und erschrocken, als Irmgard eines Morgens nacheinander ihre bloßen Brüste drückte und immer wieder „der Schweinehund" murmelte.

„Ich glaube, Irmgard dreht durch", sagte ich zu Herta, als wir auf den Stufen vor dem Haus auf die anderen warteten, um gemeinsam zum Frühstück zu gehen. „Kein Wunder", meinte sie. „Sie ist schwanger. Sie hat es schon die ganze Zeit geahnt, wollte es aber nicht wahrhaben, vor allem weil der Mann, der Oberst oder was immer er ist, der sie in diesen Zustand gebracht hat, verschwunden ist. Weißt du, sie hat all die Briefe gesehen, die aus Gurs kamen, aber es war keiner für sie dabei. So hat sie gestern Mademoiselle gebeten, den Lagerkommandanten anzurufen, aber der konnte den Mann, den Irmgard sucht, nicht finden." Herta riss ihre Augen noch weiter auf als sonst, schwieg aber, als Mutter mit Peterle erschien.

An diesem Tag sahen wir Irmgard weder beim Frühstück noch beim Mittagessen, aber das war nicht ungewöhnlich. Sie ließ häufig Mahlzeiten aus. Man erzählte, sie habe reichlich Francs und kaufe sich anderswo Essen. „Keine Kohlrüben oder gesalzenen Kabeljau für die", bemerkte Filipa neidisch mit einem Blick auf Irmgards leeren Stuhl am Esstisch. Die ganze Nacht wälzte ich mich auf meinem Strohlager und horchte, ob Irmgard im Dunkeln hereinschleichen würde. Aber sie kam nicht.

Am Morgen weckte mich laute Unruhe vor unserer Türe. Neben Mademoiselle stand ein Polizist und verlangte Aufmerksamkeit. Was wussten wir von Irmgard Blank? Wann hatten wir sie zum letzten Mal gesehen und mit wem? Yvette übersetzte. Wir standen schweigend und fragten uns, was mit Irmgard passiert sein mochte. War sie weggelaufen und hatte versucht, nach Paris zu kommen? Hatte man sie aufgegriffen und verhaftet? Verdächtigte man uns als Komplizen? Ängstlich schauten wir uns an. Yvette hatte dem Polizisten eine Zeitlang schweigend zugehört, dann wurde sie plötzlich schneeweiß und schrie: „Sie ist tot, Irmgard ist tot! Sie haben sie in einer Blutlache auf Mademoiselles Heuboden gefunden – in einer Blutlache, tot!"

Yvette war erschüttert, sie schluchzte. Wir schnappten nach Luft. Der Polizist blickte streng von einer zur anderen, schüttelte angewidert den Kopf und ging. Mademoiselle stand stumm neben Irmgards Strohlager und knetete nervös ihre Hände. Dann sah sie zu Mutter hinüber in der Erwartung, sie werde etwas sagen. Doch Mutti blieb stumm. So sammelte Mademoiselle Irmgards Sachen auf und ging.

Ich fragte Mutter, was ihrer Meinung nach mit Irmgard passiert sei. Hatte sie Selbstmord begangen? Hatte sie sich die Pulsadern aufgeschnitten und war verblutet? Mutter schüttelte den Kopf. „Nein, glaube ich nicht", sagte sie nur und warf Herta einen strengen Blick zu, auch nichts weiter zu sagen. Ich beschloss, der Sache auf den Grund zu gehen.

Im Keller befand sich ein großer Raum, der einzige heizbare im ganzen Haus. Hier war ein großer, begehbarer Kamin. Ein schwarzer Kessel hing an einer Kette über dem Feuer. Daneben war für eine Person gerade noch Platz zum Sitzen. Die übrigen Frauen mussten auf einer langen Bank vor dem Kamin sitzen. Hier versammelten sie sich jeden Nachmittag. Während die Kinder in den dunklen Ecken des Kellers spielten, unterhielten sich die Frauen. Dabei glühten die Gesichter von der Hitze des Feuers und die Rücken wurden steif von der feuchten Kälte. Sie erzählten sich ihre intimsten Erfahrungen. Rückhaltlos enthüllten sie die grausigsten Einzelheiten ihres ungezügelten Sexuallebens. Anfangs versuchten sie, mich an diesen Gesprächen zu beteiligen, aber als sie merkten, dass ich nichts Nennenswertes beizutragen hatte, erlaubten sie mir gnädig, dabeizusitzen und zuzuhören. Das tat ich denn auch, entgeistert über das Fehlen jeglicher Hemmungen bei den Frauen.

Am Tag nach Irmgards Tod war die Stimmung am Kamin düster. „Die arme Frau", sagte Linda. „Das selbst tun zu müssen und dabei zu verbluten! So allein da liegen zu müssen, auf dem verdammten Heuboden, wie ein Tier." „Ich finde, sie hat bekommen, was sie verdient", sagte Filipa scharf. „Bitte", rief Linda, „wir wollen doch nicht Steine auf eine Tote werfen. Wir waren alle schon mal in Schwierigkeiten. Hätte sie doch nur Vertrauen zu uns gehabt und mit uns gesprochen. Wir hätten ihr vielleicht helfen und damit ihr Leben retten können." „Sprich lieber nur für dich." Filipa musste das letzte Wort haben. „Ich wollte mit der Schlampe nichts zu tun haben."

„Wovon reden die?", fragte ich Gretel auf Deutsch, um mein Unverständnis nicht allen zu offenbaren. „Ach", antwortete Gretel ziemlich kühl, „offensichtlich glaubte Irmgard, sie müsste das Baby loswerden, und hat sich dabei umgebracht." Ich versuchte zu verstehen, was Gretel mir da erzählte. Je mehr ich darüber nachdachte, umso unwirklicher und schrecklicher wurde das Ereignis in meiner Vorstellung. Es beschäftigte mich noch eine ganze Weile, bis etwas anderes, etwas noch Entsetzlicheres, passierte.

Mitte März waren Schnee und Eis verschwunden. Überall, wo es weiß und sauber gewesen war, war es nun braun und trübe. Die Luft war immer noch frostig, doch es roch nicht mehr nur nach Rauch, sondern auch nach verrottendem Laub und feuchter Erde, wie eine Vorahnung wieder erwachenden Lebens. Den Kindern reichte es nicht mehr, in den Zimmern zu rennen und zu toben. Sie drängten nach draußen. Sie wollten ihr Reich auf den matschigen, mit Abfall übersäten Hof ausdehnen.

Wegen des überall herumliegenden Abfalls gab es fast täglich Streit zwischen Gretel und unseren weniger heiklen Hausgenossinnen. Gretel warf nie etwas weg. Sie legte jedes Stück Papier, jede Schnur, jede leere Flasche oder Dose ordentlich in einen Karton und hob all das für eventuellen späteren Bedarf auf. Ständig kritisierte sie die Nachlässigkeit der anderen Frauen. Wenn sie in gerader, etwas arthritischer Haltung umherging und die Umgebung inspizierte, entging nichts ihren scharfen Augen und ihrer scharfen Zunge. Sie nörgelte sogar darüber, wie die Frauen die Wäsche aufhängten. „Schau dir das an", sagte sie und zeigte auf die Socken auf der Wäscheleine hinter dem Haus. „Einige sind auf links gezogen, andere nicht. Sie hängen sie einfach irgendwie auf, es ist ihnen egal. Kannst du dir vorstellen, wie ihre Wohnungen ausgesehen haben müssen?"

Dann ging sie wieder hinein und sagte den Frauen, was sie von ihnen hielt, und der Streit war da. Besonders laut wurde es immer, wenn Gretel sich mit Filipa anlegte, die sie eine Lügnerin nannte. „Du bist weder Lindas Schwester", schrie sie, „noch ist Roberto Angelos Bruder. Ich weiß nicht, was ihr da treibt, und mag sein, es geht mich nichts an. Aber solange ich mit dir und deiner sogenannten Familie zusammenhausen muss, erwarte ich von euch, dass ihr wenigstens ordentlich und sauber seid." Als Antwort beschimpfte Filipa sie. Linda kreischte, zog die zwei Jungen an sich und mahnte sie, nicht auf die böse deutsche Hexe zu hören. Die versuche nur, ihre unschuldigen Herzen mit schlimmen Lügen zu verwirren.

Tatsächlich glaubte niemand, dass Filipa mit ihrem teigigen Teint, ihren rabenschwarzen Haaren und schwarzen

Augen die Schwester der sanften, goldäugigen Linda mit dem Goldhaar war. Von den Jungen dachten wir, sie könnten Halbbrüder sein, aber wen kümmerte das? Nur Gretel anscheinend. Die Streitereien wurden immer heftiger.

Eines Abends saßen Herta, Mutter und ich auf unseren Strohsäcken und nutzten das letzte Tageslicht zum Schreiben, als plötzlich Lindas gequälte Schreie durch das Haus gellten. „Großer Gott, Emma, diesmal bringen sie sich um", schrie Herta. Wir sprangen alle drei auf und rannten durch den Flur dorthin, wo die Schreie herkamen, Peterle hinterher. Es bot sich uns nicht der erwartete Anblick. Zwar lag Linda auf den Knien wie in einem hysterischen Anfall, aber es gab keinen Kampf. Vielmehr standen die Frauen mit ernsten Gesichtern in einem engen Kreis beieinander und schauten auf den kleinen ausgestreckten Körper von Angelo, der still und unbeweglich auf dem Bett seiner Mutter lag. Seine großen braunen Augen waren schreckerfüllt. Seine Hose war heruntergezogen und auf der linken Seite seines Bauches hatte er eine klaffende Wunde, da war etwas Graues und sehr viel Blut.

Gretel war außer sich. „Wie oft habe ich euch gesagt, ihr sollt die Kinder nicht in dem Müll da draußen spielen lassen", schalt sie. „Halt's Maul, altes Weib, halt nur einmal dein Maul", zischte Filipa. Sie war gerade mit einer Schüssel Wasser hereingekommen und war drauf und dran, die über Gretel auszuschütten, doch sie besann sich rechtzeitig. Sie kniete neben der wimmernden Linda nieder und legte ein feuchtes Tuch auf Angelos Wunde. „Holt mir eine Lampe", schrie sie.

„Holt einen Arzt", sagte meine Mutter leise, nahm Yvette bei der Hand und lief mit ihr fort, um Hilfe zu holen. Herta brachte eine Petroleumlampe, zündete sie an und hielt sie über das Bett. Doch als Filipa die Kompresse wechselte, schwankte Herta beim Anblick des hervorschießenden Blutes und sie übergab mir die Lampe. Dann griff sie schnell nach Peters Hand und zerrte ihn von den anderen Kindern weg, die in einer Ecke zusammengekauert hockten. Sie zog ihn aus dem Zimmer. In dem matten Lichtschein versorgte Filipa Angelos Wunde, während Linda, auf den Knien schaukelnd und mit verheulten Augen, liebevoll die feuchte Stirn des Kleinen streichelte.

„Angelito, Angelito", murmelte sie in einem Singsang, und alle Frauen stimmten mit Klagen und Schluchzen ein. Der halbnackte Junge lag blass und still da, die eingesunkenen Augen auf das Gesicht seiner Mutter gerichtet. Düstere Stimmung lag wie ein schweres Leichentuch über dem Raum. Endlich kam Mademoiselle mit einem Polizisten und einem Arzt. Sie warfen einen Blick auf die Szene, hoben dann zu dritt die Decke mit Angelo vom Bett und trugen ihn in die Nacht hinaus. Linda fuhr in dem Polizeiauto mit, das Angelo in das 30 Kilometer entfernte Krankenhaus brachte.

Der Arzt blieb da, sprach mit Mademoiselle und folgte ihr dann auf ein Glas Branntwein in den Laden. Gretel ging von Zimmer zu Zimmer und zeigte allen die zerbrochene Flasche, auf die Angelo gefallen war, als er – von Roberto herausgefordert – von einer Kiste gesprungen war.

Am nächsten Tag kam Linda in einem anderen Polizeiauto zurück. Sie kam in einem schwarzen Kleid in den Speisesaal, hielt den Kopf gesenkt und schaute niemanden an. Mademoiselle teilte uns mit, dass man ihr das Kleid im Krankenhaus gegeben habe und dass die französische Regierung Angelos Begräbnis bezahle. Dann erklärte Filipa in knappen, scharfen Worten, dass Linda mit niemandem reden wolle, schon gar nicht mit Gretel.

Gretel war in der letzten Nacht zu uns gezogen und hatte von da an nur noch wenig Kontakt mit den anderen Frauen. Sie brachte Herta, Mutter und mich zum Wahnsinn mit ihrem ständigen Getue, mit dem dauernden Falten und Zusammenlegen von Kleidungsstücken, mit der Putzerei von Boden, Fenstern und Wänden. Aber was Herta vollends aus der Fassung brachte, war, dass sie sich auch noch als Erzieherin von Peterle aufspielte und ihn unentwegt – auf

Deutsch – über die grässlichen Folgen von Unsauberkeit belehrte.

„Sie wird ihn glauben machen, dass alles, was uns passiert ist, meine Schuld sei. Er wird glauben, dass wir kein Heim und keinen Pfennig besitzen, nur weil ich faul bin. Er wird mich später einmal hassen." So jammerte Herta und erwartete Mitgefühl von meiner Mutter. Mutter tat ihr den Gefallen und sagte: „Peter ist erst sechs Jahre alt, Herta, und du bist seine Mutter. Er liebt dich, egal was andere sagen." Peter verfolgte vom anderen Ende des Raumes diese Gespräche mit weit aufgerissenen Augen, lief zu Herta, schlang seine Arme um ihre Beine und rief: „Ich liebe dich, Mammi, ich werde dich immer lieben!" Und Herta zerfloss in Tränen.

20. Kapitel

Wir verbrachten viel Zeit damit, mit Hilfe der französischen Post unsere Verbindungen zur Außenwelt wieder herzustellen. Briefe schreiben wurde eine wichtige Aufgabe und das Warten auf Antwort qualvolle Routine. Jeden Morgen wurde die Post verteilt. Während wir beim Frühstück saßen, strich Mademoiselle um die Tische, wog und prüfte die Briefe in ihrer Hand, bevor sie sie der rechtmäßigen Empfängerin übergab. Dann stellte sie sich neben diejenige, deren Post am interessantesten aussah, und beobachtete alles ganz genau. Auf den meisten Umschlägen klebten die von der Regierung ausgegebenen kostenlosen Briefmarken, die mit einem großen F gekennzeichnet waren. Diese Briefe kamen aus Gurs, und ihr Inhalt verursachte bei den Empfängern verzweifelte Seufzer oder gar Tränen. Es gab heiße Liebesbriefe, die die Frauen einander unter Stöhnen und Seufzen immer wieder vor dem Kaminfeuer vorlasen. Es gab aber auch vernünftigere Briefe mit Ratschlägen, Ermutigungen und Plänen für die Zukunft. Gretels Mann, Hertas Fred und natürlich mein Vater ließen ihre Gefühle niemals ausufern und ließen ihre Briefe so optimistisch wie möglich klingen. Doch selbst sie konnten die Düsternis und Hoffnungslosigkeit des Lebens hinter Stacheldraht nicht verbergen.

„Unsere Stimmung ist gut", versicherte Vater uns immer wieder. Ganz nüchtern beschrieb er dann die triste Umgebung. Er beschrieb uns die endlosen Reihen von Holzbaracken in dem öden, kahlen Land, wo es nichts als Lehm gab, der sich bei Regen – es regnet oft in diesem Teil des südlichen Frankreich – in einen tiefen Morast verwandelte. Es wurde dann fast unmöglich, zur Medikamentenausgabe, zu den Latrinen oder zum Briefkasten zu gelangen, da man knöcheltief einsank. Mühsam musste man den Fuß nach jedem Schritt wieder herausziehen. Zwischen den Strohlagern in den Baracken war der Boden mit Lehmschlamm bedeckt, der, wenn er trocknete, sich als dicker, brauner Staub in jede Pore und Faser setzte.

Die meisten Briefe meines Vaters sprachen von einem neuen Plan, einer frischen Hoffnung herauszukommen, umgesiedelt zu werden. Diese Hoffnungen zerschlugen sich immer genauso schnell, wie sie entstanden. Fast jede Woche kamen Vertreter verschiedener Länder, eines unbekannter als das andere, ins Lager, interviewten die Internierten, nahmen ihre Wertsachen, versprachen ihnen Visa, und gelegentlich hielten sie sogar Wort. Wir erfuhren, dass Vetter Max auf dem Weg nach Santo Domingo war und dass Vater ihm auf einem späteren Schiff folgen sollte. Dann kam die Nachricht, dass der Diktator, der die Insel regierte, seine Meinung geändert hatte. Max und die anderen wurden bei ihrer Ankunft festgenommen und erneut hinter Stacheldraht gesetzt. Max schrieb: „Sie versuchen, uns hier im Dschungel verhungern zu lassen."

Eines Morgens überreichte mir Mademoiselle einen Brief, auf dem ich gleich die krakelige Schrift von Heinz erkannte. Ich wusste nichts von ihm, denn Vater hatte ihn im Lager nicht gesehen. Er schrieb, dass er seit seiner Ankunft in Frankreich bettlägerig im Krankenhaus gelegen habe. Es gehe ihm langsam besser, und er halte sich bereit, über Schweden nach Russland zu gehen. „Ich habe wochenlang tatenlos dagelegen und die Decke angestarrt. Ich hatte Zeit nachzudenken, und worüber ich nachgedacht habe, das bist du und meine Gefühle für dich. Ich liebe dich, und ich weiß, dass auch du eine Neigung für mich hast. Wir gehören zusammen und ich bin bereit, dich zu heiraten. Du brauchst bloß ein Wort zu sagen, und ich sorge dafür, dass du zu mir nach Paris gebracht wirst, und wir werden als Mann und Frau fortgehen."

Ich war wie vom Donner gerührt. Über was für Gefühle sprach Heinz? Ich hatte ihn immer als einen Freund meiner Mutter angesehen. Er und ich hatten nichts Gemeinsames. Wir mochten uns nicht einmal. Jetzt war er offensichtlich krank und einsam und hatte nichts, woran er denken konnte. Ich wollte nicht grausam sein, aber der Gedanke, dass er glaubte, mich zu lieben, dass er romantische Gefühle für mich hatte, verdross mich sehr. Mehrere Tage lang verfasste ich in Gedanken Briefe, die freundlich sein sollten und ihn sanft zurückwiesen. Als ich schließlich einen schrieb, bat ich Mutter und Herta ihn zu lesen. Beide meinten, er sei taktvoll und freundlich. Heinz fasste ihn nicht so auf. Er schrieb sofort ziemlich giftig zurück, wobei er mich beschuldigte, ihn an der Nase herumgeführt zu haben und ihn nun obendrein auszulachen. Ich sei eben doch ein typisches Mitglied der Bourgeoisie. Damit kränkte er mich tief.

Um die gleiche Zeit erhielten wir von Onkel Norbert einen Brief aus Paris, der ebenfalls unangenehm war. Er schrieb meiner Mutter, er bedauere, meinen Vater nicht aus seiner selbst verschuldeten schlimmen Lage befreien zu können. Er sei jetzt mit einem früheren Mannequin verheiratet, die ihm von Berlin nach Paris gefolgt sei, „eine schöne Frau, die viel für mich aufgegeben hat und die ich nicht mit weiteren Familienproblemen belasten kann, schon gar nicht jetzt, wo meine Mutter hergekommen ist und bei uns wohnt. Ich werde hin und wieder Geld schicken, aber bitte erwähne es nicht, wenn du mir schreibst." Mademoiselle, die neben meiner Mutter stand, lächelte anerkennend, als zwei druckfrische Hundert-Francs-Scheine aus dem Umschlag kamen. Später machte sie uns einen guten Preis für ein Paar Holzschuhe für Vater und einige andere Dinge, die wir in ihrem Laden kauften.

Als wir den ersten Brief aus dem Ausland bekamen, standen Mademoiselle und Madame an unserem Tisch, und Grandpère schielte aus der Tür zu uns herüber. Meine beiden Großmütter schrieben uns, sobald sie von uns hörten. Sie sagten, wie sehr sie unser Unglück bedauerten und auf unsere Heimkehr nach Madrid hofften, nun, da der Bürgerkrieg zu Ende sei. Sie schickten uns Pakete mit Kleidung und Schuhen und tolle Konserven. Tante Rosel schickte zwei elegante Regencapes, eine Notwendigkeit für den nassen französischen Frühling, wie sie schrieb.

Ostern war nahe. Auf der kalten, nassen Erde standen verstreut Primeln wie verlorene Goldmünzen. Der Bach rauschte kräftig durch den steinernen Kanal vor unserem Haus. Am Gründonnerstag erklärte Filipa beim Frühstück, dass sie in dem immer noch eiskalten Wasser ihre Haare waschen wolle. „Mein Haar ist viel zu lang und zu dick, um es in einer unserer kleinen Schüsseln zu waschen", sagte sie, warf den Kopf stolz zurück und marschierte hinaus. Ich folgte ihr. Nach langer Zeit wollte ich mal wieder saubere Haare haben. Ich mochte das Herumgeplansche in dem bisschen lauwarmen Wasser in unserem Zimmer auch nicht. Gretel rannte hinter mir her. „Es wird dir leid tun", schrie sie. „Das ist Eiswasser da draußen in dem Bach! Jetzt macht es dir vielleicht nichts aus, aber später musst du für deine Unvernunft bezahlen. Im Alter wirst du fürchterliche Kopfschmerzen bekommen – falls du überhaupt alt wirst." Ich kümmerte mich nicht um die ferne Zukunft, bedauerte aber meinen Entschluss auf der Stelle, sowie das eiskalte

Wasser Gesicht und Kopf berührte. Noch eine ganze Weile fühlte ich mich wie betäubt, als ich in der schwachen Nachmittagssonne neben der unerschütterlichen Filipa am Bach saß. Wir hatten unsere Handtücher wie Turbane um den Kopf geschlungen. Die Bauersfrauen – auf ihrem Weg zur Kirche – stießen sich gegenseitig an und zeigten auf uns, aber sie lächelten dabei. Es schien ihnen zu gefallen, dass auch wir uns auf den Feiertag vorbereiteten.

Das ganze Dorf bereitete sich auf Ostern vor. Überall wurde gekocht, gebacken, gewaschen und geschrubbt. Am Karfreitag sollte Grandpère sein jährliches Bad nehmen. Das erforderte umständliche Vorbereitungen. Während Mademoiselle und Madame uns beim Frühstück zur Eile antrieben, dampfte bereits ein großer Kessel mit Wasser auf dem Küchenherd. Sobald unser großer Topf mit Milchkaffee leer war, wurde auch dieser mit Wasser wieder gefüllt und erhitzt. Beide Töpfe wurden dann in eine Zinkwanne geleert, die mitten im Laden stand. Über einem Stuhl neben dem dickbauchigen Ofen wurden Handtücher bereitgelegt. Ein zweiter Stuhl war neben das Fenster zur Straße gestellt worden. Dort thronte Grandpère, von der Morgensonne angestrahlt, aber durch eine Reklametafel für Gauloise-Zigaretten von der Straße aus halb verdeckt. Er war voll bekleidet, hatte sogar den Hut noch auf dem Kopf, und sah steif und besorgt aus, als Madame sein Gesicht einseifte und Mademoiselle die Rasierklinge auf einem Riemen abzog. Der Riemen war an einem Kleiderständer befestigt, an dem blaue Baumwollschürzen zum Verkauf ausgestellt waren. Einige Dörfler standen drum herum und rieten Mademoiselle zur Vorsicht, um nicht dem alten Mann die Kehle durchzuschneiden. „Sie soll nur meinen Schnurrbart nicht abrasieren", sagte Grandpère zitternd in seinem breiten Dialekt, Furcht in den wässrigen Augen. „Das ist richtig", rief einer der Männer. „Er hat sonst nichts, um sich warm zu halten, wenn erst mal der ganze Dreck weggeschrubbt ist! Er ist zu alt, um noch eine Frau zu kriegen." „Macht ihr alle euch mal keine Sorgen um ihn", rief Madame. „Jede Nacht nimmt er zwei heiße Ziegelsteine mit ins Bett, sommers wie winters." „Ziegelsteine", klagte Grandpère, „was sind Ziegelsteine verglichen mit dem warmen Körper einer jungen Frau?" Er schaute lüstern nach der Gruppe der Frauen. Die kreischten und schubsten sich gegenseitig aus der Tür, während Mademoiselle, nachdem sie das Rasiermesser weggelegt hatte, anfing, ihren Vater zu entkleiden. Herta und ich drückten uns im Esssaal herum und taten so, als würden wir Dinge ordnen. Wir wollten sehen, wie der stets schmutzige alte Mann nach einem Bad aussehen würde. Als das Planschen und Schimpfen beendet war und wir eine Rückkehr in den Laden für sicher hielten, fanden wir einen vor Sauberkeit strahlenden Grandpère in einer sauberen Hemdhose. Sein Haar glänzte silbrig über der rosigen Stirn. Auch sein Schnurrbart glänzte, ebenso die grauen Haarbüschel, die aus seinen rot leuchtenden Ohren wuchsen.

Madame lag auf den Knien und hielt die klobigen, weißen Füße, um die Zehennägel zu schneiden, während Mademoiselle in einer Ecke mit dem Apotheker zusammenstand, der für einen eventuellen Notfall vorbeigekommen war. Sie erwogen das Für und Wider einer neuen Jacke für Grandpère in diesem Jahr. Sie fragten sich, ob er noch lange genug leben würde, um den Kauf zu rechtfertigen. Man beschloss, die Entscheidung seinem Sohn, dem Amtsrichter, zu überlassen, der am Sonntag mit seiner Familie mit dem Wagen kommen würde.

Wir sahen den Richter, seine Frau und seinen Sohn, drei rundliche, apfelbäckige Leute, wie sie am Ostermorgen in den Esssaal schauten, während wir uns an den überraschend zugeteilten süßen Kaffeeteilchen gütlich taten. „Schaut euch die drei Schweinchen an", bemerkte Yvette hörbar auf Französisch. „Sehen sie nicht aus, als wären sie heilfroh, nicht in unserer Haut zu stecken?" Sie ließ ein heiseres Lachen hören, während der Richter und seine Familie sich schnell zurückzogen.

Yvettes Benehmen war in letzter Zeit ziemlich empörend geworden. Sie hatte eine Affäre mit einem Polizisten, der jeden Abend auf seinem Heimweg von der Dorfschänke bei ihr vorbeikam. „Zunächst klopfte er nur an ihr Fenster, und sie lief hinaus und traf ihn an der Kirchhofmauer für ein schnelles Irgendwas", berichtete Gretel, „aber jetzt lässt sie ihn, schamlos wie nur was, ins Zimmer kommen." Gretel war angeekelt. Mutter und Herta gaben keine Antwort. Beide blickten auf Peter, der auf dem Boden saß und eine Zeitschrift zerschnitt.

„Ich mache mir nicht nur um Yvettes Kinder Sorgen, sondern auch um alle anderen hier. Sie sollten zur Schule gehen." Gretel schaute mich an. „Du bist gewandt und hast Benehmen. Du könntest eigentlich etwas mit ihnen machen." Ja, ich glaubte, ich könnte das wohl. Ich war bereit, etwas Nützliches zu tun, und mir taten die Kinder leid, die wie ich entwurzelt und heimatlos waren.

Neben der kleinen gesichtslosen Horde von ungewaschenen Bälgern, die den ganzen Tag schreiend und kreischend herumtobten, gab es zwei stille kleine Mädchen, Concha und Luisa, die sich dicht bei ihrer Mutter hielten und ihre Tage hinter einer Decke verbrachten, die vor ihren Betten aufgehängt war. Ich hatte bemerkt, dass sie Bleistifte zum Zeichnen und wohl auch zum Schreiben benutzten. Hertas Peter sprach, wie ich wusste, drei Sprachen fließend, und er konnte Buchstaben und Zahlen lesen. Yvettes Kinder, Klein-Yvette und Louis, waren zweisprachig und hatten irgendwo für kurze Zeit die erste Klasse besucht; Lindas Roberto, neun Jahre alt, konnte weder lesen noch schreiben.

Ich würde mir mein Arbeitsmaterial für diese ungleiche kleine Bande selbst herstellen müssen, aber es könnte tatsächlich auch Spaß machen. Kinder und Mütter zeigten sich von dem Plan begeistert. Alles was wir brauchten war ein wenig Werkzeug – Papier, Stifte, vielleicht eine Tafel. Ich ging zu Mademoiselle, um mit ihr über mögliche Spenden zu sprechen.

Anfangs hörte sie mit ihrem üblichen ironischen Ausdruck zu, aber nach und nach erwärmte sie sich für die Idee und pries sogar Gott bei der Vorstellung, die kleinen Rabauken für ein paar Stunden täglich in einem Klassenzimmer aufgehoben zu wissen. Sie überraschte mich mit der Enthüllung, dass das Gebäude, in dem wir kampierten, bis vor zwei Jahren das Dorfschulhaus gewesen war. Man habe es aus Mangel an Kindern im Schulalter aufgegeben. „Die Lehrer wurden versetzt, aber der Schulleiter wohnt hier gleich um die Ecke. Er ist für das alte Schulhaus und seinen Inhalt noch verantwortlich, mindestens teilweise. In einem Hinterzimmer hat er einen Haufen Zeug eingeschlossen. Kann sein, dass er Ihnen das zur Benutzung überlässt, wenn Sie ihm von Ihrem Plan erzählen." „*Monsieur le professeur*[8] ist sehr wohltätig gesonnen", fügte Mademoiselle ein wenig spitz hinzu.

Später am Tag stieg ich die wackelige Treppe zu der kleinen Wohnung hoch, wo ich den Lehrer mit seiner Frau und der kleinen Tochter bei der Abendsuppe fand. Er lud mich sehr nett ein, mich zur Familie an den Tisch zu setzen und einen Teller mitzuessen, aber seine Frau wurde rot und murmelte, es ergebe leider keine Portion mehr. So setzte ich mich auf das Sofa. Während nach dem Mahl seine Frau nebenan in der Küche mit den Tellern in der Abwaschschüssel klapperte und das Mädelchen mit großen Augen an seinem Knie lehnte, hörte sich der Schulleiter aufmerksam mein Anliegen an. Er werde gerne in jeder möglichen Weise helfen, sagte er. Er und seine Frau seien unserer Sache sehr gewogen. Sie hätten sich schon bemüht, sich um unsere kleine Schar kümmern zu dürfen, fügte er hinzu, aber Mademoiselle habe mit Zähnen und Klauen dagegen gekämpft – und gewonnen. „Wie Sie sicher wissen, ist Mademoiselles Bruder Amtsrichter, ich dagegen bin Sozialist. Es war kein wirklicher Kampf." Er zuckte die Schultern.

Am nächsten Tag kam der Schulleiter mit seiner kleinen Tochter und sperrte den Lagerraum auf. Ich war hocherfreut,

---
8 Der Herr Lehrer

Pulte und eine Tafel vorzufinden sowie staubige Schachteln voll mit Schiefertafeln, Bündel von Bleistiften und eine Dose mit zerbrochener Kreide. Auch Bücher waren da, altmodische mit schwarz-weißen Zeichnungen von deutschen Soldaten: mit gezogenem Bajonett zogen sie kleine Kinder an den Haaren. „Die will ich nicht", sagte ich. Er lächelte und zuckte die Schultern.

„Wir haben 1939, und doch ist der Krieg, der vor zwanzig Jahren zu Ende ging, uns noch sehr nahe", sagte er. Er nahm die Bücher hoch und legte sie beiseite. Bevor er ging, gab er mir ein Stück Papier mit einer Adresse. „Das ist eine amerikanische Hilfsorganisation", sagte er. Sie sind streng unpolitisch. Kann sein, sie interessieren sich für das, was Sie für die Kinder tun wollen und helfen Ihnen."

Ich hatte vom *American Friends Service Committee* noch nie etwas gehört und fand den Namen schwerfällig, aber Herta erklärte mir, dass mit *Friends* die Quäker gemeint seien. Kurz nach dem Weltkrieg habe man an alle Schüler der deutschen öffentlichen Schulen die Quäker-Speisung verteilt. Dazu gehörten jeden Morgen ein Fläschchen Milch und Quäker-Haferflocken. Sie drängte mich, dahin zu schreiben, was ich schließlich tat. Schon bald erhielten wir Kartons mit neuen Schulsachen. Ihnen folgten Spenden mit Kondensmilch und Dosenfleisch, die ich unter den Müttern von Schulkindern verteilte.

Sobald das Klassenzimmer offen war, kamen die Kinder. Sie halfen beim Saubermachen und Organisieren und beobachteten fasziniert, wie ich ein großes Stück Pappe in ein Mitteilungsbrett verwandelte. Aus Zeitschriften und Zeichnungen schnitt ich Bilder von geschichtlichen Ereignissen, von Tieren und Pflanzen aus und klebte sie auf. Die Kinder hörten aufmerksam zu. Einfachen Anweisungen folgten sie vergnügt, und sie waren stolz auf ihre täglichen Leistungen. Bei den Mahlzeiten plapperten sie endlos von der Schule und von unseren Aktivitäten. Alle schienen sehr zufrieden, außer Filipa.

„Ich vermute, jetzt müssen wir dich alle *Maestra* nennen. Ja, *Maestra*. Nein, *Maestra*. Egal was du sagst, *Maestra*." Filipa sprang vom Stuhl auf, verbeugte sich und machte einen Kratzfuß. Die anderen Frauen schauten auf mich und fürchteten wohl einen Streit, aber ich war eher verwirrt als verärgert. Ich wollte gar nicht Maestra genannt werden, und natürlich wusste Filipa das, aber sie quälte eben gerne andere Leute. Jedes Mal, wenn sie von da an eins der Kinder mich beim Vornamen rufen hörte, den sie „Annel" aussprachen, ohne das „H", dann korrigierte sie es mit schriller Stimme. „Sie ist eure Lehrerin, ihr müsst sie *Maestra* nennen!" Sie lungerte oft in der Nähe herum, beobachtete, was wir machten und spöttelte über meine Lehrmethoden. Mein Unterricht enthielt zugegebenermaßen wenig formale Bildung und Wiederholungsübungen. Wir erzählten und malten viel. Wir schrieben, lasen und rechneten auch etwas, und wir gingen spazieren und schauten uns gemeinsam die Welt um uns herum an.

Die Mütter waren weiterhin erfreut mit dem, was ich tat. Als Gegenleistung sorgten sie dafür, dass die Kinder regelmäßig kamen und ordentlich aussahen. Nur der arme Roberto schien ganz auf sich allein gestellt. Er saß in der Klasse und roch unangenehm. Seine Haut war von Schmutz verkrustet und sah aus wie die Haut einer Schildkröte. Sein Haar war matt geworden, und seine Fingernägel rissig und abgebrochen. Seine Mutter, die nach Angelos Tod sehr zurückgezogen lebte, sprach mit niemandem. Filipa zeigte offen, dass ihr Lindas selbst auferlegte Isolierung gefiel. An Robertos Verwahrlosung schien sie ein krankhaftes Vergnügen zu haben. Eines Morgens vor dem Unterricht, als ich versuchte, mit Vaseline den Schmutz auf seinem Gesicht und seinen Händen aufzuweichen, stand Filipa plötzlich vor mir und bebte vor Zorn, brachte aber kein einziges Wort heraus. Ich stand da und sah sie an, erwartete, sie werde zuschlagen oder spucken, was sie häufig tat, wenn sie etwas ausdrücken wollte, aber schließlich drehte sie sich um und ging weg.

Mit der Zeit wurde Roberto sehr destruktiv. Er zerriss nach dem Unterricht die Papiere der anderen Kinder. Eines Nachts schlich er sich aus dem Haus in den Wald und zerstörte das Miniatur-Dorf, das die Klasse am Tag zuvor – mit seiner Hilfe – aus Moos gebaut hatte. Danach sahen wir ihn nur noch selten in der Schule oder im Speisesaal. Er wurde ein Einzelgänger, für sich und für unsere kleine Gemeinschaft verloren.

21. Kapitel

Wir hatten ein Kleinkind in unserer Mitte. Die kleine Ramona mit ihrem runden Lockenköpfchen und den tief liegenden, schwarzen Augen glich eher einer antiken Porzellanpuppe als einem richtigen Kind. Sie hatte ein winziges Näschen und einen dünnen, winzigen Mund wie ihre Mutter Paca, die sich ihre Tochter während der kalten Wintermonate ständig auf den schmächtigen Körper gebunden hatte. Nun befreite sich Ramona gelegentlich und wackelte alleine los, aber nie, ohne dass Paca nach jedem kleinen, zögernden Schritt sie am Röckchen festhielt. Ich beobachtete die beiden gerne, besonders nachdem Gretel mir erzählt hatte, dass Paca genau wie ich siebzehn Jahre alt war. „Da staunst du, was?", hatte sie gefragt.

Es war ein besonders kalter Tag, als ich Paca zum ersten Mal bemerkt hatte. Sie saß innen am Kamin und gab Ramona erst die eine, dann die andere Brust. Ihr Gesicht war rot und faltig, und ihre schwarzen Augen hatten einen fiebrigen Glanz. Sie erzählte von sich in der schwerfälligen, mangelhaften Sprechweise der ärmsten spanischen Bauern. Sie erzählte von ihrer barfüßigen Kindheit unter fünfzehn oder zwanzig – sie war nicht ganz sicher – Geschwistern in einer dürren Gegend, mit einem grausamen Vater und einer völlig erschöpften Mutter.

„Die Nonnen haben mich genommen", sagte sie. „Sie wollten mir was beibringen. Sie merkten, dass ich nur langsam lernte, aber sie haben es versucht, glaubt mir, sie haben's versucht." Paca hob ihr dünnes Hemd hoch und zeigte uns die roten Striemen auf ihren Schulterblättern, die von ihrem knochigen Rücken wie gebrochene Flügel abstanden. „Diese Narben werden nie weggehen, nie", sagte sie stolz, „und ich habe auch was gelernt. Ich hab' nähen gelernt. Ich kann alle Stiche, die es gibt. Die Nonnen ließen mich den ganzen Tag nähen. Ich brauchte nichts anderes machen. Aber als sie dann hörten, dass die Soldaten kamen, sind die Nonnen weg, und ich blieb mit ein paar anderen Mädchen da. Die Nonnen sagten, wir seien zu schwächlich für die Reise. Als die Soldaten kamen, wohnten sie im Kloster, und es gab immer haufenweise zu essen und zu trinken, und nachts nahmen sie die Mädchen. Nicht mich, mich wollten sie nicht. Ich war zu hässlich, sagten sie und lachten. Dann, eines Nachts, nahm mich Ramon doch. Ich denke, er wollte nicht, dass ich mich ausgeschlossen fühlte. So war er halt. Ihr hättet ihn sehen sollen, groß und stark und schön. Als er mein Inneres verließ, weinte ich immerzu. Ich dachte, er tötet mich, wenn er erst mal fertig ist und sieht, wie hässlich ich bin." Paca starrte in die Flammen und wiegte Ramona.

„Es war ein Wunder: Ramon hielt mich die ganze Zeit dicht bei sich. Wo er zum Kämpfen hinging, da nahm er mich mit, sogar als ich dick wurde und kaum mehr laufen konnte und als das Baby kam. Ich wusste nicht, was los war, erst das Gewicht und dann plötzlich die Schmerzen. Ramon war sehr geduldig mit mir und mit der Kleinen, immer, bis sie ihn wegholten." Ramona begann leise zu weinen und Linda weinte mit.

Gretel, die neben mir auf der Bank gesessen und aufmerksam zugehört hatte, stand auf und stocherte geräuschvoll im Feuer herum. „Und hat er dir geschrieben?", fragte sie. Paca sah sie überrascht an. „Du glaubst doch nicht, dass er mir schreibt, oder? Wofür? Ich kann eh nicht lesen.

Außerdem, hat er denn nicht genug für mich getan, wo er mir doch meinen Schatz, meine Tochter, gegeben hat?" Sie hob Ramona hoch und sah sie bewundernd an.

Paca kümmerte sich nicht nur bestens um ihr Kind, sie übernahm auch für Mademoiselle das ganze Ausbessern und Bügeln, und sie nähte Schürzen und Röcke, die dann im Laden verkauft wurden. Sie erwähnte nie, ob sie für ihre Arbeit bezahlt wurde, aber mit der Zeit sahen sie und Ramona rund und rosig aus. So nahmen wir alle an, dass sie besser aß als wir anderen, und das fanden wir ganz in Ordnung.

Eines Morgens beim Frühstück übergab Mademoiselle Paca einen Brief. Paca hielt den Umschlag weit von sich, als ob er brenne, sprang vom Stuhl auf und schwankte. Sie versuchte noch, sich am Tisch festzuhalten, während sie um Atem rang, aber sie glitt schließlich doch auf den Boden. Klein-Ramona schrie und Mademoiselle lief nach Salmiakgeist. Als Paca ausreichend wiederbelebt und auf einen Stuhl gesetzt war, öffnete Gretel den Brief und las ihn laut vor. Er war natürlich von Ramon; zum Beweis lag ein kleines Passfoto bei. Paca ließ es herumgehen, während sie Gretel zuhörte. In einem etwas gestelzten Spanisch schrieb Ramon, dass er sich der Fremdenlegion angeschlossen habe und so gut wie auf dem Weg nach Afrika sei. Er werde vorher zu einem kurzen Abschiedsbesuch zur geliebten Mutter seiner geliebten Tochter kommen. „Nachdem sie mich die ganze Zeit ohne jeden Grund ins Gefängnis gesperrt haben, schulden sie mir einen Urlaub", schrieb er etwas herausfordernd.

Als er ankam, waren wir im Esssaal. Er salutierte elegant und stand groß und gerade da. Er war nicht mehr ganz jung, aber sein aufwärts gezwirbelter Schnurrbart und sein Haar waren dicht und schwarz. Seine Uniform war nagelneu. „Er sieht wie ein Räuberhauptmann aus", flüsterte Mutter mir auf Deutsch heimlich zu. Yvette nickte verstehend und sagte: „Un ladron."

Paca war begeistert und hing schwach und klein an dem langen Arm des großen Mannes. Klein-Ramona sah ihren

Vater verständig an. Er hatte eine laute, erhitzte Diskussion mit Mademoiselle und ging unvermittelt mit Paca und dem Kind im Schlepptau weg. Als sie am nächsten Morgen zurückkamen, erzählte uns Paca rot vor Stolz, dass Ramon mit den Gendarmen gesprochen habe. Man hatte erlaubt, dass sie und ihre Tochter in den kleinen Lebensmittelladen am anderen Ende des Dorfes ziehen. „Mein Baby und ich wohnen da, und ich arbeite als Näherin, und bei seinem nächsten Urlaub wird Ramon mich heiraten, und wenn seine Pflichtzeit um ist, dann sind wir eine richtige französische Familie. Gott hat gewiss ein Wunder für mich getan." Paca brach in Tränen aus, als sie durchs Zimmer ging, uns umarmte und uns dringend bat, sie und Ramona recht oft zu besuchen.

Die Nächste, die unsere kleine Gemeinschaft verließ, war Gretel. Sie und ihr Mann wollten bei Franco ihr Glück versuchen. Das Leben unter dem Diktator könne auch nicht viel schlimmer sein als das Leben unter den derzeitigen Bedingungen, sagte sie. Sie würde ihren Mann an der Grenze treffen, wo sie an die spanischen Behörden übergeben werden sollten. In wenigen Tagen würde sie in ihrem eigenen Heim sein. „Ich werde gleich schreiben und euch erzählen, wie es geht", sagte sie und lächelte glücklich, als sie in den Wagen des Polizeiwachtmeisters stieg. Wir hörten nie wieder von ihr.

Gretels Abfahrt wurde von den Dörflern nur kurz diskutiert, aber Pacas Umzug zu Mademoiselles Konkurrenz gab den Mäulern Arbeit. Die Leute nahmen sich gerne die Zeit, um in dem etwas abgelegenen Laden einen Buchweizenpfannkuchen oder eine Schachtel Zigaretten zu kaufen, nur um mit eigenen Augen zu sehen, wie Paca umgeben von Stoffballen im Hinterzimmer des Ladens an ihrer surrenden Nähmaschine thronte, wie sie ein Kleidungsstück nach dem anderen fertigstellte und dabei für ihren neuen Bewacher eine Menge Geld verdiente. Die kleine Ramona, die überall frei laufen durfte, in langen, schwingenden Röckchen herumwackelte und ihre eigene Version der örtlichen Mundart plapperte, war eine zusätzliche Attraktion.

Mademoiselle ärgerte sich zunehmend über ihre Stammkunden, die in ihrem Laden herumstanden und bewundernd das erfolgreiche Arrangement ihrer Konkurrenz besprachen, das man ihr sozusagen weggeschnappt hatte.

„Diese spanische Flüchtlingsfrau und ihr kleines Mädel scheinen ein nettes Sümmchen einzubringen", sinnierten die Dörfler laut und schüttelten den Kopf, sodass Mademoiselle sich wünschte, sie hätte auch solche Glücksbringer unter ihrem Dach. Vielleicht bot sie aus diesem Grunde irgendwann im Mai meiner Mutter und mir das freie Zimmer im ersten Stock an. Es hatte zwei große, richtige Betten, sonstige Möbel und sogar einen Kamin. Eine Art Wasch-kabine – ein Waschtisch und ein Schmutzwassereimer – war hinter einem Vorhang auf der anderen Seite der Diele. Die Miete war minimal.

„Für Sie zwei Damen ist das bestimmt bezahlbar, wo Sie so viel Post bekommen", hatte Mademoiselle mit einem anzüglichen Lächeln gesagt. Dank Großmutter Emilie, die Freunde und Bekannte in ganz Europa von unserer Not berichtet hatte, erhielten Mutter und ich in der Tat reichlich Pakete mit Lebensmitteln und Kleidung, und auch Briefe mit Geld. Über die Post teilten wir alles getreulich mit meinem Vater.

Als wir Herta sagten, dass wir ausziehen, wurde sie weiß wie die Wand und begann zu zittern. Ohne Mutter und mich gleich in der Nähe, im selben Zimmer mit ihr, könne sie es an diesem schrecklichen Ort nicht länger aushalten, stellte sie tonlos fest. So beschlossen wir, sie und Peter mit in unsere neue Behausung zu nehmen.

Herta nahm das schmalere Bett, und Mutter und ich teilten uns das andere. Ich hätte viel lieber auf dem Fußboden geschlafen, aber den nahm Peter mit seinem Schlafsack ein. Ich begnügte mich damit, mit dem Kopf am Fußende zu schlafen und Mutter die Kissen und das meiste von den Decken zu überlassen. Wenn Mutter und Peterle schnarchten und Herta stöhnte, starrte ich stundenlang das dunkle

Viereck des offenen Fensters an, horchte auf das Schreien der Eulen und wartete, dass die Morgendämmerung endlich durchbrechen möge. Dann rollte ich mich vorsichtig aus dem Bett, stieg über Peter und, während ich in meinem Rücken den starren Blick der aufwachenden Herta fühlte, lehnte ich mich aus dem Fenster und schaute den ersten Bewegungen des aufsteigenden Tages zu.

Leise ging die schmale Seitentür der großen Scheune an der Ecke auf, und es drängten die Schafe des Dorfes heraus. Mit gedämpftem Blöken, sich gegenseitig freundlich stupsend, zogen sie wie eine größer werdende Wolke dicken, grauen Rauches unter mir vorbei. Hinter ihnen kam der Schäfer, einen kleinen schwarz-weißen Hund an seiner Seite. Er war eine schattenhafte Gestalt. Sein Gesicht hatte eine unheimliche Ähnlichkeit mit dem seiner Schafe. Wenn diese traumähnliche Prozession hinter dem Friedhof verschwunden war, begann das Sonnenlicht durch die frühen Morgennebel zu dringen. Um mich herum wurden Schritte und Stimmen vernehmbar.

Die Tage wurden langsam warm und lang. Nach meinem Unterricht brachen Mutter und ich zu langen Spaziergängen auf, die Straße entlang, die vom Dorfplatz wegführte. In der einen Richtung stieg sie in die zerklüfteten Berge hinauf, vorbei an dem kleinen Laden, in dem Paca arbeitete, vorbei an zwei Metzgereien und der Dorfkneipe. In der anderen Richtung verlief die Straße hinter Bäckerei und Konditorei, Apotheke und Doktorhaus breit und eben. Sie wurde von riesigen Ulmen und Eichen gesäumt. Mutter und ich waren fasziniert von der Majestät dieser Bäume, besonders von den Eichen. Unser Leben lang hatten wir die Eiche in Liedern und Gedichten als den deutschesten aller Bäume preisen hören. Wir waren nicht darauf gefasst, mitten in Frankreich Bäume zu finden, die die deutschen Eichen geradezu kümmerlich aussehen ließen.

Die Straße wand sich an mehreren großen Gehöften und einem sehr gepflegten Herrenhaus vorbei. Ab und zu überholte uns ein knarrender Ochsenwagen. Ein Bauer in einem schwarzen Smokkittel stand darauf, schlug mit seiner langen Peitsche durch die Luft und rief einen Gruß herüber. Nach einer Weile ließen wir alle Zeichen menschlicher Behausung hinter uns. Um uns herum erstreckten sich, so weit das Auge reichte, Felder und Wiesen mit Blumentupfen. Klatschmohn, blaue Skabiosen, Lichtnelken, Gänseblümchen und Butterblumen gab es im Überfluss. Bienen summten, Zitronenfalter flatterten vorüber, und dann und wann stieg eine Feldlerche jubilierend in den Himmel. Mutter und ich setzten uns mitten hinein in diese Pracht, schrieben oder dösten oder bewegten unsere Stricknadeln. Mutter sah einen weiteren Winter ohne Heizung auf uns zukommen und hatte angefangen, Socken und Handschuhe zu stricken, und sie bestand darauf, dass ich das Gleiche tat.

Als Mademoiselle sah, was wir taten, verhalf sie uns zu einem guten Start, indem sie sich als Maklerin betätigte. Wir hatten bald so viel Arbeit, wie wir nur wollten und auch ein wenig Bargeld, um unser Leben angenehmer zu gestalten. Wir versuchten, auch Herta zum Stricken oder zu gelegentlichen Spaziergängen zu veranlassen, aber sie blieb lieber im Zimmer auf dem Bett liegen. Oft war sie auch mit den anderen Frauen zusammen, die ihre Zeit auf der Bank am Bach verbrachten. Wie Schwalben auf der Stromleitung hockten sie dort eng beieinander.

Nach Regentagen jedoch machten wir uns manchmal alle gemeinsam auf den Weg in den Wald und suchten Pilze. Mademoiselle rüstete uns mit Körben aus, die wir bis zum Überlaufen füllten. Was wir fanden, war nicht der geliebte Pfifferling, sondern der schlaffe Reizker und der Rübling, denen ich herzlich misstraute. Meine Angst vor Vergiftung legte sich jedoch, seit wir uns angewöhnten, auf dem Heimweg in der Apotheke vorbeizugehen, wo ein freundlicher alter Apotheker sorgfältig und etwas amüsiert jeden einzelnen Pilz begutachtete, bevor er ihn für essbar erklärte.

Mademoiselle war entzückt, uns kostenlose Pilze servieren zu können. Wir schätzten die Abwechslung von der regelmäßigen Kost fader Suppen und Eintöpfe, die immer dünner wurden, da Mademoiselle für unseren Unterhalt von der französischen Regierung immer weniger Geld erhielt. Essen wurde zum Hauptthema unter den Frauen. Wir alle rissen uns um kleine Jobs im Dorf, um unsere Mahlzeiten zu ergänzen.

Hin und wieder, wenn wir etwas Extrageld hatten, gingen Mutter und ich in ein kleines Hotel in der nahen Stadt, um einmal eine ordentliche Mahlzeit zu bekommen. Das bedeutete einen Marsch von drei Stunden. Beim ersten Mal fühlten wir uns recht verlegen. Wir waren müde und schmutzig und fühlten uns bei weißen Tischtüchern, Silber und hochstieligen Gläsern unter den gut gekleideten Stammkunden völlig fehl am Platze. Wir waren angenehm überrascht, als ein großer Ober im Frack sofort auf uns zukam und uns zu einem Tisch neben einem großen Spiegel führte. Als wir saßen, verbeugte er sich und eilte fort. Im Spiegel konnten wir ihn mit einer stämmigen Frau lebhaft reden sehen. Sie brachte uns gleich darauf die Speisekarten und wartete mit hoch gezogenen Augenbrauen neben uns, bis wir gewählt hatten. Dann ging sie wieder auf ihren Posten. Zuerst beobachteten uns alle Gäste genau, als wir zu essen begannen, aber schließlich wandten sie ihre Aufmerksamkeit wieder ihrer eigenen Mahlzeit und den Tischnachbarn zu. Mutter und ich genossen jeden Bissen, den man uns vorsetzte, von der köstlichen Suppe, dem zarten Fisch, dem anschließenden wohlschmeckenden Fleisch und Gemüse bis zu dem mit reichlich Sirup übergossenen Pudding. Als wir bei Obst und Käse angelangt waren, hatten wir längst vergessen, wie ärmlich und ungepflegt wir aussahen, wie sehr wir außerhalb unseres Elementes waren. Wir fühlten uns ausgesprochen wohl und nicht einmal der lange Weg zurück machte uns etwas aus.

Wir kamen noch mehrmals. Der Ober und die stämmige Frau erkannten uns immer sofort und setzten uns jedes Mal an denselben Tisch. Nach einer Weile dämmerte uns, warum man diesen Tisch wählte: Wir konnten zwar den Ober und die Frau draußen miteinander sprechen sehen, doch sie konnten uns ebenfalls im Spiegel beobachten und aufpassen, dass wir nicht silberne Löffel in unsere Ärmel schoben.

Der Empfang in der Dorfkneipe war weniger taktvoll. Wir kannten das dunkle, abschreckend aussehende Haus als den Ort, wo Pensionäre – alte, meist invalide Veteranen des Weltkrieges – ihre Zeit verbrachten. Gewöhnlich humpelten sie schon vor Mittag hin, gleich nach dem Aufstehen, und saßen den ganzen Tag in dem sonnenlosen, rauchgeschwängerten Raum, tranken bedächtig, spielten Domino und unterhielten sich miteinander. Gelegentlich gab es auch Streit. Mutter und ich hatten dort einmal Halt gemacht und Suppe bestellt. Während die Gäste rumorten und murrten, knallte die Besitzerin mit grimmigem Blick die Teller vor uns auf den Tisch, wobei die Suppe überschwappte.

Bei unserem nächsten Besuch baten wir um einen Cassis, den beliebten Likör aus schwarzen Johannisbeeren, von dem wir Mademoiselle und ihre Freunde hatten sprechen hören. Der Mann hinter der Theke, ein stämmiger, roh aussehender Kerl, lehnte sich vertraulich vor und spöttisch schlug er statt dessen einen Pernod vor. Wir wussten über Pernod Bescheid, den üblen Absinth der Pariser Unterwelt, in Kunst und Literatur vielfach dargestellt. Großspurig nahmen wir den Fehdehandschuh auf. Umgeben von drohend murrenden und knurrenden Bauern nippten Mutter und ich unseren Pernod.

Die Nachricht unseres unziemlichen Benehmens war uns schon vorausgeeilt. Mademoiselle blickte uns mit Verachtung an, ehe sie uns den Rücken zukehrte. Madame lächelte ironisch und Grandpère lachte laut, als Mutter und ich auf dem Weg in unser Zimmer durch die Küche kamen. Auch Herta weigerte sich, an der Sache etwas lustig zu finden. Mit den Bauern Absinth zu trinken, ließe uns nur wie Narren aussehen, sagte sie. Es sei unter unserer Würde. Das machte Mutter ärgerlich, aber sie sagte nichts. Sie warf Herta lediglich einen vernichtenden Blick zu und griff nach ihrem Strickzeug. Herta streckte sich auf dem Bett aus und starrte an die Decke.

Mutter und Herta hatten einander versprochen, nicht zuzulassen, dass Meinungsverschiedenheiten zwischen ihnen zu richtigem Streit ausarteten. Sie lernten von Beispielen in unserer kleinen Gemeinschaft und auch durch die jüngsten Briefe aus Gurs, wie leicht die Dinge außer Kontrolle geraten konnten, wie leicht eine unbedeutende Kabbelei sich in eine irreparable Fehde verwandeln konnte. Hertas Fred, der meinen Vater so sehr bewundert hatte, dass er bat, in dieselbe Baracke ziehen zu dürfen, war völlig ernüchtert. „Die Arroganz des Mannes ist unerträglich", schrieb er an Herta. Mein Vater, der Freds Lobreden nicht nur toleriert, sondern sie ganz gerne gehört hatte, wurde sich plötzlich „der Unreife des Mannes" bewusst, schrieb er an Mutter.

Keiner von uns wusste, wie diese Entzweiung zustande gekommen war, aber wir vermuteten, dass es um Politik ging. Mein Vater hatte sich eng an Kommunisten angeschlossen, die, wie Heinz erwarteten, schnellstens von Gurs weg und in die Sowjetunion gebracht zu werden, wo sie frei von Naziverfolgung leben könnten. Russische Abgesandte im Lager versprachen den Männern und ihren Frauen Wohnung, Beschäftigung und kostenlose Ausbildung für ihre Kinder. Künstler, schrieb mein Vater, erfreuten sich großer Nachfrage und würden hoch geschätzt. Ich könne mich auf eine helle Zukunft freuen, versicherte er.

Fred gehörte zu einer anderen kommunistischen Gruppe, zu den Anhängern von Leo Trotzki, einem der Organisatoren der russischen Revolution, der nach Lenins Tod von Stalin entmachtet und verbannt worden war. „Fred hatte sein ganzes Leben lang mit Politik zu tun", erzählte uns Herta stolz. „Er kennt sich mit allem aus. Er weiß, dass die Bolschewiken Trotzki und die Revolution verraten haben und dass man ihnen nicht trauen kann. Man kann ihnen einfach nicht trauen!" Ich schaute zu Mutter hin und rollte mit den Augen. Mein Vater schien ihnen zu trauen, und ich vertraute meinem Vater. Fred und Herta hatten Unrecht. Sie mussten Unrecht haben.

22. Kapitel

Im August 1939 feierte man im Dorf den Tag des Ortsheiligen. Schon seit Tagen glich Mademoiselles Küche einem Bienenkorb. In riesigen Mengen hatte man Essen zubereitet. Mutter und ich, die anderen Frauen und ihre Kinder waren zum Helfen angestellt: Kartoffeln schälen, Gemüse putzen, Töpfe und Pfannen säubern und Besorgungen erledigen. Dutzende von der Bäckerei angelieferte Blechkuchen mussten in Hunderte von Stücken aufgeschnitten werden. Bunte Papierlaternen wurden zwischen den Wäschepfosten aufgehängt, Tische und Bänke auf den Grasflecken neben dem Laden und auf der anderen Straßenseite aufgestellt, um all den vielen Leuten Platz zu bieten, die seit dem frühen Morgen zu dem großen Ereignis in den Ort strömten.

Die Menschen kamen zu Fuß, per Rad, auf Ochsenkarren und in Kutschen, nur ganz wenige im Auto. Sie aßen und tranken, redeten und lachten, und sie verschwanden paarweise auf dem Heuboden. Die ganze Zeit über spielte ein junger Mann auf der Geige und ein anderer auf der Mundharmonika. Yvette tanzte mit jedem Burschen, der ohne Begleitung war. Indessen drehten ihre Kinder vor den alten Frauen Pirouetten und ließen sich von ihnen mit Münzen und Süßigkeiten verwöhnen. Paca kam vorbei, um die kleine Ramona in ihrem neuen Kleid vorzuführen, und sogar Linda und ihr Roberto lungerten herum.

Während Mutter und Herta Madame in der Küche halfen und nur ab und zu den Kopf herausstreckten, um ein wenig frische Luft zu schnappen, lief ich den ganzen Tag draußen herum, servierte in Krügen Wein und Mineralwasser und war überwältigt von der außerordentlichen Gutmütigkeit der Dörfler und davon, wie sie mir die Schürzentaschen mit Trinkgeld vollstopften. Auch der Richter, seine Frau und sein Sohn mischten sich gnädig unter die Bauern, zogen sich aber ins Haus zurück, als Grandpère begann, laute, anstößige Bemerkungen zu machen, von einem Tisch zum andern wankte und sich zu Schnaps einladen ließ.

Plötzlich erschien Filipa, in einem behelfsmäßigen Flamenco-Kostüm, ein steifes Lächeln auf dem blassen, grimmigen Gesicht. Sie führte mehrere klassische spanische Tänze vor und sang einige Lieder. Anschließend erhielt sie wohlverdienten, donnernden Applaus und großzügige Geschenke. „Hast du das gesehen, Maestra?", fragte sie und kam mit ihrem Gesicht dem meinen ganz nahe. „Nur Spanierinnen können so singen und tanzen." „Es war wunderschön, Filipa", sagte ich ehrlich. Überrascht sah sie mich an, warf den Kopf zurück und ging ohne ein Wort davon.

Musik, Unterhaltungen und Gelächter zogen sich bis tief in die Nacht hin, sogar noch, als die Papierlaternen eine nach der anderen langsam verlöschten. Mademoiselle, die den ganzen Tag auf den Beinen gewesen war, hart gearbeitet und jeden angelächelt hatte, setzte sich endlich einmal hin und versuchte tapfer, die Augen trotz der Dunkelheit offen zu halten.

Als unsere Gruppe ein paar Tage später im Esssaal beim Frühstück saß und lauwarmen, dünnen Milchkaffee trank, während große schwere Regentropfen gegen die Fenster klatschten, wurden Mutter und Herta Briefe ausgehändigt, die offensichtlich aus Gurs kamen. Ich sah, dass Mutter sich beim Lesen mehr und mehr erregte und auch Herta schien bewegt. Sie kam schließlich zu unserem Tisch herüber und gab ihren Brief wortlos meiner Mutter. Mutter faltete ihren nachdenklich zusammen. Dann – statt ihn mir zu geben, wie ich erwartet hatte – tat sie ihn in den Umschlag zurück und ließ ihn zusammen mit Hertas Brief in der schwarzen Handtasche zu ihren Füßen verschwinden. „Ich werde nach oben gehen", sagte sie zu Herta und verließ ohne ein weiteres

Wort den Raum. „Que pasa, que pasa?[9]", fragte Yvette, die merkte, dass etwas nicht stimmte. Sie wandte sich an ihre quasselnden Kinder und schickte sie mit Peter zum Spielen nach draußen. „Que pasa?", fragte sie nervös noch einmal, aber Herta schüttelte nur den Kopf.

Auf Deutsch erzählte sie mir, dass es in Gurs einen ziemlich schlimmen Kampf gegeben habe. Viele Männer seien daran beteiligt gewesen. Fred und seine Freunde standen auf der einen Seite, mein Vater mit seinen Kameraden auf der anderen. Die Wachen waren gerufen worden. Man hatte Beschränkungen erlassen. Jeder hatte unter den Folgen zu leiden, und man gab Fred die Schuld. „Sie machen ihm das Leben schwer, dank deinem Vater und seinen Leuten", zischte Herta. „Sie können es einfach nicht ertragen, dass Fred mit seiner Warnung vor den Sowjets Recht behalten hat. Nun, wo Stalin einen Nichtangriffspakt mit Nazideutschland geschlossen hat, fühlen sie sich betrogen und sind verärgert."

Davon wusste ich noch nichts. Die Nachricht war ein gewaltiger Schock für mich. Wie konnte das nur sein, fragte ich mich. Das Land, in dem wir Zuflucht zu finden hofften, schloss einen Pakt mit dem Land, aus dem wir ein Leben lang fliehen mussten? Wohin brachte das nun meinen Vater und seine Kameraden? Und was bedeutete es für mich? Ich sah Herta verwirrt an. Sie nickte traurig. „Es tut mir wirklich leid für euch", sagte sie.

Kurz danach erfuhren wir, dass Hitlers Truppen in Polen einmarschiert waren und dass Franzosen und Briten den Krieg erklärt hatten. Es war der 1. September 1939. Der letzte große Krieg in Europa hatte im August vor fünfundzwanzig Jahren begonnen. Die Nachricht verbreitete sich wie ein Lauffeuer. Zahlreich strömten besorgte Dörfler in Mademoiselles Laden. Frauen schrien, Männer fluchten.

Mutter und ich, Herta und Peterle hockten in unserem Zimmer oben eng beieinander und sorgten uns, wie es mit

---
[9] Was ist los?

uns weitergehen würde. Plötzlich hörten wir draußen eine laute, raue Stimme nach den *sales boches*[10] rufen. Sie sollten nur herauskommen, wenn sie es wagten. Als ich aus dem Fenster äugte, sah ich den alten Mann, den Eigentümer des verfallenden *château*, über den Platz torkeln. Es war bekannt, dass er an der Flasche hing, dass er die ganze Zeit trank, in der Wirtschaft und zu Hause. Die Leute machten einen großen Bogen um ihn, wenn sie ihn auf der Straße sahen. Jetzt schaute er zu mir hoch und rief in einer Mischung aus Französisch und Deutsch „*Sale boche*, wieviel Uhr ist es?" Ich zog mich schnell zurück.

„ Er hat mich mal *sale juif* genannt, – eine dreckige Jüdin", sagte Herta verärgert. „Was glaubst du, wo er seine Informationen her hat?" „Wahrscheinlich rät er bloß", antwortete Mutter, „und richtet seinen Hass auf alles Fremde. Aber wer weiß, wie viele es von seiner Sorte gibt. Sie kommen jetzt alle aus den Löchern, besonders wenn sie Angst haben, wie es weitergeht, Angst, was die Deutschen ihnen antun werden."

Natürlich hatte niemand mehr Grund, vor den Deutschen Angst zu haben, als wir. Mit Hertas und Peters Hilfe sahen Mutter und ich unsere Sachen nach belastenden Briefen und politischen Broschüren durch, die wir in Vorbereitung auf den Umzug in die Sowjetunion in letzter Zeit aus Gurs erhalten hatten. Wir sammelten alles ein, sogar mein letztes Tagebuch, und zündeten damit ein Kaminfeuer an. Der Rauch quoll aus unserem offenen Fenster und kam durch die geschlossene Tür unten ins Haus hinein. Das brachte Mademoiselle in unser Zimmer. Als sie sah, was wir taten, nickte sie verstehend, erzählte uns dann aber von der Maginotlinie, jener wunderbaren Grenzbefestigung, die die *boches* ganz sicher abhalten werde.

Am nächsten Morgen fuhr ein kleiner Bus vor und brachte die Männer im wehrfähigen Alter zur Musterung in die Bezirksstadt. Sie sahen blass und ernst aus. Die Frauen, die

---

10 Drecksdeutsche

ihnen zum Abschied nachwinkten, weinten. Am Abend kamen die Männer zurück und winkten großtuerisch mit ihren Musterungspapieren. Nur der Metzger war niedergeschlagen. Man hatte ihn für körperlich untauglich erklärt. Als er nach Hause kam, fand er seine Frau an einem Balken in der Diele hängen. Vor seiner Abfahrt am Morgen hatte sie zu ihm gesagt, sie wolle sich lieber selbst töten als ihn in den Krieg ziehen zu sehen. Nun musste er gar nicht gehen, aber seine Frau war tot. „Wer kann so was verstehen?", fragte Mademoiselle, als sie es uns erzählte.

Unsere kleine Gemeinschaft löste sich innerhalb weniger Wochen auf. Yvette, die sich schon ziemlich lange um die französische Staatsbürgerschaft bemüht hatte, erhielt mit der Post eine Kopie ihrer Geburtsbescheinigung. Triumphierend wedelte sie damit Mademoiselle vor der Nase herum. Endlich sei sie befreit von der alten Hexe, erklärte sie, küsste sie aber nichtsdestoweniger vor der Abfahrt auf beide Wangen.

Als Nächste verließen uns die grimmige Filipa mit der weinenden Linda und dem mürrischen Roberto. Andere folgten. Eine nach der anderen entschloss sich mit den Kindern zur Rückkehr ins neutrale Spanien. Der Wachtmeister sorgte dafür, dass sie schnell verschwanden. Trotz rührseliger Versprechen, so bald wie möglich zu schreiben, hörten wir danach nichts mehr von ihnen.

Eines Abends spät kam Mademoiselle wieder in unser Zimmer, dieses Mal, um uns zu sagen, dass Herta auf der Gendarmerie verlangt werde. Man habe bei ihr angerufen. Mutter und ich sahen uns überrascht an. Vom Fenster aus beobachteten wir, wie Herta und Peter neben dem Polizisten her gingen, der sein Fahrrad schob. Hertas Knie schienen bei jedem Schritt nachzugeben. Sie schwankte noch immer, als sie zurückkam. Fred hatte angerufen. Er hatte sich einer militärischen Sondereinheit angeschlossen, mit der er nach Afrika gehen würde. Herta erzählte, dass sie und Peter mitfahren dürften. Dann schlang sie die Arme um Mutter und schluchzte laut. Peterle sah dabei ängstlich von einer zur anderen.

Am nächsten Morgen vor Sonnenaufgang rollte Herta ruhig Peters Schlafsack zusammen und packte ihre Sachen. Mutter zeigte kein Lebenszeichen. Ich stieg aus dem Bett und begleitete Herta und Peter hinaus. „Euch beide werde ich nie vergessen", flüsterte Herta, „ich schreibe, sobald ich an Ort und Stelle bin." „Viel Glück", rief ich ihnen nach und fühlte, wie Angst mir die Kehle zuschnürte. So müssen sich Menschen fühlen, wenn sie an Deck eines sinkenden Schiffes zurückbleiben und dem abfahrenden Rettungsboot nachwinken, dachte ich.

Über Nacht schlug das Wetter um und es wurde kalt. Mutter und ich verbrachten die meiste Zeit bibbernd im Bett. Von Kissen gestützt und in Decken eingewickelt betätigten wir mit kalten, steifen Fingern unsere Stricknadeln. Das leere Schulhaus war abgeschlossen, der Esssaal stand leer, aber Mademoiselle belieferte Mutter und mich mit der üblichen Kost. Wir hatten auch eine Kochplatte, auf der wir uns ab und zu ein Omelette oder andere Delikatessen zubereiteten. Das tröstete uns an den langen Winterabenden mehr als das trübe Licht der Petroleumlampe. Wegen des Krieges hatten die Spenden aus dem Ausland aufgehört. Trotzdem schickten Vater und seine Freunde, mit denen wir regelmäßig unsere mageren Vorräte teilten, uns einige Weihnachtsgeschenke: einen Aschenbecher und ein Reibeisen, die sie aus ausrangierten Blechdosen gemacht hatten, eine Serie Holzschnitte und eine Bleistiftzeichnung mit Szenen aus Gurs. Alles recht niederdrückende Stücke, die unser Gefühl von Trostlosigkeit und Verlassenheit noch verstärkten.

An einem besonders düsteren Tag Anfang Januar 1940 erhielten wir einen Brief von Fritz Picard, dem Freund der Familie, der vor einigen Jahren Großmutter angeboten hatte, unsere Aktien aus Deutschland herauszuschmuggeln. Der unglückliche Ausgang des Unternehmens schmerzte ihn noch immer, und so bot uns Fritz jetzt wieder Hilfe an. Er war mit seiner Frau Elisabeth vor den vorrückenden deutschen Truppen aus Paris geflohen und hatte im nicht besetzten Limoges Zuflucht gefunden. Der dortige Polizeichef schien Sympathie für Flüchtlinge zu haben.

„Besonders mag er die Frauen", schrieb Fritz, „und so hat er ein recht ordentliches Lager für ausländische Frauen errichtet, die durch den Krieg in Frankreich in der Falle sitzen." Fritz war der Meinung, dass Mutter und ich es in unserer gegenwärtigen Lage dort bequemer hätten. Seine Frau habe Verbindungen und könne die Übersiedlung für uns arrangieren. Wir entschlossen uns, die Chance zu nutzen und das Angebot anzunehmen.

Mit Mademoiselle besprachen wir unsere Pläne nicht. Wir fürchteten, sie könnte unsere Abfahrt irgendwie verhindern. Als unsere Papiere kamen, war sie bestürzt. Sie sagte, sofort nach unserer Ankunft in Limoges sollten wir einen Polizisten suchen und ihm sagen, wer wir seien. Der Wachtmeister im Dorf, der uns zur Bezirksstadt brachte und uns in den Zug setzte, sagte dasselbe. „Laufen Sie nicht alleine in der Stadt herum", warnte er uns. „Gehen Sie gleich zur Polizei und legen Sie Ihre Papiere vor."

Es war schon Nacht, als wir in Limoges ankamen. Zwei Polizisten standen am Gleis und beobachteten den Zug. Wir nahmen an, dass sie nach uns Ausschau hielten. Das war aber nicht der Fall. Ganz im Gegenteil. Sie starrten uns verwundert an, als wir auf sie zukamen. Nur unwillig nahmen sie unsere Papiere und prüften sie zögerlich. Dann fragten sie uns, ob wir Spione seien. „Nein", sagte ich. „Wir sind Flüchtlinge, und wir sollen ins Flüchtlingslager gehen." Mutter nickte heftig zur Bestätigung. Die Männer schlugen vor, bis zum Morgen zu warten. „Die schlafen jetzt alle", sagte der eine. „Sie wollen sie doch nicht aufwecken, oder?"

Nach einer etwas konfusen Diskussion, wo wir die Nacht verbringen könnten, war der eine Polizist bereit, uns zu unserem Ziel zu begleiten. Wir gingen zu dritt die dunkle, eisbedeckte Straße hinunter. Die Packen und Bündel, die wir schleppten, wurden uns sehr schwer. Schließlich bot er uns seine Hilfe beim Tragen an. Dankbar übergaben wir ihm einige Stücke, aber natürlich nicht Mutters schwarze Tasche und meinen Farbkasten.

Endlich kamen wir an einen hohen Drahtzaun, zuoberst mehrere Reihen Stacheldraht. Der Polizist deutete auf dunkle Baracken am Ende des weiten, dunklen Hofes. „Das ist es. Das ist Ihr Lager", sagte er und zog den Klingeldraht am Tor. Er schellte mehrmals, bis endlich ein trübes Licht im hintersten Gebäude anging.

Nach einer Weile kam eine Frau vorsichtig auf uns zu. Sie trug einen Männerhut und -mantel und große, schwere Handschuhe. Über den Kopf hatte sie sich eine Militärdecke geworfen. Sie trug dicke Socken über ihren Bergstiefeln, um auf den vereisten Kieselsteinen nicht auszurutschen. Sie habe erst den Schlüssel im Pförtnerhaus holen müssen. Der Wachhabende sei offenbar eingeschlafen, entschuldigte sie sich. Nachdem sie das Tor aufgesperrt hatte, schob uns der Polizist durch, gab der Frau unsere Papiere und beauftragte sie, am Morgen dem Präfekten unsere Ankunft zu melden. Dann trottete er zurück in die Nacht. Das Tor schloss sich mit einem Scheppern, das mir durch Mark und Bein ging. Die Frau stellte sich als Margot aus Österreich vor. Wir folgten ihr über den dunklen, kalten Hof und über wenige, dunkle Stufen. Margot stieß eine Türe auf.

Wunderbare Wärme empfing uns und helles Licht. Die Wärme kam aus einem riesigen runden Ofen, der geradezu glühte. Das Licht kam von einer elektrischen Birne, die an einem Kabel von der Decke herabhing. Sie beleuchtete einen sehr großen Raum, einen langen Tisch und Bänke und viele Etagenbetten. Köpfe sahen aus den oberen Betten zu uns herunter. Von den unteren schienen nur wenige belegt. Auf den meisten lagen haufenweise Taschen und Schachteln. Weitere Taschen und Bündel hingen an den Bettpfosten.

Es wurden uns zwei leere Betten angewiesen. Jedes enthielt eine Strohmatratze, ein Strohpolster und zwei Felddecken. Mutter stand da, zupfte versuchsweise am Bettzeug, wohl um sich klar zu werden, welches Bett sie wählen sollte. Ich fühlte mich plötzlich merkwürdig müde und schwer, krabbelte in das nächste untere Bett und schloss die Augen. Ich hörte Margot sagen: „Ich hoffe, ihr beide müsst nicht vor morgen früh aufs Klo. Das ist nämlich auf der anderen Seite des Hofes und bei Dunkelheit gibt es dort Ratten." Dann bat jemand, das Licht auszumachen.

23. Kapitel

Als ich die Augen wieder öffnete, war es stockdunkel im Zimmer außer den roten und orangefarbenen Flammen, die aus der Tür des großen, glühenden Ofens schlugen. Eine Gestalt in einem voluminösen Trainingsanzug und mit merkwürdig wehendem Kopftuch schaufelte Kohle in das tobende Feuer. „Großmutter Käthe hat leicht reden über den Teufel", sagte Vater gerade. „Sie braucht sich keine Sorgen zu machen. Sie weiß, dass im Himmel gleich neben ihrem Herrn Jesus ein kleiner goldener Fußschemel auf sie wartet." „Wirklich?", fragte ich, aber Vater war weg.

Großmutter Käthe stand neben mir. Sie trug ihren langen, schwarzen Wintermantel mit dem Fuchspelz über der Schulter. Die Kette, die Kopf und Schwanz des Tieres miteinander verband, war ausgefranst. Die Glasaugen starrten auf mich herunter. Warum trägt sie das mitten im Sommer, fragte ich mich. Wir standen vor dem Haus A 2, 5 in Mannheim und es war schrecklich heiß. „Du kannst nicht darauf warten, dass Anna herunterkommt und dich die Treppen hochträgt", sagte Großmutter. „Dafür bist zu jetzt zu groß. Du musst schon selbst gehen." „Aber die Haustür ist abgeschlossen. Ich habe geklingelt und geklingelt, aber niemand macht auf. Ich komme nicht rein", sagte ich und schämte mich, dass ich weinen musste, anhaltend und schmerzlich.

„Ich glaube nicht, dass du sie aufstehen lassen solltest, Emma", sagte jemand. „Sie hat Fieber." „Sie glüht ja", sagte jemand anderes. Meine Mutter und andere Frauen sahen von oben auf mich herunter. Was taten sie nur alle da oben auf unserem Balkon? Ich versuchte zu winken und zu lächeln, aber ich konnte mich nicht rühren. Ich erinnerte mich nicht, wie ich ins Theater gekommen war, aber da war die Bühne, ganz erleuchtet, und ein Tisch. Frauen saßen drumherum. Es roch nach Tomatensoße. Ich hörte Stimmen.

„Du solltest versuchen, dass sie etwas isst, Emma. Das ist heute die beste Mahlzeit der Woche." Mutter stand über mir, einen dampfenden Teller in der Hand. „Wo tut's weh?", fragte sie, aber bevor ich antworten konnte, driftete ich wieder ab.

Im Winter, als ich in der zweiten Klasse war, hatte ich eine böse Mittelohrentzündung gehabt. Ich lag mit Schmerzen tage-, vielleicht auch wochenlang im Bett, und immerzu sahen Erwachsene mit besorgten Augen auf mich herunter. „Tut's noch weh?", fragten sie. Sie sagten, ein Facharzt müsse mein Trommelfell durchstechen. Onkel Gerhard werde ihm dabei helfen. Aber mein Onkel war nicht rechtzeitig da. So saß ich auf Vaters Schoß, hielt mich an seinen Haaren fest und schrie, erst einmal, dann noch einmal, da der Doktor das Trommelfell auf beiden Seiten durchstach. Das Gesicht meines armen Vaters war aschfahl, und große Schweißperlen standen auf seiner Stirn. Nachdem sie mich wieder ins Bett gepackt hatten, kam Onkel Gerhard die Treppen zu unserer Wohnung heraufgepoltert. „Na, alles überstanden?", rief er fröhlich. Vater nahm die beiden Ärzte auf ein Glas Madeira mit ins Wohnzimmer, und ich, plötzlich von Schmerz und Furcht befreit, schlummerte sanft ein.

Ich erwachte. Es war heller Tag. Ich sah mich um und versuchte mich zu erinnern, wo ich war. Ich lag auf einem harten, unteren Etagenbett und beobachtete die Frauen um mich herum, die in merkwürdigen Klamotten und dicken Socken durchs Zimmer schlurften, mit Eimern und Schüsseln hantierten und ihre Morgenwäsche erledigten. Die Frau, die sich uns als Margot vorgestellt hatte, rüttelte am Ascherost und entschuldigte sich laut, weil sie in der Nacht das Feuer hatte ausgehen lassen. „Und dabei hab' ich von den Jugendherbergen reichlich Übung, verdammt noch mal", schrie sie mehrmals.

Eine blonde, schlanke Frau, die trotz der frostigen Luft in Spitzenunterwäsche herumstolzierte, kam zu mir herüber. Auf Deutsch sagte sie: „Unser Dornröschen ist endlich aufgewacht und ihr ist auch nicht mehr so heiß, nicht wahr?" Dann fügte sie hinzu: „Der Doktor wird später kommen und dann sehen wir weiter." Was sehen wir weiter, dachte ich und sah fragend zu Mutter auf, die an meinem Bett stand. Das pausbäckige junge Mädchen neben ihr beugte sich herunter und flüsterte: „Das war Gisela, unsere Schönheitskönigin. Sie möchte, dass man dich ins Krankenhaus bringt, obwohl es dir jetzt viel besser zu gehen scheint. Aber mach dir keine Sorgen, da wird nichts draus."

Als der Doktor kam, nahm er meine Temperatur, sah in meine Ohren und in den Hals und hörte meine Brust ab. Er erklärte, es sei eine schwere Form der Grippe, die gerade umgehe. Er gab mir ein Papiertütchen mit Schwefeltabletten und eine Flasche Hustensaft und tätschelte zur Ermunterung meine Hand. „Ruhen Sie sich aus, so gut es unter den Umständen eben geht", riet er mir. Er ging zur Tür, ohne Gisela zu beachten, die mit ihm sprechen wollte.

Die nächsten paar Tage blieb ich in meiner Koje, trieb aus der Wirklichkeit fort und wieder zurück und kämpfte mit einem trockenen Husten. Ab und zu zog ich Mantel und Schuhe an, zog mir eine Decke über und stolperte mit meiner Mutter über den vereisten Hof, an der Polizeibaracke vorbei zu den düsteren Klosetts. Ich wünschte mir, mein Lebtag lang nie mehr pinkeln zu müssen.

Es waren viele freundliche Frauen um uns herum. Sie sprachen die verschiedensten deutschen Dialekte, nötigten mich zu Tee, Kondensmilch und Honig und drängten mich, an den täglichen Mahlzeiten teilzunehmen, die in großen, dampfenden Kübeln in unser Zimmer gebracht wurden. Meine Mutter war ungewöhnlich still und blass. Ich nahm an, dass sie bedauerte, hierher gekommen zu sein, wo wir so viel eingeschränkter waren als in Davignac. Während ich bewusstlos im Bett lag, war sie zum Polizeipräfekten bestellt worden. Er hatte ein Büro am Lagereingang. Gisela war seine Sekretärin. Meine Mutter fasste sofort eine Abneigung gegen den Mann. „Er ist gefährlich", sagte sie.

Als ich mich ausreichend erholt hatte, um selbst zum Präfekten zu gehen und mich vorzustellen, erkannte ich, warum Mutter so empfand. Er war ein sehr gut aussehender Mann, groß und schlank und mit Silberhaar. Er hatte ein glattes, rosa Gesicht und vergißmeinnichtblaue Augen. Sein Verhalten war überaus wohlwollend, aber gleich unter der sonnigen Oberfläche spürte ich etwas Dunkles, Beängstigendes, das ohne Vorwarnung durchbrechen konnte.

Er unterhielt sich eine Zeitlang sehr charmant mit mir und eröffnete mir dann, er habe ein Treffen mit Madame Elisabeth arrangiert. Zu seiner großen Freude, sagte er, könne er lang getrennte Freundinnen endlich wieder zusammenführen. Ich lächelte unbestimmt. Ich hatte Elisabeth in meinem ganzen Leben noch nie gesehen, es schien aber nicht angebracht, den Präfekten dies wissen zu lassen. Als Elisabeth dann hereinkam, fand ich es ganz leicht, sie als alte Freundin zu begrüßen. Sie war klein, untersetzt und sah sehr energisch aus. Ihr großes, offenes Gesicht wurde von einer Menge stahlgrauer Locken eingerahmt. Auch ihre Augen waren stahlgrau, und um die üppigen Lippen spielte ein warmes Lächeln. Sie, der Präfekt und ich hatten ein angenehmes Gespräch, das abrupt endete, als Elisabeth bat, auch Mutter sehen zu dürfen. Es gebe da noch ein paar Dinge zu klären, sagte der Präfekt. Aber wir könnten schon bald einmal das Lager verlassen und unsere lieben Freunde besuchen. Er begleitete Elisabeth hinaus und vergewisserte sich, dass sie das Lager verließ, bevor er auch mich verabschiedete.

Während ich Mutter erzählte, was bei dem Gespräch beim Präfekten herausgekommen war, hörten die anderen Frauen aufmerksam zu, besonders die rundliche, junge Edith, die sich uns angeschlossen hatte. „Ich hoffe, ihr beide habt mit dem Präfekten mehr Glück als ich", murmelte sie mit Tränen in den Augen. Sie erzählte, ihre Familie gehöre einer deutsch-lutherischen Gesellschaft an, die gegen Hitler sei. Sie hatten die Absicht gehabt, die Sommerferien zur Flucht aus Deutschland über das unbesetzte Frankreich in ein neutrales Land zu nutzen, aber dann fehlten ihnen die richtigen Papiere. Ihre Eltern wurden erst ins Gefängnis geworfen, dann erlaubte man ihnen abzureisen. Edith war ins Lager gebracht worden und wartete noch, dass ihre Papiere in Ordnung kamen. „Der Präfekt hasst mich aus irgendeinem Grund. Ich glaube nicht, dass er mich jemals hier herauslässt."

Doch Edith täuschte sich. Ein paar Tage nach unserer Unterhaltung erschien ein junger Geistlicher in unserer Mitte und sagte Edith, sie solle ihre Sachen zusammenpacken. Sie fahre zu ihren Eltern. Einige von uns standen herum und schauten zu, wie Edith schluchzend und zitternd die vielen Bündel und Beutel mit ihren Habseligkeiten vom Bettpfosten nahm und dann die Runde machte und uns alle umarmte und küsste. Sie wünschte uns allen alles Gute, viel Glück und Frieden. Dann folgte sie dem Geistlichen die Treppe hinunter.

Während unserer Lagerzeit sahen wir viele Frauen ein- und ausziehen. Ihr Kommen und Gehen vollzog sich ohne viel Aufhebens. Nur gelegentlich verursachte ein Neuzugang besondere Aufregung. Ein solcher Fall war der Auftritt von Frau Sobel.

Es war im zeitigen Frühjahr. Der Abend war schon fortgeschritten. Das Abendessen war abgeräumt, der Tisch wieder sauber. Strümpfe und Unterwäsche hingen gewaschen auf der Leine in einer Ecke des Raumes. Alle hatten sich in die Betten zurückgezogen, die Köpfe zum elektrischen Licht ausgerichtet. Wir lasen, schrieben oder machten Handarbeiten. Es war ruhig und friedlich im Raum. Plötzlich gab es Unruhe im Treppenhaus und schon flog die Türe auf. Ein Polizist führte eine Frau und ein Kind herein. Die Frau, vorn und hinten gut entwickelt, war elegant gekleidet. Sie trug eine weiße Spitzenbluse, ein graues Kostüm, graue Seidenstrümpfe mit schwarzer Naht und graue Schuhe mit hohen Absätzen, dazu ein graues randloses Hütchen mit einem kurzen grauen Schleier. Es saß etwas schräg auf einer Menge strohblonden Haares. In der Hand hielt sie eine große graue wildlederne Handtasche. Sie war erhitzt und ärgerlich und schimpfte laut in gebrochenem Französisch. Der Polizist habe kein Recht, sie und ihre Tochter zu verhaften und einfach ihr Gepäck am Bahnhof zu lassen. Sie verlangte, sofort den Polizeichef zu sprechen. „Was ist das hier überhaupt?", wollte sie wissen.

Das kleine Mädchen, sechs oder sieben Jahre alt, in marineblauem Mantel und Hut, weißen Kniestrümpfen und Lederschuhen hatte langes, blondes Haar, das ihr in Korkenzieherlocken über die schmächtigen Schultern fiel. Sie schaute sich mit großen Augen schweigend um, während ihre Mutter weiterschwadronierte. Wenn sie den Präfekten nicht unverzüglich sprechen könne, werde sie sich höheren Ortes beschweren.

Noch einmal ging die Tür auf. Ein Mann stürmte herein, zwei Polizisten hinterher. Der Mann war ebenfalls in untadeliges Grau gekleidet. Er hatte einen Schirm in der Hand, mit dem er wild herumfuchtelte. „Meine liebe Frau Sobel", rief er und breitete die Arme weit aus. „Man kann Ihre Stimme bis draußen hören. Ich bitte Sie dringend, sich zu mäßigen. Sie verschlimmern nur unsere unglückliche Lage. Bleiben Sie ruhig, meine liebe gnädige Frau, bleiben Sie ruhig, um Ihrer Zukunft, um unser aller Zukunft willen." „Was für eine Zukunft, Sie Scharlatan", heulte die Sobel. „Was ist mit meinen Reisepapieren passiert, mit der Reisegenehmigung, die Sie angeblich erhalten haben?"

Bevor der Herr antworten konnte, standen die beiden Polizisten an seiner Seite und legten ihm Handschellen an. „Sie haben uns spazieren geführt, mein Herr, jetzt führen wir mal Sie aus", sagte der eine. Frau Sobel schrie auf und der Herr bat sie wieder dringend, ruhig zu bleiben. Dann wurde er abgeführt. Der Polizist, der Frau Sobel gebracht hatte, beobachtete das Geschehen recht gelassen. Er rollte sich eine Zigarette und, an Giselas Bett gelehnt, blies er ihr vorsichtig den Rauch ins Gesicht. Dann schlug er vor, wir sollten nun alle sehen, dass wir zu unserer Nachtruhe kämen. Der Präfekt werde morgen schon eine Lösung finden.

Margot half dem kleinen Mädchen, es sich in einem unteren Bett bequem zu machen, und half der Mutter in das obere. Frau Sobel thronte da oben, hielt ihre Handtasche vor die Brust und blickte misstrauisch durch den Raum. „Ich gehöre nicht hierher", verkündete sie. „Ich bin in Wien eine bekannte Schauspielerin. Wir waren unterwegs nach Amerika, nach Hollywood. Da haben sie uns irrtümlich verhaftet. Ich gehöre wirklich nicht hierher", wiederholte sie mit einem Schluchzen. „Keiner von uns gehört hierher, meine Liebe", kam Giselas Stimme kühl. „Also, macht nun jemand das Licht aus, damit wir schlafen können?"

Am nächsten Morgen marschierte Frau Sobel unaufgefordert in das Büro des Präfekten. Verlegen kam sie zurück. „Ich weiß nicht, was ich von dem Mann halten soll", sagte sie zu niemand Bestimmten. Wir nickten alle verständnisvoll. Am späten Abend jedoch erschien strahlend wieder der Herr in Grau, einen Polizisten im Schlepptau. „Was habe ich Ihnen gesagt, meine liebe gnädige Frau? Wir sind frei und können gehen", rief er und breitete theatralisch seine Arme aus. Frau Sobel lief zu ihm und vergrub ihr Gesicht in seinem Revers. „Ich bin begeistert", schrie sie. „Sie sind ein Genie." Eilig holte sie ihre Handtasche und ihre Tochter und schritt ebenso bühnengerecht aus unserer Mitte, wie sie hereingekommen war. „Was glaubt ihr wohl, werden wir sie demnächst in einem amerikanischen Film sehen?", fragte

Margot. „Würde ich lieber nicht drauf wetten", antwortete Gisela für uns alle.

Endlich kam der Tag, an dem Mutter und ich unsere Freunde Fritz und Elisabeth besuchen durften. Wir fanden sie in einer Wohnung in der oberen Etage eines hübschen zweistöckigen Hauses, das zwei schon betagten Schwestern gehörte, die unten wohnten. Eine gemeinsame Toilette befand sich auf dem Treppenabsatz. Mutter und ich registrierten es sofort und wir nahmen uns vor, sie bei jeder sich bietenden Gelegenheit zu benutzen. Es blinkte vor Reinlichkeit, dank der pingeligen Vermieterinnen, die an ihrer Wohnungstür Filzpantoffeln für Besucher stehen hatten, damit der Boden schön blank blieb.

Die Wohnung von Elisabeth und Fritz war nicht ganz so aufgeräumt. Sie waren Buchhändler gewesen und machten noch immer ein paar Geschäfte per Post. Folglich lagen Bücher und Papier, Fotos und Notizen überall verstreut und sorgten für die Art von intellektuellem Wirrwarr, die ganz nach meinem Herzen war. Auch eine Schreibmaschine war da, ein Vervielfältigungsapparat und – zu meinem Erstaunen – ein großer Zeichentisch. Während Fritz und Elisabeth uns in ihrer Wohnung herzlich willkommen hießen, kamen von hinten zwei Jungen heran und starrten Mutter und mich an. Der eine war Hans, der Sohn unserer Gastgeber und eine fast exakte Kopie seines Vaters, groß und linkisch, mit sandfarbenem Haar, schlechter Haut und romantisch blauen Augen hinter schweren Lidern mit ungewöhnlich dichten, schwarzen Wimpern. Der andere, Luddy, war sogar noch größer. Sein Haar und die Augen waren dunkel, seine Haut glatt. Er wohnte bei den Eltern von Hans, solange seine eigene Mutter und sein Bruder noch in Paris waren, mehr oder weniger im Untergrund, und dort irgendein Geschäft der Familie auflösten. Luddys Vater und sein Onkel, prominente Mitgestalter der Weimarer Republik, waren von den Nazis ermordet worden. Luddy erzählte seine Familiengeschichte fast fröhlich und beteiligte sich dann an der allgemeinen Unterhaltung. Hans sagte nicht allzu viel. Beide Jungen, angehende Künstler, waren achtzehn Jahre alt, ein Jahr jünger als ich. Sie arbeiteten freischaffend für einen Zeichner von Trickfilmen. Ich war beeindruckt.

Während Fritz unser Abendessen zubereitete, Rührei mit gehacktem Schnittlauch und Pommes frites, seine besondere Spezialität, standen wir alle in der Küche um ihn herum und redeten. Fritz benötigte jede Menge Töpfe und Pfannen und viel Zeit. Unsere Unterhaltung war recht umfassend. Unsere Gastgeber wollten alles über Spanien wissen, über unser Leben in den Lagern und wie uns der Präfekt behandelte. Fritz, der mit meinem Onkel Paul bei der Feldpost gedient hatte, war auch Mitglied in Onkels literarischem Zirkel „Grüner Schrey" gewesen. Er war ganz besonders an meinem Vater interessiert und wie er in Gurs durchhielt. Er erkundigte sich auch nach meiner Großmutter, die er sehr zu bewundern schien.

Es war lange her, dass Mutter und ich Gelegenheit gehabt hatten, offen mit Leuten zu sprechen, die nicht nur an unserem Wohlergehen aufrichtig interessiert waren, sondern denen auch unser Hintergrund vertraut war. Es tat gut, unsere vielen Sorgen herauszulassen. Und als Elisabeth ihren Arm um meine Schulter legte und sagte, auch wenn sie und Fritz nicht wüssten, was sie für meinen Vater in Gurs tun könnten, würden sie doch bestimmt etwas ausfindig machen, um Mutter und mich aus unserer misslichen Lage zu holen, da spürte ich, dass wir eine verlässliche Freundin gefunden hatten.

24. Kapitel

Wenige Tage später bestellte der Präfekt meine Mutter in sein Büro. Sie ging mit einem gewissen Unbehagen hin, kam aber freudig erregt zurück. Sie hatte dort eine Frau getroffen, die ein Heim für Flüchtlingskinder eröffnen sollte und dafür Mitarbeiter suchte. Ursula war auf Elisabeths Rat zum Präfekten gegangen, um Mutter dafür einzustellen. Ursula war Sozialarbeiterin in Berlin gewesen und als Emigrantin über Paris nach Limoges gekommen.

„Ich soll mich um die Wäsche und andere hauswirtschaftliche Dinge kümmern", berichtete Mutter aufgeregt. „Ich kriege Unterkunft, Verpflegung und ein kleines Gehalt." Das Beste an der Neuigkeit war, dass Mutter und ich für uns sein würden. Der Präfekt hatte das schon genehmigt. Wir konnten aus dem Lager ausziehen, solange wir uns jede Woche in seinem Büro meldeten. Wie gewöhnlich hatten sich die Frauen rundherum versammelt, um zu hören, was im Büro des Präfekten losgewesen war, und um zu überlegen, wie diese letzten Entwicklungen ihre eigene Zukunft beeinflussen könnten. Margot rannte gleich hinunter zum Büro des Präfekten, um Ursula abzufangen und sie auch um eine Anstellung zu bitten. Sie wurde als Hilfsköchin eingestellt.

Wir drei zogen ein paar Tage später aus. Margot erhielt ein Dachzimmer in der Kinderkrippe, der *pouponnière*. Mutter und mir wurde an einer ruhigen, kleinen Straße in der Nähe ein Zimmer im Erdgeschoss mit eigenem Eingang zugewiesen. Als wir unsere neue Bleibe zum ersten Mal ansahen, waren wir überrascht über ein riesiges, blank poliertes Messingbett mit roten Seidenkissen, das die Raummitte einnahm. Wir wunderten uns über rosafarbene Glühbirnen und Lampenschirme mit Goldfransen, die vielen Kissen mit Quasten und andere Merkwürdigkeiten. Wir stapelten das ganze Zeug in der Abstellkammer. In einer Nische standen ein Waschtisch und eine elektrische Kochplatte, außerdem eine Kiste mit etwas Geschirr und Küchengeräten, lauter Sachen, die wir dringend brauchten, um unsere einfache Häuslichkeit zu genießen.

Hinter dem Haus war ein enger Hof, den wir mit anderen Reihenhäuschen teilten. Dort gab es einen Wasserhahn mit fließend Wasser und zwei Aborte. Ein großer, schwarzer

Schäferhund lag in der Ecke an einer Kette. Immer wenn jemand aufs Örtchen wollte, zerrte der Hund an seiner Kette, bellte wie wild und entblößte seine Zähne, nur wenige Zoll von den Beinen des Unglücksraben entfernt. Bei warmem Wetter standen auf den rückwärtigen Veranden mehr oder weniger bekleidete Frauen beisammen. Sie wurden von einem Herrn mit rosigem Gesicht beobachtet, der seine Zigaretten in einer langen, modischen Zigarettenspitze rauchte.

Mutters dunkler Verdacht, wir seien mitten in einem Rotlichtbezirk gelandet, bestätigte sich eines Nachts, als eine betrunkene männliche Stimme vor unserem Fenster Einlass verlangte, mit Worten, die an Deutlichkeit nichts zu wünschen übrig ließen. Eine ganze Weile hörten wir ihn Obszönitäten rufen und heftig an unsere Fensterläden schlagen. Schließlich hörten wir eine unserer Nachbarinnen, die dem zornigen Mann besänftigend zuredete, bis er sich friedlich wegführen ließ.

Das war im Frühsommer 1940. Hitlers Blitzkrieg war erfolgreich verlaufen. Paris war fest in deutscher Hand. Der sogenannten freien französischen Regierung in Vichy war nicht zu trauen. Die Nachrichten aus Gurs waren beängstigend. Man ließ die Männer, darunter meinen Vater, zu Arbeitskommandos marschieren und führte sie im Land als ausländische Spione vor. Französische Bauern bewarfen sie mit Kuhmist und Steinen.

Das Frauenlager war geräumt worden. Einige Frauen waren glücklich in die deutsch besetzten Gebiete zurückgekehrt, wo sie hergekommen waren. Wer Schutz vor den Nazis suchte, hatte entweder eine Wohnung in der Stadt gefunden oder war ins Gefängnis gesteckt worden, ganz nach Lust und Laune des allmächtigen Polizeipräfekten. Er schien das Schicksal jedes Flüchtlings in seinen weichen, verwöhnten Händen zu halten. Sein Büro befand sich noch immer im ersten Stock des Wachhauses und Gisela war noch immer seine Sekretärin. Sie war jedoch mit ihrer Schreibmaschine nach unten gezogen in eine Art Empfangszimmer. Von dort konnte sie ein wachsames Auge auf die ausländischen Flüchtlinge haben, die beim Präfekten um Reiseerlaubnis oder Aufenthaltsgenehmigung nachsuchten.

Wir saßen alle auf Bänken an der Wand und warteten darauf, dass der große Mann uns das kleine abgestempelte Papier gewähre, das uns eine Chance gab, uns vor dem langen Arm der deutschen Wehrmacht und ihrer tödlichen Polizeimacht zu verstecken.

Ein Neuankömmling in der Stadt, Herr Holz, hatte im Warteraum des Präfekten eine Unterhaltung mit mir begonnen und erwies sich dann als recht anhänglich. Herr Holz war eine traurige Gestalt. Er war groß, dunkelhaarig und trug einen Schnurrbart. Schwere Lider fielen über seine traurigen, dunkelbraunen Augen. Wenn er zu Besuch kam, brachte er Brühwürfel, Kondensmilch und Eipulver mit, die ihm seine Schwester aus Amerika geschickt hatte. Er lehnte sich zurück und staunte über die kulinarischen Wunder, die Mutter mit diesen einfachen Zutaten auf seinen heißen Teller zauberte, ohne dass er je wahrnahm oder zugab, wie viel von unseren eigenen Lebensmitteln hinzugefügt worden war.

Oft brachte er ein Buch mit Gedichten von Tucholsky oder Kurzgeschichten von Thomas Mann mit und las uns daraus vor. Wir arbeiteten eifrig mit unseren Stricknadeln, während seine traurige, näselnde Stimme recht eintönig vortrug. Wir strickten Pullover für Margot, die uns Wolle und Muster beschaffte und die fertigen Stücke dann an ein Modegeschäft verkaufte. Dieses kleine Unternehmen versorgte uns mit Taschengeld und ermöglichte es uns, den Männern im Lager regelmäßig Päckchen zu schicken. „Sie sind wunderbare Frauen", rief Herr Holz aus und sah Mutter und mich bewundernd an. Er fiel uns beiden wirklich auf die Nerven, aber er tat uns auch leid. Er hatte uns erzählt, seine Frau habe in Gestapohaft Selbstmord begangen.

„Es ist natürlich die übliche Geschichte", sagte er mit Trauer in der Stimme. „Mir erzählten sie, sie sei aus einem

Fenster im dritten Stock in den Tod gesprungen, aber ich stelle mir vor, sie haben sie hinuntergestoßen. Meine Frau war in unserer Familie die politisch Aktive. Ich bin bloß ein bescheidener, zum Christentum übergetretener Jude. Nachdem das mit ihr passiert war, geriet ich in Panik und floh nach Paris. So kam ich hierher. Ich habe nur noch die Kleider, die ich auf dem Leib trage, und diese zwei Bücher. Mir geht es wie dem armen Poeten auf dem Bild von Spitzweg. Sie wissen schon, welches ich meine. Er sitzt da in ein Handtuch gewickelt und wartet, dass Hemd und Hose auf der Leine trocken werden. Wenn ich wasche, muss ich auch im Zimmer bleiben."

Eines Abends kam er an und verkündete, er könne seinen Mantel nicht ausziehen, weil er darunter nichts anhabe. Er habe Waschtag, sagte er, aber es sei der Sterbetag seiner Frau. Er habe einfach aus dem Haus gemusst. Er saß auf einem Stuhl und sah in dem schweren Lodenmantel recht unbehaglich aus, Tränen liefen ihm die Wangen hinunter. Ich holte ihm ein Glas Wasser, während Mutter beruhigend seine Hand tätschelte. Als er ging, schien er ein wenig getröstet. Doch nach dieser kleinen Episode änderten sich seine Gefühle für uns. Er erzählte uns von zwei jungen Frauen, die mit ihrer Mutter zusammenwohnten. Sie seien einsam, und er fand, er solle ihnen seine Zeit widmen. Mutter und ich stimmten dem erleichtert zu.

Ein anderer Flüchtling, Leon, war das genaue Gegenteil von Herrn Holz. Leon war jung, klein, glatt rasiert und äußerst nervös. Durch sein nervöses Gezappel fiel er mir zum ersten Mal im Warteraum des Präfekten auf. Er hoffe, er müsse nicht zu lange warten, sagte er laut auf Französisch mit starkem deutschen Akzent. Er habe dem Präfekten etwas Wichtiges mitzuteilen. Gisela, die teilnahmslos hinter ihrer Schreibmaschine gesessen hatte, schnaubte verächtlich: „Monsieur, das hat der Präfekt alles schon gehört. Es ist nicht nötig, dass er Sie nochmals anhört. Er hat Ihnen gesagt, Sie sollen nächste Woche wiederkommen."

„Dann wird es zu spät sein", jammerte Leon, aber Gisela zuckte die Schultern, stand auf und verließ den Raum.

„Meine Frau ist Französin", wandte sich Leon an mich. „Sie ist im Elsass geboren. Und sie steht kurz vor der Entbindung von unserem Kind, von unserem französischen Kind. Ich möchte nur, dass wir zusammen sind, wenn das Kind auf die Welt kommt. Alles was ich möchte, ist, dass ich so lange hierbleiben kann." Er hob die Stimme und sah sich im Raum nach Mitgefühl um, aber niemand achtete auf ihn. Die anderen Flüchtlinge saßen nach vorn gebeugt und versuchten, sich so unsichtbar wie möglich zu machen.

Ein paar Tage später klopfte Leon nach dem Abendessen an unsere Tür. Ich fragte ihn, wie er uns gefunden habe. Er lächelte und sagte, er habe meine Unterlagen auf Giselas Schreibtisch gesehen und verkehrt herum meine Adresse abgelesen und sich gemerkt. Er behauptete, ein geübter Spion zu sein. Da brauche man so was. „Ein Spion?", fragte Mutter scharf und hob die Augenbrauen. „Ja", sagte Leon, er habe über ein Jahr lang für die Franzosen spioniert und dabei jeden Tag sein Leben riskiert. Jetzt natürlich, wo der Krieg verloren war, war das bedeutungslos. „Niemand will etwas mit mir zu tun haben. Verdammt, sie geben noch nicht mal zu, dass ich existiere. Ich bin ein wandelnder Leichnam." „Natürlich", nickte Mutter weise. „So geht es Spionen immer." Leon wusste das, aber er glaubte, sein Fall liege anders. Er war kein gewöhnlicher Spion. Er verkaufte militärische Geheimnisse nicht für Geld, sondern aus Überzeugung. Er wollte helfen, die Deutschen zu besiegen. „Ich bin Idealist", stellte er fest.

Als Leon das nächste Mal zu Besuch kam, hatte seine Frau inzwischen das Baby, ein kleines Mädchen, und der Präfekt weigerte sich, seine Aufenthaltsgenehmigung zu verlängern. „Er erlaubt mir nicht hierzubleiben. Ich soll in das Dorf zurückkehren, in dem wir vorher wohnten. Meine Frau wurde dort verrückt. Deshalb ist sie dort weg und kam hierher. Sie hat gute Geschäfte mit gebrauchten Möbeln gemacht, aber jetzt mit dem Baby wird sie keine Geschäfte mehr machen können, wenn sie nicht zu Hause eine Hilfe hat. Kein Geschäft, kein Geld. Kein Geld, kein Essen. Wir werden uns zu Tode hungern. Aber dem Präfekten ist das egal. Er will mich nur aus seiner Stadt haben."

Leon sagte, er müsse sofort weg, sonst werde man ihn ins Gefängnis werfen. Daher bat er mich inständig, mich um das Baby zu kümmern. „Germaine geht es nicht gut. Sie schafft es alleine nicht", bat er. „Sie zahlt Ihnen auch gerne etwas dafür."

Ich fand Germaine in einem trostlosen Loch in der Altstadt. Sie war groß, gut gebaut, strohblond und ganz in Schwarz gekleidet, sogar ihre Strümpfe waren schwarz. Sie trauere um ihren lieben, verstorbenen Vater, der ihr ein Möbelgeschäft hinterlassen habe, erzählte sie. Sie führte mich in eine dunkle, trostlose Küche, wo auf einem rostigen Herd zwei große Töpfe dampften. In dem einen blubberten Windeln, im anderen klapperten Babyfläschchen. Der Wäschekorb mit dem Baby stand auf einem Stuhl. Das kleine Mädchen lag auf einer zerknitterten Decke. Ihr Gesichtchen war lehmfarben, ihr dünnes, dunkles Haar ohne Glanz. Mit ihren dunklen Augen, den Augen ihres Vaters, starrte sie mich ausdruckslos an.

Germaine wollte offensichtlich rasch wegkommen. In Eile erzählte sie mir, ich solle der Kleinen die Windeln wechseln, ihr eine Flasche geben, Windeln waschen und die Küche ausfegen. Sie zeigte mir den Reisigbesen an der Wand und ein Stück Pappe, das als Kehrschaufel diente. Durch das schmutzige Fenster zeigte sie auf die Wäscheleine in dem schmuddeligen kleinen Hof, wo ich die Windeln aufzuhängen hatte. Ich könne das Baby mit hinausnehmen, wenn ich wolle. „Und noch etwas: Lass keinesfalls das Feuer im Herd ausgehen", ermahnte sie mich und rannte fort. Gegen Abend kam sie zurück, drückte mir etwas Geld in die Hand und bestellte mich für den nächsten Morgen zeitig wieder her.

Ich verbrachte mehrere Tage in der dunklen Küche und dem schmutzigen Hof mit einem fast leblosen, sauer riechenden Baby, das weder schrie noch lächelte. Schließlich kam ich zu einem Entschluss. Eines Morgens, bevor Germaine zur Arbeit eilte, sagte ich ihr, mit dem Baby scheine etwas nicht zu stimmen, weil es nie einen Laut von sich gebe. Germaines grüne Augen wurden eisig. Sie habe nicht gewusst, dass achtzehnjährige Mädchen solche Experten für Babys seien, sagte sie verärgert. Wenn es mir nicht passe, könne ich ja gehen. Das tat ich dann auch.

Obwohl meine Mutter Leon von Anfang an nicht gemocht hatte, und alles missbilligte, was ihr über Germaine zu Ohren gekommen war, war sie doch enttäuscht, dass ich meine Stelle aufgab. Mein Mangel an Beharrungsvermögen scheine wieder durchzukommen. Mutter steuerte entschlossen dagegen an. In Zukunft würde ich mit ihr in der Kinderkrippe arbeiten.

Das Kinderheim, ein großes, weitläufiges Haus am Stadtrand, war ein wichtiger Zufluchtsort für Flüchtlingskinder und ihre Mütter geworden, auch für Kinder, die von ihren Müttern durch Verfolgung oder Krieg getrennt worden waren. Das Heim wurde hauptsächlich von jüdischen Hilfsorganisationen aus Amerika und privaten Spendern getragen. Außer finanzieller Hilfe erhielten wir regelmäßig Pakete mit Lebensmitteln und Kleidung.

Gelegentlich riefen die Geschenke aus Übersee Erstaunen hervor, so zum Beispiel die Baumwollhosen, die in allen Größen aus New York eintrafen. Weil der Stoff so steif war, sorgte Mutter dafür, dass die Hosen erst gewaschen wurden, bevor man sie den Kindern anzog. Die dunkelblaue Verfärbung der Waschlauge und der Waschfrauenhände sorgte eine ganze Weile für Gesprächsstoff. „Stell dir nur vor, wie Knie und Hintern der Kinder ausgesehen hätten, wenn sie die Sachen gleich angezogen hätten", kommentierte Ursula und schüttelte den Kopf. Ursula leitete die Pouponnière mit fester Hand. Sie wohnte im Haus, zusammen mit ihrem schon älteren Ehemann und einem fünfjährigen Sohn. Ihre Mutter, Frau Kornblum, wohnte in der Mansarde neben Margot. Frau Kornblum trank. Fast jede Nacht musste ihr jemand die Treppe hinaufhelfen. Manchmal wurde sie an der Vordertür von einem Polizisten abgeliefert, der sie auf der Straße aufgelesen hatte, obwohl jeder im Haus bemüht war, sie daran zu hindern, das Haus zu verlassen. Wir wollten Ursula die Peinlichkeit ersparen.

Mittags kam Frau Kornblum täglich in die Küche und bat um Milchkaffe und Butterbrot, was sie dann neben dem Küchenherd heißhungrig verschlang. Wenn die Köchin ihr den Rücken zuwandte, beugte sich Frau Kornblum schnell vor und hob die Topfdeckel hoch, um zu sehen, was da kochte. Dann langte sie mit ihrer knochigen Hand in die kochende Brühe, holte einen ordentlichen Leckerbissen heraus und steckte ihn in den Mund. Einmal war ich morgens alleine in der Küche und beobachtete Frau Kornblum verwundert, wie sie eine kochend heiße Kartoffel hinunterschlang. Sie sah mich mit ihren rotgeränderten wässrigen Augen an. „Du glaubst wohl, es ist einfach siebzig Jahre zu leben, nicht wahr?", fragte sie. „Ist es ganz und gar nicht."

Alle Mitarbeiterinnen im Heim hatten gelegentlich eine Nachtschicht zu übernehmen. Das bedeutete, dass man die Nacht auf einem Feldbett im Schlafsaal der Kinder verbrachte und zweimal in der Nacht jedes Kind töpfen musste, um die Zahl schmutziger Windeln und eingenässter Bettwäsche zu vermindern. Das erste Töpfen um 10 Uhr war leicht. Gewöhnlich waren noch ein paar andere Frauen wach, mit denen man in Ruhe eben noch einen abendlichen Tee geteilt hatte. Sie halfen bei dieser Runde.

Die zweite Pflichtrunde war um zwei Uhr morgens, und das war eine ganz andere Sache. Um diese gespenstische Stunde, wenn ich beim schummrigen Licht der Nachtleuchten auf Zehenspitzen meinen Weg durch die verwirrenden Schatten suchte, fühlte ich mich preisgegeben, wie zwischen Leben und Tod hängend. Ich ging von einem Bettchen zum anderen, nahm die kleinen, warmen Körper hoch. Sie hingen über meiner Schulter, während ich Knöpfe und Haken öffnete. Dann setzte ich die runden kleinen Hinterteile auf die große Rundung der Emailtöpfe. Den kleinsten Kindern wurden die Töpfe ins Bettchen gestellt. Für die Größeren – und die waren auch noch sehr klein – kam der Topf auf den Boden. Sie blickten mich aus mitleiderregenden verschlafenen Gesichtchen an. Mit Zunge und Lippen machte ich jene ermutigenden Geräusche, die das erwünschte Rieseln hervorbringen sollten. Das Ergebnis war dürftig.

Vor Sonnenaufgang saß ich in der Küche, wo nur die Köchin am Herd mit den Töpfen klapperte, als entsetzte Rufe durch das Haus hallten: „Wer sollte nachts die Kinder töpfen?" „Emmas Tochter Hannel", rief die Köchin freundlich zurück. Ursula steckte den Kopf in die Tür. Sie kam herein, als sie mich sah. Die Köchin gab ihr eine Tasse Kaffee und kreuzte erwartungsvoll die Arme. Ursula nippte vorsichtig an ihrem Kaffee und blickte mich nachdenklich an. So hatte sie mich auch angesehen, als ich neulich draußen an der Hintertür eine Zigarette rauchte. Dann hatte sie mich vor Nikotinvergiftung gewarnt und gesagt, ich würde damit meine Gesundheit ruinieren und schließlich könne ich es nicht mehr lassen. Rauchen sei ein Zeichen von Charakterschwäche. War ich denn wirklich so schwach, dass ich die Zigaretten als Krücke brauchte? Ich antwortete ihr wahrheitsgemäß, ich wisse es nicht. Das machte sie ärgerlich.

Jetzt sagte Ursula, die anderen Frauen seien wütend auf mich, weil ich sie im Stich gelassen hätte. Ich hätte meine Arbeit nicht getan. Einige glaubten, ich sei in der Nacht überhaupt nicht aufgestanden. Sie selbst frage sich das auch, sagte sie, aber was wichtiger sei, sie wolle von mir wissen, ob sie sich darauf verlassen könne, dass ich es in Zukunft besser mache.

Ich versicherte ihr, dass ich nicht durchgeschlafen, sondern meine Runden gemacht hatte, wie es verlangt wurde. Es tue mir leid, dass der Erfolg so gering gewesen war. Ich wolle es gerne wieder versuchen, könne aber nicht garantieren, dass es dann besser sein würde, ich fühle mich der Situation nicht gewachsen und das nächtliche Töpfen hasse ich sowieso. Ursula schüttelte den Kopf und ging hinaus, die Kaffeetasse noch in der Hand. Auch die Köchin schüttelte den Kopf. „Das war eine ziemlich blöde Bemerkung", sagte sie. Als Mutter morgens zur Arbeit kam, erwarteten sie nicht nur Berge schmutziger Wäsche, sondern auch ein großer Aufruhr über das, was ich zu Ursula gesagt oder nicht gesagt haben sollte. „Es war sehr peinlich", sagte sie zu mir.

Glücklicherweise konnte ich meine Stelle in der Pouponnière einige Tage danach aufgeben, ohne weitere Missstimmung zu verursachen. Ich ging mit Hans und Luddy zur Arbeit. Sie arbeiteten nicht mehr freiberuflich für den Trickfilmzeichner, der nach Amerika gegangen war. Sie bemalten jetzt Holztiere in einer kleinen Werkstatt.

Mein neuer Chef war Herr Hirsch, ein Flüchtling aus Deutschland. Vor dem Krieg hatte er außerhalb von Paris eine kleine Spielwarenfabrik betrieben. Als die Deutschen kamen, übersiedelte er nach Limoges, in der Hoffnung, seinen bescheidenen Betrieb einstweilen fortsetzen zu können. Elisabeth hatte ihn im Büro des Präfekten kennengelernt und ihn gebeten, Hans und Luddy einzustellen. Dabei hatte sie ihm auch von mir erzählt.

Herr Hirsch äußerte sich anfangs skeptisch zur Einstellung eines jungen Mädchens. Ihre Gegenwart werde sicherlich einen störenden Einfluss haben. Doch Elisabeth wandte ihr Überzeugungstalent an, und ich wurde eingestellt. Sechs Tage die Woche saßen wir von Sonnenaufgang fast bis Sonnenuntergang an einem mit Zeitungspapier bedeckten Tisch in einem stickigen kleinen Raum.

Hans malte eine endlose Phalanx gelber Enten mit rotem Schnabel. Ich malte weiße Hunde mit runden, braunen Flecken. Luddy pinselte rote Räder. Auf der Werkbank klopfte ein blonder französischer Junge die Tiere mit Hammer und Nägeln auf ihrem Untergestell fest. Der Junge arbeitete mit

Blick auf das einzige Fenster im Raum, sodass er uns den Rücken zukehrte. Er pfiff und summte den ganzen Tag zufrieden vor sich hin. Sein Repertoire bestand aus „La Paloma" und der „Eselserenade".

Einmal am Tag platzte Hirsch gewöhnlich in den Raum und verursachte Unruhe. Er brachte Kartons mit unbemalten Tieren und stapelte sie unter dem Tisch. Dann sammelte er die fertigen Spielsachen auf, die wir an der Wand entlang auf dem Boden aufgereiht hatten. Dabei überprüfte er sie einzeln und äußerte sich kritisch zu unserer Arbeit. Hatten wir nicht genügend aufgepasst, so belehrte er uns über Arbeitshaltung und Motivation. Häufig stellte er Tisch und Stühle um, um ein rationelleres Arbeiten zu erreichen. Nicht selten kippte dabei ein Farbtopf um. Wenn Hirsch dann die Treppen hinunterrannte, unter jedem Arm eine Schachtel mit Spielzeug, dann drehte sich der französische Junge um und tippte sich an die Stirn. „Il est fou, non?"[11], blieb der einzige Kommentar, den wir den ganzen Tag über je von ihm gehört haben, so sehr wir uns auch bemühten, ihn in unsere lebhafte Unterhaltung einzubeziehen, die wir seinetwegen auf Französisch führten.

Die Produkte unserer Mühen wurden auf einem offenen Markt im Stadtzentrum verkauft, wo es eine reichliche Auswahl an Dingen aus Ersatzmaterial gab. Vieles davon wurde in derselben Straße gemacht, wo auch unsere Werkstatt lag. Auf den zwei Etagen unter uns zum Beispiel wurden grobe Stoffoberteile und dicke Holzsohlen zu Damenschuhen zusammengesetzt und nebenan wurden Kordel und Pappe zu Handtaschen verarbeitet. Die Leute waren gezwungen, teures Geld für diese Behelfsartikel zu bezahlen, weil Leder, Metallwaren und ordentliches Material in deutsche Hände und auf den Schwarzmarkt verschwanden. Merkwürdig genug, es wurde tatsächlich über die sich ständig verschlechternde Situation nicht allzu viel geschimpft. Man begnügte sich mit philosophischem Schulterzucken.

---

11 Er ist verrückt, nicht?

25. Kapitel

Es war Sommer 1940. Die Abende waren lang. Nach der Arbeit gingen Hans, Luddy und ich oft in ein Atelier, wo wir Unterricht in Zeichnen, Layout, Beschriftung und in der Gestaltung von Aquarellen und Gouachen erhielten. Unsere jüdische Lehrerin stammte aus Berlin, wo sie studiert und gearbeitet hatte, bevor sie nach Paris kam. In Limoges arbeitete sie in einer Druckerei.

„Für Geld mache ich alles – fast alles", pflegte sie zu sagen. „Ich möchte nicht, dass es meiner Mutter je an irgendetwas fehlt." Ihre Mutter, die mit in ihrem Atelier wohnte, hatte aus Gründen, über die nie gesprochen wurde, keine Aufenthaltsgenehmigung und musste sich jedes Mal, wenn es klingelte, in der Vorratskammer verstecken. Sie blieb dort, bis sie sicher war, dass der Besucher kein Polizist war. Zwischen diesen demütigenden Auftritten richtete die liebe alte Dame köstliche kleine Leckerbissen für uns her. Sie kamen aus den Lebensmittelpaketen, die ihr Sohn aus Amerika schickte. Beide Frauen waren einsam und drängten uns oft, ihnen nach dem Unterricht noch Gesellschaft zu leisten, was wir nur zu gerne taten.

Sonntags gingen Hans, Luddy und ich zum Schwimmen zur Vienne hinunter. Faul ließen wir uns von dem weichen, leicht trüben Wasser flussabwärts tragen. Dann schwammen wir mit kräftigen Zügen zurück, rannten das Ufer hoch und ließen uns lachend und außer Atem auf unsere Handtücher fallen. Wir blieben stundenlang in der Sonne, malten und zeichneten. Manchmal graste eine Herde braun und weiß gefleckter Kühe um uns herum, und die Tiere betrachteten uns aufmerksam. Es waren auch andere Schwimmer und Sonnenbadende da. Man winkte sich freundlich zu und grüßte sich.

Wenn wir Geld hatten, schlüpften wir abends manchmal in ein schwach erleuchtetes Café, bestellten Wermutersatz und hörten Jazz. Es war aufregend, den schwarzen Musikern zuzuhören, die in die Provinz gekommen waren, nachdem die Deutschen sie aus Paris vertrieben hatten. Unglückseligerweise folgten ihnen deutsche Offiziere auf Urlaub. Sie fielen in Gruppen in die Restaurants ein, belegten die besten Tische, unterhielten sich, lachten und machten beleidigende Bemerkungen. Das veranlasste uns aufzustehen und zu gehen. Entspannender war es, ins Kino zu gehen. Wir liebten die französischen Filme, die tragischen ebenso wie die romantischen. Besonders begeisterten wir uns für Jean Cocteaus surrealistischen Film „Nächtlicher Besuch". Wir sahen ihn uns gleich mehrmals an und debattierten stundenlang über seine Bedeutung. Mit Interesse verfolgten wir die Karriere von Jean Louis Barrault, bewunderten Henri Baur und verehrten Simone Signoret. Nachdem wir „Billet de Bal" gesehen hatten, versprachen wir einander, uns in fünfundzwanzig Jahren wieder zu treffen, so wie es die Protagonisten im Film getan hatten. Wie würde die Welt dann wohl aussehen, fragten wir uns. Wie würde das Leben sein ohne Schikanen und ohne die ständige Angst, Freiheit und Leben zu verlieren?

Aus dem Nichts erschien Ende Juli plötzlich Luddys Bruder. Er verschwand mit Luddy nach Amerika. Unser Triumvirat hatte ein jederzeit großzügiges und heiteres Mitglied verloren. „Da waren's nur noch zwei", sagte Hans feierlich, als wir uns das erste Mal ohne Luddy trafen. „Ja", sagte ich. „Zwei kleine Halbjuden." Wir waren alle drei immer stolz darauf, von einem jüdischen Vater und einer christlichen Mutter abzustammen. Wir waren halb das eine, halb das andere, je nachdem wie es die Leute lieber sahen. Es machte uns zu etwas Besonderem. Wir waren klüger, talentierter und sahen besser aus als gleichaltrige Voll-Arier, versicherten wir uns gegenseitig.

Nachdem Luddy nun weg war, kam Hans oft mitten in der Nacht bei uns vorbei. Vor unserem Fenster pfiff er leise, ich krabbelte aus dem Bett, warf mir ein Kleid über und schlich aus der Tür. Ich fühlte mich recht aufgekratzt, war aber auch ein bisschen eingebildet, wenn ich Hans geduldig auf dem dunklen Gehweg warten sah. Wie immer hatte er eine ausgebeulte lange Hose an und trug sein verknittertes Hemd offen. An den bloßen Füßen trug er entweder Sandalen oder Bergstiefel ohne Schnürsenkel. „Ich konnte nicht schlafen", empfing er mich und schaute verdrießlich unter müden Augenlidern hervor.

Ich machte immer zwei schnelle für jeden seiner langen, bedächtigen Schritte. So wanderten wir Hand in Hand durch die verlassenen Straßen der Altstadt. Wir stiegen die Stufen zur Kathedrale hinauf, gingen abwechselnd durch dunkle Schatten und silbrige Lichtstreifen, überquerten den weiten gepflasterten Marktplatz. Wir sahen auf die Vienne hinunter. Der Fluss sah bleiern und fremd aus, fast unbeweglich in seinem stockdunklen Bett. „Das ist der Styx", sagten wir beide gleichzeitig und nickten der an Sagen erinnernden Welt ringsum feierlich zu. Dann fragten wir uns, ob vielleicht dies hier die Realität war und der Tag das Trugbild, die hellen, lebhaften Farben nur ein Traum. Wenn wir in die neueren Stadtteile kamen, wo die Straßen eben und gerade waren, begannen wir zu rennen. Wir jagten uns gegenseitig mit keuchendem Atem und schlenkerten mit den Armen. Das Stakkato unserer Schritte hallte uns in den Ohren.

Bei der Rückkehr fand ich Mutter manchmal im Bett sitzend vor. Sie sah mich besorgt an und beobachtete mich beim Ausziehen genau. Einmal fragte sie, wo Hans und ich hingingen und was wir die Nacht über taten. Ich erzählte ihr, dass wir spazieren gingen und redeten. „Wir machen gar nichts", sagte ich ärgerlich werdend, als ich ihren ungläubigen Blick sah. „Wir sind Freunde, Hans und ich, richtig gute Freunde." „Hannel, so etwas wie platonische Freundschaft gibt es zwischen Mann und Frau nicht. Vielleicht fühlst du dich in dieser Beziehung zufrieden, aber ich bezweifle, dass es Hans ebenso geht. Mir scheint, dass du ihn ausnutzt. Außerdem", fügte sie hinzu, „gehört es sich nicht für dich, so durch die Nacht zu laufen." Es kümmerte mich wenig, was sich gehörte, aber ich fragte mich, ob sie recht hatte und ich Hans ausnutzte. Das wollte ich gewiss nicht. Doch unsere nächtlichen Ausflüge machten mir so viel Spaß, dass ich sie auch nicht aufgeben wollte.

Irgendwann im September wurde uns mitgeteilt, dass die Besitzerin unseres Zimmers vom Lande zurückkomme und wir auszuziehen hätten. Das kam häufig vor. Viele Städter, die den Sommer auf dem Land verbrachten, hatten ihre Wohnungen an Flüchtlinge aus den deutsch besetzten Gebieten untervermietet. Nun wollten sie ihre Wohnung für den Winter zurückhaben und schickten damit viele von uns auf Wohnungssuche.

Hans und seine Eltern mussten ihre hübsche Wohnung ebenfalls räumen und mangels Besserem zogen sie mit all ihren Utensilien in eine kleine Dachkammer über einem lauten Gasthaus. Mutter und mir wurde ein möbliertes Zimmer im ersten Stock eines alten Wohnhauses nahe der Pouponnière zugewiesen. Davor standen Schatten spendende Bäume und auf der Rückseite war ein großer Hof mit Obstbäumen, Gemüsebeeten, Blumen und dahinter das offene Land. Das Zimmer selbst war dunkel und muffig und voller großer, altmodischer Möbel. Das Schlimmste aber war, dass wir durch das Zimmer von anderen Leuten gehen mussten, um hinzugelangen.

In diesem Vorderzimmer wohnten die Maiers, ein älteres deutsch-jüdisches Ehepaar aus Ulm. Ihr Ziel war Palästina, wo sie hofften, mit ihrem einzigen Sohn wieder vereint zu werden. Herr Maier hatte ein schlechtes Herz. Er verbrachte die meiste Zeit von Kissen gestützt im Bett sitzend und gab Frau Maier Anordnungen. Frau Maier war klein und rundlich. Sie trug immer ein schwarzes Haarnetz, das unter ihrem Doppelkinn zu einer Schleife gebunden war. Sie wich ihrem Ehemann kaum von der Seite.

Ursula, die außer der Leitung des Kinderheimes noch in verschiedensten Flüchtlingsangelegenheiten vermittelte, hatte dem Ehepaar vorgeschlagen, das hintere Zimmer zu nehmen, weil es ruhiger war, aber sie lehnten ab. Sie seien zuerst da gewesen, es sei nicht recht, wenn sie jetzt mit uns Neuankömmlingen tauschen müssten. Es mache ihnen nichts aus, wenn wir durch ihr Zimmer gingen, es sei ihnen sogar ganz recht. „Es wird uns helfen am Leben zu bleiben, wenn wir Leute sehen", sagte Frau Maier. „Uns besucht nie jemand." Über jeden unserer Besucher hatte sie rasch eine Meinung parat und teilte sie mit lauter Stimme ihrem Ehemann mit. Sie machte sich nichts aus Herrn Holz, der ohnehin nur einmal in unsere neue Bleibe kam. Auch Margot war ihr gleichgültig. Doch Hans wurde einer ihrer Favoriten.

„Sehen Sie den Kirchturm da?", fragte sie ihn bei jeder sich bietenden Gelegenheit. „Ich habe keine Nacht richtig geschlafen, seit ich hier eingezogen bin. Die Kirchturmuhr schlägt jede Stunde, und ich höre sie die ganze Nacht hindurch. Ich höre sie 11 Uhr schlagen und dann 12 Uhr. Dann zähle ich einen Schlag, zwei Schläge, drei Schläge und vier. Bevor es fünf schlägt, weiß ich schon, was passiert. Vorher fangen die Hähne an zu krähen! Es gibt um uns herum überall Hähne, mindestens einen in jedem Hof, und sie krähen und krähen, bis ich es nicht mehr länger aushalte und aufstehe."

Mutter und ich hörten diese Litanei durch die Wand mehrmals am Tag, wenn Frau Maier sie Herrn Maier erzählte. Er antwortete mit einem Brummen. Hans hatte mehr Mitleid. Er nickte und drückte der alten Dame die Hand. Sie antwortete, wie glücklich doch die jungen Leute seien, weil sie gut schlafen. Nichts störe sie. Sie bot Hans wohl auch einen Pfannkuchen an, einen Kloß oder etwas anderes Leckeres, was sie gerade kochte. Frau Maier mischte, hackte und zerstampfte den lieben langen Tag geheimnisvolle Zutaten auf dem großen Mahagonitisch, der am Fußende des Bettes stand. Sie kochte und siedete sie in Töpfen und Pfannen auf dem Wohnzimmerofen. Dann wurden die Sachen in kleinen Gläsern auf dem Fensterbrett aufbewahrt. Die verlockenden Düfte aus dem Zimmer der Maiers zogen durchs ganze

Haus. Sie machten mich hungrig und neidisch. Wir kochten nicht mehr. Mutter nahm ihre Mahlzeiten in der Pouponnière ein und brachte abends davon mit nach Hause.

Da wir keine Verbindungen nach Amerika hatten und alle unsere europäischen Freunde selbst unter dem Krieg litten, erhielten wir keinerlei Pakete mehr. Wir erhielten sehr wenige Briefe von der Außenwelt. Die durchkommenden waren stark zensiert, umgeleitet und lange unterwegs. Oft bezogen sie sich auf frühere Briefe, die wir nie erhalten hatten. Es war daher kein geringes Wunder, als ich eines Abends in unserem Briefkasten einen Brief mit einer chinesischen Marke und vielen chinesischen Stempeln fand. Aus den verschmierten und überschriebenen Adressen unter meinem Namen erkannte ich, dass der Brief mir vom Lager in Davignac zum Lager in Limoges und von dort zu unserem ersten Zimmer gefolgt war, bevor er schließlich hier in meiner zitternden Hand gelandet war. Der Brief war von Rolf, dem jungen deutschen Arzt, der mir seit Barcelona nicht aus dem Sinn ging. Anscheinend hatte auch er an mich gedacht und hatte schon vor über einem Jahr meine Adresse von Tante Rosel in Mannheim erhalten. Der Brief war letzten Sommer geschrieben, kurz bevor der Krieg in Europa ausbrach.

Auch in China war Krieg, schrieb Rolf. Wieder verband er Verwundete, diesmal nicht am Ufer des ausgetrockneten Ebro, sondern in der Nähe des endlosen Jangtsekiang. Wie immer erduldeten die Menschen mehr oder weniger gleichmütig den sinnlosen Krieg. Es ist immer dieselbe Geschichte, immer der gleiche Schmerz, die gleiche Hoffnungslosigkeit. Rolf hoffte, dass ich es irgendwie fertig brachte, mich von der Politik fernzuhalten. „Umgib dich mit Licht und Schönheit, egal wo du bist. Und gib nie deine Träume auf!"

Es war ein wunderbarer, langer Brief. Ich las ihn immer wieder und sehnte mich nach Rolfs Nähe. Unter seinen Namen hatte er ein Dreieck mit einem Punkt darin gezeichnet. Das stelle eine Frau mit einem Dach über ihrem Kopf dar, erklärte er, und es sei ein chinesisches Zeichen für Frieden.

Ich hatte den Brief nicht mit in unser muffiges Zimmer hinaufgenommen, sondern war an der Hintertür hinausgegangen und hatte mich auf die Holzbank gesetzt, die um den alten Apfelbaum herumlief. Ich blickte über den Garten und über die Felder, die dahinter lagen. Am Horizont versank die Sonne hinter den Bäumen. Ein kalter Windzug blies mir übers Gesicht. Plötzlich wusste ich: Rolf ist tot.

Trotzdem setzte ich mich wenig später hin, um ihm zu schreiben. Ich fragte Mutter, ob mein Brief wohl jemals sein Ziel in China erreichen werde. „Wie soll ich das wissen?" Sie zuckte mit den Schultern und bedeutete mir damit, sie bedrängten andere, wichtigere Fragen, auf die sie gerne Antwort hätte.

Sie verlor zunehmend die Geduld mit meinem kindischen Verhalten, wie sie es nannte. Während ich Holzspielzeug und Aquarellbilder malte, stand sie Tag für Tag Tragödien gegenüber. Ihre Arbeit in der Kinderkrippe machte ihr das Elend der jüdischen Kinder bewusst, die im ganzen Land verstreut wurden, wenn ihre Eltern ins Gefängnis oder an noch schlimmere Orte mussten. Gelegentlich waren die Behörden so freundlich, die Pouponnière zu informieren. Häufiger jedoch wurde Ursula über geheime Kanäle informiert, dass man irgendwo ein Kind gefunden hatte, das aufgenommen werden sollte. Manchmal erfuhr Ursula, dass ein Zug durchkam, der Frauen und Kinder in Konzentrationslager brachte. Dann schickte sie jemanden hin, um nachzusehen, wie man helfen könne. Wenn sich eine Gelegenheit bot, kam es vor, dass eine verzweifelte Mutter heimlich ein Kind, womöglich noch ein Kleinkind, herüberreichte. Gefragt wurde nicht, da war nur die dringende Bitte in den Augen der Mutter, das Leben ihres Kindes zu retten. Unter Umständen war in der Kleidung ein Stück Papier versteckt mit Namen und Adresse einer Kontaktperson. Häufiger blieb es der Pouponnière überlassen, eine akzeptable Lösung zu finden, und die Findlinge wurden eine Geschichte für jedermann. Immer war sie herzzerreißend.

Ab und zu konnte Mutter von einem glücklichen Ende berichten. Nachdem man sich wochenlang um einen kleinen Jungen Sorgen gemacht hatte, bei dem eine leichte Entwicklungsverzögerung festgestellt worden war, kam ein wohlhabendes französisches Ehepaar mittleren Alters vorbei, verguckte sich in das hübsche Kleinkind mit dem Lockenköpfchen und den großen Augen und adoptierte es. Ein kleines Mädchen, das irgendwie in die Pouponnière geraten war, sprach nie ein einziges Wort, war immer hungrig, grabschte sich ständig Brotscheiben und versteckte sie unter dem Rock. Freundliche Nonnen nahmen das Kind auf.

Eines Abends, als ich vom Kunstunterricht heimkam, legte Frau Maier die Finger an die Lippen und deutete auf unsere Türe. Ich merkte wohl, dass etwas Ungewöhnliches vorging, war aber nicht darauf vorbereitet, Mutter auf dem Bett sitzen und einen kleinen Jungen auf ihren Armen wiegen zu sehen. „Das ist Joel", flüsterte sie. „Ursula hat ihn im Städtischen Krankenhaus gefunden. Für die Pouponnière ist er zu krank. Wir müssen uns hier um ihn kümmern."

Ein Bettchen war zwischen Bett und Schrank gezwängt worden. Ich seufzte. Dann sah ich mir den kleinen Burschen näher an, sah wie dünn er war, wie blass und wie seine Brust sich bei jedem rasselnden Atemzug hob. Er öffnete die großen braunen Augen und verzog das Gesicht.

„Méchant hôpital, méchant hôpital[12]", weinte er und machte mir Zeichen, ich solle verschwinden. Mutter sah mich anklagend an und strich dem Kerlchen über den Kopf. Seine Mutter sei wie vom Erdboden verschwunden, erzählte sie. Die Vermieterin hatte Joel allein im Zimmer vorgefunden, glutheiß vom Fieber. Sie brachte ihn ins Krankenhaus, und das Krankenhaus benachrichtigte die Pouponnière. Der Junge hatte einen Vater in Algier. Ursula wollte versuchen, ihn ausfindig zu machen. Mutter blieb die nächste Zeit zu Hause und kümmerte sich unter Anleitung des für die Pouponnière zuständigen Arztes um Joel.

---

12 Krankenhaus bös!

Margot kam zweimal täglich, brachte Essen und was sonst nötig war. Sie brachte bei Bedarf auch neues Garn, und manchmal blieb sie zu Besuch, wenn Joel schlief und nicht störte. Eines Abends war ihr normalerweise rosiges Gesicht grau und abgespannt. Sie ließ sich auf unser Bett fallen und stöhnte. „Ich hab's so über, so schlecht zu sein", weinte sie. Dann erzählte sie uns unter Tränen und Schluchzen, dass sie, während ihr Verlobter in einem Lager schmachtete und ihr jeden Tag schrieb, einem anderen Mann erlaubt hatte, sie zu lieben. Er war noch ein Junge, sagte sie, ein süßer, unschuldiger Junge, der sie heiraten wolle, jetzt, wo sie schwanger sei. „Er weiß nichts von meinem Verlobten und mein Verlobter weiß nichts von meinem Liebhaber. Ich habe zwei nette, liebe Jungen betrogen. Nun straft mich Gott dafür. Ich muss das Baby loswerden", sagte sie tonlos. „Wie?", fragte Mutter. Margot zuckte die Schultern, und wir saßen alle drei eine Weile schweigsam, sahen Joel an, der sich in seinem Bettchen hin- und herzuwälzen begann. „Méchant hôpital", murmelte er. Mutter nahm ihn hoch und strich ihm über den Rücken. „Gute Nacht zusammen", sagte Margot leise und ging zur Tür hinaus.

Am nächsten Morgen kam Ursula selbst in unser Zimmer. Sie brachte einen Sportwagen für Joel, denn Mutter sollte ihn mit in die Pouponnière bringen, wo man sie in der Küche brauchte. Mit Margot war etwas passiert. Der junge Verkäufer aus dem Gemüseladen hatte sie blutend gefunden und hatte Ursula benachrichtigt. „Das Mädchen hat hohes Fieber und sollte im Krankenhaus sein, aber der Arzt sagt, unter den Umständen sei sie in ihrer Mansarde besser aufgehoben, wo wir die Sache ruhig regeln können", berichtete Ursula. „Außerdem wird der junge Mann nicht von ihrer Seite weichen. Er sitzt an ihrem Bett und weint und gibt ihr mit dem Teelöffel ein wenig Brühe ein." Ursula schüttelte verwundert den Kopf. Warum nur sah sie mich wieder so durchdringend an? Als sich Margot wohl genug fühlte, die Treppe hinunterzugehen, überredete sie ihr junger Liebhaber, ihre Mansarde und die Stadt zu verlassen und zu seiner Mutter aufs Land zu ziehen. Ursula fand Ersatz für Margot und Mutter blieb wieder zu Hause, um sich um Joel zu kümmern.

Joel hatte noch immer Anfälle von ziehendem Husten, war völlig ohne Appetit und lag oft über lange Zeit völlig apathisch da, aber der Arzt meinte, er werde jeden Tag ein wenig kräftiger. An sonnigen Sonntagnachmittagen nahmen Hans und ich Joel in seinem Sportwagen mit hinaus. Ich schob den Wagen und Hans ging bedächtig neben mir her und schwang seine langen Arme im Rhythmus seiner langen Schritte. Die Passanten lächelten uns huldvoll zu, aber Joel verzog das Gesichtchen, denn er saß steif zwischen Kissen und Decken. Wenn wir heimkamen, machte Frau Maier ein ziemliches Getue um ihn und tat lieb mit ihm, aber er mochte auch ihre Aufmerksamkeiten nicht. Was ihn betraf, verkörperten wir alle den Ort, den er mit so schlechten Erinnerungen verband. „Méchant hôpital", schrie er die sichtlich beleidigte Dame an.

Spät an einem Herbstabend, als es draußen schon dunkel war und Mutter die Verdunkelungsdecke ans Fenster gehängt und das Licht angemacht hatte, hörten wir an Maiers Tür ein lautes Klopfen. „Bitte machen Sie auf", bat eine Männerstimme in Französisch und Deutsch und dann wurde noch fester geklopft. „Was ist los?", fragte Frau Maier und wir konnten die Angst in ihrer Stimme hören. Der Mann wollte Joel sehen. „Joel, was für einen Joel?", schrie Frau Maier laut. Offensichtlich versuchte sie uns zu warnen. Der Mann sprach nun ruhiger. Dann hörten wir Frau Maier rufen. „Oh, mein Gott, ich kann's nicht glauben. Der Vater vom kleinen Joel! Hast du das gehört, Herbert?", fragte sie ihren schlafenden Mann. „Joels Vater! Nein so was!"

Unsere Tür wurde von einem jungen Mann in französischer Uniform aufgestoßen. „Ich bin Sam Sternheimer", sagte er und schüttelte erst meiner Mutter, dann mir fest die Hand. Er sah auf das Bettchen herunter, wo Joel maunzte und blinzelte. „Joel", Sternheimer redete liebevoll auf Französisch mit ihm, „Joel, weißt du, wer ich bin?" Er ging in die Hocke und streichelte vorsichtig den Kopf des Bübchens. „Mein kleiner Schatz, kennst du mich denn nicht?" Joel saß jetzt aufrecht, zog die Augenbrauen zusammen, und ich wartete auf das gefürchtete *„méchant hôpital*!", aber der kleine Kerl bewegte kaum die Lippen und flüsterte wie im Traum „Papa? Papa?"

Sternheimer nahm ihn hoch und drückte ihn eine Weile fest an sich. Tränen rollten ihm die Wangen hinunter. Überrascht berührte Joel das feuchte Gesicht des Vaters, strampelte in seinen Armen und wurde behutsam abgesetzt. „Ich möchte ihn gerne gleich heute Abend mitnehmen", sagte Sternheimer. „Ich bin nicht ganz legal hier und muss noch in der Nacht Verbindung mit Algier aufnehmen. Die Schwester meiner Frau wird mitkommen und sich um Joel kümmern, solange ich noch Soldat spielen muss. Es wird alles gut."

„Wie kann ich Ihnen jemals danken?", sagte er, nachdem Mutter Joel angezogen und seine wenigen Sachen in ein Bündel geschnürt hatte. „Vielleicht werden wir uns wiedersehen, wenn diese schreckliche Zeit vorüber ist, und dann werden wir gemeinsam feiern." Sam Sternheimer hob Joel auf seine Schulter, schritt durch das abgedunkelte Zimmer, wo die Maiers in ihrem Bett saßen, winkte ein letztes Mal und marschierte zuversichtlich aus unserem Leben hinaus.

26. Kapitel

Mitte Oktober 1940 hörten wir von meinem Vater. Er war nach Gurs zurückgebracht worden. Wir wussten, dass er die ganze Zeit, als sie immer von einem Arbeitslager ins nächste gebracht wurden, gehofft hatte, Verbindung zur französischen Untergrundbewegung aufnehmen zu können und schließlich nach Großbritannien geschickt zu werden. Es war ihm nicht geglückt.

„Gurs ist fast leer, bis auf ein paar Unerwünschte wie mich", schrieb er, „und eine Handvoll Zigeuner. Viele der nichtjüdischen Deutschen wurden dem deutschen Militär übergeben und als Kanonenfutter an die Ostfront geschickt. Die Glücklicheren schickte man nach Nordafrika. Sie sind in der Wüste interniert. Was sie mit mir machen werden, scheint niemand zu wissen oder sagen zu wollen. Gerüchte machen reichlich die Runde. Aber es sieht so aus, als bereiteten sie das Lager für eine neue Ladung Flüchtlinge vor."

Kurze Zeit später erhielten wir einen weiteren Brief mit dem Stempel von Gurs. Wir kannten die Handschrift auf dem Umschlag nicht. Das war merkwürdig. „Du machst ihn auf", sagte Mutter. Ich tat es mit düsteren Vorahnungen. Ein kleines Stück Papier lag darin. „Bitte kommt und holt mich", war alles, was darauf stand, in Bleistift – in der Handschrift meiner Großmutter Emilie. „Großmutter ist in Gurs", flüsterte ich. Ich fühlte mich, als ob mich jemand würgte, mein Herz klopfte bis zum Halse. Mutter langte nach dem Papier. Sie fiel in einen Stuhl. „Kommt und holt mich", schrie sie. „Was glaubt deine Großmutter, wie wir das bewerkstelligen können?" Mutter und ich sahen einander in hoffnungslosem Schweigen an.

Ich war Vaters Odyssee immer mit einem gewissen inneren Abstand gefolgt und zweifelte nie daran, dass schließlich alles ein gutes Ende nehmen werde. Er war immerhin der Mann, der Starke, und obwohl ich ihn auch früher schon schwach und niedergeschlagen gesehen hatte, war ich sicher, er könne letztendlich auf sich aufpassen und werde endlich über sein Unglück triumphieren. Aber der Gedanke, dass sie meine Großmutter geholt hatten, diese liebe, behütete, alte Dame, und sie hinter Stacheldraht in den verwahrlosten, schmutzigen Baracken von Gurs eingesperrt hatten, war unerträglich. „Ich werde mit dem Präfekten reden", verkündete ich und fühlte mich wie Johanna von Orleans, die das Schwert aus der Scheide zieht.

Der Präfekt, rosig wie immer, hörte höflich zu, als ich ihm von meiner Großmutter erzählte. Er hatte schon von der ersten Ladung Deportierter aus Süddeutschland gehört. Er nickte nachdenklich, faltete seine Hände wie im Gebet und breitete seine Finger würdevoll aus, als ich ihn um eine Aufenthaltsgenehmigung für sie in Limoges bat. „Ach ja", sagte er milde. „Ich könnte Ihre Wünsche dem Lagerleiter mitteilen. Kann sein, dass er die alte Dame in meine Obhut entlässt." Er würde aber nicht empfehlen, dass ich selbst hinfahre, um sie abzuholen. Ich sei offensichtlich viel zu emotional, fügte er hinzu und tätschelte mir begütigend die Hand. Ermutigt durch diese Geste fragte ich, ob es nicht möglich sei, gleichzeitig meinen Vater zu entlassen. „Das kommt überhaupt nicht in Frage." Der Präfekt sprang hinter seinem Schreibtisch auf, marschierte zur Tür und hielt sie weit auf. Die Audienz war zu Ende.

Ich hatte gerade die unterste Stufe erreicht und wappnete mich gegen Giselas spöttische Blicke, als mich der Präfekt zurückrief. „Sie sind in zu großer Eile gegangen, meine Liebe", sagte er zuckersüß. „Wenn Sie mir einen Augenblick Zeit geben, werde ich Ihnen das Papier geben, um das Sie gebeten haben. Dann können Sie es selbst dem Lagerleiter zuschicken." Als ich die Treppe wieder hinunter gerannt war, diesmal mit einem offiziell aussehenden Papier in meiner Hand und der Mahnung des Präfekten im Ohr, die liebe alte Dame auch bestimmt gleich nach ihrer Ankunft in sein Büro zu bringen, brach ich in Tränen aus.

Später schrieb ich einen ermutigenden Brief an meine Großmutter. Mutter schrieb gleichzeitig an Vater und sagte ihm, er möge versuchen, nach ihr zu sehen. Sie legte ihm die Aufenthaltserlaubnis bei. Wir meinten, sie wäre in seinen Händen sicherer als im Büro des Lagerleiters.

Tage vergingen, und wir hörten gar nichts. In der Pouponnière wurde *Chanukka*[13] gefeiert. Weihnachten und Neujahr

---

13 Chanukka (hebr.: Weihe), achttägiges jüdisches Lichterfest, bei dem an jedem Abend ein Licht des Chanukka-Leuchters angezündet wird.

gingen unbemerkt vorüber. Dann eines Abends hörten wir Frau Maier nach einem Klopfen an ihrer Türe rufen: „Da ist ein Telegramm für dich, Emma, ein Telegramm." Frau Maier stand in der Tür, zitternd wie Espenlaub, als Mutter laut vorlas: „Ankomme mit Nachmittagszug. Emilie." Weniger als vierundzwanzig Stunden später standen Mutter und ich miteinander auf dem Bahnsteig und warteten auf den Zug. Ich machte mir Sorgen. Mutter hatte gesagt, sie werde die Nacht über im Kinderheim bleiben, ich könne auf dem Fußboden schlafen und wir würden Großmutter unser Bett überlassen. Daran war natürlich nichts verkehrt, aber was würde Großmutter sagen? Was erwartete sie? Sicher nicht das Dreckloch, in dem wir hausten, ein Zimmer, in dem wir aßen und schliefen und das wir nie sauber machten. Was würde sie von den Maiers denken; dem Abort und der Wasserrinne im Hinterhof? Und was würde sie zu den Mahlzeiten sagen, die Mutter – zum Warmhalten in Decken eingewickelt – aus der Pouponnière mitbrachte?

Der Zug kam in Sicht, näherte sich in langsamer Fahrt und hielt. Ich blickte suchend über die aussteigenden Passagiere und entdeckte Großmutter unter ihnen. Sie sah dunkel und schmal aus. Sie trug ihren schwarzen Persianer und einen leicht verbeulten Hut. In der einen Hand hielt sie ihren Krokodillederkoffer, in der anderen die Reiseschreibmaschine. Als der Schaffner ihr zu helfen versuchte, schubste sie ihn beiseite. Ihr Gesicht zeigte kein Lächeln und wirkte geisterhaft. Ich rannte ihr entgegen, um sie zu umarmen, ich weinte vor Aufregung und war schockiert über ihre Teilnahmslosigkeit, ihre Hölzernheit und den unangenehmen Geruch.

Dann sah ich meinen Vater. Er bewegte sich rasch durch die Menge und umarmte Mutter und mich leidenschaftlich. Er trug einen rauen Militärmantel und einen Matchbeutel. Schweigend nahm ich Großmutters Sachen auf und wir vier trotteten mühsam heimwärts, Seite an Seite, ohne ein Wort.

Mein Vater sah immer wieder über die Schulter, als erwartete er, dass uns jemand folgte.

Die Maiers saßen in ihrem Bett und begrüßten uns, als wir hereinkamen. Vater schüttelte ihnen herzlich die Hand, aber Großmutter ging an ihnen vorbei, ohne sie anzuschauen. In unserem Zimmer half Mutter ihr, die Oberkleidung abzunehmen und sagte ihr, sie solle sich aufs Bett legen. Da lag sie bewegungslos, die Augen weit offen, und starrte an die Decke. Sie beachtete keinen von uns. Vater sah sich im Zimmer um und erregte sich sichtlich. „Sollen wir etwa hier wohnen – wir alle?", fragte er. Mutter erklärte die Schlafregelung und nach einigem ungemütlichen Herumgehen setzten wir drei uns an den Tisch. Vater erzählte, dass er mehr oder weniger irrtümlich aus dem Lager entlassen worden sei. Er habe Großmutters Aufenthaltserlaubnis benutzt und jemanden mit seinem silbernen Zigarettenetui bestochen. Er habe keinerlei Papiere und könne jederzeit verhaftet werden.

„Was ist unser nächster Schritt?", fragte er. „Ich werde mit dem Präfekten reden", sagte ich. Es sollte zuversichtlich klingen. Meine Eltern sagten nichts. Sie schienen nicht mehr ein noch aus zu wissen. Doch dann wurde entschieden, dass Vater mit in die Pouponnière gehen und dort um Asyl bitten sollte, bis wir seinen Status legalisieren konnten. Mutter würde weiterhin zwischen unserem Zimmer und ihrer Stelle pendeln, wie sie es die ganze Zeit über getan hatte. Ich würde zu Hause bleiben und mich um Großmutter kümmern.

Es traf sich gut, dass ich keine Arbeit mehr hatte. Wir hatten die Spielwarenwerkstatt eines Tages verschlossen vorgefunden. Ein Stück Papier klebte an der Tür und teilte uns mit, Herr Hirsch sei auf unbestimmte Zeit abgerufen worden. „Ausgeflogen", sagte der französische Junge und pfiff durch die Zähne. Hatte er doch schon immer gesagt, dass Hirsch verrückt war!

Mutter kam am nächsten Morgen wieder. Sie schickte mich auf den Treppenabsatz, während sie Großmutter auf den Nachttopf half, den sie von Frau Maier geborgt hatte. Sie wusch Großmutter mit dem Schwamm und packte sie wieder ins Bett. Verblüfft sah ich auf Großmutters Nachthemd mit den Rüschen und den Perlenknöpfchen. Hatte sie das tatsächlich mit nach Gurs genommen? Mutter ging zur Arbeit und ich machte den Versuch, Großmutter ein kleines Frühstück zuzuführen, ein wenig Brot und Milchkaffee, aber sie nahm keine Notiz von mir. Sie lag nur steif auf dem Rücken und starrte an die Decke. Der Arzt, der schon nach Joel gesehen hatte, kam vorbei. Er sagte, Ursula habe ihn geschickt, um die alte Dame zu untersuchen. Aufmerksam sah er sich Großmutters Hände und Augen an und horchte ihre Brust mit dem Stethoskop ab. Er schüttelte den Kopf. „Wie alt ist sie?", fragte er mich. „Einundsiebzig", antwortete ich und er beugte sich wieder über sie. „Sie müssen etwas essen, liebe Dame", sagte er langsam auf Deutsch zu ihr und als sie nicht reagierte, brüllte er: „Sie müssen was essen!" „Ich bin nicht taub, Doktor", sagte Großmutter gleichmütig, ohne die Augen von der Decke zu wenden. „Ah!" Der Arzt sah mich triumphierend an. „Das ist doch immerhin ein Anfang." Dann gab er mir einige Tabletten und Anweisungen, wie und wann sie einzunehmen seien. Mit dem Versprechen, in einigen Tagen wiederzukommen, verließ er den Raum. Ich hörte, wie er von Frau Maier abgefangen wurde. Sie bat ihn, auch ihren Mann zu untersuchen. Sein Herz habe sich so verschlechtert, seit da hinten so viel Unruhe sei. Ich nehme an, sie deutete dabei auf unsere Tür.

Am Abend kamen beide Eltern im Schutz der Dunkelheit zurück. Wir aßen alle, sogar Großmutter, etwas Kohlsuppe aus der Pouponnière. Als wir später um ihr Bett herumsaßen, fasste Großmutter meine Hand und zitterte dabei. „Sie haben Julius erschossen", weinte sie. „Sie haben ihn in den Rücken geschossen. Ich habe es nicht selbst gesehen, aber die anderen haben es gesehen und mir erzählt, als ich mich wunderte, wo er abgeblieben war. Sie sagten, er sei auf den Gleisen herumgelaufen. Der Zug hatte auf freiem

Feld gehalten und er war einfach ausgestiegen. Er wusste nicht mehr, was überhaupt vorging. Er konnte zum Schluss gar nichts mehr verstehen. Er war verwirrt und sie haben ihn einfach erschossen." Großmutter weinte heftig. „Wie können Menschen nur so was tun?", fragte sie immer wieder. Vater drückte ihre Hand. „Es sind Schweine, Mutter", sagte er heiser. „Schweine." Ich fragte mich, was mit Tante Rosalie und Tante Anni geschehen war und mit all den anderen älteren Leuten in unserer Familie, aber ich wagte nicht zu fragen. Auch meine Eltern fragten nicht.

Am nächsten Morgen, während Mutter bei Großmutter war, ging ich zum Präfekten. Er fragte, warum Großmutter nicht mitgekommen sei, begnügte sich jedoch mit meiner Auskunft, sie fühle sich nicht wohl genug, um aus dem Haus zu gehen. Er stellte die nötigen Papiere aus und wünschte mir alles Gute. Als ich nachfragte, ob mein Vater nicht auch die Erlaubnis erhalten könne, nach Limoges zu kommen, wurde der Präfekt ärgerlich. „Irgendwann", sagte er mürrisch, „vielleicht nächste Woche." Er winkte mir zu gehen.

Die Zeit verging langsam. Nachts kam Vater in unser Zimmer, und wir beide unternahmen lange Spaziergänge durch die Felder und Obsthaine. Gelegentlich, wenn wir uns besonders mutig fühlten, gingen wir in die Stadt, wo ich ihm die Sehenswürdigkeiten zeigte, die Kathedrale, den Park und die Brücken. Die Luft war kalt und feucht, die Pflastersteine waren mit Eis überzogen. Es waren nie andere Spaziergänger unterwegs, aber ich fühlte mich nie ganz wohl dabei und war immer erleichtert, wenn ich in unser Zimmer zurückkam, wo Großmutter aufrecht im Bett saß.

Gelegentlich stand Großmutter tagsüber auf. Sie saß dann fest verpackt auf einem Stuhl und sah aus dem Fenster, obwohl es dort außer kahlen Bäumen nichts zu sehen gab. Einmal versuchten wir, unsere geliebte Zankpatience mit ihren eigenen, hübschen Romméekarten zu spielen, die mit ihr nach Gurs gereist waren. Doch es ging schief, da wir mit den Gedanken nicht bei der Sache waren. „Wie soll das nur alles enden?", fragte Großmutter immer wieder. Ich hatte keine Antwort darauf.

Die nächsten Besuche beim Präfekten brachten nichts Besonderes. Ich saß unter den vielen anderen verängstigten Flüchtlingen im Wartezimmer unter Giselas wachsamen Augen. Der Präfekt rief mich in sein Büro, lächelte, stempelte unsere Papiere, drückte Bedauern aus, dass Vater nicht hier war, und entließ mich.

An einem sonnigen Morgen Anfang April trat ich ins Wartezimmer des Präfekten und sah überrascht meine frühere Chefin Germaine auf einer Bank sitzen. Sie trug noch immer Schwarz und sah ebenso abweisend aus wie früher. Da sie mich nicht erkennen wollte, sprach ich sie nicht an, obwohl ich gerne erfahren hätte, wie sich das unglückselige Baby entwickelte und was aus Leon geworden war.

Ein Flüchtling nach dem anderen stieg die Treppen hinauf, kam wieder herunter und ging schweigend hinaus, bis nur noch Germaine und ich im Raum waren, und Gisela natürlich, die uns von ihrer Schreibmaschine aus beäugte. Der Präfekt rief Germaine, sie stand hölzern auf und ging die Treppe hoch. Sie konnte kaum die oberste Stufe erreicht haben, als es einen lauten Schlag tat, als ob ein Stuhl umgestoßen würde. Die schweren Schritte des Präfekten waren zu hören, der schnell durchs Büro zur Türe ging, wo Germaine anscheinend stehen geblieben war. „Wie können Sie es wagen, Madame", schrie der Präfekt. „Wie können Sie es wagen, hierherzukommen und mich um eine Aufenthaltsgenehmigung für Ihren Mann bitten, wo er doch schon eine ganze Weile wieder mit Ihnen zusammenwohnt? Glauben Sie denn, ich bin ein Narr, ein Dummkopf?" Germaines Antwort konnte ich nicht verstehen, aber ich hörte einige dumpfe Schläge und die sich überschlagende Stimme des Präfekten, der schrie: „Sie sind eine Lügnerin, Madame, eine Lügnerin! Raus mit Ihnen!"

Dann wankte Germaine die Treppe hinunter. Sie griff nach dem Geländer als Stütze, aber der Präfekt lief ihr nach und trat sie in den Hintern, sodass sie wie eine Stoffpuppe die Treppe hinunterfiel. Er sah von oben zu, wie sie weinend langsam aufstand und ihre Schuhe und die Tasche aufsammelte. „Sie sind ein Lügengespann, Sie und Ihr Mann", schrie er, „gerade eben wird er verhaftet." Der Präfekt ging zurück in sein Büro und knallte die Türe zu. Germaine schleppte sich nach draußen in den Sonnenschein.

Gisela grinste zu mir herüber. Dann stand sie auf und ging durch die Hintertür hinaus. Ich blieb allein zurück und wartete darauf, dass ich an die Reihe käme, eine Lügnerin genannt und hinuntergestoßen zu werden.

„Mademoiselle, kommen Sie doch bitte herauf", rief der Präfekt vergnügt von oben. Nun stand ich vor seinem Schreibtisch, beobachtete, wie er den umgestoßenen Stuhl und einige dicke Bücher, die auf den Boden gefallen waren, aufhob. Dann strich er mit seinen weichen Händen über sein silberfarbenes Haar und schenkte mir sein herzlichstes Lächeln. „Sie wollen mich wieder bitten, Ihren Vater aus Gurs herauszuholen, nicht wahr?", fragte er beim Näherkommen. „Ja, Monsieur", entgegnete ich ein wenig leise. Meine Kehle war wie zugeschnürt und die Knie drohten nachzugeben. Er lachte freundlich. „Sie wissen natürlich, dass Ausländer nicht ohne ordnungsgemäße Erlaubnis hier bleiben können?", fragte er. Ich nickte. „Und Sie wissen auch, dass nur ich eine solche Erlaubnis erteilen kann?" „Ja, selbstverständlich." Ich hoffte, er werde endlich hinter seinen Schreibtisch treten und sich wieder setzen. Stattdessen griff er meinen Arm und drückte ihn. Mit seinem Gesicht dicht an dem meinen zischte er: „Ich denke, Sie wissen auch, dass in dieser Stadt nichts ohne mein Wissen geschieht?" „Natürlich", antwortete ich in ehrlicher Überzeugung.

Er lachte laut und ließ meinen Arm los. „Sie sind sehr klug, Mademoiselle, sehr klug. Und heute habe ich gute Nachrichten für Sie. Ich kann Ihnen endlich die Erlaubnis geben, auf die Sie so geduldig gewartet haben. Sie können Ihren Vater herbringen. Aber beeilen Sie sich. Es wird hier

Veränderungen geben, viele Veränderungen." Sein Lächeln war rätselhaft. „ Merci, Monsieur", mehr brachte ich nicht heraus. Ich war natürlich dankbar, wie die Sache ausgegangen war, aber innerlich kochte ich. Sein Katz-und-Maus-Spiel machte mich rasend.

Kurz nachdem Vaters Aufenthalt legalisiert war, sprach Ursula mit ihm über die Umsiedlung der „unerwünschten Ausländer" der Stadt. Das war die offizielle Bezeichnung für Flüchtlinge aus religiösen oder politischen Gründen, Juden, Zigeuner und Homosexuelle aus Deutschland und von den Deutschen besetzten Ländern. Ihnen allen hatte man die Staatsbürgerschaft entzogen. Diese wehrlosen Menschen – wir mit darunter – sollten im nahen Oradour sur Vayres zusammengezogen werden. Dieses Dörfchen hatte man ausgewählt wegen seiner leeren Markthalle und anderer leerstehender Gebäude, in denen man eine große Anzahl Menschen unterbringen konnte. Man konnte auf die unterbeschäftigte Polizei am Ort zählen, die ein achtsames Auge auf diese missliebigen Fremden haben würde, deren Bewegungsfreiheit eingeschränkt werden sollte.

Mein Vater wurde von Ursula als Verwalter dieser kleinen Gemeinschaft vorgeschlagen und vom Präfekten bestätigt. Er sollte die Neuankömmlinge unterstützen, ihre Bedürfnisse abschätzen, bei der Stadtverwaltung, religiösen und wohltätigen Organisationen Gelder beantragen und diese verwalten. Im Mai brach er zu seinem neuen Bestimmungsort auf. Mutter, Großmutter und ich folgten einen Monat später.

27. Kapitel

Als wir in Oradour ankamen, wartete Vater neben den Gleisen auf uns. Er trug seine alte zerdrückte Baskenmütze und zeigte uns sein altes ansteckendes Lächeln. Er umarmte erst meine Mutter, dann Großmutter und schließlich mich. „Jetzt kommt alles in Ordnung, ihr werdet sehen."

Wir gingen ein kurzes Stück die breite, sonnige Straße entlang, an kleinen Läden und großen Bauernhäusern vorbei, und erreichten ein großes unansehnliches Gebäude. Vater zog die schwere Tür auf, führte uns über eine dicke Lage Stroh, über einen Hof und eine enge Holztreppe hinauf. Er drückte eine Tür auf und mit einer galanten Geste lud er uns ein, in den großen, hellen Raum einzutreten.

Ein Sonnenstrahl fiel auf einen Strauß bunter Wiesenblumen in einem Marmeladenglas, das auf einem großen Gartentisch stand. Zwei Bänke standen daran. Eine Glühbirne mit einem Papierschirm hing von der Decke. Es gab eine fensterlose Nische mit zwei Bettgestellen, Strohmatratzen und Felddecken. In einer kleineren Nische stand ein Waschtisch und an der Wand waren Regale mit Tellern, Tassen, Schüsseln und Krügen. Das Zimmer hatte einen großen Kamin mit einem Sims und davor stand ein Küchenherd mit Töpfen und Pfannen.

Vater strahlte. Er ging voraus und öffnete eine zweite Türe zu einem langen, engen Raum. Auch hier standen zwei Bettgestelle, ein kleiner Tisch und zwei Stühle. An der einen Wand stand ein Frisiertisch, unten mit offenen Fächern. Dieses Zimmer würden Großmutter und ich uns teilen. Durch das einzige Fenster an der schmalen Wand strömte Sonnenlicht herein. Großmutter setzte sich aufs Bett und seufzte. Dann lächelte sie mich an. Wir waren beide mehr als zufrieden mit unserer neuen Umgebung.

Vater sah glücklich aus. Er erzählte, dass er die meisten Möbel selbst gebaut hatte, und entschuldigte sich, weil das Holz so rau war. Er habe kein passendes Werkzeug gehabt, um die Oberflächen glatt zu bekommen. „Alles ist ganz wunderbar, Kurt", sagte Mutter, und er umarmte sie dankbar.

Während sich Großmutter auf ihrem Bett ausstreckte, führte mein Vater Mutter und mich eine Leitertreppe zum Speicher über unseren Zimmern hinauf. Dort oben standen zahlreiche leere Bettgestelle. Außerdem lagen da oben Kartoffeln, Zwiebeln, Karotten in Haufen und einige Äpfel. An der Wäscheleine hing eine dicke Scheibe Speck. „Ich kann uns gleich etwas kochen", erklärte Mutter mit einem erfahrenen Blick über die Vorräte. „Liebe gnädige Frau, Sie brauchen am ersten Abend hier bei uns nicht selbst zu kochen", sagte eine laute Stimme von unten.

Wir kamen vom Dachboden herunter und fanden im Zimmer eine wohlgenährte, energische Frau, die einen Weidenkorb vor ihre umfangreiche Brust geklemmt hielt. Vater stellte sie als Frau Brot vor, die Herrscherin der Küche unten. „Sie kocht jeden Tag zwei schmackhafte koschere Mahlzeiten für die ledigen Männer in unserer Siedlung", erklärte er. Frau Brot nickte zustimmend. Dann umarmte sie meine Mutter und schüttelte mir die Hand. Sie sagte, sie habe in Österreich alles an die Nazis verloren, aber sie danke Gott jeden Tag, dass sie in der Lage sei, den Verlorenen und Einsamen hier durch ihre Kocherei ein wenig Trost und Stütze zu sein. Während Vater alleine hier war, habe sie selbstverständlich für sein Wohlergehen gesorgt, und nun wolle sie seine Familie willkommen heißen. Sie brachte uns eine köstliche Gemüsesuppe, einen Hefezopf und Salz, was bekanntlich Glück bringt. Wenn wir etwas brauchten, sollten wir uns jederzeit an sie wenden.

Mutter nickte kühl, aber Vater legte herzlich den Arm um ihre üppigen Schultern und begleitete sie zur Türe. Als er die Türe schloss und sich umdrehte, legte er den Finger an die Lippen, um anzudeuten, dass Frau Brot noch ein wenig horchen könnte. „Sie ist eine wertvolle Kraft hier. Die Männer lieben sie alle." „Das kann ich mir denken", antwortete Mutter, und Vater lachte.

Nachdem wir uns bei der Gendarmerie in Oradour angemeldete hatten, erhielten wir Lebensmittelkarten. Großmutter, die über siebzig war, und ich, noch unter zwanzig, genossen gewisse Vorrechte. So wurde uns zum Beispiel mehr Wein zugeteilt als meinen Eltern und pro Monat ein

Ei zusätzlich. Großmutter durfte für sich täglich Milch kaufen. „Wie für ein Baby", pflegte sie zu sagen und schüttelte den Kopf. Jeden Abend setzte sie ihr arg mitgenommenes Hütchen auf und ging mit anderen Dorfbewohnern über die Felder zu einem kleinen Hof. In einer Hütte schöpfte dort eine Frau frische Milch aus einem offenen Bottich in die Milchkannen der Kunden. Frau Maier, die ein paar Tage nach uns mit ihrem Mann nach Oradour gekommen war, holte ebenfalls Milch. Wenn sie Großmutter traf, setzte sie ihr mit Klagen zu und bat sie, meinem Vater von dem Problem zu berichten. „Sie liegt geradezu auf der Lauer", erzählte Großmutter und seufzte tief. „Die Beschwerden der Frau sind so töricht. Ich sage ihr immer, wir müssen alle dankbar sein, dass wir hier sind und nicht in den Klauen der Nazis wie so viele von uns."

Großmutters Augen füllten sich mit Tränen. Sie war immer noch sehr erregbar und weinte leicht, besonders seit sie einen Brief von Tante Rosalie erhalten hatte. Der Brief, der noch nach Limoges adressiert war, war schon eine Zeit lang unterwegs. Er kam aus Paris, wo die neunundneunzig Jahre alte Rosalie irgendwie in einem Krankenhaus gelandet war. „Ich bin hier zusammen mit vielen sehr alten und sehr kranken Leuten", schrieb sie. „Ich bin die einzige, die Französisch sprechen kann. Im Rollstuhl fahre ich herum und spreche mit Personal und Patienten. Alle haben Angst. Ich nicht. Sie haben meine Anni weggeholt. Was können sie mir noch tun?"

Über diese Frage nachzudenken war zu schrecklich. Deutsche Juden wurden von Frankreich nach Polen verfrachtet, wo sie in Massen in Konzentrationslagern umkamen. Der sehr geachtete deutsche Schriftsteller Thomas Mann, der in den USA lebte, hatte im britischen Rundfunk gesagt, in diesen Lagern würden Juden wie Tiere geschlachtet. Albert, ein Mann aus unserer Siedlung, hatte das gehört und meinem Vater erzählt.

In unserer kleinen Kolonie gab es etwa zwei Dutzend ledige Männer. Sie wohnten in den Buden der Markthalle im Stadtzentrum. Jeden Morgen kamen sie aus ihren Unterkünften, die „die Baracken" genannt wurden, in den leeren Laden unter unseren Zimmern. Viele waren orthodoxe Juden und trugen lange schwarze Mäntel und große schwarze Hüte. Sie saßen den lieben langen Tag über Gebetbücher gebeugt an den Esstischen. Andere kamen nur zu den Mahlzeiten und für einen Schwatz mit Frau Brot und gingen ansonsten ihren eigenen Geschäften nach. Unser alter Bekannter, Herr Holz, gehörte zu ihnen, ebenso Herr Süß, ein freundlicher, älterer Mann, der sich als ehemaliger Konditor aus Wien vorstellte. Albert, noch ziemlich jung und energisch, stammte aus Würzburg. Er holte Wasser und Feuerholz für Frau Brot. Morgens machte er als Erstes Feuer in ihrem Küchenherd. Er spielte mit meinem Vater Schach und sprach mit ihm über Politik. Er besaß ein Kurzwellenradio und hielt uns über die Ereignisse in einer verrückt gewordenen Welt auf dem Laufenden. Was er gehört hatte, berichtete er in lautem Flüsterton, um Großmutter nicht aufzuregen. Wir alle versuchten, sie so gut wie möglich abzuschirmen von den schrecklichen Nachrichten, die so häufig in unser Zimmer geschwemmt wurden. Besucher mit geheimnisvollen Informationsquellen wollten ihre Ängste immer gerne meinem Vater mitteilen.

Außer Albert, Herrn Holz und Herrn Süß war da noch ein spanischer Loyalist, ein blasser, kettenrauchender Herr, der sich irgendwo in der Nähe versteckt hielt. Er kam, um mit Vater die für alle so ungewisse Zukunft zu besprechen, und genoss gelegentlich auch Mutters Mahlzeiten. Ein schmieriger, immer lächelnder Albaner schaute auch regelmäßig bei uns rein. Er setzte sich an den Tisch, spielte mit seiner Perlschnur und rollte seine großen, braunen Augen, wenn er Mutter ansah. Er bat demütig um eine Tasse Tee, kramte aus der Hemdtasche einen Zuckerwürfel heraus und legte ihn auf seine Zunge. Dann saß er da, schlürfte verzückt seinen Tee und erging sich in feierlichen Weltuntergangsprophezeiungen.

Wenn sich diese Besuche zu lange in den Abend ausdehnten, zogen Großmutter und ich uns in unser Zimmer zurück, legten uns aufs Bett und lasen. Vater hatte für uns elektrisches Licht „installiert". Er hatte eine Fassung mit Glühbirne in eine alte Weinflasche gesteckt und sie über eine Verlängerungsschnur mit der Birne über dem Esstisch im vorderen Zimmer verbunden. Mangel an Büchern bestand nicht, da wir in dem kleinen Laden, wo wir Kurz- und Schreibwaren kauften, eine Leihbücherei entdeckt hatten. Der freundliche Inhaber des Geschäftes hatte Großmutter ins Herz geschlossen und legte für sie die neuesten französischen Ausgaben von amerikanischen Romanen zurück. Vergnügt lasen wir alles, was uns in die Finger kam. Besonders liebten wir „Vom Winde verweht" und „Früchte des Zorns". Bei beiden gab es viel zu bereden. „Warum gibt es nur so viel Elend auf der Welt? Und warum sind die Menschen so gefühllos?", fragte Großmutter und seufzte.

Unser Vorderzimmer hatte zwei Fenster. Das eine ging auf den gemeindeeigenen Hinterhof mit Wasserpumpe und Wassertrog hinaus. Auch Feuerholz war dort aufgestapelt. Ein großer Lorbeerbusch im Hof lieferte uns seine wohlriechenden Blätter für Suppen und Eintöpfe und versteckte den Abort vor unseren Blicken. Das andere Fenster öffnete sich auf einen ummauerten, gepflasterten kleinen Hof, der zu der benachbarten Metzgerei gehörte. Es gab zwei Metzgereien im Dorf: Die *charcuterie* verkaufte Schweineprodukte, die *boucherie* Rindfleisch. Unter uns war die *boucherie*. Ab und zu führte der hübsche, junge Metzgergehilfe eine Kuh oder ein Kalb in den kleinen Hof. Das Tier hatte um den Hals eine Kette, die der Mann an einer galgenähnlichen Vorrichtung an der Mauer einhakte und mit einer Winde hochzog, bis die Hinterfüße des jämmerlich muhenden Tieres kaum noch den Boden berührten. Dann griff der Metzgermeister ein großes Messer, schnitt wie nebenbei die Kehle des Tieres durch und ließ es zu Tode bluten. Der Körper wurde entfernt, und der Gehilfe spritzte mit einem Schlauch das Blut erst von seinen Stiefeln und dann vom Boden ab.

Vater, der mich immer drängte, dem Leben genau zuzusehen, es zu studieren und dann alles zu zeichnen – nicht nur meine „üblichen, gefälligen Landschaften" – hatte mir vorgeschlagen, das Schlachten als mögliches Thema für ein größeres Bild zu beobachten. Doch diesen grausamen Vorgang einmal zu beobachten, war mehr als genug für mich. Malen würde ich das auf keinen Fall, und das sagte ich ihm auch. „Und du sagst, du bewunderst Goya?", fragte Vater offenbar enttäuscht. Er rief mir all die großartigen, oft schrecklichen Gemälde im Prado in Erinnerung, die ich doch angeblich liebte. Ja schon, ich liebte Goyas prachtvolle Gemälde. Die Erschießung der Aufständischen am 3. Mai 1808 zum Beispiel war mit jeder ergreifenden Einzelheit tief in meine Seele eingegraben: Der Ausdruck offener Verachtung auf dem Gesicht des Bauern, die brutale Härte der mordenden Soldaten. Dieses Meisterwerk würde – und sollte – ebenso wie alle anderen für immer fortleben. Das Geschehen im Hof unten verdiente kein solches Denkmal. Ihm fehlten die Helden und die Schurken. Es war nur ein schäbiger, schändlicher Akt, bei dem wir als Fleischesser alle sorglos beteiligt waren.

Von Großmutters und meinem Schlafraum aus sah man auf die Kreuzung und die Markthalle gegenüber. Ich liebte es, an Markttagen am Fenster zu sitzen und Gruppen von Bauern und Hausfrauen in meinem Skizzenbuch festzuhalten. Die Männer, mit ihren gesmokten Kitteln und den Käppis, und ihre Frauen, ebenfalls in weiten schwarzen Gewändern, waren leichte Modelle, da sie vor Ladentüren oder an Marktständen dicht beisammenstanden, verhandelten und ausgiebig schwatzten.

An einem solchen Morgen im frühen Herbst erkannte ich Hans in einiger Entfernung auf der Straße, die vom Bahnhof herunterführte. Er kam mit seinem vertrauten, gemessenen Schritt näher, mit schlabbernden Hosen, offenen Schuhen, das

Hemd weit offen und den üblichen verdrossenen Ausdruck auf dem Gesicht. Ich ließ alles stehen und liegen und rannte die Treppe hinunter, durch die Halle und fing ihn ab, als er gerade vorne hereinkommen wollte, sicher in der Absicht, die Männer zu fragen, wo er mich finden könne. „Hans", rief ich, und er drehte sich um, sah mich an und lächelte wortlos. Dann ergriff er meine Hand und schüttelte sie heftig. Warum nur fühlte ich mich gar so glücklich?

Nachdem Hans meine Eltern und meine Großmutter begrüßt hatte, sah er sich meine Aquarelle an. Wie immer tat er das sehr sorgfältig und machte seine lakonischen Bemerkungen. Wir stritten wie gewohnt über die Verwendung von Preußischblau und ob es angehe, besondere Stellen mit dem Federmesser einzukratzen. Hans tat beides mit guten Ergebnissen, während ich mich störrisch weigerte, zu meinem Nachteil, wie er glaubte.

Ich war voller Ungeduld, Hans an Stellen zu führen, wo einige meiner Bilder entstanden waren: zu einer Wanderschmiede, einem romantischen Schloss, einem trüben Teich mit Wasserlilien. Dann gingen wir den ganzen Weg bis zur nächsten Haltestelle der Bahn zu Fuß, denn Hans wollte nicht dort abfahren, wo er ausgestiegen war. Er hatte keine Reisegenehmigung und wollte keine Aufmerksamkeit erregen. Er müsse vorsichtig sein. Ganz nebenbei erwähnte er, er sei mehrmals über die Schweizer Grenze gegangen, um eine Freundin und ihre Familie in Sicherheit zu bringen. „Das Zigeunermädchen", rief ich, und er wurde rot.

Als Hans und ich eines Nachts in Limoges durch die Anlage an der Kathedrale gegangen waren, war ein Mädchen aus der Dunkelheit auf uns zugesprungen und hatte den Weg blockiert. „Das also ist sie", sagte sie, lachte und sah mich von oben bis unten an. Sie gab Hans einen leichten Schlag vor die Brust, der ihre Armbänder klirren ließ, und verschwand in die Nacht. Sie hinterließ bei mir einen flüchtigen Eindruck von schimmernden Ohrringen und raschelnden Röcken. Auch damals war Hans errötet, als ich ihn fragte, wer das war. „Bloß ein Mädchen, das ich mal getroffen habe", antwortete er so widerwillig, dass ich das Thema nicht weiter verfolgte. Jetzt erzählte er mir, dass das Mädchen und ihre Familie sich in großer Gefahr befunden hatten. „Solche Leute sind gefährdeter als du und ich, wegen ihrem Aussehen", sagte er. „Auch wenn man sie in normale Kleider steckt, fallen sie auf. Vielleicht ist es die Art, wie sie sich bewegen." Hans seufzte.

Bei seinem nächsten Besuch erzählte Hans, er habe sich während der ganzen Reise in der Toilette versteckt, weil eine Polizeistreife im Zug war. „Ich werde dich eine Weile nicht treffen können", sagte er. „Das wiederholte Hin- und Herfahren ist zu gefährlich. Sogar mein Vater bleibt jetzt ständig auf der anderen Seite. Aber das will ich nicht, noch nicht jedenfalls." Er sah in die Ferne. Dann erzählte er von einer Bekanntschaft, die er kürzlich in Limoges gemacht habe, einem Herrn Molo, der für den abwesenden Eigentümer eine kleine Porzellanmanufaktur betreibe. „Er ist ein sehr netter Kerl, fördert gerne neue Talente und hat mehrere von meinen Zeichnungen zur Dekoration von Speisegeschirr gekauft, aber mir gehen die Ideen aus. Ich habe ihm von dir erzählt. Er hofft, dich und ein paar von deinen Arbeiten bald zu sehen."

Bevor Hans zurückfuhr, diesmal wieder von einer anderen Haltestelle aus, gab er mir Anweisungen, wie ich die von der Manufaktur bestellte Serie von acht dreifarbigen Zeichnungen zu gestalten habe. Ich machte mich gleich ans Werk. Dieser Auftrag, zusätzlich zu meinem schon blühenden kleinen Geschäft, Blumen auf Weinkrüge und alte Gläser zu malen, würde mich recht nett mit Taschengeld versorgen.

Eine Reisegenehmigung nach Limoges zu erhalten, erwies sich als einfacher als gedacht. Ich hatte überlegt, dem Beispiel einer unserer Frauen zu folgen, die behauptete, zum Zahnarzt gehen zu müssen, wenn sie einmal in der Woche ihren Liebhaber in der Stadt besuchte. Eine Reisegenehmigung für einen Arztbesuch war nämlich einfacher zu bekommen als aus jedem anderen Grund. Als ich aber dann vor dem Polizisten stand, platzte ich etwas voreilig damit heraus, ich müsse in die Stadt, um Zeichenbedarf zu kaufen. Er nickte. Ja, er habe die Glasflaschen gesehen, die ich bemalte. Er habe daran gedacht, für seine Frau mal eine zu kaufen. Er freue sich, mir die Erlaubnis zu geben, und wenn nötig, würde ich auch wieder eine bekommen. „Aber nur nach Limoges und zurück", knurrte er. „Versuchen Sie nicht, mit diesem Pass woandershin zu fahren. Sonst wird man Sie verhaften."

Monsieur Molo stellte sich als freundlicher, wenn auch geheimnisvoller Herr heraus mit einem runden, weichen Gesicht, glatter, olivfarbener Haut und dunkelbraunen Augen, deren Glühen die Pupillen überstrahlte. Lächelnd saß er hinter einem leeren Schreibtisch in einem leeren Büro und prüfte meine Mappe. Drei meiner fünf Zeichnungen nahm er heraus. „Gut, kommen Sie wieder", war alles, was er sagte. Er holte einige neue Geldscheine aus der Schreibtischschublade und zählte den Lohn für mich ab.

Von da an fuhr ich regelmäßig in die Stadt, um Zeichnungen zu verkaufen und mich mit Nachschub einzudecken. Ich besuchte auch meine frühere Lehrerin und ihre Mutter und sah bei der einsamen Elisabeth herein.

Im Herbst 1941 trug ich selbstbewusst wertvolle Reisegenehmigungen und druckfrische Einhundert-Franc-Scheine in meiner Tasche.

28. Kapitel

In unserer kleinen Gemeinschaft gab es mehrere junge Leute meines Alters. Als Erste lernte ich Lucy Roth aus Österreich kennen, die mit ihrer Mutter über der Metzgerei in einem Zimmer wohnte, das mit Familienerbstücken und Schulbüchern vollgepfropft war.

„Nur noch ein einziges Jahr und Lucy hätte ihr *Bakkalaureat*[14] gehabt", jammerte Frau Roth, wenn ich abends zu Besuch hinüberkam. Sie war eine schmächtige, müde Frau. Im spärlichen Licht der beiden Kerosinlampen schimmerte das Haar von Mutter und Tochter wie poliertes Kupfer. Frau Roth stickte für den Kurzwarenladen winzige Blumen und zierliche Monogramme auf feine Batisttaschentücher. Dabei hielt sie ein wachsames Auge auf ihre Tochter. Lucy schien außer Lesen nichts weiter zu tun. Als sie mich eintreten sah, schlug sie ihr Buch zu und lächelte. Wir setzten uns im Schneidersitz aufs Bett und stellten ein Schachbrett zwischen uns. Lucy sollte mir die Feinheiten des Spiels beibringen, während ich mich bemühte, ihr mündliches Französisch zu verbessern. Wegen Frau Roth, die unentwegt auf uns einredete, machte keines der beiden Vorhaben rechte Fortschritte. Sie sprach vom Anschluss, der schrecklichen Zeit, als die Nazis in ihrem Heimatland die Macht übernommen hatten. Kurz danach ermordete die Gestapo Lucys Vater oder veranlasste ihn zur Selbsttötung.

„Wir konnten nach Paris fliehen, aber natürlich mussten wir dort auch weg und mussten in dieses miserable Loch." „Mutter", mahnte Lucy, und machte einen überraschenden Zug mit einem ihrer Bauern. Doch Frau Roth ließ sich nicht aufhalten. „Mein Sohn, er ist erst sechzehn, ging in Paris in die hebräische Schule. Er sollte eigentlich mit uns kommen, aber der Rabbi zog mit der Schule und allen Jungen um, irgendwohin in den Süden. Es sei dort sicherer, sagte er. Jetzt höre ich kaum mal was von meinem Sohn. Mir kommt es vor, als verliere ich ihn. Zuerst habe ich meinen Mann verloren, dann mein Zuhause und nun verliere ich meinen einzigen Sohn. Was bleibt mir noch?" „Mutter, du weißt, dass Nathan dort sicher ist, und ich bin hier bei dir und da werde ich auch bleiben", warf Lucy ein. Frau Roth brach in Klagen und Tränen aus, und Lucy machte wieder einen geschickten Zug auf dem Schachbrett. Sie bewahrte immer Haltung und sie gewann immer.

---

14 das französische Abitur

Am Ende der Markthalle wohnte Charlotte Weil. Sie war mit ihren Eltern nach Paris gekommen. „Um den Hitler-Wahnsinn auszusitzen", hatte ihr Vater damals zu seiner Tochter gesagt. Als die deutschen Truppen in die französische Hauptstadt einrückten und die Familie wieder umziehen musste, wurde Herr Weil depressiv. In dem winzigen Zimmer in Oradour saß er am Fenster, eine kalte Pfeife zwischen den zusammengepressten Lippen, und starrte hinaus. Charlottes Mutter, mit großer blauer Kittelschürze, umkreiste ihn, scheuerte den Boden, die Wände und die Möbel, sie backte, kochte und seufzte. Es blieb alles unbeachtet. Die Einzige, die den Raum nicht nur verließ, wenn sie den Abort aufsuchen musste, war Charlotte. Sie holte Wasser und Feuerholz und erledigte die Besorgungen für die Familie. Sie sprach mit den Dorfbewohnern in kaum hörbarem, grammatikalisch korrektem Schulfranzösisch. Mit anderen Flüchtlingen sprach sie leise in dialektfreiem Deutsch und nur, wenn es unbedingt notwenig war. Sie beehrte Großmutter und mich gelegentlich mit nachbarlichen Besuchen.

Gegenüber in einem verlassenen Haus wohnten Wanda und Josie Krantz, unsere beiden Schönheiten, mit ihrer Mutter, der Schwester von Frau Brot, und zahlreichen jüngeren Geschwistern. Sie waren eine hübsche Gesellschaft, und Frau Krantz überhäufte sie alle mit Wärme und Liebe. Wanda und Josie wurden am meisten bemuttert. Frau Krantz sagte, sie wolle erreichen, dass die beiden reiche Franzosen heiraten. „Das solltet ihr hübschen jungen Dinger alle tun, euch attraktiv machen und mit eurem Charme die französischen Männer becircen, dass sie euch heiraten", sagte sie jedes Mal, wenn sie mich mit Lucy und Charlotte traf. Sie sah uns von oben bis unten an. Offenbar missbilligte sie unsere etwas nachlässige Kleidung. Wir fühlten uns unbehaglich.

Eines Tages bot sie an, bei sich einen Tanztee für uns und andere junge Leute aus ihrer Bekanntschaft zu veranstalten. Das würde unsere gesellschaftlichen Chancen verbessern, erklärte sie. Andere Vergnügungen gab es im Dorf nicht, außer gelegentlich einem Film, den der Gemeindepfarrer in seiner Kirche zeigte. Das waren alte amerikanische Western, wo tüchtig geknallt und geprügelt wurde, aber die Zuschauer saßen dicht gedrängt und warteten geduldig im Finstern, wenn der Küster die Filmspulen wechselte. Ein freundlicher Protest brach jedoch immer los, wenn der Pfarrer die Kussszenen schwärzte. In entscheidenden Augenblicken hielt er einfach seine Hand vor den Projektor.

Frau Krantz gab in diesem Herbst zwei Teekränzchen. Beide waren gut besucht, aber natürlich tauchten keine reichen Franzosen auf. Außer unserer Gastgeberin und ihren Kindern und uns drei „hübschen jungen Dingern" kamen zwei Ehepaare aus den Baracken, die Kahns aus Wiesbaden und die Brenners aus Hamburg. Frau Brot und Albert erschienen; Herr Holz und Herr Süß schauten kurz herein. Die Dorfbewohner wurden von dem jungen Tabakhändler und seiner Frau vertreten, dem Metzgergehilfen und einigen sehr jungen Männern.

Wenn sie sich nicht gerade selbst graziös im Tanz drehten, sorgten die jüngeren Kinder von Frau Krantz dafür, dass die Victrola aufgezogen wurde und die Platten liefen. Wir tanzten Tango, Foxtrott, Walzer und Paso Doble. Unsere Gastgeberin servierte Gebäck und Tee, und sie strahlte den ganzen Abend. Aber sie blickte auch immer wieder erwartungsvoll auf die Vordertür. „Warum kommt Benni denn nicht? Habt ihr Mädels ihn eingeladen?", fragte sie. „Mehrmals, Mama", antworteten Wanda und Josie einstimmig. Benni war einer von uns, erzählten sie mir, aber er wohnte außerhalb des Dorfes auf einem Gut, denn seine Familie sei enorm reich. „Er ist sehr unzuverlässig", sagte Wanda. „Und sehr sexy", ergänzte Josie kichernd.

Ich lernte Benni Anfang Dezember kennen. Großmutter und ich waren in unserem Zimmer. Sie lag lesend auf dem Bett, während ich an dem Zeichentisch arbeitete, den Vater für mich gebaut hatte. Das Fenster stand offen, um frische Winterluft und Sonnenschein hereinzulassen. Fröhliche

Stimmen und lautes Lachen tönten von unten herauf. Ich ging ans Fenster um nachzusehen. Die Krantz-Mädchen und Charlotte standen vor unserer Haustür mit einem rothaarigen jungen Mann zusammen, der sich lässig gegen sein glänzendes Fahrrad lehnte. Das Lachen besorgte er ganz alleine. Als er hochschaute, sah ich ein hübsches Gesicht mit einer großen Nase und vollen Lippen. Die Augen waren von durchdringendem Blau. „Ich bin Benni", rief er in Französisch. „Komm zu uns runter. Es gibt was zu feiern. Hitler hat Amerika den Krieg erklärt. Jetzt verliert er." Als ich hinunterkam, schüttelte Benni hocherfreut meine Hand und lächelte übers ganze Gesicht. Wir beide waren bald so sehr in unser Gespräch vertieft, dass wir gar nicht auf die anderen achteten. Sie gingen daher weg. „Ich würde dich gerne näher kennenlernen", sagte Benni, als er sich zum Gehen anschickte. Er fragte, ob er mich mal abholen dürfe, um mir den Hof zu zeigen, wo er jetzt wohne. Das sei in Ordnung, antwortete ich.

Als ich am nächsten Tag Bennis Fahrrad klingeln hörte, ließ ich alles stehen und liegen und lief hinunter. Unser erster Halt war ein kleiner Laden um die Ecke, wo ich ein Fahrrad auslieh. Dann machten wir uns auf den Weg. Eine ganze Weile fuhren wir nebeneinander auf einer breiten, glatten Straße, die von riesigen Bäumen gesäumt wurde. Ihre Kronen ragten kahl in den winterlichen Himmel. Dann wurde die Straße schmaler und führte im Bogen um einen dunklen, vereist aussehenden Teich. Wir schwenkten scharf nach links, holperten auf einem brach liegenden Feld hintereinander über Wurzeln und Wagenspuren, fuhren durch einen schmutzigen Wald und wieder durchs offene Land, vorbei an Reihen runder grüner Kohlköpfe.

„Dort ist es", rief Benni und zeigte auf ein großes verputztes Fachwerkgebäude mit schwerem roten Ziegeldach und vielen blinkenden Fenstern. Wir lehnten unsere Räder an einen Zaun und gingen durch die schwere Holztür durch eine zugige Diele in ein riesiges Wohnzimmer. An der einen

Wand war ein offener Kamin und an der anderen befanden sich volle Bücherregale vom Boden bis zur Decke. Von einem großen Erker sah man auf einen verwilderten Garten.

„Ah, ich sehe schon, dass es dir gefällt", sagte Benni erfreut, nahm mich bei der Schulter und küsste mich auf die Lippen. Er erzählte, seine Mutter und seine Schwester Rahel seien in Paris, um der älteren Schwester Judy beim Umzug zu helfen. „Sie sind in Paris? Jetzt?", fragte ich verwundert. „Ja, die Frauen in meiner Familie sind ganz schön verrückt. Sie fahren, wohin es ihnen passt", sagte er. „Na, ja, in Grenzen natürlich."

Sein jüngerer Bruder war in einem Internat in den Bergen sicher untergebracht, aber auch er könne hier auftauchen, an Weihnachten womöglich. „Ich bin der Einzige, den Mutter festhält", fügte er wehmütig hinzu. Wir saßen nebeneinander im Erker auf Kissen und sprachen über Gott und die Welt. Als wir auf Schriftsteller zu sprechen kamen, zeigte sich meine nur begrenzte Kenntnis der französischen Literatur. Das gehe nicht an, sagte Benni. Er wolle, dass ich alles liebe, was er auch liebe. Er werde mich mit seinen Lieblingsbüchern bekannt machen.

Von da an radelte ich bei jedem Wetter fast täglich nachmittags zu Benni. Wir saßen im Erker eng beisammen. Er las mir Gedichte, Abschnitte aus Romanen oder Kurzgeschichten vor, alles, was er für wichtig hielt. Nach jedem Stück machte er eine Pause, sah mich erwartungsvoll an und drängte mich zu einem Kommentar. Manchmal waren wir verschiedener Meinung, aber meistens stimmten wir überein, und immerzu küssten wir uns, redeten und lachten, und schließlich liebten wir uns leidenschaftlich.

„Bei mir brauchst du dir überhaupt keine Sorgen zu machen", hatte Benni gesagt. „Ich habe ein Jahr medizinische Ausbildung. Ich weiß, was ich tue." Ich vertraute ihm. Außerdem zog mich sein sauberer, gesunder Körper, sein kluges, fröhliches Verhalten mächtig an. Benni hatte mich mit Leib und Seele gefangen genommen.

„Was ist an dem rothaarigen Jungen, dass du jeden Tag zu ihm läufst?", fragte Vater. „Weißt du nicht, dass du dich zum Narren machst?" „Er macht mich glücklich", antwortete ich. „Wenn ich bei ihm bin, vergesse ich alles Schlechte in der Welt. Das Leben scheint mir dann lebenswert." Wir saßen beim Abendessen. Vater war über mich verärgert, Mutter betrachtete mich argwöhnisch. Meine liebe Großmutter tätschelte mir begütigend die Hand. „Ich weiß, wie sich das Kind fühlt. Sie braucht eine Pause von der ganzen Traurigkeit in der Welt, und wenn der junge Mann kein Gentleman wäre, würde unsere Hannel nicht so viel Zeit mit ihm verbringen", erklärte sie. Doch an dem Blick aus ihren tief liegenden Augen erkannte ich, dass auch sie mir nicht völlig vertraute.

An Heiligabend begann es frühmorgens zu schneien, ein Vorhang ständiger, ruhiger Flocken. Mein Vater hatte immergrüne Zweige gesammelt, sie mit Draht zusammengebunden und daraus einen kleinen Weihnachtsbaum gemacht. Meine Mutter klemmte kleine Kerzen daran und ich steuerte vergoldete Walnüsse und Schneeflocken aus Papier bei. „Ihr seid alle so geschickt", sagte Großmutter bewundernd und wischte sich über die Augen.

Gegen Mittag blickte ich in den Schnee hinaus und sah Benni mit einer jungen Frau, die wohl seine Schwester Rahel sein musste, die Straße herunterkommen. Er trug seine Schaffelljacke und keinen Hut. Rahel war so in Kaninchenpelz eingepackt, dass sie sich kaum bewegen konnte. Beide schoben ihre mit Paketen beladenen Räder. Die Pakete waren in Stoff eingewickelt. Ihre erste Lieferung gaben sie bei Frau Krantz ab. Dann gingen sie mit einem Paket in Frau Brots Küche. Schließlich kam Benni unsere Stufen hoch. Seine Schwester blieb draußen stehen, von wirbelnden Schneeflocken eingehüllt. Vergnügt wie er war übersah Benni Vaters Brummigkeit und beschenkte Großmutter mit einem Kuchen und Mutter mit einer gebratenen Ente, mit den besten Empfehlungen von seiner Mutter. Er kündigte an, er werde mich rechtzeitig für die Mitternachtsmesse abholen kommen.

Die Dorfkirche war voller festlich gekleideter Dorfbewohner jeden Alters. Wir waren überrascht, auch Frau Krantz mit ihren Kindern zu sehen. Benni, seine Schwester Rahel und ich nahmen in den hinteren Bänken neben ihnen Platz. Eine schlanke, modisch gekleidete junge Frau, die Weihwasser genommen und kurz neben uns das Knie gebeugt hatte, schritt auf hohen Absätzen nach vorne, wo am Altar ein Priester mit schlanken, fast durchsichtigen Händen hantierte. Benni stieß mich leicht in die Seite. „Das ist meine Schwester Judy. Sie ist kürzlich zum Katholizismus übergetreten", flüsterte er. „Keiner von uns hat es gewusst, aber wir lieben sie immer noch." Er grinste.

Die Gemeinde stand auf, kniete, stand wieder auf und kniete erneut wie ein dunkler Körper, gebadet im warmen Schein zahlloser Kerzen, und bei den feierlichsten Augenblicken des Rituals senkten sich alle Köpfe gleichzeitig. „War das nicht wunderschön?", fragte ich die anderen beim Herausgehen. „Also ich habe den Cowboy-Film vermisst", sagte Benni lachend und drückte liebevoll meinen Arm.

Wir waren auf dem Weg zum *réveillon*, dem traditionellen Festessen beim Bürgermeister. Rahel war eingeladen, weil einer der jungen Polizisten ein Auge auf sie geworfen hatte. Sie sagte, wir könnten alle mitkommen. Es hatte aufgehört zu schneien. Das Dorf lag in Dunkelheit. Als wir uns dem großen Haus am Dorfplatz näherten, ging die Türe auf und Licht fiel auf den glitzernden Boden. Im Haus war alles festlich beleuchtet. Überall waren Kerzen, Bänder und Girlanden. Ein riesiger Tisch, beladen mit verschiedenen Sorten Schinken, Braten und Geflügel, Gemüse, Pasteten und Gebäck, erstreckte sich vom einen Ende des Raumes bis zum anderen. Kräftige Männer und Frauen mit roten Gesichtern quirlten durcheinander. Alle aßen und tranken, schwatzten und lachten. Benni stellte mich vor, lachte und unterhielt sich kurz. Ich lächelte jeden an, ich aß und trank und beobachtete, was so vorging.

Rahel ging mit ihrem Polizisten in eine dunkle Ecke, der Metzgergehilfe schlich um die jungen Mädchen herum, und Judy mit einer langen Zigarettenspitze in der beringten Hand scharwenzelte um die älteren Männer. Als das Fest zu Ende ging und wir uns auf der kalten, verschneiten Straße voneinander verabschiedeten, kamen Männer, die ich nie zuvor gesehen hatte, aus dem Dunkel, umarmten und küssten mich und wünschten: „Joyeux Noël, chérie![15]"

Weihnachten 1941 war fröhlich gewesen, aber das neue Jahr brachte nur Elend. Amerikanische Unterstützungsgelder kamen nur noch spärlich. Andere Hilfsprogramme gab es nicht mehr, und die Flüchtlinge hingen von allerlei merkwürdigen und geheimen Jobs ab, oder – noch schlimmer – sie mussten Almosen annehmen. Wir hörten auch Gerüchte über ein Treffen hoher Beamter des Dritten Reiches in Berlin, bei dem sie eine Strategie für die weltweite Vernichtung der Juden planten. Wir hatten alle genügend Respekt vor dem langen Arm von Nazi-Deutschland, um zu wissen, dass diese sogenannte „Endlösung" keine leere Drohung war. Jeder von uns konnte jeden Augenblick ihre Beute werden.

Eines Morgens erschien Ursula unangemeldet an unserer Tür. Sie war mit der Bahn aus Limoges gekommen und brachte ihre Mutter, die verwirrte Frau Kornblum, mit und einen kleinen flachshaarigen Jungen. Das Kinderheim wurde wegen Geldmangel geschlossen, erzählte sie. Seine Aufgaben waren anderen Einrichtungen übertragen worden. Ursulas Mann und ihr Sohn hatten einen Platz in den Bergen gefunden. Sie war auf dem Weg dorthin und wollte vorher ihre Mutter im Zimmer bei Frau Krantz unterbringen.

„Aber dieser kleine Kerl hier", sagte sie, nahm den Arm des Jungen und zog ihn zu meiner Mutter, „wird bei dir bleiben müssen, Emma, bis er abgeholt wird." „Wo soll ich denn hin mit ihm, Ursula?", fragte Mutter. „Es ist ganz egal, wo du ihn hintust, Emma, so lange du ihn bei dir behältst.

---

15 Fröhliche Weihnachten, Liebes

Ich weiß, wie gut du zu den Kleinen bist, die ein bisschen ungewöhnlich sind. Dieser hier kann nicht sprechen. Ich glaube, er ist etwa vier Jahre alt, und er ist intelligent. Er wird lernen. Ich kann dir nicht erzählen, wie wir ihn bekommen haben und wer er ist, aber du kannst ihn Joel nennen wie den ersten, den du betreut hast. Ich versichere dir, dass er bald abgeholt wird. Bitte behalte ihn. Ich habe niemand anderen, dem ich vertrauen kann." Ursula rieb sich nervös die Hände.

Mutter hörte zu und runzelte die Stirn. Sie fühlte sich ausgenutzt und das mochte sie gar nicht. Aber wie konnte sie ablehnen, diesen schweigsamen kleinen Jungen aufzunehmen, der sie so ernst ansah? Ursula blieb auf einen Tee da, während Vater Frau Kornblum zu Frau Krantz brachte. Dann wurde nahe beim Küchenherd ein Bettchen aufgestellt. Ursula gab Mutter ein Bündel Banknoten und umarmte sie. Erstaunt sah ich Tränen in ihren Augen, als sie zur Tür lief.

Joel II wohnte in den ersten kalten Monaten des Jahres 1942 bei uns. Er war ein freundlicher, gehorsamer kleiner Bursche, der immer genau das tat, was man ihm sagte. Er gab nie einen Laut von sich. Der Ausdruck auf seinem ernsten kleinen Gesicht veränderte sich nie. Beim *Seder*[16], den Charlottes Vater für unsere Gemeinde organisierte, wurde Joel gerufen, um die Tür für Elijah zu öffnen. Gehorsam kletterte er von seinem Stuhl an der Festtafel und tat, was man ihm gesagt hatte, ohne nach links oder rechts zu sehen und ohne einen Laut von sich zu geben.

Ein paar Tage später ging Großmutter auf den Boden, um etwas zu holen. Joel folgte ihr heimlich die Leiter hinauf nach. Der Anblick der in einer Reihe stehenden Reservebetten muss in seinem Gedächtnis eine frühere Erfahrung geweckt haben. Er nahm das lose Ende der Wäscheleine in die Hand, benutzte es wie eine Peitsche und rief "Allez, allez!",

---

16 die häusliche religiöse Feier mit Festmahl an den beiden ersten Passahabenden

bis Großmutter ihn nahm und die Stufen hinunterbrachte. Sie hielt ihn auf ihrem Schoß und erzählte uns mit Tränen in den Augen, was geschehen war. Wir hörten Joel nie ein anderes Wort sagen. Nicht lange danach kam eine ebenfalls nicht mitteilsame junge Frau und holte ihn ab.

Der April kam und brachte blühende Bäume und Büsche, die die Luft mit betäubender Süße erfüllten. Überall blühte Flieder. Großmutter ging ihre Abendmilch holen und ließ zum ersten Mal ihren Pelzmantel zu Hause. Mutter spülte das Geschirr und ich trocknete ab. Vater saß am Tisch und brütete über seinem Hauptbuch.

Plötzlich gab es Unruhe im Treppenhaus. „Aufmachen, aufmachen!", riefen Männerstimmen in Französisch und Deutsch. Ich rannte hin und öffnete. Auf den Stufen mühten sich Albert und ein Mann aus dem Dorf mit einem Stuhl, den sie gemeinsam trugen. Darauf saß Großmutter, steif zurückgelehnt, ihr Gesicht eine graue Holzmaske. Die Männer trugen sie in unser Schlafzimmer und legten sie auf ihr Bett. Der Doktor aus dem Dorf erschien und sah nach ihr. Er wandte sich ab, schüttelte den Kopf und legte eine Hand auf Vaters Schulter.

Menschen drängten herein, drückten Mutter die Hand, weinten. Vater sah versteinert und blass aus. Er ging ins andere Zimmer und schloss die Türe hinter sich. Zwei ältere Frauen kamen aus den Baracken mit einer Waschschüssel, Schwamm und Leinentüchern. Sie sagten zu Vater, er solle sich zu uns setzen, während sie Großmutter wuschen, ihr ein langes, weißes Nachthemd anzogen und sie mit einem Leintuch zudeckten. Dabei ließen sie nur das Gesicht frei. Wir konnten nun hereinkommen und sie ansehen.

Nein, sagte ich, ich wollte sie nicht sehen, wie sie jetzt aussah. Ich wollte sie in Erinnerung behalten, wie sie lebendig gewesen war, wirklich lebendig, bevor der Nazismus sie in eine traurige, verstörte alte Frau verwandelt hatte, die nur selten lächelte. Ich wollte sie so in Erinnerung behalten, wie sie vor langer Zeit in Mannheim gewesen war, wenn wir zusammen auf der Couch lagen, Radio mit denselben Kopfhörern hörten oder wenn wir auf dem Balkon hinter der blühenden Glyzinie saßen und die Tennisspieler beobachteten. Ich wollte mich daran erinnern, wie sie mit mir über die Bergpfade im Schwarzwald ging oder wie wir in der zweirädrigen Kutsche die Rheinpromenade entlang fuhren und der Kutscher vorne davon erzählte, wie er als junger Pferdepfleger bei meinem Urgroßvater, dem guten Doktor Rothschild beschäftigt war. Sie hatte dann immer so froh ausgesehen, ihre Augen funkelten und ihre Wangen waren rosig, und sie duftete so rein und süß. So wollte ich sie in Erinnerung behalten.

Mein Bett wurde ins vordere Zimmer gestellt, und ich lag mit offenen Augen im Dunkeln neben meinen Eltern, die auch nicht schlafen konnten. Benni kam früh am nächsten Morgen mit Fliederzweigen und einem Apfelkuchen. Er saß bei mir und hielt meine Hand, während der Sarg hinausgetragen wurde. Unten warteten Leute. Alle waren da, sogar Charlottes Vater. Wir folgten dem von einem Pferd gezogenen Leichenwagen in feierlicher Prozession durchs Dorf. Am Friedhof war das Grab schon ausgehoben. Als der Sarg hinuntergelassen wurde, trat der Rabbi aus den Baracken vor, aber Vater nahm ihn freundlich am Arm und schob ihn beiseite. „Ich muss das selbst tun", sagte er mit erstickter Stimme.

„Mutter", begann er um Haltung kämpfend, „du hattest Besseres verdient, besonders von deinen Söhnen." Er erwähnte, dass Onkel Paul sie verlassen habe, und sprach dann von seiner eigenen Unzulänglichkeit, da er sie vor der folgenden Tragödie nicht hatte schützen können. Windstöße trugen die meisten seiner Worte weg, aber die Blässe seines Gesichts und die Traurigkeit in seinen Augen sprachen von seinem tiefen Schmerz. Er warf die ersten paar Erdklumpen auf den polternden Sarg und wandte sich an Mutter, sein Gesicht von Bitterkeit entstellt. „Ich kann ihr noch nicht einmal ein dauerhaftes Grab geben", sagte er aufschluchzend.

Es zerriss mich innerlich, meinen Vater in diesem Zustand zu sehen. Als dann aber einer nach dem anderen mit einer Handvoll Erde oder Fliederzweigen vortrat und mit nassem Gesicht ein paar Worte murmelte, blieben meine Augen trocken.

Zu Hause brachten Albert und Vater Großmutters Bett auf den Dachboden hinauf und stellten meins wieder an seinen alten Platz. Meine Mutter öffnete alle Fenster, um dem widerlichen Todesgeruch die Möglichkeit zu geben, sich zu verflüchtigen. Ich stand lange am Fenster und sah auf die Straße hinaus.

„Lass uns heiraten", hatte Benni auf dem Rückweg vom Friedhof zu mir gesagt. „Meine Mutter kennt den Bürgermeister im Nachbardorf. Er würde die Zeremonie vollziehen und uns mit Papieren versorgen. Wir könnten zusammen weggehen und irgendwo im Untergrund leben, bis der Krieg vorbei ist. Wir wären da sicher. Dafür würde meine Mutter schon sorgen." Der Tod meiner Großmutter war ein schrecklicher Schlag gewesen. Ich fühlte mich, als würde ich in einem Strudel von Elend ertrinken. Bennis Heiratsantrag war eine Rettungsleine, die ich wohl festhalten sollte, um wieder auf festen Grund zu kommen. Aber wie eine Ertrinkende geriet ich in Panik. Ich fuhr herum. „Wie kannst du heute vom Heiraten sprechen?", zischte ich meinen Möchtegern-Retter an, der mitfühlend meinen Arm drückte und nichts weiter dazu sagte.

Es vergingen einige Wochen, bevor Benni das Thema wieder zur Sprache brachte. Es war an einem goldenen Sonntagnachmittag im Juli. Nachdem er mit der Gartenarbeit für seine Mutter fertig war, kam er ins Dorf und holte mich zum Schwimmen im nahen See ab. Wie schon oft bei ähnlichen Anlässen schlossen sich andere junge Leute uns an. Die Krantz-Schwestern waren mit ihren beiden Freunden aus dem Dorf gekommen. Charlotte brachte einen lernbegierigen Burschen aus den Baracken mit, und Lucy wurde von dem Metzgergehilfen begleitet. Sie war überzeugt, an dem muskelbepackten jungen Mann sei mehr dran als dunkles Lockenhaar und glänzende braune Augen. Er sei sensibel und sehne sich nach feineren Dingen im Leben, erklärte sie mehr als einmal. Auf ihre Mutter, von der ich erwartet hatte, sie würde dieser Beziehung ein rasches Ende bereiten, war kein Verlass mehr. Sie war in Depression verfallen.

„Wir haben seit Monaten nichts von meinem Bruder gehört, und Mutter denkt an nichts anderes. Es ist ihr gleichgültig, was ich mache und mit wem. Ich fühle mich verletzt, aber ich genieße meine Freiheit", sagte Lucy, als sie anfing, mit ihrer unmöglichen Begleitung auszugehen. Er hatte wenig zu sagen, und die beiden blieben gewöhnlich hinter uns zurück und verschwanden schließlich ganz. Viele von uns verschwanden paarweise im Verlauf unserer Ausflüge. Sie wollten die Zeit in leidenschaftlichen Umarmungen verbringen, tief vergraben im süß riechenden Gras der weiten, sonnendurchtränkten Wiese.

Ich hatte meine Arme um Bennis Hals geschlungen, als er mich finster fragte: „Wirst du mich irgendwann heiraten?" „Natürlich", sagte ich. „Wann?" Benni zog mein Gesicht zu sich herunter und sah mir gerade in die Augen. „Wann?", fragte er noch einmal. „Ich weiß es nicht", antwortete ich kläglich. „Aha", sagte er. „Meine Mutter hat recht. Sie hat gesagt, du meinst es nicht ernst mit mir und ich verschwende bloß den Gummi an meinem Fahrrad." Benni sah verärgert aus. Doch auf meine Frage, ob er selbst denn auch denke, nur seine Reifen zu verschwenden, grinste er. Nein, sagte er, das sei bloß Gerede von seiner Mutter.

29. Kapitel

Im August 1942 kamen Schausteller ins Dorf. Sie kündigten sich frühmorgens an einem drückend heißen, feuchten Tag mit fernem Geklingel und Getrommel an. Bald wurde in der Ferne, hoch über den Baracken, ein Riesenrad sichtbar. Es drehte sich stetig und langsam zu den Klängen von „La Paloma", der „Eselserenade" und dem „Mexikanischen Huttanz". Das Repertoire war immer das gleiche. Es dröhnte ohne Ende und ohne Pause.

Ich hatte Messen und Jahrmärkte immer gemocht. Als ich ein kleines Mädchen war, nahm mich Großmutter Käthe immer zum Weihnachtsmarkt am Neckarufer in Mannheim mit. In ihrem langen, schwarzen Wintermantel, mit Hut und Handschuhen, stellte sie sich auf dem Kinderkarussell neben mich und hielt sich an den Zügeln des Pferdes fest, das, mit mir obendrauf, auf und nieder wippte. Mit stählernem Griff meine Hand haltend führte sie mich dann geschickt an den Marktbuden vorbei, wo großartige Samtkissen ausgestellt waren, auf denen in bunten Farben das beleuchtete Heidelberger Schloss zu sehen war. Sie erinnerte mich, dass wir keinen Kitsch nach Hause bringen dürften. Ich durfte den Türkischen Honig nicht probieren und auch nicht die farbige Zuckerwatte. Sie wurden von fremd aussehenden Leuten zubereitet und galten folglich als unsauber. Wir gaben jedoch unseren süßen Gelüsten bei den heißen Waffeln nach, die großzügig mit Puderzucker bestreut wurden, wovon der meiste auf unseren Mantelkragen landete. Es wurde mir auch gestattet, von der großen Auswahl an Puppenhauskeramik etwas auszusuchen, und natürlich gingen wir zu dem tollen Flohzirkus.

Einige Jahre später schwelgte ich als Teenager nicht nur in den Klängen und Ansichten der großartigen spanischen Straßenfeste, ich ergriff auch die Gelegenheit, mit meinem Können anzugeben. Als ich zehn war, hatte Vater mir, sich über Mutters Protest hinwegsetzend, ein Luftgewehr gegeben und mich schießen gelehrt. Vor dem Bürgerkrieg begleitete er mich in Madrid zu den Schießständen. Stolz stand er neben mir, wenn sich die Jungen um uns scharten und mich verblüfft beobachteten: Ein Mädchen mit einem Gewehr! Und sie schoss ein bewegliches Ziel nach dem anderen herunter.

Auch die Messe in Oradour hatte einen Schießstand, und ich traf noch eine ganze Menge Ochsenaugen. Ich gewann Geld am Glücksrad, fuhr mit dem Riesenrad und mit Benni und den anderen jungen Leuten im Autoscooter, aber richtige Fröhlichkeit wollte nicht aufkommen. Die ganze Messe schien unwirklich und fehl am Platze. Immerhin wütete draußen ein blutiger Krieg und überall geschahen schreckliche Dinge. Drohendes Verhängnis hing über unserer eigenen Existenz wie ein schweißdurchtränkter Umhang. Das ständige Gedudel der albernen Melodien verstärkte noch das Gefühl unausweichlichen Unterganges.

Nach dem Abendessen, während die „Eselserenade" herübertönte, standen meine Freunde und ich vor unserem Haus und versuchten, uns klar zu werden, ob wir zur Messe zurückgehen sollten oder nicht. Plötzlich näherte sich rasch ein junger Mann auf einem Fahrrad. Er trug einen schwarzen Anzug und eine schwarze Baskenmütze, sein Gesicht war blass und angespannt. Er sah uns nicht an, als er vom Rad sprang, es gegen die Mauer warf und hinter der großen Tür verschwand, die zu unserer Wohnung führte. Gleich darauf kam er wieder heraus, sprang auf sein Rad und radelte davon. „Hannel komm rauf, sofort", rief Vater von meinem Schlafzimmerfenster aus, „und ihr anderen geht nach Hause zu euren Familien." Benni wollte mit mir hereinkommen, um zu sehen, was vorging, aber mein Vater schickte auch ihn nach Hause. Meine Eltern sahen beide blass und mitgenommen aus.

„Ich habe gerade erfahren, dass die Deportationen nach Polen begonnen haben", sagte mein Vater. „Sie werden morgen früh hierherkommen. Ich muss los und alle warnen. Du, Hannel, bleibst hier bei deiner Mutter, bis ich zurückkomme." Er sah mich ernst an.

Mutter und ich setzten uns an den Tisch, starrten ins Leere, rauchten mit zitternden Händen Zigaretten. Als Vater zurückkam, berichtete er, die Brenners seien fort und auch die Kahns. Das waren die beiden Ehepaare, die zu den

Teekränzchen bei Frau Krantz gekommen waren, sich aber sonst nicht unter uns andere gemischt hatten. Man glaubte, sie hätten Verbindungen zu der verachteten Regierung in Vichy. Niemand hatte ihnen über den Weg getraut. So war es keine große Überraschung, dass sie ohne eine Nachricht weg waren.

„Was ist mit den Heimanns?", fragte Mutter ängstlich. „Sie sind auch weg", sagte Vater, „Gott sei Dank." Um die Heimanns hatte sich Vater ganz besonders Sorgen gemacht, weil Martin Heimann blind war. Das hatte die Gestapo nicht abgehalten, ihn bei den Verhören in Martins Heimatstadt Halle zu schlagen. Er hatte dort eine liberale Zeitung herausgegeben. In Paris hatte Martin dann Beiträge für verschiedene Flüchtlingszeitungen geliefert, bis ihn die Gestapo wieder einholte. In Oradour schrieb er an einem Schauspiel. Als die Heimanns ankamen, bot man ihnen bessere Unterbringung an, aber sie wählten die Baracken.

„Ihr könnt euch nicht vorstellen, wie schwierig es für mich ist, so oft umquartiert zu werden, einen Stuhl zu finden, wo ich ein Bett erwarte, den Ofen, wo das Bücherregal stehen sollte", sagte Martin lachend. „Meine Welt ist auf den Kopf gestellt worden, nicht nur einmal, sondern gleich mehrmals." Sich an die schlichten Baracken zu gewöhnen, war einfach. Auch lagen sie an der geraden Durchgangsstraße, an der die meisten Läden lagen. Seine Frau ließ Martin die Besorgungen machen, nachdem sie festgestellt hatte, dass die Kaufleute ihn nicht um seine Rationen betrogen, wie sie befürchtet hatte, sondern ihm sogar mehr gaben, als ihm zustand. Sie hörten ihm gerne zu, wenn er Geschichten aus seiner Kindheit und Jugend zum besten gab, die er in einem gefälligen, weichen Französisch erzählte, das sich krass von den harten teutonischen Lauten mancher anderer Flüchtlinge unterschied.

Martins am meisten gerühmter Besitz bestand aus einer riesigen Sammlung antiker Bleisoldaten – ganzen Armeen mit Pferden und Waffen – die er von seinem Vater geerbt hatte. „Der alte Knabe war ein ziemlicher Militarist, ein jüdischer, preußischer Militarist, wenn du dir so was vorstellen kannst. Ich bin dankbar, dass er das Aufkommen des Nazismus nicht mehr erlebt hat und die Schändung von allem, was ihm heilig war." „Dein Vater war ein verdammter Narr", fiel Martins Frau ein, und Martin stimmte ihr zu. „Klar", sagte er, „aber das sind wir doch alle, auf die eine oder andere Art."

„Ich hoffe, Martin ist in Sicherheit", sagte Mutter und sah Vater fragend an. „Er ist so ein netter Mann." Mein Vater nickte. „Ich habe das Gefühl, den Heimanns geht es gut", sagte er. „Sie haben alles zurückgelassen, sogar Martins alte Schreibmaschine. Nur der Koffer mit den Soldaten ist fort. Ich stelle mir vor, dass man für diese Sammlung fast alles kaufen kann, sogar Sicherheit."

Mein Vater verließ das Haus mit seiner Zahnbürste, Socken, Unterhosen, einem Taschentuch. In die Jacken- und Hosentaschen hatte er sich etwas Geld gestopft. Seine goldene Taschenuhr ließ er bei Mutter. Er hatte sich mit Bert Levi an der Straße außerhalb vom Dorf verabredet. Unter dem Schutz der Dunkelheit wollten sie bis Limoges zu Fuß gehen. Dort kannte mein Vater ein Versteck. Bert war ein Freund meiner Eltern. Jeden Freitagabend war er mit seiner Frau Trudi zum Teetrinken und Pokerspielen zu meinen Eltern gekommen.

„Dein Vater hat eine schlechte Wahl getroffen", seufzte Mutter und sah mich besorgt an. „Bert Levi ist kein guter Begleiter." Ich stimmte schweigend zu. Bert, groß und schlank, sah noch in den ältesten, abgetragensten Kleidern elegant aus. In seinem früheren Leben in Köln war er Autohändler und Rennfahrer gewesen. Schon vor der Emigration war er mit Trudi, der Tochter des Eigentümers des Autohauses, verheiratet gewesen. Als sie in Paris lebten, gab er ihr Geld verschwenderisch aus. In Oradour mieteten sie ein hübsches kleines Haus mit einem Garten.

„Bert braucht Bequemlichkeit und Schönheit um sich herum", sagte Trudi. „Er hat immer über seine Verhältnisse gelebt." Um die Ausgaben zu bestreiten, verkaufte Trudi heimlich den Inhalt ihrer großen Reisekoffer, das handbestickte Leinenzeug, das Meißner Porzellan, russische Ikonen, Silber und Kristall, die sie von ihrer Mutter geerbt hatte. „Das sind alles nur Sachen", pflegte sie zu sagen. „Sie lassen sich ersetzen", aber ihr Gesichtsausdruck besagte, dass sie damit nicht rechnete. Trudi war nicht hübsch, aber sehr gepflegt, hatte gutes Benehmen und war sehr belesen. Ich fand die Unterhaltungen mit ihr immer interessant. Bert mochte ich nicht. Er flirtete offen mit den Krantz-Mädchen und mit mir. Obwohl ich ihn zu meiden suchte, lief er mir im Dorf oder am Bahnhof oft über den Weg. Dann begleitete er mich nach Hause und erzählte mir unterwegs von seiner glänzenden Vergangenheit und seinen Plänen für die Zukunft.

„Wenn dieser Krieg erst einmal zu Ende ist, gehe ich wahrscheinlich nach England und fahre Rennen mit britischen Wagen. Dann lebe ich wieder in großem Stil. Was hältst du davon? Würde dir das nicht auch gefallen? Könnten wir nicht große Musik zusammen spielen?", sagte er, drückte sich an mich und nahm meine Hand in seine. Erbost schob ich ihn beiseite, und er lachte leise. „Ich weiß, dass du dir wegen Trudi Sorgen machst, weil du sie magst. Aber sie kennt meine Schwächen und versteht sie. Sie ist eine sehr großzügige Frau und sehr tolerant. Verstehst du, was ich meine? Ich weiß, du bist jung und vielleicht naiv, aber so unschuldig, wie du aussiehst, bist du auch wieder nicht. Du verstehst die Bedürfnisse eines Mannes, nicht wahr?" Und wieder lachte er.

„Ich finde es schrecklich egoistisch von Bert, Trudi zurückzulassen", sagte ich zu Mutter. „Sie könnte mitgenommen werden, trotz des Papiers, das ihr bestätigt, dass sie in der kleinen, damals als französisch geltenden Grenzstadt geboren wurde. Sie ist doch auch jüdisch, im Unterschied zu dir und mir."

Allgemein glaubte man, diese Razzia gelte nur den ausländischen Juden. Mutter und ich hätten daher nichts zu befürchten. Wir fühlten uns schrecklich wegen Vater und all der anderen, die erneut die Flucht versuchen oder sich fangen lassen mussten. Durch mein Fenster schallte noch immer das clippety-clop der „Eselserenade" herüber, als ich lange nach Mitternacht endlich einschlief.

Die Dunkelheit begann gerade zu weichen, als ich mit einem Schlage aufwachte. Ich setzte mich im Bett auf und horchte. Mein Herz begann wie wild zu pochen, während ich auf das dunkle Rumpeln der sich nähernden Lastwagen horchte. Sie kamen zum großen Zusammentrieb. Mutter und ich zogen uns geschwind an. Wir hörten die Lastwagen auf der Straße unten anhalten. Man ließ die Motoren im Leerlauf. Schwere Stiefel polterten durch den Laden vorne und durch die Küche. Sie kamen die Treppe hoch. Unsere Tür wurde aufgestoßen. Drei Polizisten bauten sich drohend vor Mutter auf. „Le Monsieur, wo ist er?" Mutter und ich versicherten, wir wüssten es nicht. Die Männer sahen einander an und grinsten blöde. Hatte mein Vater denn die Angewohnheit, die ganze Nacht wegzubleiben, fragte einer von ihnen. Dann, ganz plötzlich, stürmten die drei erst in mein Zimmer, dann auf den Dachboden hoch und wieder herunter.

„Sie beide kommen mit", bellte einer und scheuchte Mutter und mich zur Türe. Mutter griff rasch ihre schwarze Tasche und ich meinen Farbkasten. Auf den Stufen vor unserer Tür, an die Wand gepresst, stand Frau Krantz mit einer Schar kleiner Kinder – mehr, als ich je vorher gesehen hatte. „Ich dachte, du und deine Mutter, ihr müsst nicht weg und könntet die Kleinen nehmen", flüsterte sie mit zitternden Lippen. Sie folgte uns nach draußen, ihre Herde hinterher, verschlafen und desorientiert. Wanda, Josie und Frau Brot standen schon unten, umgeben von Bündeln und Taschen. Sie halfen anderen, auf einen Wagen zu klettern und ihre Habseligkeiten zu verstauen.

Inzwischen war milchige Dämmerung in das Dorf gezogen, das schweigend hinter verschlossenen Fensterläden ruhte. Nur unsere unmittelbare Umgebung war in hellwache Tätigkeit gefallen. Durch die offenen Fenster konnte man die Polizisten hören, die mit ihren Stiefeln von Raum zu Raum trampelten, dazu die gewohnten Rufe „Allez, allez!" und schwache Proteste, Schluchzen und dumpfe Schläge.

Reihenweise stiegen die verwirrten Leute auf die Wagen. Herr Maier wurde auf einer Trage gebracht, dahinter seine weinende Frau. „Warum könnt ihr uns nicht in Ruhe sterben lassen, in unseren Betten?", fragte sie unbeachtet auf Deutsch. Als die Trage auf einen Lastwagen gehoben wurde, brach sie zusammen und musste hinaufgeschoben werden.

„Allez, allez!" Mutter und ich wurden auf das Fahrzeug gescheucht, auf dem Frau Krantz die ganze Kinderschar auf Bündeln und Decken untergebracht hatte und sie drängte, weiterzuschlafen. Frau Brot saß schluchzend da. „Mein Albert ist weg", flüsterte sie. „Er hat mich die ganze Nacht über im Arm gehalten, aber als wir dann die Lastwagen hörten, ist er aus dem Fenster gesprungen. Möge Gott mit ihm sein." Charlotte saß hinten, zwischen ihren Eltern, steif und kerzengerade. Ihre großen braunen Augen waren voll Angst, und Tränen stiegen auf, als sie mich sah. Wir nickten uns feierlich zu. Ihr Vater, rot und einem Schlaganfall nahe, sah geradeaus. „Was mich betrifft, so bin ich froh hinzugehen, wo sie uns hinbringen. Ich freue mich, wenn ich an die Arbeit gestellt werde. Ich hab es satt, nutzlos herumzusitzen", erklärte er. „Papa, also wirklich!", rief Charlotte aus. Sie umklammerte ihre Mutter, die wie ein Häufchen Elend in sich zusammengesunken war.

Herr Holz kletterte hinauf, fluchend. „Sie fingen mich, als ich gerade hinten hinaus wollte. Süß haben sie noch nicht gefunden, werden sie aber noch. Sie nehmen alle mit. Jetzt bringen sie Berts Frau." Mutter und ich sahen uns an. Tatsächlich sahen wir Trudi auf den letzten Lkw in der Reihe hinaufklettern. Ihr folgten Lucy und ihre Mutter, die den Polizisten, der sie mit eisernem Griff am Arm hielt, boxte und trat. Dann sahen wir, wie Herr Süß von zwei Polizisten hergezerrt wurde und wie sie ihn mehrfach traten, als er vorwärts wankte. Er sah ganz aufgelöst aus, und seine Nase blutete. Er wurde auf unseren Lastwagen geladen, wo er zu Füßen von Frau Brot landete. „Süß, mein lieber Mann, was ist passiert?", fragte sie und lehnte sich vor, um sein blutiges Gesicht mit einem Taschentuch abzuwischen. „Ich habe versucht, mich in der Kirche zu verstecken", stammelte er in gedämpftem Ton. „Ich bat den Priester um Asyl. Es ist eine jahrhundertealte christliche Praxis, oder nicht? ‚Um der Liebe des einen und einzigen Gottes willen', sagte ich zu dem kleinen Fiesling, ‚bitte verstecken Sie mich', aber er bekreuzigte sich nur und ließ zu, dass sie mich fortschafften. Ich versuchte, sie loszuwerden, da sind sie grob geworden. Offensichtlich bin ich kein Mensch mehr, sondern ein Tier. Wir alle sind Tiere, Tiere, die man jagt und fängt und schließlich schlachtet." Süß lehnte an Frau Brots Knien und schloss die Augen.

Inzwischen hatte ein Offizier einen Befehl gebrüllt und unser Lastwagen setzte sich in Bewegung, rollte aus dem Dorf und die offene Straße entlang. Dort kamen andere Lastwagen mit Zeltplanen dazu. Wir wurden ein Teil einer langen Karawane von Lastwagen mit menschlicher Fracht, die durch die schöne französische Landschaft rumpelten.

Gegen Mittag kamen wir am Bestimmungsort an, dem Übergangslager Nexon: die üblichen Barackenreihen, umgeben von einem hohen Zaun mit Stacheldraht obendrauf. Neu für mich waren die Wachtürme an allen vier Ecken des Lagers, von denen bewaffnete Männer auf das Gewühl der Insassen hinuntersahen. Wir wurden in eine der riesigen Baracken geführt, wo die Betten so eng standen, dass man kaum dazwischen durchkam. Verwirrt wuselten Frauen und Kinder durcheinander.

Draußen standen endlose Reihen von Männern, Frauen und Kindern Schlange vor dem Waschraum, vor der Ambulanz und vor dem Speisesaal. Das ganze Lager war voller Menschen. Immer noch kamen Lastwagen und entluden noch mehr. Am vorderen Tor hatte sich eine Menschenmenge angesammelt, die unter den Neuankömmlingen nach vertrauten Gesichtern suchten. Es gab Rufe des Erkennens und Schreie voller Angst.

Ich sah Frau Roth sich am Zaun festklammern und nach ihrem Sohn Ausschau halten. Lucy stand neben ihrer Mutter. Sie sah blass und unglücklich aus. Elisabeth, die Mutter von Hans, tauchte auf einem Wagen auf, winkte und war schon wieder fort. Plötzlich kriegte ich richtig Angst. Das Lager füllte sich zu schnell. Es ging ihnen der Platz aus. Man würde die Menschen wahllos weiter verladen und fortschaffen. „Wir müssen schnellstens hier raus", sagte ich zu Mutter. „Wir dürfen keinesfalls über Nacht bleiben." Sie sah mich seltsam an, mit blassen Augen und erhobenen Brauen. „Wenn wir über Nacht hier bleiben, wird es unser Tod sein", sagte ich mit Überzeugung.

Vor dem Verwaltungsgebäude stand eine lange Schlange. Alle, die der Meinung waren, irrtümlich mitgenommen worden zu sein, verlangten lärmend, den Lagerleiter zu sprechen. Sie schwenkten Pässe, Geburts- und Taufurkunden, eidesstattliche Erklärungen, Briefe von Freunden im Ausland, alles, was sie nur irgend davor bewahren konnte, in einen Viehwaggon gesperrt und in die Schrecken verbreitenden Lager in Polen transportiert zu werden. Ein Wachposten stand vor der Tür. Er prüfte jedes Papier sorgfältig, bevor er Bittsteller fortschickte oder sie eintreten ließ. Von denen, die eingelassen wurden, kamen viele niedergeschlagen oder in Tränen wieder heraus. Andere lächelten, wedelten triumphierend mit einem Papier und gingen mit federnden Schritten durch die Menge zurück, um ihre Sachen zu holen und noch einmal in die Welt zurückzukehren.

Nach längerer, ängstlich verbrachter Wartezeit waren Mutter und ich an der Reihe und wurden in das Büro des Lagerleiters eingelassen. Zwei französische Beamte saßen sich an einem Holztisch gegenüber. Etwas abseits von ihnen, in einer dunklen Ecke, halb verdeckt von einem Garderobenständer, saß noch ein Mann in Uniform. Ich legte den beiden Beamten unsere Personalausweise vor, die sie sorgfältig prüften. Der eine stand auf, ging zum Aktenschrank und nahm einen dicken Ordner heraus. Er blätterte ihn nachdenklich durch und blickte schließlich auf.

„Sie sind Madame und Mademoiselle Steiner?", fragte er. Wir nickten. „Sie sind nicht jüdisch, und Sie möchten freigelassen werden?" Als wir wieder nickten, lächelte der Beamte geringschätzig und fragte nach dem Aufenthaltsort meines Vaters. Ich sagte ihm, wir wüssten ihn nicht, und er wandte sich an Mutter. Sie wusste ihn auch nicht. Das brachte dieselbe Frage, die wir schon vorher gehört hatten: Ob mein Vater oft nachts von zu Hause wegbleibe. Es folgten wie erwartet vielsagende Blicke, unterdrücktes Lachen und dann, da weder meine Mutter noch ich etwas sagten, ein unbehagliches Schweigen.

Schließlich sprach wieder der, der schon vorher das Reden übernommen hatte. „Hören Sie, meine Damen, sobald Monsieur hier auftaucht, können Sie gehen. Und machen Sie sich keine Sorgen, wenn er nicht genug Anstand hat, sich freiwillig zu melden, werden wir ihn für Sie finden." Der Mann schloss unsere Akte und grinste. Das Interview war beendet. Beide Männer schienen mit sich zufrieden und sahen stolz zu dem Mann neben dem Garderobenständer hinüber. Ich sah auch zu ihm hin und erkannte jetzt die Uniform des Mannes. Er war deutscher Offizier. Die beiden Franzosen hatten seinetwegen eine Schau abgezogen. Sie hatten Mutter und mich dumm aussehen lassen, um dem Nazi zu imponieren. Die schikanierten Franzosen schikanierten ihrerseits andere Opfer, um den Eroberern zu gefallen. Diese verdammten Stiefellecker, dachte ich und wurde wütend.

Ich wandte mich an den Deutschen und lächelte ihn freundlich an. „Meine Mutter und ich sind deutsche Lutheraner", sagte ich jetzt auf Deutsch. „Wir finden, dass wir von diesen Franzosen hier schikaniert werden." Meine

Mutter, die hinter mir stand, zog heftig an meinem Kleid, aber nun war es zu spät. In meinem Hirn hatte es geklickt. „Könnten Sie uns wohl helfen, hier herauszukommen?", hörte ich mich den Todfeind fragen.

Der Deutsche sprang auf. Er sah Mutter und mich an und schlug beinahe die Hacken zusammen. Er war sehr jung und offensichtlich verwirrt. Nach Aufklärung suchend langte er nach unserer Akte. Er überflog die Seiten. Er sah nicht allzu erleuchtet aus und kratzte sich am Kopf. „Gnädige Frau", sagte er zu Mutter, „ich rate Ihnen, sich wegen sofortiger Rückführung in die Heimat an das Hauptquartier der Deutschen Wehrmacht zu wenden. Es gibt ein Büro in Limoges. Das Vaterland braucht jetzt alle seine Bürger." Er sah mich an, runzelte unbehaglich die Stirn, doch dann gab er den beiden Beamten Anweisung, meiner Mutter und mir eine Reiseerlaubnis nach Oradour auszustellen. Wir waren entlassen.

Draußen sah meine Mutter mich verwirrt an. „Was war denn das eben?", fragte sie. „Ich weiß es selbst nicht", antwortete ich ungemütlich, „ich nehme an, der Gedanke, in ein Konzentrationslager verfrachtet zu werden und dort auf immer zu verschwinden, hat mich ein bisschen verrückt gemacht. Aber es hat funktioniert, nicht wahr? Wir sind frei."

Ich hatte Lust zu tanzen, aber dann dachte ich an die anderen, die zurückbleiben würden. Wenn ich ihnen nur nicht noch einmal ins Gesicht sehen müsste. Mutter hatte ihre schwarze Tasche und ich meinen Farbkasten fest in der Hand, aber wie konnten wir uns von unseren Freunden einfach wegschleichen? Wir konnten es nicht. Wir mussten auf Wiedersehen sagen. Wir gingen zurück in die Baracken.

Frau Krantz saß apathisch auf einem Feldbett, umgeben von den kleinen Kindern, die, als sie mich sahen, mich erwartungsvoll mit großen, runden Augen anschauten. „Du und deine Mutter, ihr geht heim", sagte Frau Krantz tonlos, aber dann stand sie auf, drückte mich an ihren Busen und wünschte mir alles Gute. Sie wisse nicht, wo Josie und Wanda seien, sagte sie, und Trudi habe sie auch nicht gesehen. Frau Brot lag nebenan auf einem Feldbett. Sie wand sich, schrie und schlug mit den Fäusten auf die Matratze. „Albert, mein Liebster, warum hast du mich verlassen müssen? Du warst der beste, der leidenschaftlichste Mann, den ich je kannte, und nun soll ich dich nie wieder sehen." Sie heulte wie ein verwundetes Tier. Es machte mich verlegen, sie in diesem Zustand zu sehen, ebenso wie es mich immer verlegen gemacht hatte, wenn ich hörte, wie sie und Albert sich nach der Arbeit auf dem Küchentisch unten hin und her warfen und sich heftig liebten.

„Hannel", rief Charlotte vom anderen Ende der Baracke, wo sie auf einem Feldbett saß und die Hand ihrer Mutter hielt, „wir haben meinen Vater nicht gesehen, seit wir hier sind. – Ich denke, sie haben ihn schon weggebracht", flüsterte sie. Ich versuchte ihr zu sagen, dass das Lager sehr groß war und dass er sicher bald auftauchen würde, doch an dem schmerzlichen Blick ihrer Augen konnte ich sehen, dass sie mir nicht glaubte.

Auf unserem Weg nach draußen sahen wir Elisabeth in der Schlange vor dem Büro des Lagerleiters stehen. Sie winkte mit einem Papier und erzählte uns dann, dass sie sich immer als abgefallene Katholikin betrachtet habe, aber seit Kurzem wieder gelegentlich zur Messe gehe. „Und es scheint, dass Gott mich belohnt", sagte sie mit scheuem Lächeln. „Man hat es arrangiert, dass ich in ein Kloster gehen kann, sobald sie mich hier frei lassen." Sie erzählte, ihre beiden Männer seien irgendwo in der Schweiz, und sie hoffe, dass auch wir alle gesund überleben würden. Wir umarmten uns.

Frau Roth stand noch immer neben dem Tor. Sie hatte Dutzende Leute nach ihrem Sohn gefragt. „Es ist so peinlich", sagte Lucy. Dann umarmten wir uns. Wir versprachen uns, in Verbindung zu bleiben, immer. Frau Roth beobachtete uns und weinte leise. Ganz unerwartet händigte sie mir auf einmal einen Reparaturschein vom Uhrmacher in Oradour aus. „Der ist für einen Ring mit einer Kamee[17], der meiner Mutter gehörte", erklärte sie. Er war mir immer zu groß und kürzlich hab ich ihn aus einer Laune heraus weggebracht, um ihn enger machen zu lassen. Nun werde ich ihn nie wiedersehen", Frau Roth schluchzte. „Ich möchte, dass du ihn bekommst. Trage ihn in guter Gesundheit." „Ich werde ihn für Sie aufheben", sagte ich und wir umarmten uns. Dann drückte ich Lucy noch einmal. „Wir werden uns schreiben", versprachen wir einander feierlich.

30. Kapitel

Die Busfahrt zurück war lang und trostlos. Wir kamen in Oradour erst weit nach Mitternacht an. Alles war genau, wie wir es am Morgen verlassen hatten, außer der unheimlichen Ruhe. Es spielte keine Musik mehr. Der Jahrmarkt war weitergezogen. Auf der Straße, wo vor Kurzem noch solch ein Durcheinander geherrscht hatte, gähnten die noch offenen Fenster schwarz und hohl. Unsere eigenen Räume waren düster und leer und ein bisschen angsterregend. Meine Mutter ließ sich erschöpft auf ihr Bett sinken.

„Ich werde Benni besuchen", verkündete ich. „Was, jetzt, um zwei Uhr morgens?", fragte Mutter ärgerlich. „Ich muss", antwortete ich und tat es tatsächlich. Ich musste seine starken Arme um mich fühlen. Ich musste sein Herz an meinem schlagen hören. Ohne weitere Kommentare abzuwarten, rannte ich die Treppe hinunter und um die Ecke zu dem Fahrradladen. Ich wollte mir einfach für die Nacht ein Rad nehmen und am Morgen bezahlen. Doch dann bemerkte ich ein schwaches Licht irgendwo auf der Rückseite. Ich sah den Eigentümer am Tisch sitzen, eine Zigarette rauchen

---
17 die Kamee: Edel- oder Halbedelstein mit erhaben herausgeschnittener figürlicher Darstellung

und lesen. Er sah hoch und lächelte. „Nimm, welches Rad du willst, kostenlos", rief er.

Ich fand die Tür zu Bennis Haus unverschlossen und trat leise ein. Sofort kam Rahel hinter der großen Standuhr in der Diele hervor, wo sie sich offenbar versteckt hatte. Sie sah rund und rosig aus in einem weißen, bestickten Baumwollhöschen, nackten Beinen und barfuß. „Man weiß derzeit nie, wer womöglich kommt", sagte sie. „Ich bin froh, dass du es bist. Benni ist krank vor Sorge. Er wollte dir hinterherlaufen, egal, wo sie dich hinbrachten, aber Mama hat sich mächtig aufgeregt. Sie hat ihn zu unserem Onkel Maurice ins Bergland gebracht, und sie hat ihm gesagt, er habe an Ort und Stelle zu bleiben, bis unsere französischen Papiere kommen. Weißt du, Judy ist die einzige französische Bürgerin in unserer Familie. Sie war mal mit einem Franzosen verheiratet, und sie hat Verbindungen. Sie kriegt französische Papiere für uns alle. Inzwischen will Mama, dass Benni vom Dorf wegbleibt. Sie hat ihn selber mit dem Auto in die Berge gefahren." Rahel sah mich triumphierend an.

Das Auto war ein großes Geheimnis, aber Benni hatte mir davon erzählt. Das war bei seinem Heiratsantrag, den er damit stützen und mich überzeugen wollte, dass ich sicher sei im Schoße einer Familie, die in der Scheune unter Heuballen einen Citroen mit vollem Tank versteckt hatte.

Nachdem ich der Internierung entkommen war, war ich voll Hochgefühl, als ich eilig durch die Nacht zu meinem Liebsten radelte, das weiche Surren der Räder in meinen Ohren, ein angenehmer Wind auf meinem Gesicht. Jetzt, auf dem Rückweg, fühlte ich mich ausgebrannt und hundemüde. Die riesigen Bäume auf beiden Seiten der Straße ragten düster über mir in die Höhe. Eine Eule flog ruhig durch den silbernen Himmel und ließ grausamen Tod für ein unglückliches Geschöpf ahnen. In Nexon lagen wohl meine Freunde auf den Feldbetten, verzweifelt und mit offenen Augen, und warteten auf das letzte Zusammentreiben für die Hölle.

Im Dorf stellte ich das Rad zurück zu den anderen und kroch in mein Zimmer hinauf. Ich zog die Holzsandalen von den schmutzigen Füßen und ließ mich auf mein Bett fallen.

Dann schien die Sonne hell ins Zimmer, und meine Mutter sah auf mich herunter. „Du musst aufstehen", flüsterte sie. „Die Polizei ist wieder da. Sie wollen, dass du zur Polizeistation mitkommst, gleich jetzt sofort. Du hast keine Zeit für eine Katzenwäsche." Sie schwankte. Ein Polizist wartete im anderen Zimmer auf mich. Er begleitete mich ohne ein Wort auf die Straße hinaus und trottete neben mir her zum Polizeigebäude. Der Polizist, der immer meine Reisegenehmigungen abstempelte, saß wie gewöhnlich an seinem Schreibtisch, aber er sah nicht auf. Stattdessen stand ich vor einem eleganten jungen Offizier in Reithosen, glänzenden Stiefeln und mit einem glänzenden Gürtel, den er eng um die Taille gezogen hatte. Mit behandschuhter Hand schwang er seine Reitpeitsche durch die Luft. „Mademoiselle?", fragte er. Er ließ es wie eine Beleidigung klingen. „Ja?" Ich holte meine Ausweise aus der Tasche an meinem Kleid. „Non, non." Er winkte ungeduldig ab. „Die bedeuten mir gar nichts. Ich möchte nur wissen, wann Sie Ihren Vater in meinem Distrikt zurückerwarten."

Als ich ihm sagte, das wisse ich nicht, fragte er, warum ich zurückgekommen war. Er hoffe, es sei nicht, um Unheil zu stiften und Gerüchte darüber zu verbreiten, wo ich gewesen war und was ich gesehen hatte. Er sah mich fragend an. Als ich nur den Kopf schüttelte, schlug er mit der Peitsche auf seine Stiefel. Es gefalle mir hier offenbar besser als im Lager, sagte er höhnisch grinsend. Er riet mir, immer daran zu denken, mich zu benehmen und die Polizisten zu informieren, sobald ich von meinem Vater hörte. „Die benachrichtigen mich, und dann werde ich entscheiden, was mit Ihnen beiden zu geschehen hat. Das ist hier mein Distrikt. Ich bin hier zuständig, niemand sonst", fügte er stolz hinzu. Hatte ich das verstanden? Ja, ich verstand.

Als ich heimkam, empfing mich ein dreiköpfiges Willkommenskomitee. Meine Mutter war natürlich da, sie und ihre Freundin Klara saßen am Tisch, schlürften Ersatzkaffee und sahen besorgt aus. Am Fenster stand Benni und sah auch ängstlich aus. Er lief auf mich zu, schüttelte mir erfreut die Hand und rief: „Oh, es tut gut, dich zu sehen." Dann zog er mich an sich und flüsterte: „Ich konnte nicht wegbleiben", und er bedeckte mein Gesicht mit Küssen. Das veranlasste Mutter, zu Klara hin die Augen zu rollen, um anzudeuten, dass – soweit es sie betraf – Benni immer zu stürmisch, zu laut und entschieden zu wild war. Klara jedoch lächelte. „Sie sind so jung, Emma, noch so jung", sagte sie überschwänglich.

Klara war irgendwann im Mai zu unserer kleinen Gemeinschaft gestoßen. Sie war während des 1. Weltkrieges im Elsass geboren und wurde als Französin angesehen. Sie war Jüdin und wohnte in einer der Buden der Markthalle. Aus irgendeinem Grunde hatte der örtliche Polizeichef sie hiergelassen. Auch Frau Kornblum hatten sie dagelassen. Sie konnte weiter im Dorf herumstolpern, Tag und Nacht, und sich an ihrer Flasche festhalten.

Klaras Ehemann, ein in Deutschland geborener Jude, wohnte nicht bei seiner Frau. Er kam gelegentlich unter dem Schutz der Dunkelheit zu ihr. Klara hatte früher immer geseufzt und gesagt, ihr Mann sei eine Unperson. Jetzt war sie heilfroh und dankbar, dass man von seiner Existenz nichts wusste, seinen Namen folglich nicht auf der Deportationsliste hatte.

Als meine Mutter und ich in dem leeren Haus unseren alltäglichen Verrichtungen nachgingen, fühlten wir uns schrecklich allein. Wir vermissten nicht nur meinen Vater, seine oft herausfordernden Aussagen und die anschließenden, lebhaften Unterhaltungen, wir vermissten auch das Geklapper der Töpfe und Pfannen aus der Küche unten, das Gemurmel der Männer mit den schwarzen Hüten und das Kommen und Gehen im Hof. Niemand kam Holz holen oder Wasser pumpen, niemand kam, um den Abort zu benutzen. „Es ist, als lebten wir auf einem Friedhof", seufzte Mutter.

Glücklicherweise ließ sich unser Briefträger von der Katastrophe, die unsere Siedlung befallen hatte, nicht stören und warf weiterhin alle an die Ortsfremden adressierten Briefe an der Ladenfront ein, wie er das die ganze Zeit über getan hatte. Normalerweise hatte Albert die Sachen sortiert und für die richtige Zustellung gesorgt. Nun war das meine Aufgabe. Sowie ich das vertraute Klingeln der Türglocke hörte, rannte ich hinunter. Es wurde in diesen Tagen nur sehr wenig Post eingeworfen: die letzte Ausgabe einer jüdischen Zeitung, gelegentlich ein Brief oder eine Postkarte für Leute, die nicht mehr hier waren, eine Schweizer Wochenzeitschrift, die Freunde meiner Großmutter für uns auf Dauer abonniert hatten. Diese Zeitschrift enthielt nur literarische Aufsätze, einen Fortsetzungsroman, Haushaltstipps und Rezepte sowie ein Kreuzworträtsel. Wenn der Krieg überhaupt einmal erwähnt wurde, dann nur in steriler Form, nie wurde Stellung bezogen, nie irgendeine Schreckensnachricht gemeldet.

Ein Brief von Lucy war etwas ganz anderes. Sie und Wanda waren als Einzige von unserer Gruppe in Nexon zurückgeblieben. Alle anderen waren deportiert worden, auch ihre Mutter. Familien auseinanderzureißen war allgemein üblich. „Es ist entmenschlichend", schrieb Lucy, „aber ich werde nicht zulassen, dass sie meinen Geist zerbrechen, gleichgültig was sie mir antun." Sie bat mich, ihr so bald wie möglich ein paar Stifte und Papier zu schicken, was ich tat, aber vielleicht nicht bald genug. Ich hörte nie wieder von Lucy.

Als ich das Päckchen zur Post brachte, sah mich die Frau neugierig an und wackelte mit dem Kopf. Auch der Uhrmacher beäugte mich merkwürdig, als ich ihm Frau Roths Reparaturschein für den Ring vorlegte, und das taten alle Dorfbewohner, mit denen ich in Kontakt kam. Ich fragte mich, ob sie ehrfürchtig staunten, dass ich ohne Kratzer aus einem Ort jenseits ihres Vorstellungsvermögens zurückgekommen war? Oder war es ihnen einfach lästig, dass ich überhaupt in ihre Mitte zurückgekehrt war? Es war schwer zu sagen.

Das erste Lebenszeichen von meinem Vater kam in Form einer harmlosen Notiz, die in einer Weise unterzeichnet war, die mir zeigte, dass er den Geheimcode benutzte, den er mich gelehrt hatte. Beim Entziffern erfuhr ich, wo er sich in Limoges aufhielt und dass er seine Familie vermisste. Ich beschloss, ihn zu besuchen und gleichzeitig einige Zeichnungen zu Monsieur Molo zu bringen. Solange mir niemand folgte, hielt ich das für sicher.

M. Molo sah meine Arbeiten kaum an. Er nahm wahllos eine Zeichnung heraus, legte sie auf einen Aktenschrank und gab mir etwas Geld dafür. Ich fragte mich, ob meine Zeichnungen jemals Verwendung fanden oder ob es sich um ein privates Almosen von ihm handelte. Ich fragte ihn das, und er lachte. „Kommen Sie, ich werde Ihnen was zeigen", sagte er und führte mich über den Hof, durch eine große Halle, vorbei an zwei Männern mit großen Schürzen, die am Fließband standen. Es transportierte ungebrannte Teller nach oben. Woher sie kamen und wohin sie verschwanden, war nicht zu erkennen. Wir betraten einen nur schwach erleuchteten Raum voll kleiner Tische, die von grellen Lampen beleuchtet wurden. Daran saßen ältere Männer und Frauen mit grünen Schirmmützen. Sie sahen nicht zu uns auf, als wir ihnen zuschauten, wie sie mit dem Pinsel Farbe aufnahmen und die Farben sorgfältig auf gebrannte, unglasierte Keramik auftrugen. Überrascht sah ich, dass sie tatsächlich die Figuren aus meiner Bauernmarkt-Serie malten, die kleinen flotten Fischhändler, Gemüseverkäufer, Blumenhändler und andere Verkäufer, in schwarz, grün und gold, genau wie ich sie vor ein paar Wochen aufs Papier gebracht hatte.

„Sehen Sie?" Molo lächelte. Dann sagte er, wenn ich einmal ein ständiges Einkommen und ein sicheres Heim suche – und er betonte das Wort sicher – so wäre dies der geeignete Platz. Ich könnte zusammen mit den anderen Arbeitern über der Werkstatt wohnen, mir neue Muster ausdenken und alles über die Produktion lernen. „Niemand würde sich die Mühe machen, Sie hier zu suchen. Denken Sie darüber nach." Molo sah mich mit seinen rabenschwarzen Augen durchdringend an. Ich würde es mir überlegen, sagte ich.

Nachdem ich eine ganze Weile durch die Stadt gelaufen war, mehrfach Straßen kreuzte, um Ecken ging und wieder umkehrte, ohne jemanden zu bemerken, der mir folgte, machte ich mich auf den Weg zu meinem Vater. Die Frau, die mir die Tür öffnete, war freundlich und lächelte mich an. Ohne ein Wort führte sie mich in ein großes sonniges Zimmer und verschwand. Ich stand da, sah auf ein großes Sofa und Polsterstühle, einen Stutzflügel und zwei Wände voller Bücher vom Boden bis zur Decke. Von dort hinten trat mein Vater leise ins Zimmer. Er sah blass und schmal aus. Wir umarmten und küssten uns. Er hielt meine Hand in der seinen, als wir zusammen auf dem Sofa saßen. Er betrachtete mich erfreut, und ich begann vor Erregung zu schniefen, als ich ihm erzählte, was uns und all unseren Freunden, einschließlich Trudi geschehen war.

„Ich hatte keine Ahnung, dass sie deine Mutter und dich mitnehmen würden", sagte mein Vater. „Es tut mir so leid." Dann erzählte er von seinen Gastgebern und wie tapfer und großzügig sie waren. „Sie kümmern sich so gut um Bert und mich", sagte er. „Sie bringen uns alles, was wir brauchen, und verlangen nichts dafür. Wir werden das ihnen gegenüber nie wiedergutmachen können. Aber wenigstens möchte ich ihnen auf meine Art ein wenig bezahlen. Glaubst du, ihr könnt etwas Geld auftreiben? Alles ist so sehr teuer, besonders weil wir keine Lebensmittelkarten haben." Ich gab meinem Vater einen Teil von dem Geld, das M. Molo mir gegeben hatte, und sagte ihm, ich würde beim nächsten Mal mehr bringen. Mutter und ich würden das schon irgendwie schaffen. Vater sah mich unglücklich an. „Ich hätte nie gedacht, dass es so weit kommen würde", sagte er.

Als ich Vater das nächste Mal besuchen kam, setzte sich Bert für einige Minuten zu uns. Er fragte, ob es irgendwelche Nachrichten von Trudi gab, und als ich das verneinen musste, schluchzte er. „Ich fühle mich so schuldig", murmelte er, bevor er wieder hinter den Büchern verschwand.

Ende September kam Klara eines Morgens ganz aufgeregt zu Mutter und mir zum Kaffee. Sie bat um eine Zigarette und zündete sie mit zitternden Fingern an. Sie atmete mehrmals geräuschvoll ein und aus. Schließlich holte sie tief Atem. „Ihr ratet nicht, was heute Nacht passiert ist", sagte sie. „Ich war schon eingeschlafen, da hörte ich jemand ans Fenster klopfen. Ich dachte, es sei mein Richard, sprang aus dem Bett und rannte zur Tür. Aber da stand ein völlig Fremder in der Dunkelheit. Mir blieb vor Schreck fast das Herz stehen. Doch er sagte gleich, ich solle ruhig bleiben, er komme von meinem Mann. „Richard will zu den Briten und braucht Geld. Er sagte: ‚Ihr Mann meinte, dass Sie vielleicht gar kein Geld im Hause haben, aber Sie wüssten welches aufzutreiben. Er braucht es so schnell wie möglich. Die Zeit läuft aus. Bringen Sie es zu dieser Adresse.' Er gab mir diesen Zettel, sprang auf sein Rad und verschwand."

Klara nahm wieder einen tiefen Zug, blies den Rauch aus und gab meiner Mutter den Zettel. Diese sah kurz darauf und gab ihn dann mir. „Liebste komm bald", und eine Adresse, mehr stand nicht darauf. „Das ist ja gleich um die Ecke von unserer ersten Wohnung, da zogen wir vom Lager aus hin", rief ich. „Ja, es ist ein Bordell", stellte Mutter sachlich fest. „Ein Bordell?" Klara riss die Augen auf. „Mein Richard flüchtet zu Prostituierten, was denn noch?" Um Bargeld zu bekommen, verkaufte Klara ihre Tagesdecken aus handgearbeiteter Spitze und wohl auch ein Tischtuch an Bennis Mutter, die immer Ausschau hielt, wie sie die Mitgift ihrer Töchter vergrößern konnte. Da es für Klara zu riskant war, im Zug gesehen zu werden, würde ich das Geld und andere notwendige Kleinigkeiten zu Richard bringen.

Ich war schon immer neugierig auf das Innere jener kleinen Häuschen in unserer alten Nachbarschaft gewesen. Als ich nun vor einer der Türen mit Milchglasscheibe stand, zog ich erwartungsvoll den Klingeldraht und gab durch den Briefschlitz mein Anliegen an. Die Tür öffnete sich gerade weit genug, um mich einzulassen, und ich erkannte den rosenwangigen Gentleman, den ich bei den Leuten im Durchgang hinter dem Haus gesehen hatte. Er führte mich in ein kleines, luftdichtes Besuchszimmer mit übervollen, protzigen Möbeln, blitzenden, vergoldeten Spiegeln und auf Hochglanz poliertem Fußboden.

Kurz darauf öffnete sich eine verborgene Türe in der mit rotem Satin bespannten Wand. Ein leicht gebeugter und irgendwie nervöser Mann kam heraus und stellte sich als Richard vor. Auf den ersten Blick erschien er mir ein höchst unwürdiger Partner für die üppige Klara, die sich in ihren eng sitzenden Kleidern selbstbewusst bewegte, großartig gestikulierte und dramatisch sprach. Mit rauer germanischer Stimme erzählte mir Richard, dass er schon ziemlich lange in seinem gegenwärtigen Quartier lebe. Die Bewohner des Hauses seien sehr freundlich zu ihm, besonders die Frauen. „Sie sind überhaupt nicht, wie man es vielleicht erwartet. Sie sind großzügig und arbeiten hart, und sie haben einen ausgeprägten Sinn für fair play." Er hatte Klara nie gesagt, wo er wohnte. Sie hätte es vielleicht nicht verstanden, sagte er. Außerdem seien seine nächtlichen Besuche bei seiner Frau immer zu kurz gewesen. „Und zu leidenschaftlich", fügte er mit einem blöden Grinsen auf seinem abgehärmten Gesicht hinzu. Jetzt jedoch habe es keine Bedeutung mehr. Er hatte das Verstecken über, und es wurde auch zu gefährlich. Er erwartete, in wenigen Tagen in England zu sein, und dann würde er nach Klara schicken. „Sagen Sie ihr, sie soll sich bereithalten."

„Könnte ich irgendwas anderes tun?", sagte Klara verärgert, als ich ihr die Nachricht brachte.

Als ich meinen Vater das nächste Mal sah, sagte er ebenfalls, die Lage werde zu gefährlich, nicht nur für ihn und Bert, sondern auch für ihre Gastgeber. Es hatten Razzien in ihrer Nachbarschaft stattgefunden und Verhaftungen. Eine französische Familie, die Juden beherbergt hatte, war vor ihrem Haus auf dem Weg ins Kino ergriffen worden. Niemand hatte sie seitdem wieder gesehen.

„Die französischen Kollaborateure sind nicht anders als die deutschen Nazis, glaub mir. Die Lage gerät außer Kontrolle. Jeder hat Angst", sagte Vater. Sie hätten jetzt Kontakt zu einem Führer, der ihn und Bert und einige französische Juden über die Pyrenäen nach Spanien bringen werde. Von dort würden sie per Flugzeug nach England gebracht. „Nach Spanien?", japste ich. „Ist das für dich nicht doppelt gefährlich? Könntest du nicht über die Berge in die Schweiz gehen, wie Hans und sein Vater? Könntest du nicht versuchen, ihre Kontaktleute ausfindig zu machen?"

Vater deutete an, dass er es mit genau diesen Leuten zu tun habe, aber die Grenze zur Schweiz sei jetzt dicht, während es sich an der spanischen Grenze etwas entspannt habe. Außerdem werde er falsche Papiere haben. Doch all das war teuer. Er brauchte mehr Geld. „Wie viel Geld?", fragte ich. Die genannte Summe ließ mich zusammenzucken. „Ich schätze, Ihr werdet von dem Schmuck was verkaufen müssen", sagte Vater und sah verlegen aus.

Mutter regte sich fürchterlich auf, als ich ihr diese neueste Entwicklung der Dinge berichtete. „Das wird ihr Ende sein", sagte sie tonlos, „was denkt sich dein Vater bloß, mit einem Schlappschwanz wie Bert über diese Berge gehen zu wollen?" Ich versuchte, ihr die Sache mit dem Führer zu erklären und dass noch mehr Leute dabei seien, aber sie wollte nichts hören. Sie saß nur da und rang die Hände.

Benni kam nach Einbruch der Dunkelheit. Er brachte uns etwas Honig, frisch aus dem Bienenstock, süß und golden troff er von den Waben. Meine Mutter war gnädig gestimmt, machte etwas Pfefferminztee und setzte sich mit uns an den

Tisch. Sie erzählte Benni vom Plan meines Vaters und fragte ihn, ob seine Mutter wohl etwas von den geerbten Schmuckstücken kaufen wolle. Ich war verwundert, sie gewandt in fast fehlerfreiem Französisch reden zu hören. Auch Benni schien überrascht. Er erzählte ihr etwas umständlich, seine Mutter kaufe immer nur nützliche Sachen, nie Juwelen. Seine Schwester Judy sei diejenige, die Schmuck liebe, besonders protzige Ringe. Wegen der jüdischen Feiertage sei sie gerade in der Gegend. Er werde ihr ausrichten, dass sie vorbeikommen solle. Als Benni sich verabschiedete und die Treppen hinunterpolterte, sah mich Mutter misstrauisch an. Ich fragte mich, ob sie wusste, dass er gleich wieder zurückkommen und sich vom Sims über der vorderen Ladentür in mein Fenster schwingen würde, wie er es schon viele Male getan hatte.

Am nächsten Tag gegen Mittag hatte Judy ihren Auftritt. Sie war elegant in Schwarz gekleidet. Ihr Gesicht war weiß, zerschnitten von den blutrot angemalten Lippen. Sie habe kürzlich eine Erbschaft gemacht, erzählte sie, und sie wolle in Diamanten investieren, nur in Diamanten.

Mutter hatte am frühen Morgen das Futter ihrer schwarzen Tasche aufgetrennt und legte nun einige Ringe und Armbänder auf den Tisch. Judy suchte einige Diamantringe heraus. Sie brachte einen nach dem anderen ans Fenster und kritisierte den Schnitt, die Farbe oder die Fassung. Der einzige, den sie weiterer Aufmerksamkeit wert fand, war ein großer, auffälliger Solitär mit einigen kleineren Diamanten außen herum. Wer in meiner Familie mochte nur ein solch protziges Stück getragen haben, fragte ich mich. Meine Großmutter hatte nie irgendwelche Juwelen getragen. Ihr einziger Schmuck waren jene mit Jett oder Perlen besetzten Bänder um ihren Hals gewesen, die ich so liebte. Meine Mutter trug immer nur dieselben drei Ringe, die mein Vater ihr geschenkt hatte: einen mit Diamant und Saphir, einen mit einer Perle, umgeben von winzigen Diamantsplittern und ihren goldenen Ehering.

Unter den aufmerksamen Blicken meiner Mutter steckte Judy den Ring ihrer Wahl an den Finger, probierte ihn erst an der einen, dann an der anderen Hand und ließ ihn funkeln. Es wurde ein bisschen gefeilscht und genörgelt, aber Mutter blieb fest. Schließlich hob Judy ihren engen Rock und zog oben aus ihrem schwarzen Strumpf ein beachtliches Bündel Geldnoten heraus.

Als ich am folgenden Tag an M. Molos Büro anhielt, war er höchst umgänglich. Er bot mir eine Zigarette an und zündete sie an. Dann lehnte er sich in seinem Stuhl bequem zurück und lächelte. „Wie ich erfahre, gehört Ihr Vater zu der Gruppe, die am Mittwoch nach Spanien geht", sagte er. Ich schnappte nach Luft. Ich fühlte mich, als würde alles Leben aus mir herausgezogen. Ich kriegte solche Angst! Wie hatte Molo vom Plan meines Vaters erfahren? Gehörte er mit dazu? Aber warum sollte er dann so locker darüber plaudern? Und wie viele Leute wussten noch von dem Plan, redeten darüber und brachten damit alles in Gefahr? Oder noch schlimmer, war Molo ein Informant der Polizei und versuchte mich auszutricksen? Ich starrte in sein glattes Gesicht, in seine tiefen dunklen Augen. Sie enthüllten nichts. Ich fühlte mich krank vor Angst.

Als ich Vater besuchte, drängte ich ihn, zu bleiben wo er war, mindestens noch ein wenig länger, bis nicht so viele Leute beteiligt wären. Aber er sagte nein, die Zeit laufe ihnen weg. Außerdem sei er sicher, dass Molo ein Freund seiner Gastgeber sei und zum Untergrund gehöre. Er beschwor mich, immer gut aufzupassen und mich nicht in Gefahr zu begeben. Dann umarmte er mich, drückte mich fest an sich und sagte, ich solle Mutti einen Kuss von ihm geben. Bert kam auch ins Zimmer. Beide Männer standen nebeneinander und sahen bei meinem Weggehen herzzerreißend hilflos aus.

„Wollen sie ihren Wahnsinnsplan wirklich ausführen?", fragte Mutter, als ich heimkam. Ich nickte, einen dicken Kloß in der Kehle. Wir sprachen nicht mehr darüber. Die nächsten Tage gingen wir in bedrücktem Schweigen unseren täglichen Aufgaben nach. Dann kam die Nachricht, die wir unbewusst erwartet hatten. Auf einem hastig hingekritzelten Zettel teilte uns Vater mit, dass Bert an der Grenze erschossen worden sei und er selbst jetzt in Paris im Gefängnis sitze. Ein Aufseher, dem er seine goldene Zigarettendose gegeben habe, werde den Brief befördern. Wenn wir ihm einen Diamantring schickten, würde ihm derselbe Mann helfen, freizukommen. „Bitte versteckt den Ring in etwas Essbarem", schrieb Vater.

Mutter machte sich sofort ans Werk. Sie mischte Mehl und Wasser und Hefe, nahm einen anderen Diamantring aus ihrer Tasche und steckte ihn in den hochgehenden Teig. Am späten Nachmittag war das Brot gebacken und ausgekühlt und in Sacktuch eingenäht. Kurz vor der Schließung kam ich ins Postamt gerannt und schickte das Päckchen an das Gefängnis in Paris. Zwei Tage später hörten wir wieder von meinem Vater. Er war auf dem Weg nach Polen, in ein Arbeitslager. Mutter brach auf der Bank am Tisch zusammen und starrte mich mit leeren Augen an. Ich stand wie angewurzelt da und hielt ihre leblose Hand fest. Ein großes, schmerzendes Loch war da, wo sonst mein Herz war.

So fand uns Klara, als sie zum Kaffee kam. Sie fing gleich an zu klagen. Sie warte die ganze Zeit auf eine Nachricht von ihrem Richard, weinte sie, aber jetzt bete sie, dass sie nie so eine erhalte wie wir. Ich konnte sehen, wie dieser taktlose Ausbruch meiner Mutter weh tat, aber weder sie noch ich sagten etwas. Wir fühlten uns zu betäubt.

Benni erschien ganz unerwartet. Als ich ihm die schreckliche Nachricht erzählte, legte er seine Arme um mich, strich mir übers Haar und küsste mich auf die Wange. Mutter übersah es für diesmal. Als er jedoch sagte, der Ring in dem Brot sei zweifellos verloren und seine Mutter habe offenbar recht, dass von unserem Schmuck nichts Gutes komme, da sah Mutter ihn scharf an. „Wovon um alles in der Welt redest du da?", fragte sie. Seine Schwester Judy war mit dem von uns gekauften Ring nach Nizza gefahren und hatte in einem eleganten Restaurant gespeist, erklärte Benni. Als sie in den Waschraum ging, um sich die Hände zu waschen, nahm sie den Ring ab und vergaß ihn. Als sie es merkte und zurückging, war er nicht mehr da. „Der Ring gefiel ihr so gut, aber sie konnte ihn nur eine Woche tragen." Das klang, als gebe Benni uns die Schuld daran.

„Du glaubst nicht, dass deine Schwester nachlässig war? Du glaubst, der Ring war Schuld, dass er verloren ging? Du glaubst, irgendein Unheil hängt an unserem Familienschmuck?" Ich war aufgebracht. „Wie könnt ihr Leute bloß so dämlich sein?" „Was meinst du mit ‚ihr Leute'?", fragte Benni und seine Augen wurden schmal. „Oh, vergiss es", schrie ich. Ich stampfte in mein Zimmer hinüber und knallte die Tür zu. Ich wusste selbst nicht, warum ich vor Zorn bebte. Ich hörte Benni gehen, und dann sagte Klara: „Puh, Hannel ist wirklich überreizt." Mutter sagte nichts.

Der Winter kam praktisch über Nacht. Drei Tage mit kaltem, strömendem Regen und die Landschaft war kahl. Der Boden war hart, der Himmel grau. Bald würden die Pflastersteine in der Stadt wieder mit Glätte überzogen und gefährlich sein. Meine Zehen, die in den zwei bitterkalten Wintern in Davignac Erfrierungen erlitten hatten, würden wieder scheußlich weh tun, mein Inneres ein einziges Zittern sein, und ich würde fluchen, wenn ich die Wärme unseres Küchenofens verlassen musste.

„Ich fahre besser noch mal nach Limoges", sagte ich zu Mutter. „Ich muss mit den Leuten reden, bei denen Vati wohnte. Vielleicht wissen sie, was an der Grenze passiert ist. Außerdem will ich versuchen, ein paar Zeichnungen zu verkaufen, und Farbe brauche ich auch."

Ich fürchtete mich davor. Was konnte ich Vatis Gastgebern sagen, diesen lieben, tapferen Leuten, die für ihn und für Bert so viel riskiert hatten? Wie fühlten sie sich jetzt, nachdem alles vergebens gewesen war, Bert tot und mein Vater deportiert? Und Molo, wie fühlte er sich? War er niedergeschlagen wegen der schrecklichen Wende der Ereignisse oder hatte er bei ihrer Planung geholfen? Würde es mir gelingen, das zu entscheiden, wenn ich in sein rätselhaftes Gesicht sah?

Mein Herz pochte wild, als ich mich der Kalksteinmauer näherte, die die Porzellanfabrik umschloss. Das Haupttor stand wie immer offen, aber Molos Büro war verschlossen. Ich blickte durch das Fenster und sah seinen leeren Schreibtisch, seinen leeren Stuhl. Ich ging über den Hof zu den Produktionsräumen. Auch sie waren verschlossen. Oben aus dem Fenster sah ein alter Mann herunter. „Es ist niemand da. Wir haben geschlossen", rief er. Als ich nach M. Molo fragte, schüttelte der Mann den Kopf und schloss das Fenster. Ich ging eilig fort.

Vor dem Haus, in dem mein Vater Zuflucht gefunden hatte, stampften zwei schwere Arbeitspferde mit den Hufen und schüttelten ihre Mähne. Sie waren vor einen Wagen gespannt, der mit Kisten, Schachteln und Möbeln hoch beladen war. Ich ging hinauf und fand die Tür zur Wohnung weit offen. Ich konnte den leeren Wohnraum sehen. Zwei Männer mit einer Truhe zwischen sich kamen mir im Flur entgegen und sahen mich fragend an. Ich stieg die nächste Treppe hoch und wartete, mit klopfendem Herzen, bis ich sicher war, dass die Männer aus dem Haus waren. Dann kam ich auch herunter und verließ das Haus, ohne noch einmal zurückzuschauen.

Ich wollte mit jemandem sprechen und beschloss, meine Lehrerin zu besuchen. Nachdem ich an der Türe geklingelt hatte, hörte ich genau, dass sich in der Wohnung jemand bewegte, aber niemand ließ mich ein. Vertrauten sie mir nicht mehr, fragte ich mich und fühlte mich tief verletzt.

In dem Laden für Zeichenbedarf kaufte ich einen großen Block Papier für Aquarelle und so viele Tuben Farbe, wie ich mir leisten konnte. Ich hatte nicht die Absicht, bald in die Stadt zurückzukommen. An der Straßenbahnhaltestelle zwängte ich mich in einen schon überfüllten Wagen, schob mich mit Hilfe meiner Ellbogen zur Mitte durch und hielt mich mit der freien Hand an einer Lederschlinge fest. Es war Markttag und schon nachmittags. Die Straßenbahn rasselte langsam an einer gesichtslosen Menschenmenge vorbei, die nach den ausgelegten Ersatzlebensmitteln, schäbigen Kleidungsstücken und nutzlosem Plunder schauten. Plötzlich entdeckte ich eine vertraute Gestalt, die sich mit langen Schritten und schwingenden Armen durch die Menge bewegte, den Kopf hoch und mit den Augen in der Ferne.

„Hans!", rief ich, womit ich die um mich herum eingequetschten Leute erschreckte. „Hans!" Und ich kämpfte mich zum Ausgang durch. Genau da sah er auf. Es zuckte wie Erkennen in seinen Augen auf und er spurtete der Bahn hinterher. Er holte sie ein, schwang sich auf die Plattform, quetschte sich durch die begeistert applaudierenden Passagiere zu mir durch und drückte meinen Arm.

An der Endhaltestelle stiegen wir aus und blieben auf einer Bank sitzen, bis wir bemerkten, dass einige deutsche Offiziere mehrfach an uns vorbei gingen und uns beäugten. Wir standen auf und mischten uns unter die übrigen Fußgänger. Hans erwähnte nicht, was ihn diesmal nach Limoges geführt hatte, aber er stellte klar, dass er nicht noch einmal kommen würde. „Ich möchte dieses Ungeheuer Adolf überleben", erklärte er. Er hatte schon erfahren, dass an der spanischen Grenze etwas schrecklich falsch gelaufen war, aber von Molo wusste er nichts und auch nicht von den Leuten, bei denen mein Vater gewohnt hatte. „Was werden deine Mutter und du nun tun?", fragte er. „Ich habe keine Ahnung", antwortete ich. Er sah mich mit seinem gewohnten verdrießlichen Ausdruck an. Dann schrieb er sich die Adresse meiner Tante auf, schüttelte feierlich meine Hand und verschwand in der Menge.

31. Kapitel

Das Jahr 1943 schlich sich unbemerkt herein, grau und trübe. An einem besonders kalten Morgen Ende Januar fand ich einen verschmierten, mit Bleistift beschrifteten Briefumschlag auf dem Boden des Ladens unten. Der Poststempel war unleserlich, aber die Handschrift war zweifellos die meines Vaters. Ich rannte damit nach oben. Meine Mutter bat mich mit zitternder Stimme nachzusehen, was darin war.

Auf ein abgerissenes, zerknittertes Papier hatte mein Vater geschrieben, dass er in Auschwitz war, einem Lager irgendwo in Polen, dass er schwer arbeiten müsse, aber die Ernährung sei gut, Leute vom Roten Kreuz würden diesen Brief für ihn befördern und die Deutschen würden den Krieg gewinnen. Auf den ersten Blick klang das einigermaßen beruhigend. Der Name des Lagers sagte mir nichts. Ich hatte ihn nie zuvor gehört, und immerhin war das Rote Kreuz da. Als ich das Mutter gegenüber erwähnte, lachte sie verächtlich. Sie erinnerte mich daran, dass das Rote Kreuz auch das Kriegsgefangenenlager in Russland inspiziert hatte, wo ihr Bruder und Hunderte andere umgekommen waren. „Alles was die Leute machten, war, meinen Eltern das Foto von Ernsts Grab zu schicken, um zu zeigen, dass er begraben worden war, wie es sich für einen Offizier gehörte. Sehr viel hatte er davon!", sagte sie.

„Vati wird schon in Ordnung sein", sagte ich leise, aber dann sah ich noch einmal genauer auf den Brief. Der letzte Satz, Deutschland werde den Krieg gewinnen, war völlig außerhalb dessen, was mein Vater schreiben würde. So begann ich nach dem Code zu suchen. Was ich entzifferte, ließ mein Blut gefrieren. „Arbeit ohne Pause. Nichts zu essen. Von Hunden angegriffen. Deutsche verrückt geworden. Lasst euch nicht von ihnen fangen."

Was für eine übermenschliche Anstrengung musste es ihn gekostet haben, unter solch höllischen Umständen einen codierten Brief zu schreiben. Wie tief musste meines Vaters

Liebe sein, dass er an uns dachte und uns eine Warnung zuschickte, während er selbst zu Tode gequält wurde! Ich starrte das Papier in meiner Hand lange an und kämpfte mit einem dumpfen, würgenden Schmerz. Als ich endlich aufsah, in Mutters todesblasses Gesicht und in ihre verängstigten Augen, beschloss ich, ihr nicht alles zu sagen, was ich herausgefunden hatte. Ich sagte nur, der Brief sei kodiert, die Deutschen würden den Krieg nicht gewinnen und wir sollten dafür sorgen, dass sie uns nicht zurück nach Deutschland schicken. Mutter nickte geistesabwesend und starrte ins Leere. Dann bat sie mich um eine Zigarette, setzte sich an den Tisch und rauchte merkwürdig steif und ungeschickt.

In den folgenden Tagen gingen wir niedergeschlagen unseren täglichen Aufgaben nach. Sie brachte das Holz für den Ofen herein, kochte die Mahlzeiten und strickte. Ich holte Wasser, machte Besorgungen und half beim Stricken, wenn ich keine anderen Aufträge hatte. Ich versuchte, Mutter zum Reden zu bringen, um herauszufinden, wie ihre Zukunftspläne aussahen, aber daran schien sie noch keinen Gedanken verschwendet zu haben. Jedenfalls wollte sie nicht darüber reden. Sie erwähnte auch meinen Vater nicht, obwohl sein Schicksal ihr ebenso auf der Seele lag wie mir. Sie erzählte auch nichts von Vaters letzter Nachricht, als Klara kam, um sich zu verabschieden.

Klara war inzwischen überzeugt, dass auch ihr Richard verhaftet oder erschossen worden war. Sie beschloss, in den Untergrund zu gehen. Sie wollte bei einem Witwer einziehen, der ihr Zuflucht versprochen hatte, solange sie sich um seinen Haushalt und seine Kinder kümmerte. Mutter und ich sollten nach ihrer Meinung versuchen, ein ähnliches Arrangement zu finden.

Mutter schüttelte den Kopf. Sie habe vor einiger Zeit an ihre Schwester Rosel geschrieben, sagte sie, und sie um Rat gebeten, ob wir nach Hause kommen könnten, nach Mannheim. „Ich rechne demnächst mit ihrer Antwort." Es traf mich wie ein Schlag. Überall auf unserer Irrfahrt waren uns Großmutter Käthes Briefe, sorgfältig in deutscher Schrift geschrieben, mit frommen Sprüchen gewürzt und mit gepressten Blumen verziert, regelmäßig gefolgt. Von meiner Tante hatten wir seit Jahren nichts gehört. Mutter hatte häufig und mit einer gewissen Bitterkeit von der Entfremdung zwischen ihr und ihrer Schwester gesprochen, und sie schalt mit mir, wenn ich die Adresse von Tante Rosel als selbstverständlich und von Dauer ansah und sie zum Abschied an meine Freunde weitergab. Ihr hatte sie nun geschrieben und sie um Rat gebeten, ohne vorher mit mir darüber zu sprechen. Ich war wütend. „Glaubst du wirklich, eine Antwort zu bekommen?", fragte ich lauernd. „Was um alles in der Welt glaubst du, wird sie schreiben?" „Warten wir's ab", antwortete Mutter. Als der Brief kam, gab sie ihn mir zum Lesen.

In – wegen des immer gegenwärtigen Zensors – sorgfältig gewählten Worten versuchte meine Tante zu beschreiben, wie das Leben für Mutters Freunde in gemischten Ehen und mit halbjüdischen Kindern aussah. Die jüdischen Ehemänner hatten ihre Einkommensquelle und ihren Platz in der Gesellschaft verloren, man ließ sie niedrige Arbeiten in der Stadt verrichten oder sie zogen sich ganz ins Haus zurück. Ihre arischen Frauen, die vor dem Dritten Reich keine Berufe ausgeübt hatten, waren nun die Brotverdiener. War der jüdische Partner weiblich, schien die Änderung in der Familienstruktur nicht so groß zu sein.

Die Kinder aus gemischten Ehen, obwohl sie von Schule und Wehrmacht ausgestoßen waren, fanden einträgliche Beschäftigungen. Sie lebten in voller Freiheit und unbelästigt, solange sie nichts über ihren Hintergrund verlauten ließen. „Wie gemütlich", sagte ich sarkastisch. Meine Mutter sah mich streng an, was bei mir innerlich Alarm auslöste. Sie meinte es ernst mit der Repatriierung, sie war bereit, die einst verachtete deutsche Heuchelei und Selbsttäuschung in Kauf zu nehmen. Ich würde ganz auf mich gestellt sein.

Kurz nachdem der Brief meiner Tante angekommen war, nahm Mutter Kontakt zu den deutschen Behörden auf. Sie antworteten postwendend und bestellten sie ins Büro der Wehrmacht in Limoges. Der Briefkopf mit dem Hakenkreuz diente als Reisegenehmigung zu den zahlreichen Vernehmungen mit einem Hauptkommissar namens Detreich, der sich selbst um unseren Fall kümmerte. Mutter schien recht beschäftigt mit diesem Mann, den sie als typischen deutschen Offizier schilderte. Er sei arrogant und antisemitisch, sagte sie, aber zu ihr persönlich sehr nett. Er führte sie sogar zum Essen aus. Bei diesen Gelegenheiten beklagte er die Unmoral der französischen Frauen und drückte aus, wie dankbar er sei, dass sein guter Stern ihn mit einer Frau wie meiner Mutter zusammengeführt habe. Er kritisierte die Gestapo wegen einiger zu harter Aktionen, obwohl seiner Meinung nach die meisten Juden sich ihr Missgeschick selbst zuzuschreiben hätten. „Er weiß, dass ich meistens nicht seiner Meinung bin", sagte Mutter als Antwort auf meinen verärgerten Blick. „Ich sage ihm immer, was ich denke, und er respektiert mich wegen meiner Ehrlichkeit." Mutter wirkte zufrieden mit sich selbst.

An einem stürmischen Märztag, etwa um ihren Geburtstag, bat mich Mutter, sie nach Limoges zu begleiten. Detreich wolle mich kennenlernen. Als wir zum Wehrmachtsbüro kamen, begrüßte er Mutter und mich mit großem Enthusiasmus. „Liebe gnädige Frau, Sie haben mir endlich Ihre Tochter mitgebracht", rief er. Er sah mich von oben bis unten mit einem Lächeln an, das keineswegs den Hohn auf seinem dünnen, langnasigen Gesicht verstecken sollte. „Sie sehen Ihrer Mutter gar nicht ähnlich", sagte er nachdenklich, nahm mich bei den Schultern und drehte mich herum, erst in die eine, dann in die andere Richtung. „Aber jüdisch sehen Sie auch nicht aus", fügte er mit herzlichem Lachen hinzu. „Ich hätte nicht erwartet, dass der Mann so taktlos ist", sagte Mutter später. „Taktlos?", rief ich. „Er ist nicht taktlos. Er ist ein Nazi!"

Mutter sagte nichts. Sie legte ihren Arm in meinen und lächelte versöhnlich. „Sieh mal", sagte sie, „ich habe es dir nicht gesagt, weil es eine Überraschung sein sollte, aber ich habe vor einiger Zeit etwas von den alten Juwelen an Detreich verkauft. Jetzt kaufen wir einen hübschen Mantel für dich. Einen Pelzmantel vielleicht." „Einen Pelzmantel?" Ich schnappte nach Luft. Ich hatte mich schon die ganze Zeit gewundert, wovon sie den Kleiderstoff gekauft hatte, den sie von der letzten Fahrt nach Limoges mitgebracht hatte. Jetzt redete sie davon, einen Pelzmantel zu kaufen. Wie viel von den Juwelen hatte sie denn verkauft? Nur alten Kram, sagte sie, und dann sprach sie von den russischen Emigranten und dass sie ihre Erbstücke verkauft hätten, um einen gewissen Lebensstil aufrechtzuerhalten. Sie wollte nicht, dass wir beide wie Bettler aussahen, wenn wir nach Deutschland zurückkamen.

„Du glaubst doch nicht, dass ich dich in Mannheim mit diesem alten Mantel herumlaufen lasse, den ich dir noch in Barcelona gemacht habe und den du seitdem immer getragen, in dem du sogar geschlafen hast, auf Stroh?" Sie weinte. Sie war am Ende ihrer Kräfte, sie konnte es nicht mehr aushalten. Ich drückte begütigend ihren Arm.

Wir kamen an einen kleinen Laden, den sie zu kennen schien. In einem staubigen Fenster waren eine Weste, ein paar Hüte und ein Paar Fausthandschuhe aus Kaninchenfell ausgestellt. Der Laden selbst sah dunkel und leer aus. Mutter drückte ohne das geringste Zögern die Tür auf und wir gingen hinein. Einige deutsche Soldaten gingen lärmend herum und befingerten die Kleidungsstücke, die auf der Theke aufgehäuft waren. Eine ältere Frau bewegte sich im Hintergrund. Die Männer verlangten, sie solle ihnen die langen Mäntel zeigen, die in einer Glasvitrine hingen. Sie probierten sie nacheinander an, machten unanständige Bemerkungen und lachten schallend. Die Frau blickte hilfesuchend zu einem kleinen, ebenfalls schon älteren Mann, der hinter einem Vorhang vorguckte. Der Vorhang schien den Laden vom Wohnbereich der Familie abzugrenzen. Der Mann schüttelte den Kopf und verschwand. Die Frau wandte sich an Mutter und zeigte uns einige Mäntel aus glattem, weichem Leder, das Mutter für nicht sehr haltbar hielt.

Plötzlich ließ einer der Deutschen einen überraschten Ruf hören. Hinten aus einem Ständer zog er eine schön gemusterte schwarz-goldene Felljacke heraus. „Schaut mal, Leute", rief er, „Leopardenfell!" Er wirbelte es um seinen Kopf. Die Frau nahm ihm die Jacke freundlich ab. „Ozelot", sagte sie und sah Mutter und mich an. „Ozelot aus Amerika." Die Männer beruhigten sich und standen versunken in Bewunderung für den großartigen Pelz. Mutter und ich kamen näher, um ihn anzusehen.

„Mademoiselle", sagte einer der Soldaten, griff die Jacke und gab sie mir, „bitte, probieren Sie sie an. Wir würden gerne sehen, wie sie an einer hübschen Französin aussieht." Er schlug die Hacken zusammen. Nur zu gerne kam ich der Aufforderung nach. Die Jacke passte perfekt und ich fühlte mich darin wunderbar. Während die Männer klatschten und „très jolie" riefen, sah ich fragend zu Mutter hinüber. Konnten wir uns das leisten? War die Jacke nicht zu extravagant? Jeder Zweifel, den sie über den Kauf gehegt haben mochte, verflüchtigte sich, als sie einen der Männer sagen hörte, sie sei viel zu auffällig für die Frauen daheim. „Sie steht dir großartig", flüsterte sie. Dann sagte sie der Frau, sie möge bitte meinen Mantel einpacken, weil ich auf dem Nachhauseweg die Pelzjacke tragen werde.

Als wir zur Bahn gingen, bat ich Mutter, alleine zu fahren. Ich rechnete nicht damit, noch einmal nach Limoges zu kommen, und wollte einen letzten Blick auf die Kathedrale und den Fluss werfen. Was ich ihr nicht erzählte, war, dass ich auch Benni noch auf Wiedersehen sagen wollte, der schließlich seiner Mutter nachgegeben und sich ein Zimmer in der Stadt genommen hatte. Sie dachte, dort könne er im Falle späterer Razzien unbemerkt entkommen. Mutter machte keine Einwände. So spazierte ich durch die alten, vertrauten Straßen und schwelgte in Erinnerungen, bis mir schließlich kühl und rührselig wurde. Ich beschloss, zu Benni zu gehen und mich von ihm zu verabschieden.

In einer dunklen kleinen Eingangshalle saß hinter einem Bronzegitter wie ein Vogel im Käfig eine graue, alte Concierge. Sie sah mich misstrauisch an. Als ich sie fragte, wo ich Benni finden könne, zeigte sie ans Ende eines langen, tapezierten Korridors. „Nummer fünf", flüsterte sie und fügte in strafendem Ton hinzu, dass Monsieur le docteur seine wohlverdiente Ruhe benötige. Ich hatte vor, Benni mit dem weiblichen Drachen, der seinen Schlaf bewachte, aufzuziehen und auch mit seinem angeblichen medizinischen Grad, doch als ich in sein Zimmer kam, war ich von dem Anblick zu überrascht, um überhaupt etwas zu sagen. Benni saß von Kissen gestützt auf einem großen altmodischen Bett. Ein enormer weißer Verband war um seinen Kopf gewickelt. Dadurch sah sein Gesicht rundlich und rosa aus, wie das Gesicht eines Babys unter seinem Mützchen.

„Du siehst erschrocken aus", sagte er lachend. „Ich hatte bloß eine Ohrenoperation. Sonst hat sich nichts geändert. Meine Mutter dachte, wir könnten die Zeit nutzen, um etwas gegen meine häufigen Ohrenschmerzen zu unternehmen. Aber wie geht's dir?" Er zog mich zu sich hinunter. „Du bist eine fremde Dame in einem fantastischen Pelz." Er strich über meine Jacke, während er an meinem Hals schnüffelte, und dann bedeckte er mein Gesicht mit Küssen. „Nein, nein." Ich richtete mich auf. „Ich kann nicht bleiben. Ich bin nur gekommen, um auf Wiedersehen zu sagen." „Ah, ja, ich weiß. Du gehst zum Feind über. Aber erwartest du wirklich, dass ich dich so einfach ziehen lasse, nur mit einem höflichen Händedruck und einem Kuss? Doch wohl kaum. Ich möchte, dass du unsere letzte gemeinsame Nacht in Erinnerung behältst. Ich möchte, dass du immer an mich denkst als an jemanden, den du nicht ersetzen kannst." Er hielt mich fester und sah mir in die Augen. „Du weißt, dass du mein Herz gebrochen hast, und du tust so, als mache es nichts aus, aber es macht was aus. Vergiss das ja nie!"

Seine Arme umfingen mich wie Eisenketten. Sein Verband kratzte mich an der Wange. Der Geruch und das Gefühl seines Körpers waren fremd, und ich wollte nur noch seiner harten Umarmung so schnell wie möglich entkommen. Er begleitete mich zur Tür seines Zimmers, und ich wusste, dass er mir nachsah, als ich den Korridor entlangging, aber ich drehte mich nicht um. Draußen war es nicht mehr hell und noch nicht dunkel. Winzige, steinharte Schneeflocken wirbelten durch die Luft. Ich fühlte mich kalt, leer und verlassen.

Dies Gefühl der Verlassenheit blieb, während Mutter und ich als Vorbereitung auf unsere Rückkehr nach Nazi-Deutschland viele Tage damit verbrachten, Papiere, Briefe und Tagebücher zu verbrennen. Wir erzählten niemandem im Dorf, dass wir gehen würden, nicht einmal auf der Gendarmerie. Wir verließen Oradour an einem frostigen Aprilmorgen vor Morgengrauen. Bei uns hatten wir unsere wenigen Besitztümer und die mit erhabenem Hakenkreuz geschmückten Reisegenehmigungen.

Es war Mutters Idee gewesen, wenigstens einen Tag in Paris zu verbringen, bevor wir beim deutschen Hauptquartier wegen unseres endgültigen Marschbefehls vorsprachen, jenes Stempels, der uns berechtigen würde, aus dem besetzten Gebiet ins eigentliche Deutschland überzuwechseln. Wir verbrachten die Nacht in einem kleinen Hotel, das Detreich empfohlen hatte. Früh am nächsten Morgen starteten wir zur Besichtigung.

Wir hatten vom Frühling in Paris fantasiert, von Flieder und Kastanienbäumen, aber dafür war es Anfang April doch ein bisschen zu früh. Die Luft war feucht und rau, als wir von der Metro nahe den Champs Élysées an die Oberfläche kamen. Den ganzen Tag wanderten wir über Straßen und Plätze, vorbei an Gebäuden, deren Namen uns durch Erzählungen, Dramen und Geschichtsbücher unauslöschlich in die Seele geschrieben waren. Es war, als wären wir Teil eines Bühnenbildes, ohne Teil der Handlung zu sein. Nur wenig näher an der Realität fühlten wir uns in dem Kaufhaus, wo Mutter darauf bestand, für jede von uns einen Hut zu kaufen, und in dem zweigeschossigen Restaurant voller vergoldeter Spiegel und feldgrauer Deutscher, wo wir für ein komplettes Menü unsere letzten Lebensmittelkarten verbrauchten.

Am Abend legte sich Mutter früh schlafen. Ich stahl mich aus unserem stickigen Hotelzimmer und über die mit einem Teppich belegte Treppe in die Vorhalle. Zwei junge deutsche Soldaten saßen auf einem Plüschsofa nahe beieinander. Sie schnarchten unregelmäßig, während ihre Köpfe vor und zurück fielen. Ich stieg vorsichtig über ihre ausgestreckten Beine und ging durch die Türe auf die dunkle Straße hinaus. Es hatte genieselt. Das nasse Pflaster sah ölig aus. Die Wolken am Himmel waren zerfleddert und enthüllten einen tintenblauen Himmel. Eine Gruppe Männer in Uniform kreuzte wie schwarze, flache Silhouetten vor mir die Straße und schien auf dem Weg ins Hotel zu sein, doch dann kehrten sie um und verschwanden. Ich drehte ebenfalls um und ging wieder hinein.

Der Angestellte, der versteckt hinter dem Schreibtisch in der Eingangshalle gesessen hatte, stand von seinem Stuhl auf und kam mir entgegen. Sein Gesicht war blass und ausdruckslos, seine Augen lagen im Schatten. „Wie geht's?", flüsterte er. Ohne eine Antwort abzuwarten, zeigte er auf die Soldaten auf dem Sofa. „Sie sind zu betrunken." Er bot mir eine kurze, flache deutsche Zigarette mit Goldmundstück an, und zündete sie mit einem primitiven Feuerstein-Feuerzeug an, eins von der Sorte, wie ich sie bei den französischen und spanischen Bauern gesehen hatte. Nachdem er eine Zigarette für sich selbst angezündet hatte, sah er mich nachdenklich an und blies mir sanft den Rauch ins Gesicht. Als ich zurückwich, sah er verärgert aus. „Wer ist die Frau, die bei Ihnen ist?", fragte er. Als ich ihm sagte, sie sei meine

Mutter, warf er die Hände in die Luft. „Wenn das da oben Ihre Mutter ist, warum bleiben Sie dann nicht bei ihr, statt durch die Nacht zu wandern und den Leuten einen falschen Eindruck zu vermitteln?" Mit dem Fuß drückte er seine Zigarette aus und drehte mir den Rücken zu. Ich war verlegen und fühlte mich beschämt.

Am nächsten Morgen regnete es heftig. Wir nahmen ein Taxi zum deutschen Hauptquartier und von dort zum Bahnhof. Der Fahrer, ein grober Kerl, blieb stur hinter seinem Steuer sitzen, ließ den linken Arm lässig aus dem offenen Fenster hängen und beobachtete, wie wir uns mit unseren Sachen abmühten. Als er anfuhr, hörten wir ihn etwas über die *sales boches* murmeln. „Das werden wir wenigstens nicht mehr hören." Mutter klang erleichtert. „Schon, aber stattdessen werden wir um den Wasserturm in Mannheim lesen ‚Juda verrecke!'", erwiderte ich bitter.

Nach Einbruch der Dunkelheit kamen wir in Straßburg an. Im überfüllten Bahnhof sprachen alle deutsch. Da wir erfuhren, dass erst am Morgen wieder ein Zug nach Mannheim abgehe, schickte Mutter ein Telegramm an meine Tante und teilte ihr unsere voraussichtliche Ankunftszeit mit. Dann gingen wir in ein Hotel in der Nähe. Ein sehr alter, schon tatteriger Mann trug unser Gepäck ins Zimmer hinauf. Das Abendessen werde gerade serviert, sagte er. Mutter und ich waren die einzigen Frauen, die zu sehen waren. Das Haus war voller Männer in Uniform, die geschäftig um uns herumrannten, Türen öffneten, Stühle bereitstellten und die Hacken zusammenschlugen. Die Tische waren mit weißen Tischtüchern, Porzellan, Kristall und Silber gedeckt. Ältliche Ober kamen und gingen. Dank der Lebensmittelgutscheine, die wir im Wehrmachtshauptquartier in Paris erhalten hatten, konnten wir am Abendessen teilnehmen. Es war ein typisch deutsches Mahl: Kartoffelsuppe, Kalbsbraten mit Gemüse und zum Nachtisch Schokoladenpudding mit Himbeersirup. Wir tranken Elsässer Wein und rauchten Zigaretten mit Goldmundstück. Ich fühlte mich ungewöhnlich gut genährt und umsorgt.

Doch dann wurde mir klar: So war das Leben für die deutschen Bürger die ganze Zeit über weitergegangen, während sie abertausende Menschen aus der menschlichen Gesellschaft herauswarfen, ins Vergessen, ohne weiter darüber nachzudenken. Ich fühlte Wut in mir hochsteigen. Ich wollte auf einen dieser weiß gedeckten Tische springen, die niedlichen Puddingschüsselchen zertrampeln und diesen Männern mit den engen Kragen, die Mutter und mir Augen machten und uns mit den Gläsern zuprosteten, Obszönitäten in die wohlgenährten Gesichter schleudern. Ich begann zu zittern. Mutter sah mich überrascht an. Sie zog die Augenbrauen hoch und schlug vor hinaufzugehen und in der großen Badewanne, die sie in einem Raum am Ende des Flures entdeckt hatte, ein Bad zu nehmen.

Danach hatten wir es uns gerade in unseren Federbetten gemütlich gemacht, als die Sirenen losgingen: Fliegeralarm! Hier war nicht Spanien. Hier war Deutschland, und niemand durfte die britischen Luftangriffe nicht zur Kenntnis nehmen. Hotelpersonal rannte durch die Korridore, klopfte an jede Tür und sagte allen, dass sie sehen sollten, in den Keller zu kommen, und zwar schnell.

Da saßen wir, in unsere Pelze gehüllt, unter all den uniformierten, bewaffneten Männern in dem großen Weinkeller unter dem alten Hotel, hielten unsere Schätze fest und horchten auf die fernen Detonationen. Wir sahen die Regale wackeln und den Staub aufwirbeln, bis dann endlich Entwarnung gegeben wurde und wir alle die Treppen wieder hinauf und zurück ins Bett stolperten.

WIEDER IN MANNHEIM

32. Kapitel

„Ich frage mich, ob sich jemand die Mühe macht, uns abzuholen", sagte Mutter. Sie stand schon stundenlang am offenen Fenster, während unser Zug in Richtung Mannheim ratterte. Ich war im Abteil sitzen geblieben, hatte meine Nase in Kurzgeschichten von Flaubert gesteckt und versuchte, nicht darüber nachzudenken, was uns bevorstand. Als ich endlich den Kopf hob, rollten wir schon in den vertrauten, alten Bahnhof ein. Widerwillig packte ich mein Buch weg und half Mutter mit dem Gepäck. Der Zug war fast leer und fremde Unterstützung nicht in Sicht. So mühten wir uns mit unseren Sachen allein durch den engen Gang und auf den Bahnsteig hinaus.

Wir ließen den Blick über den fast leeren Bahnsteig schweifen und entdeckten Tante Rosel und Großmutter eng beieinander stehend. Mit den Augen suchten sie besorgt den Zug nach uns ab. Beide sahen viel kleiner aus, als ich sie in Erinnerung hatte, und so verletzlich. Schlagartig wurde mir klar, wie sehr wir mit unserer Rückkehr ihr ruhiges Leben durcheinanderbrachten. Ich fühlte mich daher unbehaglich, als ich auf sie zuging. Als wir vier uns umarmten, wurden die ruhigen blauen Augen meiner Großmutter feucht, und meiner Tante rollten dicke Tränen über die Wangen. „Hannele, Hannele", wiederholte sie immer wieder, als wir Arm in Arm den Bahnhof verließen. Es war schon spät. Deshalb wurde ein Besuch bei der Tante auf den nächsten Tag verschoben. Fürs Erste sollten wir mit dem Taxi in die Pension von Frau Müller fahren, bei der Großmutter Emilie in ihren letzten Mannheimer Jahren gewohnt hatte.

Frau Müller, gut gekleidet, gut frisiert und in mittlerem Alter, begrüßte uns an ihrer Wohnungstür in der Oststadt, einer bevorzugten Wohngegend. Sie lud sich so viele Gepäckstücke auf, wie sie tragen konnte, und führte uns den langen Flur entlang zu einem gemütlich eingerichteten großen, hellen Eckzimmer. „Dies war das Zuhause Ihrer lieben Großmutter, nachdem sie ihr eigenes Heim hatte aufgeben müssen, Hannelore", wandte sich Frau Müller an mich. „Ich hab' immer gedacht, sie wäre hier bei mir sicher. Nie hab' ich damit gerechnet, dass sie sie abholen kommen. Danach brachte ich es nicht fertig, das Zimmer an jemand anderen zu vermieten. – Und nun sind Sie hier. So ist das Leben. Wie Sie sehen, hat man in diesem Zimmer immer an Sie gedacht." Frau Müller wies auf die vielen Bilder von mir. Dann öffnete sie eine Truhe am Fußende des Bettes. Sie war voller Handtücher, Tisch- und Bettwäsche, alles mit meinem Monogramm bestickt. „Ihre Großmutter hat nie die Hoffnung aufgegeben, dass Sie das alles eines Tages bekommen werden." Frau Müller wischte sich mit dem Taschentuch über die Augen. Dann wandte sie sich an Mutter.

„Ich nehme an, Sie werden das Bett nehmen und Ihre Tochter schläft auf der Couch", sagte sie recht kühl. „Das ist wohl die beste Lösung. Ihr Bad nehmen Sie beide bitte freitagnachmittags. Meine anderen Mieter sind Geschäftsleute und baden samstags beziehungsweise sonntags. Alle Mieter erhalten von mir Frühstück und Abendessen in ihren Zimmern. Das Tischdecken und -abräumen übernehme ich selbst. In meiner Küche dulde ich niemanden, *nie-man-den*! Die Mittagsmahlzeiten sind außerhalb einzunehmen. Die liebe Frau Steiner und ihr Bruder konnten nicht in ein Restaurant gehen. Deshalb habe ich ihnen täglich drei Mahlzeiten serviert. Doch das war eine Ausnahme." Frau Müller sah streng erst auf Mutter, dann auf mich. Als sie den Raum verlassen hatte, seufzte Mutter. „Diese Frau scheint genauso diktatorisch wie unsere Mademoiselle in Davignac zu sein. Ich hoffe, sie macht uns keinen Ärger."

In dieser Nacht wälzte ich mich im Dunkeln unruhig hin und her. Schlaf wollte sich nicht einstellen. Stündlich zählte ich die hellen Schläge der kleinen Porzellanuhr auf der Kommode. Als es vier schlug, begann mein Herz wie wild zu klopfen, genau wie damals in der schrecklichen Morgendämmerung in Oradour, als ich die Lastwagen, die uns ins Übergangslager Nexon bringen sollten, rumpelnd näherkommen hörte. Genau wie damals stieg der Tag grau und bleiern hoch und überschwemmte mich mit unklaren Vorahnungen.

Ich war wieder in Mannheim, meiner alten Heimatstadt, mit der ich mich so tief verbunden gefühlt hatte. Hier war ich mit dem sicheren Gefühl aufgewachsen, zu einer bestimmten Familie innerhalb einer bestimmten Gemeinde zu gehören, die fest in einer bestimmten geschichtlichen Zeit verwurzelt war. Doch dann hatte man mich abgeschnitten, ausgemerzt. Die Vergangenheit war mit dem Zurückkommen so wenig verbunden und für die Gegenwart so unerheblich wie eine Geistererscheinung. Heute oder morgen würde ich A 2, 5 wiedersehen und auch meinen Balkon – in Wirklichkeit, nicht im Traum. Und doch würde ich wie in meinen Träumen auf dem Gehweg stehen bleiben müssen und hinaufsehen, denn dort oben war für mich kein Platz mehr.

Am Nachmittag wurden Großmutter, Mutter und ich im Wohnzimmer meiner Tante mit Kaffee und Kuchen bewirtet. Dabei erfuhr ich, dass ich meinen Balkon nie mehr wiedersehen würde. Er war nicht mehr da! Während des allerersten britischen Luftangriffs war ein Riss in der Wand eines anstoßenden Gebäudes entstanden. Unser Balkon wurde daraufhin von der Stadt für nicht mehr sicher erklärt und musste entfernt werden. Meine Tante hatte das von Fräulein Götter erfahren. Die Katholische Kirche hatte unser Haus aus Großmutter Emilies Besitz gepachtet. Als Immobilienmaklerin verwaltete Fräulein Götter das Anwesen für die Kirche und überwachte auch das Treuhandkonto.

„Fräulein Götter ist natürlich ihrer Kirche gegenüber sehr loyal, aber auch deine Interessen liegen ihr am Herzen,

Emma. Sie versucht, ein bisschen Geld für dich lockerzumachen. Sie hat vor gar nichts Angst." Meine Tante flüsterte diese letzte Bemerkung, während sie sich mit ängstlichem Blick vergewisserte, dass die Fenster auch wirklich alle geschlossen waren. Als sie uns später durchs Haus führte, ging Tante Rosel voran und schloss sorgfältig jedes Fenster, sogar die im ersten Stock. So groß war ihre Furcht, draußen könne jemand mithören.

Mutter und ich hatten das Haus noch nicht gesehen. Mit vielen anderen Einfamilienhäusern war es kurz nach unserer Abreise nach Spanien ganz in der Nähe von Tantes und Onkels früherer Wohnung gebaut worden. Es war ein schönes Haus mit einem hübschen Garten voll blühender Sträucher und Obstbäume. Im Erdgeschoss waren die Schlafzimmer, Bad, Küche und das Wohnzimmer, in dem wir unseren Kaffee tranken. Onkels Praxis befand sich im Souterrain. Überraschenderweise war „die gute Stube", das repräsentativere Wohnzimmer, im ersten Stock untergebracht. Dort fand ich Mutters Konzertflügel wieder, ihren geliebten Blüthner, und auch das romantische Ölgemälde „Vollmond über dem Meer", das im Arbeitszimmer vom Großvater meiner Kusine gehangen hatte. All diese Sachen brachten reiche Erinnerungen aus der Kindheit zurück.

„Du kannst gerne, so oft du willst, wieder auf deinem Klavier spielen, Emma", sagte meine Tante liebevoll und legte den Arm um Mutters Schulter. Mutter schüttelte unwillig den Kopf, ging zum Fenster hinüber und sah hinaus. Tante Rosel wandte sich an mich und zeigte auf das Bild. „Ich weiß noch, wie du und Almut dieses Bild immer bewundert habt, wenn ihr in den Ferien beim Kapitän in Bad Sooden wart", sagte sie. „Es ist eins der wenigen Dinge, die uns der alte Herr hinterlassen hat. Er hat in seinem Testament alles sehr genau festgelegt. Auch die Begräbnisfeierlichkeiten hat er sehr sorgfältig geplant: mit allen militärischen Ehren, den Sarg mit der alten schwarz-weiß-roten Fahne geschmückt, keine Hakenkreuze, keine braunen Hemden und keine

Nazilieder." Tante Rosels Gesicht zeigte nur die Andeutung eines Lächelns.

Als wir aufbrachen, drückte Tante Rosel ihr Bedauern aus, dass weder mein Onkel noch meine Kusine zu unserer Begrüßung anwesend waren. Onkel Gerhard sei irgendwo bei einer militärischen Einheit und Almut auswärts an einer Schule. Da fiel mir auf, dass keiner von uns meinen Vater oder Großmutter Emilie erwähnt hatte. Die Tante hatte nicht nach ihnen gefragt.

Am nächsten Tag gingen Mutter und ich zur Gestapo. Jeder, der in Deutschland eine neue Wohnung bezog, musste sich wegen Personalausweis, Aufenthaltsgenehmigung und Lebensmittelkarten bei der Polizei des Wohnortes anmelden. Doch außerdem, hatte man uns in Paris gesagt, müssten wir sofort zur Geheimpolizei gehen. Wir kamen am Wasserturm vorbei. Erfreut sah ich, dass man den Slogan „Juda verrecke", an den ich mich so genau erinnerte, in „Besser tot als rot" geändert hatte. Das lässt sich machen, dachte ich. Das Büro der Gestapo befand sich im zweiten Stock eines schönen alten Wohnhauses. Eine kleine Messingplatte an der Tür nannte diskret den Namen der Bewohner: Geheime Staatspolizei. Mutter stand dicht hinter mir, als ich tapfer auf den Klingelknopf drückte. Die Tür öffnete sich sofort auf geheimnisvolle Weise. Sie schloss sich ebenso schnell und lautlos hinter uns, sobald wir über die Schwelle getreten waren. Ein sehr junger Mann, fast noch ein Junge, mit blonden Haaren und in der schwarzen Uniform von Hitlers Sturmtruppen, fragte nach unseren Namen, nahm unsere Reisedokumente und verschwand. Wir saßen auf einer schmalen, gepolsterten Bank, dem einzigen Möbelstück weit und breit, und warteten. Der große, abgenutzte Orientteppich auf dem Parkettboden und die schweren Seidenvorhänge an den Fenstern zeugten von vergangener Eleganz. Die Fenster allerdings hatten keine Griffe.

Der Junge kam zurück und forderte mich auf, ihm ohne ein Wort zu folgen. „Nein, nur die junge Dame", schnauzte er Mutter an, als sie sich anschickte, ebenfalls aufzustehen. Ich wurde in einen kleinen Raum geführt, der bis auf einen Schreibtisch und einen Stuhl leer war. Es war ziemlich dunkel im Zimmer. Nur die Schreibtischlampe strahlte einen grellen Lichtkegel ab. Die Türe, durch die ich eingetreten war, schloss sich lautlos hinter mir und wurde unsichtbar. Außer dem Klopfen meines eigenen Herzens hörte ich keinen Laut.

„Keine Panik, nur ja keine Panik", ermahnte ich mich selbst. Es schien mir eine Ewigkeit zu dauern, bis schließlich ein großer, grau aussehender Mann, der mich an einen hölzernen Nussknacker erinnerte, den Raum betrat. In der Hand hielt er meine Ausweise. Wie ein Turm stand er dicht neben mir und las laut die einzelnen Angaben vor. Dabei sah er mich jedes Mal scharf an. Mit der Beschreibung meines Aussehens am Schluss schien er zufrieden. Nun begann er, Fragen zu brüllen:

War ich froh, wieder in Deutschland zu sein? War mir klar, wie wichtig es war, dass Deutschland diesen Krieg gewinnt? Hatte ich die Absicht, mit all meiner Kraft für dieses Ziel zu arbeiten? „Ja, gewiss", antwortete ich auf jede Frage einzeln. Wollte ich womöglich fremde Sitten einführen? Würde ich ein unmoralisches Leben führen? Würde ich Gerüchte streuen? „Nein, keinesfalls!", antwortete ich. Schließlich sagte er, er wisse, dass ich in Spanien gelebt hatte, und frage sich, was ich dort gemacht hätte. Ich erklärte, dass ich mit meinen Eltern dorthin gezogen war und ein deutsches Realgymnasium besucht hatte. Das schien ihn zu überraschen. Er runzelte die Stirn, fragte aber nicht weiter nach. Stattdessen forderte er mich auf, sofort zum Arbeitsamt zu gehen und mich nach Arbeit zu erkundigen. Er wolle mir auch nicht verhehlen, dass ich überwacht würde. Man wolle sicher sein, dass ich mich ordentlich benehme. Auch könne ich jederzeit wieder in dieses Büro gerufen werden. Vorerst könne ich gehen.

Mutter saß nicht mehr im Vorzimmer. Da ich nicht recht wusste, was ich als nächstes tun sollte, stand ich unschlüssig herum und wartete. Ich war sicher, dass ich durch irgendwelche unsichtbaren Gucklöcher beobachtet wurde, und meine Knie wurden weich. Als Mutter endlich zurückkam, sah sie aus, als habe sie geweint. Sie weigerte sich jedoch, mir zu erzählen, was geschehen war.

„Komm, wir gehen zur Polizei und holen unsere Lebensmittelkarten. Dann gehen wir irgendwohin und essen Kuchen mit Schlagsahne. Danach fühlen wir uns bestimmt besser, auch wenn alles nur Ersatz ist", schlug sie vor. „Danach werden wir mit Fräulein Götter klären, wie es wirklich mit dem Treuhandkonto steht. Die Aussagen deiner Tante basieren oft eher auf Wunschdenken als auf Tatsachen."

Fräulein Götter, eine große, eckige Frau, begrüßte uns sehr geschäftsmäßig. Sie habe uns erwartet, sagte sie. Es gebe für uns beide Papiere zu unterschreiben. Dann erzählte sie uns eine komplizierte Geschichte, wie es ihr in letzter Minute gelungen sei, mit Großmutter Emilie eine Regelung auszubaldowern, die es nun mir und meiner Mutter ermögliche, regelmäßig feste Zahlungen aus dem Besitz zu erhalten. „Es freut mich wirklich, dass wir das nun tatsächlich umsetzen können", sagte Fräulein Götter. „Es bedeutete Frau Steiner so viel. Sie war eine wunderbare, großzügige Dame und sehr besorgt um das Wohlergehen ihrer Enkeltochter."

„Sie wollte, dass Sie die Hauptnutznießerin sind." Fräulein Götter sah mich prüfend an. „Aber unter den gegebenen Umständen halte ich es für ratsam, dass die Hauptempfängerin Ihre Mutter ist." Das schien auch mir vernünftig. Fräulein Götter war offensichtlich erleichtert, meine Mutter ebenso.

Um mich besonders zu verwöhnen, machte Mutter am nächsten Tag für mich Termine bei ihrem Frisör und ihrer Fußpflegerin aus. Der Frisör, der früher vor allem jüdische Kundschaft gehabt hatte, begrüßte mich mit dem üblichen Diensteifer und sah mich dabei mit offener Neugier an. Beim Waschen jammerte er über den schlechten Zustand meiner Haare. Offensichtlich hätte ich sie nicht ordentlich gepflegt.

„Sie und Ihre Mutter hätten damals gar nicht erst weggehen sollen", schalt er. „Der Führer hat wirklich eine Wende herbeigeführt. Heute kann es sich jeder leisten, sich frisieren zu lassen, nicht nur ein paar Auserwählte. Unser Führer hat dafür gesorgt, dass alle Leute ein Stück vom Kuchen abkriegen. Jetzt geht es allen gut. Sehen Sie sich nur an, wie mein Geschäft gewachsen ist. Selbst jetzt, wo unsere Feinde uns diesen Krieg aufgezwungen haben, geht es uns immer noch besser als jemals vorher. Und – wir gewinnen natürlich. Die Gerechtigkeit wird siegen, glauben Sie nicht auch?" „Doch", antwortete ich, „doch, die Gerechtigkeit wird siegen!" Ich lächelte ihn erleichtert an.

Die Fußpflegerin war ebenso begeistert vom Leben im Dritten Reich, obwohl sie einen Sympathieseufzer für einige ihrer reizenden alten Damen erübrigte. „Die, die jüdisch waren", flüsterte sie, und die man abgeholt habe. Sie zeigte sich erstaunt über meine armen Füße. Warum waren nur die Zehen so geschwollen? Waren sie denn mal erfroren? Wo um alles in der Welt war ich nur gewesen? Bevor ich mir eine passende Antwort ausdenken konnte, erzählte sie, dass sie auch viel gereist sei. Jeder könne jetzt wunderschöne Ferien machen, dank dem Führer und seinem Programm „Kraft durch Freude". „Ich war inzwischen an Orten, von denen ich früher nicht einmal träumen konnte", schwärmte sie. Dann kam sie auf ihre Tochter zu sprechen. Sie beteilige sich an einem von der Schule unterstützten Sparprogramm und werde nach Kriegsende daraus ein Auto, einen Volkswagen, erhalten. „Jeder Deutsche wird dann ein Auto besitzen. Können Sie sich das vorstellen?", fragte sie strahlend. Nein, antwortete ich, das könne ich nicht.

Die Haare gut frisiert, die Fußnägel in Ordnung und den Kopf voll mit Nazipropaganda meldete ich mich beim Arbeitsamt als arbeitssuchend. Auch die Stellenanzeigen in der Zeitung sah ich durch. Es gab jede Menge offene Stellen, aber keine, für die ich auch nur entfernt qualifiziert war.

Meine Tante schlug vor, Ilse Blum anzurufen, eine halbjüdische ehemalige Mitschülerin. Sie habe eine gute Arbeit in einer angesehenen Rechtsanwaltskanzlei und könne mir vielleicht einen Rat geben. Ich hatte Ilse schon vor der Grundschule gekannt, und zwar aus der französischen Spielgruppe, die ihre Mutter, eine geborene Pariserin, bei sich zu Hause eingerichtet hatte. Ilse war ein paar Monate älter als ich und die anderen Kinder der Gruppe. Sie sprach fließend Französisch, und stolz assistierte sie der Mama. Wir anderen spielten die vielen Tätigkeiten nach: Wir fuhren Eisenbahn, gingen auf dem Markt einkaufen, kochten, backten und besuchten das Puppentheater. In den vier Jahren Grundschule protestierten Ilses und meine Mutter gemeinsam gegen Fräulein Durers Disziplinarmaßnahmen, obwohl Ilse nur selten mit dem berüchtigten Haselstöckchen in Berührung kam. Sie machte kaum Fehler.

Ich rief meine ehemalige Mitschülerin an ihrem Arbeitsplatz an. Wir verabredeten uns für Sonntag Nachmittag in einem beliebten Café in der Stadt. Ich erkannte sie sofort. Sie sah genauso ernst und solide aus, wie ich sie in Erinnerung hatte, eher noch ernster als früher. Ihre Mutter sei gestorben, erzählte sie. Sie lebe allein mit ihrem jüdischen Vater, der schon ziemlich alt war und dessen einziger Halt und Stütze sie war.

Ein sehr blonder junger Mann setzte sich zu uns. Ilse stellte ihn mir als Kurt Traub vor. Kurt war ebenfalls Halbjude. Er hatte in der Schweiz gelebt, um dort sein Ingenieurexamen zu machen. Als seine nichtjüdische Mutter starb, kam er zum Begräbnis nach Mannheim, wo man ihn festnahm und ihm die Wiederausreise verbot. Nun wohnte auch er mit seinem schon älteren jüdischen Vater zusammen. Er arbeitete als Dienstverpflichteter im Mannheimer Großkraftwerk am Rhein.

„Ich arbeite allerdings nicht im Kraftwerk", erklärte Kurt, „sondern in einem Verwaltungsbüro in der Stadt. Wir sind dort nur wenige Leute, ein paar vom Militär zurückgestellte Ingenieure und einige Sekretärinnen. Unsere Arbeit gilt als kriegsnotwendig und so lässt man uns ziemlich in Ruhe.

Unser Chef, Herr Schattig, ist ein müder, alter Bürokrat. Er fühlt sich immer überarbeitet und sucht immer nach Helfern. Ich werde ihm von dir erzählen und ihm sagen, dass du in Frankreich als Zeichnerin gearbeitet hast und dass du gut zeichnen kannst."

Kurt hielt sein Versprechen. Ich wurde zum Vorstellungsgespräch zu Herrn Schattig gebeten. Er sagte mir, er wisse zwar noch nicht recht, was er mit mir anfangen solle, aber er stelle mich ein, wenn ich alle nötigen Genehmigungen erhielte. Die nächsten paar Tage war ich ständig unterwegs zwischen Arbeitsamt, Ortspolizei und der Personalabteilung des Großkraftwerkes. Schließlich war alles geregelt. Man sagte mir, ich könne am kommenden Montagmorgen um 7 Uhr meine Arbeit aufnehmen.

Am Sonntag gingen Ilse, Kurt und ich am Neckar spazieren. Wir genossen das milde Frühlingswetter und freuten uns, dass wir es geschafft hatten, das System dazu zu bringen, einer Halbjüdin eine respektable Stelle zu geben.

Bei meiner Rückkehr saß Mutter ganz fassungslos auf dem Bett in unserem Zimmer. Sie hatte wieder Krach mit Frau Müller gehabt. Beim ersten Mal hatte sich Mutter in der Küche eine Tasse Kaffee gemacht, ob heimlich oder mit Erlaubnis unserer Vermieterin blieb unklar. Das hatte eine Szene gegeben, aber diesmal war es weit schlimmer. Als Frau Müller in die Küche kam, kochte gerade Mutters Rhabarbertöpfchen über. „Die Frau war derart unverschämt! Wenn sie sich nicht entschuldigt, ziehen wir aus", erklärte Mutter.

Frau Müller entschuldigte sich nicht. Ein paar Tage später fuhr Mutter aufs Land zu einer Freundin, der nichtjüdischen Witwe eines jüdischen Schriftstellers. Ihr Mann war mit Vater und Onkel Paul befreundet gewesen. Ich wurde bei Tante Rosel untergebracht. Ich habe nie erfahren, ob Mutter irgendwelchen Druck ausüben musste, um dem bisher makellos arischen Haushalt meine halbjüdische Anwesenheit aufzubürden. Ich hoffte inständig, dass Liebe und nicht Druck die Tante bewog, mich unter ihr Dach einzuladen. Kein Zweifel, dass man mit Störungen, ja, wohl sogar mit Gefahr rechnen musste.

Ich erhielt das winzige Zimmerchen unter dem Dach mit eigenem WC und Waschbecken. Dort sollte eigentlich das Hausmädchen wohnen, aber während des Krieges gab es keine Hausmädchen. Frauen aus dem Hinterland fanden bessere Arbeit in der Verteidigungsindustrie. Die einzige Haushaltshilfe meiner Tante war die alte Marie von Großmutter Käthe. Trotz ihrer vielen Krankheiten, über die sie immerzu jammerte, lief sie noch durch die Stadt, schrubbte und bohnerte Fußböden und streute Gerüchte aus. Man legte mir dringend nahe, ihr aus dem Weg zu gehen, um ihren Klatschbrunnen nicht unnötig sprudeln zu lassen. Ohnehin sei meine Anwesenheit in der Nachbarschaft nicht unbemerkt geblieben, teilte mir meine Tante mit. Gewisse Leute würden ganz bestimmt mein Kommen und Gehen genau beobachten. Sie selbst war neugierigen Fragen von den Frauen im Bunker ausgesetzt.

Der Bunker war einer von vielen Luftschutzbunkern, die man in der ganzen Stadt gebaut hatte. Sie waren Netzwerke mit scheußlichen unterirdischen Gängen. Auf beiden Seiten liefen Bänke für die Bürgersleute entlang. Außerdem gab es zellenähnliche Räume mit zweistöckigen Etagenbetten für die weiblichen Angehörigen von Parteigrößen und höheren städtischen Beamten. Als Frau des für diese Gegend zuständigen Arztes der Volksfürsorge war meiner Tante ein Bett zugeteilt worden. Dieses Privileg wagte sie nicht zu missachten. Jeden Abend bei Einbruch der Dunkelheit verließ sie ihr Heim und die Außenwelt und verbrachte die Nacht in ihrem „unterirdischen Hühnerkäfig", wie sie es nannte.

Großmutter blieb zurück, denn sie müsse auf den „Laden achten". Sie hatte eine eigene, bescheidene Wohnung in der Nähe der Tante. Nach Großvaters Tod war ihr die große Wohnung in den N-Quadraten zu einsam geworden. Da der Krieg meinen Onkel oft tagelang auswärts beanspruchte, verbrachte Großmutter viel Zeit bei meiner Tante, besonders nach Einbruch der Dunkelheit. Bei Luftangriffen war sie dort sicherer als in ihrer eigenen Wohnung. Es gab nämlich eine direkte Verbindung zur örtlichen Luftschutzbehörde. Nach einem Alarm von dort hatte sie genug Zeit, noch in den Bunker zu gehen. Trotzdem blieb sie nie die ganze Nacht. Sie wollte unbedingt zu Hause in ihrem eigenen Bett schlafen. „Ich bin in Gottes Hand", sagte sie zuversichtlich und schnitt damit alle ängstlichen Proteste der Tante ab.

An den langen Frühlings- und Sommerabenden, wenn die Sonne gar nicht aufhören wollte zu scheinen, saß Großmutter in Tantes unterem Wohnzimmer und umhäkelte feine Leinentaschentücher. Sie waren als Geschenke für meine Kusine Almut und mich gedacht. Sie sei klug genug gewesen, sagte Großmutter, sich rechtzeitig mit Stoff, Garn, Faden und Nadeln einzudecken. Bis Kriegsende werde ihr Vorrat schon reichen. Während sie mit ihren gepflegten Händen ruhig arbeitete, saß ich daneben und schrieb einen Brief an meine Mutter oder las. Gelegentlich bat mich Großmutter, ihr vorzulesen, vor allem die Gedichte von Mörike, Eichendorff und Keller, die Großvater so geliebt hatte.

Einmal zeichnete ich ihr heiteres, gut proportioniertes Gesicht mit dem makellosen Teint. Sie freute sich über das Ergebnis. „Gott hat dir ein Talent gegeben", sagte sie, „und es ist dir auf deiner Wanderschaft erhalten geblieben. Gott selbst ist bei dir gewesen und hat dich sicher zurück nach Hause gebracht." Sie nickte zufrieden. Der Herr hatte ihre Gebete erhört.

„Ich weiß, es muss da draußen manchmal schwer für dich gewesen sein", sagte sie eines Abends, sah mich fragend an und wartete. „Ja", sagte ich nur, ging aber nicht weiter darauf ein. Mein Leben war in den vergangenen Jahren so völlig anders verlaufen als alles, was sie je erlebt hatte, dass zwischen uns immer eine Kluft blieb. Ich versuchte gar nicht erst, sie zu überbrücken.

Ein andermal saßen wir schweigend beisammen und schlürften Kamillentee. Wir sahen zu, wie hinter dem Aprikosenbaum draußen vor dem Fenster der Tag langsam in Dunkelheit überging. Da sagte Großmutter, sie danke Gott, dass meine andere Großmutter, Emilie, bei uns gewesen sei, als sie starb. „Das ist alles, was sie wollte: bei ihrer Familie sein, ich weiß es", sagte Großmutter Käthe leise. „Ich bin zum Bahnhof gegangen, als ich hörte, dass sie die Juden wegbringen. Da war sie, deine Großmutter, sie saß auf ihrem Koffer und fragte sich, ob sie euch jemals wiedersehen würde. Dein Onkel Julius war auch da und ein paar von den anderen Verwandten deines Vaters, die meisten schon alt. Sie hatten nie irgendjemandem etwas Böses getan. Das einzige, was man ihnen vorwarf, war, dass sie Juden waren." Großmutter rührte so heftig in ihrem Tee, dass der Löffel gegen die Tasse klirrte. „Sie sind jetzt bei unserem Herrn. Sie haben Frieden. Ich weiß, dass du dir Sorgen um deinen Vater machst. Er kann dir nicht schreiben, und du kannst ihm nicht schreiben. Ich bete für ihn. Du kannst auch für ihn beten. Es ist das Einzige, was wir im Augenblick tun können."

Im Zimmer war es dunkel geworden. Sie sammelte ihre Sachen ein, küsste mich leicht auf die Stirn und ging nach Hause. Ich blieb noch eine Weile sitzen, in Gedanken versunken, und malte mir die Schrecken von Vaters Schicksal aus.

Wenn Großmutter das Haus verließ, ging ich gewöhnlich gleich nach oben ins Bett, entweder mit einem Buch oder mit einer Zigarette, wenn ich eine hatte. Oft hörte ich in der Ferne Sirenen heulen, irgendwo hinter Ludwigshafen, der Schwesterstadt auf der anderen Rheinseite mit den vielen Industrieanlagen. Schließlich fiel ich in einen unruhigen Schlaf, bis dann der Wecker auf meinem Nachttisch rappelte und mich mahnte aufzuwachen und wieder in Gang zu kommen.

Im August fuhr Großmutter aufs Land, in ein Bauernhaus, wo sie schon mehrmals Ferientage verbracht hatte. Die Mutter einer von Tantes Freundinnen fuhr mit. Beide sollten dort bleiben, wo ihnen kein Unheil drohte. Dort gebe es gut zu essen, jede Menge frische Luft und keine Sirenen bei Nacht, sagte Tante Rosel. „Außerdem", flüsterte sie „wird es dort weniger Gelegenheit geben, Ärger zu stiften." Das bezog sich auf eine Aussage von Großmutters Vermieterin. Die Frau betrieb im Erdgeschoss ihres Hauses eine Bäckerei. Sie erzählte meiner Tante, dass Großmutter immer, wenn sie Brötchen kaufen kam, andere Kunden ansprach. Sie erkundigte sich nach Familienmitgliedern, die an der Front waren, und erging sich dann in unheilvollen Vorhersagen über deren Schicksal. Sie befürchte, der Krieg werde zu einem verhängnisvollen Ende kommen, weil die Menschen nicht mehr auf Gottes Gebote hörten und nicht auf dem Pfad der Rechtschaffenheit blieben, sondern den Gesetzen der Menschen folgten.

„Die Frau sagt, sie weiß wohl, dass Großmutter sehr fromm ist und nichts Böses im Sinn hat, aber andere könnten weniger verständnisvoll sein. Sie könnten an solchen Reden Anstoß nehmen, und das wäre für jeden gefährlich. Weißt du, als dein Urgroßvater damals herumging und ähnlich predigte, war es einfach nur peinlich, aber heutzutage kann so was verheerende Folgen haben." Tante Rosel seufzte. Mit einem Blick durch den Raum vergewisserte sie sich, dass alle Türen und Fenster geschlossen waren.

33. Kapitel

Meine Tage begannen früh. Für die Dauer meines Aufenthaltes hatte man mir das Fahrrad meiner Kusine Almut überlassen. So radelte ich in der Morgendämmerung über die Neckarbrücke, am Luisenpark entlang, am Wasserturm vorbei und in die Quadrate hinein. Im zarten Morgenlicht fuhr ich bei leichtem Sommerwind glücklich und unerkannt im Pulk der Deutschen, alle unterwegs zur Arbeit. Frauen jeden Alters, alte Männer und junge Buben radelten neben, vor und hinter mir. Ich hatte die Illusion, ungehindert und unbeachtet in der Menge mitzufließen.

Einmal bog ich in meinem Überschwang von der falschen Seite in eine Einbahnstraße ein. Aus dem Nirgendwo stand auf einmal ein alter, mürrischer Polizist vor mir. „Heda", schrie er, „Was machst du da? Ja, was glaubst denn du! Komm mal rüber!" Er holte sein Büchlein heraus, leckte den Bleistift ab und wollte mich aufschreiben. Sein Schnurrbart zitterte vor Missbilligung, als ich mich zu entschuldigen versuchte. „Haben sie euch beim BDM denn gar nichts beigebracht?", fragte er. Der BDM war der weibliche Zweig der obligatorischen Nazi-Jugendorganisation, der jeder Jugendliche angehören musste. Statt einer Antwort schenkte ich dem Mann ein freundliches, unschuldiges Lächeln. Er sah mich misstrauisch an. „Sie waren gar nicht beim BDM, nicht wahr?", knurrte er. Dann steckte er unerklärlicherweise Büchlein und Stift zurück in die Brusttasche, schüttelte bestürzt den Kopf und winkte mich fort. „Weiter! Fahren Sie schon weiter!"

Die Büros des Großkraftwerkes belegten eine Etage eines alten vierstöckigen Gebäudes in den Quadraten. Ich erhielt einen Behelfsplatz im Zeichenraum, neben dem niedrigen Ende des riesigen Pultes, von dem aus unser Gruppenleiter recht wohlwollend das Geschehen leitete. Man gab mir den Titel Technische Zeichnerin.

Anfangs gab man mir Zeichnungen, Schaubilder und Pläne von Rohrleitungen, mit denen ich arbeiten sollte. Die meisten Aufgaben überstiegen meinen Horizont, aber Kurt, der nebenan an seinem Zeichenbrett saß, kam oft herüber und half mir aus der Patsche. Es war jedoch nicht immer möglich, ihn zu Hilfe zu rufen, und so dauerte es nicht allzu lange, bis der Gruppenleiter merkte, dass ich für meine Arbeit nicht qualifiziert war. Er sah mich mit einem schmerzlichen Ausdruck auf seinem faltigen Gesicht an, schüttelte enttäuscht den Kopf und teilte mir dann eine andere Aufgabe zu. Aus einem Lagerraum ließ er eine alte Schreibmaschine ausgraben, und ich hatte nun Bestellungen und Arbeitsblätter auszufüllen, Aktennotizen zu schreiben und das Telefon zu bedienen.

Es gab nur ein einziges Telefon für den ganzen Raum. Die Telefonkabine befand sich in der Ecke des Büros. Ich hatte den verlangten Mitarbeiter immer ans Telefon zu rufen. Gelegentlich wurde ich auch zum Dolmetschen ins Kraftwerk gerufen, wenn es dort Probleme mit den französischen Zwangsarbeitern gab. Diese Aufgaben bewältigte ich ganz gut. Mitte des Sommers fand ich, dass ich mein Gehalt wirklich verdiente, mindestens ebenso wie alle anderen Kollegen. Sie schienen mir alle nicht übereifrig. Kurt tat, wie ich wusste, nur so viel, wie unbedingt nötig war, um nicht der Sabotage angeklagt zu werden. Er hatte mir gleich zu Anfang gesagt, er arbeite aus Prinzip so langsam wie möglich.

Herr Kreiss, der ältere Ingenieur, arbeitete ebenfalls im Schneckentempo, aber nicht aus politischen Gründen. Er musste immer wieder von seinem Zeichenbrett wegtreten und zum Fenster hinübergehen, wo er sich aufs Fensterbrett stützte und um Atem rang. Man sagte uns, er sei herzkrank. Immer wenn er im Zimmer herumging, folgten ihm die besorgten Blicke des Gruppenleiters.

Franz, ein junger Mann etwa in Kurts Alter, kam häufig in einer feldgrauen Uniform zur Arbeit. Sein Gesicht und seine Hände sahen so blass aus, als hätte man sie gebleicht. Er sprach selten und lächelte nie. Man erzählte, er habe den Bauch voller Schrapnellkugeln. Oft musste er wegen seiner Schmerzen die Arbeit unterbrechen und nach Hause gehen. Ich habe nie gesehen, dass er eine Zeichnung beendete. Der Gruppenleiter gab sie nach einer Weile immer jemand anderem.

Die gute Schreibmaschine bediente Frau Schatz, eine üppige Blondine in eng sitzenden Röcken und Blusen. Sie war die Sekretärin des großen Chefs, der geheimnisvoll hinter verschlossener Tür residierte. Frau Schatz war sehr tüchtig und sehr schnell. Sie hatte reichlich Zeit, auf hohen

Absätzen durch das Gebäude zu stöckeln und dabei ihren kurvenreichen Körper hierhin und dorthin zu schwenken. Sie tratschte gerne, meist über Sex. Jedem erzählte sie von ihrem Ehemann an der Ostfront, der vor Sehnsucht nach ihr verging. „Er schreibt mir jeden Tag", sagte sie, ohne sich dabei an jemand Bestimmten zu wenden. „Er macht mich noch verrückt mit seinen Briefen, in denen er immer von all den Sachen spricht, die er gerne mit mir machen würde. Was glaubt er wohl, wie ich mich dabei fühle?" Da sie keine Antwort erhielt, wandte sie sich dann oft an mich und erzählte mir in vertraulichem Ton von ihren Eroberungen bei den Männern aus der Kaserne in der Nähe ihrer Wohnung, die auf Front- oder Krankenurlaub waren. Auch sie sehnten sich nach weiblicher Gesellschaft, pflegte sie zu sagen. „Ich bitte sie manchmal, zu mir raufzukommen und über Nacht zu bleiben. Ich halte das für einen Dienst am Vaterland. Mit einem unserer Soldaten zu schlafen ist fast so gut wie mit dem Führer selbst zu schlafen", kicherte sie. „Sie sind jung", sagte sie einmal. „Gibt es denn keinen Mann in Ihrem Leben? Kurt vielleicht?" Ich antwortete nicht, sondern zog mich langsam zurück. Kurt hatte mich ermahnt, niemandem irgendetwas zu sagen. Obwohl wir im Großkraftwerk einigermaßen sicher waren, konnten wir niemandem trauen.

„Es gibt überall Informanten", hatte er mich gewarnt, „und man weiß einfach nie, wer es ist, wann sie einen melden oder warum." Frau Schatz schien für die Rolle des Gestapospitzels besser geeignet als irgendjemand sonst. Sie war neugierig und anmaßend. Wenn sie morgens zur Arbeit kam, ließ sie ein herausforderndes „Heil Hitler" ertönen. Spöttisch grinste sie zu Kurt und mir herüber, wenn wir höflich „Guten Morgen" antworteten.

Es war jedoch ebenso gut möglich, dass jemand ganz anderes für die Behörden spionierte, jemand, den man nicht einmal im Traum verdächtigen würde, jemand, bei dem es so unwahrscheinlich erschien wie bei Frau Teller. Frau Teller war für die Telefonvermittlung zuständig. Die Telefonzentrale befand sich im Erdgeschoss. Dort gingen nicht nur die Gespräche für unser Büro ein, sondern auch die für die Ingenieurfirmen auf den übrigen Etagen des Hauses. Ohne Frau Tellers Wissen kam kein Anruf ins Haus herein oder hinaus. Auch Nachrichten durch Boten und Pakete passierten ihren prüfenden Blick. Telli, wie sie sich gerne nennen ließ, war eine mütterliche Frau mit dunkelbraunen Augen und Haaren und einem warmen Lächeln. Irgendwie erinnerte sie mich an Pudding, wie sie so wohlgerundet auf ihrem Thron saß. Ohne Hast handhabte sie das Gewirr von Schaltern, Kabeln und Steckern.

Bei unserer ersten Begegnung sollte ich eine Rolle technische Zeichnungen abholen, die aus der Fabrik geschickt worden waren. Als ich hereinkam, hellte sich ihr Gesicht auf. Sie freue sich, mich kennenzulernen, denn sie habe meinen Vater und Onkel Paul gekannt. Sie selbst sei die Witwe eines Juden, behauptete sie. Ihre Kinder lebten in der Schweiz. Das alles erzählte sie mir in weithin hörbarem Flüsterton. Den breiten Rücken hatte sie ihrer Assistentin zugekehrt, einem Frauchen, das mit hektischen Bewegungen die Anlage bediente.

Als ich mich bei Kurt nach Telli erkundigte, sagte er ja, alles, was sie mir erzählt habe, sei wahr, aber sie rede zu viel und unter Umständen zu den falschen Leuten. Vorsicht war zweifellos angebracht. Er warnte mich auch vor Magda, die für die Ablage und den Vervielfältigungsapparat zuständig war. Sie sei ehrlich, aber naiv. Man könne nie wissen, was sie in aller Unschuld über uns beide erzähle, sagte er.

Ich war anderer Meinung. Ich hielt Magda für viel klüger als sie sich gab und für völlig vertrauenswürdig. Magda war noch keine zwanzig und sehr hübsch. Ihre braunen Locken tanzten und ihre winzigen Ohrringe funkelten, wenn sie fröhlich ihrer Arbeit nachging. Wenn sie nichts Besonderes zu tun hatte, beschäftigte sie sich selbst und las Taschenromane, die sie sehr geschickt unter Aktenordnern versteckte. Wenn der Gruppenleiter seine Runde machte, nickte er Magda immer wohlwollend zu. Es war doch erfreulich, jemanden so tief versunken in seine Arbeit zu sehen. Magda schwärmte für Kurt. „Er ist so intellektuell", sagte sie oft und seufzte vor Bewunderung. Sie lachte auch bei Kurts mäßigsten Witzen, bis ihr die Tränen über die runden rosigen Wangen herunterkullerten.

Etwa um ein Uhr wurde uns täglich auf einem Wagen das Mittagessen gebracht. Es war immer irgendein Eintopf oder eine dicke Suppe, dazu ein Stück Brot und ein Apfel oder eine Birne. Für Kurt und mich war es oft die einzige warme Mahlzeit am Tag. Statt das Essen wie unsere Kollegen am Arbeitsplatz herunterzuschlingen, brachten wir es in der schönen Jahreszeit zum Dach hinauf. Wir entwickelten eine besondere Methode, die Sachen die wackeligen Stufen hinaufzutragen: Das Obst wurde in eine von Kurts Taschen gesteckt, das Brot hielten wir mit den Zähnen fest und in den Händen balancierten wir die dampfenden Schüsselchen.

Magda lief immer hinterher. Sie hörte mit großen Augen zu, wenn wir uns über belanglose Ereignisse in unserem Leben unterhielten oder wenn wir von Filmen und Büchern sprachen, die uns im Ausland gefallen hatten. Dann wieder erzählte sie uns Geschichten aus ihrer Kindheit als Jüngste eines Arbeiterhaushaltes, der von einem katholischen Vater streng regiert wurde. „Ich durfte nicht mal zum BDM", flüsterte sie eines Mittags, sah dabei erst über ihre Schulter und dann über den klaren Sommerhimmel hin. Ihr Vater, so erzählte sie, hielt es schon für richtig, dem Gesetz zu gehorchen, aber manchmal müsse man dem eigenen Gewissen folgen. Er machte Dienst bei einer Einheit am Rhein und kam häufig nach Hause. „Derzeit versucht er, es locker anzugehen", sagte Magda. „Ein paar von den alten Männern, die mit ihm Dienst tun, haben schon im 1. Weltkrieg gedient, sind aber immer noch auf Heldentaten aus. Sie wollen sich noch Medaillen verdienen. Mein Vater sagt, die spinnen." Er hatte auch gesagt, sie und ich würden spinnen, wenn wir im Falle eines Luftangriffs im Kraftwerk versuchen sollten, uns heldenhaft hervorzutun. Wir sollten einfach aus dem Weg bleiben.

Jeder von uns musste in regelmäßigen Abständen im Werk Nachtdienst machen. Magda und ich waren zusammen eingeteilt. Uns graute immer vor der langen Straßenbahnfahrt nach der Arbeit, und uns graute bei Nacht vor den endlosen Wanderungen durch die desolaten Korridore und Hallen. Es war unsere Pflicht, Runden zu gehen. Dabei waren die Alarmsysteme und die Notausgänge zu überprüfen und außerdem sollten wir ganz zwanglos bei der französischen Zwangsarbeitergruppe in den Maschinenräumen unter dem Rhein nach dem Rechten sehen.

Um diese unterirdischen Räume zu erreichen, musste man erst in eine und dann in eine zweite Druckausgleichskammer, damit einem nicht die Lungen platzten. Wir brauchten immer unser beider ganze Kraft, um die riesigen Eisengriffe an den schweren Stahltüren zu drehen. Steckten wir dann in der Kammer, geriet ich immer in Panik. Magda bekreuzigte sich und bewegte dabei rasch die Lippen. Magda sagte, so von der Erdoberfläche hinuntertransportiert zu werden, sei wie ein Aufenthalt im Fegefeuer. Die heißen Maschinenräume unten mit den hämmernden Turbinen und den zischenden Dampföffnungen wären demnach die Hölle, – nur nicht so schlimm, wegen der freundlichen Franzosen. Sie begrüßten uns gewöhnlich in guter Laune, drängten sich um uns, machten Späße und lachten. Das war anders als am Telefon zu sprechen und Arbeitsaufträge durchzugeben. Hier konnten wir uns wie normale Leute unterhalten, ohne dass jemand mithörte, konnten respektlose Bemerkungen machen und rumalbern. Magda ließ sich von mir dolmetschen und stimmte in die allgemeine Fröhlichkeit ein. Wir fühlten uns beide in der Gesellschaft der Männer sicher und entspannt.

Zwischen unseren Runden zogen wir uns in einen kleinen Raum zurück, der außer ein paar Feldbetten nichts weiter enthielt. Bevor wir uns zur Ruhe ausstreckten, schoben wir eins der Bettgestelle quer vor die Tür, sodass sie von außen nicht zu öffnen war. Wir hatten Angst vor dem Nachtwächter des Werkes, Wachtmeister Wüst. Ihm mussten wir immer Bericht erstatten, und von ihm erhielten wir unsere vervielfältigten Anweisungen für die Nacht. Dann setzte er sich mit uns in die düstere Kantine zum Abendessen, das mit braunem Papier abgedeckt für uns bereitstand. Es gab auch eine Art Getränk dazu, das ironischerweise als Kaffee bezeichnet wurde.

Wüst trank aus der Flasche Bier oder andere nicht zu identifizierende Getränke. Manchmal bot er uns ein Glas an, aber wir lehnten immer ab. Der große, fette Mann war ungepflegt und blickte verschwommen aus blutunterlaufenen Augen. Er war ein Furcht erregender Mann, der ohne Vorwarnung wütend und ausfallend werden konnte. Wir versuchten immer, so schnell wie möglich von ihm wegzukommen. Wir waren froh, dass wir ihn in dieser Nacht nicht mehr hören würden, wenn er erst einmal geräuschvoll an unserer verbarrikadierten Tür vorbeigeschlurft war.

Leider wurde Wüst beim Abendessen oft gesprächig. Wenn er uns gegenüber am Tisch saß, beklagte er sich, dass man ihn ungerechterweise seines früheren Postens enthoben habe, ja dass man ihn zu einem unwichtigen Nachtwächter degradiert hatte. Jemand müsse ihn auf dem Kieker haben, jammerte er. Er frage sich, ob der Führer wohl von diesen veränderten Umständen wisse.

Er sei Wachtmeister in einem Lager in Polen gewesen, erzählte er uns eines Abends. Alles sei bestens gewesen, bis irgendjemand entschied, er sei nun zu alt. „Sie sagten, die Aufgabe sei zu viel für mich", sagte er bitter. Er schüttelte den Kopf und nahm einen Schluck aus seiner Flasche. „Das war kein Arbeitslager, und die Leute dort wurden gar nicht zum Duschen geschickt." Wüst kam mit seinem schwitzenden Gesicht näher und schlug mit den Händen auf den Tisch. „Aber was hatte das mit meinem Alter zu tun?" Dann erhob er sich und schwankte auf unsicheren Füßen über uns. „Was stiert ihr so? Müsst ihr nicht eure Runden machen? Haut ab", schrie er.

Wir gingen nur zu gerne. Beim nächsten Mal ging es nicht ganz so glimpflich ab. Wüst schwankte und schwadronierte schon, als wir ankamen. Er habe ein Gesuch um Rückversetzung auf seinen alten Posten eingereicht, das sei abgelehnt worden, beklagte er sich. Wenn er sich etwas davon versprechen würde, würde er an den Führer schreiben. Doch er bezweifle, dass der den Brief überhaupt in die Hand bekäme. „Er weiß nicht mehr, was los ist, glaubt mir. Ich glaube nicht mal, dass er von den Lagern weiß. Der Führer hält sie wahrscheinlich für Arbeitslager. Aber es sind Schlachthäuser!" Wüst nahm einen kräftigen Schluck aus einer der vor ihm stehenden Flaschen. Dann griff er nach Magdas und meiner Hand und hielt sie fest. „Menschen kann man nicht schlachten, natürlich nicht", sagte er heiser, „aber das dort sind Juden, der Abschaum der Menschheit. Man muss sie alle umbringen, sonst reißen sie noch alles an sich und dann töten sie uns. Man muss sie vernichten mitsamt ihren Kindern. Grade die Kinder! Man muss sie beiseiteschaffen, ja, beiseiteschaffen, egal wohin. Und die Frauen, das sind keine Frauen, bloß Gesindel, alles bloß Lumpenpack."

Ich fühlte Wüsts Fingernägel sich in meine Hand graben und saß versteinert, wie erfroren. Er ließ schließlich los und stand auf. Magda und ich beobachteten, wie er hin- und herpendelnd seinen Weg zur Tür nahm. Er stolperte und blickte noch einmal zu uns herüber. „Die haben gesagt, ich wär' zu alt, ich käme mit der Arbeit nicht mit, aber das ist gelogen." Er spuckte, hustete und schlurfte hinaus. Magda und ich wagten nicht uns anzusehen. Es war, als hätten wir an einem obszönen Akt teilgenommen, und wir schämten uns.

„Lieber Gott", sagte Magda schließlich und bekreuzigte sich. Ich zündete mir mit zitternden Händen eine Zigarette an und zog den Rauch tief in die Lunge, als ob er eine lebensrettende Substanz enthielte. „Ich werde dies betrunkene Schwein melden", kündigte Magda an, „ich will ihn nie wieder sehen!"

Als sie unserem Gruppenleiter erzählte, dass Wüst ständig Bier oder was auch immer trank, meinte er, er tue nicht gut daran, sich in Personaldinge im Werk einzumischen. Doch als wir das nächste Mal hinkamen, erhielten wir unsere schriftlichen Anweisungen von der Wache am Tor. „Ihr seid heute Nacht allein, Mädels. Wüst hat durchgedreht", sagte der Mann lächelnd. Später in der Nacht fragte Magda „Wüst war doch im Delirium, er hatte Halluzinationen, nicht?" Ich nickte, glaubte es aber nicht. Für mich und meine Schicksalsgenossen lauerte gleich unter der dünn übertünchten Oberfläche des täglichen Lebens immer Lebensgefahr. Jeden Augenblick konnte irgendjemandem unsere Gegenwart missfallen und er konnte uns ohne besonderen Grund an einen Ort unaussprechlichen Grauens schleppen lassen. Wir hätten keine Möglichkeit uns zu wehren und höchstwahrscheinlich würde man nie wieder etwas von uns hören.

34. Kapitel

An einem heißen Sonntag Ende August beschlossen Ilse, Kurt und ich, unsere Sorgen zu vergessen und schwimmen zu gehen. Wir trafen uns morgens am Rheinpark und radelten mit den Badeanzügen unter den Kleidern auf den sandigen Wegen oberhalb des Flusses entlang. Für mich wurden Erinnerungen lebendig. Das Strandbad war voll, aber es fehlten die Kinder. Man hatte sie evakuiert. Natürlich waren vor allem Frauen da, aber auch einige Männer, die meisten offensichtlich auf Front- oder Krankenurlaub. Ich sah viele Gesichter mit Narben, verunstaltete Körper, Krücken und Stöcke, wo Glieder hätten sein sollen. Als wir unsere Decke ausbreiteten, zog Kurt, jung und ohne Blessuren, bewundernde Blicke der sonnenbadenden Weiblichkeit um uns herum auf sich. Der Fluss war so voll Leben und Kraft, wie ich ihn in Erinnerung hatte. Ich schwamm oder ließ mich treiben. Genau wie als kleines Mädchen rollte ich mich auf den Rücken und ließ mich vom Wasser mitnehmen.

Plötzlich sprang neben mir jemand ins Wasser und spritzte mich voll. Ein männliches Gesicht tauchte auf. Klatschnasses schwarzes Haar hing über die hohe Stirn und die große Nase. Der junge Mann schüttelte heftig den Kopf, dass die Wassertropfen sprühten. Dabei starrte er mich aus großen blauen Augen ungeniert an und grinste. Er nervte mich und ich wandte mich ab. „Ich bin Günter Marx", sagte er, streckte mir seine nasse rechte Hand entgegen und legte die linke Hand auf meine Schulter, damit wir nicht auseinanderdrifteten.

Diese Vorstellung veranlasste mich Wasser zu treten und zu bleiben. Ilse hatte erwähnt, dass sie den jungen Mann erwartete. Er sei der Sohn des jetzt einzigen jüdischen Arztes in der Stadt, seine Mutter sei arisch. Wie alle anderen halbjüdischen Männer war er von Schule und Militär ausgeschlossen worden. Doch dank der Hilfe seines Vaters habe er wohl mehr Glück gehabt als die meisten von uns, meinte Ilse. „Er arbeitet bei einem früheren Patienten seines Vaters in einer Autowerkstatt, wo sie Militärfahrzeuge instandhalten. Günter hat eine richtige Ausbildung hinter sich. Er hat den Meisterbrief im Kraftfahrzeughandwerk. Doch sein Titel scheint ihn ganz schön eingebildet zu machen." Kurt stimmte dem zu. Günter fahre Motorrad, spiele Tennis mit arischen Mädchen und gehöre einem Fechtclub an. „Der Mann ist ein Angeber, aber er ist auch belesen und kunstverständig. Ich glaube, Hannel wird ihn mögen."

Nach dem Schwimmen gingen wir zu viert in das Terrassencafé über den Badekabinen. Wir nahmen einen Tisch mit Blick auf den Strand und bestellten Bier und Laugenbrezeln, eine Mannheimer Spezialität. Das Bier war ein typisches Kriegsgetränk, dünn und ohne Geschmack. Die Brezeln jedoch schmeckten noch genau wie in meiner Erinnerung. Ich kaufte sie früher immer – gegen den Rat unseres Mädchens

Anna – von dicken Frauen mit großen Schürzen, die ihre Ware an Straßenecken feilboten. Die Brezeln hatten immer noch ihren Glanz und den typischen Geschmack beim Kauen. Beides ist nur zu erreichen, wenn die Brezeln zu einem bestimmten Zeitpunkt während des Backens in Salzlauge getaucht werden.

Wir unterhielten uns zwanglos. Ilse schwatzte von Nachbarn und Kollegen. Kurt und ich erzählten von unserem Gruppenleiter und von Frau Schatz. Wir machten uns lustig über sie, wohl wissend, dass sie uns, wenn sie nur wollten, großen Schaden zufügen konnten. Noch der größte Trottel unter ihnen hatte die Macht, uns jederzeit aus der Bahn zu werfen. Günter sagte nicht allzu viel, aber er lachte, manchmal schneidend, und starrte mich weiter ungeniert an. Ich beschloss, ihn nicht zu mögen. Er war nicht mein Typ. Ich würde ihm, so gut es ging, aus dem Wege gehen.

Mein Badeanzug trocknete nach und nach und klebte an meinem gebräunten Körper. Ich fühlte mich ungemütlich und wünschte mich weit weg von diesem hochmütigen kleinen Beisammensein. Ich sehnte mich nach Oradour zurück, wo ich mit Benni im heißen duftenden Gras gelegen hatte. Er hatte die Arme um mich gelegt, während unsere Freunde ganz in der Nähe waren. Ihre Gesichter tauchten wie Leuchtbilder vor mir auf, aufgereiht am blauen Horizont. Tiefe Melancholie überkam mich und erfüllte mich ganz.

„Hannel, du bist wunderbar braun." Günters Stimme unterbrach meine Gedanken. Er langte über den Tisch und bot mir eine Zigarette an. Ich nahm sie dankbar an und ließ ihn anzünden, wich aber seinen Augen aus. „Ich sage ihr immer, dass sie eine wunderbare Haut hat", sagte Kurt mit Besitzerstolz in der Stimme. Ilse und ich sahen einander an und rollten die Augen himmelwärts. „Männer", sagten wir beide gleichzeitig.

Die Unterhaltung wandte sich körperlichen Attributen und ihrem Fehlen zu. Günter wollte wohl ein Kompliment von uns hören, als er sagte, seine Beine seien zu dünn. „Das kommt vom vielen Studieren", zitierte ich aus einem von Heines satirischen Gedichten. „Du kennst Heine?", rief Günter. „Natürlich", sagte ich. „Heine gehört zu den Lieblingsdichtern meines Vaters. Ich kenne alle seine Gedichte und auch seine Prosa", prahlte ich. „Wirklich? Die beiden haben erzählt, du bist in Spanien aufgewachsen und hast in Frankreich gelebt?" Günter zeigte auf unsere Begleiter. „Na und? Das heißt doch nur, dass ich auch französische und spanische Dichter kenne", antwortete ich etwas von oben herab. „Und wie steht's mit modernen Deutschen? Natürlich nur die vor Hitler", beharrte Günter. Er nannte die Namen Rilke und Bergengrün, die Humoristen Morgenstern, Ringelnatz und Kästner. „Ja, die kenne ich alle", bestätigte ich und nannte noch ein paar weitere.

Auf dem Heimweg deklamierten und rezitierten wir alle vier, während wir nebeneinander durch die meist leeren Straßen radelten. Ilse und Kurt hielten sich an die Klassiker. Günter und ich hatten mehr Spaß an den Satirikern. Beim Wasserturm trennten sich unsere Wege. Günter fuhr mit mir über den Neckar. Er wolle zur späteren Verwendung wissen, wo ich wohne, wie er sich ausdrückte.

Ich freute mich jetzt, mit ihm zusammen zu sein. Ich hörte ihm gerne zu, wenn er leidenschaftlich und kenntnisreich sprach, und zwar nicht nur über Literatur in all ihren Formen, sondern auch über Musik und Malerei. Er sprach die Sprache meines Vaters, ein klares, präzises Deutsch, etwas geschmeidiger durch den Dialekt der gebildeten Mannheimer Bürger und mit einem Schuss jüdischer Selbstironie. Je mehr ich ihm zuhörte, desto mehr war ich fasziniert. Als wir einander endlich gute Nacht sagten, hatten wir in zunehmender Dunkelheit schon über eine Stunde vor dem Haus meiner Tante gestanden und geredet. Inzwischen fühlte ich mich Günter so nahe, dass ich mich nach einer Umarmung sehnte. Stattdessen gaben wir uns recht förmlich die Hand und versprachen, uns bald wieder zu sehen.

Von da an rief Günter mich fast täglich bei der Arbeit an. Wir trafen uns irgendwann im Laufe des Abends, gingen miteinander spazieren oder saßen am Neckar. Günter las Gedichte vor und ich zeichnete die blühenden Kräuter und Gräser um uns herum. Wir machten die blaue Distel zum Symbol unserer Beziehung.

Wenn das Tageslicht schwand, küssten wir uns, sanft und liebevoll. Die Küsse blieben mir die Nacht über und noch den ganzen nächsten Tag im Sinn und ließen mich mehr wünschen. Wir sprachen auch über unser Leben und unsere Familien. Wir entdeckten viele Gemeinsamkeiten, aber es gab auch viele Unterschiede. Ich war als Einzelkind aufgewachsen. Er dagegen hatte zwei Schwestern. Beide lebten verheiratet in Amerika. Die Beziehung zu seinem jähzornigen Vater war immer schwierig gewesen. Zur Familie seiner Mutter, die er als eingeschriebene Mitglieder der NSDAP bezeichnete, bestand kein Kontakt mehr.

Unsere Eltern hatten sich in unterschiedlichen gesellschaftlichen Kreisen bewegt, aber wir entdeckten, dass wir als Kinder häufig dieselben Geburtstagsfeiern besucht hatten. Außerdem gab es unsere jüdischen Großmütter, beide liebevolle, mitfühlende Damen. Beide wurden gleichzeitig zum selben Ort geschleppt. Von seiner Großmutter hatten sie nie wieder etwas gehört. „An dem Tag waren meine Eltern beide im jüdischen Krankenhaus", erzählte mir Günter eines Nachts. „Sie halfen Patienten und Mitarbeitern, die alle an diesem Tag verschickt wurden. Ich war bei der Arbeit. Wir dachten, meine Großmutter sei sicher. Sie lebte schon jahrelang bei uns, seit Großvaters Tod. Ihre Füße waren so verkrüppelt, dass sie keine Schuhe tragen konnte, nur Filzpantoffeln. Doch selbst mit denen konnte sie kaum laufen. Aber die Nazis kamen und trieben sie die Treppe hinunter und durch die Straßen, und ich war nicht da, um ihr zu helfen!"

„Wenn mein Vater mich schlug, weil ich eine schlechte Arbeit oder ein schlechtes Zeugnis heimgebracht hatte, warf sich diese verkrüppelte kleine Frau dazwischen und schrie, er solle aufhören. Und ich war nicht mal in der Nähe, als sie sie holen kamen", sagte Günter mit belegter Stimme.

Wir saßen eine Weile schweigend unter einem dunklen, sternlosen Himmel. Dichte graue Dunstschleier hüllten das gegenüberliegende Ufer ein. Der Fluss lag unter uns, dunkel und fast unbeweglich. Alles war still außer dem gelegentlichen leichten, fast schüchternen Platsch eines Fisches, der wohl im Traum gesprungen war. Wir sanken zurück ins weiche, feuchte Gras und liebten uns. Ich wusste inzwischen, dass ich die große Leidenschaft meines Lebens gefunden hatte und dass nichts mehr wie vorher sein würde.

Meine Tante sagte, sie habe nicht lange gebraucht, um zu merken, dass etwas im Gange war. Sie habe Günter mehrmals vor dem Haus auf mich warten sehen, wenn sie – zufällig, wie sie behauptete – aus dem Fenster sah. Sie wusste, wer er war, und gegen seine Familie sei nichts einzuwenden, ein jüdischer Arzt als Vater und eine lutherische Mutter. Wir passten sehr gut zusammen, und außerdem brauche sie uns nur anzusehen, um zu merken, wie verliebt wir seien.

„Ich freue mich für euch beide", sagte sie lächelnd. „Es ist ein Glück, dass ihr euch gefunden habt. Niemand kann was dagegen haben, wenn ihr zusammen seid, da ihr beide Halbjuden seid. Aber du weißt, wie es ist. Die Leute können sehr gemein sein, besonders wenn sie einem anderen sein Glück neiden. Deshalb denke ich, es wäre besser, wenn ihr beide euch nicht ganz so viel zusammen sehen lasst, und schon gar nicht ausgerechnet hier vor unserer Tür. Ihr solltet euch lieber woanders treffen." Tante Rosel spielte nervös mit den Bernsteinkugeln ihrer Halskette und vermied es, mir in die Augen zu sehen.

Ich konnte sehen, wie sie hin- und hergerissen war zwischen ihrer echten Freude, dass ich einen passenden Freund gefunden hatte, und ihrer wohlbegründeten Angst, das unbedachte Verhalten zweier junger Nicht-Arier könnte zu einer Katastrophe führen.

Ihre Verlegenheit wurde ein paar Tage später noch durch einen Brief vergrößert, in dem meine Mutter ihre Rückkehr nach Mannheim ankündigte. Als Mutter im April ihre Freundin besuchte, hatte sie dort mit alten Bekannten, den Kassels, Kontakt aufgenommen. Die Kassels waren ein wohlhabendes älteres Ehepaar. Ihnen gehörte eine Fabrik im Ruhrgebiet. Sie waren fromme Christen, anglophil und angeblich gegen die Nazis. Bei Kriegsbeginn hatten sie ihr Stadthaus zugesperrt und sich auf ihr ländliches Anwesen zurückgezogen. Sie boten meiner Mutter eine Stelle als Haushälterin, Gesellschaftsdame und Schneiderin an. So war sie von ihrer Freundin aus direkt dorthin gefahren.

Zuerst hatte sie in leuchtenden Farben das hübsche, von schönem Wald umgebene Haus beschrieben und die Freundlichkeit und Großzügigkeit der Kassels gerühmt. Sie nähte Kleider und Anzüge für Frau Kassel, die Stoff ballenweise gelagert hatte. Frau Kassel drängte Mutter, davon auch für sich selbst und für mich etwas zu nehmen.

In letzter Zeit jedoch klangen Mutters Briefe weniger begeistert. Es überraschte mich daher nicht, dass sie gehen wollte. Ich hatte das erwartet. Ich wusste, früher oder später würde Mutter einen Zusammenstoß mit der Köchin oder jemand anderem vom Personal haben. Es würde mit einem kleineren Vorfall beginnen, der Mutters Gefühle verletzte, und schließlich würde sich ein größerer Krach entwickeln. Mutter würde erwarten, dass die Kassels für sie Partei ergreifen. Immerhin kannten sie sich noch aus der Zeit, als Mutter nicht als Angestellte arbeiten musste. Aber trotz ihres Mitgefühls würden sich die Kassels natürlich für den Frieden in ihrem Haushalt entscheiden und ihr altes Personal unterstützen. Sicher erwarteten sie auch eine gewisse Friedfertigkeit und Dankbarkeit von Mutter, weil sie sie unter den gegebenen Umständen in ihr Haus aufgenommen hatten. Wahrscheinlich hörten sie sich ihre Klagen mit kühlem Abstand an, und Mutter fühlte sich tief verletzt.

„Ich fange an, mich hier wie eine Ausgestoßene zu fühlen", hatte sie auf den Rand ihres Briefes gekritzelt. „Ja, natürlich", dachte ich. „Genau das sind wir: Ausgestoßene. Wir mögen es ab und zu für eine Weile vergessen, aber immer wird uns etwas oder jemand daran erinnern."

Am folgenden Sonntag kam der Bruder meiner Mutter, Willi, mit seiner Familie mit der Bahn von Karlsruhe zu Kaffee und Kuchen bei Tante Rosel. Mein Vetter Ernst war auf Urlaub zu Hause. Dies verlangte ein größeres Familientreffen.

Meine Tante war den ganzen Morgen herumgeschwirrt. Sie hatte ein paar echte Kaffeebohnen aus ihrem Geheimversteck geholt und sie in ihrer kupfernen, türkischen Kaffeemühle von Hand gemahlen. Sie backte ihr berühmtes Rosinenbrot und Apfeltorte. Sie ließ mich den Tisch mit dem besten Leinen und Porzellan im offiziellen Speisezimmer oben decken.

Ich hatte diesem Besuch mit gemischten Gefühlen entgegengesehen. Was kannst du schon von nahen Verwandten erwarten, fragte ich mich, von denen du über zehn Jahre lang nichts gesehen und gehört hast?

Onkel Willi sah noch fast genauso aus wie ich ihn von früheren Familientreffen in Erinnerung hatte, ein bisschen rundlicher vielleicht und sehr viel grauer, aber seine dunklen braunen Augen waren immer noch warm und freundlich und verrieten, dass er auch einem Späßchen nicht abgeneigt war. Mein Vetter Ernst, der blonde Junge mit dem lauten Mund und Schorf auf den knubbeligen Knien, hatte sich in einen gut aussehenden, selbstsicheren jungen Mann mit vielen Ehrenzeichen an seiner feldgrauen Uniform verwandelt.

Seine Mutter, die oft kritisierte Else, war immer noch reizlos, ihre legendäre Zunge noch scharf. Während sich jeder an Tante Rosels reich gedecktem Tisch erfreute, machte Else Bemerkungen über die Vorteile, die man doch als Frau eines Arztes genoss, ganz im Gegensatz zu ihr, der Frau eines einfachen Schulmeisters. „Wo würde ich heutzutage wohl echten Kaffee oder Weizenmehl herbekommen, mitten in diesem ekelhaften Krieg?", fragte sie mit schneidender Stimme. Niemand machte sich die Mühe zu antworten. Stattdessen wandte sich Onkel Willi an mich und fragte, wo meine Mutter sei. Ich sagte es ihm. „Unsere kleine Emma", seufzte er. „Was sie für ein Leben führt!"

Else stieß ihn in die Seite und sah ihn mahnend an. „Und was machst du selbst zur Zeit, Hannel?", fragte sie mich mit einem unangenehmen Lächeln auf den Lippen. Ich erzählte ihr, dass ich als technische Zeichnerin und Übersetzerin im Großkraftwerk arbeitete. Sie schien enttäuscht und wandte ihre Aufmerksamkeit ihrem Sohn zu. Missbilligend runzelte sie die Stirn, als er mir eine Zigarette anbot und sie galant anzündete. Sie wurde rot vor Ärger, weil es ihr offensichtlich missfiel, dass er auch eine für sich selbst anzündete. Er lehnte seinen Kopf zurück, blies Ringe in die Luft und lächelte glückselig.

„Seht euch meinen Sohn an", fuhr sie bitter fort, „den hochdekorierten Offizier. Er riskiert sein Leben und den gesunden Menschenverstand seiner Mutter für diese Gangster, denen es gelungen ist, unseren Leuten Sand in die Augen zu streuen. Dafür kämpfen und sterben unsere jungen Männer, für diese Lügner und Kriminellen, die unser Land regieren." Elses Stimme war zum Crescendo angestiegen. Tante Rosel stand schnell vom Tisch auf und schloss die Fenster. „Mutter", sagte Ernst ruhig, „bitte rege dich nicht so auf. Du weißt, dass es nicht so ist. Ich selbst und die anderen Offiziere, wir kämpfen nicht für die Nazis. Wir kämpfen für Deutschland, für die Ehre unseres Vaterlandes. Wir müssen diesen Krieg gewinnen und unseren rechtmäßigen Platz in Europa zurückerobern. Erst danach können wir Hitler loswerden." „Blödsinn", schrie Else. „Wie oft muss ich dir noch sagen, wir können diesen Krieg gegen die ganze Welt nicht gewinnen! Sie sind alle gegen uns! Wenn wir nicht aufwachen und jetzt mit dem Kampf aufhören, werden wir noch alle getötet, alle." Sie sah mich Bestätigung heischend an.

Ich sah zur Seite. Ich wollte mit dieser Diskussion nichts zu tun haben.

Mir fiel ein, dass ich vor Jahren gehört hatte, Else sei eine begeisterte Sozialdemokratin und es mache ihr Freude, Familientreffen mit ihrem radikalen Gerede kaputtzumachen. Nur mein Vater, hieß es damals, unterhalte sich mit ihr und stimme mit ihren Ansichten überein. Da saß sie nun, zehn Jahre älter, lebendig und gesund, und spuckte ungestraft weiter Bosheiten aus. Nicht ein einziges Mal fragte sie nach meinem Vater, wo er war und wie es ihm ging. Zumindest in diesem Punkt hielt sie sich streng an die Taktik der Hitler-Regierung. Sie hatte meinen Vater bequemerweise aus ihrem Gedächtnis gelöscht, als hätte er nie existiert. Ich war wütend.

Am nächsten Tag kam meine Kusine Almut unerwartet nach Hause. Sie hatte als Erntehelferin auf einem Hof gearbeitet. Auf dem Weg zur Universität hatte sie die Fahrt unterbrochen. Sie stand vor mir, immer noch ätherisch hellhäutig und silberblond. Aus klaren blauen Augen, die durch dunkle Brauen und Wimpern noch betont wurden, sah sie mich ernst an. Wir schüttelten uns feierlich die Hände und wussten nicht, was wir nach diesen vielen Jahren zueinander sagen sollten.

Beim Abendessen hörte ich zu, was Almut von den Ereignissen auf dem Hof erzählte. Als sie später erwähnte, sie wolle abends mit ein paar Freundinnen in die Oper gehen, drängte mich meine Tante mitzugehen. Es sei eine seltene Gelegenheit, das ganze Opernensemble zu hören. Wegen des Krieges stünden meist nur wenige Schauspieler zur Verfügung. Oft mussten sich die Mitglieder des Ensembles aufteilen und in andere Städte reisen. Das Theater war oft geschlossen. „Sie geben Verdis ‚Maskenball'. Das ist immer großartig. Es wird dir gefallen, Hannel", sagte meine Tante. Ich schüttelte den Kopf. Ich wollte nicht ins Theater gehen, das so viele Erinnerungen barg. Vor allem aber wollte ich nicht unser Haus auf der anderen Straßenseite sehen.

Schon der Gedanke daran ließ mein Herz heftiger schlagen. Meine Tante berührte leicht meinen Arm. „Du und Almut, ihr könnt zum Seiteneingang reingehen. Du brauchst euer Haus nicht anzusehen", sagte sie. Es freute mich, dass sie meine Gefühle verstand, ohne dass ich sie erklären musste. Ich beschloss, den Versuch zu wagen.

Tatsächlich habe ich A 2, 5 an diesem Abend überhaupt nicht gesehen, auch weckte das Innere des Theaters keinerlei traurige Erinnerungen. Statt der Parkettsitze, die Vater bevorzugte, hatten wir Stehplätze für Studenten, die mir einen völlig anderen Blickwinkel auf das Geschehen gaben. Die Musik war wundervoll, die Stimmen perlend und klar. Ich fühlte mich von der Vorstellung so erhoben, dass ich in der Straßenbahn mit milder Heiterkeit dem Geplauder meiner Kusine und ihrer Freundinnen zuhören konnte, die von dem abwechslungsreichen Leben der örtlichen Sänger und Schauspieler schwärmten.

Almut und ihre Freundinnen gingen über Nacht zu ihren Müttern in den Bunker. Am nächsten Morgen wollten sie zusammen zur Universität fahren. Ich ging in mein Zimmer hinauf, saß am offenen Fenster und starrte lange in die Dunkelheit hinaus. Dabei war das Heulen entfernter Sirenen und das hohle Pop-pop eines einzelnen Flakgeschützes zu hören.

Günter rief am nächsten Morgen an, um mir zu sagen, dass seine Eltern aus ihrem Urlaub in den österreichischen Alpen zurück seien und dass sie mich gerne kennenlernen würden. Könnte ich abends zum Tee kommen? „Bring ein paar von deinen Aquarellen mit und dein Skizzenbuch, das mit den französischen Bauern. Das wird sie beeindrucken", sagte er fröhlich.

Bei dieser Gelegenheit trug ich einen neuen, weißen Leinenanzug, den Mutter auf Frau Kassels Anregung gemacht hatte. Ich wusste, dass ich mit meiner Sommerbräune großartig darin aussah, und die anerkennenden Blicke von Günters Vater entgingen mir nicht. Dr. Marx hatte die gleichen aufdringlichen, strahlend blauen Augen wie sein Sohn. Die Ähnlichkeit zwischen den beiden Männern war fast unheimlich. Wenn man den Vater ansah, so sah man den Sohn in vielen Jahren. Die Mutter war eine stattliche, attraktive Frau. Sie servierte einen eleganten Tee. Die meisten der köstlichen Zutaten habe man aus den Alpen mitgebracht, erklärte sie. Sie pries die Schönheit der Landschaft und die Freundlichkeit der Leute in jenem Teil der Welt.

Ich fühlte mich sehr wohl bei Günters Eltern. Es freute mich, dass ihnen meine Zeichnungen und Aquarelle gefielen. Ich wollte einen guten Eindruck machen. Deshalb unterdrückte ich auch ein Lächeln, als Dr. Marx über meine Familie sprach, meinen berühmten Onkel, sein tragisches Ende, dann Großmutter Emilie erwähnte und sie eine „sehr verwöhnte Frau" nannte.

Meine Großmutter, die ich für ausgesprochen anspruchslos hielt, hatte in Oradour einmal mit Vater darüber gesprochen, dass sie gegen Ende nur noch von einem jüdischen Arzt medizinische Hilfe in Anspruch nehmen durfte. Der einzig verfügbare sei ein Dr. Marx gewesen. Sie hatte ihn als einen „Grobian" in Erinnerung. Offensichtlich waren Arzt und Patientin miteinander nicht so recht klargekommen.

35. Kapitel

Nachdem sich meine Tante tagelang Sorgen gemacht hatte, weil Mutter ihre Stelle verlassen hatte und nach Mannheim zurückkehren wollte, kam sie mit der Idee heraus, wir beide könnten doch in Großmutters Wohnung ziehen. „Deine Großmutter wird vorläufig auf dem Land bleiben müssen", sagte Tante Rosel mit einem tiefen Seufzer, der Erleichterung oder Resignation ausdrücken mochte. „Die Vermieterin mag es nicht, wenn die Wohnung zu lange leer steht, wegen der gegenwärtigen Wohnungsknappheit und überhaupt. Sie ist daher einverstanden, dass du und deine Mutter einziehen, vorausgesetzt, ihr bekommt die nötige Genehmigung von den Behörden."

„Ich gehe gleich morgen in der Mittagspause hin", sagte ich. Mir war klar, wie wichtig diese weitere Genehmigung für uns war. Meine derzeitige berechtigte mich, bei meiner Tante zu wohnen, und teilte mir nur Rationen für Lebensmittel, Zigaretten und persönliche Bedarfsartikel zu. Als eigener Haushalt würden Mutter und ich auch Karten für Feuerholz, Kohle und andere Dinge erhalten, die zum Überleben von Zivilpersonen in Kriegszeiten als notwendig galten, soweit sie verfügbar waren. „Denke daran, ihnen zu erklären, dass du und deine Mutter die Wohnung deiner Großmutter nutzen werdet, während sie mit anderen alten Leuten auf dem Lande bleibt. Das wird ihnen gefallen."

Als ich das schäbige kleine Wohnungsamt betrat, erwartete ich keinerlei Probleme. Ich stellte mich zuversichtlich vor den Schalter und musste an einen der kleinen satirischen Verse denken, die mein Vater gerne zitierte. Da hieß es, alle Deutschen hätten den Ehrgeiz, mit Machtbefugnissen ausgestattet hinter einem Schalter zu sitzen. Doch ihr Schicksal sei es, ständig davor stehen zu müssen.

Ein blasser junger Mann, der einen grünen Sonnenschutz aus Zelluloid auf der Stirn trug und schwarze Ärmelschützer aus Stoff um die Arme hatte, sprang von seinem Stuhl auf und kam eifrig nach vorn. Ich lächelte ihn an. Er überflog meine Papiere und runzelte die Stirn. Dann hinkte er von einer auf die andere Seite schaukelnd schnell in den rückwärtigen Teil des Raumes. Er zog aus einem der Regale einen Aktenordner heraus und blätterte ihn geräuschvoll durch. Als er zu mir zurückhumpelte, war sein Gesicht von Hass verzerrt. „Ich kenne Sie", schrie er, knallte den Ordner auf den Schalter und schlug mit der Hand darauf. „Sie gehören zu den Juden, die da oben auf dem Balkon waren. Die den ganzen Sommer über Grammophon spielten und dauernd feierten und auf uns herabsahen!" Er musste sich am Schalter festhalten, so nahm ihn der Ausbruch mit. „Ich dachte, wir wären euresgleichen nun los", zischte er und Spucke sammelte sich in seinen Mundwinkeln. „Und plötzlich sind Sie wieder da. Warum sind Sie zurückgekommen? Wollen Sie uns wieder auslachen, während Sie unser Blut aussaugen? Haben Sie denn noch nicht genug? Wissen Sie nicht, dass Sie Schädlinge sind, die man von der Erde vertilgen wird?"

Ich stand da und zitterte. Was sollte ich tun? Ich konnte nicht einfach hinausgehen. Ich brauchte diese Genehmigung. Was konnte ich zu diesem Mann sagen, der mich derart hasste? Ich hatte keine Ahnung, wer er überhaupt war. Ich konnte mich an niemanden erinnern, der jemals unter unserem Balkon von oben beleidigt oder ausgelacht worden war. Manchmal zogen Familien von Straßenmusikanten durch. Sie spielten verschiedene Instrumente. Die Männer zogen ihren Hut und sahen erwartungsvoll zu uns hinauf. Meine Mutter warf dann Münzen hinunter, eingewickelt in Zeitungspapier, damit sie nicht hochsprangen. Die Kinder balgten sich um diese jämmerlichen kleinen Päckchen. Ich hatte mich dabei immer höchst ungemütlich gefühlt, es hatte mich nie zum Lachen gereizt. Ich fragte mich, ob dieser Mann vielleicht eines dieser Kinder war. Jemand anderes fiel mir nicht ein.

Als sich hinten im Büro eine Tür öffnete und ein kräftiger, grauhaariger Mann mit bedächtigen, schweren Schritten hereinkam, war ich sicher, dass er kam, um mich zu verhaften. Er beachtete mich jedoch überhaupt nicht. Er sah den jungen Mann ernst an, und dieser hörte ohne weiteren Kommentar mit dem Herumhumpeln auf, setzte sich an die Schreibmaschine und tippte. Der ältere Mann sah dem jüngeren über die Schulter. Schließlich zog er von hinten das Papier schwungvoll aus der Walze, unterschrieb, stempelte und überreichte es mir. „Danke schön", sagte ich, noch immer zitternd. Ich hängte noch ein „Guten Tag" an und eilte aus dem Raum.

Bei meiner Tante erwähnte ich den Vorfall nicht. Ich wollte ihn so schnell wie möglich vergessen. Am nächsten Morgen gingen wir zusammen los, um die Wohnung vor Mutters Ankunft herzurichten. Schon bei früheren Besuchen hatte ich gemerkt, dass die Zimmer angefüllt waren mit den abgenutzten Möbeln, merkwürdigen Bildern und unsinnigem Schnickschnack aus der alten Wohnung der Großeltern. Als ich jetzt genauer hinsah, war ich überwältigt von dem ganzen Durcheinander. Anscheinend hatte meine Großmutter nie irgend etwas weggeworfen.

Auf dem Wohnzimmerboden lagen mehrere abgenutzte Teppiche übereinander. Stapel von altem Zeitungspapier lagen unter den Polstern von Sofa und Stühlen, obendrauf nochmals Kissen und Afghanteppiche. Auch auf dem großen Esstisch lagen auf einer Schicht Zeitungen mehrere Tischdecken übereinander. Aus den Schränken quollen Dosen voll mit Keksen, Schokolade und Marzipan, alles schon grau und schimmelig. Es gab Schachteln mit vergilbtem Schreibpapier, Dutzende von Bleistiften, Garnspulen in allen Regenbogenfarben und Nähnadeln in allen nur vorstellbaren Größen, haufenweise Garn, bündelweise Strick- und Häkelnadeln und Stoffballen. Alles war verschossen, angeschmutzt oder angerostet. Auf den beiden Betten im Schlafzimmer türmten sich Kissen, Keilkissen, Wolldecken und Steppdecken. Zeitungsschichten lagen zwischen Federn und Matratze. Auf dem alten Waschtisch mit Marmorplatte standen zwei Porzellanschüsseln und zwei große Wasserkrüge. Die Krüge waren vollgestopft mit unzähligen umwickelten Büscheln von Großmutters silbergrauem Haar[18].

„Mein Gott", schrie meine Tante, „was denn noch alles? Ich weiß ja, dass die Frau stolz ist auf ihr Haar. Sie erwähnte oft genug, wie lang und dick es war, als sie jung war; und wie wenig es sich verändert habe, selbst als das blonde Haar grau geworden war. Ich wäre aber nie auf die Idee gekom-

---

18 beim Bürsten und Kämmen ausgehendes Haar wurde gesammelt und kunstvoll der Frisur unterlegt, um Fülle vorzutäuschen.

men, dass sie jede Strähne aufhebt. Was hat sie wohl noch alles aufgehoben? Ich habe Angst nachzugucken."

Wir wandten uns beide gleichzeitig den beiden Nachtschränkchen zu und öffneten sie mit einem resoluten Ruck. Drinnen glänzten uns die Porzellannachttöpfe schelmisch entgegen, leer und blitzsauber. Wir sahen uns an und lachten erleichtert.

„Ich bin überrascht, dass nicht wenigstens ein ausgestopfter Imo irgendwo herumsteht", sagte ich, immer noch lachend. Ich meinte einen der vielen Spitze dieses Namens, die die Großeltern im Lauf der Jahre gehabt hatten. Meine Tante schien jedoch diese Bemerkung nicht zu schätzen. Sie sah traurig aus. „Den letzten Imo mussten wir nach Großvaters Tod einschläfern lassen. Der Hund weigerte sich beharrlich, seinen Platz unter Großvaters Bett zu verlassen. Er bellte und schnappte nach jedem, der ihm nahekam. Danach wollte Großmutter keinen Hund mehr. Und jetzt darf ohnehin niemand mehr Hunde haben wegen des Krieges."
„Stimmt, ich habe gar keine mehr gesehen", sagte ich. Dann fügte ich ziemlich unnötigerweise hinzu: „Wegen der Lebensmittelknappheit gab es in Frankreich auch keine Hunde mehr, und in Spanien hat man sie aufgegessen, die Katzen auch." „Oh, Hannele", rief meine Tante und fasste nach meinem Arm.

Küche und Speisekammer waren in leidlich gutem Zustand, abgesehen von den Maden in der Mehldose und dem Belag auf einem Stück Schinken. Wir wussten nicht recht, was wir mit den Eiern machen sollten, die in einem Eimer mit Wasserglaslösung konserviert waren. Wir wollten Mutter diese Entscheidung überlassen. Auch das Badezimmer nahmen wir nicht in Angriff. Es war so vollgestopft mit Schachteln und Koffern, dass man kaum durch die Türe kam. Eine Badewanne fehlte, weil Großmutter ihr wöchentliches Bad bei meiner Tante nahm. Die Tante ging davon aus, dass Mutter und ich diese Praxis beibehalten würden. Für die tägliche Wäsche konnten wir das Steinbecken in der Küche benutzen. Ohnehin hatte die Wohnung kein Heißwassergerät. Wasser musste im Topf auf dem Gasherd erhitzt werden, und Gas gab es nur zu festen Zeiten für wenige Stunden täglich. „Es ist kein Palast, aber ich sehe keinen Grund, warum du und deine Mutter es nicht in ein wirkliches Heim verwandeln solltet", sagte meine Tante.

Wir verbrachten zwei volle Tage mit Saubermachen und dem Sortieren, Bündeln, Verschnüren und Hinuntertragen der Sachen in den Keller. Dann sahen wir befriedigt auf unser Werk. Wir hatten beide das Gefühl, dass wir gute Arbeit geleistet hatten.

Mutter sah es anders. Schon beim ersten Blick in die Wohnung regte sie sich auf. Wie konnte ich bei dem Durcheinander und dem Muff nur behaupten, wir hätten zwei Tage lang gearbeitet und aufgeräumt? Sie sei entsetzt, dass man ihre Mutter so hatte wohnen lassen. Ich wies darauf hin, dass diese Wohnung eigentlich nicht so viel anders war als die alte Wohnung der Großeltern, nur eben viel kleiner. Auf jeden Fall sei sie weit besser als unsere beiden Räume in Oradour. Diese Bemerkung führte noch am Tag von Mutters Heimkehr zum Streit zwischen uns.

Ich hatte mich auf ihre Rückkehr wirklich gefreut. Wir waren nun schon so lange Reisegefährten und hatten so viele gemeinsame Erinnerungen, gute wie schlechte, dass ich sie – auch wenn wir nicht immer einer Meinung gewesen waren – doch sehr vermisst hatte. Ich dachte, es wäre gut, wieder zusammen zu wohnen, besonders wenn wir für uns wären. Jetzt war ich nicht mehr so sicher. Mutter fand noch häufiger als früher Anlass zum Kritisieren. Anscheinend fand sie an allem etwas auszusetzen und war schnell reizbar. Sie sagte, sie sei ständig in Sorge um Vater. Es sei so schrecklich, keinen Kontakt zu ihm zu bekommen und keine Nachricht von ihm zu erhalten, aber mich scheine das gar nicht zu bekümmern. „Natürlich mache ich mir auch Sorgen", sagte ich unter Tränen, aber sie blieb bei ihrer Meinung. Was sie am meisten ärgere sei, dass ich mit Günter ausgehe. Der junge Mann sei völlig unpassend für mich. Sie könne gar nicht verstehen, wieso meine Tante diese neueste Verliebtheit nicht verhindert habe.

„Günter ist sehr kultiviert", erzählte ich hoffnungsvoll. „Er liebt Musik. Du wirst ihn mögen, wenn du ihn erst kennst." „Ich kann warten", gab sie zurück. Bei ihrer ersten Begegnung betrachtete sie ihn sehr misstrauisch, obwohl er ihr mit ausgesuchter Höflichkeit entgegenkam.

Mit Einschränkungen war sie mit Ilse und sogar mit Kurt einverstanden. Sie hatte nichts dagegen, wenn ich mit ihnen ausging, aber sie wollte immer wissen, wohin wir gingen und wann ich heimkommen würde. Das Letztere war verständlich, denn sie bereitete unser Abendessen zu. Doch ersteres empfand ich als unfair, besonders da sie mir nie sagte, wo und wie sie ihre Tage verbrachte. Da sie immer wieder versuchte, meine Freiheit zu beschneiden, hatten wir anfangs oft Streit. Dann lernte ich, Situationen und Diskussionen, die zum Zusammenstoß führen mussten, zu vermeiden. Um zu Hause Frieden zu halten, erzählte ich weniger freimütig von meinen Unternehmungen. So lebten wir in friedlicher Verschwiegenheit nebeneinander her. Anders wären wir wohl mit dem größer werdenden Chaos um uns herum später nicht so gut fertig geworden.

In den silbernen, mondhellen Nächten begannen die Luftangriffe auf unsere Stadt erst richtig. In der Nacht vom 5. auf den 6. September 1943 wurde das Theater getroffen. Kurt erzählte uns am nächsten Morgen, dass ein großer Teil der Quadrate zerstört sei. „Das Theater liegt am Boden und davor ist ein riesiger Krater. Die Schillerstatue ist vom Sockel gestürzt und liegt auf dem Rücken zuoberst auf einem Schuttberg. Schillers Finger zeigt anklagend gen Himmel. Es sieht unwirklich aus", sagte Kurt.

Ich dachte an A 2, 5, wohin ich zwar in meinen Träumen zurückgekehrt war, das ich aber in der Wirklichkeit nicht hatte wiedersehen wollen. Jetzt allerdings, nachdem das

Theater zerbombt war und die Umgebung in Trümmern lag, war das Haus wahrscheinlich auch zerstört. Es schien mir angebracht, mich von seinem Tod zu überzeugen.

Auf den traurigen Anblick vorbereitet, das geliebte Gebäude in Stücke gerissen zu sehen, sein Inneres den Elementen preisgegeben, ging ich zu der vertrauten Stelle. Zu meiner Überraschung stand das Eckhaus unversehrt. Unser Haus war so völlig in das benachbarte Krankenhaus einbezogen, dass ich es fast nicht wiedererkannte. Es war, als sähe ich ein einstmals lebhaftes Aquarell an, über das jemand einen nassen Schwamm gezogen hatte. Das Heim meiner Kindheit war nicht in einer dramatischen Explosion eingestürzt, es war einfach verwischt worden.

Es war ausgeschlossen, sich im Bett noch einmal umzudrehen und Großmutters dicke Federkissen auf die Ohren zu halten, wenn die Sirenen losheulten. Jetzt sprangen wir beim ersten Sirenenton hoch, zogen Schuhe und warme Sachen an, nahmen unseren wertvollsten Besitz, versperrten die Tür und eilten zum Bunker. Mutters schwarze Tasche mit den versteckten Juwelen stand immer griffbereit am Fußende ihres Bettes. Sie enthielt Unterwäsche zum Wechseln, Toilettenartikel, Ausweise, Lebensmittelkarten und all ihr Geld. Ich hatte alles Nötige in einer Handtasche am Bettpfosten hängen und gleich daneben stand mein Farbkasten. Diese Schätze an uns gepresst, rannten wir mit den anderen Frauen die Straße hinunter. Wir hielten uns dabei im Schatten, dicht an den Gebäuden, damit man uns nicht von oben ausmachen und von einem feindlichen Flugzeug auf uns schießen konnte. Schon hörten wir in der Ferne Bomben fallen, während das Pflaster noch von unseren Tritten hallte. Der uniformierte Bunkerwart, ausgerüstet mit Funkgerät und Gasmaske, stand an der Tür des Bunkers, mahnte zur Eile und trieb uns die Treppe hinunter. Nachdem die letzten Nachzügler drin waren, schloss er die Schutzwand.

Bis Mutter und ich zum Bunker kamen, gab es gewöhnlich nur noch Stehplätze. Die Bänke an den Wänden waren dicht besetzt. Die Türen zu den Schlafräumen waren geschlossen. Die Luft war stickig. Die Menschen guckten verschlafen und wie betäubt. Nur gelegentlich versuchte jemand einen Scherz. Einmal rief ein Soldat in Uniform, er könne es kaum abwarten, zurück an die Front zu kommen, er hasse es, ein so hilfloses Ziel zu sein.

Man konnte nie sagen, wie lange wir unten bleiben mussten und was wir beim Hochkommen vorfinden würden – außer dem Geruch. Immer war dieser scharfe, beißende Geruch des Flugabwehrnebels da, vermischt mit dem Gestank von Rauch und Qualm. Irgendetwas brannte immer. Und immer war da dieser üble gelbe Glanz am Horizont entlang. Was hatten sie diesmal getroffen, fragten wir uns, wenn wir müde und missgelaunt nach Hause trotteten.

Nach den Bombenangriffen machte Kurt gewöhnlich die Runde, sah erst bei Günter nach, dann bei Mutter und mir und fuhr dann weiter zu Ilse. Günter wurde als Erster ausgebombt. „Es ist wirklich schlimm", berichtete Kurt. „Fahr hin und sieh nach, ob du helfen kannst. Ich komme auch hin, sobald ich bei Ilse vorbeigeschaut habe."

Trotz Mutters Einwänden machte ich kehrt und fuhr mit den anderen Radlern auf die dicken Rauchsäulen zu, die vom schaurig erhellten Horizont aufstiegen. Sobald wir den Neckar überquert hatten, blies uns am Brückenkopf ein scharfer Wind Asche und Sand ins Gesicht. Ich hielt an und band mir den Schal, den ich um den Kopf geschlungen hatte, vors Gesicht. Dann radelte ich weiter und blinzelte aus verkratzten Augen durch Schwaden von Rauch und Staub. Viele Straßen waren durch Trümmerhaufen blockiert. Zwei Pferde lagen auf einem Haufen Schutt, die aufgedunsenen Bäuche und steifen Beine himmelwärts gerichtet.

Günters Haus lag in Trümmern. Das Treppenhaus, jetzt ein steiniger Abhang, führte zu einer öden Landschaft von Treppenabsätzen und zerfallenen Fluren. Wo das Musikzimmer gewesen war, klaffte ein Loch, durch das man den zerschmetterten Stutzflügel halb von Schutt bedeckt liegen sehen konnte. Dahinter öffnete sich eine Wand wie eine Theaterkulisse. Die Fassade war weggerissen, aber die Erinnerung an das Haus war noch da. Tapetenfetzen flatterten im Wind, zersplitterte Türen hingen noch halb in den Angeln, Heizkörper baumelten an verdrehten Rohren in der Luft, und eine Badewanne hing über dem Abgrund.

Ich traf Günters Mutter und andere bleiche, verwirrte Menschen, die über den Schutt kletterten und nach ihrer Habe suchten. Immer wenn wir etwas Nützliches ausgruben, stapelten wir es auf dem Gehweg, wo schon einiges beisammen stand. Günter war weggegangen, um an seinem Arbeitsplatz ein Fahrzeug zu borgen, mit dem er die Sachen abtransportieren konnte. Sein Vater lief herum und suchte nach Feuerwehrleuten, damit sie die vereinzelten Flammen löschten, die ständig aus den Trümmern herauszüngelten. Er stand etwas entfernt und machte einigen Männern in Uniform Zeichen. Es sah aus, als versuchten diese gerade mit viel Geduld, den an einen Hydranten angeschlossenen Schläuchen Wasser zu entlocken.

Als sie mit ihrer Ausrüstung endlich näher zu uns kamen, war überhaupt kein Druck und kein Wasser mehr da. Man sagte uns, es sei alles am Bahnhof und bei einem nahen Hotel verbraucht worden. Das machte Dr. Marx wütend. Er begann, unvernünftige Befehle zu rufen, und verlor schließlich völlig die Beherrschung, kreischte und schrie Beleidigungen gegen alle und jeden. Ich tauschte ängstliche Blicke mit Kurt, der neben mir arbeitete. Dr. Marx trug nicht den obligatorischen gelben Stern. Vielleicht wusste nicht jeder um uns herum, dass er Jude war. Doch ein so unangebrachtes Spektakel konnte die Polizei auf den Plan rufen, was zweifellos schreckliche Folgen hätte. Zum Glück kamen Herr und Frau Krämer, Freunde der Familie, mit einer Thermoskanne Kaffee und nahmen den guten Doktor auf die Seite. Sie beruhigten ihn etwas und nahmen schließlich ihn und seine Frau mit zu sich nach Hause. Günter kam mit einem ratternden, rauchenden alten Lastwagen an. Kurt und ich halfen ihm, die eindrucksvolle Sammlung zerbeulter, verschmutzter und verkratzter Gegenstände vom Gehweg aufzuladen. Günter sah blass und mitgenommen aus. Bevor er wieder losfuhr, nahm er mich in den Arm und küsste mich. „Danke, Kleines", sagte er.

Im Lauf des Tages rief er mich bei der Arbeit an. Er hatte die ganzen Sachen in einer nahen Dorftankstelle gelagert, die der Familie eines ehemaligen Hausmädchens seiner Eltern gehörte. Seine Eltern blieben bei ihren Freunden, den Krämers, bis ihre Ansprüche geklärt waren. Dann wollten sie an ihren Zufluchtsort in den Alpen zurückkehren. Er selbst würde bei den Krämers wohnen. „Sie freuen sich, wieder einen jungen Mann im Haus zu haben", sagte Günter.

Ich wusste, dass Krämers ihren Sohn im Krieg verloren hatten und dass sie Günter ins Herz geschlossen hatten. Das galt besonders für Ursel, ihre Tochter, die in unserem Alter war. Bevor ich kam, spielten Günter und Ursel zusammen Tennis, gingen ziemlich regelmäßig gemeinsam schwimmen und sahen sich recht häufig. Ursel vermisste ihren Bruder, wie auch Günter seine Schwestern fehlten. Mehr war an dieser Beziehung nicht dran, hatte mir Günter einmal erzählt. Ich war allerdings ziemlich sicher, dass Ursel in ihn verliebt war. Diese neue Wohnlösung sagte mir daher gar nicht zu, besonders da meine Mutter gerne stichelte. „Die Krämers pflegen deinen jungen Mann offensichtlich gut, damit er ihr Schwiegersohn wird, wenn es mit Hitler nur erst vorbei ist", hatte sie mehr als einmal voller Genugtuung gesagt. Ich versuchte ihr zu erklären, wie falsch sie damit liege. Darauf hob sie nur ihre Augenbrauen in der ihr eigenen aufreizenden Art. Da ich innerlich fürchtete, sie könne recht haben, schmollte ich.

Ganz besonders unglücklich war ich an meinem Geburtstag. Ich wurde zweiundzwanzig Jahre alt und fühlte mich von allen verlassen. Günter hatte die Erlaubnis erhalten, seine Eltern in die Berge zu fahren, und war daher nicht in der

Stadt. Mutter lag mit Grippe im Bett. Niemand nahm von meinem großen Tag Notiz.

Ich ging nicht zur Arbeit, da immerhin Allerheiligen war, auch wenn es nicht mehr als Feiertag galt. Ein scharfer Wind schleuderte die kalten Regentropfen gegen die Fensterscheiben und jagte tote Blätter über das nasse Pflaster. Ich entschloss mich zu einem Spaziergang und erging mich in Selbstgesprächen und Selbstmitleid. Es zog mich zum Friedhof. Vielleicht, dachte ich romantisch, würde ich bei den Gräbern meiner Vorfahren eine Verbindung zu meiner Vergangenheit finden, dadurch meine Gegenwart festigen und meine Zukunft auf eine festere Grundlage stellen. Ich schlurfte eine ganze Weile durch die nassen Blätter, bis ich die hübsch eingefasste Parzelle fand, die Großmutter Käthe immer so liebevoll mit Maßliebchen und Vergissmeinnicht bepflanzt hatte. Nun lag sie braun und kahl im Regen, aber die Namen auf den Grabsteinen blickten mich vertraut und beruhigend an. Die Tür zum Mausoleum war nicht abgeschlossen. Die Nischen, wo die Urnen von Vaters Familie gestanden hatten, waren leer. Ihre Urnen hatte man, wie auch alle anderen mit Überresten von Juden, entfernt. Die rassische Reinheit der versammelten Aschetöpfe war gewahrt!

Der Weg zurück zum Friedhofstor führte durch eine Allee winterkahler Bäume. Krähenschwärme hockten auf den nackten Zweigen. Als ich näher kam, flogen sie mit kräftigen Flügelschlägen und heiserem Krächzen auf. Sie schienen mir ein Abbild meiner düsteren Gedanken und des Durcheinanders in meinen Gefühlen zu sein.

36. Kapitel

An Heiligabend kam Günter nach längerer Abwesenheit zurück. In einer alten Lederaktentasche brachte er eine große geräucherte Wurst, ein Töpfchen Kräuterkäse und mehrere

Flaschen mit kristallklarem Pfirsichbranntwein. Er übergab alles mit den besten Empfehlungen seiner Eltern. Unsere eigenen Rationen waren für die Feiertage erhöht worden. Wir hatten zusätzlich ein Stückchen Butter bekommen, einen Dreieckskäse, ein Päckchen Dörrobst und einen Becher Kunsthonig. Mutter war es gelungen, daraus eine Art Kekse zu backen. Das Beste war, dass die Fenster repariert worden waren. Sie waren zerbrochen, als eine als Blindgänger am Neckar heruntergefallene Bombe später doch noch explodierte. Auch Feuerholz hatten wir erhalten. In einer Schublade fanden wir Stummel von Weihnachtskerzen, noch in ihren Haltern. Wir verteilten sie im ganzen Zimmer, sodass es bei uns gemütlich und festlich aussah.

Nach unserem Mahl nahmen Günter und ich rotes Seidenpapier aus Großmutters reichhaltigem Sammelsurium und rollten uns Zigaretten. Den Tabak hatten mir die französischen Arbeiter im Werk geschenkt. Wir rauchten und lasen, rezitierten Gedichte und versuchten uns auch selbst am Dichten. Dazu tranken wir reichlich Pfirsichbranntwein. Im Lauf des Abends taute Mutter langsam auf. Als sie sich ins Schlafzimmer zurückzog, lächelte sie Günter doch tatsächlich zu! Er hatte ihr erzählt, dass er einen Stapel Musikplatten mit amerikanischem Swing habe. Er hatte sie Ursel ausgeliehen, bevor sein Elternhaus ausgebombt wurde. Er werde sie nächstes Mal mitbringen und wir könnten sie auf Großmutters alter Victrola abspielen.

Von da an kam Günter fast jeden Abend. Er teilte mit Mutter und mir den Inhalt der elterlichen Pakete und den Rest seines Branntweinvorrates. Wir beide tanzten zu seinen amerikanischen Platten, reimten, zeichneten und malten Aquarelle. In diesen bewölkten, schneereichen Winternächten brauchten wir keine Angst vor Fliegerangriffen zu haben. Wir schlossen uns von der Außenwelt ab und waren einfach nur glücklich zusammen.

Eines Nachts schneite es besonders stark. Mutter schlief schon fest. Günter entschloss sich, über Nacht zu bleiben.

Wir schliefen Arm in Arm auf dem großen alten Sofa ein. Ein aufdringliches Klingeln an der Tür, wie ein anhaltender Schrei, ließ uns hochfahren. Ich sah Günter in Panik an. „Gestapo", flüsterte ich und sagte, er solle sich rasch hinter dem voluminösen Plüschvorhang an der Balkontür verstecken. Dann rannte ich an die Tür, um nachzusehen, wer diesen Spektakel veranstaltete.

Es war Ursel. Ich hatte sie einmal kurz gesehen, als ich Günter nach der Arbeit in der Stadt traf. Damals stand sie mit ihrem Fahrrad neben ihm, starrte mich unwirsch an, zuckte mit den Schultern und radelte weiter, bevor Günter mich vorstellen konnte. Jetzt schien sie ganz aus dem Häuschen vor Angst. „Ist Günter hier?", rief sie. Sie versuchte mich wegzuschieben und ins Wohnzimmer zu laufen. „Was ist denn los?", fragte ich. Doch bevor sie antworten konnte, kam Günter in die Diele. „Hannel", sagte er, „geh wieder schlafen. Ich mach' das schon."

Mutter und ich stießen auf dem Weg ins Wohnzimmer zusammen. „Was ist los?", fragte sie. Dann hörten wir die Haustür zuschlagen. Günter kam herein. Er sah erregt aus. Er bot Mutter und mir eine Zigarette an und qualmte selbst auch eine. „Es ist jetzt alles in Ordnung", sagte er. „Das Mädel geriet in Panik, weil ich nicht heimkam." Meine Mutter tat, als unterdrücke sie ein Lachen. „Ich weiß, was Sie denken, Frau Steiner", sagte Günter. „Aber glauben Sie mir, ich hatte überhaupt keine Ahnung, wie sie für mich empfindet. Ich werde umziehen müssen." „Du kannst hier auf dem Sofa schlafen", rief ich glücklich. „Ich glaube nicht", sagte Mutter und sah uns scharf an.

Günter erhielt einen Schlafplatz an seiner Arbeitsstelle. Alle seine Sachen brachte er zu uns. Wenn ich abends von der Arbeit kam, war er schon da. Er saß im Wohnzimmer, rauchte und unterhielt sich mit Mutter über klassische Musik oder er stand mit ihr in der Küche und gab Ratschläge, wie aus den wenigen zur Verfügung stehenden Vorräten eine Mahlzeit zu zaubern sei. Immerzu blubberten seine

Arbeitsanzüge in einem Topf mit Seifenlauge auf dem Gasherd und die ganze Wohnung stank nach Maschinenöl. „Du hast meine Mutter wirklich großartig rumgekriegt", sagte ich einmal anerkennend. Er lächelte sein selbstzufriedenes Lächeln und küsste meine Hand.

Im Februar wurde Günter mit anderen halbjüdischen Männern erneut eingezogen, allerdings nicht zur Armee, sondern in eine paramilitärische Einheit, die Straßen und Brücken baute, Bombenschäden reparierte und den Fahrzeugpark instandhielt. Da Günter schon Fahrzeuge für das Militär reparierte, durfte er bei seinem Chef bleiben. Doch er erhielt eine braune Uniform, hohe Lederstiefel, Gürtel und ein flottes Käppi. Es gab keine Armbinde oder andere Abzeichen dazu. Wenn man ihn sah, konnte man nicht erkennen, wo er hingehörte. Doch ihn in Uniform zu sehen, hatte auf unsere Nachbarn eine beruhigende Wirkung. Sie hatten begonnen, sich seinetwegen Fragen zu stellen. Auf meine Mutter wirkte die Uniform jedoch keineswegs beruhigend. Sie fühlte sich wieder gezwungen, davor zu warnen, was alles passieren könne, wenn ein Mann erst einmal in einer Uniform steckt. Diesmal stimmten ihr alle Beteiligten zu. Jederzeit konnte etwas Schreckliches passieren.

Dieses Gefühl unmittelbar drohenden Unheils band Günter und mich noch fester zusammen. Wir wollten nicht mehr ohne den anderen sein. Wir liebten uns zu sehr. Wenn die Zeiten anders wären, wenn wir in einer normalen Gesellschaft lebten, würden wir heiraten, sagten wir. Doch das sei offensichtlich nicht möglich. Da wir so viel Zeit wie möglich zusammen verbringen wollten, würden wir einfach zusammen leben. Günter trieb irgendwo zwei dünne goldene Armbänder auf. Eines Nachts, als Mutter sich zurückgezogen hatte, legten wir sie feierlich jeweils um den Knöchel des anderen. Dann verlötete Günter den Verschluss und wir versprachen einander, sie niemals abzunehmen. Meine Mutter regte sich auf, als sie das Fußband gewahrte und fragte sich laut, ob ich nun komplett verrückt geworden sei.

„Wenn dein Vater hier wäre, würde er dem ganzen Unsinn ein Ende setzen", rief sie.

Günter schrieb auch seinen Eltern von unserer vertieften Beziehung und erzählte ihnen, er plane bei mir einzuziehen, sobald wir uns mit meiner Mutter geeinigt hätten. Seine Eltern antworteten sofort. Sie waren entsetzt. Seine Mutter schrieb, der Vater sei wütend. Sein Vater schrieb, die Mutter sei außer sich. Beide Eltern zeigten sich auch von meinem Verhalten überrascht. Sie kündigten ihr Kommen an, um uns den Kopf zurechtzusetzen. Wenn wir uns so sehr liebten, dass wir zusammen leben wollten, dann sollten wir heiraten. Das sei das einzig Vernünftige, erklärten sie. Sie hatten die Sache überprüft und man hatte ihnen gesagt, dass es kein Gesetz gegen unsere Heirat gebe. Da wir beide zu fünfzig Prozent jüdisch seien, beide über unsere Väter, würde unsere Verbindung die deutsche Rasse nicht schädigen. Wir könnten eine Heiratsbescheinigung bekommen.

„Siehst du, Tante Rosel hat gleich gewusst, dass Günter und ich prima zusammenpassen". Ich kicherte. Doch Mutter fand es überhaupt nicht lustig. „Was für eine Katastrophe", stöhnte sie, „es ist noch schlimmer als damals, als du dich Hals über Kopf in Benni verliebt hast. Seine Mutter ist wenigstens nicht über uns hergefallen, um uns zu sagen, was wir zu tun hätten." Es gefiel mir nicht, dass sie Benni erwähnte, und ich rannte aus dem Haus. In der Hoffnung auf Mitgefühl wollte ich meiner Tante die letzten Ereignisse erzählen. Tante Rosel freute sich zu hören, dass Günter und ich vielleicht heiraten würden. Sie sagte, sie freue sich für mich, denn eine Heirat bringe der Frau Sicherheit. Dann sah sie mich besorgt an.

„Hat deine Mutter mit dir darüber gesprochen, was es bedeutet, verheiratet zu sein?", fragte sie. Ich wusste nicht, was ich darauf antworten sollte, und meine Tante nickte bedächtig mit dem Kopf. „Also nicht, das dachte ich mir schon. Komm, wir setzen uns und trinken einen Kaffee." Nach dem üblichen Ritual, die echten Bohnen hinter dem Ersatzkaffee hervorzuholen, sie zu mahlen und sie mit ihrer Spezialmethode aufzubrühen, saßen wir uns schließlich am Tisch gegenüber. Sie rührte nachdenklich in ihrer Tasse und knabberte an einem Keks, bevor sie ernsthaft über Sex zu sprechen begann. Das Wort selbst erwähnte sie nicht, doch es gelang ihr, das desillusionierende Bild einer freundlichen und pflichtbewussten, aber nie erwachten Frau zu zeichnen, die nichts von Liebe wusste. Ich war gerührt, dass ihre Zuneigung für mich ihr eingab, mich auf einige lästige Pflichten einer Ehefrau hinweisen zu müssen. Was würde sie nur von mir denken, fragte ich mich, wenn sie wüsste, wie ich mich mit Freude beteiligt hatte an dem, was sie „etwas, das ein Mann zu brauchen scheint" nannte oder auch „etwas, worauf ein Ehemann Anspruch hat". Als sie mich küsste und mir Glück wünschte, hielt ich sie ganz fest und wünschte mir, eines Tages etwas wirklich Liebes für sie tun zu können.

Nach ihrer Rückkehr wohnten Günters Eltern bei ihren Freunden am anderen Ende der Stadt, aber wenn ich von der Arbeit heimkam, waren sie meistens bei uns. Dr. Marx war Mutter gegenüber sehr freundlich, auch sehr höflich, doch es hörte sich immer an, als tätschele er ihren Kopf. Auch Günters Mutter wurde etwas herrschsüchtig. Sie regelte einfach alles. Sie holte im Rathaus die nötigen Papiere und fand sogar einen lutherischen Pfarrer, der bereit war, die Trauung in seiner Kirche zu vollziehen. „Eine kirchliche Hochzeit?", rief Mutter. „Erst freie Liebe und nun eine Trauung in der Kirche? Ist das nicht ein bisschen lächerlich?"

Günter erklärte, wir würden uns nach seiner Mutter richten, die all dies bei beiden Töchtern vermisst habe. „Es bedeutet ihr so viel", sagte er beschwichtigend. Meine Mutter war nicht besänftigt. „Alles bloß Zirkus", sagte sie streitlustig. „Es macht mich krank. Ich weiß nicht, ob ich das alles durchstehen kann."

Als der große Tag schließlich herankam, war jedoch ich diejenige, die flachlag. Mit einer scheußlichen Migräne lag ich auf dem Sofa im Wohnzimmer. Mein Kopf war in enge

Stahlbänder gepresst und glühende Schürhaken fuhren mir in Augen und Ohren. Schattenhafte Gestalten, ein schmächtiger Bräutigam, blasse, wackelige Mütter und ein besorgter Doktor-Vater kamen und gingen. „Hier, trink das! Und erbrich's nicht wieder", sagte jemand. Gehorsam schluckte ich den extrem bitteren, ganz heißen Kaffee und eine große Tablette. Ich war auf meinen sofortigen Tod gefasst. Stattdessen ging der Schmerz weg, verstohlen, wie eine Katze sich wegschleicht, und ich fühlte mich federleicht und glücklich.

Günter und ich gingen zuerst mit unseren Müttern zum Rathaus, wo ein verblüffter Angestellter eine Heiratsurkunde ausstellte. Dann gingen wir in eine kalte, leere Kirche, wo ein Pastor eine Predigt zu Sprüche 31, 18–28 hielt. Obwohl er offensichtlich diese Predigt schon oft gehalten hatte, fühlte ich mich von dem Text merkwürdig bewegt. Ich nahm mir vor, ihn immer im Gedächtnis zu behalten.

In der Wohnung erwartete uns Dr. Marx mit einer Flasche Pfirsichbranntwein, einem Kuchen meiner Tante und anderen Delikatessen, die unsere Eltern irgendwie aufgetrieben hatten. Man ließ Günter und mich hochleben und feierte uns. Anschließend fuhren wir mit der Bahn nach Heidelberg ins Hotel *Stiftsmühle*.

Es war der Samstag vor Ostern und wir hatten zwei ganze Tage für unsere Hochzeitsreise. Wir hatten ein hübsches, altmodisches, kleines Zimmer mit Holzbalkon und Blick auf den Neckar. Eine Weile saßen wir Händchen haltend da, unterhielten uns und beobachteten, wie der Abendnebel in das Tal wogte und um uns her hochstieg, bis wir schließlich außer der roten Glut unserer Zigaretten nichts mehr sahen. In der Nacht lag ich viele Stunden im Dunkeln wach, eng gehalten. Ich fühlte mich wunderbar glücklich und beschützt. Gleichzeitig fühlte ich Besorgnis.

Am Ostermorgen stieg die Sonne von dichtem Nebel verhüllt auf. Die Kirchenglocken hallten durch das Tal und über die Berge. Wir blieben in unserem Zimmer, bis uns der Hunger zu einem späten Mittagessen in den großen Speisesaal hinuntergehen hieß. Der Raum war voll von ruhigen Paaren mittleren Alters, farblose Frauen in nüchternen Kleidern und grauhaarige Herren in Offiziersuniformen. Ich in meiner auffälligen Pelzjacke und Günter in seinem geheimnisvollen, paramilitärischen Aufzug zogen neugierige Blicke und diskretes Geflüster auf uns. Als irgendwie bekannt wurde, dass wir Flitterwöchner seien, lächelten alle. Den Rest des Tages und die Nacht blieben wir zurückgezogen in unserem Zimmerchen. Auf dem Bett liegend las Günter aus Goethes Faust vor, erst den Osterspaziergang und dann anderes. Er sprach den Mephistopheles sehr gut, und mir machte es Freude, die Martha zu lesen. Gretchen war mir zu naiv, zu sehr Opfer.

Wir erwachten bei hellem Sonnenschein. Glitzernde Diamanten tanzten unten auf dem Fluss, glänzendes Gold flutete in unser Zimmer und erfüllte uns mit unbändiger Freude. Wir gingen in die Stadt und hielten an einem Buchladen, wo wir einen kleinen Gedichtband von Rilke kauften. Alle anderen Läden waren geschlossen. So ließen wir bald das Kopfsteinpflaster hinter uns und stiegen den Hang hinauf. Auf einer von der Sonne verwöhnten Hochfläche war ein kleiner Weinberg. Die Weinstöcke begannen gerade zu knospen. Dutzende von Schnecken mit ihren hübsch gestreiften Schneckenhäusern auf dem Buckel glitten lautlos über den warmen Boden. Ihre empfindlichen Fühler waren ständig in Bewegung. In glückseliger Unkenntnis unserer Anwesenheit befanden sich die kleinen Tierchen in völliger Harmonie mit ihrer Umgebung.

„Schau nur", rief Günter, „die ergeben eine delikate Mahlzeit, klein gehackt und gebraten und mit etwas Petersilie. Deine Mutter wird sich freuen, wenn wir ihr ein paar mitbringen." Ich hatte keine Lust. „Wir hielten Schnecken bei uns in der Küche wie Haustiere. Wir wollten sie nicht essen", sagte ich. Doch Günter sammelte die Tierchen schon eifrig ein. Er hatte das neue Buch aus der Papiertüte genommen und tat stattdessen die Schnecken hinein. Bei der kleinsten Berührung zogen sie sich netterweise in ihr Häuschen zurück und blieben völlig leblos. Wir prüften ein paar Mal nach und abends vor dem Schlafengehen vergewisserten wir uns, dass die Tüte fest zu war.

Am nächsten Morgen mussten wir früh aufstehen, um den Zug nach Mannheim und in die Realität zurück zu erreichen. Wie erbeten klopfte in der Morgendämmerung ein Mädchen an unsere Tür. Ich öffnete unwillig die Augen und sah als Erstes eine Schnecke den Spiegel über unserer Kommode hochkriechen. Dann sah ich sie alle an der Kommode hinauf- und herunterkriechen, ebenso an Fenster und Stühlen. Sie hinterließen Spuren von glänzendem, klebrigen Schleim. Günter und ich beeilten uns, sie alle zurück in die Tüte zu bugsieren. Aber es blieb keine Zeit, hinter ihnen sauber zu machen. Wir verließen eilig das Haus, fest entschlossen, uns hier nie wieder blicken zu lassen. Während der Arbeit hatte Günter die Tüte sicher in seinem Handkoffer verstaut. Am Abend verwandelten er und Mutter die Schnecken in eine Mahlzeit, die beide als köstlich bezeichneten. Ich glaubte ihrem Wort.

In den nächsten Tagen machten im Büro alle einen Riesenwirbel, weil ich verheiratet war und sie mich nicht mehr mit meinem Mädchennamen rufen konnten. Auch in der Nachbarschaft machte die Nachricht fast über Nacht die Runde. Ohne dass ich irgendjemandem etwas gesagt hatte, sprachen mich die Ladenbesitzer mit dem neuen Namen an und behandelten mich, als hätte ich plötzlich an Status gewonnen. Für mich war das höchst überraschend, besonders da mein neuer Name entschieden jüdischer klang als der alte.

Aufgrund unserer neuen Legitimität besuchten Günter und ich eines Abends meine Tante. Wir achteten darauf, dass wir nicht beobachtet wurden. Tante Rosel freute sich, die „Jungvermählten" willkommen zu heißen. Es freute sie zu hören, dass wir am folgenden Sonntag meine Großmutter besuchen wollten. „Großmutter wird so glücklich sein.

Wenn sie das nächste Mal von der Post im Dorf aus anruft, werde ich ihr sagen, dass sie nach euch beiden Ausschau halten soll", sagte Tante Rosel mit warmem Lächeln. Dann, mit einem vorsichtigen Blick zum offenen Fenster, fügte sie hinzu „Seht euch vor, was ihr in Gegenwart von Frau Hubbel sagt. Ihr wisst schon, das ist die Mutter meiner Freundin. Sie und Großmutter scheinen nicht so gut miteinander auszukommen, wie wir gehofft hatten."

Am Sonntag nahmen Günter und ich den Zug vom Vorortbahnhof zu Großmutters Dorf. Sie hatte neben den Gleisen auf uns gewartet. Sie umarmte mich und küsste mich auf die Stirn. Bevor sie danach Günter umarmte, hielt sie ihn erst auf Armeslänge von sich und musterte ihn. „Was für eine Uniform trägst du da?", fragte sie. Er erklärte es ihr. Sie schüttelte erschrocken den Kopf. „Es scheint nicht recht, nicht wahr?" war alles, was sie sagte.

Großmutter führte uns eine unbefestigte Straße entlang zu einem großen Haus mit ein paar Bäumen dahinter. Sie öffnete die schwere, grün gestrichene Tür. Wir folgten ihr durch das hölzerne Treppenhaus in ein großes, helles Zimmer mit Fenstern an drei Seiten. Von dort sah man über gerade bestellte Felder, frische grüne Wiesen und knospende Obstbäume. Wir drei saßen auf bequemen Korbstühlen neben dem großen Federbett im Alkoven und plauderten freundschaftlich. Großmutter sagte, sie sei glücklich, dass Günter und ich in unserer Kirche mit Gottes Segen geheiratet hatten. „Damit ist es in Ordnung", sagte sie, „auch wenn der Pastor nicht gerade großartig ist. Die heutzutage noch zu Hause sind, sind entweder zu alt oder zu neu, um viel nütze zu sein."

Der Dorfpastor gehöre zu den neuen, erzählte sie. Er sei mehr an Politik als an Gott interessiert, aber die Bauern mochten ihn. Sie merkten den Unterschied nicht. „Auch Frau Hubbel hält große Stücke auf ihn", Großmutter lächelte uns vielsagend an. Wie aufs Stichwort kam in diesem Moment ein kleines, zerbrechliches Frauchen mit vogelähnlichen Augen ins Zimmer. Ihr folgte ein junges Mädchen mit einem großen Tablett. Das Mädchen stellte die Kaffeesachen auf den Tisch und ging wieder.

Nach der gegenseitigen Vorstellung saßen wir alle um den Tisch und Frau Hubbel erzählte uns, wie sie sich immer auf die Mahlzeiten in Großmutters schönem großen Zimmer freue. Ihr eigenes Zimmer, teilte sie uns mit, war klein und hatte nur ein Fenster und das ging aufs Hühnerhaus hinaus. Der Nachmittagskaffee sei ihre Lieblingsmahlzeit, obwohl es sich natürlich um Ersatzkaffee handelte und die Streusel auf dem Streuselkuchen mit Schweineschmalz statt Butter gebacken waren. Doch dies sei ein kleiner Preis für einen deutschen Sieg, sagte sie und sah Günter und mich scharf an. Sie würde gerne all ihre Bequemlichkeit für das Wohl des Führers und des christlichen deutschen Volkes opfern.

Nach dieser kleinen Rede wandte sie ihre Aufmerksamkeit in nachdenklichem Schweigen dem Kuchenkauen und dem Kaffeetrinken zu. Dabei spitzte sie zierlich die Lippen und spreizte den kleinen Finger ab. An unserer Unterhaltung zeigte sie kein Interesse. Diese drehte sich um die Kunst, Blumen zu pressen, Obstkuchen zu backen und um die Sachen in Großmutters Wohnung. Schließlich entschuldigte sie sich, sie müsse noch Briefe schreiben. Bevor sie das Zimmer verließ, erinnerte sie uns daran, dass heute zum Sonntagabend nur ein einziger Zug das Dorf verließ. „Die Kinder wissen das", sagte meine Großmutter, vielleicht eine Spur zu überheblich. Frau Hubbel sah verlegen aus.

Im Zug nach Hause saßen nur wenige Passagiere. Günter und ich fanden zwei Fenstersitze im Raucherwagen. Wir hatten einen hübschen Besuch hinter uns und fühlten uns glücklich und entspannt. Als der Zug kurz vor der nächsten Station unerwartet anhielt, dachten wir an nichts Böses, bis wir zwei Militärpolizisten langsam den Gang herunterkommen sahen. Neben uns blieben sie stehen. Von oben herab verlangten sie unsere Papiere. Mein Ausweis wurde mir gleich zurückgegeben, Günters behielten sie ein. „Warum sind Sie nicht bei Ihrer Einheit?", bellte der eine Polizist. Günters Erklärung genügte ihm nicht. Sie mussten seine Aussagen im Büro überprüfen. Er musste mitkommen. Ich müsse weiterfahren und solle ja nicht die Arbeit am nächsten Morgen verpassen, sagten sie. Als sie Günter aus dem Zug führten, wandten die anderen Passagiere die Augen ab.

„Ruf in der Werkstatt an, sobald du zurück bist", rief Günter über die Schulter, „und sage ihnen, dass ich morgen früh vielleicht nicht kommen kann." Ich nickte und biss auf meine Lippe, um nicht zu heulen.

Bei der Tante angekommen, wo ich gleich Günters Chef anrufen wollte, stellte sich heraus, dass es Frau Hubbel gewesen war, die uns die Polizei hinterhergeschickt hatte. Sie war keineswegs zum Briefeschreiben gegangen, sondern von Großmutters Kaffeetisch direkt zur Polizei. Dort erzählte sie, dass ein nicht-arischer junger Mann in einer merkwürdigen Uniform im Zug sein werde und dass sie mal nachforschen sollten. Später plauderte sie bei Großmutter alles aus, die ihrerseits meine Tante anrief und sie dringend bat, etwas zu unternehmen. „Was konnte ich tun? Was kann irgendjemand tun angesichts solcher Garstigkeit?", fragte meine Tante und fuhr sich über die Augen.

Meine Mutter zeigte kein Mitgefühl, als sie erfuhr, was geschehen war. Sie wusste, dass wir zu Schaden kommen würden. Günter und ich seien so miteinander beschäftigt, dass wir außer uns selbst nichts wahrnähmen. Wir seien blind für Gefahren. „Ihr fiedelt während Rom brennt", schrie sie, „und eines Tages wird euch keiner mehr helfen können." Ich wusste, dass sie recht hatte. Viel zu häufig hatte ich leidenschaftlichen Gefühlen Vorrang vor Sicherheit gegeben. In Günter hatte ich einen Seelenverwandten gefunden, einen Partner in Sorglosigkeit. Ich musste mich ändern. Ich fühlte mich schuldig, wenn ich Mutter so erregt sah, besonders jetzt, wo wir sie aus ihrem eigenen Bett vertrieben hatten. Günter und ich hatten auf dem Sofa im Wohnzimmer schlafen wollen. Aber Mutter sagte, sie ziehe das Alleinsein im Mädchenzimmer unter dem Dach ihrer Schwester dem Zusammensein mit einem liebestollen Paar vor. Obwohl ich allein heimgekommen war, bestand sie darauf hinüberzugehen.

Tatsächlich kam Günter mitten in der Nacht nach Hause. Vom Zug aus hatte man ihn in ein Büro gebracht. Dort habe es noch mehr Fragen und Papierkram gegeben, sagte er. Er werde am nächsten Morgen zu einer Instandhaltungseinheit nach Frankreich geschickt. „Als ich ihnen erzählte, dass ich seit zwei Wochen verheiratet bin, lachten sie und ließen mich für die Nacht nach Hause gehen. Haben wir da nicht Glück gehabt?", fragte er und nahm mich in seine Arme. Ich nickte glückselig. Zu sagen gab es nichts.

Draußen vor dem offenen Fenster war der Himmel dunkel und sternenlos. Es würde keinen Luftangriff geben. Der Gedanke an das „brennende Rom" konnte gefahrlos bis zur Morgendämmerung aufgeschoben werden.

37. Kapitel

Der April 1944 ging unmerklich in den Mai über, den Wonnemonat der deutschen Romantiker. Das Leben wurde fast unerträglich. Die Sommerzeit war um noch eine weitere Stunde verlängert worden. Damit dauerte der Arbeitstag von der frühen Morgendämmerung bis nach Einbruch der Dunkelheit. In den durch wiederholte Luftangriffe zerrissenen Nächten rannten die Menschen um ihr Leben, hin und her zwischen Bett und Bunker. Meine Kollegen und ich kamen oft verschlafen und auf wackligen Beinen zur Arbeit. Sarkastisch sagten wir zueinander, wir müssten halt schneller schlafen lernen.

Ich fühlte mich immer hungrig und erschöpft, und ich vermisste Günter schrecklich. Seine langen Liebesbriefe waren nur ein kleiner Trost. Er war nach Belgien geschickt worden und berichtete, es gehe ihm gut, er habe Freunde unter den belgischen Zwangsarbeitern, er lerne flämisch und lasse sich einen Schnurrbart wachsen, schrieb er. Zwischen den Zeilen las ich, dass er in den Untergrund gehen würde, sobald ihm der Zeitpunkt richtig schien. Trotzdem war es ein fürchterlicher Schock, einen meiner Briefe mit dem Vermerk „unzustellbar zurück" im Briefkasten zu finden, nachdem ich tagelang vergeblich auf einen Brief von ihm gewartet hatte.

Dann war es Juni. Ich war gerade vom Mittagessen auf dem Dach mit Kurt und Magda zurückgekommen, als das Telefon in der Kabine klingelte. Frau Teller war drangegangen. Sie versuchte, ruhig zu klingen. „Diesen Morgen sind sie gelandet", flüsterte sie heiser. „Die Amerikaner sind an der Küste der Normandie gelandet." Ich musste mich hinsetzen und warten, bis meine Knie aufhörten zu zittern. Dann machte ich Kurt Zeichen, mir aus dem Büro zu folgen. Im Kellerflur erzählte Frau Teller weitere Einzelheiten über die berauschende Nachricht, und wir spekulierten über die weitere Entwicklung. Wie lange würden die Amerikaner brauchen, bis sie den Rhein erreichten? Ein paar Tage? Ein paar Wochen?

Würden die fürchterlichen Konzentrationslager rechtzeitig geöffnet, sodass wenigstens einige der Insassen noch gerettet werden konnten? Würde mein armer Vater unter den Überlebenden sein? Niemand wusste, was vorging. Die offiziellen Nachrichten waren spärlich. Vertrauen konnte man ihnen ohnehin nicht. Gerüchte und versteckte Andeutungen hatten Konjunktur.

Eines jedoch wurde bald schmerzlich klar: Die Amerikaner waren aufgehalten worden oder sie nahmen sich absichtlich Zeit. Unsere Hoffnung auf rasche Befreiung schwand. Mit jedem Tag wurde die Lage von mir und meinesgleichen heikler. Zweimal waren uniformierte Männer mit einer Hakenkreuzbinde am Arm und einem Klemmbrett in Händen an unsere Tür gekommen und hatten nach mir gefragt.

Beide Male wurde mir gesagt, ich solle mich für eine kurzfristige Abreise bereithalten.

Die Väter von Kurt und Ilse waren verhaftet und in Konzentrationslager geschickt worden. Auch Günters Vater war abgeholt worden. Seine Mutter wurde gezwungen, ihren Zufluchtsort in den Bergen zu verlassen. Sie zog in die Tankstelle nahe Mannheim, wo man bereits ihre Habseligkeiten lagerte.

Im Juli 1944 war während eines Fliegerangriffs das Fahrrad meiner Kusine aus dem Haus gestohlen worden. Seitdem nahm ich nach der Arbeit gelegentlich die Straßenbahn. An einem besonders feuchtheißen Abend fuhr ich in der vollgestopften Bahn. Ein sehr großer Mann in Uniform stieg zu, hielt sich am Lederband oben fest und begann, laut aus der Zeitung vorzulesen:

„Verräterische Offiziere, aufrührerische Aristokraten, versuchten einen Anschlag auf das Leben unseres Führers. Glücklicherweise hat die göttliche Vorsehung eingegriffen. Unser Führer ist unverletzt. Die Verbrecher wurden sofort verhaftet und werden umgehender Bestrafung zugeführt", las er. Er sah verärgert um sich und suchte nach einer Reaktion der anderen Fahrgäste, die jedoch seinen Blick mieden.

Mein Herz klopfte wild. Was, wenn der Versuch gelungen wäre? Was, wenn es mit Hitler tatsächlich vorbei wäre? Wie würde das Leben ohne ihn aussehen, ohne die beständige Angst um unser Leben? Und was, wenn nun, nachdem es jemand tatsächlich versucht hatte, dieses Ungeheuer zu beseitigen, es ein anderer wieder wagen würde – und Erfolg hätte? Ich konnte es gar nicht abwarten, all das mit meiner Mutter zu diskutieren. Ich rannte den ganzen Weg von der Haltestelle nach Hause, die Treppe hinauf, zwei Stufen auf einmal nehmend.

Als ich den Treppenabsatz im zweiten Stock erreichte, war ich verblüfft, vor unserer Wohnung einen Mann stehen zu sehen. Er war klein, mit runden Schultern und trotz des warmen Abends trug er einen Mantel. Er hielt seinen Hut in der Hand. Auf seiner Glatze glänzte Schweiß. Mit dem Rücken zu mir, das Gesicht gebeugt, schien er durchs Schlüsselloch zu schauen.

Gestapo, wusste ich instinktiv. Mein Herz klopfte heftig. Der Gedanke, die Treppe wieder hinunter und auf die Straße zu rennen, kam mir zu spät in den Sinn. Er hatte mich schon bemerkt. Der Mann sah mich mit der feindseligen Neugier an, an die ich auf deutschen Gesichtern bereits gewöhnt war, wenn die Leute meinen Hintergrund kannten. „Schleim, Städtische Geheimpolizei", stellte er sich selbst vor mit einem halbherzigen Klicken seiner Hacken und einem müden Gruß mit seinem kurzen Arm. „Heil Hitler, Fräulein." Seine Stimme war ein heiseres Flüstern. „Guten Abend", antwortete ich ruhig und weil ich nicht weiter wusste, drückte ich auf den Klingelknopf und pfiff eine kurze Melodie, mit der Mutter und ich unsere Anwesenheit ankündigten. Dann schloss ich unter dem wachsamen Auge des Mannes mit meinem Schlüssel die Tür auf. Der Flur schien mir dunkler als gewöhnlich, die Wohnung erschreckend ruhig. Ich pfiff noch einmal und versuchte, die aufsteigende Furcht zu verbergen. „Sie ist nicht da", sagte Schleim. „Und sie kommt auch nicht", ergänzte er selbstgefällig.

„Wo ist sie? Wo ist meine Mutter?" Ich setzte alles daran, meine Stimme zu beherrschen und meine Panik nicht merken zu lassen. „Deshalb bin ich gekommen. Setzen wir uns doch." Offenbar war Schleim mit der Örtlichkeit vertraut. Er öffnete die Wohnzimmertür und ging voraus. Ich stand noch abwartend. Er nahm seinen Mantel ab und legte ihn sorgfältig über die Stuhllehne und seinen Hut obendrauf. Er ließ sich aufs Sofa fallen und machte eine Geste, mich neben ihn zu setzen, was ich wie in Trance auch tat. Das brachte ein unangenehmes Lächeln in sein Gesicht. „Ihre Mutter befindet sich im Gefängnis. Ich habe sie heute Morgen hingebracht", stellte er ohne Umschweife fest. Er sah mich mit seinen kleinen, kalten Augen durchdringend an und schien enttäuscht, dass ich auf diese verheerende Nachricht keine

Reaktion zeigte. Ich war wie betäubt. Ich konnte nicht atmen. Ich hoffte nur, dass dieser ekelhafte kleine Mann nicht merkte, wie groß meine Angst war.

„Sie glauben mir nicht?", fragte er. „Hier, sehen Sie selbst." Mit viel Getue zog er aus seiner hinteren Tasche die drei Ringe, die Mutter immer trug. Er legte sie vor mich auf den Tisch. „Ich bräuchte das nicht zu machen, wissen Sie, hierher kommen und Ihnen den Schmuck Ihrer Mutter bringen. Doch ich betrachte sie nicht als gewöhnliche Kriminelle wie die Huren und Diebinnen, die mit ihr im Gefängnis sitzen. Es ist ein Höllenloch, müssen Sie wissen. Immerhin ist sie eine Dame, auch wenn sie mit einem Juden verheiratet ist. Sie hat mich angelogen. Deshalb hatte ich keine Wahl. Ich musste sie verhaften. Sie hatte versprochen, das Papier zu unterschreiben und dann hat sie sich geweigert."

„Was für ein Papier?", fragte ich besorgt. Schleim lächelte wieder. Es freute ihn, dass er nun meine Aufmerksamkeit erregt hatte. „Das wissen Sie wirklich nicht?", fragte er. Dann erklärte er, meine Mutter habe versprochen, sich von Vater scheiden zu lassen. Dann habe sie ihre Meinung geändert. Das war praktisch eine Lüge, erklärte er. Lügen könne man nicht dulden. „Darüber hat sie Ihnen nie etwas erzählt?", fragte er wieder und beobachtete mich aufmerksam. Sein ständiges Starren und die unangenehme Wärme seines stämmigen Körpers verursachten bei mir dieselbe Panik, die ich damals hinter dem Stacheldraht in Nexon gespürt hatte. Ich musste etwas tun! Ich musste weg und zwar schnell! Ich stand rasch auf und ging zur Tür.

Schleim erhob sich ebenfalls. „Tun Sie nichts, was Sie bereuen würden", sagte er drohend. „Kümmern Sie sich um Ihre Arbeit und um sonst nichts! Reden Sie mit niemandem, mit niemandem, hören Sie? Und vor allem: Belästigen Sie nicht die Familie Ihrer Mutter. Das sind gute Deutsche. Sie haben damit nichts zu tun, schon gar nicht mit Ihnen. Sie sind Halbjüdin. Sie sind jetzt auf sich allein gestellt, nachdem Ihre Mutter im Gefängnis ist. Also belästigen Sie die anderen nicht und erzählen Sie ihnen nichts über die Verhaftung Ihrer Mutter. Sie wollen nichts davon wissen. Hören Sie gut zu: Sprechen Sie mit niemandem darüber", wiederholte er scharf.

Ich nickte betäubt, ja. Aber mein Kampfgeist war wieder da. Ich wusste, ich musste schnell handeln, wenn ich meine Mutter je wiedersehen wollte. Sobald der böse kleine Mann weg war, rannte ich die Treppe hinunter, über die Straße zu meiner Tante. Ich würde Franz anrufen. Ich hatte schon jahrelang nicht mehr an Franz gedacht. Meine Mutter hatte ihn niemals mehr erwähnt. Nun fiel er mir als die einzige Person ein, die sie möglicherweise retten konnte. Als Rechtsanwalt und Parteimitglied war er Teil des Nazi-Rechtssystems. Er würde wissen, wie er vorgehen musste, ohne sich selbst zu gefährden. Außerdem fand ich, er schulde mir etwas für all die Unruhe, die er durch sein Flirten mit meiner Mutter in meinen Kinderjahren verursacht hatte.

Als ich zur Tante kam, stand sie fertig für den Bunker in der Diele. Sie hatte ein einfaches Baumwollkleid über ihren schicken Seidenrock gezogen. Ihr sorgfältig frisiertes und unauffällig getöntes Haar hatte sie mit einem Seidenschal bedeckt und sich so aus einer Dame in eine Arbeitermatrone verwandelt. Sie wollte die Gefühle ihrer Bunkergenossinnen aus der unteren Mittelklasse nicht verletzen. Ihr Pelzmantel, den sie immer hin und her mitschleppte, lag zusammengerollt, die Innenseite nach außen, zu ihren Füßen. Sie schien nicht überrascht, als ich ihr erzählte, was geschehen war.

„Ich habe immer gemeint, deine Mutter spielt mit dem Feuer", sagte sie. „Jetzt, mit der Katastrophe, dem unglückseligen Mordanschlag, da müssen ja Repressalien folgen." Als ich fragte, was sie damit meine, dass Mutter mit dem Feuer spiele, sagte sie nur, dass sie schon lange Angst um sie habe. Es habe keinen Sinn, jetzt darüber zu reden. Es war zu spät. „Du kannst gar nichts tun. Niemand kann jetzt noch etwas tun", flüsterte die Tante und Tränen liefen ihr über die Wangen.

Sie bat mich, Franz nicht anzurufen. Das würde nur alte Wunden aufbrechen, sagte sie. Der Skandal seiner Scheidung und der dann folgende Flugzeugabsturz, vor Jahren, sei noch nicht vergeben. Franz habe natürlich wieder geheiratet, eine seiner Sekretärinnen. „Sie kennt alle seine früheren Eskapaden und ist sehr eifersüchtig. Sie wacht über ihn wie ein Falke. Sicher nimmt sie das Telefon ab und wird nicht zulassen, dass du mit ihm sprichst." „In Ordnung", sagte ich. „Ich werde mich unter falschem Namen melden."

Während ich im Telefonbuch die Nummer heraussuchte, erzählte meine Tante von Klaus, dem Sohn von Franz. „Erinnerst du dich, was er für ein merkwürdiger kleiner Junge war?" Natürlich erinnerte ich mich. Ich hatte ihn immer als eine Plage betrachtet. Doch hatte er mir auch leid getan, besonders einmal – wir waren vielleicht sieben Jahre alt. Da sah ich ihn auf dem hohen Sprungbrett im Schwimmbad stehen, zitternd und bebend, die Hände vor dem Gesicht. Klaus' Vater und seine Freunde waren um das Becken versammelt, lachten und johlten, nannten Klaus einen Feigling und brüllten, er solle springen. Klaus versuchte es. Er kam mehrmals bis vorne an die Kante. Dann zog er sich zitternd wieder zurück. Schließlich warf er sich geradezu ins Wasser hinunter, begleitet vom Beifall von unten.

„Franz konnte es nicht abwarten, seinen Sohn als Helden in Uniform zu sehen", erzählte meine Tante. „Wie ich hörte, ist Klaus, kaum dass er an der Front war, geradewegs ins feindliche Feuer gelaufen, als wenn er sterben wollte."

Nach zweimaligem Klingeln meldete sich eine Frau am Telefon. Ich nannte mich Frau Schmitt und bat, den Herrn Rechtsanwalt zu sprechen. Ich hörte, wie sie Franz ans Telefon rief. Und ihm mit fragenden Unterton erzählte, eine Frau Schmitt wolle ihn sprechen. „Ja?", sagte er. „Onkel Franz, hier ist Hannele", antwortete ich fröhlich. „Wie geht es dir?" Wie erwartet, war er keineswegs erfreut, von mir zu hören. Als ich ihm den Grund meines Anrufes nannte, regte er sich auf. Meine Mutter sei immer für eine Überraschung gut gewesen, sagte er, und habe sich nicht entscheiden können. Noch weniger habe sie an einer getroffenen Entscheidung festhalten können. Diesmal hatte sie sich offenbar eine Masse Ärger eingehandelt. Da könne keiner mehr irgendetwas helfen. „Ich weiß", sagte ich schwach. „Deshalb rufe ich dich an. Du bist meine einzige Hoffnung." „Wo zum Teufel ist denn dein Vater?", fragte Franz. Dem Ton seiner Stimme nach erwartete er zu hören, dass mein Vater irgendwo vergnügt auf Hirngespinsten reite und mit Windmühlen kämpfe. „Vati ist in Auschwitz", sagte ich ruhig. Dann musste ich den Atem anhalten, wie jedes Mal, wenn ich an Vatis letzte Botschaft dachte, dieses winzige, zerknitterte Stück Papier, auf dem ich zum ersten Mal das schreckliche Wort Auschwitz gelesen hatte. „Großer Gott", murmelte Franz. Dann wiederholte er, dass er nichts tun könne. Es gebe aber einen jungen Anwalt, der vielleicht mit mir sprechen würde. Er heiße Sterling. Seine Nummer stehe im Telefonbuch. Ich solle ihn am nächsten Morgen anrufen. „Aber, Hannelore, mich rufst du nicht wieder an, nie wieder!" Franz hängte ein.

Meine Tante, die dabeigesessen und mich scharf beobachtet hatte, ging zum Schrank und goss etwas Branntwein in zwei kleine Kristallstamperl. „Um unsere Nerven zu beruhigen", sagte sie und lächelte mir aufmunternd zu. Wir kippten beide die rauchig schmeckende Flüssigkeit hinunter. Ich versprach ihr, sie auf dem Laufenden zu halten und ging nach Hause.

Mutters Ringe lagen noch auf dem Tisch, wie Schleim sie hingelegt hatte. Ich holte Mutters schwarze Tasche aus dem Schlafzimmer und machte mich ans Auftrennen und Nähen. Heiße Tränen liefen mir über die Wangen, während ich die Ringe unter dem anderen Schmuck im doppelten Futter der Tasche versteckte. Dann lag ich mit der Tasche neben mir auf dem Bett. Ich hatte Angst, die Augen zu schließen aus Furcht, von Mutter im Gefängnis zu träumen.

Bei meinem Anruf bat mich Sterling, ihn nach der Arbeit aufzusuchen. Als ich hinkam, fand ich den Vorraum leer. Die Tür zum Hauptbüro stand offen. Sterling, ein schlanker junger Mann mit einem klugen, offenen Gesicht, kam hinter seinem massiven Schreibtisch hervor. Er reichte mir die linke Hand zur Begrüßung. Seine verkrüppelte rechte Hand mit Fingern wie knorrige Zweige hing seitlich herab.

„Franz hat mir alles erzählt, was ich über Sie und Ihre Familie wissen muss", sagte er mit einem freundlichen Lächeln. „Aber bitte setzen Sie sich und erzählen Sie mit Ihren eigenen Worten, was Sie von mir wünschen." Er hörte meine Beschreibung über die Begegnung mit Schleim aufmerksam an. Ich bat ihn dringend, uns zu helfen, Mutter aus dem Gefängnis zu bekommen. „Schleim ist nur ein Laufbursche", sagte er. „Er führt Aufträge aus und hat Angst um seinen eigenen Hals. Der Anschlag auf das Leben des Führers hat die Behörden sehr nervös gemacht. Deshalb wurden Verhaftungen befohlen. Es ist bloß niemand mehr übrig, den man noch verhaften kann. Um seine Vorgesetzten zu beeindrucken, holte sich Schleim Ihre Mutter. Auch zwei ältliche Quäker-Anhängerinnen wurden verhaftet. Natürlich soll es niemand wissen, aber es macht die Runde. Noch kann man gar nichts tun, um zu helfen."

„Der Fall Ihrer Mutter mag ein wenig anders liegen. Da ist die Sache mit der Scheidung. Für eine Scheidung braucht man normalerweise einen Anwalt. Deshalb geht es vielleicht doch", überlegte Sterling. „Das gibt uns die Möglichkeit, Kontakt aufzunehmen, das Gespräch zu suchen. Wissen Sie, die wollen gerne auch noch ihre verrücktesten Handlungen normal aussehen lassen. Vielleicht erlauben sie mir deshalb, mit Ihrer Mutter zu sprechen."

„Ich kann Ihnen nicht sagen, wie dankbar ich bin", sagte ich, und Tränen kamen mir aus den Augen. „Es ist so wunderbar von Ihnen, dass Sie versuchen wollen, mit ihr zu sprechen. Mich werden sie ganz bestimmt nicht zu ihr lassen, und sie wird sich die ganze Zeit fragen, was wohl mit mir passiert ist und was mit ihr geschehen wird. Es muss schrecklich für sie sein, so völlig abgeschnitten zu sein. Dank Ihnen wird sie nun ein wenig mit der Außenwelt in Verbindung stehen." Ich begann zu weinen.

Sterling sah mich besorgt an. „Meine Liebe", sagte er, „Sie müssen Ihre Hoffnungen nicht zu hoch schrauben. Wir wissen noch nicht, wie man im Gefängnis reagieren wird. Kann sein, sie lassen mich nicht zu ihr. Es kann aber auch sein, dass sie über meine Einmischung wütend sind und es dann an ihr auslassen. Es kann sogar sein, sie kommen und holen auch Sie noch, weil Sie mich verständigt haben. Wir gehen hier alle ein großes Risiko ein, vergessen Sie das nicht." Ich starrte aus dem Fenster. Gegenüber stand das Schloss. Viele Male auf meinem Weg zum Schwimmbad am Rhein hatte ich den Hof hinter dem Teil des Gebäudes, in dem das Gefängnis war, überquert. Wie oft hatte ich hochgeschaut an den bedrohlichen Wänden und Gefangene gesehen, die ihr Gesicht gegen das vergitterte Fenster pressten. Ihre Blässe und Hoffnungslosigkeit hatte mich immer traurig gemacht.

„Ich verstehe die Risiken", sagte ich, „aber was sind die Alternativen?" Sterling nickte. „Wir wollen den Versuch wagen", sagte er und darauf gaben wir uns die Hand.

Als ich am nächsten Tag in Sterlings Büro vorbeikam, erzählte er mir, man habe ihm nicht erlaubt, meine Mutter zu sehen. Sie hätten ihm aber gesagt, ihr Name sei nicht auf der Liste für den nächsten Frauentransport ins Konzentrationslager Ravensbrück. Er könne die Scheidung weiterverfolgen. „Aber sie machten keinerlei Versprechungen", sagte Sterling mit einem Seufzer. „Es wird besser sein, wenn Sie nicht zu viel erhoffen. Nehmen Sie auch mit mir keinen Kontakt auf. Ich halte Kontakt zu Ihnen."

Sterling schlug vor, ich solle in der Zwischenzeit meiner Mutter schreiben, und zwar möglichst oft, um die Verbindungswege offen zu halten. Natürlich müsse ich Schleim die Briefe lesen lassen, bevor ich sie abschicke. Doch das schien mir ein geringer Preis, selbst wenn ich vor einer erneuten Begegnung mit Schleim Angst hatte.

Am Abend fuhr ich bei der Post vorbei und kaufte Briefmarken. Die Schalterhalle war voll von Frauen aus der Nachbarschaft, die ebenso wie ich von der Arbeit kamen und Verbindung zu ihren Lieben suchten. Im Hintergrund des Raumes, etwas entfernt von dem umlagerten Schalter, sortierte eine Frau Pakete. Mit ihrem groben Arbeitskittel, dem bunten Kopftuch, ihren kräftigen Beinen und groben roten Händen sah sie wie alle anderen Arbeiterinnen um sie herum aus, aber als sie ihr Gesicht zu mir umdrehte, wurde ich fast ohnmächtig.

„Anna?", fragte ich, um Haltung kämpfend. „Hannele?" Sie stellte die Schachtel hin, die sie eben in der Hand hatte, und kam vor den Schalter gerannt. Mit beiden Händen fasste sie mich bei den Schultern. „Hannel", rief sie, „du hast immer noch dasselbe kleine Lächeln. Ich würde dich überall erkennen. Ich weiß schon eine ganze Weile, dass du und deine Mutter zurück sind und ich hab' so gehofft, dich eines Tages irgendwo zu treffen." Jetzt hielt sie meine beiden Hände. Wir standen da und sahen einander an.

„Wir sind durch schreckliche Zeiten gegangen, nicht wahr?", sagte sie ruhig. „Dein Vater fühlte von Anfang an, was auf uns zukam. Wir anderen waren blind. Der arme Mann, und nun auch deine Mutter. Ich hab' es heute Morgen erfahren." Ich nickte und musste schlucken. „Hast du von Karl gehört?", fuhr sie fort. „Seine Stellung wurde von einer Bombe getroffen und er wurde lebendig begraben. Gott allein weiß wie lange. Er war der Einzige, den sie noch atmend fanden, aber sein Gehirn war angegriffen. Nun ja, du weißt, er war schon immer ein bisschen anders als andere. Jetzt nennen sie es offiziell *non compos mentis*. So steht es in seinen Papieren. Du weißt, wo das hinführen kann." In Annas Augen stand Angst, und mit gutem Grund. Leute mit körperlichen oder geistigen Behinderungen waren dem Dritten Reich eine Last. Sie waren ständig in Gefahr getötet zu werden.

Meine Tante hatte kürzlich, zweifellos weil sie mich trösten wollte, zu mir gesagt: „Es geht nicht mehr nur um dich und deinesgleichen. Jetzt ist es jeder, der ihnen im Weg steht." Dann erzählte sie, welche Gerüchte sie über ein gewisses Pflegeheim im Neckartal gehört hatte. Bauern nannten das Haus die „Altweibermühle". Nach einer alten deutschen Sage brachten Ehemänner ihre hässlichen alten Frauen in die Altweibermühle, damit sie dort wieder in muntere hübsche junge Dinger verwandelt würden. In der fraglichen Einrichtung jedoch verrate die dicke dunkle Rauchsäule, die aus dem Schornstein quoll, eine andere Lösung des Problems alt gewordener Frauen.

Anna drückte meine Hände. „Karl wird in den nächsten Tagen aus dem Krankenhaus entlassen, hoffe ich. Du musst zum Kaffee kommen. Er wird außer sich sein vor Freude, dich wiederzusehen." Dann, als ich schon halb aus der Tür war, rief sie mir nach: „Ich werde Liesel sagen, dass ich dich gesehen habe."

Liesel hieß das kleine Mädchen, das Vater im Jahr vor meiner Einschulung entdeckt hatte. Sie hüpfte fast jeden Nachmittag den Gehweg vor unserem Haus entlang oder lief in die Bäckerei, um Brot oder Brötchen kaufen.

Vater machte sich immer Sorgen, weil ich so viel Zeit allein oder mit meiner Kusine Almut verbrachte, die ein ebenso behütetes Dasein führte wie ich selbst. Er meinte, es sei an der Zeit, für mich eine Spielgefährtin aus einem anderen Milieu zu suchen. Er schickte Anna los, um mehr über die Familie des kleinen Mädchens herauszufinden. Anna murrte, sie wolle kein Straßenbalg im Haus haben, das mir nur schlechte Manieren beibringen würde. Trotzdem holte sie die nötigen Erkundigungen ein, berichtete meinem Vater, was sie herausgefunden hatte und brachte schließlich eines Tages Liesel für einen gemeinsamen Spielnachmittag in mein Zimmer. Es dauerte nicht lang und sie wurde meine ständige Gefährtin. Fast überall gingen wir zusammen hin. Wir feierten unsere Geburtstage zusammen. Vier lange Jahre saßen wir im selben Klassenzimmer. Doch als ich dann in die Oberschule wechselte und neue Freundschaften schloss, trennten sich unsere Wege. Ich bezweifelte, dass Liesel mich wiedersehen wollte, jetzt, wo es Ärger bedeuten konnte, mit mir Verbindung zu haben.

Während der nächsten paar Wochen ging ich mehrmals in der Mittagspause in das Büro von Schleim und brachte ihm einen Brief für meine Mutter. Jedes Mal musste ich mich neben ihn stellen und den Brief laut vorlesen. Er saß hinter seinem Schreibtisch, sah sich selbstgefällig im Raum um und grinste seine Kollegen an. Ich wollte Mutter mit meinen kleinen Briefen ein wenig Ermutigung bringen, auch wenn ich mir von ihren derzeitigen Lebensumständen und ihrer Geistesverfassung kaum eine Vorstellung machen konnte. Hatte ich mich durch eines dieser Schreiben durchgestammelt, so nahm Schleim es an sich und warf es in seine Schreibtischschublade. Es sei nicht nötig, dass ich den Versuch mache es abzuschicken, sagte er. Er werde sich selbst darum kümmern. Nein, über meine Mutter könne er mir gar nichts sagen. Wenn es etwas Nennenswertes zu berichten gäbe, würde mein Rechtsanwalt es mich sicher wissen lassen.

„Wofür brauchen Sie überhaupt einen Rechtsanwalt?", fragte er schließlich eines Tages. Er empfahl, besser nicht ganz so viele Briefe zu schreiben. Einmal die Woche sei völlig ausreichend, fand er. Auf meinem Weg nach draußen musste ich Tränen der Wut und Enttäuschung zurückhalten. Auf die Gnade von Leuten wie Schleim angewiesen zu sein, überstieg fast meine Kräfte. War ich ein Feigling, fragte ich mich. Warum schlug ich nicht zurück und sagte ihm die Meinung laut heraus? Die Antwort war natürlich einfach: Solch unbedachtes Verhalten hätte verheerende Folgen für mich, für meine Mutter und möglicherweise auch noch für andere gehabt. So würde ich beim nächsten Mal wieder dort stehen, lesen und mich wie ausgepeitscht fühlen.

Als es an diesem Abend klingelte, stand Liesel vor der Tür, ein zögerndes Lächeln auf dem lieben, vertrauten Gesicht. Ich fühlte mich wiederhergestellt. Es tat gut, sie bei mir zu haben. Wir saßen in der Küche über einer Tasse Kamillentee, zwei alte Freundinnen, die über ihre Kindheit plauderten, über mein Heim in A 2, 5, meine Mutter und meinen Vater, über Großmutter Emilie und ihre hübsche altmodische Wohnung. Wir sprachen auch über die Schule und über Fräulein Durer.

„Sie ist gestorben", sagte Liesel mit zufriedenem Lächeln. „Wenn du glaubst, dass sie in unseren vier Grundschuljahren gemein war, dann hättest du sie später sehen sollen, als ihr – du und die anderen reichen Mädchen – auf die Höhere Schule gewechselt hattet. Da wurde die alte Hexe erst richtig eklig, besonders zu mir. Sie behandelte mich wie Dreck, weil mein Bruder und ich geboren sind, bevor meine Eltern verheiratet waren, weißt du." Nein, das hatte ich nicht gewusst. Ich fragte mich, was ich noch alles über Liesel nicht wusste. Wie wenig hatte ich mich doch um ihre Belange und Bedürfnisse gekümmert. „Ich stelle mir vor, dass ich ein recht verwöhntes Gör war, nicht wahr?", fragte ich und hoffte auf herzliche Verneinung. Liesel sah mich ernst an. „Dein Leben hat eine so schreckliche Wendung genommen", war alles was sie sagte.

Auch ihrem Leben waren Tragödien nicht fremd geblieben. Ihr Bruder wurde in den ersten Kriegswochen getötet, als er über Frankreich mit dem Fallschirm absprang. Der Mann, den sie liebte, ein Bariton an der Städtischen Oper, fiel ein Jahr später an der russischen Front. Sie habe ihn durch ihre Stelle als Schneiderin in der Kostümabteilung des Theaters kennengelernt und habe ihn sehr geliebt. Im Augenblick interessierte sie sich für einen Musiker. Er war vom Militär zurückgestellt, aber verheiratet, „und das bringt nichts als Kummer", sagte sie seufzend. „Außerdem kann ich keine männlichen Besucher mehr haben, seit meine Wohnung ausgebombt ist. Ich habe jetzt ein Zimmer bei einer Freundin meiner Mutter gemietet."

Nicht lange nach Liesels Besuch wurde in einer sternklaren Nacht Ende August meine eigene Nachbarschaft von

Bomben getroffen. Der Angriff war so schnell gekommen, dass wir keine Zeit hatten, in den Bunker zu gelangen. Unser Blockwart, der nachts immer um die Gebäude wanderte, durch Schlüssellöcher horchte und in Briefkästen spähte, ließ uns nicht auf die Straße hinaus, sondern führte alle Bewohner durch einen Notausgang in den Keller nebenan. Dort saßen wir, während der Boden wackelte und Rauch durch die Mauer drang.

Als Entwarnung gegeben wurde, rannten alle hinaus, um nachzusehen, ob über unseren Köpfen überhaupt noch etwas stehen geblieben war. Die Treppen waren mit Schutt bedeckt und meine Wohnungstür hing aus den Angeln. Alle Fenster waren zerbrochen. Der Kronleuchter über dem Esstisch war heruntergekracht. Überall lag Glas und Sand. Als ich ganz vorsichtig auf den vorderen Balkon hinaustrat, sah ich aus der Straße meiner Tante Rauch aufsteigen und rannte hin um nachzusehen.

Die Straße war ein Chaos, aber das Haus meiner Tante und das daneben schienen nicht beschädigt. Ihre Haustür jedoch stand offen. Das Wohnzimmer war ein Durcheinander. Die Bilder waren von den Wänden gefallen. Das Geschirrschränkchen war umgestürzt. Der Kanarienvogel der Tante, der arme kleine Hansel, lag tot in seinem Käfig.

Meine Tante war aus dem Bunker geholt worden. Ich half ihr, ein paar Sachen in Ordnung zu bringen. Dann schickte sie mich heim, ich solle mich um meine eigenen Probleme kümmern. Auf meinem Rückweg war es dunkel und ich trat in eine Pfütze auf dem Gehweg. Es war diese verflixte Brandflüssigkeit, die die Amerikaner in ihren Bomben benutzten. Als ich weiterrannte, schlugen Flammen aus meinen Sohlen. Nach wenigen ängstlichen Schritten ging das Feuer wieder aus, flackerte jedoch mehrmals wieder auf, bevor das Zeug endlich trocken war.

In meiner Wohnung arbeitete Kurt schon an meiner Türe. Er band Draht um die Angeln. Während wir Glas zusammenkehrten, kam Liesel an. Sie war besorgt wegen meiner versengten Schuhe. „Sie werden dir einen Abschnitt für ein Ersatzpaar geben, aber es gibt keine zu kaufen. Sie haben keine." Sie seufzte und versprach, mir ein Paar von ihren eigenen zu bringen. Sie habe mehr als ein Paar.

Sie brachte die Schuhe in derselben Nacht, in der auch Schleim mir einen Besuch abstattete. Er frage sich, was mit mir los sei. Warum war ich seit fast einer Woche nicht gekommen. Ich solle am nächsten Morgen in sein Büro kommen, etwas Seife und Unterwäsche zum Wechseln für meine Mutter mitbringen und auch einen Brief. Er hatte ein törichtes Grinsen auf dem Gesicht und roch nach Schnaps. Wurde meine Mutter in eine andere Einrichtung gebracht, fragte ich ängstlich, bekam aber keine Antwort. Er ließ mich im Wohnzimmer stehen und stolperte in den Flur, öffnete mehrere Türen und sah hinein. Als er Liesel sah, die ruhig am Küchentisch sitzengeblieben war, drehte er um und verließ die Wohnung auf Zehenspitzen. Seine Schuhe quietschten.

Am nächsten Tag war Schleim nicht in seinem Büro. Man sagte mir, ich solle das Päckchen auf seinen Schreibtisch legen. Er werde sich melden. Als nächstes rief jedoch Sterling im Büro an.

„Ihre Mutter wird heute Nachmittag entlassen", sagte er. „Sie können sie um 4 Uhr abholen." „Oh, das ist ja wunderbar! Wie kann ich Ihnen jemals danken?", stammelte ich, aber Sterling unterbrach mich. „Der Grund für die Freilassung ist", sagte er ruhig, „dass Ihr Vater tot ist. Er starb im Dezember 1942, vor fast zwei Jahren. Ihre Mutter war schon Witwe, als sie nach Deutschland zurückkam. Das hätten die wissen müssen. Vielleicht wussten sie es ja auch und das Scheidungsverlangen war nichts als eine grausame Farce. Es tut mir so leid."

Zuerst war alles, was ich denken konnte, dass mein Vater tot war. Dieser wunderbare Mensch mit dem freundlichen, offenen Gesicht unter der schlaffen Baskenmütze, der Spanien und seine Menschen, die Kunst und das Leben so sehr geliebt hatte, war nicht mehr. Ich würde ihn nie wiedersehen. Ich glitt auf den Boden hinunter und saß in der Telefonkabine, betäubt und kalt. Meine Gedanken wirbelten durcheinander: Nachdem sie ihn bis zur Erschöpfung gejagt hatten, hatten sie ihn getötet. Dann holten sie Mutter ab, warfen sie ins Gefängnis und hielten sie drei Monate gefangen, aus nichts als einer Laune heraus. Ich fühlte Wut wie Feuer in mir aufsteigen. Ich wurde hysterisch, schrie und weinte und stieß mit den Füßen. Ich verlor völlig die Beherrschung.

Kurt kam und öffnete die Türe der Kabine. Er nahm mich mit zu Frau Teller hinunter. Sie legte mir kalte Kompressen auf die Stirn. Ich fühlte mich ganz leer und war verstört über mein Benehmen. So ließ ich sie gewähren. Kurt ging wieder hinauf und klärte mit dem Gruppenleiter, dass ich heimgehen konnte. Er erzählte ihm, dass ich gerade erfahren hatte, dass mein Vater gestorben war. Dies berechtigte mich natürlich, vierundzwanzig Stunden frei zu nehmen.

Im Empfangsraum des Frauengefängnisses sah mich der alte backenbärtige Hauptmann hinter dem Schreibtisch fragend an. Ich sagte ihm, warum ich gekommen war. Er nickte, nahm das Telefon und sagte jemandem, man solle Frau Steiner vorne heraufbringen.

Beim Warten blickte ich den langen Korridor hinunter. Auf der einen Seite lief eine Fensterreihe, am dunklen Ende schloss ihn ein Eisentor ab. Eine untersetzte Frau in Uniform erschien dort hinten, schloss das Tor mit viel Schlüsselgerassel auf und kam mit festem Schritt auf mich zu. Hinter ihr kam unsicher meine Mutter. Sie war kleiner, dünner und grauer, als ich sie je gesehen hatte. Ihr Kleid hing schlotternd um sie herum. Anscheinend verwirrt blinzelte sie in die hellen Fenster. Als sie mich sah und erkannte, erschrak sie zu Tode und Urin lief ihr die verrutschten Strümpfe hinunter in die bereits filzigen Schuhe. Die Matrone achtete weder auf meine Mutter noch auf mich. Sie übergab dem Hauptmann ein Papier, das dieser geräuschvoll abstempelte.

Wir konnten gehen. Ich legte einen Arm um Mutters knochige Schultern und führte sie in die goldene Herbstsonne hinaus. Vor dem Schloss stiegen wir in eine Straßenbahn und setzten uns. Ich hielt Mutters eiskalte Hand. Ihre Fingernägel waren lang und schmutzig. Wir starrten schweigend geradeaus. Ich fühlte mich schrecklich schmutzig und war froh, dass von den Fahrgästen niemand zu uns herschaute.

Als wir heimkamen, sah sich Mutter im Wohnzimmer um, als wenn sie es noch nie gesehen hätte. Dann sah sie mir in die Augen. „Was haben sie dir über Vater erzählt?", fragte sie fast kampfeslustig. „Komm, wir machen dich erst mal sauber, Mutti. Dann können wir reden", sagte ich ausweichend. Ich setzte Wasser auf, bevor das Gas wieder abgestellt wurde. Sie folgte mir in die Küche. „Ich weiß", sagte sie. „Ich rieche fürchterlich. Ich war so erschrocken, als die Frau sagte, ich soll ihr folgen, dass ich in die Hose gemacht habe."

„Sie haben dir nie gesagt, wo sie dich hinbringen. Immer wenn sie eine von uns Frauen rausholten, sahen wir sie entweder nie wieder oder sie kam grün und blau geschlagen zurück. Sie legte sich dann auf den schlammigen Boden und zitterte. Unsere Toilette war ein Loch im Boden. Da hatten wir hinzugehen. Und niemand gab uns irgendwelche Vorlagen, wenn wir unsere Periode hatten. Aber nach einer Weile kriegten wir unsere Periode nicht mehr. Sie taten dafür was ins Essen."

Mutter stand beleuchtet von einem schrägen Strahl der untergehenden Sonne, der jeden Schmierer in ihrem Gesicht, jeden Fleck auf ihrem Kleid offenbarte. Sie fröstelte. Ich fand es schwierig, sie anzusehen und beschäftigte mich mit dem Bereitlegen der nötigen Dinge. Von den parfümierten, in Seidenpapier gewickelten Seifenstückchen, die Großmutter Käthe so sorgfältig in ihrem Schrank aufgehoben hatte, war keines mehr übrig. Die Seife am Spülstein in der Küche war ein von der Regierung verteilter sandiger Block, der nicht schäumte. Großmutters große Handtücher, einstmals so weiß und flauschig, waren grau und hart, weil es keine ordentlichen Waschmittel mehr gab. Wenigstens war das Wasser warm und angenehm.

„Wir sind fertig für deine Waschung", sagte ich schließlich und lächelte aufmunternd. Da Mutter beim Waschen lieber allein sein wollte, setzte ich mich ins Wohnzimmer und bereitete mich auf das vor, was ich ihr erzählen musste.

„Es ist alles meine Schuld", schluchzte sie, als sie hörte, dass Vater tot war. „Wenn ich nicht beantragt hätte, nach Deutschland zurückzugehen, hätten sie ihn nicht getötet. Meinetwegen haben sie ihn getötet." Sie sagte das immer wieder. Sie wollte nichts davon hören, wenn ich ihr zu sagen versuchte, dass es da wirklich keinen Zusammenhang gab, dass das Schicksal meines armen Vaters in dem Moment besiegelt gewesen war, als er an der französischen Grenze gefasst worden war.

Später am Abend kamen Kurt und Ilse. Sie wollten sehen, ob sie irgendetwas für uns tun konnten. Mutter lag weinend im Bett. Sie gingen hinüber und drückten ihr die Hand. Auch Liesel kam vorbei. Dann saßen sie alle bei mir im Wohnzimmer.

Mutter blieb ein paar Tage im Bett. Nicht einmal bei den Fliegerangriffen stand sie auf. Sie bestand aber darauf, dass ich in den Bunker ging und ihre schwarze Tasche mitnahm.

Eines Nachts sah ich einen neuen Bunkerwart vom Sicherheits- und Hilfsdienst. Er stand groß und imposant am Eingang, gestikulierte reichlich und scheuchte seine Herde mit volltönender Stimme nach unten, hinter die Schutzwand. Die Gasmaske und eine Erste-Hilfe-Ausrüstung hingen um seinen Hals. Seine Kappe saß keck über Ohr und Hinterkopf. Der silberblonde Haarschopf wehte in der nächtlichen Brise. „Karl", rief ich unwillkürlich. „Hannele", schrie er und nahm mich in die Arme. „Ich wusste, ich würde dich früher oder später sehen. Jetzt geh erst mal runter. Da bist du sicher. Nach der Entwarnung können wir reden." Er schob mich freundlich die Treppe hinunter und strahlte vor Freude.

Als der Angriff vorbei war und wir alle wieder in die Nacht hinausströmten, wartete Karl schon auf mich. Er nahm mich beim Arm und mit eisernem Griff steuerte er mich nur wenige Häuserblocks weiter zu seiner Wohnung.

Anna saß in der Küche und verkündete stolz, sie habe noch nie ihren Fuß in einen Luftschutzbunker gesetzt. „Ich bin froh, dass Karl dich endlich mal eingefangen hat", sagte sie. „Er gab keine Ruhe, als er hörte, dass ich dich getroffen habe. Ich sollte dich gleich einladen." „Und warum auch nicht?", fragte Karl dramatisch. „Ich kann jeden einladen, den ich mag. In meinem Ausweis ist es eingestempelt, dass ich *non compos mentis* bin. Das erlaubt mir alles zu sagen und zu tun, was mir in meinen närrischen Kopf kommt. Niemand wird mich anrühren." Er lachte glücklich und zwickte Anna in die Backe. „Geh, hol uns eine Flasche Wein, mein Engel", sang er, „eine von dem guten Pfälzer, die wir für besondere Gelegenheiten aufgehoben haben."

Anna brachte den Wein. Karl legte eine Platte mit Arien aus Rigoletto auf die Victrola. Ob ich mich noch an die vergnügten Stunden erinnere, die wir zusammen verlebt hatten, wollte er wissen. Er wollte auch alles über den jungen Mann wissen, den ich geheiratet hatte. Freute er sich an denselben Sachen wie ich? „Wenn er heimkommt, bring ihn her. Ich werde ihn austesten", sagte Karl und lachte. „Bis dahin passt er hoffentlich auf, wo immer er auch ist. Du auch, Hannel, pass auf, wo du gehst, immer. Sei wachsam wie ein Dobermann!"

Als ich Mutter erzählte, wo ich gewesen war, war sie nicht erfreut. Sie würde nie vergessen, wie schlecht sich Anna und Karl 1933 benommen hatten, sagte sie ärgerlich. Sie könne nicht verstehen, dass ich mich mit diesen alten Nazis traf. Als Mutter wieder in den Bunker ging, weigerte sie sich, Karl zu erkennen. Als sie ihn hinter mir herrufen hörte, ich solle wachsam sein wie ein Dobermann, machte sie spöttisch „pfff".

Mutter wurde langsam wieder sie selbst. Sie konnte sogar recht gelassen über einen Besuch von Schleim reden, der gekommen war, um ihr zu sagen, sie habe sich in einer Uniformfabrik zur Arbeit zu melden. Als sie am folgenden Tag hinkam, war in der Nacht ein Teil des Werkes von einer Bombe zerstört worden. Die Frauen mussten die Arbeit mit nach Hause nehmen.

Mutter nähte einige Wochen lang Ärmel für Uniformen auf Großmutters alter Singer-Nähmaschine. Dann ging der Fabrik das Material aus. Damit endete ein für allemal ihre Chance, den Krieg zu unterstützen, trotz Schleims fortwährender Versuche, eine geeignete Arbeit für sie zu finden.

38. Kapitel

An einem besonders kalten, trüben Morgen im Oktober 1944, nach einem längeren Fliegerangriff in der Nacht, teilte uns ein Luftschutzwart an der Straßenbahnhaltestelle mit, wir müssten zu Fuß gehen. Nichts ginge mehr, sagte er. Als ich durch immer dichter werdenden Rauch in Richtung Innenstadt über die Neckarbrücke ging, sah ich, warum nichts mehr ging: Überall lagen kaputte Straßenbahnwagen wie ausrangiertes Zinnspielzeug. Die Gleise lagen verdreht wie gekochte Spaghetti. Je näher ich meinem Arbeitsplatz kam, desto mehr Verwüstungen begegneten mir auf meinem Weg. Block auf Block lag in Trümmern.

Die Fassade unseres Bürogebäudes war weggerissen. Mich an dem verdrehten Stahlgeländer des früheren Treppenhauses festhaltend, kletterte ich dorthin, wo unser Büro gewesen war. Jetzt war es eine mit Schutt bestreute Außenterrasse. Kurt und die anderen Männer wanderten herum, zogen verbeulte Stahlschränke, Büroeinrichtungen, versengte Bücher und Papiere aus den Trümmern. Der Gruppenleiter stand in der Mitte und schwenkte die Arme. „Lasst uns das aufräumen", jammerte er. „Räumt es auf und bringt es in Sicherheit." Als er mich sah, nahm er mich bei der Schulter. „Versuchen Sie, so was wie Ordnung wieder herzustellen. Und bitte, suchen Sie das Telefon!"

Als ich vergeblich nach der Telefonkabine suchte, machte mir Frau Schatz Zeichen. Sie und Magda standen dort, wo die rückwärtigen Fenster gewesen waren. „Sehen Sie mal hier runter!" Sie zeigte hinunter. Auf dem mit Schutt und Splittern bedeckten Boden des Hofes lagen Dutzende von Leichen in ordentlichen Reihen, teilweise mit Decken und Planen abgedeckt. Papierzettel hingen an ihren Füßen. Leute kamen und gingen, beugten sich über sie und versuchten, Verwandte zu identifizieren. Ein junger Mann in Uniform sank auf seine Knie und vergrub sein Gesicht in den Händen, während rings um ihn Leichen hereingetragen und andere fortgetragen wurden. Ein kleiner Priester kniete in einiger Entfernung von dem Ganzen, den Kopf über sein kleines Gebetbuch gebeugt. Unheimliches Schweigen hing über der Szene. „Ich brauche eine Toilette", sagte Magda. Sie sah aschfahl aus und hielt sich den Bauch.

Nach einer Weile kam ein Bote per Fahrrad und sagte, wir sollten so schnell wie möglich im Werk Bericht erstatten, damit unsere Arbeit ohne Verzögerung weitergehen könne. Der Gruppenleiter sah fast glücklich aus. Er schickte uns für den Rest des Tages nach Hause und schärfte uns ein, zeitig am nächsten Morgen loszugehen, damit wir pünktlich im Werk seien.

Kurt, der in der Nacht seine üblichen Runden gemacht hatte, ging in die Stadt zurück, um zu sehen, ob er Ilse oder Liesel helfen konnte, die beide zum zweiten Mal ausgebombt waren. Einige Nächte später fielen nahe unserer Wohnung Bomben, noch bevor der Alarm ertönte. Mutter und ich rannten in heller Aufregung die Treppe hinunter. Als wir die unterste Stufe erreichten, war der Angriff vorüber. Rauch stieg aus einem Dach, und das Haus hinter unserem war eingestürzt. Überall irrten Menschen umher, tasteten sich ihren Weg durch Rauch und Staub, zerrten ihre Habseligkeiten die Treppen hinunter, riefen nach Nachbarn und ihren Lieben, fielen einander in die Arme.

Mutter und ich kletterten über unsere Wohnungstür, die wieder aus den Angeln gefallen war und den Eingang blockierte. Wir holten Großmutters Truhe, die hauptsächlich Bett- und Tischwäsche enthielt. Wir zerrten sie mühsam die Treppe hinunter und vom Haus auf den Gehweg. Dort trafen wir andere Mieter, die alle auf ihren Schätzen saßen. Der Blockwart ging mit Wassereimern herum und löschte Flammen.

Russische Gefangene aus einem nahen Arbeitslager hatten Befehl erhalten, in den Trümmern möglicherweise nicht detonierte Bomben ausfindig zu machen. Es waren kleine, untersetzte Männer. Ihre runden Köpfe waren kahl geschoren. Sie gingen schwerfällig ihrer Arbeit nach, ohne sich auch nur einmal umzusehen.

Ich hatte sie schon vorher im Bunker gesehen. Wenn sie zufällig auf ihrem Weg von und zur Arbeit während eines Luftangriffes am Bunker vorbeikamen, wurden sie hineingelassen. Dann drängten sie sich in einem engen Kreis zusammen, legten ihre Arme um die breiten Schultern und sangen mit tiefen, feierlichen Stimmen, die durch die unterirdischen Hallen tönten.

Nachdem man uns sagte, es sei jetzt sicher, wir könnten ins Haus zurückgehen, versuchten Mutter und ich, die Truhe anzuheben. Wir konnten sie nicht von der Stelle bringen. Sie schien eine Tonne zu wiegen. Selbst als wir den Inhalt herausgenommen und hoch getragen hatten, schafften wir es nicht.

Als wir uns schließlich schmutzig und erschöpft trotz Gipsbrocken und Glassplittern auf das Sofa setzten, stieg die Sonne langsam hinter der angefressenen, rußigen Silhouette der Stadt herauf. „Nächstes Mal lassen wir alles brennen", sagte Mutter.

Es war der erste Tag im neuen Büro. Nach mehreren Tagen in Behelfsunterkünften im Werk waren wir in die Stadt zurückgezogen, in ein gerade wieder aufgebautes Bürogebäude an einer breiten, verwüsteten Straße, wo nichts sonst stehen geblieben war.

Auf meinem Weg zur Arbeit kam ich durch Großmutter Emilies alte Straße, die jetzt eine mit Schutt bestreute Durchgangsstraße war. Ich konnte Unterwäsche auf einer Wäscheleine flattern sehen, wo früher Großmutters hübsche Wohnung gewesen war. Die majestätischen alten Bäume im kühlen, schattigen Hinterhof waren in Holzscheite verwandelt worden. Die Rosskastanie meines Vaters war nur noch Erinnerung.

Das Büro war ein großartiges Gegenmittel gegen all die Ruinen. Wir hatten neue Geräte erhalten, zwei Schreibmaschinen, einen Vervielfältigungsapparat und Aktenschränke. Die Männer hatten moderne Zeichentische, die Frauen hübsche, kleine Schreibtische. Wir saßen alle in separaten Nischen. Der Gruppenleiter hatte ein eigenes Büro. Wir wurden nicht mehr die ganze Zeit beobachtet, aber nun fühlten wir uns isoliert, einer vom anderen getrennt. Es gab nur noch wenig Kameradschaft. Es gab auch keine Telefonkabine mehr, nur ein sehr exponiertes Wandtelefon.

Frau Teller und ihre Telefonanlage waren nun im Werk installiert. Sie konnte uns keine geheimen Informationen mehr weitergeben. Kurt und ich vermissten sie. Wir hatten keinen Zugang zum britischen Sender BBC: Halbjuden durften keine Radios besitzen, weil man – ganz richtig – vermutete, dass wir gerne ausländische Nachrichten hören und dann den anderen erzählen würden, was wir erfahren hatten. Es war daher eine große Überraschung für uns, oben auf einem Aktenschrank im neuen Büro ein kleines Radio, einen sogenannten Volksempfänger, vorzufinden. Der Gruppenleiter erklärte, das sei da, damit wir den Führer sprechen hören können, falls er während der Arbeitszeit eine Rede halten würde, um kursierende Gerüchte zu widerlegen.

Am Tag vor meinem Geburtstag, einem stürmischen, verregneten Sonntag, ging ich zu einem Nachmittagskonzert in die Christuskirche. Die Kirche war mehrmals beschädigt worden. Die große Kuppel war ein Trümmerfeld zerbrochener Ziegel und verdrehter Träger, teilweise mit Tüchern abgedeckt, die sich im Wind blähten. Hohe, enge Fenster starrten leer und ungeschützt.

Ich saß unter einer Menge anderer Musikliebhaber und lauschte einer von der Dunkelheit überraschten Gruppe alter, ernster Musiker, die mehrere von Bachs „Brandenburgischen Konzerten" spielten. Obwohl ich mich in meine Pelzjacke und einen Wollschal gewickelt hatte, verwandelten sich meine Nase, die Zehen und meine Finger unerbittlich in Eis. Mein Geist jedoch, gehoben von den reinen, kristallklaren Tönen, schwang sich empor, hoch über die Fetzen und Bruchstücke dieses endlosen Krieges.

Als ich auf meinem Heimweg über die Brücke ging, sah ich den grauen, kalten Fluss unter mir und die grauen Wolken, die über mir dahinjagten, und fühlte mich noch immer belebt und merkwürdig glücklich.

Als später Mutter und ich bei unserem mageren Mahl von sandigem Brot und altem Schweinefett saßen, klingelte es mit vertrauter Dringlichkeit. Mein Herz hüpfte. „Günter", sagte ich ohne zu überlegen und rannte auf den Flur. Und da stand er im Dunkeln. Er hatte die Tür beiseitegeschoben, ließ sein Paket auf den Boden fallen und zog mich in seine Arme. „Hannel, kleine Hannel", flüsterte er und mit meinem Gesicht nahe an seinem fühlte ich überrascht seinen Schnurrbart. Ich neigte mein ganzes Sein in seines und ließ die Welt um mich herum verschwinden. Meine Mutter war aus der Küche gekommen und betrachtete uns. Dann wandte sie sich um und ging ins Wohnzimmer. Wir folgten ihr und setzten uns aufs Sofa.

Wo war er nur die ganze Zeit gewesen, fragte ich Günter. Und warum hatten wir nichts mehr von ihm gehört? Mutter fügte ziemlich spitz hinzu, auch sie habe sich das gefragt. Als die Amerikaner in der Normandie landeten, sei jeder im Lager euphorisch gewesen, sagte Günter. Die Belgier und auch einige der halbjüdischen Männer tauchten unter in der Hoffnung, binnen Kurzem befreit zu werden. Er ging auch und blieb in der Wohnung eines seiner belgischen Freunde. „Aber dann kam nichts dabei raus", sagte er. „Die Amerikaner hielten sich zurück, und die Nazis wurden wieder anmaßend. Sie begannen, die ländlichen Gegenden zu durchkämmen, nahmen Verhaftungen vor, schickten Leute in Konzentrationslager und veranstalteten öffentliche Exekutionen. Belgische Kollaborateure mordeten Mitglieder der Opposition und wurden selbst ermordet. Das Leben wurde zum Albtraum. Und die ganze Zeit habe ich an dich gedacht, Hannel, und dich schrecklich vermisst." Günter nahm meine Hand und drückte sie zärtlich.

„Ihr beiden", sagte Mutter und schüttelte verzweifelt den Kopf. „Keiner von euch beiden hat eine Ahnung vom Ernst der Lage." „Meine liebe Mutter", sagte Günter und es klang schulmeisterlich, „ich dachte, meine Frau wiederzusehen, war das Risiko des Auftauchens wohl wert. Ich wanderte, fuhr auch mal Anhalter, und auf dem ganzen Weg traf ich immerzu andere Männer in Uniform, die behaupteten, den Kontakt zu ihrer Einheit verloren zu haben. Da draußen scheint ein ziemliches Durcheinander zu sein. Bis zur Rheinbrücke hatte ich keinerlei Probleme. Dort erkannten sie meine Uniform. Sie wussten alles über die Organisation Todt. Glücklicherweise hatten sie nicht vor, mich festzuhalten, aber sie nahmen mir meine Papiere ab und ließen mich schwören, dass ich morgen früh zeitig zurückkomme. Sonst würden sie mich holen." Günter musste lachen. Nachdem Mutter nochmals ihre Befürchtungen geäußert hatte, stampfte sie ins Schlafzimmer und kündigte an, sie werde die Nacht über da drin bleiben, selbst bei einem Luftangriff.

Es gab keinen Angriff in dieser Nacht, nicht mal einen Alarm. Um Mitternacht übergab mir Günter sehr feierlich zwei Geburtstagsgeschenke: eine kleine Armbanduhr, die er in Belgien gekauft hatte, und ein Fläschchen französisches Parfüm, Verbena, mein Lieblingsduft, der mich an das sonnige, sinnenfrohe Spanien erinnerte.

Vor Sonnenaufgang stand ich auf dem Balkon, bibberte vor Kälte und sah ihn die Straße hinuntergehen, ins Unbekannte.

Es ging dann besser als erwartet. Günter wurde in ein Arbeitslager für Halbjuden und andere unerwünschte Männer im Odenwald geschickt. Er wurde einer Dorfwerkstatt zugeteilt, wo er landwirtschaftliche und militärische Fahrzeuge reparieren half. Manchmal konnte er sich nach der Arbeit davonstehlen, wurde mitgenommen oder konnte ein Auto leihen und nach Hause kommen. Wie oft erschien er in der Nacht mit einem breiten Lächeln, und ich fiel in seine Arme so leicht, wie ein reifer Apfel vom Baume fällt.

Meine Mutter sagte, sie halte den Mund, weil wir Advent hätten, eine Zeit, wo man Rückschau halten und freundlich sein solle. Aber sie mache sich Sorgen unseretwegen, fügte sie hinzu. Unser Verhalten sei gar zu unverantwortlich. Es müsse zur Katastrophe führen. Besonders regte sie sich darüber auf, dass ich eines Nachts am Bunkereingang Günter mit Karl bekannt gemacht hatte. Sie machten ein großes Getue umeinander. Jedes Mal bei späteren Treffen ging es nicht ohne dramatische Gesten und Freudenrufe ab. „Sie machen ein Theater", sagte Mutter, „bis sich irgendjemand daran stören wird. Oder Karl selbst verpfeift ihn trotz seines heuchlerischen Rates, wachsam wie ein Dobermann zu sein. Du weißt, dass man einem alten Nazi nie trauen kann", fügte sie bitter hinzu.

39. Kapitel

„Es geht alles vorüber, es geht alles vorbei. Nach jedem Dezember kommt wieder ein Mai", hieß der Refrain eines beliebten Schlagerliedes. Karl sang es so laut er konnte und winkte den Leuten zu, wenn sie nach der Entwarnung steif aus dem Bunker kletterten.

Ende Januar 1945 summte oder pfiff es jedermann. Mutter summte es, wenn sie Pappe auf die zerbrochenen Fenster nagelte, die nicht mehr repariert werden konnten. Ich pfiff es, wenn ich zähneklappernd versuchte, unserem Wohnzimmerofen ein bisschen Wärme abzuschmeicheln. Die wenigen Briketts, die uns ab und zu zugeteilt wurden, ließen sich nur schwer anzünden und noch schwieriger war es, die Glut zu halten. Es war uns nicht mehr möglich, Feuerholz zu bekommen. Viele Kraftfahrzeuge fuhren mit Holzvergaser. Mutter und ich drohten gelegentlich, einen Teil von Großmutters Möbeln zu verbrennen, nur um uns mal wieder kurze Zeit warm zu fühlen. Wie die Dinge nun standen, zitterten wir beide ständig von innen heraus.

Eines Morgens stand ich auf und bibberte wie gewöhnlich vor Kälte. Beim Waschen wurde mir plötzlich schlecht. Der Geruch der Seife, dieses abscheulichen, mit Sand und Asche vermischten Talgstückes, reizte mich zum Erbrechen. „Nein, nein, nimm das weg", stöhnte ich, als Mutter mir eine dampfende, mit einem halben Brühwürfel aufgegossene Tasse Brühe zu trinken anbot. Sie sah mich merkwürdig an.

Ich fühlte mich den ganzen Tag über ganz scheußlich. Auch die von unserem Radio im Büro verkündeten Nachrichten munterten mich kein bisschen auf. An der Ostfront habe es einen vorübergehenden Durchbruch gegeben, hieß es. Russische Truppen stießen durch deutsches Gebiet vor, plünderten und vergewaltigten. Man riet den Deutschen zur Flucht nach Westen. Es seien Auffanglager eingerichtet worden.

Erst nach Einbruch der Dunkelheit, als Mutter und ich zum zweiten Mal an diesem Abend durch die frostige Luft in den Bunker rannten, begann ich mich etwas besser zu fühlen. Doch am nächsten Morgen war es dasselbe. Angefangen vom Geruch der Seife verursachte mir jeder Geruch, der mir in die Nase stieg, Übelkeit. Als Magda ihr Mittagessen am Schreibtisch auspackte, Brot mit in Schweinefett gebratenen Zwiebeln, musste ich schleunigst aus dem Zimmer rennen. Mir dämmerte die schreckliche Wahrheit: Ich war schwanger! Die Wände des Waschraums drehten sich um mich herum und kalter Schweiß brach mir aus.

Warum wählte das Schicksal mich als Gefäß für neues Leben an einem Ort des Todes und der Verwüstung? Sollte ich wirklich so grausam sein müssen, in diesem Tal der Tränen ein Kind zur Welt zu bringen? Oder war ich so gesegnet, das Leben in mir über die Zeit des Terrors hinaus in eine Ära wiederhergestellter Freiheit und Menschlichkeit zu tragen?

Als ich mich an diesem Abend nach der Arbeit die Treppe zu unserer Wohnung hinaufschleppte, war der Mann mit dem Klemmbrett wieder da. Er wolle sich nur vergewissern, dass ich zur Abfahrt bereit sei, sagte er. „Jetzt?", fragte ich und die Knie wurden mir butterweich. „Nein, nein, noch nicht, aber bald", antwortete er.

In dieser Nacht wurden Mutter und ich am Bunkereingang durch die Menge getrennt. Ich blieb draußen im Dunkel zurück. Ich hörte die Bomber in Wellen über uns wegfliegen. Ich hörte in der Ferne Detonationen und sah den Nachthimmel am Horizont rot werden. Flakgeschütze flammten auf. Ihr Pop-pop klang wie Hohn, verglichen mit dem gewichtigen Grollen der Bomberwellen über unseren Köpfen. Ich wünschte mir, sie würden ihre tödliche Ladung auf mich schütten, mich in Flammen hüllen, mich vom Gesicht der Erde fegen, mich von meinen schrecklichen Zweifeln und Ängsten befreien. Doch unsere Stadt war in dieser Nacht nicht ihr Ziel. Innerhalb weniger Stunden war ich zum zweiten Mal verschont geblieben. Das war für mich ein Zeichen.

„Das Baby und ich werden überleben", sagte ich, als Mutter schrie, wenn die Gestapo herausfand, dass ich ein Kind trage, würden sie mich bestimmt umbringen. „Sie haben nicht mehr genug Zeit. Der Krieg wird vorbei sein, bevor sie bis zu mir kommen", sagte ich und versuchte, überzeugend zu klingen. Es gelang mir nicht, Mutter zu beruhigen. Sie schluchzte laut. Sie würde Günter den Hals umdrehen, wenn der Feigling es wagen sollte, hier aufzutauchen, weinte sie.

Seit Weihnachten schon war es Günter nicht mehr möglich gewesen, sich aus dem Lager zu stehlen. Bei seinem nächsten Anruf an meinem Arbeitsplatz erzählte ich ihm, wie es stand. Ich hörte, wie er den Atem anhielt. Dann sagte er: „Lass den Kopf nicht hängen, Kleines, bitte. Alles wird gutgehen. Du wirst sehen." Auf so ein Gefühl hin habe er für mich im Dorf ein Zimmer gemietet, erzählte er. Dort könne ich an Wochenenden oder auch sonst jederzeit, wenn es mir gelang wegzukommen, über Nacht bleiben. Dort wäre ich sicherer. Er wollte, dass ich Samstag hinkomme.

Nach der Arbeit nahm ich die Kleinbahn nach Lützelsachsen an der Bergstraße, wo Günter in einer Werkstatt Arbeit zugewiesen worden war. Ich kam bei Sonnenuntergang an. Dunkle Schatten zogen über die Reihen kleiner Häuser, die dicht an dicht an der gewundenen Straße standen. Die Pflastersteine waren mit feinem, körnigen Schnee bedeckt und in den Rinnsteinen lagen Eisklumpen.

Vorsichtig wählte ich meine Schritte zu einem größeren Gebäude, in dem ich eine frühere Tankstelle erkannte. Ich öffnete die Tür und löste damit ein schrilles Klingeln aus. Hinten in der Werkstatt sah ich zwei alte Männer in fast völliger Dunkelheit arbeiten. Einer kam vor und sagte mir, Günter sei noch auswärts beschäftigt. Dann wischte er mit einem Lappen einen Stuhl ab und bot ihn mir an. Ich könne hier auf ihn warten, meinte er. Er trug einer Frau auf, mir ein Glas Apfelwein zu bringen. Sie stellte es auf den Tisch neben mir. Ein kleines blondes Mädelchen hing ihr bei der Arbeit am Rockzipfel. Dann standen alle herum und sahen mich mit unverhohlener Neugier an.

Was mochten sie denken, fragte ich mich, wobei ich vor Kälte zitterte. Als die Erwachsenen gingen, blieb das Mädchen da. Sie wickelte ihre langen Zöpfe um den Finger und starrte mich an. Sie beantwortete mein Lächeln nicht, aber schließlich zeigte sie auf meinen Farbkasten, den ich wie immer mitgenommen hatte. „Was ist das denn?", fragte sie. Ich öffnete ihn und holte unter meinen Ausweisen, frischer Unterwäsche und verschiedenen Toiletteartikeln mein Skizzenbuch und einen Bleistift hervor. Ich zeichnete für sie ein Bild mit Blumen, Bäumen und Kindern. Ihr Gesichtchen wurde rot vor Freude. Könnte ich ihr wohl eine Puppenstube mit Möbeln zeichnen, fragte sie.

„Ich weiß noch was Besseres", sagte ich. „Wenn du mir eine Schere bringst, kann ich dir eine basteln." Ganz aufgeregt sprang sie fort. Als sie zurückkam, trug sie vorsichtig eine Schere. Wie man es ihr beigebracht hatte, hielt sie sie am spitzen Ende fest zusammen, die Spitze von sich weg. Die Frau beobachtete unser Treiben von der Türe aus. Die Kleine übergab mir die Schere, sah mich erwartungsvoll an und kletterte ganz selbstverständlich auf meinen Schoß. Schweigend sah sie mir zu, wie ich zeichnete, ausschnitt und faltete. Es entstanden dünne Stühlchen, ein Tisch, ein Schrank mit Türen, die sich öffnen und schließen ließen, und ein Ofen. Jedes Mal, wenn etwas Neues fertig wurde, seufzte das wie hypnotisiert zuschauende Mädchen voll tiefer Befriedigung.

Dieses zutrauliche kleine Kind auf meinem Schoß und das kostbare neue Leben, das in mir wuchs, schienen merkwürdig miteinander verbunden. Es überwältigte mich die Erkenntnis, dass ich nicht mehr ziel- und planlos meiner Wege zog. Mein Leben hatte jetzt Bedeutung erlangt. Ich fühlte mich im Einklang mit meinem Schicksal und ruhige Zufriedenheit erfüllte mich.

„Du siehst verändert aus", sagte Günter. Er war von seiner auswärtigen Arbeit zurück und hatte den beiden alten Männern Bericht erstattet. Geduldig hatte er ihre vielen Fragen beantwortet, durch die Dunkelheit dabei zu mir herübergesehen und mich voll Liebe und Sehnsucht angelächelt. Ich hatte das Mädchen zum Abschied leicht auf den blonden Kopf geküsst. Sie war von meinem Schoß geglitten und mit einigen der Papiersächelchen in der Hand fortgelaufen.

Draußen war die Luft scharf und durchdringend. Die Atemluft kräuselte sich vor unseren rasch starr werdenden Gesichtern. Wir drückten uns enger aneinander. Beim Gehen durch die dunkle, vereiste Straße fielen wir in Gleichschritt. In meiner Jackentasche umfasste Günters rechte Hand liebevoll meine linke. Ich legte meine Wange auf seine Schulter. Die raue Uniform und der Geruch von Desinfektionsmittel ließen mich zurückfahren. Ich grub meine Nase in meinen Pelz und sog tief den schwachen Verbenaduft ein.

Wir gingen zu einem kleinen Haus am Ende der Straße und stiegen in völliger Düsternis eine steile Holztreppe hinauf. Auf dem ersten Absatz schien unter der geschlossenen Tür ein schmaler Lichtstreifen durch. Günter klopfte. Die Tür wurde erst einen Spalt, dann weit geöffnet. Ein großer grauhaariger Mann stand vor uns, von strahlender Wärme umgeben. Er habe gerade sein Nachtprogramm im Radio angehört, sagte er und zwinkerte Günter zu. Er sei froh, dass wir die Treppe hochkamen und nicht jemand anderes. Dann nahm er meine beiden Hände in die seinen.

„Ich bin Heinrich Köhler, und dies ist meine Frau", sagte er und zeigte auf eine kleine Frau mit rotem Gesicht und einem grauen Haarknoten. Sie saß ruhig am Tisch, die Hände im Schoß. „Wir heißen Sie in unserem Heim willkommen. Wir freuen uns, Sie unter unserem Dach zu haben."

Er fügte hinzu, wir sähen beide müde aus. Am besten gingen wir gleich in unser Zimmer und schliefen uns erst mal aus. Am Morgen sei noch genügend Zeit, sich bekannt zu machen. Er ließ die Tür offen, um unseren Aufstieg zu unserem kleinen Zimmer am oberen dunklen Treppenabsatz zu beleuchten.

Ich stand abwartend im Zimmer, während Günter ein paar Dinge umstellte und die Verdunkelung vor dem kleinen Mansardenfenster befestigte. Dabei erzählte er mir, dass unser Vermieter Sozialdemokrat gewesen sei, Gewerkschafter bei der Eisenbahn. Die Nazis hatten ihn gefeuert und nicht zugelassen, dass er anderswo Arbeit bekam. Sie hielten ein Auge auf ihn, belästigten ihn aber nicht allzu sehr, anscheinend weil er gebraucht wurde. Er kümmerte sich nämlich um die Kartoffelfelder und Weinberge seiner verwitweten Schwiegermutter.

„Der Sohn ist natürlich in der Wehrmacht", fuhr Günter fort. „Aber auch er ist kein Nazi. Du kannst wirklich jedem in der Familie dein Leben anvertrauen, sogar der Tochter, obwohl sie ein bisschen verstört herumrennt, seit ihr Mann an der Front gefallen ist. Von ihr habe ich den Lampenschirm bekommen." Günter lachte, als er das Licht anknipste. Eine vielfarbige japanische Papierlaterne umschloss die von der Decke hängende Glühbirne. Ich sah mich verwundert um. So mochte es im Inneren eines Zigeunerwagens aussehen, dachte ich.

Ein großer Stuhl mit gerader Lehne und gerissenem Lederpolster stand in einer Ecke. Daneben ein niedriger runder Kaffeetisch und ein geflicktes ledernes Sitzkissen. Diese Sachen waren aus Günters elterlicher Wohnung gerettet worden. In einer anderen Ecke stand ein wackeliger Waschtisch, gleich daneben ein großes Metallbettgestell mit einer klumpig aussehenden Matratze und vielen Wolldecken verschiedener Farbe und Größe.

Günter zog sich schnell aus, stapelte seine Kleider auf dem Fußboden und wusch sich über der Emailleschüssel auf dem Waschtisch. Ich stand noch immer zögernd in dem merkwürdigen Zimmer und fror trotz meiner Pelzjacke. „Die Männer in der Werkstatt haben mir einen alten Ofen versprochen", sagte Günter, während er sich abrubbelte. „Bis dahin müssen wir uns gegenseitig warm halten, so gut wir können." Behutsam begann er, mir meine Kleider auszuziehen, und trug mich dann ins Bett.

Noch vor Tag musste er zurück ins Lager. Als es Zeit war zu gehen, nahm er die Verdunkelung ab, zog sich im Mondlicht an und ging auf Fußspitzen die knarrende Treppe hinunter, seine Stiefel in der Hand. Ich ging zurück ins Bett, packte mich in sämtliche Wolldecken ein und schlief bis zu seiner Rückkehr. Das war manchmal erst am frühen Nachmittag. Er brachte ein Kochgeschirr mit gekochten Kartoffeln, Möhren und nicht identifizierbaren Fleischbröckchen mit. Wir aßen am Kaffeetisch, mit untergeschlagenen Beinen auf dem Boden sitzend.

Innerhalb einer Woche erhielt Günter einen kleinen Ofen. Er sorgte dafür, dass der Ofen immer so weit vorbereitet war, dass ich ihn nur noch mit einem Streichholz anzuzünden brauchte. Reichlich Feuerholz war immer daneben aufgestapelt. Das merkwürdige Zimmerchen an der engen Dorfstraße wurde meine wöchentliche Zufluchtsstätte. Ich musste dort niemals wegen eines Luftangriffs rennen. Auch nach dem Mann mit dem Klemmbrett musste ich mich dort nie umsehen.

Anfangs hielt ich immer an der Werkstatt, um dem kleinen Mädchen guten Tag zu sagen und ihr ein kleines Papierspielzeug zu bringen. Doch nach einer Weile sagte man mir, sie und ihre Mutter seien nicht mehr da. „Der Alte hat sie zu Verwandten geschickt", erzählte mir Frau Köhler. „Er ist Nazi, er hat es sich und seiner Familie sehr gut gehen lassen, aber er ist nicht so dumm wie manche andere, die immer noch glauben, der Krieg könne gewonnen werden. Er weiß, dass wir verlieren und dass dann er und seine Sorte Ärger bekommen. So hat er Frau und Kind an einen Ort geschickt, wo sie niemand kennt."

Frau Köhler hatte immer ein bisschen Klatsch für mich. Wenn ich ankam, war sie mit der Hausarbeit fertig. Gewöhnlich war sie dann auf ihrem Beobachtungsposten hinter dem hölzernen Fensterladen. Ihre Arme ruhten bequem auf einem Kissen auf dem Sims. Ein Glas und ein Krug mit dem rosé Hauswein der Familie stand neben ihrem Ellbogen. So beobachtete sie das Kommen und Gehen auf der Straße.

Sie sei hocherfreut, dass ich eine weitere Bombenwoche überlebt habe, sagte sie und bot mir einen großen Becher Wein an. „Trinken Sie, trinken Sie es gleich runter! Das gibt Ihnen und dem Baby Kraft", drängte sie. Ich nickte und hielt das Glas vorsichtig auf Abstand, weg von meiner Nase. Ich würde es später trinken, sagte ich. Wie konnte ich ihr sagen, dass mir der kleinste Weinhauch Übelkeit verursachte? Sie würde sich nur noch mehr Sorgen machen. Sie sorgte sich schon genug um mich und die Gesundheit meines ungeborenen Kindes. Nicht nur die Flugzeuge und die Gestapo stellten eine ständige Gefahr dar. Auch andere Gefahren lauerten. Frau Köhler wusste von einer Schwangeren, die durch eine schwarze Katze erschreckt worden war. Sie hob die Hand vors Gesicht und natürlich wurde das Baby mit einem schwarzen haarigen Muttermal auf der Wange geboren.

Frau Köhler war voll solcher Geschichten und hätte sie mir gerne alle mitgeteilt. Aber sie merkte auch, dass ich leicht ermüdete. Dann unterbrach sie sich und drängte mich, nach oben zu gehen und mich hinzulegen. Ich trug das Glas Wein hinauf, stellte es in dem kleinen Flur auf den Boden, wo Günter es nachts fand und austrank. Dort genoss er auch eine meiner Zigaretten und blies die Rauchwolken zum Fenster hinaus, aus Rücksicht auf meine totale Aversion gegen mein früheres Laster.

Ich war glücklich, dass ich wenigstens wieder essen konnte, ohne dass mir übel wurde. Besonders verlangte mich nach den weichen Laugenbrötchen, die es immer noch in der Bäckerei neben unserem Büro zu kaufen gab, wenn man genügend Abschnitte hatte. Meine liebe Mutter gab mir ihre alle ab, damit ich wenigstens ein bisschen Fleisch auf den Rippen behielt, wie sie sagte. Ich wiederum brachte Sachen vom Land mit: Kartoffeln, Möhren und Rüben. Günter erhielt sie, wenn er nach der Arbeit bei den Bauern gelegentlich Werkzeuge oder Geräte reparierte.

Mutter lobte den delikaten frischen Sellerie oder den Meerrettich, aber nichts war so willkommen wie Günters ganz spezieller Aspik. Alle paar Wochen, wenn der Metzger im Dorf eine Kuh schlachtete, war Günter glücklicher Empfänger des Kopfes. Heimlich brachte er ihn in Zeitungspapier verpackt in unser Zimmer. Auf unserem Ofen kochte er ihn in einem großen, von Köhlers geborgten Topf. Ich machte nie den Versuch, den Kopf anzusehen, hatte aber keine Einwände, wenn er stundenlang siedete und blubberte, und ein höchst erfreulicher Duft unser Zimmer erfüllte, dank der Kräuter und Gewürze, die Günter hier und da auf seinen Reparaturfahrten sammelte. Nachts hackte und schnitt er auf der eingelegten Platte des Kaffeetisches. Ich schlief derweil tief und fest in meinem Bett, ungeachtet seiner Betriebsamkeit. Ich merkte auch nicht, wenn er sich vor Tagesanbruch wegschlich, zurück ins Lager.

Sonntags kam er zurück, normalerweise mit offizieller Erlaubnis. Dann unternahmen wir lange Spaziergänge durch den noch winterlichen, stillen Wald. Den noch verbleibenden Rest unserer Zeit verbrachten wir in unserem gemütlichen kleinen Nest. Während ich am Nachmittag ein kleines Schläfchen hielt, saß Günter am offenen Fenster und horchte auf Tiefflieger. Bisher war noch keiner direkt über unserem Dorf gesichtet worden, aber die auf außerhalb liegenden Feldern arbeitenden Leute berichteten, wie kleine, schnelle Flugzeuge niedrig über sie hinweggeflogen waren und ihre Kühe beschossen hätten.

„Wir Menschen haben seit Jahrtausenden wirklich kaum Fortschritte gemacht, nicht wahr?", sagte Günter eines Tages. „Ich rede nicht von den Nazis, die sind eine untermenschliche Spezies ganz für sich. Aber hier bin ich, suche nach Nahrung für meine Frau und bewache ihre Wohnung, genau wie ein Steinzeitmann. Nicht zu fassen." Er schüttelte den Kopf. „Mein lieber Höhlenmann", sagte ich und gab ihm einen liebevollen Klaps auf die Hand. Das schätzte er aber gar nicht. Er sei wütend, sagte er, dass das Schicksal ihn auf eine solch primitive Daseinsstufe zurückgeworfen habe. „Es ist fast vorüber, Liebling", sagte ich beschwichtigend, aber er blieb eigensinnig.

Der März 1945 zog lammfromm ins Land. Das Eis in den Wagenspuren der Dorfstraße schmolz. Gelbe Schlüsselblumen schossen aus dem weichen Waldboden. Frau Köhler verwöhnte mich mit dem ersten frisch gepflückten Salat. Die Amerikaner überquerten den Rhein bei Remagen. Das Brummen ihrer Flugzeuge über unseren Köpfen wurde zum selbstverständlichen Bestandteil unseres Lebens. Alles und jedes diente ihnen als Zielscheibe für ihren Spieltrieb. Die Kleinbahn wurde mehrmals, anscheinend nur zum Spaß, im Tiefflug angegriffen. Sobald die Bahn hielt, stiegen die Passagiere aus und verteilten sich auf den Feldern. Wenn sie zurückkamen, stiegen sie wieder ein und verfluchten die Feinde.

Einmal war der Zug noch voller als sonst. Ich musste auf der Plattform stehen, eingequetscht zwischen alten, schlecht riechenden Frauen mit vollen Einkaufsnetzen, kurz geschorenen Offizieren und einem riesigen, ungeschlachten Zivilisten. Er trug einen Kamelhaarmantel und einen dazu passenden Hut. Während der Zug holperte und hopste, stieß mich der Mann mit dem Ellbogen in die Seite, nestelte eine Zigarre unter seinem Mantel heraus und zündete sie an. Als ich sah, wie seine Wurstfinger die dicke Zigarre hielten, die der Farbe seiner Kleidung entsprach, spürte ich, wie ich gleich würde erbrechen müssen. Doch genau in diesem Augenblick blieb der Zug mit einem Ruck stehen. „Flugzeuge", schrie jemand, und alle drängten hinaus, trampelten sich gegenseitig auf die Zehen, sprangen vom Zug, rollten sich in den Graben hinunter, während Maschinengewehre um uns herum feuerten und zischten. Ich presste mein Gesicht in den Schlamm und ließ Lärm und Schmutz über mich hinwegblasen.

Als wieder Ruhe einkehrte, sahen sich die Leute verwundert an. „Wenn sie gewollt hätten, hätten sie uns alle töten können", sagte jemand. Wir wankten zurück in den Zug, gedemütigt und schmutzig.

„Diese Ausflüge von dir werden viel zu gefährlich", sagte Mutter. „Von jetzt an möchte ich, dass du an den Wochenenden zu Hause bleibst." „Natürlich", sagte ich sarkastisch.

„Hier in der Gegend ist es viel sicherer." Mutter merkte, wie absurd ihre Bemerkung war, und musste lachen. Ich fiel mit ein. Wir lachten beide, weinten dann gleichzeitig und umarmten uns. „Glaubst du, dieser Schlamassel wird irgendwann ein Ende haben?", fragte Mutter. Ich nickte heftig: ja.

Am Radio hörten wir täglich vom Rückzug der deutschen Armee. Man nannte es eine strategisch geplante Rückzugsaktion. Im Büro machte sich langsam jeder klar, dass Hitlers Krieg verloren war, jeder außer Frau Schatz. Sie schwatzte immer noch von der Wunderwaffe des Führers, eine wirklich wirksame und tödliche Waffe, die er selbst vor seinen nächsten Beratern verstecke.

„Ihr werdet sehen, er wird seine geheime Wunderwaffe genau im richtigen Moment herausholen, um diesen Krieg zu beenden und alle unsere Feinde ein für allemal zu besiegen", sagte Frau Schatz. Dabei sah sie sich triumphierend um, und die Sirenen gingen zum dritten Mal an diesem Tage los.

Es gab in letzter Zeit tagsüber so viel Alarm, dass wir ihn oft übergingen und weiterarbeiteten. Rannten wir doch in den nahen Bunker, kamen wir oft nicht mehr zur Arbeit zurück, sondern gingen gleich nach Hause. Der Gruppenleiter schien sich nicht mehr darum zu kümmern, was wir machten. Seine Welt war zerfallen. Er war mehr als einmal ausgebombt worden und schien jetzt in seinem Büro zu wohnen. Entweder saß er untätig hinter seinem Schreibtisch oder er ging gedankenverloren auf und ab. Diesmal jedoch kam er heraus und sagte, wir sollten alle in den Bunker gehen. Er hatte so ein Gefühl, dass das ein richtig großer Angriff werden würde. Er hatte recht. Wir verbrachten Stunden unter der Erde, während eine Bomberwelle nach der anderen über uns hinzog. Die fallenden Bomben ließen die Erde erzittern, doch detonierten sie in einem gewissen Abstand. Dann kam ein lauter, hohler Aufschlag direkt über meinem Kopf, wie mir schien. Ein junges Mädchen neben mir schluchzte. „Haltet euch fest und macht euch auf was gefasst", rief der

Bunkerwart. „Das ist eine Zeitbombe. Die geht los, wenn wir es am wenigsten erwarten. Legt euch hin, wenn ihr könnt."

Es war kein Platz zum Hinlegen, aber wir hielten uns fest und waren erleichtert, als nichts geschah. Nur der Ventilator gab den Geist auf. Für genau diesen Fall hatte ich mein Taschentuch mit Verbena getränkt. Ich presste es gegen meine Nase und ermahnte mich, nicht in Panik zu verfallen. Wir mussten warten, bis jemand die Bombe überprüft hatte. Sie wurde als Blindgänger erklärt. Als wir schließlich hinausgelassen wurden, gingen wir vorsichtig an der Stelle vorbei.

Die Sonne war inzwischen hinter dem Vorhang von Rauch und Nebel verschwunden, der die Welt einhüllte und sie in ein unwirkliches Rosa tauchte. Ich versuchte, wenigstens die Umrisse unseres Bürogebäudes unter den verhangenen Trümmern auszumachen, aber es gelang mir nicht. Die Landschaft hatte sich wieder verändert. Der Platz, den man mir zur Arbeit zugewiesen hatte, war wieder weg. Auch meine Kollegen waren im Nebel verschwunden. Ich ging nach Hause.

40. Kapitel

Auf dem Heimweg bot sich mir der übliche Anblick: Trümmerhaufen, verdrehte Rohre, zerquetschte Fahrzeuge, Badewannen, ein Klavier und natürlich Frauen. Einsame Frauen liefen wie betäubt suchend und schweigend über den Schutt. Auf der Neckarbrücke traf ich einen Trupp alter, verdreckter Männer in schlecht sitzenden Uniformen. Sie versuchten, im Gleichschritt zu marschieren. Waren das die neuen Rekruten, die an der sich nähernden Front eingesetzt werden sollten?

Als ich in unsere Straße einbog, sah ich Mutter und Tante offensichtlich auf mich wartend beieinanderstehen. Ich war ehrlich überrascht. Normalerweise ließ sich meine Tante mit

Mutter oder mir nicht öffentlich sehen. Bei gelegentlich unvermeidbaren, zufälligen Treffen sah sie ängstlich die Straße hinauf und hinunter in der Hoffnung, niemand werde uns bemerken und es würden keine unerfreulichen Folgen eintreten. Jetzt stand sie neben meiner Mutter auf ihrer Straße, dem Anblick der Nachbarn ausgesetzt. Wo war ihre Vorsicht geblieben?

„Wir waren krank vor Angst um dich", rief sie, als sie mich kommen sah. Mutter rollte die Augen und hob die Brauen um anzudeuten, dass die Veränderung im Verhalten ihrer Schwester nicht unbemerkt geblieben war. Dann hängten sich die beiden bei mir ein und brachten mich zum Kaffeetrinken in Tantes Haus. „Nimm auch ein paar von den Keksen!" Tante bot uns beiden sehr gute, dünne Friedenskekse an. „Ein Patient hat sie für Gerhard gebracht, aber er will sie nicht. Er sagt, er brauche nichts." Tränen rollten ihr die Wangen hinunter. Mein Onkel, erfuhr ich, war zur Erholung in einem Sanatorium an der Bergstraße. Man hatte ihn dorthin geschickt, nachdem er sich über die Bedingungen in den Arbeitslagern beschwert hatte, wo er Dienst tuender Arzt war.

„Er sagte, wenn man die Einrichtungen nicht verbessere, könne er seine Arbeit nicht so machen, wie es nötig sei. Natürlich hat niemand auf ihn gehört und schließlich wurde er depressiv", erzählte die Tante. „Ich war gestern zu Besuch bei ihm im Sanatorium. Er saß auf der Veranda mit all den anderen netten Offizieren. Alle sitzen nur herum und warten, dass dieser elende Krieg zu Ende geht." Tante Rosel seufzte.

Dann bemühte sie sich, etwas heiterer zu erscheinen, und wechselte das Thema. Ostern liege dieses Jahr recht früh. Sie habe gehört, dass aus diesem Anlass jede Person ein richtiges Ei erhalte, nicht nur Eipulver. „Das werden vermutlich Eier sein, die schon eine Ewigkeit in Wasserglas liegen", sagte Mutter. Doch Tante meinte, auch dann wären sie zum Backen noch zu brauchen. Wir fanden alle, das sei etwas, worauf wir uns freuen könnten.

Vor unserer eigenen Wohnung wartete Kurt auf uns. „Jedes Mal, wenn ich bei euch um die Ecke komme und sehe das Haus noch stehen, bin ich verwundert", sagte er. „Das grenzt an Zauberei." „Ja", antwortete ich ziemlich sarkastisch. „Der Blick aus unserer Wohnung ist auch zauberhaft, findest du nicht? Ich liebe besonders den vom Balkon." Das bezog sich auf die Pappen, die an allen Fenstern das Glas ersetzten. Auf der an der Balkontür stand in dicken grünen Buchstaben „PERSIL bleibt PERSIL". „Persil, das Seifenpulver, das alles weiß wäscht", las ich mit großen Gesten vor. „Das ist für immer in meinem Gedächtnis eingegraben." Ich musste lachen. „Du wirst albern", sagte Mutter kopfschüttelnd und selbst Kurt, auf den ich immer als Bewunderer meines Witzes zählen konnte, egal wie erzwungen, runzelte die Stirn. „Günters Freundin Ursel wurde heute getötet", sagte er mit flacher Stimme. „Sie war mit ihrer Mutter im Keller, als das Haus getroffen wurde. Sie saßen nebeneinander auf einer Bank. Ein Brocken aus der Decke fiel auf Ursel herunter und tötete sie auf der Stelle. Ihre Mutter wurde nicht einmal verletzt. Eine Nachbarin hat es mir erzählt." „Wie furchtbar", sagte ich. Ich fühlte mich so schrecklich, als sei es meine Schuld, weil ich früher auf die arme Ursel eifersüchtig gewesen war.

Kurt räusperte sich. „Eigentlich bin ich gekommen, um euch zu sagen, dass ich in ein paar Stunden abhaue", sagte er ruhig. Ein paar von den französischen Arbeitern haben schon eine Zeit lang ein Ruderboot in der Nähe des Kraftwerks versteckt. Ich werde mit ihnen über den Rhein rudern. Die Amerikaner sind jetzt überall auf der anderen Rheinseite, aber die Nazis sprengen alle Brücken in die Luft. Das wird noch mal Verzögerungen mit sich bringen. Ich hab' die Schnauze voll. Die Franzosen ebenso. Wir rudern vor Sonnenaufgang in die Freiheit." „Kurt", sagte Mutter. „Warum jetzt noch ein solches Risiko auf sich nehmen? Warum nicht noch die kurze Zeit abwarten?" „Gnädige Frau", sagte Kurt, nahm Mutters Hand und küsste sie. „Ich kann wirklich nicht mehr länger warten. Ich muss mein Leben wieder selbst in die Hand nehmen."

Wir alle wünschten einander Glück. Wir würden uns als freie Menschen wiedersehen, sagten wir, aber ich konnte es mir nicht vorstellen. Als Mutter ins Bett gegangen war, blieb ich im dunklen Wohnzimmer auf dem Sofa liegen und fühlte mich merkwürdig orientierungslos. Ich ergriff die Plüschdecke mit den goldenen Fransen und zog sie vom Tisch. Seit ich als kleines Mädchen meine Großeltern besuchte, kannte ich diese Decke und hasste sie wegen ihrer Hässlichkeit. Ich deckte mich damit zu und fühlte mich getröstet durch den Geruch vom Staub vieler Jahre. Ich rollte mich zusammen und schlief ein.

Der Lärm vieler Tritte, Stimmen und das Rattern von Holzrädern auf dem holprigen Pflaster weckte mich auf. Es hörte sich anders an als das übliche Gerenne zum Bunker. Es klang mehr wie Leute auf Urlaub. Blasses, frühes Morgenlicht sickerte ins Zimmer. Überrascht merkte ich, dass ich noch auf dem Sofa lag. Mutter stand an der offenen Balkontür und verrenkte sich den Hals, um zu erkennen, was auf der Straße unten vorging. „Was ist los?", fragte ich, sprang auf und kam zu ihrem Beobachtungsposten. Massen von Frauen, dick verpackt gegen die Märzkühle, kamen aus den Seitenstraßen. Sie schoben Kinderwagen und Fahrräder oder zogen Leiterwagen, alle hoch beladen mit Schachteln und Bündeln. Auf der Hauptstraße, die aus der Stadt herausführte, trafen sie zusammen.

„Es fahren keine Züge mehr", rief eine Frau zu niemand Bestimmtem. „Wir müssen laufen." „Dann laufen wir eben", schrie eine andere Stimme. Unser Blockwart stand an der Ecke. „Was gibt's?", brüllte er. „Seid ihr alle verrückt geworden?" Ohne stehen zu bleiben, rief eine der Frauen über die Schulter, Eisenhower habe im Radio gesagt, seine Männer seien dabei, die Stadt einzunehmen, und Frauen und Kinder sollten, soweit sie nicht schon evakuiert seien, die Stadt verlassen. „Wer zum Teufel ist Eisenhower?", schrie der Blockwart zurück. Das gab spöttisches Gelächter. Dann nannte jemand den Blockwart einen Idioten und mehrere Stimmen riefen, Eisenhower sei der General der amerikanischen Armee und sie machten, was er befehle.

„Pöbel", sagte Mutter ärgerlich und verglich die Frauen mit dem Mob der französischen Revolution. „Sie folgen jedem, ob es ein Krimineller wie Adolf Hitler ist oder jemand, von dem sie überhaupt nichts wissen, wie von diesem amerikanischen General. Es ist egal. Wedelt vor ihnen eine Fahne, dann kommen sie gerannt."

Meine Tante war in der Bäckerei gewesen und kam hoch, um mit Mutter zu sprechen. Sie waren sich einig, dass die Lage noch eklig werden konnte, bevor alles überstanden war. Es konnte zu Straßenkämpfen kommen. Meine Tante sagte, sie sei froh, dass wenigstens keine Russen kämen. Sie seien ein viel wilderes Volk als die Amerikaner, von denen viele wie General Eisenhower deutsche Vorfahren hätten. Aber bei Soldaten könne man nie wissen. „Sie wollen ihre Beute", sagte die Tante ängstlich. „Wer weiß, was sie uns antun werden?" Mutter nickte. „Alle Männer verändern sich, wenn man ihnen eine Uniform und ein Gewehr gibt", sagte sie zum x-ten Mal.

In dem Augenblick erschien wie durch Zauberei Günter im Zimmer. Er sah blass und erschöpft aus. „Hannel", sagte er mit vor Erregung erstickter Stimme. „Ich hab' mir solche Sorgen um dich gemacht." Er nahm mich in die Arme und wir drückten einander lange und fest. Er habe bei Köhlers Radio gehört, sagte er, und sich entschlossen, den Versuch zu wagen, herzukommen und Mutter und mich aus der Stadt zu holen. Es sei unmöglich gewesen, irgendein Fahrzeug aufzutreiben. So hatte er den größten Teil des Weges laufen müssen.

„Hier bin ich, und wenn ich euch nicht rauskriege, kann ich euch wenigstens beschützen." Mutter fragte ziemlich zynisch, wie er das wohl tun wolle. Doch Tante Rosel, sichtlich bewegt durch die Ritterlichkeit meines Ehemannes, fragte, ob er einen Wagen ohne Autoschlüssel starten könne. „Selbstverständlich", kam prompt Günters Antwort. Tante Rosel forderte ihn auf, zur nahen Garage mitzukommen, wo Onkels Dienstwagen mit hoffentlich ausreichend Benzin stehe, um uns aus der Stadt zu bringen. Sie wolle zum Sanatorium, wo sie zusammen mit ihrem Mann abwarten werde, was Gott weiter mit ihr vorhabe. Sie klang sehr energisch.

Als ihr später der Beifahrersitz in dem Volkswagen angeboten wurde, lehnte sie ebenso energisch ab. Ich solle mich neben den Fahrer setzen, sagte sie. Sie erinnerte daran, wie ich als Kind unter Übelkeit beim Reisen gelitten hatte. In meinem jetzigen Zustand müsse man es mir so bequem wie möglich machen. Sie übergab mir einige Kekse und eine Thermosflasche mit Fruchtsaft und kletterte dann neben Mutter auf den Rücksitz.

Im Rückspiegel konnte ich die beiden Schwestern sehen, verpackt in voluminöse Pelzmäntel, ihre großen Handtaschen vor sich auf dem Schoß. Ihre blassen, schon etwas welken Gesichter sahen ängstlich unter den seidenen Kopftüchern hervor.

„Wer hätte je eine solche Katastrophe voraussehen können?", jammerte meine Tante. Ihre bronzefarbenen Augen füllten sich mit Tränen und die Nasenflügel bebten. Meine Mutter schickte einen vernichtenden Blick hinüber. „Manche von uns haben versucht, euch andere zu warnen", sagte sie scharf. „Aber so lange Hitler nur Juden und Linke verfolgte, hat sich niemand darum gekümmert. Nun hat jeder den Preis dafür zu zahlen." „Es tut mir wirklich leid, Emma, für alles, was du durchmachen musstest", jammerte meine Tante. „Aber welcher gesunde Mensch hätte sich vorstellen können, wie die Dinge weitergingen?" „Ihr hättet ‚Mein Kampf' lesen sollen. Das hätte euch die Augen geöffnet", beharrte Mutter. Ich drehte mich um und lächelte sie beruhigend an. Ich liebte sie beide so sehr und wollte nicht, dass sie weiter stritten, jedenfalls nicht jetzt, wo ihre Meinungsverschiedenheiten ohnehin nicht mehr wichtig waren. Keine von beiden sah mich an. Sie waren zu sehr in ihre eigenen Gedanken versunken.

In der Zwischenzeit steuerte Günter das Auto konzentriert durch überfüllte Nebenstraßen, in eine Karawane hinein, die sich auf der Fahrstraße ins offene Land schlängelte. Überall waren Fußgänger, überwiegend Frauen, die vollbeladene kleine Gefährte zogen oder schoben. Uniformierte Männer auf Fahrrädern zogen durch die Menge. Militärlastwagen erzwangen die Durchfahrt und mussten kurz danach wieder anhalten, um ihre Öfen zu beschicken, bevor sie weiterfahren und noch mehr stinkenden Qualm in die ohnehin rauchgeschwängerte Luft spucken konnten. Wegen irgendeiner unergründlichen Störung weiter vorne kam manchmal die ganze Kolonne zum Stillstand. Dann sahen die Passagiere aus den Autos neben uns neugierig herüber und versuchten, eine Unterhaltung zu beginnen. Sie müssen sich über die Frauen in dem Zivilauto und ihren Fahrer in der merkwürdigen Uniform gewundert haben. Günter sah jedoch strikt nach vorne und blockte jede Annäherung ab.

Schließlich nahmen wir einen weiteren Passagier auf, einen Soldaten zu Fuß, der behauptete, auf dem Weg zu seiner Einheit zu sein. Er fuhr auf dem Trittbrett auf der Fahrerseite mit und suchte den Himmel nach Tiefffliegern ab. Später kletterte ein älterer Mann in Sicherheits- und Hilfsdienstuniform auf das Trittbrett an meiner Seite. „Zwei Wachen sind besser als eine", erklärte er. Er gehöre zu einer Einheit in den Bergen, die Deserteure fangen solle. „Die werden dann gleich an Ort und Stelle exekutiert, aufgehängt", sagte er boshaft, steckte den Kopf zu meinem Fenster herein und sah Günter und den jungen Soldaten scharf an.

„Wir fahren nicht in die Richtung", sagte Günter. „Wir fahren einen anderen Weg. Sie können daher ebenso gut gleich jetzt abspringen." Der Mann tat das zwar, aber nicht ohne Gebrumm. Wir passierten überhaupt keine Kontrollstellen. Aber in einem kleinen Wäldchen oben auf der Höhe sahen wir an Bäumen erhängte Soldaten. „Schau nicht hin,

Hannel, schau nicht hin", sagte Günter, aber es war zu spät. Der Anblick der sich als schwarze Silhouetten gegen den blassblauen Himmel abzeichnenden hängenden Gestalten war schon in mein Bewusstsein eingeätzt.

Dann kamen Flugzeuge, die die Karawane knirschend zum Stehen brachten. Jeder sprang so schnell es ging von den Fahrzeugen weg, weg von Taschen und Gepäck, lief ins Feld und ins Gebüsch. Tatsächlich war es nur ein einziges Flugzeug, das über uns kreiste, aufheulend heruntertauchte und den Dreck aufspritzen ließ. Kein Schuss wurde abgefeuert, kein Blut vergossen. Ein gelangweilter Pilot hatte sich ein bisschen Spaß verschafft.

Während sie mit dem Gesicht nach unten auf dem Boden gelegen hatte, war meine Tante irgendwie mit einem jungen Melder ins Gespräch gekommen, der auf dem Weg zum Sanatorium war. Er bot ihr an, sie auf seinem Motorrad mitzunehmen. Zu unserer größten Verblüffung nahm Tante Rosel an. Günter, Mutter und ich sahen ehrfürchtig zu, wie sie hinter dem jungen Mann auf den Sitz kletterte. Er jagte den Motor hoch, sie schlang ihre Arme um ihn und mit ihrer im Fahrtwind wild flatternden Handtasche röhrten sie davon.

Herr Köhler empfing uns in dem dunklen, kleinen Eingang seines Hauses. Sein Gesicht sah weiß und abgespannt aus. „Sie waren hier und haben nach dir gefragt, Günter", sagte er. „Sie jagen Deserteure und Schwarzhändler. Du schleichst dich besser sofort ins Lager zurück. Und um Himmels willen, verstecke den Wagen! Sie würden sagen, du hättest ihn gestohlen, und dich dafür aufhängen. Du hast ihn doch nicht gestohlen, oder?" „Nein, nein, natürlich nicht." Günter lachte, sah aber besorgt aus. Er lief hinaus und fuhr weg.

Frau Köhler gab uns einen Becher Wein und einen Topf Gemüsesuppe. „Versuchen Sie, nur noch ein Weilchen durchzuhalten!" Sie lächelte uns herzlich an. „Es ist fast vorüber." Mutter und ich gingen in unser Zimmer hinauf. Mutter strickte. Ich legte mich aufs Bett, las *David*

Copperfield und döste ein bisschen. Als ich unten Tritte von Militärstiefeln hörte, schoss ich hoch und sah aus dem Fenster. Ein kleines Kontingent junger Männer in den Lodenuniformen der Organisation Todt marschierte vorbei. Zwei alte Männer in Feldgrau mit umgehängtem Gewehr begleiteten sie. Ich entdeckte Günter in der zweiten Reihe. Er sah nicht hoch. „Was denkst du, wo man sie hinbringt?", fragte ich Mutter ängstlich. Sie zuckte nur mit den Schultern und schaute beiseite.

Als es dunkel wurde, hörten wir Artilleriefeuer von den Bergen ringsum. Wir sahen uns erwartungsvoll an. Jedes Mal, wenn es abbrach, sank unser Mut. Doch dann ging es wieder los, lauter als zuvor. In der Straße unten hörte ich Leute reden. Jemand schlug vor, weiße Fahnen bereitzulegen und sie zum Zeichen der Kapitulation aus den Fenstern zu hängen. Dann würde man das Dorf nicht zerstören. Schrill kreischte eine Frauenstimme dazwischen: „Was redest du da? Dieser Krieg ist nicht vorbei, noch lange nicht. Der Führer hat noch seine Wunderwaffe. Er hat sie bloß nicht eingesetzt, weil es bisher nicht nötig war. Was wir jetzt tun müssen ist, Deserteure und Verräter einzufangen, die von Kapitulation reden." Mutter stöhnte: „Gott, warum ist es immer noch nicht zu Ende?"

Bei Sonnenaufgang wurden die Detonationen häufiger. Mutter, die unten in einem Bett geschlafen hatte, kam in mein Zimmer. Der Kanonendonner komme jetzt näher, sagte sie hoffnungsvoll. Als auch Maschinengewehrfeuer zu hören war, rief Herr Köhler, wir sollten zu ihnen in den Keller runterkommen. Dort seien wir sicherer. Frau Köhler und ihre Tochter saßen unten an einem Tisch und tranken Wein. Die Mutter von Frau Köhler saß in einer dunklen Ecke auf einem alten Polsterstuhl und döste vor sich hin. Niemand sprach, aber die Tochter bot mir einen Apfel und eine Scheibe Brot an. „Sie müssen was essen", sagte sie und zwinkerte mir zu.

Plötzlich hörte die Schießerei ganz auf. Herr Köhler ging hinauf, um zu sehen, was vorging. Wir hörten ihn vor die

Türe treten. Als er zurückkam, begleitete ihn ein junger Feldgendarm, der sein Fahrrad und seine Tasche mit herunterbrachte. Er sei unterwegs, eine Meldung zu überprüfen. Jemand habe in der Nähe des Arbeitslagers ein Auto entdeckt, das wahrscheinlich von einem Deserteur gestohlen worden sei. Er fragte, ob hier jemand etwas darüber wisse. Misstrauisch sah er sich im Keller um, nahm aber dann gerne ein Glas Wein von Köhlers Tochter an und plauderte ganz freundschaftlich mit ihr. Schließlich fand er, es sei Zeit zu gehen. Er habe Befehle auszuführen, sagte er ernst. Sein forsches „Heil Hitler" hallte einsam durch den Keller.

Als Herr Köhler das nächste Mal von draußen zurückkam, berichtete er, es scheine alles ruhig zu sein. Da es inzwischen schon spät sei, schlage er vor, dass wir hinaufgingen und uns eine Mütze voll Schlaf holten. „Es ist sinnlos, hier länger rumzusitzen", sagte er und wirkte enttäuscht. Bevor Mutter und ich zu Bett gingen, spekulierten wir noch ausgiebig über den möglichen Wahrheitsgehalt von Hitlers Wunderwaffe. Dann schob ich alle Gedanken aus meinem Kopf, bannte alle Furcht aus meiner Seele und schlief ein.

Die Morgendämmerung zeigte sich am Himmel und kroch in mein Zimmer. In der Ferne hörte ich etwas hämmern, begleitet von einem anderen undefinierbaren Geräusch. Ich ging zu dem kleinen Fenster, kniete mich hin und spähte vorsichtig über das Fenstersims. Das Geräusch kam immer näher. Leer lag die schmale Straße unter mir, offensichtlich noch in tiefem Schlaf.

Jetzt kam hinten jemand um die Ecke, sprang von einer Seite auf die andere und schlug mit dem Gewehrkolben kräftig auf die geschlossenen Türen und Fensterläden. Springend und schlagend kam er näher, reckte sein Gewehr in die Höhe und schrie in rhythmischer Folge: „Mac, hey Mac!"

In seiner Tarnuniform, den Helm mit Netz und Blättern umwunden, sah der Mann für mich wie ein Satyr aus einer fremden Welt aus, wild und ungezähmt, aber niemand, vor dem ich mich fürchten müsste. Dann traf es mich wie ein Schlag. Das war ein amerikanischer Soldat! Ich sprang auf die Füße, stolperte aus dem Zimmer und rannte die Treppe hinunter, lachte und weinte.

„Hört nur! Hört ihr's alle? Wir haben's geschafft!
Es ist vorbei! Der Krieg ist vorbei! Und wir leben noch!"

Nachwort

Man muss sich am Ende erst einmal sammeln, um das Gelesene zu verarbeiten. Man wird es noch einmal lesen und auch diesmal mit Gewinn, denn über die 450 Seiten hinweg gehen bei der ersten Lektüre viele Einzelheiten verloren. Dabei handelt es sich bei den beschriebenen Erlebnissen um die Darstellung von nur knapp 24 Jahren aus dem Leben einer jungen Frau, deren erste zehn Lebensjahre im durchaus biederen Alltag eines bürgerlichen Haushalts dahinfließen, bis dieser durch den Ansturm der Nazihorden 1933 komplett über den Haufen geworfen wird. Helen Marvill, die im Text noch als „Hannele" im Mittelpunkt stehende Person des Buchs, wird mit ihrer Familie brutal aus dem Gleichmaß ihres Lebens gerissen – ihr Leben verläuft von nun an „in Transit", es besteht aus aneinandergereihten Durchgangsstationen. Wir reden von etwas mehr als zehn Jahren, in denen die Autorin das wichtigste Stadium im Leben eines Menschen durchmisst und gleichzeitig vor die schwersten Prüfungen gestellt wird, denen ein Mensch nur unterworfen sein kann. Dem Verlust ihres Vaters beispielsweise, den sie als „wunderbaren Menschen mit dem freundlichen, offenen Gesicht" in seinen Stärken und Schwächen überaus anschaulich schildert.

Ungleiche Brüder

Kurt Hans Steiner, Hannelores Vater, wird am 17. April 1898 in Mannheim als Sohn des Kaufmanns und Direktors der Rheinmühlenwerke Moritz Steiner in Mannheim geboren. Sein 1866 geborener Vater verstirbt 45-jährig im Juli 1911. Die 1869 in Mannheim geborene, zurückbleibende Mutter Emilie (eine geborene Rothschild, am 3.5.1893 mit Moritz Steiner in Mannheim getraut) erzieht ihre beiden Söhne Kurt und Paul nunmehr allein und wechselt dazu aus der in der Viktoriastraße 25 gelegenen eleganten Oststadtvilla in die Hebelstraße 9. Sie tritt im September 1912 aus der israelitischen Religionsgemeinschaft aus. Der jüngere der beiden Brüder, Kurt, am 17. April 1898 geboren, heiratet 1920, kurz nach seiner Rückkehr aus dem Weltkrieg, eine Tochter aus christlichem Haus. Bis 1932 gehört er allerdings noch der Jüdischen Gemeinde an. Seine nicht immer erfolgreichen geschäftlichen Aktivitäten werden mit einem gelegentlichen Augenzwinkern geschildert, dennoch durchweg Sympathie erregend: Kurt Steiner, überzeugter Sozialist, der seiner Tochter den Umgang mit den niederen Ständen verordnet und die Bettler auf dem Sofa seiner Diele bewirtet, der sich dem Kampf für die spanische Republik restlos hingibt und „bis zur Erschöpfung gejagt" wird. Vor unseren Augen entsteht das Bild der vom Grauen des Ersten Weltkriegs gezeichneten Generation, deren gewissensaktiver Teil nicht die Rache für den Versailler „Schandvertrag" sondern eine ausgleichende soziale Gerechtigkeit anstrebt, radikale Sozialisten, entschiedene Gegner von Krieg und Raubtierkapitalismus. Aussichtslos wirkt ihr Kampf, gleichwohl ein Sympathie weckendes Bild menschlicher Größe und Bedeutungslosigkeit zugleich.

Wir stoßen im Text auch auf „Onkel Paul", geboren am 30. März 1894 in Mannheim, den namhaften Bruder von Kurt Steiner, dessen Bedeutung und Wirksamkeit im Kulturleben von Weimar nicht hoch genug eingeschätzt werden kann. Handelt es sich bei Paul Nikolaus Steiner doch um den wohl bedeutendsten Conférencier des Berliner Kabaretts in dieser Zeit seiner höchsten Blüte. Er galt als größte dieses flüchtigen Metiers, das leider angesichts damals noch unzureichender medialer Dokumentationsmöglichkeiten kaum bleibende Spuren hinterlassen hat. Der Kulturkritiker und Schriftsteller Max Herrmann-Neiße beschreibt ihn in seinen Kritiken als schlagfertigen, hochkultivierten Rhetoriker. Seine Mitgliedschaft im literarischen Zirkel des expressionistischen „Grünen Schrey" deutet nur an, wie das „enfant terrible" der Familie die bürgerlichen Grenzen seines Daseins sprengt.

Wie viele seiner Zeitgenossen erlebt Paul Nikolaus den gesellschaftlichen Umbruch der Novemberrevolution 1918 als Bruch auch in seiner persönlichen Entwicklung. Die Bekanntschaft mit dem kongenialen Moritz Lederer, Herausgeber der Zeitschrift „Der Revolutionär", weckt seine literarische Begabung, die sich in zahlreichen wortgewaltigen Tiraden gegen das Bürgertum Bahn bricht und in einem „Manifest gegen den Bürger" verkündet: „Geruhsame und Beruhigte! Satte und Gesättigte! Eure Zeit ist um! Das Bürgertum windet sich im Todeskampfe ..."

Wir stehen vor einer Jugendbewegung, die in zahlreichen Neugründungen, einem „Deutsch freiheitlichen Jugendbund" beispielsweise, Ausdruck findet. Dort trifft Paul Nikolaus ebenfalls auf Gleichgesinnte, flieht jedoch die offensichtlich reaktionär-antisemitischen Tendenzen. Einen wichtigen Orientierungsanker für die orientierungslose Jugend bildet zur damaligen Zeit das Nationaltheater, das ebenfalls zum Schauplatz gesellschaftlichen Ringens wird. Ein kultureller Aufbruch, dessen Strömung ebenso wirksam ist, wie die politischen Kämpfe auf den Straßen der Stadt. Als Parteigänger der Radikalen geraten die Freunde Lederer und Steiner recht bald aneinander mit den Lauen, werden von ihnen als „Schokoladehelden der Revolution" verunglimpft, weil sie beim Ausbruch der kurzlebigen Mannheimer „Räterepublik" im Café gesichtet werden.

Der Beginn der Karriere als Kabarettist fällt in diese unruhige Mannheimer Zeit. Anfangs der 20er Jahre übernimmt Paul Nikolaus die Ansage der Dilettanten-Vorstellungen im „Apollo-Theater" in G 7. Ein Himmelfahrtskommando gewissermaßen, bei dem das Publikum die durchgefallenen Beiträge mit dem Werfen unappetitlicher Gegenstände quittiert.

Sowohl Lederer als auch Steiner halten sich in den frühen 20er Jahren häufig in Berlin auf. Als Trude Hesterberg am 10. September 1921 im „Theater des Westens" die „Wilde Bühne" begründet, gehört Paul Nikolaus mit seinen „ungenierten Gedichten" zu den ersten Attraktionen ihres Etablissements. Der zunehmende Erfolg zieht die beiden in die Hauptstadt, Paul zuerst, denn am 5. März 1926 meldet er sich polizeilich nach Berlin ab.

Seine Conférencen in dieser Blütezeit des deutschen Kabaretts machen ihn legendär, aber auch im frühen Tonfilm beginnt er eine kurze Karriere. Es ist die produktivste Zeit in Paul Nikolaus Steiners Leben: glanzvolle Auftritte im Kabarett, Zeitungsarbeiten, Filmmitarbeiten, Beiträge zu Revuen und zum „Simplizissimus". Die hektische Aktivität wird jedoch durch den baldigen politischen Umbruch unterbrochen. Schon wenige Wochen nach dem Beginn des „Dritten Reichs" erhalten seine Freunde einen Abschiedsbrief aus Luzern, wo er sich am 30. März 1933 in einem Hotelzimmer das Leben nimmt. Die in der Tageszeitung „Vaterland" veröffentlichte amtliche Anzeige des Todesfalls Paul Nikolaus Steiner durch das Zivilstandsamt Luzern am 2. April 1933 berichtet noch, dass die „Beerdigung in Zürich" stattfinde.

Exil und Flucht der Familie Steiner

Unter dem Druck der Ereignisse reagiert auch Kurt Steiner. Im Sommer 1933 emigriert er nach Spanien und holt die Familie nach. Den zeitweise noch recht sorglos verbrachten letzten Kindheitsjahren der Autorin in Spanien folgt hier recht bald der Albtraum des Bürgerkriegs, der nach und nach dem Alltag der Steiners seinen Stempel aufdrückt. Auch Hannele begeistert sich als Jugendliche für die Freiheit, ihr Erleben sichert uns einen unmittelbaren Einblick in die Mechanismen des Widerstands – in sich oft widersprüchlich und wenig effektiv. Die Katastrophe der Niederlage wird einleuchtend in der absurden Odyssee geschildert, die Kurt Steiner von seiner Familie trennt. Vermutlich unter viel extremeren Bedingungen, als uns die Erinnerungen seines Hannele verraten, denn zum Jahresbeginn 1939 existieren in Frankreich noch kaum Unterbringungsmöglichkeiten für die Abertausenden, die jetzt angesichts der Agonie der

Spanischen Republik über die Grenze strömen. Der französische Staat fürchtet um seine Stabilität und interniert die Flüchtlinge unter freiem Himmel, bis die ersten Barackenlager entstanden sind. Das Lager Gurs wird zwischen dem 15. März und dem 25. April 1939 errichtet.

Davignac, Limoges und Oradour sur Vayres 1939-1943

Anfang 1939 kommen Hannelore Steiner und ihre Mutter in Davignac (Département Corrèze) an. Als Flüchtlinge ist ihnen dieses abgelegene Dorf im Zentralmassiv zugewiesen worden, das etwa 90 km südöstlich von Limoges liegt. Von hier aus besuchen sie manchmal das nahegelegene Städtchen Meymac, wo sie wenigstens in einem Restaurant essen können.

Anfang 1940 gelingt es ihnen mit Hilfe von Fritz Picard nach Limoges umzuziehen. Picard war ein führender Literaturagent und Buchhändler der Weimarer Republik, den die Familie aus der Mannheimer Zeit kannte. Dort erhält Emma Steiner eine Arbeitsstelle im jüdischen Kinderheim „La pouponniere", wo auch Hannelore kurzzeitig arbeitet.

Anfang 1941 gelingt es dem Vater Kurt Steiner, zusammen mit seiner Mutter Emilie, aus Gurs nach Limoges zu entkommen, sodass die Familie wieder zusammen ist.

Im Mai 1941 erhält der Vater den Auftrag, sich um eine Gruppe von «unerwünschten Ausländern» zu kümmern, die in Oradour-sur-Vayres einquartiert werden sollen. Oradour liegt südwestlich von Limoges. Frau Steiner, Hannelore und die Großmutter kommen im Juni 1941 ebenfalls hierher.

Oradour war durch eine Bahnlinie mit Limoges verbunden. Damit fährt Hannelore nach Limoges wegen ihrer Malaufträge, mit dieser Bahn kommt auch Hans Picard zu Besuch, der Sohn von Fritz Picard. Großmutter Steiner stirbt am 19. April 1942. Im August 1942 werden die jüdischen Ausländer aus Oradour ins Internierungslager Nexon wenige Kilometer östlich gelegen. Kurt Steiner wird rechtzeitig gewarnt und taucht unter. Er gerät aber beim Grenzübertritt nach Spanien in die Hände der Gestapo und wird nach Auschwitz deportiert. Hannelore und ihre Mutter entkommen aus dem Lager Nexon und kehren nach Oradour zurück. Sie verlassen das Dorf im April 1943, um nach Deutschland zurückzukehren.

Zurück nach Mannheim

Wir finden uns also erneut in Mannheim wieder, wo Hannelore die letzten beiden Kriegsjahre unter der ständigen Bedrohung der Deportation verbringt. Umso feinfühliger nimmt sie die Nuancen des Verhaltens in ihrer Umwelt wahr. Einerseits beschreibt sie mit einer großen Leichtigkeit diesen ständigen Druck, dem sie ausgesetzt ist, andererseits erleben wir den Übergang einer Jugendlichen in die Erwachsenenwelt, der unter den beschriebenen Umständen kaum fassbar erscheint.

Über einzelne wenige Unschärfen in diesen Erinnerungen müssen wir dabei hinwegsehen. So sind manche Zeitereignisse chronologisch nicht ganz passend angesetzt, aber gefühlsmäßig dann doch korrekt angedeutet. Wir haben also davon Abstand genommen, diese vereinzelten Ungenauigkeiten im Text zu korrigieren. Dem Wert des Buchs tun sie keinen Abbruch, denn die beachtenswert feinfühlige Beschreibung der Lebensumstände, auch der Personen, die nie in anklagende Haltung abgleitet, obwohl sie ja durchaus das Recht dazu hätte, ist das Wichtige daran.

So gewinnt die Beschreibung an Tiefe und beim Lesen stellt sich rasch ein großes Mitgefühl und Verständnis ein. Wir sind der Autorin sehr dankbar, dass sie ihre Erinnerungen in dieser Weise niedergeschrieben hat und uns damit ein einzigartiges Zeitzeugnis übergibt.

KZ-Gedenkstätte Sandhofen e.V.

Blick auf die Hebelstraße

Hebelstraße 9

Paul

Kurt und Paul 1913 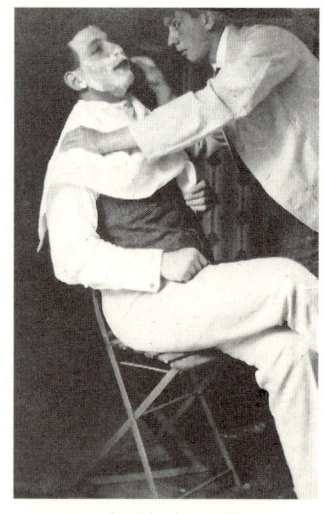   *Paul Nikolaus 1913*

Julius Rothschild

Kurt, Januar 1917

Kurt und Helen in Flonheim, Juni 1922

Helen, 1924

Helen mit Großmutter Emilie, 1926

Kurt mit Helen beim ersten Flug, Frühjahr 1931

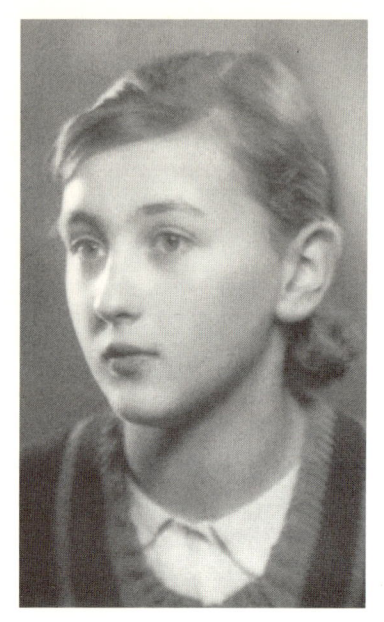

Helen in Madrid, 1934

Helen und ihre Mutter in Limoges, 1940

Kurt und Gert in Gurs, 1941

Blick auf A2, 5 über die Trümmer des Nationaltheaters, 1943

Helen zurück in Mannheim, 1944

Helen, Ted und Baby in Lützelsachsen, 1946

Helen 1944

Helen Marvill-Steiner in späteren Jahren in Amerika

Mannheimer Zeitzeugen – Band 1

von Karl Heinz Mehler – 493 Seiten, Euro 29,80

Mit einer Vielzahl persönlicher Geschichten erzählen 72 Menschen, die alle in Mannheim aufgewachsen sind, von den Ereignissen und von ihren persönlichen Erlebnissen ab Mitte der zwanziger Jahre bis zum Ende des Zweiten Weltkrieges. Der Älteste ist 1918, der Jüngste 1939 geboren. Sie stammen aus unterschiedlichen Schichten der Mannheimer Bevölkerung und waren altersbedingt mehr oder weniger stark von dem politischen Geschehen und den Kriegsereignissen betroffen. Mit ihren unterschiedlichen Erzählungen leisten alle Beteiligten einen facettenreichen Beitrag zur Zeitgeschichte. Es ist die Geschichte ihres privaten Lebens, die in diesem Buch als Ergänzung zur „Großen Geschichte" festgehalten werden soll.

Mannheimer Zeitzeugen – Band 2

von Karl Heinz Mehler – 496 Seiten, Euro 29,80

54 in Mannheim aufgewachsene Menschen erzählen von den Ereignissen und ihren persönlichen Erlebnissen in der Zeit nach dem Krieg. Dabei kommt nicht nur die Kriegsgeneration zu Wort. Es berichten auch Frauen und Männer, die während des Krieges oder in der Zeit danach zur Welt kamen. Mit einer Vielzahl von Erzählungen vermitteln sie das Zeitgeschehen und leisten mit der Schilderung ihrer persönlichen Erlebnisse nach dem Zusammenbruch des Deutschen Reiches einen facettenreichen Beitrag zur Zeitgeschichte.

www.wellhoefer-verlag.de

Meine Flucht

von Władysław Kostrzeński

320 Seiten, Euro 17,90

Władysław Kostrzeński hatte ein gutes Gespür für deutsche Mentalitäten, als er am Tag vor Heiligabend 1944 aus dem KZ-Außenlager Mannheim-Sandhofen floh. Die intensive Freiheit der Fluchtzeit endete schon kurz nach Weihnachten. In Bayreuth wieder ins Gefängnis eingeliefert, geriet er ins Gestapo-Straflager Langenzenn, entging dort wegen der herannahenden Front gerade noch der Hinrichtung und kam ins KZ Flossenbürg.

Dort wurde er als Todkranker befreit und überlebte.

„In den vorliegenden Erinnerungen von Władysław Kostrzenski erscheint die Realität der Endzeit des NS-Regimes in der bedrückenden Perspektive eines KZ-Häftlings wie auch in der des Flüchtlings, mit dem der Leser sich emotional zusammentut, mit dem er hofft, mit dem er fürchtet. Das persönliche Schicksal und das seiner Leidensgenossen werden in erschütternden und zu Herzen gehenden Bildern deutlich."
Dr. Ludwig Spaenle,
ehem. Bayerischer Staatsminister

www.wellhoefer-verlag.de

Die Welt Der Kleinen Leute

von Friedrich Alexan

320 Seiten, Euro 12,80

Friedrich Alexans autobiografischer Roman erzählt aus der Sicht eines Jugendlichen vom Alltag an der „Heimatfront" in Mannheim im Ersten Weltkrieg. Dieser war sowohl von Leid und Entbehrung geprägt, als auch von den kleinen Hoffnungen und Sehnsüchten nach einem glücklicheren Leben.

Im Vordergrund des Romans steht das Persönliche, Menschliche ebenso wie die Suche nach Liebe und Geborgenheit, die in einer aus den Fugen geratenen Welt gerade dort zu finden sind, wo man sie vielleicht am wenigsten vermutet.

Mir fällt der Vers ein, den ich vor kurzem gelesen habe: „Denn Armut ist ein großer Glanz aus Innen." Ein großer Glanz aus Innen? Man muss wohl ein Dichter sein, um Glanz im Elend zu sehen, so, wie nur Heilige Engel zu sehen bekommen. Ich bin kein Dichter.
Friedrich Alexan

www.wellhoefer-verlag.de

Mannheimer Erinnerungen
Siegfried Laux (Hrsg.) – 192 Seiten, Euro 16,80

Siegfried Laux hat als junger Mensch den Untergang des alten Mannheims im Bombenhagel des letzten Krieges hautnah erlebt und diesen Verlust nie ganz verwinden können. Im hohen Alter brachte es ihn dazu, das Bild der Stadt vor ihrer Zerstörung nochmals heraufzubeschwören. Dazu verhalfen ihm seine mühsam zusammengetragenen Erinnerungen von 20 Autoren, die in Gedichten und Geschichten, in Hochdeutsch und Mundart festhielten, was sie einst in Mannheim bewegte. Sie machen damit einen Zeitraum vom Ausklang des 18. Jahrhunderts bis zum Ende der Weimarer Republik lebendig.

Mannheimer Pioniere
von Hans-Erhard Lessing – 216 Seiten, Euro 18,90

Mannheim ist die Wiege des Fahrrads wie des Automobils.
Hier wirkten Karl Drais und Carl Benz. Wer sich mit der Technikgeschichte Mannheims näher auseinandersetzt, stellt fest, dass noch viele weitere Erfindungen und Entwicklungen von Mannheim aus ihren Lauf genommen haben.
Hans-Erhard Lessings Blick ist besonders auf die Menschen hinter den Erfindungen gerichtet.

So erfährt der Leser spannende Geschichten aus dem Leben von 20 bekannten und auch weniger bekannten Pionieren, die ihre bahnbrechenden Erfindungen von Mannheim aus in die Welt trugen.

www.wellhoefer-verlag.de